Martin Winckler

DOKTOR
BRUNO
SACHS

Aus dem Französischen
von Eugen Helmlé

Carl Hanser Verlag

Die Originalausgabe erschien erstmals 1998
unter dem Titel *Le Maladie de Sachs* bei P.O.L in Paris.

1 2 3 4 5   04 03 02 01 00

ISBN 3-446-19854-7
© P.O.L éditeur 1998
Alle Rechte der deutschen Ausgabe:
© Carl Hanser Verlag München Wien 2000
Satz: Satz für Satz. Barbara Reischmann, Leutkirch
Druck und Bindung: Franz Spiegel Buch GmbH, Ulm
Printed in Germany

Für Pierre Bernachon,
Christian Koenig,
Olivier Monceaux
und Ange Zaffran,
die ebenso gut erzählen wie Kranke behandeln konnten.

Hinweis

Wie die Namen schon zeigen, sind alle Personen dieses Romans fiktiv.

Wenn die auf den folgenden Seiten beschriebenen Ereignisse unwahrscheinlich echt erscheinen mögen, so liegt es daran, daß sie es sind: In der Wirklichkeit ist nichts so einfach.

Abgesehen davon sind Ähnlichkeiten mit wirklichen Personen oder Ereignissen, selbst dann, wenn sie nicht beabsichtigt sind, wahrscheinlich unvermeidbar.

M. W.

Prolog

Es ist ein eingeschossiges altes Gebäude, das mitten in einem geteerten Hof steht.

An der Außenwand, neben dem verrosteten Portal, kündigt ein Schild aus gebürstetem Stahl an:

DOKTOR BRUNO SACHS
Praktischer Arzt

Die Haustür, deren dunkelgrüne Farbe abblättert, steht halb offen. Im Hintergrund des Eingangs ist mit einer Schablone das Wort »Wartezimmer« auf eine weißgestrichene Holztür gemalt, darunter stehen auf einem Stück Karton – mit geschickter Hand in Schönschrift in den Farben Rot, Blau, Grün und Schwarz geschrieben – die Sprechstundenzeiten. Links führt eine baufällige Treppe nach oben.

Wie mir ein kleines Metallschild empfiehlt, läute ich und gehe hinein.

*

Das Wartezimmer ist ein großer, kühler, heller Raum mit gefliestem Boden und hoher Decke. Die Tapete an den Wänden ist blaßblau mit dunkelblauen Streifen.

Gegenüber vom Eingang, auf der Gartenseite, stehen einige Stühle im Kreis um einen niedrigen, mit Zeitschriften bedeckten Tisch. Ich grüße die anwesenden Personen mit einem Murmeln und setze mich.

Zur Hofseite hin ein großer, wuchtiger und unpersönlicher Holzschreibtisch, auf dem eine Topfpflanze steht. Zu meiner Rechten liest ein Mann in kurzärmligem Hemd, Shorts und Sportschuhen eine Tageszeitung. Zu meiner Linken spricht eine Frau mittleren Alters leise zu einer Halbwüchsigen, deren Augen

9

fest auf den Boden geheftet sind. Etwas weiter weg, neben der Verbindungstür mit dem automatischen Türschnapper, beaufsichtigt eine schlaff auf einem Stuhl hängende hochschwangere junge Frau mit müdem Blick zwei Kinder von drei oder vier Jahren. Das kleine Mädchen – allem Anschein nach die ältere – gibt einer Reihe auf einer rotangestrichenen kleinen Holzbank sitzenden Teddybären eine Unterrichtsstunde. Ihr kleiner Bruder, der auf der großen Teppichmatte sitzt, die in dieser Ecke des Raums den Boden bedeckt, türmt mit mürrischem Gesicht Bauklötze aufeinander.

Der Mann seufzt und blättert seine Zeitung um. Die Halbwüchsige schaut mich aus den Augenwinkeln an. Die Frau übersieht mich und spricht weiter auf sie ein. Die Kinder spielen. Ihre Mutter kramt in ihrer Handtasche. Ich schaue auf meine Uhr. Ich drehe mich um. Hinter mir, an der Wand zwischen den beiden großen Fenstern, zeigt eine Telleruhr kurz nach zehn an.

Es hat geregnet. Die Fenster sind beschlagen, aber die Sonne dringt durch die Wolken und wärmt die Ecke der Kinder. Die Glocke ertönt. Eine ältere Frau, klein und dick, kommt keuchend herein, hinter ihr ein sehr magerer und sehr gebeugter alter Mann. Die Frau läßt sich auf einen Stuhl fallen, hebt ächzend die Augen zum Himmel, drückt ihren Geldbeutel an die Brust, seufzt laut. Der alte Mann geht um den niedrigen Tisch herum und setzt sich ebenfalls. Ich schlage die Beine übereinander und öffne das Buch.

Vorstellung
(Mittwoch, 12. September)

Der Eid

Wenn ich als Mitglied in den Ärztestand aufgenommen werde, so verpflichte ich mich feierlich, mein Leben dem Dienst an der Menschheit zu weihen. Ich werde meinen Lehrern die Achtung und Dankbarkeit entgegenbringen, die ich ihnen schuldig bin. Ich werde meinen Beruf mit Gewissenhaftigkeit und Würde ausüben. Die Gesundheit meiner Patienten zu erhalten und wiederherzustellen wird mein erstes Gebot sein. Ich werde Geheimnisse, die mir anvertraut sind, auch über den Tod des Patienten hinaus bewahren. Ich werde mit allen meinen Kräften die Ehre und die edle Überlieferung des ärztlichen Berufes aufrechterhalten. Meine Kollegen werde ich achten. Ich werde nicht zulassen, daß Religion, Nationalität, Rasse, Parteipolitik oder sozialer Stand zwischen meine Berufspflicht und meine Kranken treten. Ich werde die äußerste Achtung vor dem Leben von der Empfängnis an bewahren und selbst unter Bedrohung meine ärztlichen Kenntnisse nicht in Widerspruch zu den Gesetzen der Menschlichkeit anwenden. Dies verspreche ich feierlich, freiwillig und auf meine Ehre.

1
Im Wartezimmer

Reifen quietschen auf dem nassen Asphalt im Hof. Ich schaue auf. Ein Lichtstrahl läuft über die Decke. Ein Motor verstummt. Eine Wagentür schlägt zu. Die Haustür vibriert, Schlüssel klirren. Ich schiebe einen Finger zwischen zwei Seiten und schließe das Buch auf meinen übereinandergeschlagenen Beinen.

Die Tür zum Wartezimmer geht auf, und du kommst herein, deine Instrumententasche in der Hand, deinen Schlüsselbund schüttelnd.

»Messieurs-Dames, bonjour ...«

Gemurmel begrüßt dich. Du gehst an uns vorbei, du machst die Verbindungstür auf und hältst sie mit dem Ellbogen zurück. Mit der anderen Hand löst du einen Schlüssel aus dem Schlüsselbund, sperrst die zweite Tür auf, öffnest sie. Du ziehst den Schlüssel aus dem Schlüsselloch, läßt den Schlüsselbund in deine Tasche gleiten, gehst hinein. Durch den Druck des automatischen Türschnappers fällt die Verbindungstür hinter dir leise ins Schloß.

Einige Augenblicke später tauchst du wieder auf. Du hast deinen Parka, deinen Pullover oder deine Weste ausgezogen und bist in einen weißen Kittel geschlüpft, dessen Ärmel du hochkrempelst. Du wirfst uns einen fragenden Blick zu. Der Mann zu meiner Linken faltet seine Zeitung zusammen und steht auf. Du streckst ihm die Hand entgegen, du trittst zurück und läßt ihn eintreten. Die Verbindungstür schlägt hinter euch zu.

Ich setze meine Lektüre fort.

2

Das fängt so an

Ich gehe hinein, meine Zeitung oder meine Illustrierte unterm Arm. Während die Verbindungstür leise zuschlägt, schließt du mit beiden Händen die Innentür, wobei du fest drückst. Der Raum ist hell, die Tapete an den Wände ist blaßblau mit Streifen von etwas kräftigerem Blau. Zu meiner Linken hängen Stores am Fenster. In der Ecke stehen auf großen Kiefernholzregalen graue Kartons, vollgestopft mit Krankenblättern. Zu meiner Rechten teilen andere Regale, hoch und im rechten Winkel zur Wand angebracht, den Raum. Dein Schreibtisch, an der hinteren Wand stehend, ist eine einfache, weißgestrichene Holzplatte auf zwei dunkelblauen Stahlrohrböcken. Vor dem Schreibtisch steht ein mit beigefarbenem Stoff bezogener Drehsessel auf Rollen; rechts davon zwei mit schwarzem Stoff bezogene Sitze, in deren Richtung du die Hand ausstreckst.

»Setzen Sie sich.«

Du begibst dich zum Schreibtisch, du setzt dich in den Drehsessel auf Rollen. Du klappst das offen vor dir liegende große rote Buch zu, du schiebst einen Rezeptblock zur Seite. Du schwenkst zu mir um, du stützt den linken Ellbogen auf die gestrichene Holzplatte, du siehst auf. Du lächelst.

»Bitte setzen Sie sich.«

Während ich der Aufforderung Folge leiste, fragst du mich in wohlwollendem Ton:

»Was kann ich für Sie tun?«

Ich suche nach Worten.

3
Eine Konsultation

»Na ja, ich weiß nicht, wo ich anfangen soll ...«

Du nickst mit dem Kopf. Mmmh. Du schwenkst hinüber zu den Regalen, du wühlst in einem der grauen Kartons. Du ziehst einen braunen Umschlag daraus hervor. Während ich dir den Grund meines Kommens erkläre, nimmst du aus dem Umschlag eine karierte Karteikarte in Postkartenformat und legst sie auf die weißgestrichene Holzplatte; du ziehst einen schwarzen Füllfederhalter aus der Brusttasche deines Kittels, du schraubst die Kappe ab, du steckst sie auf den Korpus des Füllhalters, du ziehst einen Strich auf der Karteikarte, du vermerkst das Datum am linken Rand.

»Also gut ...«

Über die karierte Karteikarte gebeugt, schreibst du.

*

Wenn du schreibst, hältst du dich gekrümmt über der weißgestrichenen Holzplatte. Hinter dir, durch die vergilbenden Vorhänge und die die Scheiben bedeckenden undurchsichtigen, jedoch lichtdurchlässigen Plastikfolien verströmt das große Fenster ein helles Licht. Ohne deinen Füllhalter loszulassen, drehst du den Kopf nach mir um. Die Gläser deiner Brille sind leicht getönt, ich weiß nicht, ob du meinen Mund oder meine Augen anschaust.

Von Zeit zu Zeit schaust du auf deine karierte Karteikarte hinab und schreibst ein paar Worte darauf. Manchmal unterbrichst du meinen Bericht, um mir Fragen zu stellen:

»Wann hat das angefangen? War es das erste Mal? Jeden Tag? Während der Mahlzeiten oder dazwischen? Gibt es Tage, an denen Sie überhaupt nichts mehr spüren? Und nachts? Und heute, zum Beispiel? Haben Sie etwas gegen die Schmerzen eingenommen?«

Du kommentierst meine Antworten mit einem Mmmhh oder einem Ich verstehe. Du schreibst etwas auf die karierte Karteikarte, du nickst mit dem Kopf. Ja, das muß sehr schmerzhaft sein ...

Schließlich legst du den Füllhalter hin.

Du drehst der weißgestrichenen Holzplatte den Rücken zu und zeigst auf die Liege, die zwei Meter von uns entfernt an der Wand steht, die Sprechzimmer und Wartezimmer voneinander trennt.

»Nun, dann wollen wir uns das einmal ansehen. Ich möchte Sie bitten, sich auszuziehen und hinzulegen.«

*

Während ich meine Schuhe ausziehe, durchquerst du den Raum.

Auf der anderen Seite des Raums, hinter dem großen, mit Büchern zugestellten Regal, das als spanische Wand dient, erblicke ich eine kleine Spüle mit einem elektrischen Warmwasserbereiter darüber, einen fahrbaren Beistellwagen, auf dem verschiedene Instrumente liegen, und das äußere Ende einer Untersuchungsliege mit verchromten Rundrohren. An der Wand, der Tür gegenüber, thront auf einem Möbelstück aus lackiertem Kiefernholz eine Säuglingswaage.

Du läßt Wasser laufen, du gibst flüssige Seife in die hohle Hand, du seifst die Hände ein.

»Haben Sie einen guten Appetit?«

»Äh ... mittel.«

Ich lege meine Kleider (meine Hemdbluse oder meine kurzärmlige Bluse, meine Shorts oder meinen Rock) auf den Stuhl, der unter dem Fenster steht, zwischen der Liege und den Regalen. Du spülst die Hände ab und trocknest sie mit Papierhandtüchern, die du in einen kleinen metallenen Tretabfalleimer wirfst. Ich bleibe stehen, in Unterkleidern. Du kommst wieder zu mir. Du zeigst auf die Liege.

»Bitte, legen Sie sich hin.«

Ich mache zwei Schritte, ich lege mich auf das weiße, etwas kühle, etwas rauhe Laken. Mein Kopf versinkt in einer etwas zu weichen Nackenrolle. An der Wand liegend, höre ich im Wartezimmer das leise Geräusch von Stimmen. Du nimmst meine Klei-

17

der von der Stuhllehne, du legst sie auf den Sitz, den ich noch vor einigen Augenblicken eingenommen hatte und schiebst den Stuhl an die Liege.

Du setzt dich zu mir.

*

Von einem kleinen Schubladenschrank, der am Kopfende der Liege steht, nimmst du das Blutdruckgerät, ich strecke dir den rechten Arm entgegen, du legst die graue Manschette an. Du nimmst das Stethoskop, du steckst dir die Ohroliven in die Ohren, du setzt den Schalltrichter an meine Armbeuge, du nimmst den Gummiball des Blutdruckgeräts, du drehst die Stellschraube zu und beginnst aufzublasen. Das drückt. Mit den Fingerspitzen drehst du die Stellschraube sachte wieder auf. Das pfeift.

»Hundertdreißig zu achtzig, ein guter Wert.«

Du löst die Manschette und legst sie auf den kleinen Schubladenschrank zurück. Du schwenkst den Schalltrichter des Stethoskops, du beugst dich zu mir und setzt ihn unter meiner linken Brustwarze an. Das ist kalt. Mit der anderen Hand fühlst du sachte meinen Puls.

Du lauschst.

»Ihr Herz schlägt sehr regelmäßig. Atmen Sie tief ein.«

Zwischen zwei Atemzügen verschiebst du das Instrument von einer Seite meiner Brust zur andern, von oben nach unten, dann mehr nach links.

»Gut. Setzen Sie sich.«

Ich richte mich auf.

»Beugen Sie sich vor.«

Ich beuge mich vor. Du nimmst den Schalltrichter in die linke Hand, du legst deine rechte Hand sachte auf meine Schulter.

»Atmen Sie tief ein. Mit offenem Mund.«

Methodisch führst du den Schalltrichter des Stethoskops über mein Rückgrat, nach links, dann nach rechts, von oben nach unten.

Du nimmst die Ohroliven aus den Ohren, und die beiden Metallschenkel schlagen mit einem kurzen Geräusch gegeneinander. Du legst das Instrument auf den kleinen Schubladenschrank zurück. Du erhebst dich kaum vom Stuhl, um dich hinter mich auf die Liege zu setzen. Du legst deine linke Hand flach auf meinen Rücken, und mit dem gekrümmten rechten Zeigefinger klopfst du drauf. Das ergibt einen tiefen, hohlen Ton. Du läßt deine linke Hand etwas weiter nach unten gleiten und klopfst von neuem, gleichmäßig, von oben nach unten, dann von einer Seite zur andern. Anschließend legst du beide Hände ganz flach auf meine Rippen.

»Sagen Sie dreiunddreißig!«

»Dreiunddreißig ...«

»Lauter.«

»DREIUNDDREISSIG!«

»Gut. Legen Sie sich wieder hin.«

Du setzt dich wieder auf deinen Stuhl, und ich strecke mich von neuem auf dem jetzt etwas wärmeren Laken aus. Du beugst dich über mich, du legst deine rechte Hand auf meinen Bauch. Mit den Fingerspitzen tastet du ihn ab, wobei du auf der linken Seite beginnst. Deine Hand wandert entgegengesetzt zum Uhrzeigersinn um meinen Bauch herum.

»Tue ich Ihnen weh?«

»Äh, es ist unangenehm, sonst nichts ...«

»Haben Sie eine gute Verdauung?«

»Äh, es geht ...«

Dann schiebst du deine linke Hand zwischen meinen Rücken und das Laken (Nein, bewegen Sie sich nicht), rechts und dann links, du tastest mit beiden Händen meine Weichen ab, zuerst auf der einen Seite, dann auf der andern. Während du das tust, fragst du beiläufig, je nachdem: Haben Sie Schwierigkeiten beim Wasserlassen? oder: Wann hat man das letzte Mal eine gynäkologische Untersuchung bei Ihnen vorgenommen?

Auf der andern Seite der Wand höre ich die Klingel der Eingangstür. Die Tür zum Wartezimmer geht auf und wieder zu. Absätze klappern auf den Fliesen. Ein Stuhl quietscht.

Du setzt dich wieder hin. Du legst die linke Hand flach auf meinen Bauch und klopfst mit dem gekrümmten rechten Zeigefinger darauf. Du verschiebst die Hand und klopfst von neuem, von links nach rechts, von oben nach unten. Es klingt hohl.

Dann tastest du meine Leisten ab, meine Schenkel (Beugen Sie die Knie), meine Waden (Strecken Sie die Beine wieder aus) und legst deine Fingerspitzen auf meine Füße oder hinter meine Fesseln.

»Setzen Sie sich auf den Rand der Liege.«

Ich richte mich wieder auf, ich stelle meine bloßen Füße auf die Matte. Du suchst etwas in der Tasche deines Kittels, du findest es nicht, du stehst auf, du streckst die Hand nach dem Schreibtisch aus und nimmst eine kleine Stablampe aus schwarzem Metall, du knipst sie an, du setzt dich wieder, du regelst den Lichtkegel, du hebst sachte mein Kinn an.

»Strecken Sie die Zunge heraus, machen Sie AAA!«

»Äää …«

Aus einer auf dem kleinen Schubladenschrank stehenden Pappschachtel nimmst du einen hölzernen Zungenspatel, du hebst ihn mit einer etwas drohenden Gebärde hoch, lächelst jedoch mit einem Ausdruck des Bedauerns

»Könnten Sie Mund etwas weiter öffnen? AAAAA?«

»Äääääää …«

»Noch einmal … AAAAA«, insistierst du und leuchtest mit der kleinen Stablampe. Ich strecke verzweifelt die Zunge heraus.

»Äääaaaaaa …???«

»Sehr gut.«

Du schiebst den Holz-Mundspatel sachte gegen meine Wange und meine Zähne, auf der einen Seite erst, dann auf der andern, schließlich über meine Zunge. Ich fange an zu husten, ich bekomme keine Luft mehr, du ziehst den Zungenspatel zurück.

»Verzeihung«, sage ich mit Tränen in den Augen, nahe daran, mich zu übergeben.

»Ich bitte Sie … Wann waren Sie zum letzten Mal beim Zahnarzt?«

Mit Mühe schlucke ich meinen Speichel herunter.

»Äh … Das ist schon lange her …«

Du wirfst den Zungenspatel hinter dich, in den blauen Plastiksack des großen Weidenkorbs.

»Schauen Sie auf meine Nase (Du richtest die kleine Stablampe schräg auf ein Auge, dann auf das andere. Mit der Spitze des Daumens ziehst du mein Lid nach unten), schauen Sie zur Decke …«

Die Decke ist nicht mehr ganz weiß. Man hat sie wohl vor sehr langer Zeit mit ein oder zwei Schichten Farbe übertüncht. Sie senkt sich in der Mitte. An den Wänden zeigen sich Risse, und leichte wassergrüne Reflexe weisen auf fortschreitende Schimmelbildung hin.

»Gut ...«

Du stehst auf, du steckst die Lampe in die Tasche deines Kittels. Du zeigst auf die Personenwaage, die unter dem Fenster steht.

»Kommen Sie zum Wiegen.«

Du beugst den Kopf vor.

»Ist das Ihr übliches Gewicht?«

»Äh ... ja.«

Du setzt dich wieder.

Du nimmst die Schutzkappe von deinem Füllhalter ab, du beugst dich über die karierte Karteikarte. Du schaust auf, und da ich immer noch reglos auf der Personenwaage stehe, sagst du:

»Ziehen Sie sich bitte wieder an.«

*

Du schaust nicht zu, wie ich mich anziehe.

Ich setze mich wieder auf den mit schwarzem Stoff bezogenen Stuhl. Du drehst dich nach links, du beugst dich zum unteren Regal, du nimmst einen Rezeptblock, die Krankenzettel der staatlichen Krankenversicherung, du legst sie vor dich auf die Schreibtischplatte.

Du schlägst das große rote Buch auf, das etwas weiter entfernt liegt, du siehst auf den lachsfarbenen Seiten am Anfang nach, dann auf den weißen Seiten in der Mitte.

»Nun, wir sagten also hmmmsiebenundzig Kilo, nicht wahr ...«

»Äh ... ja.«

Das Telefon klingelt.

*

Auf der weißgestrichenen Holzplatte, die dir als Schreibtisch dient, sind zwei Telefone. Das eine ist grau und steht auf einem beweglichen Ständer; das andere ist schwarz und in der Ecke neben den Regalen unter Zeitschriften und dem großen roten Buch versteckt.

Das graue Telefon klingelt.

»Entschuldigen Sie bitte ...«

Du nimmst ab.

»Ja.«

Von meinem Platz aus höre ich hin und wieder eine schrille Stimme rufen: »Hallo, Edmond? Bist du es, Edmond?«, und du antwortest: Nein, Madame, Sie haben sich sicher verwählt, und du legst auf. Aber meistens höre ich nichts, und du antwortest: Persönlich am Apparat ... Ja, guten Tag, Monsieur Kelley ... Du streckst den Arm nach deinem Terminkalender aus, du schlägst ihn auf. Du blätterst in den Seiten herum. Mmmhh ... Wann wollen Sie kommen? Heute morgen habe ich bis zwölf, halb eins Sprechstunde ... Ja, am Nachmittag ist es einfacher ... Ich habe ab siebzehn Uhr wieder Sprechstunde ... Sagen wir sechzehn Uhr fünfundvierzig? Du nimmst wieder deinen schwarzen Füllhalter. Ist notiert. Bitte, bitte. Auf Wiedersehen, Monsieur. Du legst auf.

»Entschuldigen Sie bitte ...«

Du klappst deinen Terminkalender zu, du schaust noch einmal in dem großen roten Buch nach, und schließlich schiebst du es weit von dir weg. Du nimmst den Rezeptblock, du schreibst. Oben das Datum: 12. September. Dann meinen Namen, in Höhe des deinen, und du unterstreichst ihn mit zwei Strichen. Weiter unten auf dem Blatt schreibt deine Hand in Großbuchstaben die Anweisungen, die du mir mit lauter Stimme gibst: Also, Sie nehmen vom Sowieso-Medikament sechs Tage lang zwei Tabletten dreimal täglich, vom Sowieso-Sirup drei Wochen lang zwei Suppenlöffel am Abend vor dem Schlafengehen ... Du schaust wieder auf.

»Mmmhh ... Was nehmen Sie, wenn Sie Fieber haben oder Kopfschmerzen? ... Haben Sie noch genug davon? ... Soll ich Ihnen was aufschreiben? Reichen zwei Schachteln? ... Brauchen Sie noch etwas anderes?«

Du fügst, oder auch nicht, je nach der Antwort, den Namen eines dritten Produkts hinzu.

Mit einer knappen Bewegung des Handgelenks, ohne die Hand zu heben, unterschreibst du unten rechts auf dem Rezept. Das Telefon klingelt. Du nimmst ab.

»Hallo ... O nein, Madame, hier ist nicht die Bank Crédit Provincial ...«

Du legst auf.

Du reißt mein Rezept vom Rezeptblock, du ziehst einen Stapel mit Krankenzetteln der staatlichen Sozialversicherung an dich und mit einer flüssigen Bewegung füllt deine Hand das Feld NAME UND VORNAME DES KRANKEN aus (*Auszufüllen vom Arzt nach den Angaben des Betreffenden*), dann die Rubriken, über denen jeweils folgende Wörter stehen ÄRZTLICHE LEISTUNG: 1 – *Datum der ärztlichen Leistungen*; 2 – *Bezeichnung der ärztlichen Leistungen nach der allgemeinen Gebührenordnung*; 3 – *Ausstellung eines Rezepts*; 4 – *Verordnung*: 1 *(Zimmer)* oder 2 *(erlaubter Ausgang)*, vor dem Abzeichnen der 5 – *Unterschrift des Arztes, womit die ärztliche Leistung bestätigt wird.* Unter BEZAHLUNG DER LEISTUNGEN trägst du in Spalte 6 den *Betrag (in Francs) des erhobenen Honorars* ein, dann streichst du mit einem durchgehenden Strich die Spalten 7 – *Überschreitung besondere Erfordernis*; 8, 9 und 10 – *Fahrtkosten* durch, bevor du kurz vor der Spalte 11 zögerst – *geschuldete Summe* und von neuem deinen Namenszug in die Spalte 12 setzt – *Unterschrift, mit der die Zahlung bescheinigt wird.*

»Danke, Herr Doktor, wieviel schulde ich Ihnen?«

Du faltest den Krankenzettel zusammen und schiebst das Rezept hinein. Du hältst mir das Ganze hin und teilst mir die Höhe deines Honorars mit.

Ich mache meinen Geldbeutel auf oder leihe mir deinen Füllhalter. Du faltest den Geldschein oder den Scheck zusammen und steckst ihn in die Brusttasche deines Hemdes oder deines Kittels.

»Ich danke Ihnen.«

In den großen Terminkalender schreibst du, genau meinem Namen gegenüber, ein C. Du stehst auf, ich stehe auf, du gehst mir voraus, du öffnest die Innentür des Sprechzimmers, ich stecke das Rezept in meine Handtasche oder meine Jackentasche, du stößt die Verbindungstür auf und gehst ins Wartezimmer, ich nehme meine Illustrierte oder meine Tageszeitung von der weißgestrichenen Holzplatte, ich gehe hinaus. Mit dem Rücken an der Tür, drückst du mir die Hand. Auf Wiedersehen.

Jemand ist schon aufgestanden. Ich höre, wie du zu ihm sagst: Kommen Sie herein.

Ich verlasse das Wartezimmer.

4
Die Lizenz

Ich lege meinen Sportpaß auf den Schreibtisch.
»Ich komme wegen der Lizenz.«
Ich schlage den Sportpaß auf, nehme eine Karte mit meinem Foto heraus. Ich halte sie dir hin.
»Ah. Gut, ziehen Sie sich bis auf den Slip aus, damit ich Sie untersuchen kann ...«

Du nimmst von dem kleinen Schubladenschrank am Kopfende der Liege das Stethoskop, das Blutdruckmeßgerät. Du nimmst meinen Arm, du legst die graue Manschette darum, du steckst dir die Ohroliven in die Ohren, du setzt den Schalltrichter an meine Armbeuge, du pumpst auf. Das drückt. Du läßt die Luft ab. Das pfeift.
»Hundertdreißig zu achtzig, ein guter Wert.«
Du nimmst die Manschette ab und legst sie auf den kleinen Schubladenschrank. Du setzt den Trichter des Stethoskops auf meine Brust und lauschst.
»Atmen Sie tief ein ... Sie haben ein sehr gleichmäßiges Herz. Spielen Sie schon lange Fußball?«

*

Manchmal habe ich gerade wieder angefangen. Es war schon lange her. Ich habe früher viel gespielt. Aber wenn man arbeitet, ist es nicht einfach. Und dann habe ich mir gesagt, daß ich unbedingt wieder ein wenig in Form kommen muß. Man sieht da ja so allerhand.
Manchmal spiele ich im fünften oder sechsten Jahr, ich habe schon Basketball und Handball gespielt, aber das gefiel mir nicht mehr, die Atmosphäre war nicht sehr gut. Also habe ich den Verein gewechselt, jetzt spiele ich Fußball in der Nachbargemeinde, und ich bedaure es nicht.

Manchmal fange ich erst an, ich bin nicht allein gekommen, sondern mit einem Freund, oder aber der Trainer, der der Vater eines Freundes ist, hat uns dorthin gebracht, alle Küken des Vereins, in zwei Anläufen, zwei Mittwoche hintereinander nach dem Training, das Wartezimmer ist kaum groß genug, damit wir uns alle setzen können, und als du dann kommst, um drei, halb vier, sehen wir halb beunruhigt, halb belustigt zu, wie du dich mit deinen Schlüsseln und deinen beiden Taschen abquälst, mit der Sprechstundenhilfe sprichst, die ungeduldig auf dich gewartet hat und dir nun mitteilt, daß schon alles voll ist, daß alle Termine vergeben sind. Du runzelst die Stirn, du gehst in dein Büro, du wirfst die Tür hinter dir zu, und lange danach kommst du wieder heraus und sagst: Gut, legen wir los, immer zwei und zwei, Madame Leblanc, und wenn ich verlangt werde, sagen Sie, daß ich später zurückrufe ... Mit wem soll ich anfangen? Na, nun kommt schon, ihr jungen Leute, ich fresse euch bestimmt nicht!

Und ich, ich kneife nicht, ich drücke meine Lizenz (und meinen Sportpaß, falls meine Mutter daran gedacht hat, ihn mir mitzugeben) an mich und gehe mit meinem Bruder oder meinem Vetter oder einem Freund hinein, du machst die Tür hinter uns zu, du nimmst uns die Sportpässe aus der Hand, du setzt dich an deinen Schreibtisch, und du sagst: Ziehen Sie sich bis auf den Slip aus.

Während ich meine Shorts und mein Trikot ausziehe, schaust du dir unsere Lizenzen an (und unsere Sportpässe, falls unsere Mütter daran gedacht haben, sie uns mitzugeben). Dann, als wir beide im Slip sind, drehst du dich zu uns um und machst uns ein Zeichen, näher zu kommen. Du fragst: Wie alt bist du? Du drückst mir dein kaltes Ding auf die Brust, du schaust dir meinen Hals an, meine Zähne, meine Ohren, du hältst mir die kleine Stablampe an die Augen, du betastest meinen Hals und meine Arme. Anschließend muß ich mich auf einen Fuß stellen, dann auf den andern, auf die Zehenspitzen, auf die Fersen, dann muß ich mich auf die Liege legen, du tastest meinen Bauch ab, ich muß mich hinsetzen und meine Knie übereinanderschlagen, und mit einem Reflexhammer, dessen runder Kopf mit dunklem Gummi ummantelt ist, schlägst du auf die Knie, worauf meine Füße hochschnellen. Danach muß ich mich auf die Waage stellen, und schließlich sagst du zu mir, ich solle mich wieder anziehen, und du nimmst den andern dran, oder auch umgekehrt. Wenn es vorbei ist, und während der letzte der beiden sich wieder anzieht, schlägst du wieder den Sportpaß auf, schaust zu einem von uns herüber und sagst: Du wirst an einem der nächsten Tage zur Nachimpfung gegen Kinderlähmung gehen müssen, oder: Wenn du noch keinen Mumps gehabt hast, wird es wohl besser sein, du läßt dich impfen, ich werde deiner Mama ein paar Zeilen dazu schreiben. Und erst hinterher, als du uns hinausläßt, um zwei andere zu rufen, nimmst du die Lizenzen vom Tisch, und peng! drückst du einen Stempel drauf, unterschreibst und fragst: Spielst du schon lange Fußball?

*

»Sagen Sie dreiunddreißig.«
    »Dreiunddreißig.«
    »Lauter!«
    »DREIUNDDREISSIG!«
    »Gut. Legen Sie sich hin.«
    Du legst deine Hand auf meinen Bauch. Du tastest so ziemlich überall ab, selbst hinten.
    Du schiebst deinen Stuhl zurück.
    »Drehen Sie sich zu mir um.«
    Ich setze mich auf den Rand der Liege.
    »Schauen Sie an die Decke.«
    Du schiebst meine Strähne zurück. Du schaust dir meine Stirn an.
    »Sie haben eine starke Akne ...«
    »Ja, deshalb wollte ich auch wissen, ob Sie ...«
    »Selbstverständlich. Ich werde Ihnen etwas verschreiben.«
    Du schiebst deinen Stuhl noch etwas weiter zurück.
    »Gut. Stehen Sie auf.«
    Aus einem Pappspender auf dem kleinen Schubladenschrank am Kopfende der Liege nimmst du zwei unförmige durchsichtige Gummihandschuhe.
    »Ziehen Sie Ihren Slip herunter.«
    Auf deinem Stuhl nach vorn gebeugt, untersuchst du mich. Mit deinen behandschuhten Händen fühlst du, tastest du, wägst du

von rechts nach links ab. Und dann wirfst du die Handschuhe in den blauen Plastiksack in dem großen Weidenkorb, und ich ziehe meinen Slip wieder hoch.

»Drehen Sie sich um.«

Du stehst auf, ich spüre, wie deine Finger über mein Rückgrat laufen.

»Beugen Sie sich vor. Tut Ihnen hin und wieder der Rücken weh?«

»Äh, nein ...«

»Drehen Sie den Kopf nach rechts, ja, so. Nach links. Neigen Sie ihn zur Seite. Jetzt auf die andere. Tut das nicht weh? Gut.«

Du streckst den Arm Richtung Wand unterm Fenster aus.

»Kommen Sie, damit ich Sie wiege.«

Ich stelle mich auf die Personenwaage.

»Es ist gut, Sie können sich wieder anziehen.«

Du gehst zurück, um dich zu setzen.

Während ich mich wieder anzog, hast du die Lizenz auf dem Schreibtisch genommen, hast deinen Stempel draufgedrückt, hast sie unterschrieben, dann wieder umgedreht, um von neuem das darangeheftete Foto zu betrachten. Im Augenblick schlägst du den Sportpaß auf.

»Sie sind ... sechzehn Jahre alt ... Mmmhh ... Ja, genau den Eindruck hatte ich. Sie müssen sich dieses Jahr wieder impfen lassen. Es ist nicht dringend, aber denken Sie daran. Ich werde es Ihnen verschreiben. Hatten Sie mich noch um etwas anderes bitten wollen?«

»Äh, wegen der Akne ...«

»Stimmt, hab ich vergessen.«

Du drehst dich auf deinem Stuhl, du beugst dich zum unteren Regal hinab, um von dort einen Rezeptblock zu nehmen, Krankenblätter, du legst sie vor dich auf die Schreibtischplatte. Du siehst zu mir auf. Ich stehe immer noch.

»Setzen Sie sich bitte!«

5

Die Neuverschreibung

»Ich komme wegen meiner Pille.«

Du drehst dich auf deinem Sessel den Regalen zu, um dort meine Krankenakte zu nehmen, ein kastanienbrauner Umschlag, aus dem du karierte Karteikarten und gefaltete, mit einer Büroklammer zusammengehaltene Blätter herausziehst.

»Wie geht es Ihnen seit dem letzten Mal? ... Ach, das ist ja schon sechs Monate her! Hatte ich sie Ihnen nicht für ein ganzes Jahr verschrieben?«

»Äh, nein.«

»Merkwürdig. Ach ja. Ich sollte einen Vaginalabstrich bei Ihnen machen.«

»Ja, vielleicht.«

Du stellst mir einige Fragen, immer die gleichen, ob ich sie gut vertrage, ob ich nicht dicker geworden bin, ob ich Schmerzen in der Brust habe, ob ich sie nicht vergesse, ob ich rauche, ob ich Migräne habe ... Du schreibst meine Antworten auf deine Karteikarte. Schließlich sagst du:

»Gut, wir werden Sie jetzt untersuchen ...«

»Äh ... nun ja, das heißt ... ich habe seit gestern meine Regel ...«

Du schaust auf, du siehst mich kurz an, du lächelst.

»Das ist nicht weiter schlimm, ich werde Sie diesmal in Ruhe lassen, wir werden es das nächste Mal machen ...«

Auf deine karierte Karteikarte schreibst du in roten Druckbuchstaben, so groß, daß ich es von meinem Platz aus lesen kann: GYN. UNTERS. + ABSTRICH NÄCHST. MAL.

Du schiebst deinen Schreibtischstuhl auf Rollen zurück, du zeigst auf die Liege.

»Legen Sie sich hin, ich werde Ihren Blutdruck messen.«

6
Amélie

Die Tür geht auf, du kommst heraus und trittst vor einer jungen Frau zurück, um sie vorbeizulassen. Du drückst ihr die Hand.

»Danke, Herr Doktor, auf Wiedersehen.«

»Auf Wiedersehen, Madame.«

Du beugst dich zu dem Kind herab, das dich mit weit geöffneten Augen anschaut, ohne den Plüschbären loszulassen, den es beim Eintreten auf der kleinen roten Bank sitzend vorgefunden hat.

»Na, mein Häschen, geht's uns heute nicht gut?«

»Ach«, sage ich, »davon kann ich ein Lied singen, seit sechs Monaten ist das schon so, ich bin es allmählich leid, kommst du, Amélie? Komm, mein Liebling, wir gehen zum Onkel Doktor.«

Amélie runzelt die Stirn und stürzt auf mich zu. Ich nehme sie in die Arme. Du lächelst. Du bittest uns herein. Ich stelle das Köfferchen auf einen der mit schwarzem Stoff bezogenen Sitze. Amélie will mich nicht loslassen, also öffne ich das Köfferchen mit einer Hand, nehme den Gesundheitspaß heraus, lege ihn auf die weißgestrichene Holzplatte.

»Ich bin schon mal beim Arzt gewesen, das heißt bei Ihrem Kollegen aus Deuxmonts, vor vierzehn Tagen, es war an einem Donnerstag, Sie waren nicht da, oder es war an einem anderen Abend, und Sie hatten keine Sprechstunde, glaube ich?«

»Doch ...«

»Gut, jedenfalls wollte ich nicht länger warten, ich hatte sie gerade bei ihrer Pflegemutter abgeholt, die mir sagte, sie sei quengelig, und ich habe sofort gesehen, daß etwas nicht stimmte, sie wollte ständig auf den Arm genommen werden und hat ununterbrochen geflennt. Da ich vor drei Monaten wieder angefangen habe zu arbeiten, habe ich mir gesagt, daß alles nur Theater ist. Ich muß dazu noch sagen, daß sie mir schon ganz schön zugesetzt hat, als sie auf die Welt gekommen ist, und ich habe notgedrungen ein Jahr Mutterschaftsurlaub genommen, deshalb bin ich mißtrauisch, weil, von ihren Launen kann ich ein Lied singen. Mein Mann ist schon beunruhigt, wenn ihr nur ein Furz quersteckt, er ist ganz verrückt mit seiner Tochter, aber ich will mich nicht auffressen lassen, deshalb habe ich gesagt, wir werden sehen. Bloß, als ich sie ausgezogen habe, um sie zu baden, fing sie an zu weinen, und das bin ich nicht an ihr gewohnt, sie ist nämlich ganz wild darauf, gebadet zu werden, deshalb habe ich mir gesagt: Da stimmt was nicht, ich habe ihr die Temperatur gemessen, sie hatte neununddreißigfünf, und es stieg ständig weiter. Der Arzt hat eine komplizierte Nasen- und Rachenschleimhautentzündung festgestellt ...«

»Kompliziert?«

»Ja, mit einer beginnenden Mittelohrentzündung ... Kurzum, er hat ihr Antibiotika gegeben, doch am nächsten Morgen fing sie an, sich zu erbrechen, darauf habe ich ihn wieder angerufen, und er hat mir andere verschrieben, aber sie hat sie vorgestern aufgebraucht, und jetzt fängt es wieder an.«

»Es fängt wieder an?«

»Ja, sie ist seit vorhin quengelig, sie war bei meinen Schwiegereltern, mein Mann und ich waren acht Tage verreist, wir hatten schon lange keinen Urlaub mehr, und als wir zurückgekommen sind, hat meine Schwiegermutter zu mir gesagt, daß es ihr seit gestern nicht gutgeht, die Nase läuft, sie hustet, nachts schnarcht sie, und sie wird ständig wach, darauf habe ich mir gesagt, das wird doch nicht wieder von vorne anfangen, es ist jetzt schon das fünfte Mal seit November, wir kommen da nicht mehr raus, man müßte eine Lösung finden ...«

»Mmmhh. Wir werden uns das mal ansehen. Ziehen Sie sie bitte aus ...«

Du schlägst den Gesundheitspaß auf.

Ich suche den Wickeltisch, aber das war neulich bei dem Arzt in Deuxmonts, daß es so etwas gab. Du untersuchst die Kinder auf der Liege an der Wand. Ich lege Amélie auf das Laken, um sie auszuziehen, und du fragst: Hat der Arzt nichts aufgeschrieben, das letzte Mal? Aber Amélie fängt an zu schreien, und es gelingt mir nicht, ihr den Overall auszuziehen.

*

Manchmal ist es die Hölle, sie plärrt und strampelt unaufhörlich, man kommt ihr einfach nicht bei, und ich höre, wie du deinen Drehsessel auf Rollen zurückschiebst.

»Sie gestatten?«

Du zeigst auf die Liege.

»Setzen Sie sich zu ihr.«

Du ziehst den Stuhl, der am Fenster steht, an die Liege heran, du setzt dich und schaust Amélie an, die immer noch liegt.

Amélie schaut dich an. Du sagst:

»Du hast immer noch deine großen blauen Augen, mein Häschen ... Komm, ich ziehe dich aus, und dann sehen wir nach, warum du Fieber hast.«

Amélie behält ihr mißtrauisches Gesicht. Du streckst ihr die Hände entgegen. Sie streckt dir die ihren entgegen, du setzt sie auf der Liege auf.

Du sagst: Ich bin Doktor Sachs, du hast mich schon einmal gesehen, aber das ist lange her, du erinnerst dich vielleicht nicht mehr. Heute hat dich deine Mama nicht zum Impfen hergebracht, sondern damit ich dich behandle. Ich weiß, daß du es nicht magst, wenn man dich hinlegt, kleine Kinder und Babys mögen das nicht, und in deinem Alter nimmt man sich vor Fremden in acht ... (Du ziehst den Reißverschluß des Overalls runter.) Schwupp! (Du nimmst einen Ärmel.) Komm, einen Arm! (Amélie zieht den Arm aus dem Ärmel.) Den andern Arm ... Einen Fuß ... Den andern Fuß ... (Und sie läßt sich ihren Overall ausziehen, ohne etwas zu sagen, ohne aufzuhören, dich anzusehen, und dann kommen alle ihre Kleider dran. Als es geschafft ist, nimmst du ihre kleinen Hände, du ziehst sachte.) Hopp! (Und schon steht sie auf der Liege.)

»Komm, setz dich deiner Mama auf die Knie.«

Du hebst sie hoch, du setzt sie mir auf die Knie, und sie steckt ihren Daumen in den Mund.

*

Aber manchmal läßt sie alles mit sich machen, und während ich ihr den Overall ausziehe, die Weste, den Pulli, den Strickrock, die Strumpfhose, die Hemdbluse, den Unterpulli und den Body, gehst du um den Stuhl herum, auf den ich das Köfferchen gestellt habe, du nimmst etwas von der Säuglingswaage, die oben auf dem Möbelstück aus lackiertem Kiefernholz steht, und in dem Augenblick, in dem ich ihr das Unterhemd ausziehe – *Kann ich ihr die Windel anlassen?* – hältst du ihr eine große durchsichtige Klapper hin, an der sich bunte Kugeln drehen. Amélie nimmt den Daumen aus dem Mund, ergreift die Klapper, schüttelt sie.

»Daaaada?«

»Setzen Sie sich und nehmen Sie sie auf die Knie.«

Ich setze mich auf die Liege. Du ziehst den unter dem Fenster stehenden Stuhl heran, du läßt dich darauf nieder. Du nimmst das Stethoskop von dem kleinen Schubladenschrank. Du steckst dir die Ohroliven in die Ohren, du schaust Amélie an, du sagst: Das ist kalt, du setzt ihr den Schalltrichter des Stethoskops auf die Brust.

Amélie verzieht das Gesicht, aber sie weint nicht. Sie steckt sich den freien Daumen in den Mund. Nach einigen Sekunden, während du das Stethoskop auf ihrer Brust hin und her schiebst, nimmt sie den Daumen aus dem Mund, läßt die Klapper von einer Hand in die andere gleiten und streckt die freie Hand nach dem schwarzen Gummischlauch aus.

»Nicht berühren!«

Du schüttelst sachte den Kopf.

»Das stört mich nicht ...«

Während sie den Schlauch mit vollen Händen packt und daran zieht, läßt du den Schalltrichter über ihre Brust, dann über ihren Rücken gleiten. Sie beginnt zu husten, es ist jener rauhe Husten, der sie oft beim Mittagsschlaf oder in der Nacht überkommt, der ihr Übelkeit verursacht und der solche Angst macht, vor allem meiner Schwiegermutter, denn ich weiß ja, sie kann noch so sehr husten, das hält sie nicht davon ab, alle möglichen Dummheiten zu machen, aber gut, das dauert nun wirklich schon lange, und meine Schwiegermutter sagt mir immer wieder, ich solle mit ihr zu einem Kinderarzt gehen.

»Hustet sie oft so?«

»Unaufhörlich, manchmal hustet sie die ganze Nacht hindurch, und sobald ich ins Zimmer komme, weint sie, unmöglich, sie wieder zum Schlafen zu bringen. Mein Mann sagt, wir sollten sie zu uns ins Bett nehmen, für ihn ist das einfach, er schläft gleich wieder ein, aber ich, nicht dran zu denken. Folglich habe ich morgens natürlich Mühe, aufzustehen ...«

Du setzt das Stethoskop auf Amélies Rücken, nun zieht sie fester an dem schwarzen Gummischlauch. Dein Kopf folgt der Bewegung, und ich vermute, bald sitzt ihr euch dicht gegenüber.

»Da-hhhdaddaaaa ...«, seufzt Amélie.

Du ziehst das Stethoskop aus den Ohren, und die Ohroliven schlagen mit einem kurzen Geräusch aneinander. Amélie hat den Schlauch nicht losgelassen. Die Klapper fällt auf den Boden. Ich hebe sie auf. Von dem kleinen Schubladenschrank nimmst du einen kleinen Plastikkegel aus der Pappschachtel und befestigst ihn an einer Art Taschenlampe.

»Wir werden uns nun deine Ohren anschauen, mein Häschen.«

»Sie mag das nicht ...«

Du neigst dich Amélie entgegen, du gleitest an ihrer Wange entlang, du führst den Kegel in ihr rechtes Ohr ein. Amélie erstarrt, aber sie sagt nichts.

»Eeeeeein Ohr ... Gut.«

Du richtest dich wieder auf, du wechselst die Seite.

»Das andere Ooooooohr ... Guuuuuut.«

»Dadddaaa?«

»So, alles vorbei, mein Häschen.«

»Was hat sie?«

»Eine gar nicht komplizierte Entzündung der Nasen- und Rachenschleimhaut.«

»An den Ohren hat sie nichts?«

»Nein. Hatte sie heute abend hohes Fieber?«

»Ich weiß nicht, ich habe nicht gemessen, ich bin sofort zu Ihnen gekommen, aber – ich lege meine Hand auf Amélies Stirn – ich glaube nicht, nein, ich hatte nur Angst, daß es wieder anfängt, meinen Sie nicht, daß man etwas tun müßte? Ihr die Polypen rausnehmen oder ihr Globulininjektionen geben ... Meine Schwester hat das mit ihrem Sohn gemacht ... Acht Wochen lang eine Spritze dreimal wöchentlich, es hat den Anschein, daß ihnen das guttut ...«

Du machst ein zweifelndes Gesicht, du schüttelst den Kopf, du streckst Amélie den kleinen Finger hin, und ihre kleine Hand schließt sich um ihn.

»Mmmhh, das ist nicht nötig. Es ist Herbst, und bis zum Alter von zwei Jahren sind Erkältungen häufig. Danach legt sich das …«
Du drehst dich um, du nimmst den Gesundheitspaß von der Schreibtischplatte, du blätterst darin.

»Hat mein Kollege das letzte Mal nichts notiert?«

»Oh! Der schreibt nie was dazu, deshalb nehme ich den Gesundheitspaß schon gar nicht mehr zu ihm mit, wissen Sie, die Ärzte notieren nicht oft …«

»Das ist schade … Gut, Sie können sie wieder anziehen …«
Du stehst auf. Du schiebst den Stuhl wieder unter das Fenster. Du setzt dich auf den Drehstuhl. Du legst das Gesundheitsbuch hin, du nimmst deinen Füllhalter, du schreibst.

Amélie fängt an zu niesen, einmal, zweimal, dreimal.

»Hatschi, hatschi, hatschi!« sagst du, ohne dich umzudrehen.

Jetzt sind natürlich Nase und Mund voll, sie wischt sich mit dem Ärmel ab und schmiert es überall hin, und ich habe kein Taschentuch dabei.

Ohne deinen Füllhalter loszulassen, stehst du auf. Du durchquerst den Raum. Du nimmst aus dem Spender, der an der Wand hängt, Papierhandtücher, du hältst sie mir hin.

Als Amélie angezogen ist, setze ich mich wieder auf einen der mit schwarzem Stoff bezogenen Stühle. Amélie trottet hinter mir her. Sie nähert sich dem Tisch, an dem du jetzt das Rezept schreibst, sie hat immer noch die grünrote Klapper in der Hand, sie schaut zu dir auf und hält sie dir hin.

»Tah!«

»Danke, mein Kleines. Gut«, sagst du und faltest das Rezept und den Krankenzettel zusammen, »diesmal keine Antibiotika, das wird ganz von allein weggehen, Sie geben ihr lediglich ein oder zwei Tage lang etwas, um die Temperatur zu senken, für den Husten werde ich Ihnen etwas Hustensaft aufschreiben, es sei denn, Sie hätten zu Hause schon alles, was Sie brauchen …«

»Verschreiben Sie ihr nicht mal Nasentropfen?«
Bevor du mir antworten kannst, klingelt das Telefon.

7
Angèle Pujade

Es klingelt einmal, und du hebst ab.

»Doktor Sachs, ja bitte ...«

»Guten Tag, Bruno! Hier ist Angèle.«

»Guten Tag, Madame Pujade. Wie geht es Ihnen?«

»Sehr gut. Stör ich dich nicht?«

»Nie.«

Ich lache. Das gibst du immer zur Antwort.

»Sag mal, kann ich dir morgen noch eine Dame dazugeben?«

»Mmmhh ... Ist das Programm voll?«

»Ja, ziemlich. Du hast schon drei Eingriffe und drei ... nein, vier Konsultationen. Aber es ist eine Dame, die lieber bei dir ist, Jean-Louis schickt sie dir.«

»Jean-Louis Renaud?«

»Ja, es ist eine seiner Patientinnen ... Aber ich kann sie auch nächste Woche kommen lassen.«

»Nein, wir wollen sie nicht acht Tage lang schmoren lassen, es ist so schon hart genug. Mmmhh ... Ich werde etwas früher anfangen. Um halb eins. Geht das?«

»Sehr gut, danke, Bruno. Dann bis morgen!«

»Bis morgen, Madame Pujade.«

Ich lege auf und schaue zu der dunkelhaarigen jungen Frau mit den dunklen Augen hinüber.

»Geht in Ordnung für morgen.«

Ihre Augen irren ins Leere. Sie lächelt, wobei sie sich ein wenig zwingen muß, und nickt mit dem Kopf.

»Danke ...«

»Sie werden sehen«, sage ich, »es wird sehr gut verlaufen. Bruno – Doktor Sachs – ist sehr ... sehr sanft.«

Ich weiß nicht, warum ich das gesagt habe. Vielleicht, um Kummer und Zorn abzumildern, die in ihrem Kopf herumschwirren.

8

Marie-Louise Renard

»Guten Tag, Doktorchen.«

»Guten Tag, Madame Renard. Setzen Sie sich.«

Das Telefon klingelt. Du seufzt.

»Ah, entschuldigen Sie bitte ...«

»Nur zu, ich hab's nicht eilig!«

Während du am Telefon Rede und Antwort stehst, lege ich meinen Geldbeutel auf die Kante des Schreibtischs, lege mein Umschlagtuch ab, ich hänge es über die Stuhllehne, ziehe meine Weste aus, hänge sie darüber, öffne den Reißverschluß meiner Bluse, ziehe meine Bluse aus, hänge sie über die Weste, knöpfe meine Strickjacke auf, ziehe meine Strickjacke aus, hänge sie über die Bluse, knöpfe mein Kleid auf, ziehe es aus, hänge es über die Strickjacke, ziehe meinen Unterrock aus, lege ihn auf den Stuhl, weil sonst alles herunterfallen wird, und weil du gerade aufgelegt hast, schaue ich zu dir hin.

»Soll ich auch meinen Hüfthalter ausziehen?«

Du lächelst.

»Es wird schon so gehen ... Was führt Sie heute zu mir?«

»Na ja, wie üblich komme ich wegen der Medikamente. Und dann auch wegen des Blutdrucks, es steht nicht zum besten im Augenblick, alles dreht sich, wenn ich morgens aufstehe, und mittags, wenn ich gegessen habe, und abends, wenn ich meine Strümpfe ausziehe und mich dann wieder aufrichte, dreht es sich und wirbelt mich herum und wirft mich fast um ... Und ich habe Schmerzen, olalameingott, ist das die Möglichkeit, daß man so leidet, mir tut's weh mir tut's weh mir tut's weh ...«

Ich schließe die Augen, ich schüttle den Kopf, ich seufze, ich nicke mit dem Kopf, ich seufze wieder, und schließlich, die Hand auf die Brust legend:

»Da tut's mir immer weh ... am Herzen.«

Ich schaue dich an. Du bist sehr groß. Du wirkst nicht mehr so jung und siehst auch mehr nach Doktor aus als damals, als du gekommen bist, aber du bist noch genauso groß. Ich bin das allerdings gar nicht.

Du zeigst auf die Liege.

Ich setze mich. Olalameingott, ist das niedrig. Ich lege mich hin. Olalameingott, ist das kalt. Du ziehst den Stuhl, der unterm Fenster steht, zu dir heran und setzt dich.

Du steckst dir die Ohroliven in die Ohren. Du mißt mir den Blutdruck. Das spannt, aber ich weiß, daß es zu meinem Besten ist. Das pfeift.

»Wieviel hab ich diesmal?«

Das Telefon klingelt.

»Zum Teufel!«

»Ach ja, Sie haben kein Glück heute! Man läßt Sie nicht in Ruhe arbeiten.«

»Entschuldigen Sie bitte ...«

Das Gerät verliert Luft. Du machst drei Schritte zum Schreibtisch, du nimmst ab.

»Doktor Sachs, ja bitte ... Guten Tag, Monsieur ... Ja ... Nein, hab ich noch nicht erhalten ... Ich denke, daß es mit der morgigen Post kommt ... Ja, ich rufe Sie zurück ... Keine Ursache, auf Wiedersehen, Monsieur.«

Du legst auf.

»Man wird ständig gestört, wenn man Doktor ist!«

»Mmmhh ...«

Du pumpst wieder auf, das spannt. Du schaust auf den Zeiger. Du runzelst die Stirn. Du pumpst wieder auf. Es spannt noch mehr als vorhin, aber wenn man behandelt werden will, muß man leiden. Du schaust auf den Zeiger. Es pfeift sehr sachte. Ich spüre, wie es in meinem Arm pocht. Du nickst.

»Ein guter Wert.«

»Wieviel habe ich diesmal?«

»Hundertfünfzig zu achtzig.«

»Ach? Aber das letzte Mal hatte ich nur hundertvierzig. Ist das normal?«

»Ja, wissen Sie, das kann von einem zum andern Mal ein wenig schwanken ...«

»Aber ich verstehe das nicht, ich habe nie zweimal den gleichen Blutdruck, wenn ich zu Ihnen komme. Dabei nehme ich immer meine Medikamente. Und wenn ich sie zufällig mal vergesse – wohlgemerkt, es kommt nicht oft vor –, stehe ich nachts auf, um sie einzunehmen, wie kommt es dann also, daß es nicht immer gleich ist von einem Mal zum andern?«

»Weil es eben schwankt. Zwischen hundertfünfzig und hundertvierzig ist kein großer Unterschied ...«

»Sie werden doch nicht meine Medikamente wechseln?«

»Nein, es ist sehr gut so, wie es ist ...«

»Nun ja, das ist mir auch lieber, ich habe solche Mühe gehabt, mich daran zu gewöhnen! Immerhin, hundertfünfzig, das ist viel, oder nicht? Wenn er nur nicht höher wird, wie letztes Jahr, Sie waren nicht da, und ich mußte einen anderen Doktor rufen ...«

Durch die Wand hindurch höre ich, daß es an der Tür klingelt.

»Ach ja? War ich in Urlaub?«

»Nein, aber es war an einem Sonntag, und Ihre Maschine sagte, daß Sie bis Montag morgen nicht da sind ...«

»Ja, sonntags kommt es vor, daß ich nicht arbeite ...«

»Na ja, es ist immer dasselbe Lied! Wenn man den Doktor braucht, ist er im richtigen Augenblick nie da. Damit meine ich natürlich nicht Sie. Ich bin froh, daß Sie da sind. Vorher mußte ich nach Lavinié zum Arzt, mein Sohn konnte mich nicht immer hinfahren, also hab ich den Nachbarn gefragt, und ich hab ihm das Benzin bezahlt, aber das war eine Riesenaffäre. Außerdem mußte man immer eine, wenn nicht gar zwei Stunden warten, man muß sagen, daß der Doktor von Lavinié immer einen großen Patientenstamm gehabt hat! Während bei Ihnen hier zu Anfang natürlich nicht viel los war, als ich dann gehört habe, daß Sie in der alten Schule abhorchen würden, war ich froh, das ist nicht weit weg, außerdem sehe ich Sie vorbeifahren, wenn Sie morgens ankommen, und wenn ich in den Lebensmittelladen gehe, schaue ich nach, ob Sie noch da sind, so daß ich kommen kann, bevor Betrieb ist ...«

Es klopft an die Tür.

»Das gibt's doch nicht!«

Du stehst entnervt auf, du machst die beiden Türen auf. Ich höre eine schleppende, etwas wehleidige Stimme.

»Guten-Tag Mö-ssieur. Will-er-nicht-einen-Korb, der-Herr-Doktor?«

»Nein, danke, ich brauche nichts.«

»Ist-Ihre-Frau-nicht-da?«

»Nein, ich wohne nicht hier. Entschuldigen Sie bitte, ich untersuche gerade eine Patientin ...«

»Gut. Das-macht-nichts, Auf-wie-der-sehen ...«

Du machst die Türen zu und kommst zur Liege zurück. Du bist noch größer, wenn ich liege.

»Sie ist nicht von hier ... Sie weiß nicht, daß Sie gar keine Frau haben ...«

»Mmmhh ...«

Ich necke dich.

»Ein hübscher Junge wie Sie, Sie werden schließlich auch noch eine finden, es wäre jammerschade ...«

»Kommen Sie, Madame Renard, Sie können sich wieder aufsetzen ...«

»Ja ... Aber Sie müssen mir helfen ... haa! Olalameingott, ist die aber niedrig, Doktorchen, Ihre Liege!«

Du hilfst mir, mich aufzusetzen.

»Sie sind lästig, diese Zigeuner, ich verstehe nicht, daß der Bürgermeister sie auf dem Grundstück am Sportplatz kampieren läßt, ich hab schon zu ihm gesagt: Lucien, du solltest nicht zulassen, daß sie sich dort einnisten, hinterher gibt's Diebstähle, und sie hinterlassen jede Menge Müll, ihre Bälger haben nicht einmal Schuhe, sie sind unglaublich schmutzig ...«

»Atmen Sie stark ein ...«

Ich atme ein.

»Olalameingott, wie das pfeift. Na ja, die Bronchitis, die ist gut vorbeigegangen mit dem Hustensaft, den Sie mir das letzte Mal gegeben haben ...«

»Mmmhh. Das sehe ich ...«

»Ja, zum Glück, aber es ist das Herz, das mir zu schaffen macht ... Und außerdem die Beine, olalameingott! Die Gelatinekapseln, die Sie mir neulich gegeben haben, die haben mir für einen Tag, höchstens zwei, Ruhe gebracht, und danach hat es wieder angefangen. Gewiß, das geht jetzt schon fünfzig Jahre so, das kann also nicht von einem Tag auf den andern gut werden ...«

Du beugst dich über meine Beine.

»Wo tut es Ihnen weh?«

»Etwas weiter unten ... (Du drückst mir aufs Schienbein.) Auuu! Ja, olalameingott, tut das weh, ja, da ist es ...«

»Das ist der Muskel ... Wenn man ein wenig beleibt ist, wie Sie, müssen die Beinmuskeln sehr viel mehr arbeiten ...«

»Olalameingott! Das ist wahr, ich habe ganz schön gearbeitet in meinem Leben! Ich hab zu meinem Mann gesagt: Marcel, das ist doch bei Gott nicht möglich, daß ich so erschöpft bin ... Ist es nicht die Blutzirkulation?«

Du schüttelst den Kopf.

»T-tt.«

»Ach, um so besser. Aber es ist auch mein Herz, olalameingott, tut mir das weh! Allein neulich nachts, es ist entsetzlich, wie ich gelitten habe! Mein Mann hat mit mir geschimpft, weil ich ihn am Schlafen gehindert hab, es hat gar nichts genützt, daß er mich berührt hat, bevor ich zu Bett ging, ich hatte trotzdem Schmerzen ...«

»Berührt?«

»Jaa, Sie wissen doch, mein Mann hat die *Gabe*. Er war früher mal Handaufleger, er *hat dem Feuer Einhalt geboten*. Jetzt macht er's natürlich nicht mehr oft, nur noch bei mir, aber ich hab den Eindruck, daß es nicht mehr bei mir wirkt ...«

»Ist es immer der gleiche Schmerz unter der Brust?«

»Ja, da, am Herzen ... Muß ich meinen Hüfthalter ausziehen?«

»T-tt, beugen Sie sich vor ...«

Ich beuge mich vor. Du stehst vom Stuhl auf, du setzt ein Knie neben mir auf die Liege, und du drückst deine beiden Daumen direkt zwischen meine Schulterblätter.

»Ouuuuuiiiiie!«

»Mmja, ich sehe, was es ist, immer dasselbe. Das fängt zwischen Ihren beiden Wirbeln an, hier, spüren Sie?«

»Ouiiiie – ja, das tut weh ...«

»Und das greift nach vorne über ...«

»Ouiiiie! ...«

»Es ist nicht das Herz, es ist ein interkostaler Schmerz ... Ein Nerv, der eingeklemmt ist.«

»Ach ... Dann ist also ein EKG gar nicht nötig?«

»T-tt ... Kommen Sie, Madame Renard, steigen Sie auf die Waage ...«

Du streckst mir die Hände entgegen, du hilfst mir beim Aufstehen.

»Olalameingott, ich habe bestimmt nicht abgenommen!«

Ich nähere mich dem Fenster. Du kauerst dich hin und schiebst die Waage vor mich.

Ich stelle mich vorsichtig drauf. Du hältst meine Hand. Du läßt sie los. Du schaust dir die Zahlen an, die ich nicht sehen kann.

»Wieviel ist es heute?«

Du gehst an deinen Schreibtisch zurück. Du schaust auf mein Krankenblatt.

»Genau wie das letzte Mal.«

Ich steige von der Waage herunter.

»Kann ich mich wieder anziehen?«

»Mmhhh ... Ja, selbstverständlich, ich bitte Sie!«

Ich raffe meinen Unterrock auf, der zu Boden gerutscht ist, ich streife ihn über, dann das Kleid, ich knöpfe es zu, ich ziehe die Bluse über, und ich ziehe den Reißverschluß hoch, ich schlüpfe in die Weste, ich werfe das Umschlagtuch über die Schultern, ich gehe zu dem mit schwarzem Stoff bezogenen Sitz neben dem Schreibtisch, ich setze mich, ich lege eine Hand auf meine Brust, olalameingott, wie ich leide, und die andere auf den Schreibtisch, auf meinen Geldbeutel.

Du bist damit beschäftigt, ganz klein etwas auf die Karteikarte zu schreiben, die du aus meiner dicken Krankenakte genommen hast. Du kommst ans Ende, und du drehst sie um. Die andere Seite ist schon voll. Du schüttelst den Kopf.

Du öffnest einen kleinen Aktenschrank, der unter dem Fenster steht, du nimmst eine neue Karteikarte heraus. In die Ecke, oben links, schreibst du meinen Namen, RENARD Marie-Louise, und du unterstreichst ihn mit drei Strichen. Rechts schreibst du eine Zahl hin, 18, glaube ich, und machst einen Kreis drum herum. Dann fängst du wieder an zu schreiben, aber es ist zu klein, als daß ich es lesen könnte, meine Augen sind auch nicht mehr, was sie früher mal waren.

»Was werden Sie mir an Medikamenten geben? Weil, neulich, das hat mir gutgetan, aber nicht sehr lange ...«

Du schaust hoch, siehst mich über den Rand der Brillengläser hinweg an.

»Was hat Ihnen denn am meisten geholfen?«

»Ach! Ich weiß nicht mehr … Es gibt nicht viel, was mir noch hilft, außer die dicken grünen Gelatinekapseln, die Sie mir neulich verschrieben haben, die Apothekerin hat sie mir herstellen müssen. Sie sind wirklich dick, aber hin und wieder tun sie mir gut, außer, wenn ich sie nicht runterbekomme. Dann mache ich sie auf und vermische das Pulver mit meiner Suppe, aber dann wirkt es nicht so gut …«

»Es ist tatsächlich besser, Sie nehmen sie ein, ohne sie zu öffnen … Haben Sie noch welche?«

»Olalameingott, ja! Sie hatten mir für drei Monate welche verschrieben, aber weil ich keine Schmerzen mehr hatte, habe ich aufgehört, und als ich neulich abends wieder Schmerzen bekam, habe ich mir gesagt, ich darf nicht irgend etwas einnehmen, ich werde mal wieder zu meinem Doktorchen gehen, wo ich jetzt mit meinen über achtzig Jahren schon mal einen Doktor am Ende der Straße habe, kann ich das ja auch ausnützen! Erstens haben wir unsere Beiträge bezahlt, und außerdem sind Sie so nett …«

»Mmmhh … Also, dann verschreibe ich Ihnen bloß die Medikamente für den Blutdruck neu …«

»Und auch Tabletten zum Schlafen …«

»Mmmhh …«

»Und Salbe, damit der Vater mich einreiben kann, wenn's mir weh tut. Können Sie morgen früh vorbeikommen, um nach ihm zu sehen? Heute nachmittag hat er nicht kommen können, weil er zum Bürgermeister mußte, aber er hätte Sie gern gesehen, und ungeduldig, wie er ist, wartet er nicht gern …«

Du schlägst den großen Terminkalender auf.

»Nicht morgen, morgen ist Donnerstag, da ist die Praxis geschlossen … Ist es dringend?«

»Olalameingott, nein! Sie wissen ja, wie er ist, der Vater, er mag Sie sehr, weil Sie sich eingehend mit ihm befaßt haben, wo er doch so ein schwieriger Patient ist, wenn ich zu ihm sage: Iß das bloß nicht, das bekommt dir nicht, oder: Nimm doch deine Tabletten, es ist zu deinem Besten, dann müßten Sie ihn mal hören, er streitet mit mir, er ist böse, während er bei Ihnen ganz sanft ist …«

»Kann es bis Freitag warten?«

»Freitag, einverstanden, aber der Nachbar fährt uns nachmittags in die Apotheke, wenn Sie also am Morgen nicht allzu spät vorbeikommen könnten?«

»In Ordnung, also Freitag morgen.«

Du schiebst den Terminkalender zurück, du schreibst noch ein paar Worte auf die Karteikarte, dann schiebst du sie mit allen Papieren in den großen braunen Umschlag mit dem Klebeband, den du auf dem Regal ganz oben, zwischen zwei grauen Kartons, auf einen Stapel anderer Umschläge legst, die alle gleich sind. Du schreibst dein Rezept, du füllst den Krankenzettel aus und gibst mir beides.

Ich habe schon meinen Geldbeutel aufgemacht und den vor meinem Kommen viermal gefalteten Geldschein auf den Schreibtisch gelegt. Ich stehe auf, du stehst auf, ich hole aus meiner Bluse das Plastiketui, in dem ich meine Blutproben und meine Versicherungskarte verstaue, und tue das Rezept hinein.

»Olalameingott, das ist wieder ein Haufen Papierkram, wovon ich nichts verstehe. Zum Glück gebe ich das alles Madame Grivel, der Apothekerin, oder Madame Lacourbe, der Laborantin, die schlagen sich dann damit herum, sie sind ja so nett, es kommt sogar vor, daß sie die Medikamente ins Haus bringen, weil, sonst muß man den Nachbarn bitten, und das ist gleich eine Riesenaffäre, obwohl wir ihm das Benzin bezahlen ... Nun gut! Ich hoffe, daß es gehen wird.«

»Da bin ich ganz sicher. Und nehmen Sie vor jeder Mahlzeit eine grüne Gelatinekapsel, Sie werden viel weniger Schmerzen haben.«

»Ach, das hätte ich gern, Doktorchen! Weil, wenn ich solche Schmerzen habe, olalameingott, das ist entsetzlich ...«

Du gehst mir voraus, du machst die Tür auf, du geleitest mich hinaus, du drückst mir die Hand.

Im Wartezimmer finde ich Marcel vor. Ich drehe mich um, aber du hast schon die Tür hinter dir geschlossen. Marcel steht auf.

»Na?«

»Na ja, er hat zu mir gesagt, daß ich auf meine Gesundheit achten muß, daß man das behandeln muß, damit ist nämlich nicht zu spaßen, man darf das nicht auf die leichte Schulter nehmen.«

»Ah ja. Hast du ihm gesagt, daß ich ihn ebenfalls sehen wollte?«

»Ja, aber er kann heute nicht, und morgen auch nicht, er ist beschäftigt, er wird dich also am Freitag aufsuchen, wir können ihn nicht ständig belästigen.«

»Ah ja. Weil, ich habe nämlich fast keine Arznei mehr, und die Magenschmerzen fangen langsam wieder an ...«

»Das macht nichts. Er hat zu mir gesagt, wenn du morgen keine nimmst, daß es davon auch nicht schlimmer wird. Los, komm!«

»Ah ja.«

Marcel steht auf. Ich öffne die Tür des Wartezimmers, er geht vor mir hinaus, er steht schon im Hof, und ich höre, daß man mich ruft.

»Madame Renard!«

Ich drehe mich um. Du kommst aus deinem Büro.

»Ihre Strickjacke. Sie war auf den Boden gerutscht.«

»Oh, das ist aber nett! Danke, Doktorchen ...«

9
Madame Leblanc

Das Telefon klingelt. Einmal, zweimal. Ich hebe ab.

»Hallo!«

»Hallo, Edmond? Bist du es, Edmond?«

»O nein, Madame, hier ist die Arztpraxis in Play. Sie haben sich bestimmt verwählt ...«

Sie legt auf. Es ist immer so. Ich lege den Hörer auf, und das Telefon fängt wieder an zu läuten.

»Hallo?«

»Guten Tag, Madame Leblanc.«

»Ach, guten Tag, Herr Doktor!«

»Übernehmen Sie die Leitung, ich fahre nach Hause.«

»Warten Sie, ich sehe in meinen Terminkalender ... Also, ich hatte bereits einen Patienten für siebzehn Uhr und einen anderen für siebzehn Uhr zwanzig aufgeschrieben ...«

»Ich habe für siebzehn Uhr vierzig einen Termin ausgemacht. Monsieur Roché.«

»Monsieur Roché. Ist notiert.«

»Ich gehe zum Mittagessen. Sollte ich um Hausbesuche gebeten werden, die mache ich nach fünfzehn Uhr dreißig ... Ausgenommen dringende Fälle selbstverständlich ...«

»In Ordnung, Herr Doktor. Sind Sie zu Hause?«

»Ja, selbstverständlich ... Guten Appetit!«

»Danke, Herr Doktor, Ihnen auch. Bis nach ... Herr Doktor, Herr Doktor!«

»Ja?«

»Ich habe vergessen, Ihnen zu sagen, eine Ihrer Freundinnen, Madame ... Markson, hat Sie heute morgen zu erreichen versucht, aber Sie waren schon unterwegs zu einem Krankenbesuch. Sie bittet, daß Sie zurückrufen.«

»Ah. In Ordnung ... Mmhhh. Bis nachher.«

»Auf Wiedersehen.«

Ich lege wieder auf und klappe den Terminkalender zu.

10
Catherine Markson

Das Telefon läßt mich zusammenfahren.

»Das ist bestimmt Bruno«, sagt Ray.

Ich hebe ab.

»Hallo?«

»Kate? Hier ist Bruno ...«

»Ja, wir haben auf deinen Anruf gewartet ...«

»Wie geht es ihm?«

»Nicht schlecht, aber ... ich weiß nicht, was ich davon halten soll. Es ist wohl besser, wenn ich ihn dir gebe.«

»Und du«, sagt er mit dieser Stimme, die mich erschaudern läßt, »wie geht es dir?«

Ich seufze, ich halte meine Tränen zurück.

»Es ist schwer ...«

»Ja.«

»Ich gebe dir Ray.«

Ich drehe mich nach Ray um. Er nimmt das Telefon mit einer Hand, hält mich mit der andern fest, zieht mich auf die Lehne des Sessels, dicht neben ihm.

»*Hi, Buddy!* ... Jaa, nicht toll. Nein, meine weißen sind wieder gestiegen ... Du kennst ja die weißen, immer aufdringlich und wuchernd!«

Er fängt an zu husten.

»Ja, ich habe Fieber und auch wieder diese Beklemmungen im ... Wie sagst du als ›Mediziner‹ für *chest*, Brust? Brustkorb ... Nein, nein, ich habe keine Schmerzen, *honest*. Ja, ich habe welche, und ich nehme sie, wenn es nötig ist, aber *not at this time*. Ja. Es ist nett, daß du mich zurückrufst, *feller*, aber ich wollte nur fragen, dein hiesiger Kollege, du weißt doch, Thérame, will mich in die Uniklinik schicken, in die Abteilung von Professor Zimmermann ... Ja, genau ... Kennst du ihn?«

Ich drücke Rays Hand.

»Was hältst du von ihm? Ist er eine Leuchte oder eine Flasche? ... *Hey*, da mußt du lachen, wenn ich so rede wie du, was? ... Ach, du kennst ihn?«

Er dreht sich nach mir um und nickt mit beruhigendem Ausdruck.

»Gut, aber sag mal, die werden mir doch nicht allzusehr auf den Wecker gehen? Und Kate, meinst du, sie kann kommen, wann sie will? ... Gut. Also, wenn es bis in einigen Tagen nicht besser wird, gehe ich vielleicht hin. *It's a real pain in the ass, but when you gotta go* ... Jaa ... Jaa, er hat gesagt, man dürfe nicht länger warten, aber du weißt ja, daß ich Krankenhäuser nicht mag ... *Yeah, son* ... Mach dir keine Gedanken ... Du kannst kommen, wann du willst. *Seeyalater, Alligator! Bye* ...Warte, ich glaube, daß Kate noch mit dir reden will. Und paß auf, was du ihr sagst, sie erzählt mir alles weiter. *Bye, Buddy!*«

Ray hält mir das Telefon hin und hebt den Daumen, um mich zu beruhigen.

»Bruno?«

»Kate, ich kenne Zimmermann, der Typ ist gut, er wird alles tun, damit er auf dem Damm bleibt, ohne ihm auf den Wecker zu gehen ... Aber er darf es nicht länger hinauszögern, er muß gleich hingehen. Und es wird schwer sein ...«

»Ja. Ich weiß. Thérame hat es uns erklärt.«

»Wenn er sich entschlossen hat, ins Krankenhaus zu gehen, sagst du mir Bescheid, abgemacht?«

»Abgemacht ...«

»Umarm ihn von mir.«

»Ja, danke, Bruno ...«

»Ich ... ich umarme dich.«

»Ja ...«

Ich lege auf. Ray fängt wieder an zu husten. Er ist bleich, wenn er hustet, verspannt sich sein Gesicht, und er wird vor Schmerz leichenblaß. Er richtet sich wieder auf in seinem Sessel. Er nimmt meine Hände in die seinen.

»*See*, du hättest ihn heiraten sollen, statt einen Alten wie mich zu nehmen, der dir von einer Minute zur andern zwischen den Händen abkratzen kann ...«

Ich sehe ihn durch meine Tränen hindurch an. Er nimmt mich in die Arme.

»*I'm sorry, Honey,* ich rede dummes Zeug ...«

»Du bist nicht reich genug, um mich zu einer lustigen Witwe zu machen ... Und ich hätte ganz sicher nicht Bruno geheiratet.«

»Warum nicht?«

»Er ist zu unabhängig. Oder verklemmt. Oder impotent.«

»*Wow!* Du hast eine spitze Zunge, wie ihr hier sagt. *Explain* ...«

»Kennst du viele Kerle, die mit sechsunddreißig oder siebenunddreißig allein leben?«

11
Der Metzger

Die Tür geht auf, ich höre die Klingel. Ich wische mir die Hände ab, und ich stoße die Tür zum Laden auf. Du stehst da, über die Würste gebeugt.

»Ach! Der Herr Doktor! Wie geht's?«

»Es geht, danke ...«

»Womit kann ich dienen?«

»Nun, ich weiß nicht ... Lammkotelett ...«

»Wieviel soll ich ihm machen?«

»Äh ... drei?«

»Drei Koteletts, schon unterwegs!«

Du sagst nichts, während ich das Fleisch auskehle und die Knochen auf dem Hackbrett kleinschlage.

»Viele Kranke im Augenblick?«

»Es geht ...«

»Bei mir geht's ganz schön rund. Wären nur schon Ferien!«

»Sind doch bald?«

»Na ja, nicht vor dem nächsten Monat, dann kommt die Sauregurkenzeit. Abgesehen davon, mit den Kleinen ist es gar nicht so einfach, irgendwohin zu fahren ...«

Ich lege das Fleisch auf die Waage.

»Geht es ihnen gut?«

»Bestens. Machen aber wahnsinnig viel Arbeit! Zum Glück hat meine Frau ihren einjährigen Mutterschaftsurlaub genommen, andernfalls, ich weiß nicht, wie sie es geschafft hätte.«

»Klar, bei Drillingen ...«

»Macht neunzehnfünfzig!«

In dem Augenblick, in dem ich das Packpapier zusammenfalte, geht die Tür des Nebenraums auf, und meine Frau kommt herein.

»Guten Tag, Herr Doktor!«

»Guten Tag, Madame Didier ...«

»Ich wollte Sie gerade anrufen, die Säuglinge müssen wieder

geimpft werden ... Wir mußten es auf den August verlegen, ist das nicht zu spät?«

»Nein, auf vierzehn Tage früher oder später kommt es nicht an. Ich verschreibe Ihnen den Impfstoff, und wenn Sie ihn haben, rufen Sie mich an, dann komme ich abends auf dem Nachhauseweg vorbei.«

»Könnten Sie es am Samstag mittag machen? Wenn sie nämlich Fieber bekommen, sonntags ist es ruhiger, und montags haben wir geschlossen ...«

»Wie Sie möchten. Ich geh schnell zum Auto und hole Rezeptformulare.«

Du legst die Summe passend auf die Ladentheke, du nimmst das Fleisch und gehst hinaus.

»Räum du auf«, sagt meine Frau. »Ich warte auf den Doktor.«

12
Die Nachbarin von nebenan

Ich lege das Gedeck auf. Eine Wagentür schlägt zu. Ich werfe einen Blick durchs Eßzimmerfenster. Dein Auto steht vor dem Gitter des kleinen Bauernhauses. Ohne den Motor abzustellen, steigst du aus, ich gehe in die Küche zurück, du öffnest den Briefkasten, der auf einem von Dornen überwucherten Pfahl steht, du nimmst einen Stapel Papiere und Prospekte heraus, ich wasche den Salat, den ich zuvor gewässert habe. Du steigst wieder ins Auto. Du schlägst die Wagentür zu. Du steigst gleich darauf wieder aus. Ich lasse die Salatschleuder rotieren. Du steigst wieder aus. Du öffnest das Gitter, du steigst wieder ein, du parkst unter der Linde. Mein Schnellkochtopf beginnt zu pfeifen. Ich stelle die Flamme kleiner, sie geht aus, ich zünde sie wieder an. Deine Wagentür schlägt zu. Deine Tasche in der Hand, die Post unterm Arm, überquerst du den Hof. Mit der anderen Hand schüttelst du deinen Schlüsselbund. Du schließt auf, du gehst hinein, ich gebe den Salat in die Salatschüssel, du schließt hinter dir wieder ab. Ich höre ein Geräusch von Papier, die Katze schnüffelt im Mülleimer herum. Ich haue ihr eine runter.

Später sehe ich, wie aus dem Fenster deiner Küche Rauch kommt. Ein Geruch nach gegrilltem Fleisch zieht über die Straße. Du grillst oft Fleisch. Ich habe seit deiner Ankunft hier noch nie das Wort an dich gerichtet. Hin und wieder begegne ich dir in der Metzgerei, im Selbstbedienungsladen, und du grüßt mich immer, aber ich habe nie mit dir zu tun gehabt. Du lebst allein. Hin und wieder empfängst du abends Leute, aber ihr seid nicht laut. Eine Frau aus dem Marktflecken – die Schwägerin eines der angeheirateten Schwäger eines Vetters meines Mannes – kommt dienstags und freitags, um dir den Haushalt zu machen und um zu bügeln. Als ich zu ihr gesagt habe, du würdest einen netten Eindruck machen, hat sie geantwortet, du seist sehr nett und gar nicht stolz, aber mehr hat sie mir nicht sagen wollen.

13
Madame Destouches

Das Telefon klingelt. Einmal. Zweimal. Es wird abgenommen.

»Doktor Sachs, ja bitte?«

»Herr Doktor? Hier ist Madame Destouches ... Könnten Sie heute nachmittag zu mir kommen?«

»Selbstverständlich. Was ist denn passiert?«

»Oh, na ja, ich habe zwar noch Medikamente, aber Sie müßten sich mal meine Geschwüre ansehen, und außerdem hätte ich gern, daß Sie Georges abhorchen, sein Armstumpf tut ihm im Augenblick weh. Ich seh es ja, ich gebe ihm eine von meinen Tabletten gegen die Schmerzen, aber er will nicht immer welche nehmen, und das macht ihn nervös. Und Sie wissen ja, wie er ist, wenn er nervös ist, dann kann man ihn einfach nicht mehr halten ...«

»Ich verstehe. Ich werde zwischen vier und fünf kommen, vor meiner Sprechstunde.«

»Danke, Herr Doktor, ich erwarte Sie ...«

Ich lege auf. Hinter mir, die Kippe im Mundwinkel, steht Georges und sagt nichts. Er geht aus der Küche und zieht dabei ein Bein nach.

14
Madame Leblanc

Es ist fünfzehn Uhr fünfundvierzig. Ich ziehe den Stecker heraus, ich rolle das Kabel auf und verstaue den Staubsauger im Wandschrank. Auf dem Schreibtisch verschiebe ich die Rezepte und die Krankenzettel nach links und lege die Post, die ich beim Eintreten auf meinem Schreibtisch vorgefunden habe, in die Mitte. Du warst schon weg, als der Briefträger vorbeigekommen ist. Das Telefon klingelt.

»Madame Leblanc?«

Ich weiß fast immer, ob du verärgert, müde oder gut gelaunt bist. Heute mittag, als du die Leitung zu mir umgestellt hast, war deine Stimme ruhig und bedächtig. Sie ist es immer noch, vielleicht ein wenig verschleiert, so wie sie ist, wenn ich dich am Morgen nach einem Bereitschaftsdienst wecke.

»Ja, Herr Doktor?«

»Wie ist das Programm?«

»Nun, da ist der kleine Romain Bologne, seine Mama hat ihn heute morgen nicht ins Jugendheim gebracht, weil es ihm nicht gutging. Im Augenblick ist er bei seiner Tagesmutter, Madame Duhamel, in La Marinière ...«

»La Marinière ... Wo ist das noch schnell?«

»Sie sind schon einmal dort gewesen, es ist auf der Straße nach Tourmens, zwei Kilometer hinterm Ortsausgang von Play, dort ist ein Wald und ein Weg, der nach rechts abbiegt ...«

»Mmmhh ...«

»Sind Sie im Bilde?«

»Nein. Aber macht nichts, ich werd's finden.«

Ich drehe mich nach der Generalstabskarte um, die an der Wand hinter meinem Schreibtisch hängt.

»Ich sehe es auf der Karte, es ist direkt nach Le Bords, das Haus der alten Madame Rosten, sind Sie im Bild?«

»Mjaa. War es dringend?«

»Nein ... Das heißt, die Tagesmutter hat nichts gesagt. Ich

glaube, daß er Fieber hat und vor allem eine schwere Erkältung.«

»Gut. Aber zuerst muß ich noch bei Madame Destouches und ihrem Sohn vorbeischauen.«

»Soll ich Ihnen die Unterlagen vorbereiten?«

»Nein, ich fülle sie aus, wenn ich zurück bin. Wie spät ist es?«

»Fast fünfzehn Uhr fünfzig.«

»Ich fahre in zehn, fünfzehn Minuten von hier weg. Ich werde gegen Viertel vor fünf wieder in der Praxis sein. Bis nachher.«

»Bis nachher, Herr Doktor.«

Ich lege den Hörer wieder auf.

Ich vertraue deinen Schätzungen nicht allzusehr. Du bist oft zu spät dran. Manchmal habe ich das Gefühl, daß du den Ablauf der Zeit nicht so recht einzuschätzen weißt. Aber ich bin daran gewöhnt. Und ich weiß immer, wo ich dich notfalls erreichen kann.

15
Der verhinderte Arztbesuch
Erste Episode

Ich überquere den Hof. Ein schwarzes Fahrrad, vorn mit einem großen Weidenkorb, ist gleich neben dem Eingang im Schatten abgestellt. Ich trete mir die Schuhe ab, ich klingele, ich stoße die Tür zum Wartezimmer auf, ich strecke den Kopf hinein. Schreiber und Notizbuch in der Hand, kommt Madame Leblanc aus dem Sprechzimmer.

»Guten Tag, Madame Leblanc ... Untersucht der Doktor im Augenblick?«

»O nein, um diese Zeit macht er Hausbesuche.«

»Das wußte ich nicht, ich bin nie meinetwegen gekommen ...«

»Ich gebe Ihnen die Sprechstundenzeiten mit.«

Sie hält mir ein maschinenbeschriebenes kleines Blatt hin.

»Am Mittwoch hat der Doktor ab siebzehn Uhr Sprechstunde nach Vereinbarung ... Heute abend hat er leider schon viel zu tun. Ist es dringend?«

»Äh ... Nein ... Das heißt ... ich sollte ihn eigentlich schon lange mal aufsuchen, aber ich verschiebe es immer wieder ...«

Madame Leblanc schaut in dem offen auf ihrem Schreibtisch liegenden Terminkalender nach. Ihr Finger gleitet an einem Dutzend Namen entlang. Sie seufzt.

»Ja ... Heute abend hat er viel, viel zu tun ... Es sei denn ... Wenn es dringend ist, kann er Sie vielleicht zwischen zwei anderen drannehmen ... Ich kann ihn fragen ...«

»Äh ... nein, das macht nichts, ich will ihm nicht auf die Nerven gehen. Ich komme ein andermal wieder. Kann ich den Zettel behalten?«

»Selbstverständlich, dazu ist er da. Wollen Sie einen Termin für Freitag?«

»Nein, nein, danke, ich komme wieder«, sage ich und verlasse das Wartezimmer.

Wo ich mich endlich einmal dazu entschlossen habe, den Arzt aufzusuchen. Ich habe eben kein Glück.

16
Der Zeitschriftenhändler

Die Tür geht auf, die Ladenglocke ertönt. Ich lasse meinen Bestellzettel liegen, ich hebe den Vorhang hoch, der uns vom Laden trennt. Du stehst vor dem Zeitungsständer.

»Ach, Sie sind es, Herr Doktor! Wie geht's?«

Ich strecke dir die Hand hin.

»Guten Tag, Monsieur Roubaud. Es geht ...«

»Viele Kranke im Augenblick?«

»Mmmhh ... Das kommt auf die Tage an ... Hätten Sie nicht zufällig *Das Literaturmagazin*?«

»Leider nein. So was habe ich nicht. Ist das eine Wochenzeitschrift?«

»Eine Monatszeitschrift ...«

»Ich kann sie Ihnen bestellen, wenn Sie wollen ...«

»Nein, nicht nötig, haben Sie vielen Dank.«

Ich insistiere nicht weiter. Du hast mich schon mehrmals nach Zeitschriften gefragt, die ich nicht kannte, oder nach einer Tageszeitung, die ich nie bekomme; ich habe versucht, sie für dich zu bestellen, aber es gelingt mir nie, sie zu erhalten. Sind die Verkaufszahlen zu klein, tun die Zeitschriftengrossisten so, als gäbe es sie nicht.

Die Tür geht von neuem auf. Es ist Monsieur Amila, der seine Zeitung *Le Tourmentais Libéré* abholen will. Beim Betreten des Ladens ließ er einer Frau den Vortritt, die ich nicht kannte, die aber in einer der neuen Siedlungen wohnen muß. Ich gehe hinter den Verkaufstisch zurück. Während ich mit Monsieur Amila diskutiere, bleibst du lange vor dem Zeitschriftenregal stehen, du blätterst in den Kinoillustrierten und in den Informatikzeitschriften, manchmal auch in den Comics. Wenn dir nichts gefällt, nimmst du eine Wochenzeitschrift oder eine Fernsehillustrierte. Es kommt auch mal vor, daß du wieder gehst, ohne etwas zu kaufen, und wenn du hinausgehst, sagst du immer: Einen schönen Tag noch, Monsieur Roubaud, selbst wenn es schon sechs Uhr abends ist.

Nach einigen Minuten drehst du dich um und entdeckst die Videoabteilung. Die Regale sind noch nicht alle aufgebaut, und viele Cassetten türmen sich auf dem Boden. Du siehst sie dir alle genau an, bevor du eine auswählst. Du kommst an die Theke. Während ich Monsieur Amila das Kleingeld herausgebe, beugst du dich zum Schreibwarenständer hinab. Du betrachtest die Füllhalter, die Kugelschreiber, die Filzstifte, die Tintenroller mit Metall- oder Plastikspitze, die lichtbeständigen Textmarker, die Permanentmarker, die Fasermaler, die Fineliner, die Filzstifte, die Kugelschreiber, die Phantasie-Bleistifte, die Radiergummis, die Bleistiftspitzer. Du nimmst die Kappe von einem Filzstift, und ich sehe, wie deine Augen etwas suchen. Ich halte dir einen kleinen Papierblock hin.

»Danke.«

Du unterschreibst mehrmals auf dem Block. Du tust das immer, um einen Schreiber auszuprobieren.

»Der hier ist nicht sehr fein, ich glaube, Sie mögen feine Spitzen.«

»Nein, eher mittel ... Die feinen sind zu zerbrechlich.«

»Das verstehe ich. Ein Doktor hat viel zu schreiben. Rezepte, ärztliche Atteste ...«

Du nickst mit dem Kopf, weniger zur Bestätigung, als um die fehlende Begeisterung zu unterstreichen, die die Linie des Filzstiftes bei dir hervorruft. Du steckst ihn in den Verkaufsständer zurück und legst die Zeitschrift und die Videocassette vor mich.

»Ach, Sie haben einen Videorecorder, Herr Doktor? Ich habe gerade dreihundert Cassetten gekauft, nur gute, interessante Filme, die Ihnen gefallen müßten ...«

»Ja ...«

Ich schaue mir den Schutzumschlag der Cassette an, die du ausgesucht hast. Der Titel sagt mir nichts.

»Ach ja, ich hab sie mir noch nicht angeschaut. Ich habe keine Zeit gehabt, mir alles anzusehen, aber der Vertreter hat mir gesagt, es sei ein guter Film.«

»Wenn ich mir einen kleinen Hinweis erlauben darf ...«

»Aber ich bitte Sie, Herr Doktor!«

Du zeigst auf die zwölf Porno-Cassetten, die mitten auf dem Verkaufsständer thronen.

»Es wäre vielleicht besser, sie irgendwohin zu legen, wo sie den Kindern weniger in die Augen fallen, meinen Sie nicht auch?«

»Ach? ... Ja, natürlich, Sie haben recht. Ich habe das gestern abend so schnell gemacht, daß ich gar nicht so weit gedacht habe, und außerdem fehlt es mir an Platz. Aber ich werde das in Ordnung bringen, danke für den Ratschlag.«

Während ich dir eine meiner allerersten Mitgliedskarten ausstelle, sehe ich, wie du nach dem Karton mit den Wegwerffüllern schielst, den ich vorhin aufgemacht habe. Du nimmst von einem die Schutzkappe ab, probierst ihn auf dem Block mit dem karierten Papier aus, du nickst beifällig und nimmst sechs davon. Drei blaue und drei schwarze.

»Die scheinen gut zu sein. Ich hoffe, sie sind nicht allzu schnell ausgeschrieben.«

»Ach ja, wenn man so viel schreibt wie Sie, dann soll's natürlich was aushalten ... Von diesen hier habe ich bisher nur Gutes gehört. Ich glaube, ich werde welche nachbestellen, man startet gerade eine Verkaufskampagne ...«

»Ich werde sie meinen Patienten empfehlen. Sie leihen sich oft meinen Füller aus, um ihre Schecks zu schreiben ...«

»Ach, das wäre nett, wenn Sie etwas Werbung für uns machen würden.«

Hinter dir ist jetzt die alte Madame Malet hereingekommen, sie trippelt zu den Fernsehzeitschriften hinüber. Ich halte dir deine ganz neue Mitgliedskarte im Video-Club hin, ich stecke deine sieben Wegwerffüller (drei blaue, drei schwarze, und im letzten Augenblick hast du auch noch einen roten gewählt) in einen Papierbeutel und nehme den Geldschein, den du aus deiner Brieftasche gezogen hast. Als ich dir das Kleingeld zurückgebe, frage ich:

»Soll ich Ihnen eine *Rechnung* ausstellen?«

Du lächelst. Danke, das ist nicht nötig.

»Sind Sie sicher? Es wäre schließlich ganz normal ...«

»Nein, danke, Sie sind sehr liebenswürdig. Einen schönen Tag noch, Monsieur Roubaud ...«

»Ja, Ihnen auch ... Herr Doktor.«

Du drehst dich um, und ich klappre mit deinem Schlüsselbund, den du auf der Theke vergessen hast.

Als sich dein Auto entfernt, fragt mich Madame Malet, ob du das bist, der im Augenblick die Vertretung unseres Doktors übernommen hat, weil der in Urlaub ist, und ich erkläre ihr, daß du der Doktor aus Play bist. Das ist schade, sagt sie, es ist etwas weit, um ihn kommen zu lassen, und außerdem sind wir an unseren Doktor gewöhnt. Ich antworte: Ach, wissen Sie, er würde bestimmt den weiten Weg machen, er kommt ja auch hierher, um seine Zeitungen und seine Schreibwaren zu kaufen, und er hat einen ganz schönen Verbrauch, vor allem an Füllhaltern und an Papier, ganz klar, ein Doktor hat viel zu schreiben.

17
Madame Destouches

Eine Wagentür schlägt zu. Ich sehe kurz eine Silhouette am Küchenfenster vorbeigehen. Es klopft an der Tür.

»Herein!«

Du kommst herein. Du bückst dich, um dich nicht zu stoßen. Du machst die Tür hinter dir zu.

»Oh, lassen Sie ruhig auf, Herr Doktor, es ist schön draußen. Das verschafft uns etwas Luft ...«

»Guten Tag, Madame Destouches. Guten Tag, Georges ...«

»Sag dem Herrn Doktor guten Tag, Georges.«

»Tagherrdoktor.«

Georges nimmt seine Kippe aus dem Mund und reicht dir die Hand, ohne dich anzuschauen.

Du stellst wie üblich deine Instrumententasche auf den Küchentisch. Du ziehst den Schemel heran und setzt dich.

Du schaust mich über den Rand deiner runden Brillengläser hinweg an. Da du dich immer gebückt hältst, schaust du mich oft von oben herab an. Deine Haare sind etwas zu lang. Dein Gesicht ist graubärtig, selbst wenn du dich gerade rasiert hast. Du hast oft ein Lächeln in den Mundwinkeln, aber heute nicht. Du trägst eine abgewetzte Lederjacke, deine Taschen sehen immer aus, als seien sie brechend voll. Du bist immer nett zu uns, so, als ob wir uns schon sehr lange kennen würden. Es stimmt, daß ich dir das Leben verdanke.

»Ach! Ich wüßte nicht, wo ich wäre, wenn Sie mich nicht gerettet hätten ...«

»Ja, aber es war wohl eher der Chirurg, der Sie gerettet hat ...«

»Ja, auch Doktor Lance verdanke ich viel, aber schließlich waren Sie es, der mich in seine Abteilung geschickt hat.«

»Mmmhh ... Es war das einzige, was man tun konnte, das hätte jeder andere Arzt auch gemacht. Sie hatten einen Darmverschluß, da mußte ganz schnell etwas unternommen werden.«

»Dabei wollte ich gar nicht hin, ins Krankenhaus, erinnern Sie

sich? Ich hatte solche Angst, dort zu sterben, in meinem Alter ...
Und Sie haben mich trotzdem eingewiesen!«

»Ja. Aber Sie sind immer noch da, und ich bin darüber sehr
froh.«

»Und ich erst«, ruft Georges, hinter mir.

»Und wie geht es Ihren Beinen?«

»Oh, es ist immer dasselbe. Das linke Geschwür verändert sich
nicht, es ist sauber, hat mir die Krankenschwester gesagt, aber das
rechte bildet ein immer tieferes Loch. Man hätte wieder von dem
Zeug draufmachen müssen, das Sie mir vor einigen Monaten verschrieben haben, davon ist es zugegangen, aber die Krankenkasse
bezahlt das nicht, und für mich ist es zu teuer. Und außerdem, wie
lange habe ich dieses Geschwür schon, überlegen Sie nur. Sogar
die Hauttransplantation an dieser Stelle hat nicht gehalten, ich
habe zu schlechte Arterien, ich wußte genau, daß es nicht halten
würde. Na ja, trotzdem hatte ich einige Zeit meine Ruhe ...«

»Sechs Monate?«

»Oh, allemal, allemal ... Georges, würdest du meine Schachtel
aus dem Schrank holen, damit der Doktor sieht, was noch an Ver-
bandszeug da ist?«

Georges wirft seine Kippe in den Spülstein und geht um den
Tisch herum. Du stehst auf, um ihn ins Schlafzimmer zu lassen.
Als er durch die Tür ist, neige ich mich zu dir herüber und sage
ganz leise:

»Er trinkt viel im Augenblick ... Madame Barbey findet ständig leere Flaschen im angebauten Schuppen, wenn sie morgens
den Mülleimer ausleert. Wenn ihm sein Armstumpf weh tut,
dann rumort's in ihm (ich lege den Zeigefinger an die Stirn), das
geht ihm auf die Nerven, und er trinkt noch mehr.«

Du hörst mir zu, du drehst den Kopf zum Schlafzimmer. Du
sagst, ohne die Stimme zu senken:

»Und was nimmt er gegen die Schmerzen?«

»Ich gebe ihm eine von meinen Dolévits, wenn er allzu erregt
ist, aber manchmal habe ich Angst, daß sich das nicht verträgt
mit ...« Ich mache die Gebärde des Trinkens.

Georges kommt herein, einen Plastikkorb in der Hand. Er
stellt ihn wortlos auf den Tisch. Ich zähle die Schachteln mit den
Kompressen, die Rollen mit dem Heftpflaster, die Etuis mit den

salbengetränkten Mullverbänden und die Vaselinetuben. Du holst aus deiner Medikamententasche einen Rezeptblock. Georges hat sich nicht wieder ans Fenster gestellt, er lehnt an der Eingangstür, genau zu deiner Linken. Du schaust zu ihm auf. Ich schäme mich, ihn anzusehen, er ist schmutzig, er ist unrasiert, wenn er solche Schmerzen hat, schläft er angezogen, weil er nicht die Kraft hat, was anderes anzuziehen, und heute ist es schon über eine Woche her.

»Und Sie, Georges, wie geht es Ihnen?«

»Mir, Herr Doktor? Es geht, es geht.«

»Ihre Mutter hat mir gesagt, daß Ihnen im Augenblick Ihr Arm weh tut?«

Georges schaut mich an, mit diesem stumpfen Kinderblick, den er schon immer gehabt hat.

»Äh, ja, das ist sicher, er tut mir mehr weh. Das muß wohl am Wetter liegen.«

»Kommen Sie mit, ich werde Sie untersuchen ...«

Du stößt die Tür auf. Georges murrt zwar ein wenig, aber schließlich fügt er sich doch, und mit seinem schleppenden Gang schlurft er vor dir ins Schlafzimmer. Ohne mich anzuschauen, folgst du ihm und machst die Tür hinter dir zu.

18
Romain bei seiner Tagesmutter

Es klingelt. Tantchen Colette kommt aus der Küche und macht auf. Du stehst da, deine Doktortasche in der Hand, du steckst den Schlüsselbund in die Tasche deines Arztkittels, du bemerkst mich, du lächelst, du schaust Tantchen an. Ich bin Doktor Sachs, sie bittet dich herein. Zusammengerollt auf der Couch im Wohnzimmer schaue ich zu, wie du näher kommst, deine Tasche auf den Boden stellst, dich auf einen der beiden Stühle setzt, genau mir gegenüber.

»Guten Tag, Romain ... Na, was ist los mit dir, kleiner Mann?«

»Also, am frühen Nachmittag hat er im Jugendheim über Bauchschmerzen geklagt, daraufhin hat seine Mama ihn dort abgeholt und zu mir gebracht, weil sie wieder zurück zur Arbeit mußte.«

»Hatte er Fieber?«

»Ich weiß nicht, ich habe nicht gemessen ...«

Tantchen Colette nimmt mich in ihre Arme, legt ihre Hand auf meine Stirn.

»Ich glaube nicht.«

»Na, das werden wir uns gleich mal ansehen ...«

Tantchen Colette will mich wieder auf die Couch legen, aber ich will sie nicht loslassen. Sie umarmt mich, sagt mir, daß du mir nicht weh tun wirst, aber ich kenne dich nicht sehr gut, ich habe dich vor langer Zeit einmal gesehen, und ich erinnere mich, daß Mama an diesem Tag sehr aufgeregt war.

»Soll ich ihn ausziehen?«

»Ziehen Sie ihm nur den Morgenrock aus ...«

Du bleibst sitzen. Du empfiehlst Tantchen Colette, sich zu setzen und mich auf die Knie zu nehmen. Du machst deine Doktortasche auf, du holst ein langes schwarzes Ding heraus, das du dir in die Ohren steckst, und hältst das andere Ende auf meinen Bauch. Ich dränge mich an Tantchen Colette. Du senkst den Kopf. Ich sehe deine Augen nicht mehr. Du schiebst den runden

Teil am Ende des schwarzen Schlauchs erst auf meinem Bauch, dann auf meinem Rücken hin und her. Gut, sagst du, und es klappert, als du das Instrument aus den Ohren ziehst. Du hebst die Hände meinem Kinn entgegen, du berührst meinen Hals, meinen Kopf, das tut nicht weh, aber mir ist doch etwas bange.

»Schauen wir uns mal dein Trommelfell an ...«

Du holst aus deiner Tasche eine schwarze Schachtel, aus der du die Ohrenlampe nimmst, und bevor ich Uff! sagen konnte, dreht Tantchen Colette meinen Kopf zu sich hin.

»Wir schauen uns deine Ohren an, mein Häschen.«

Ich spüre, wie du mir etwas in die Ohren steckst, so wie wenn Mama sie saubermacht, aber hier tut es nicht weh.

»Schaust du mal nach der andern Seite?«

Ich drehe den Kopf um. Du tust mir immer noch nicht weh. Ich lasse die Bluse von Tantchen Colette los.

»Schauen wir uns jetzt deinen Mund an?«

Ich schüttle den Kopf.

»Wollen Sie einen Löffel?«

»Nein danke, ich benutze dafür nie Löffel.«

Du beugst dich zu mir herunter.

»Du wirst jetzt den Mund aufmachen, damit ich hineinschauen kann, aber ich werde dir nichts hineinstecken. Willst du?«

Ich strecke dir die Zunge heraus. Du lächelst.

»Ah, so sehe ich zwar deine Zunge, aber deine Zähne sehe ich nicht ...«

Ich mache den Mund auf, um dir meine Zähne zu zeigen. Du senkst den Kopf, du hältst die Lampe nach rechts, nach links, du richtest dich wieder auf und knipst die Lampe aus. Du läßt sie in deine Tasche gleiten und tastest ganz sachte meinen Hals ab.

»Wir werden uns deinen Bauch ansehen. Legst du dich auf die Couch?«

Tantchen Colette steht auf, ich lege mich hin, ich hebe meinen Schlafanzug hoch.

»Zeig mir, wo es dir vorhin weh getan hat.«

Ich zeige auf meinen Nabel. Deine Finger sind warm, du kitzelst mich ein bißchen.

»Tut es dir im Augenblick weh?«

Ich mache nein mit dem Kopf.

»Hast du Hunger?«

Ich nicke.

»Hat er heute nachmittag nichts gegessen?«

»Nein, und er hat auch nicht zu Mittag gegessen«, sagt Tantchen.

»Gut, ich glaube, daß Sie ihm jetzt eine Kleinigkeit geben können. Eine Schokolade?«

Ich sage: eine Banane.

»Eine Banane«, ruft Tantchen Colette aus, »das ist etwas schwer!«

»Er hat nicht gebrochen, und ich denke, daß alles wieder in Ordnung ist. Deshalb kann man ihm geben, worauf er Lust hat.«

»Aber was hat er Ihrer Meinung nach gehabt?«

»Mmmhh ... Ich weiß es nicht. (Du tätschelst mir von neuem den Bauch.) Auf jeden Fall ist es keine Blinddarmentzündung ...«

»Ah, das ist genau das, wovor seine Mutter Angst hatte ... Ich muß allerdings sagen, daß sie leicht beunruhigt ist, doch ich finde, daß es dem Kind gesundheitlich eher gutgeht. Mein zweites hatte in seinem Alter eine Ohrenentzündung nach der andern, während Romain ganz selten etwas hat. Aber sagen Sie mal, Herr Doktor ...«

»Mjaaa?«

»Was ist, wenn er wieder anfängt, über Bauchschmerzen zu klagen?«

»Ich werde Ihnen einen Beruhigungssaft aufschreiben. Aber es würde mich wundern, wenn er ihn bräuchte.«

Ich stehe auf, ich ziehe an Tantchen Colettes Bluse, sie beugt sich herab, ich flüstere ihr was ins Ohr, sie sagt: Ja, hol sie dir, mein Liebling. Als ich zurückkomme, meine Banane in der Hand, hast du deine Instrumente in die Tasche gepackt und blätterst in meinem Gesundheitspaß. Ich schäle meine Banane. Ich trete an den Tisch. Du bist dabei, etwas in meinen Gesundheitspaß zu schreiben. Ich esse meine Banane, neben dir stehend, während du schreibst. Ab und zu wirfst du mir von der Seite einen Blick über den Rand deiner runden Brillengläser zu, und du lächelst.

19
Madame Leblanc

Das Telefon klingelt. Ich wische mir die Hände ab und gehe ins Büro hinüber. Ich hebe ab.

»Die Arztpraxis in Play, ja bitte?«

»Hallo, ist dort die Bank Crédit Provincial?«

»O nein, Monsieur, Sie haben sich bestimmt verwählt, Sie sind mit der Praxis von Doktor Sachs verbunden.«

»Ach so!«

Er legt auf.

*

Die Tür geht auf. Du kommst herein, deinen Schlüsselbund in einer Hand, deine Ledertasche in der andern. Du gehst schnell an den drei bereits wartenden Personen vorbei, Guten Tag Messieurs-dames murmelnd, und verschwindest durch die offengebliebene Tür des Büros. Ich schreibe das Ergebnis einer Untersuchung aus einer Krankenakte ab, stecke die Karteikarte in den Umschlag, den Umschlag in den Karton mit den Krankenakten Per-Tes, nehme die Kartons mit den Krankenakten Per-Tes und Tet-Wim, die ich gerade neu geordnet habe, an mich und gehe nun ebenfalls ins Büro. Du hast deine Tasche an einen der dunkelblauen Stahlrohrböcke gestellt, die Schlüssel auf das große rote Buch gelegt. Du ziehst deine Lederjacke und deinen Pulli aus und krempelst die Ärmel deines Hemdes hoch. Du stellst die Kartons Per-Tes und Tet-Wim wieder aufs Regal. Vor dem Spülstein stehend, seifst du dir die Hände ein. Ich nehme den Karton mit den Krankenakten Win-Zaf und bringe ihn ins Wartezimmer, um die Untersuchungsergebnisse abzuschreiben.

Du kommst aus dem Büro und schlüpfst in deinen Kittel, du beugst dich über den Terminkalender, der offen vor mir liegt. Du siehst dir genau die Namen an, die ich hineingeschrieben habe. Du schneidest ein Gesicht. Du murmelst:

»MMMMM ... Sie dürfen nicht zwei Termine zur selben Zeit ausmachen ...«

»Ich weiß, Herr Doktor, aber bei dieser Dame hier (mit der Spitze meines Schreibers zeige ich auf ihren Namen, der am Rande steht) war es dringend ... Ich habe Ihnen ihre Telefonnummer aufgeschrieben, falls Sie sie anrufen wollen ...«

»In Ordnung. Sie haben recht getan ...«

»Und dann dieser Herr«, sage ich und zeige auf einen anderen Namen, »er hat zweimal wegen der Ergebnisse seiner Untersuchungen angerufen. Der Briefträger ist heute spät vorbeigekommen, ich habe die Post auf Ihren Schreibtisch gelegt.«

»Mmmhh ... Er ist beunruhigt ...«

»Und dann, könnten Sie Madame Renard wieder ein Rezept verschreiben, sie hat ihre grünen Gelatinekapseln eingenommen, und sie meint, daß sie ihr eigentlich guttun, aber sie hat nicht mehr viele.«

Du schaust mich erstaunt an.

»Sie hat gesagt, daß sie ihr gutgetan haben? Sind Sie sicher?«

Ich nicke, ja, ja.

»Aha, dann werden wir mit etwas Glück vielleicht auf weniger als zwei Arztbesuche pro Woche kommen!«

Ich sage mir, daß du optimistisch bist. Seit dem ersten Monat deiner Niederlassung ruft Madame Renard drei- bis viermal die Woche an, fragt um Rat oder kommt vorbei »für den Fall, daß« ... Du richtest dich wieder auf, du schaust zur Telleruhr, die zwischen den beiden Fenstern hängt, dann sagst du, dich an die drei Personen wendend, die im Wartezimmer sitzen:

»Ich bitte Sie einen ganz kleinen Augenblick um Geduld, ich muß noch telefonieren ...«

Ich schaue auf meine Uhr. Wenn du telefonieren mußt, kann es eine Weile dauern ... Ich lächle den drei Personen zu, die um den niedrigen Tisch herum sitzen. Eine von ihnen, die ich nicht kenne, lächelt zurück und vertieft sich dann wieder in ihr Buch. Du gehst ins Büro zurück, du wirfst die Innentür mit einer Armbewegung hinter dir zu, während die Verbindungstür durch den Druck des automatischen Türschnappers lautlos zufällt und sich mit einem Klicken schließt.

20
Im Wartezimmer

Die Verbindungstür schließt sich mit einem Klicken. Ich lege das Buch auf meine Knie, ich strecke mich, ich drehe den Hals von links nach rechts und von rechts nach links, das Telefon klingelt. Die Sprechstundenhilfe hebt ab: »Die Arztpraxis in Play ... Ach, guten Abend, Madame ...« Die junge Mama hat die beiden Kleinen auf den Schoß genommen, sie liest ihnen aus einem Babar-Bilderbuch vor, das sie in dem mit Kinderbüchern vollgestopften Regal gefunden hat.

Ich sehe, wie die Sprechstundenhilfe das Gesicht verzieht, sie bedauert. »Alle Termine für heute abend sind schon vergeben ... Nein, ich kann Sie nicht mit ihm verbinden, er spricht im Augenblick auf der anderen Leitung«, sie entschuldigt sich, es tut ihr aufrichtig leid, »ja, morgen wäre es besser, auf Wiedersehen, Madame Renard ...«

Ein Mann kommt herein, er ist sechzig Jahre alt, vielleicht etwas mehr, die Leute vom Lande sehen immer etwas älter aus, als sie sind. Er nimmt seine Mütze ab und entblößt seinen kahlen Schädel. Er grüßt die Sprechstundenhilfe, wechselt ein paar Worte mit ihr, setzt sich auf den Rand eines Stuhls. Aus seiner Jackentasche zieht er ein kleines Heft, einen Krankenzettel und ein Rezept, beide sorgfältig gefaltet, legt alles vor sich auf den niedrigen Tisch.

Die Halbwüchsige neben mir wird immer schweigsamer, ihre Mutter hat aufgehört, mit ihr zu sprechen. Der alte Herr zieht seine Brieftasche aus der Jacke, aus der Brieftasche einen Geldschein, den er viermal zusammenfaltet und in das kleine Heft schiebt, das auf seiner Mütze liegt.

Ich stelle die Beine nebeneinander, ich strecke sie aus, um sie zu entspannen, ich ziehe sie an, ich schlage sie wieder übereinander, ich öffne mein Buch erneut.

Eigenartige Colloquien, 1

Die Klagen

Was kann ich für Sie tun?

Es ist für meine Tochter. Sie wollte nicht kommen, aber ich habe sie gezwungen.

Es ist für meinen kleinen Jungen. Er ißt nichts. Er macht noch Pipi ins Bett. Er will nicht schlafen. Er bekommt Wutanfälle. Er brüllt, sobald ich den Fernseher ausschalte. Er wird nachts wach und kommt in unser Bett, es bleibt mir nichts anderes übrig, als ihn zu mir zu nehmen, damit er schläft, weil aber mein Mann um fünf Uhr mit der Arbeit beginnt, schläft er statt dessen im Bett des Kleinen. (Oder aber) Er ist nicht sauber. Er spricht schlecht. Er will einfach kein Fleisch essen. Er ist unausstehlich in der Schule, die Lehrerinnen beklagen sich über ihn. (Oder aber) Er ist drei Wochen lang erkältet gewesen, und er hat zweimal Antibiotika bekommen, doch bis jetzt hat er sich immer noch nicht davon erholt, Sie müssen mir das in Ordnung bringen. (Oder aber) Er mag nur Yoghurt und Butterbrot, das Vesper ist seine liebste Mahlzeit. Ich finde, er ist nicht dick, man müßte ihm Stärkungsmittel verschreiben.

Es ist wegen meiner Untersuchung im zweiten Monat, ich weiß, daß es nicht obligatorisch ist, und ich bin auch nicht krank, aber weil es von der Krankenkasse bezahlt wird ...

Es ist nur, um ihm die Fäden ziehen zu lassen, aber er hat Angst.

Es ist wegen der Neuverschreibung der Pille, wegen meiner Venenbehandlung, meines Beruhigungsmittels, meiner Arznei fürs Herz, meiner Hämorrhoidensalbe.

Es ist wegen der Erneuerung meiner hundertprozentigen Kostenübernahme, meinem Insulinrezept, dem Verbinden meiner Beingeschwüre durch die Krankenschwester, einen Monat lang täglich morgens und abends, einschließlich der Sonn- und Feiertage.

Es ist wegen der monatlichen Blutprobe zur Feststellung des Quickwerts diesen Monat waren es fünfunddreißig statt fünfundzwanzig im letzten Monat aber da habe ich Lauch gegessen und vor allem vergessen Sie nicht Hausbesuch aufs Rezept zu schreiben das letzte Mal hat die Krankenkasse die Kosten nicht übernommen, danke.

Es ist wegen einem Schreiben das ich von der staatlichen Krankenversicherung vom Krankenhaus von der Versicherung vom Bürgermeisteramt bekommen habe und ich verstehe überhaupt nichts davon man hat mir gesagt ich soll es von Ihnen ausfüllen lassen.

Was führt Sie zu mir?
Nichts Neues, nur Altbekanntes.
Auf jeden Fall bringe ich keine Sonne mit.
Ach, ich hätte gern darauf verzichtet herzukommen.

Ich bringe Ihnen meine Mutter, sie war bei einem Arzt in Tourmens, aber sie will ihn nicht mehr sehen, sie hat sich mit ihm verkracht, weil er sie operieren wollte, sie wollte aber nicht ...

Es ist nicht wegen mir, sondern wegen meinem Mann. Er will nicht zu Ihnen kommen, also habe ich mir gesagt, daß ich erst mal mit Ihnen darüber sprechen werde, weil, ich muß Ihnen sagen, daß er seit sechs Monaten ständig hustet und trinkt und auf mich, auf die Kinder, auf jeden wütend wird, sein Chef hat gesagt, wenn das so weitergeht, wird er ihn nicht behalten können.

Ich bin nur gekommen, um Ihnen zu sagen, daß meine Großmutter vorgestern verstorben ist und daß die Beisetzung morgen stattfindet.

Ich bin gekommen, um Ihnen das Ergebnis meiner Untersuchung zu zeigen.

Ich bin gekommen, um Sie zu fragen, ob Sie mir nicht zufällig aus der Patsche helfen könnten. Folgendes: Ich bin drogensüchtig, und im Augenblick bin ich auf Entzug, und dazu brauche ich Morphium in Tablettenform, weil, das ist nämlich das Programm, man wird entwöhnt, indem man Morphium in degressiven Dosen nimmt, ein Arzt aus Tourmens hat mir das verschrieben ... Sie kennen ihn sicher ... Doktor Bober, im Krankenhaus ... Im Augenblick geht's mir nämlich sauschlecht, wenn Sie mir also Morphium in Tablettenform verschreiben wollten, nur ein paar, bis ich nach Hause komme, nein, ich bin nicht von hier, nein, ich habe keine Verwandten in der Gegend, nur ein paar Kumpels und ich bin auf der Durchreise, aber ich brauche nur ein paar Tabletten …

Ich komme, weil Sie mir empfohlen worden sind, es hat den Anschein, daß Sie gut Asthma/Stirnhöhlenvereiterung/Warzen/Migräne/Depressionen/Rheuma/Furunkel/ältere Personen behandeln können und daß Sie sehr sanft zu Kindern sind. Das hat jedenfalls meine Nachbarin, deren Tante Sie behandeln, zu ihrer Schwester gesagt, die neben meiner Schwiegermutter wohnt. Darauf habe ich mir gesagt, daß ich Sie mal aufsuchen werde, ausprobieren kostet schließlich nichts, oder? Immerhin zahlen wir dazu ja unsere Beiträge. Aber ich sage Ihnen gleich, ich bin ein schwieriger Fall!

Wie geht es Ihnen seit dem letzten Mal?
Nicht gut, sonst wäre ich nicht gekommen!
Es muß halt gehen, sonst ginge es ja nicht mehr.
Mir geht's gut, es ist meine Frau, der es nicht gutgeht.
Besser. Es ist zwar noch nicht die Welt, aber es ist besser.
Genauso. Ihre Arzneien haben mir nicht geholfen.
Es ist nicht schlimmer, aber ich habe immer noch Mühe einzuschlafen.
Nun, ich habe zwar keine Schmerzen mehr, aber jetzt juckt's mich.
Es muß halt gehen.
Sie werden mit mir schimpfen, ich habe meine Medikamente nicht eingenommen, wie Sie zu mir gesagt haben, als Sie erhöhten Blutdruck bei mir festgestellt haben, Sie hatten gesagt, ich solle eine morgens und eine abends einnehmen, aber nach drei Tagen habe ich mich wieder wohl gefühlt, so daß ich nur noch morgens eine genommen habe. Folglich hat die Schachtel natürlich länger gehalten, also bin ich nach drei Monaten nicht wiedergekommen, wie Sie mir gesagt hatten, Sie werden sicherlich mit mir schimpfen …
Sehr gut, aber ich habe keine Medikamente mehr, also bin ich wegen einer Neuverschreibung gekommen.
Nicht schlecht, aber Sie hatten mich gebeten, wieder vorbeizukommen, um zu sehen, ob alles wieder in Ordnung ist.

Was ist passiert?

Ich bin morgens zur Arbeit gegangen, ich fühlte mich wirklich nicht gut, ich konnte mich kaum auf den Beinen halten, ich zitterte, mir war kalt, mir war warm, alles drehte sich, am liebsten hätte ich mich erbrochen, aber es ging nicht, ich habe mir gesagt, der Blutdruck ist gefallen – er ist schon normalerweise nicht sehr hoch –, und als mich mein Mann in diesem Zustand gesehen hat, ist er wütend geworden, er hat gesagt, daß ich gut daran täte, den Arzt anzurufen, aber ich habe Sie nicht stören wollen, weil ich weiß, daß Sie viel zu tun haben, ich habe meiner Chefin Bescheid gesagt, daß ich am Morgen nicht zur Arbeit käme, und dann habe ich hier angerufen, und Ihre Sprechstundenhilfe hat mir gesagt, daß Sie Sprechstunde hätten, darauf habe ich meine Nachbarin gebeten, mich herzubringen, weil ich nämlich nicht in der Lage bin, selbst zu fahren, so kommen wir auf dem Heimweg auch an der Apotheke vorbei, das dauert jetzt schon lange, und meine Chefin hat zu mir gesagt, Sie brauchen Ruhe.

Ich habe eine Erkältung. Ich huste, ich spucke, ich habe Halsschmerzen, ich habe die Nase voller Schleim, die Augen tun mir weh, der Kopf, ich habe Ohrenschmerzen, ich kann nicht mehr schlucken, ich höre nichts mehr, ich sehe nichts mehr, ich habe mich die ganze Nacht erbrochen, ich hatte gestern abend vierzig Fieber, ich bin gerade noch mit Müh und Not hierhergekommen, aber man hat mir gesagt, daß Sie keine Hausbesuche machen, wenn ich das gewußt hätte, wäre ich im Bett geblieben, meine Augen sind ganz verklebt, ich kann mich kaum noch auf den Beinen halten, alles dreht sich, ich habe das noch nie gehabt, ich glaube wirklich, daß ich in meinem ganzen Leben noch nicht so krank gewesen bin, Sie müssen sehen, daß das wieder in Ordnung kommt, ich gehe heute abend wieder zur Arbeit, es ist ganz unmöglich, daß ich aussetze.

Ich bin schwanger. Schon seit Jahren wartet mein Mann darauf, und ich auch, aber es kam nicht. Wir haben also nicht mehr daran geglaubt. Wir haben uns mit dem Gedanken getragen, eins zu adoptieren. Und dann, auf einmal, vor zwei Monaten, habe ich meine Regel nicht bekommen, ich habe mir gesagt, es ist soweit, da ist nichts mehr zu machen, auch wenn ich erst siebenunddreißig Jahre alt bin, das sind ganz bestimmt die vorzeitigen Wechseljahre. Und dann, vor vierzehn Tagen, fing ich an, mich wie eine Kranke zu erbrechen, meine Brust ist angeschwollen, ich mußte unentwegt auf die Toilette, und am Ende habe ich mir gesagt, das ist doch nicht normal, also bin ich letzte Woche wegen eines Tests in die Apotheke gegangen, und er war positiv. Mein Mann war außer sich vor Freude, verstehen Sie, es ist eine Zweitehe, er hat mit seiner ersten Frau nie Kinder bekommen können, mein erster Mann dagegen schlug mich, also habe ich es jedesmal, wenn ich schwanger war, wegmachen lassen, ohne es ihm zu sagen, und am Ende hat mir mein Arzt eine Spirale eingesetzt und dabei den Faden sehr kurz abgeschnitten, damit mein erster Mann ihn nicht spürt, und da ich wiederholt Eileiterentzündungen bekommen habe, weil sich mein erster Mann nicht jeden Tag gewaschen hat und weil er sich tagsüber anderswo herumtrieb, was ihn aber abends nicht daran hinderte – Sie wissen ja, wie die Männer sind –, habe ich geglaubt, ich bin steril. Außerdem hatte der Gynäkologe mir das auch gesagt. Als mein zweiter Mann also erfahren hat, daß ich schwanger bin, war er natürlich außer sich vor Freude, ich allerdings etwas weniger, denn ich bin immerhin siebenunddreißig Jahre alt, das ist nicht mehr ganz jung, um noch Kinder zu bekommen, die Fläschchen, die Windeln und das alles, aber er, Sie können sich vorstellen, daß er glücklich war wie ein Schneekönig – ein Mann, dem ist das doch egal, ob er dreißig oder vierzig ist, er muß sie ja nicht austragen. Bloß, gestern bin ich beim Gynäkologen gewesen, er hat eine Echographie gemacht, und da habe ich gesehen, daß es nicht möglich ist, deshalb komme ich heute zu Ihnen, ich weiß, daß Sie es nicht meinem Mann sagen werden. Ich werde ihm sagen, daß ich eine Fehlgeburt hatte, es wird ihm zwar Kummer machen, aber es ist nicht das erste Mal, daß ich eine Fehlgeburt habe, er weiß, was ich vor meiner Scheidung alles eingesteckt habe. Verstehen Sie, ich bin bereits siebenunddreißig, es stimmt zwar, daß er lange darauf gewartet hat und daß er anfing, die Hoffnung zu verlieren, und ich habe zugestimmt zur Adoption, weil ich gesehen habe, daß es ihm genauso wichtig war wie mir, aber nach all dem, was ich bei meinem Mann eingesteckt habe, ich meine, dem ersten, hat mir das nicht allzuviel gesagt, was den Verkehr angeht, der sagt mir übrigens auch nicht viel, ich bin nicht verrückt danach, aber ich muß zugeben, daß mein Mann, der zweite, daß er sehr nett ist und fleißig, er werkelt viel am Haus und im Haus herum, deshalb habe ich mir natürlich gesagt, daß ihm das Freude machen wird, selbst wenn es etwas spät kommt, man könnte ja ein Kind adoptieren, das schon groß ist, das wäre nicht so schwierig, aber eine Schwangerschaft einfach so, ohne Vorwarnung, das hat mir trotzdem einen Schlag versetzt. Als mir der Gynäkologe also gesagt hat, was los ist, hab ich zuerst mal geglaubt, ich würde sterben, ich habe die ganze Nacht über ständig dran denken müssen, und wie ich die Sache auch drehe und wende, ich sehe keine andere Lösung. Verstehen Sie, ich bin bereits siebenunddreißig Jahre alt, mein Mann ist vierzig, und wirklich, Zwillinge, ich glaube nicht, daß ich das könnte.

Es will nicht mehr so recht, könnte man meinen.
Ich weiß nicht, was ich habe, aber seit zehn Tagen habe ich Rückenschmerzen, ich dachte, es würde von allein wieder gut, aber es dauert an, es beginnt hier hinter der Schulter und geht vorn unter der Brust weiter, es beengt mich, wenn ich atme, und bei der Arbeit ist es gar nicht lustig, wenn man im Sitzen vor einem Bildschirm arbeiten muß, gewöhnt man sich unwillkürlich eine schlechte Haltung an, es tut mir schon im Kopf weh, alle diese Farben, außerdem arbeiten wir zu zweit daran, meine Kollegin wechselt dauernd die Farbe, sie zieht einen blauen Bildschirm vor, mich ermüdet das, ich bin für schwarz
(oder auch) Neulich bin ich auf die Toilette gegangen, ich habe mich hingesetzt, ich konnte einfach nicht mehr, ich arbeite im Stehen, wissen Sie, und mein Teamleiter hat nach mir gesucht, er hat mich dort gefunden, und er hat zu mir gesagt, daß, wenn es mich zu sehr strapaziert, könnte ich mir ja eine andere Arbeit suchen
(oder auch) Das hat mich neulich überkommen, als ich meinen Kühlschrank wegschieben wollte, um aufzuwischen, ich habe plötzlich diesen Schmerz verspürt, der mir in die Hinterbacken fuhr, bis hinunter in die Fersen, ich konnte mich nicht mehr bewegen, mein Mann hat zu mir gesagt, was ist denn los mit dir, und ich mußte mich hinlegen, und seitdem läßt es mich nicht mehr los, nicht mal nachts, ich kann nicht mehr schlafen, ich

mußte sogar die Schlaftabletten von meinem Mann nehmen, wissen Sie, er arbeitet nachts, und an den Tagen, an denen er frei hat, nimmt er welche, weil er sonst nicht einschläft, und jetzt nehme ich welche, seit drei Nächten, aber ich möchte mich nicht dran gewöhnen

(oder auch) Verstehen Sie, es ist anstrengend, ständig die Arme zu heben, um unter den Motoren die Schrauben anzuziehen, das Fließband hält nicht an, um einem Zeit zum Atmen zu lassen, außerdem arbeiten wir mitten im Luftzug, und ich bin immer sehr empfindlich gewesen gegen Erkältungen, aber nein, ich habe kein Aspirin genommen, ich habe mir gesagt, es wird schon vorbeigehen, und ich wäre nicht gekommen, wenn meine Frau nicht den Termin für mich ausgemacht hätte, übrigens habe ich ihn beinahe abgesagt, aber sie hätte mir eine Szene gemacht

(oder auch) Wissen Sie, ich bin nicht überempfindlich, doch sobald ich versuche, einen Handgriff zu tun, ruft mich mein Hals wieder zur Ordnung, ich muß sagen, daß ich es jetzt leid bin, das ist jetzt schon seit Monaten so, Ihr Kollege, der Rheumatologe, hatte eine – wie nennen Sie das noch gleich? – Einrenkung bei mir vorgenommen, und direkt danach ging es auch besser, aber die Kinästhesiesitzungen haben nichts gebracht. Übrigens frage ich mich ob ich gut daran getan habe überhaupt zu ihm zu gehen er hat nichts weiter gemacht als mich unter eine Heizlampe zu setzen und dann ist er aus dem Raum gegangen und ich habe ihn nebenan reden hören und nach einer Viertelstunde ist er wiedergekommen ließ mich drei Bewegungen machen und hopp! zur Kasse. Ich habe mich gefragt ob er nicht mehrere Patienten gleichzeitig hatte aber wie dem auch sei ich habe immer noch Schmerzen und man müßte eine Lösung finden.

Und, wo fehlt es?
Ich habe Bauchschmerzen.
Ich verliere meine Haare.
Ich habe eine Warze.
Ich sehe auf einem Auge nicht mehr.
Mir dreht sich der Kopf, sollte das der Blutdruck sein?
Ich habe Rückenschmerzen.
Ich habe immer Durst.

Mir tun die Füße weh.

Es ist mir unangenehm, es Ihnen zu sagen, aber es tut mir an einer unpassenden Stelle weh.

Ich kann mich nicht mehr bewegen.

Ich blute.

Ich kann nicht mehr.

Ich habe da so ein Ding im Mund. Das macht mir angst.

Warum haben Sie mich heute abend aufgesucht?

Weil ich nicht mehr weiß, was ich tun soll.

Weil das jetzt schon zu lange dauert.

Weil das nicht mehr so weitergehen kann.

Weil mir keine allzu große Wahl bleibt, wenn es von mir abhinge, wissen Sie, die Ärzte, je seltener ich sie sehe, um so besser geht es mir.

Weil meine Mutter/mein Vater/mein Chef/meine Chefin/mein Mann/meine Frau/mein Sohn/meine Tochter/meine Enkelkinder/meine Nachbarn/alle Welt zu mir gesagt hat, ich solle Sie aufsuchen, aber um ganz ehrlich zu sein, ich weiß genau, daß ich keinen Arzt brauche, mir geht's nicht schlecht, nur weil ich erschöpft bin, außerdem, an etwas muß man schließlich sterben.

Weil ich wieder geimpft werden muß. Wird es weh tun?

Weil ich noch einige Massagen brauche, das hat mir gutgetan, und der Krankengymnast hat mir gesagt, ich könnte mir von Ihnen wieder welche verschreiben lassen, es stimmt, ich habe jetzt tatsächlich nicht mehr so viele Schmerzen, sogar mein Mann findet, daß ich entspannter bin.

Weil ich gestern nicht in die Kaserne zurückgegangen bin, ich habe angerufen und gesagt, daß ich krank bin, aber in Wirklichkeit geht es mir gut, und ich brauche eine Bescheinigung.

Weil ich Angst habe, mein Mann könnte eine schlimme Krankheit haben und will es mir nicht sagen, deshalb habe ich beschlossen, Sie selbst zu fragen, aber ich werde es ihm natürlich nicht sagen, daß ich Sie aufgesucht habe, Sie können mir vertrauen!

Weil ich dick geworden bin.

Weil ich mager geworden bin.

Weil ich nicht mehr schlafen kann.

Weil ich ohne Unterlaß schlafe.
Weil ich meine Kinder nicht mehr ertrage.
Weil mein Vater mich geschlagen hat.
Weil ich die ganze Zeit über weine.
Weil ich schlechte Gedanken habe.
Weil ich keinen Äther mehr im Haus habe.
Weil ich mit meiner Frau / meinem Mann / meiner Tochter / meiner Mutter / meinem Vater / meinen Geschwistern nur noch Ärger habe, vor allem seit der Erbschaft meiner Großmutter.
Weil ich es satt habe, mir wegen nichts und wieder nichts den Arsch aufzureißen.

Weil ich erst dreißig Jahre alt bin, es mir aber schon überall weh tut.
Weil ich schon vierzig bin und anfange, mir Gedanken zu machen.
Weil ich über fünfzig bin und es an der Zeit wäre.
Weil ich fast sechzig bin und möchte, daß es so weitergeht.
Weil ich über siebzig bin und mein Sohn sich Sorgen macht.
Weil ich bald achtzig bin und zu Hause sterben will.
Weil ich neunzig bin und, wissen Sie, das Leben satt habe.

Was haben Sie?
Nun, ich weiß es nicht, das sollen Sie mir sagen! Ich bin kein Arzt.

Vorgeschichten
(Dienstag, 7. Oktober)

– Sieh an! Sie gehen angeln?
– Nein, ich gehe angeln.
– Ach so! Ich hab gedacht, Sie gingen angeln.

(Eine alte Irrengeschichte)

21
Madame Borges

Die Tür geht quietschend auf.

Mit struppigem Haar und müdem Gesicht erscheinst du in der Schlafzimmertür, bekleidet mit einer etwas zu kurzen Schlafanzughose, einem T-Shirt und einer unförmigen Hausjacke, die du, als du mich siehst, ungeschickt zuknöpfst. Du gähnst wie ein Hungerleider. Du hast deine Brille nicht aufgesetzt. Deine Füße stecken in Mokassins, die bis auf die Nähte abgetragen sind.

»Guten Tag, Monsieur Sachs«, sage ich und bügle weiter.

»Guten Tag, Madame Borges ... Entschuldigen Sie meine Aufmachung, um diese Zeit müßte ich schon längst fertig sein.«

»Hatten Sie wieder Bereitschaftsdienst?«

»Nein, aber ich hatte heute nacht vergessen, meinen Anrufbeantworter einzuschalten, und um drei Uhr früh habe ich einen Notruf bekommen ...«

»Uh! Das muß hart sein aufzustehen!«

»Mmmhh, aber nicht so hart wie für den Patienten: Er hatte einen heftigen Asthmaanfall.«

Du sagst mir nicht, um wen es sich handelt. Wenn es jemand aus dem Ort ist, werde ich es sicherlich heute mittag im Lebensmittelladen erfahren.

»Es gibt viele Leute, die Asthma haben, finde ich ...«

»Mmmhh ...«

Du begibst dich zur Kochnische.

Du stellst dich vor den Herd, du nimmst die Kasserolle, du kratzt dich im Nacken. Du wirfst einen Blick auf den Wecker, der oben auf dem Kühlschrank steht, du stellst das Radio an, das auf dem Küchentisch steht, und stellst es fast gleich darauf wieder aus.

Du läßt Wasser in die Kasserolle laufen. Du zündest das Gas an. Aus dem Wandschrank über dem Spülstein holst du dir einen Steingutkrug, nimmst vom Abtropfgestell einen Filteraufsatz aus Plastik, setzt ihn auf den Krug, gibst einen Papierfilter hinein. Du holst aus dem Kühlschrank ein halbvolles Paket Kaffee, du schüttest drei Kaffeelöffel gemahlenen Kaffee in den Filter, du machst das Paket wieder zu, besinnst dich eines andern, machst es wieder auf, wirfst einen Blick hinein, gibst noch einen Kaffeelöffel Kaffee in den Filter, nimmst den Filteraufsatz vom Krug und setzt ihn auf eine Kanne aus weißem Porzellan, die kaum größer ist.

Du gehst durchs Eßzimmer und ziehst die Füße nach. Im Schlafzimmer öffnest du das Fenster und stößt die Fensterläden auf. Du klopfst leicht auf die Laken deines ungemachten Bettes. Ich falte das Hemd zusammen und lege es auf den Stapel. Du sammelst eine Illustrierte, ein Buch und ein Heft vom Kopfende des Bettes ein. Ich nehme eine kastanienbraune, am Gesäß etwas abgewetzte Samthose, ich lege sie auf den Bügeltisch, nehme das Bügeleisen wieder zur Hand.

Du machst eine Runde durchs Eßzimmer, du kratzt dich im Nacken, du brummst.

»Sagen Sie mal, Madame Borges, haben Sie nicht zufällig meine Brille gesehen?«

»Leider nein … Vorhin, als Sie aufgestanden sind, hatten Sie sie da nicht …«

Du legst die Bücher auf den Küchentisch, du hebst die Zeitungen hoch, die in einer Ecke aufeinandergestapelten Illustrierten. Du machst wieder eine Runde durchs Eßzimmer, hebst dabei die Gegenstände auf dem niedrigen Tisch an, die Kissen auf den mit einer großen, farbenprächtigen Decke überzogenen Matratzen, die dir als Couch dienen. Du fährst mit der Hand in die Ritzen des alten, durchgesessenen Sessels. Schließlich reibst du dir die Augen, kratzt dich an der Wange, reibst dir den Schädel, stemmst die Fäuste in die Hüften und seufzt.

»Mmmhh …«

Ich hänge die Hose über eine Stuhllehne und mache mich an die Jeans.

Du gehst ins Schlafzimmer zurück.

Das Wasser kocht in der Kasserolle. Ich setze mein Eisen ab und gehe hinüber, um das Wasser auf den Kaffee zu gießen. Du tauchst wieder auf, du versuchst, irgendwie deine Brille geradezubiegen, aber als du sie aufsetzt, ist sie immer noch schief. Du schaust zu, wie ich das Wasser aufgieße, du lächelst, du streckst die Hand aus.

»Danke, Madame Borges, lassen Sie, ich kümmere mich darum ...«

»Es macht mir nichts aus, wissen Sie.«

»Ich weiß, Sie sind nett, aber trotzdem. Es ist wie neulich, Sie hätten nicht das Geschirr zu spülen brauchen, Sie haben so schon genug zu tun mit dem Haushalt und dem Bügeln. Ich spüle das Geschirr, wenn ich am Abend heimkomme, morgens habe ich nicht immer die Zeit dafür.«

»Ich weiß, deshalb tu ich's ja auch. Wissen Sie, bei mir zu Hause kann ich es nicht ausstehen, wenn in der Küche Unordnung herrscht, und hier ist es genauso, es überkommt mich einfach, ich muß aufräumen. Außerdem, drei Messer, zwei Teller, das ist nicht der Rede wert.«

»Ja, aber ich ...«

»Ja, Monsieur Sachs?«

»Nein, es macht nichts, es ist sehr nett. Gestatten Sie?«

Du löst mich an der Kaffeekanne ab. Ich drehe deine Jeans um. Ich werfe einen Blick auf die Uhrzeit, die der Recorder unter dem winzigen Fernseher, der zwischen dem Fenster und dem nicht mehr benutzten Kamin des Wohnzimmers steht, anzeigt. Zehn vor zehn. Das Telefon klingelt.

»O Scheiße!«

Du stellst geräuschvoll die Kasserolle hin und hebst ab.

»JA! ... Ja, guten Tag, Madame Leblanc ... Entschuldigen Sie bitte, ich bin noch nicht ganz wach. Ja, zwei Krankenbesuche heute nacht. Nein, es geht, danke ... Ja? Madame Renard? (Du schaust zum Himmel.) Was hat sie? Das kann wohl noch warten, bis ich gefrühstückt habe? Und Sie haben noch andere Krankenbesuche für mich? Wie spät ist es? ... Ja, ich bin da in ... Mmmhh, sagen wir, in einer dreiviertel Stunde. In Ordnung. Danke. Bis nachher ...«

*

»Ein Täßchen Kaffee, Madame Borges?«

»Da sag ich nicht nein.«

»Hier, ich hab zwei Stück Zucker reingetan, aber ich hab nicht umgerührt.«

»Danke, Monsieur Sachs.«

Ich stelle das Bügeleisen ab, ich rühre mit dem Löffel um.

»Er ist sehr heiß, ich warte, bis er abgekühlt ist. Sagen Sie, Monsieur – äh, Herr Doktor ... darf ich Ihnen eine Frage stellen?«

»Nur zu.«

»Eine meiner Schwägerinnen – na ja, es ist keine richtige Schwägerin, es ist die Schwester des Schwagers meines Mannes, wissen Sie, die, die mit einem Angestellten des Crédit Provincial verheiratet ist – sie haben gerade ein kleines Mädchen bekommen, es mußte in den Brutkasten, weil es eine Frühgeburt war, nicht allzu früh, um drei Wochen. Schön, der Kleinen geht es gut, was die Familie aber beunruhigt, ist, daß die Mama ihr nicht die Brust geben kann. Man hat ihr gesagt, daß das besser wäre, aber sooft sie auch versucht, sich die Milch abzuzapfen, es kommt nichts, und das versetzt sie in helle Aufregung, verständlich, sie haben so lange darauf gewartet, die Schwangerschaft hat sie erschöpft, mit zweiundvierzig Jahren ist das einigermaßen normal. Also gibt man ihr Milch aus der Muttermilchsammelstelle, aber meine Schwägerin sagt, daß das nicht so gut ist wie ihre eigene Milch, sie macht sich natürlich ihre Gedanken, verständlich, bei all dem, was man da so sieht, ist die Milch gut, wo kommt sie her ... Ich habe ihr gesagt, daß sie auf jeden Fall sterilisiert ist und daß nichts zu befürchten ist, nicht wahr?«

»Mmmhh? Ja, selbstverständlich, Sie haben völlig recht ... Nun?«

»Nun, sie hat mich gefragt, ob sie nicht irgendwelche Medikamente nehmen soll, um die Milchproduktion zu fördern, aber man hat ihr gesagt, daß es keine gibt. Und nun hat sie Angst, sie fragt sich, ob ihre Kleine etwa Allergien oder Ekzeme bekommen wird, sie ist ganz aus dem Häuschen. Aber ich glaube, sie sorgt sich etwas zu sehr. Meinen Sie nicht auch?«

»Ja ... ein erstes Kind mit zweiundvierzig Jahren, da hat man leicht Angst.«

»Genau das habe ich ihr gesagt. Ich habe zu ihr gesagt: ›Du wirst sehen, mit dem Fläschchen wächst es genausogut.‹ Stimmt ja auch, meine zweite wollte die Brust nicht. Das Fläschchen hingegen, mit zehn Monaten trank sie es ganz allein, es kam sogar vor, daß sie zwei hintereinander trank. Und jetzt, Sie haben das Prachtexemplar ja gesehen!«

Du lächelst und hebst dabei deine Tasse.

»Genau wie meine Nachbarn mit ihrem Sohn, die sind ganz aufgeregt, weil er mit vierzehn Monaten noch nicht läuft. Sie sagen, er sei faul, aber ich sage ihnen, daß das noch kommt, er galoppiert auf allen vieren herum, er stellt sich auf und schiebt auf den Fliesen Stühle vor sich her, aber er will sie nicht loslassen, deshalb sind sie beunruhigt, aber das wird schon noch kommen.«

»Mmmhh ... Ich fing mit sechzehn Monaten an zu laufen.«

Ich höre auf zu bügeln und schaue dich an.

»Ach ja? ... Das stimmt, damals brachte man die Kinder nicht alle naselang zum Kinderarzt ... Na ja, trotzdem, sechzehn Monate, das ist nicht alltäglich.«

»Nicht wahr? Sehen Sie, wohin mich das gebracht hat.«

*

Ich bin fast fertig mit dem Bügeln. Du hast in aller Eile zwei große Tassen Kaffee getrunken und drei Schnitten mit weißem Käse hinuntergeschlungen.

»Ich lasse das Geschirr im Spülstein, aber Sie rühren es nicht an, einverstanden?«

»Wie Sie möchten.«

Während ich die gebügelte Wäsche in den Schrank räume, höre ich die Wasserleitung dröhnen. Als ich den Bügeltisch zusammenklappe, kommst du aus deinem Schlafzimmer. Du trägst einen gelben Pulli, ein blaues Hemd, Jeans, beige Socken und schwarze Schuhe. Wie üblich hast du dich beim Rasieren geschnitten und hast dir ein Stück Pflaster draufgeklebt, heute ist es unter dem Kinn.

»Madame Borges, haben Sie nicht zufällig meine Uhr gesehen?«

»Äh, liegt sie nicht auf dem Küchentisch?«

»Ach? Ja, danke.«

»Wo ich gerade dran denke, wenn Sie im Selbstbedienungsladen vorbeikommen, können Sie da wieder destilliertes Wasser für das Bügeleisen mitbringen?«

»Äh … Selbstverständlich, schreiben Sie es mir bitte auf, damit ich es nicht vergesse.«

Du bindest deine Uhr um, du nimmst deinen Schal von einem Stuhl, schlüpfst in deinen Parka, nimmst das Buch und das Heft vom Eßzimmertisch, steckst beides in deine Instrumententasche, machst eine Runde durch den Raum und hebst dabei die Kissen und die Zeitungen hoch.

»Madame Borges, haben Sie nicht zufällig meine Schlüssel gesehen?«

Schließlich fällt dir ein, daß sie noch in den Taschen des Regenmantels sind, den du gestern getragen hast, du gehst hinaus, ziehst die Tür hinter dir zu, besinnst dich, steckst den Kopf durch die halbgeöffnete Tür:

»Schönen Tag noch, Madame Borges, bis Freitag.«

»Auf Wiedersehen, Monsieur Sachs, bis Freitag.«

Draußen höre ich, wie du die Autotür zuschlägst, startest, den Motor warmlaufen läßt und dann wegfährst. Ich gehe in die Küche, ich öffne die Abstellkammer, nehme den Besen und das Staubtuch heraus. Im Eßzimmer hebe ich den Deckel der Truhensitzbank hoch, die unterm Fenster steht, und hole den Staubsauger heraus.

Nachher, wenn ich deine beiden Löffel und deinen Teller gespült habe, kümmere ich mich ums Bad. Im Schlafzimmer räume ich nicht jedesmal auf, du sagst, daß das nicht nötig ist. Ab und zu fragst du mich trotzdem, ob es mir etwas ausmacht, dort zu staubsaugen oder, aber das ist selten, das Bett neu zu beziehen. Besser gesagt, es zu machen: An diesen Tagen liegt nur eine Gummiunterlage auf der Matratze, und du hast die Laken gewaschen und zum Trocknen ausgebreitet. Ich rühre nie die Blätter, Hefte, Bücher und Zeitschriften, Schreiber, Medikamentenschachteln, Pakete mit Papiertaschentüchern, Briefumschläge und all die verschiedenen Gegenstände an, die sich auf den Rändern des Schreibtischs stapeln, der von einer riesigen elektrischen Schreibmaschine belagert wird. Es ist ein kleines, ganz kleines Schlafzimmer, und es ist sehr schwierig, dort zu staubsaugen, ohne sich an den Möbeln zu stoßen, aber ich sollte es öfter tun. Wenn ich denke, daß es langsam an der Zeit wäre, selbst wenn du mich nicht darum gebeten hast, fahre ich mit dem Staubtuch über die Bücher, die sich auf deinem Nachttisch stapeln. Denn die Bücher, ich bitte um Entschuldigung, die ziehen ständig Staub an, und nachts ist das nicht gesund.

22
Yves Zimmermann

Ich erinnere mich an das erste Mal, als ich dich gesehen habe. Ich meine, wirklich gesehen. Und dir zugehört, dich nicht nur gehört habe. Du hast am Bett einer Kranken gestanden und ich fragte, wer sich um sie kümmert. Du hast gesagt: Ich, Monsieur. Du warst zwanzig oder zweiundzwanzig Jahre alt, du warst einer der Studenten, die in diesem Jahr ihr Praktikum in der Abteilung machten, du hattest nichts Besonderes an dir, du warst groß, dunkelhaarig, schweigsam, gingst ein wenig gekrümmt. Du hattest immer die Ärmel deines Kittels hochgekrempelt, und deine Unterarme waren bloß. Ich habe dich über den Rand meiner Brille hinweg angeschaut und gesagt: »Ich höre dir zu.« Du bist an die Kranke herangetreten und hast gesagt: Madame Malinconi ist vor drei Tagen mit ich weiß nicht mehr welchen Symptomen hier eingeliefert worden, du hast ganz schnell, sehr knapp die Situation zusammengefaßt, und dann bist du verstummt. Ich habe dich nichts zu fragen brauchen. Du hattest das Problem in sechs Sätzen zusammengefaßt, und das war's. Das hat mich aufgebracht. Der angehende Arzt wußte besser als der Chefarzt, was die Kranke hatte, das ist doch beschissen. Ich habe gefragt: »Ist das alles?« Du hast geantwortet: Das ist alles. »Ist das wirklich alles? Bist du sicher?« Und die Patientin hat angefangen zu weinen. Ich habe gefragt: »Warum weinen Sie, Madame?« Ich habe dich angeschaut, ich habe dich gefragt: »Warum weint sie?« Du hast mir einen bösen Blick zugeworfen, hast die Arme verschränkt und das Kinn dabei den andern zugewandt. Ich habe mich nach der Oberschwester, den beiden Assistenzärzten, dem für die Ausbildung verantwortlichen Arzt, den sechs Studenten, den Schwesternschülerinnen und der Krankenhelferin umgedreht, die gerade mit einem Essentablett hereinkam (wenn ich mich recht erinnere, lag in dem Bett nebenan noch eine andere Patientin). Ich habe wieder gefragt: »Warum weint sie?« Niemand hat geantwortet. Ich stand auf und sagte grob zu dir: »Na schön, du wirst mir antworten, wenn du die Krankenakte kennst«, und ich bin in der Absicht aus dem Zimmer gegangen, die Tür hinter mir zuzuschlagen, aber du bist an allen vorbeigegangen, du bist mir auf den Flur gefolgt, und dann warst du es, der den andern die Tür vor der Nase zugemacht hat. Ich habe mich umgedreht, ich habe dich über den Rand meiner Brille hinweg angeschaut, trotz meiner einsneunzig kamst du mir fast genauso groß vor wie ich.

»Gut, also, was hat sie?«

Und du hast mir knapp, in einigen Sätzen, die Geschichte dieser Frau erzählt, die zwei Tage nach ihrer Einlieferung wieder nach Hause wollte, obwohl ihr Arzt sie wegen eines akuten Lungenödems, an dem sie beinahe abgeschrammt wäre, hatte einweisen lassen, daß sie bei der Einlieferung zweihundertzwanzig Blutdruck hatte, daß sie bei ein Meter sechzig fünfundachtzig Kilo wog – ich wußte wirklich nicht, wie das ohne eine gängige Minimalbestandsaufnahme in Ordnung zu bringen war, für die Dosierung der Medikamente benötigte man damals mindestens eine Woche, ganz zu schweigen von der Diätassistentin und der Einleitung der Behandlung –, daß aber ihre Probleme mit der Arbeit, dem Mann, der Schwiegermutter, dem Umzug und ich weiß nicht was sonst noch, kurzum, daß ihr beschissenes Alltagsleben für sie eine größere Bedeutung zu haben schien als ihre verfluchten Symptome.

»Einverstanden, einverstanden. Aber warum hast du im Zimmer nichts gesagt?«

»Wir waren fünfzehn, Herr Professor.«

Darauf habe ich dich durch meine Brille angeschaut, und ich habe dich zum ersten Mal gesehen. Du warst zwanzig oder zweiundzwanzig Jahre alt und schon voller Zorn.

23
Madame Leblanc

Das Telefon klingelt. Ich hebe ab.

»Arztpraxis ...«

»Hallo, Edmond? Bist du es, Edmond?«

»O nein, Madame, Sie haben sich bestimmt verwählt ...«

Sie legt auf. Ich lege auf, und es fängt wieder an zu klingeln.

»Arztpraxis in Play, ja bitte.«

»Hallo, wann macht der Doktor seine Hausbesuche?«

»Nun, heute macht er seine Hausbesuche am Vormittag. Hätte er bei Ihnen vorbeischauen sollen?«

»Ja, es ist wegen dem Vater, es geht ihm nicht gut ...«

»Sie sind Madame ...«

»Es ist nicht wegen mir, es ist wegen dem Vater, Monsieur Mirbeau, im Ginsterfeld, der Doktor ist schon mal hier gewesen ...«

»Sehr gut, ich notiere ...«

»Aber ich müßte mit ihm reden, bevor er kommt, weil, der Vater will sich nicht behandeln lassen, und er nimmt seine Medikamente nicht, deshalb müßte er ihn mal ein bißchen auf Trab bringen ...«

»Ja ... Soll Doktor Sachs zurückrufen?«

»Tja ...«

Ich höre Reifenquietschen auf dem Asphalt. Ich schaue auf. Das weiße Auto hält direkt vor dem Fenster des Wartezimmers.

»Warten Sie, Madame, der Doktor ist gerade angekommen, wenn Sie sich noch ein paar Sekunden gedulden wollen, ich stelle durch ...«

Du steigst aus dem Wagen, du schaust mich durch die Fensterscheiben hindurch an, ich mache dir ein Zeichen und zeige auf das Telefon. Du nimmst deine Instrumententasche vom Rücksitz, du schließt die Türen ab. Geduldig behalte ich den Hörer auf der Schulter. Die Tür zum Wartezimmer geht auf, und deine Tasche in der einen Hand, deinen Schlüsselbund in der andern, kommst du herein.

»Die Tochter von Monsieur Mirbeau will Sie sprechen . . .«
»Monsieur Mirbeau?« Ratlos runzelst du die Stirn.
»Ja, im Ginsterfeld, Sie sind offenbar schon einmal dort gewesen . . .«
»Mmmhh . . .«
Du gehst in die Praxis. Ich sehe, wie du die Instrumententasche an die Regale stellst, du hebst ab, du setzt dich in den Drehsessel auf Rollen, ich lege auf und schließe die Innentür, indem ich fest anziehe.
Aus dem Wartezimmer dringt ein Gemurmel an mein Ohr, während du sprichst. Nach einigen Minuten klingelt das auf meinem Schreibtisch stehende Telefon kurz und zeigt mir an, daß du aufgelegt hast. Ich warte einige Minuten, aber du kommst nicht wieder heraus. Ich nehme den Terminkalender, ich klopfe an die Tür.
»Ja . . .«
Ich trete ein. Du sitzt an deinem Schreibtisch, du schreibst. Du siehst auf.
»Werden Sie Monsieur Mirbeau heute morgen aufsuchen?«
»Mmmhh? . . . Ja, gegen halb zwölf . . .«
»Sie haben schon drei andere Hausbesuche zu machen . . .«
»Ah . . . Gut . . .«
»Und Madame Reverzy hat darum gebeten, daß Sie vor elf Uhr vorbeikommen, weil sie zur Arbeit muß . . .«
Du seufzt. Du legst die Hände flach auf die weißgestrichene Holzplatte, die dir als Schreibtisch dient, du schließt die Augen und nickst.
»Ich warte noch auf den Briefträger, dann gehe ich . . .«

*

Ich erinnere mich noch gut an unsere erste Begegnung. Es war schon ein ganzes Jahr her, seit ich aus der Fabrik entlassen worden war. Der Lebensmittelhändler sagte, daß du dich in der alten Schule niederläßt. Daß du sicherlich jemanden brauchst, der am Telefon die Anrufe entgegennimmt, den Haushalt macht oder bügelt, vielleicht sogar in deiner Wohnung, weil du allein lebst. Ich habe mir gesagt: Was riskiere ich schon? Ich habe dich angerufen, du hast sofort geantwortet, weil du von morgens bis abends in den neuen Praxisräumen warst, um Tapeten anzukleben, die Fenster neu zu streichen, Regale aufzustellen. Ich habe gesagt: »Guten Tag, Herr Doktor, ich bin Madame Leblanc, ich wollte wissen, ob Sie jemanden brauchen, der am Telefon die Anrufe entgegennimmt und in der Arztpraxis putzt, aber vielleicht ist die Stelle schon besetzt?« Es entstand ein langes Schweigen, und du hast geantwortet: Das ist komisch, heute morgen hat mir jemand von Ihnen erzählt, und ich wollte Sie gerade anrufen.

Du bist zu mir gekommen. Du hast gelächelt, warst freundlich. Du wirktest sehr jung, aber man hatte mir gesagt, daß du schon bei mehreren Ärzten die Vertretung übernommen hattest, in Deuxmonts, in Lavinié, und noch weiter weg, am andern Ende des Kantons, in Forçay. Du brauchtest eine Halbtagskraft, um die Anrufe entgegenzunehmen, um die Leute in deiner Abwesenheit zu empfangen, um die Praxis in Ordnung zu halten. Aber nicht, um bei dir den Haushalt zu machen. (»Es ist besser, die Dinge nicht zu vermischen, wissen Sie.«) Ich habe vorgeschlagen, dir jemanden zu besorgen, falls du wolltest, du hast ja gesagt, selbstverständlich, ich würde dir damit einen Gefallen tun. Und dann sind wir zusammen zu Fuß in die Arztpraxis gegangen, es war genau das, was ich suchte, eine Arbeit zwei Schritte von meiner Wohnung entfernt, dazu noch halbtags, um nicht zu Haus herumzusitzen, wo mir die Decke auf den Kopf fällt.

Die blaßblaue Tapete mit den Streifen gefiel mir, ich fand sie originell für eine Arztpraxis. Die Räume waren hell, die Liege hat mir gefallen, es stimmt schon, daß man sich auf einem Tisch, der zu hoch ist, nicht wohl fühlt, die Kinder und die älteren Personen haben Mühe, sich draufzulegen. Du hast gesagt: Im Prinzip eröffne ich meine Praxis Anfang Mai, wann können Sie anfangen?, und ich habe gesagt: Sofort, ich bin es leid, in meinen vier Wänden eingesperrt zu sein, mein Mann meint, daß das nicht gut ist, und auch die Kinder mögen es nicht.

Ich habe gesagt, daß er mir einige Instruktionen geben müsse, für den Fall, daß man mich wegen eines Notfalls anruft, was soll ich sagen, wenn es einen Verletzten gibt oder eine Vergiftung? Und ich müßte auch einen Kurs in Erster Hilfe absolvieren, die gibt es zweimal im Jahr auf dem Bürgermeisteramt, es sind die Feuerwehrleute von Lavallée, die die Kurse abhalten. Du hast gesagt: Ich bin glücklich, daß ich Sie so schnell gefunden habe. Ich habe großes Glück, daß ich nicht lange suchen mußte, und: Wir werden uns bestimmt sehr gut verstehen, und ich habe geantwortet: »Bestimmt, es gibt keinen Grund, warum nicht!«

Das war vor sieben Jahren. Wir sollten am 2. Mai anfangen, aber du bist die ganze erste Woche nicht da gewesen, weil dein Vater verstorben ist. Am Montag, den 2., habe ich morgens um 8 Uhr 30 zum ersten Mal die Arztpraxis aufgemacht. Bis 9 Uhr 30 hatte ich drei Anrufe bekommen. Ich habe aufgeräumt, ich habe geputzt und gewienert, ich habe viele Telefonanrufe entgegengenommen und viele Leute gesehen, die gekommen waren, um Auskünfte einzuholen. Du hast mich drei oder vier Mal angerufen, um zu fragen, ob alles klappt. Ja gewiß, ich habe mich nicht schlecht aus der Affäre gezogen, und wenn die Leute in der darauffolgenden Woche ebensooft vorbeikämen oder anriefen, würdest du bald mit Arbeit überlastet sein, und vielleicht müßte ich dann ganztags arbeiten. Du hast gelacht: Das hoffe ich doch. Offen gesagt, in der ersten Zeit haben wir eigentlich nicht viel zu tun gehabt. Mit der kleinen elektrischen Schreibmaschine, die du mir hingestellt hast, habe ich die Besuchszeiten abgetippt, Empfehlungen für die Frauen, die die Pille nehmen oder eine Spirale tragen, Ratschläge für die jungen Mütter, die stillen oder das Fläschchen geben, Informationen über die Kinder, die nicht schlafen, und über die Medikamente, die sich nicht mit Alkohol vertragen, was im Falle von Wespenstichen oder Schlangenbissen zu tun ist (ich glaube zwar nicht, daß es hier Schlangen gibt, aber man kann nie wissen, wenn die Leute im Urlaub sind), was zu tun ist bei einem Verkehrsunfall oder wenn jemand ertrinkt oder zu viele Tabletten geschluckt hat. Du hattest alles von Hand auf liniertes Papier aus einem Block geschrieben, und nachdem ich es getippt hatte, entsprach jede Seite genau einem halben Schreibmaschinenblatt. Dann habe ich die Blätter auf meinen Schreibtisch im Wartezimmer gelegt, damit die Leute sich bedienen können. Ich habe auch ein Schild gemalt mit den allgemeinen Sprechstunden (in Schwarz), den Sprechstunden nach Vereinbarung (in Blau), deinem freien Tag (donnerstags, in Grün) und der Telefonnummer, unter der du zu erreichen bist (in Großbuchstaben und in Rot). Und ich habe auf dein Geheiß noch hinzugefügt:

WEGEN DER HAUSBESUCHE IM VERLAUFE DES TAGES BITTE MÖGLICHST VOR 10 UHR ANRUFEN.

Nach drei Monaten habe ich mir gesagt, daß mir das wirklich Spaß macht: mich um die Arztpraxis zu kümmern, die Leute zu empfangen, Anrufe entgegenzunehmen. So bin ich deine Sprechstundenhilfe geworden.

*

Die Tür zum Wartezimmer geht auf.

»Guten Tag, Madame Leblanc! Ich habe ein Einschreibepäckchen für den Doktor ...«

Ich drehe mich zum Schreibtisch um. Du bist über etwas gebeugt, eine der drei Rollen deines Drehsessels hat vom Boden abgehoben, die beiden andern tun ihr möglichstes, um am Boden zu bleiben.

»Herr Doktor, der Briefträger ist da!«

Die Rolle senkt sich wieder, du drehst dich mit deinem Sessel, du stehst auf und gehst durch die beiden Türen.

»Guten Tag, Monsieur Merle ... Das hier soll ich Ihnen wohl unterschreiben ...«

Deutlich und kreisend setzt du ein Kürzel unter ein Formular.

»So ... Na, wie fährt's sich auf den Straßen? Nicht zuviel Wasser?«

»Nein, es geht«, sagt der Briefträger und berührt seine Mütze. »Nur auf den kleinen Straßen laufen die Gräben über, aber man paßt eben auf. Allerdings darf es nicht mehr lange so weiterregnen ... Also dann. Schönen Tag noch, Messieurs-Dames!«

Du gehst ins Büro zurück.

Außer dem Päckchen hat uns der Briefträger noch die Post dagelassen, zusammengehalten von zwei Gummibändern. Ich sortiere aus.

Da sind Zeitschriften, viele Zeitschriften, jeden Tag Zeitschriften. Große Umschläge mit offiziellen Kürzeln, Regional-Agentur für Medikamente, Gesundheitsministerium, Regionalrat, Mediathek von Tourmens. Immobilienkataloge, Kataloge für medizinische Geräte, für Papierwaren, für Damenunterwäsche, für Spielsachen, für Geschenke an Geschäftsfreunde und andere Spielereien. Natürlich sind auch Prospekte darunter, die jedermann in seinem Briefkasten findet: Super-Möbel, Mega-Tiefkühlkost, HiFi-Riese, Hyper-Einkäufe. Auch Angebote für Immobilien-Investitionen sind dabei, Einladungen von Auto-Vertragshändlern, Sonderangebote für außergewöhnliche Weine oder getrüffelte Gänseleber, Lieferung garantiert vor Weihnachten, wenn die Bestellung vor dem 10. Dezember eingeht. Und schließlich ist da noch die richtige Post, weiße Umschläge oder Packpapier, mit dem Briefkopf eines Arztes oder einer Krankenhausabteilung, und manchmal ein oder zwei Briefe, auf denen die Adresse mit ungeschickter Hand geschrieben ist und die, wie man fühlt, ein freigemachtes Rückantwort-Kuvert enthalten müssen. Bevor ich die Post auf deinen Schreibtisch lege, sehe ich immer nach, ob kein Brief darunter ist, der an einen deiner Kollegen aus der Gegend gerichtet ist. Es kommt vor, daß sich die Postbeamten in den Adressen irren, wenn sie morgens die Briefe sortieren.

Ich lege die mehrfarbigen kostenlosen Hochglanzzeitschriften beiseite, in denen die Verdienste von Medikamenten mit spektakulären Wirkungen gegen Warzen, Durchblutungsstörungen des Gehirns, Rheuma, Bluthochdruck, Cholesterin, Übergewicht gerühmt werden, Medikamente, die aber, wie du mir eines Tages klipp und klar erklärt hast, wirkungslos sind und lediglich ihre Hersteller reich machen. Aus den Prospekten und Werbeplakaten mache ich Pakete, die sich im Geräteschuppen, hinter der Arztpraxis, stapeln. Einmal im Jahr holt sie der Straßenwärter zur Wiederverwertung ab. Wenn er zurückfährt, ist sein Lieferwagen dreiviertel voll.

Unter den Zeitschriften, die du abonniert hast, sind zwei medizinische Wochenzeitschriften, und eine davon ist in englischer Sprache. Das andere sind Monatszeitschriften: *Le Journal des Lettres*, *Cinéma/Cinémas* und *Entertainment for Men*, eine dicke Illustrierte, die sorgfältig eingehüllt ankommt und die du, im Gegensatz zu den beiden anderen, nie zur Lektüre im Wartezimmer auslegst, wahrscheinlich, weil sie auf englisch ist.

Es treffen auch Medikamente ein, die uns die Labors liebenswürdigerweise zukommen lassen und deren manchmal zerrissene und dann wieder zugeklebte Verpackungen darauf schließen lassen, daß sie aufgemacht wurden, bevor sie hier landeten, und tatsächlich fehlen zwei von den vier Pillendosen oder drei von den sechs Röhrchen Cortison, die auf dem Begleitschreiben angegeben sind. Wenn ich es dir sage, schaust du lächelnd auf und murmelst: Wahrscheinlich hat sie jemand gebraucht. Ich finde es allerdings nicht sehr normal, daß sich die Postbeamten im Vorübergehen bedienen.

*

Du machst ohne Eile, ohne Überstürzung deine Post auf, wobei du mit den Zeitschriften anfängst (jene, in denen du manchmal, an deinem Schreibtisch sitzend, bei offener Tür lange gelesen hast, damals, als ich verzweifelt darauf wartete, daß das Telefon klingelt, denn, nun gut, in der ersten Woche hat es zwar unaufhörlich geklingelt, die Leute riefen aus Neugier an, nur um mal zu sehen, aber danach, als sie hätten kommen sollen, da war es ein ganz anderes Paar Stiefel. »Er scheint ja nett zu sein, aber wir sind nun mal an unseren Doktor gewöhnt«, oder »Diese Jungen, die wissen nicht immer soviel wie die Alten«, oder »Ist doch komisch, daß er nicht verheiratet ist, oder?«, und ich machte mir schon Sorgen, ich wußte, daß ich dich viel Geld kostete, und wenn du nicht mehr Patienten hättest als jetzt, könntest du dir keine Sprechstundenhilfe leisten, nicht einmal halbtags) und mit den Briefen aus dem Krankenhaus oder denen mit dem Briefkopf eines Analyselabors aufhörst. Oft ist einer darunter, den du ganz besonders erwartet hast. Der Patient hat mich in den vorangegangenen Tagen schon mehrmals angerufen, um mich zu fragen, ob er angekommen ist, und wenn er schließlich da ist, hole ich die Krankenakte des Patienten hervor und lege sie neben die Post auf den Schreibtisch. Oder das Telefon klingelt, und sobald ich die Stimme des oder der Anrufenden erkenne, antworte ich:

»Ach, guten Tag, Madame Sand. Ja, der Doktor hat ihn heute morgen bekommen. Ich verbinde Sie.«

Ich klopfe an die Tür des Büros.

»Herr Doktor, es ist Madame Sand. Es ist wegen der Blutprobe ihrer Mutter.«

Während du abhebst, komme ich herein und lege die Krankenakte und den erwarteten Brief neben dich.

24
Jérôme Boulle

Das Telefon klingelt. Endlich!

»Doktor Boulle, ja bitte.«

»Grüß dich, Jérôme, hier ist Bruno.«

»Ah, du bist es ... Wie geht es dir?«

»Sehr gut. Ich will dich nicht lange stören, ich wollte nur fragen, ob ich dir zwischen zwölf Uhr dreißig und fünfzehn Uhr meine Notfälle überlassen kann, ich fahre ins Krankenhaus.«

Ich schaue auf die Uhr, es ist halb elf.

»Kein Problem. Ich habe heute morgen noch kein Schwein gesehen. Und du, ist es bei dir genauso?«

»Mmmhh ...«

»Es ist wirklich ruhig, wie? Vor fünf Jahren war der Dienstag noch ein arbeitsreicher Tag, aber mit der Zunahme der Ärzteschaft und diesen Spezialisten, die alle am Boulevard Gustave-Flaubert ihre Schilder anbringen ...«

»Jaa. Es ist nicht einfach ...«

»Und du, läuft es? Hast du zu tun?«

»Mmmhh ...«

»Jaa, es ist wie bei mir. Was für eine Idiotenarbeit, die Leute halten uns für ihre Boys, an einem Tag rufen sie dich an und weinen dir die Hucke voll, daß du der einzige bist, der sie retten kann, und am nächsten Tag gehen sie auf die andere Straßenseite, wenn sie dich aus der Bäckerei kommen sehen. Wenn es wenigstens noch die Möglichkeit gäbe, hin und wieder eine schöne Diagnose zu stellen, aber von wegen! Das ist für die Herren Spezialisten ... Na ja, ach, da muß ich dir noch was erzählen, letzte Woche habe ich ein schönes Syndrom gesehen ...«

»Moment, eine Sekunde ... Ja? (Gemurmel am andern Ende der Leitung, du hast offenbar eine Hand auf den Hörer gelegt) ... Entschuldige bitte, Jérôme, ich muß auflegen. Wir telefonieren wieder miteinander. Und danke für heute mittag! Grüß dich.«

»Grüß dich.«

Du hast aufgelegt. Es ist einfach nicht möglich, mit dir zu diskutieren. Du bist zu ausweichend. Du bist schon immer ein komischer Kauz gewesen. Vor einigen Jahren, bevor du dich niedergelassen hast, brachtest du mir einen Säugling an, einen kleinen Neffen oder ein Patenkind, glaube ich. Du hattest gerade deine Assistenzarztzeit in Tourmens beendet. Ich wollte vierzehn Tage Urlaub machen, ich hatte damals viel zu tun, ich schlug dir vor, mich zu vertreten. Du hast erst gezögert, dann hast du mich darauf hingewiesen, daß du dich in der Gegend hier niederlassen würdest. Ich habe wirklich nicht gewußt, woran ich mit dir bin, ich hatte noch nie gehört, daß ein junger Kollege über seine Absichten redet. Aber du hast das im vollen Ernst gesagt, du hattest wirklich Bedenken, mir ins Gehege zu kommen. Ich habe dir gesagt, daß das nichts macht, und es stimmte auch, ich hatte so viel zu tun, daß ich nicht mehr wußte, wo mir der Kopf stand. Darauf hast du mich hin und wieder vertreten, vierzehn Tage hier, drei Wochen da. Meine Patienten mochten dich. Sie sagten, du seist zwar geschwätzig, aber nett. Und du hast nicht allzu viele Dummheiten gemacht, das ist eine Tatsache. Ich habe dich ein- oder zweimal zum Kaffee eingeladen, und dafür hast du mich dann ebenfalls ein- oder zweimal eingeladen. Aber du bist nie zum Abendessen gekommen, nicht einmal während deiner Vertretung; du hast es vorgezogen, nach Hause zu fahren. Ich glaubte, du hättest eine Freundin, ich hatte dir angeboten, sie mitzubringen, aber du hast mich scheel angesehen und zur Antwort gegeben, daß du allein lebst. Ich habe nicht insistiert, auf jeden Fall mag dich meine Frau nicht besonders. Sie mag Ärzte nicht besonders.

Einige Monate später hast du mich aufgesucht und mir gesagt, daß du zwischen zwei Gemeinden schwankst, Play und Marquay, und daß du dich dort niederlassen würdest, wo es mich am wenigsten störe. Ich hatte praktisch keine Patienten in Play, aber viele in Marquay. So ist das eben in den Dörfern, mag die Entfernung zum Arzt auch allemal die gleiche sein, die Leute haben nicht dieselben Gewohnheiten. Die Leute aus Marquay gehen seit fünfzig Jahren hierher zum Arzt, sie kommen nicht zu Doktor Boulle, so wenig wie sie zu Doktor Sturgeon gekommen sind, dessen Patientenstamm ich übernommen habe, sie suchen den

Doktor-in-Deuxmonts auf. Viele meiner Patienten aus Marquay warteten schon darauf, daß du dich dort niederläßt; der Bürgermeister machte dir Angebote, das hätte mich Klienten kosten können. Darauf habe ich natürlich Play gesagt, und du hast gesagt, in Ordnung. Aber ich habe mir vorgestellt, daß du im letzten Augenblick irgendeine Ausrede finden würdest, um deine Zusage zurückzunehmen. Doch nein. Du hast dich tatsächlich in Play niedergelassen. Der Stadtrat hat dir die ehemalige Schule vermietet. Ich habe mir lange Zeit gesagt, daß du ein wenig behämmert sein mußt. In diesem Kaff gehen sie überallhin zum Arzt, mal lassen sie mich kommen, mal gehen sie zu den Ärzten in Lavinié, in Lavallée, manchmal sogar zu denen in Saint-Jacques oder in Saint-Bernard-de-l'Orée, obwohl das über fünfzehn Kilometer weg ist, aber so ist das schon immer gewesen, keiner von uns und auch keiner von unseren Vorgängern hat dort wirklich Fuß fassen können, weder bei den alteingesessenen Einwohnern noch in den neueren Vororten, vielleicht, weil viele junge Leute in Tourmens arbeiten und auf den Boulevards zum Arzt gehen, bevor sie nach der Arbeit heimfahren, oder weil sie ihre Kinder dort zum Kinderarzt bringen. Mein Kinderarzt, das klingt seriöser als: Mein praktischer Arzt, selbst wenn er es nur zu wiegen braucht, ihr verdammtes Balg, oder zu impfen oder die Nasentropfen für seinen Tropfen an der Nase zu verschreiben. Ich habe mir gesagt: In Play wird er bald aufgeben müssen; nach einigen Monaten, einem oder zwei Jahren wird er dichtmachen, es ist einfach unmöglich, er hat den schlechtesten Ort gewählt, es ist schon ein wenig selbstmörderisch, ich habe Kerle wie dich gesehen, die Geld aufgenommen haben, um sich niederzulassen, und die dann auf dem letzten Loch gepfiffen haben und nach achtzehn Monaten ihr Arztschild abmontieren und in eine andere Gegend wechseln oder Beamter werden mußten, Vertrauensarzt beim Gesundheitsamt oder bei einer Versicherung, um nun ihre Zeit damit zuzubringen, die Verordnungen ihrer ehemaligen Kollegen nachzuzählen (die beiden Röhrchen Kalmazepam auf dem Rezept der Mutter, sind die nicht etwa für die Schwägerin, die einen verblüffend hohen Verbrauch dieses Medikaments hat?) oder nachzuprüfen, ob der Krankenschein des Ehemannes wirklich wegen Hexenschuß oder einer Knöchelverstauchung ist oder ob nicht etwa eine akute Faulititis vorliegt, und die sich einen Spaß daraus machen, unangemeldet am Vormittag anzutanzen und sich dabei zu sagen: »Wenn ich den erwische, wie er im Garten arbeitet, dann kann er sein blaues Wunder erleben.« Frustrierte, Verbitterte, aber keine Ärzte mehr.

Während deiner Vertretungen hatten dich meine Patienten angenommen. Sie sagten, daß du sehr aufmerksam bist, daß du sogar dann wieder bei ihnen vorbeigeschaut hast, wenn sie dich gar nicht darum gebeten hätten, und daß du es abgelehnt hast, dich bezahlen zu lassen, in der Art: Es ist nur ein Freundschaftsbesuch. Ärgerlich. Was mich aber am meisten ärgert, ist, daß du ganze Tiraden auf meine Karteikarten geschrieben hast und daß du mir außerdem bei meiner Rückkehr ausführlich Bericht erstattet hast, alles wurde durchgenommen, die Untersuchungsergebnisse, die Telefongespräche mit den Spezialisten, die Geschichten, die die Familie erzählte, die Vorgeschichten, die ich ihnen nie hatte aus der Nase ziehen können, die Liste der Medikamente, die sie heimlich einnahmen, deine Meinung über den chirurgischen Eingriff, deine seelische Verfassung, alles! Du erinnertest mich an bestimmte Typen, wie es sie heute nicht mehr gibt, ich habe zwei oder drei gekannt, und mit allen hat es ein böses Ende genommen, die Art Grubenarzt am Niger oder Allgemeinarzt in einem verlorenen Kaff im Zentralmassiv, Hausbesuche im Umkreis von fünfundzwanzig Kilometern, kein Krankenhaus in einer Entfernung von mindestens fünfzig Kilometern, Schnee im Winter und unbefahrbare Wege, die man bei sonntäglichen Entbindungen zu Fuß tippeln muß. Ganz und gar deine Art: beschränkt, hypermoralisch, ein wenig blöd. Sehr blöd. Sehr geschätzt. Na ja, nicht von allen, wenigstens das. Ich habe einmal mit Genevoix, dem Apotheker des Nachbarbezirks, über dich gesprochen, oder besser, er brachte bei einem Essen, das Arbogast & Gruesome für die Teilnehmer der Studie über *Die Behandlung von Depressionen bei pubertierenden Halbwüchsigen in einem aufgeschlossenen Milieu* gegeben hatte, das Gespräch auf dich. Mitten beim Essen fragt er mich, ob ich dich kenne, aus Neugier sage ich: ein wenig, worauf er mir anvertraut, daß du ihm auf die Eier gehst: Wenn ein Patient seine Apotheke betritt, weiß er immer schon, daß er von dir kommt, auf dem Rezept stehen weniger als drei Arzneien, und die kann er schon von der Theke aus entziffern. Aber damit nicht genug, wenn er den Patienten sagen will, daß sie den Médoc so und so trinken müssen, fallen sie ihm gleich ins Wort, sie haben bereits ein Rezept, das vorn und hinten mit ausführlichen Erkärungen bekritzelt ist, und du gehst sogar so weit, ihnen kostenlose Proben zu geben, Aspirin oder Antibiotika oder Hustensaft, die du im Kofferraum deines Autos nachts und sonntags spazierenfährst oder die du abends nach 20 Uhr aus einer Schublade hervorholst, um ihnen den Weg in die Apotheke zu ersparen. Wenn das so weitergeht, sagte Genevoix, kann er unsere Arbeit gleich mitmachen, man müßte ihm nichts sagen! Kurzum, er war fuchsteufelswild, und ich habe ihm nicht gesagt, daß ich das manchmal auch tue, den Leuten Proben geben, ich finde, das ist mein gutes Recht, wenn eine alte Frau in einer gottverlassenen Gegend wohnt, kann man ihr schließlich die Schachtel Penicillin geben, die man im Kofferraum hat, er soll nur kein dummes Zeug reden.

Nachdem du dich niedergelassen hast, haben viele meiner Patienten den Arzt gewechselt. Bei einigen hat es mir weh getan. Gut, daß ich die Beknackten losgeworden bin (die Scheinmagenschmerzen, die den jeweiligen Gegebenheiten angepaßten Klagen, die verklemmten Nervensägen, die manipulierenden Nymphomaninnen, die Besessenen des Skalpells, die Gewohnheitstrinker, die Ehepaare, die ausschließlich vor Zeugen aufeinander eindreschen), darüber war ich eher froh. Wahrscheinlich hast du sie dir aufgehalst, wie ich das bei meiner Niederlassung ebenfalls getan habe, das ist unvermeidlich. Eine jedenfalls, die dir nicht durch die Lappen ging, war die alte Renard, die größte Konsumentin von Medikamenten im ganzen Departement, wie Genevoix sagt.

Schließlich hat es sich gelegt. Manche sind zurückgekehrt, und es kommt vor, daß deine Patienten dich verlassen und zu mir wechseln. Leute, die ich nie zuvor gesehen habe und die du enttäuscht hast. Nicht entschlossen genug. Nicht Doktor genug. Etwas zu sehr Grog und Aspirin. Vor allem die Alten. Die haben vierzig Jahre lang Beiträge gezahlt, die sehen nun im Fernsehen die Operationen am offenen Herzen, man wirft ihnen jeden Tag eine neue Behandlungsmethode gegen das Parkinson-Syndrom oder gegen die Alzheimer-Krankheit an den Kopf, also wollen sie Arznei, Chirurgie, Röntgenaufnahmen für ihre Fußleiden, Sonographien für ihre Leberbeschwerden, farbige Szintigraphien für ihre Kopfschmerzen. Und das sind nicht nur die Alten. Das sind auch die Lehrer. Ach, die Lehrer! Wehleidig, anspruchsvoll, pingelig, besserwisserisch. Wir haben einmal darüber gesprochen, ganz zu Anfang, du hast mich angerufen, etwas verlegen, eine meiner Patientinnen wollte den Arzt wechseln, hatte aber nicht den Mut, mich um ihre Krankenakte zu bitten, sie hatte dich damit beauftragt, es zu tun, und sie war zu umfangreich, als daß du ohne ausgekommen wärst. Es hat mich sehr getroffen (es hat mir in der Seele weh getan, eine Patientin, die ich seit sieben oder acht Jahren behandelt habe, in den ersten Jahren sah ich sie drei- oder viermal monatlich, zweimal wöchentlich, wenn eines der Kinder Angina hatte und sie die Gelegenheit nutzte, mir ihr Leben zu erzählen, und ich bestellte sie für den nächsten Tag, ohne ihr jedoch einen Termin zu geben, in der Hoffnung, sie würde beim Anblick des vollen Wartezimmers kapitulieren, aber denkste!), doch ich habe mein Matchball-Lächeln aufgesetzt und bin zu dir gefahren, um dir ihre Krankenakte persönlich zu übergeben. Du hast mich in deiner funkelnagelneuen Praxis empfangen, es roch noch nach frischer Farbe und Tapetenkleister, sie war nicht sehr groß, du hattest ein Sofa aufgestellt (das paßte sehr gut ins Bild – halb Psychiater, halb Beichtvater –, das die Leute von dir hatten und auf das sie allmählich flogen), und ich habe dir gesagt, daß diese Dominique Dumas schon alle Ärzte im Umkreis unsicher gemacht hat, einen nach dem andern, viel zu hysterisch, um je zufrieden zu sein, zu ängstlich, um je beruhigt zu sein, zu sehr Lehrerin, um dir zu glauben, und daß du machen könntest, was du willst, sie würde immer eine Möglichkeit finden, dich ins Unrecht zu setzen, und daß es für mich im Grunde eine Erleicherung sei, daß du dich nun dahinterklemmst. Später habe ich mich doch gefragt, was aus ihr geworden ist. Wenn ich ihr auf der Straße begegnete, lächelte sie noch freundlicher als vorher, ich brannte vor Verlangen, dich zu fragen, was aus ihr geworden ist, aber ich habe es natürlich nicht getan (weil du nie auf meine Fragen antwortest, alter Freund, ich erinnere mich, daß ich dich einmal angerufen habe und:

»Du, ich habe letzte Woche eine deiner Patientinnen gesehen!«

»Ach?«

»Ja, Madame Mouillaud, du wirst nie erraten, was sie hat!«

»Nein, und es ist mir auch lieber, wenn du es mir nicht sagst.«

»Wieso nicht?«

»Wenn sie zu dir gegangen ist, dann bestimmt nicht, damit du es mir weitererzählst ...«

»Äh, natürlich nicht, aber unter Kollegen kann man doch über einen Fall reden!«

Du hast kurz und unwiderruflich nein gesagt, und ich habe begriffen, daß du dich geärgert hast, aber auch, daß du nicht mit mir darüber sprechen wolltest, wenn Patienten von mir zu dir wechselten. Man spielt zwar den Tugendhaften, aber in Wirklichkeit schützt man nur sein kleines Revier!). Noch später habe ich die Neuigkeit von der Nachbarin erfahren, einer Großmutter, die es einfach nicht fassen konnte, so schockiert war sie darüber: »Na ja, es gibt nichts, was es nicht gibt!«

Madame Dumas hatte von einem Tag auf den andern ihren Mann und ihre beiden Kinder sitzenlassen, um mit einer ihrer Schülerinnen zusammenzuziehen! Mir hat es glatt die Sprache verschlagen, nach dem ganzen Affentheater, das sie mir vorgemacht hatte: »Glauben Sie, daß ich noch eine Frau bin, Herr Doktor? Seit meinen Schwangerschaften bin ich dick geworden, meine Brüste hängen, mein Mann hat kein Verlangen mehr nach mir, ich glaube, daß er Mätressen hat, übrigens habe auch ich keine Lust mehr auf ihn, meine Freundinnen sagen mir, ich soll ihn verlassen, aber ich kann meinen Kindern schließlich nicht ihren Vater nehmen, außerdem, wie soll ich zurechtkommen, ganz allein?«, und einiges übergehe ich. Kurzum, sie ließ mich manchmal eine ganze Stunde nicht zu Wort kommen, bis zu dem Tag, an dem sie auf der Türschwelle – es war spät, und nach ihr kam kein Patient mehr – mit glänzenden Augen zu mir sagt: »Es gibt Tage, da wäre ich bereit, mich dem Erstbesten hinzugeben!«

Das hatte mir gerade noch gefehlt. Mein Leben ist so schon kompliziert genug, da werde ich nach der Sprechstunde nicht auch noch Patientinnen vernaschen! Kurzum, als ich erfahren habe, daß sie ins andere Lager gewechselt ist, habe ich dich unter irgendeinem Vorwand angerufen.

»Übrigens, kennst du schon die Neuigkeit? Madame Dumas hat ihren Mann rausgeworfen und lebt jetzt in wilder Ehe mit einer ihrer Schülerinnen. Hättest du gedacht, daß sie lesbisch ist?«

Du hast mir zur Antwort gegeben: Nein. Dann, nach kurzem Schweigen: Aber es war das erste, was sie mir gesagt hat.

*

Trotzdem rufst du mich an den Tagen nach deinem Bereitschaftsdienst immer an, um mit mir über diejenigen meiner Patienten zu reden, die du besucht hast. Das scheint bei dir schon eine Manie zu sein, aber ich werde dir daraus keinen Vorwurf machen. Außerdem erweist man sich gegenseitig Gefälligkeiten. Du gehst selten aus, also gebe ich abends dem Telefonsekretariat deine Nummer und mache mich dünn, um ... zu Fortbildungslehrgängen zu gehen und zu Laboressen, oder um mit Dolores ins Kino zu gehen, was immerhin besser ist, als Trübsal zu blasen oder zuzusehen, wie sie mir ein Gesicht schneidet. Dafür nehme ich dienstags mittags deine Anrufe entgegen, wenn du ins Krankenhaus gehst, und hier und da mal an einem Abend. Aber du bist nicht oft abwesend.

Dann und wann, wenn ich dir auf der Landstraße begegne, blinkst du auf, wir parken am Straßenrand, jeder auf seiner Seite, wir tauschen die irrtümlich empfangene Post aus (eines der Labors verwechselt regelmäßig unsere Adressen, doch jedesmal, wenn ich angerufen habe, um es ihnen zu erklären, haben sie mich für dich gehalten, so daß ich es am Ende sein ließ), du fragst mich, wie es den Patienten geht, die du während deines Bereitschaftsdienstes besucht hast, das erinnert mich an meine Anfänge, ich machte mir wahnsinnige Sorgen um die Leute, die ich nur ein einziges Mal sah. Heute habe ich andere Sorgen.

Ich glaube nicht, daß du einen großen Patientenstamm hast. Es ist zwar schon sechs oder sieben Jahre her, seit du dich niedergelassen hast, aber wenn man den Gerüchten Glauben schenken darf, hältst du dich mühsam über Wasser. Übrigens gibt es da ein untrügliches Zeichen: Seit deiner Niederlassung hast du immer noch dasselbe Auto, obgleich doch ein beruflich genutztes Fahrzeug nach vier Jahren abgeschrieben ist. Die einzige Erklärung ist die, daß du nicht die Mittel hast, dir ein anderes zu kaufen. In regelmäßigen Abständen höre ich, daß du Play verlassen willst. Gut, auch das ist nur ein Gerücht, doch es ist immer ein Körnchen Wahrheit dabei.

25
Madame Leblanc

Das Telefon klingt auf meinem Schreibtisch. Du warst in der Leitung und hast gerade aufgelegt.

An Vormittagen wie dem heutigen, an denen du nicht viele Hausbesuche zu machen hast, kommst du etwas später. Im Vorbeigehen beugst du dich über die leeren Seiten des Terminkalenders, du gehst ins Büro, stellst deine Mappe und deine Instrumententasche an einen der Unterstellböcke, und ohne dich zu setzen, öffnest du die Post. Manchmal hebst du ab und wählst eine Nummer, und ich schließe die Verbindungstür. Oder das Telefon klingelt, kaum daß du angekommen bist, und ein Herr will dich sprechen, oder aber eine Dame kommt ins Wartezimmer, hält mir einen Umschlag hin: »Ich habe dem Doktor Untersuchungsbefunde zu zeigen.« Du gehst immer ans Telefon, du empfängst fast immer die Personen, die vorbeischauen (und es ist nicht selten, daß du sie gute zwanzig Minuten dabehältst, obwohl sie nur »für eine einfache Auskunft« gekommen waren, dann, nach ihrem Weggang, vertiefst du dich in die Lektüre einer Zeitschrift oder du schreibst lange in eines deiner Hefte. Wenn ich dann schüchtern zu dir sage, daß ich Staub wischen möchte, schaust du auf die Uhr und rufst: Mein Gott, schon elf Uhr!, und deine Schlüssel, deine Mappe, deine Instrumententasche, deine Lederjacke oder deinen Regenmantel zusammenraffend, stürzt du wie ein Wirbelwind hinaus, um irgendwelche nicht sehr dringenden Hausbesuche zu machen, aber die Leute haben immerhin zwischen acht und halb neun, Viertel vor neun angerufen, wenn nicht schon am Vortag. Eines Tages, gleich nach deinem Weggang, als ich die Karteikarte eines dieser unvorhergesehenen Besucher wegräumte, konnte ich nicht umhin, den letzten Satz zu lesen. In Großbuchstaben hattest du hingeschrieben: SIE GEHT MIR AUF DEN WECKER!), aber manchmal hast du es eilig wegzugehen, und du entschuldigst dich tausendmal und bittest sie, später noch mal anzurufen oder am Nachmittag wieder vorbeizuschauen.

Zu Beginn deiner Niederlassung kamst du eine halbe Stunde nach mir in die Praxis, und da die Anrufe nicht sehr zahlreich waren, verbrachtest du lange Augenblicke am Telefon. Eines Tages habe ich zu dir gesagt, du könntest doch – wenn es dich nicht störte – am Vormittag zu Hause bleiben, schließlich sei ich ja da. Ich könne dich rufen, wenn Krankenbesuche zu machen seien. Erstaunt hast du mir zur Antwort gegeben, daß du lieber anwesend bist für den Fall, daß jemand zu einer Konsultation kommt. Darauf habe ich gesagt, daß wir vielleicht, wenn das nicht zu kostspielig ist, zwei Leitungen haben sollten. Damit die Patienten uns erreichen können, während du telefonierst. Du bist rot geworden, dann hast du, ohne ein Wort zu sagen, das Fernmeldeamt angerufen.

Die zweite Leitung, deren Nummer vertraulich ist (du hast mir ans Herz gelegt, sie niemandem mitzuteilen), klingelt selten während meiner Arbeitszeit. Jetzt, wo ich wieder dran denke, es ist schon eine ganze Weile her, daß ich die ein wenig langsame, ein wenig traurige Frauenstimme nicht mehr höre, die regelmäßig zu Zeiten, in denen du nicht da warst, nach dir fragte und dann tief seufzte, bevor sie auflegte.

*

Ich gehe wieder aus dem Büro. Ich lege den Terminkalender neben das Telefon. Du bist morgens nicht oft guter Laune, und noch seltener an den Tagen nach dem Bereitschaftsdienst. Man könnte meinen, daß du keine Lust zum Arbeiten hast. Wenn du einen ausgefüllten Arbeitstag hattest, verstehe ich das. Den lieben langen Tag Kranke sehen, das muß schon strapaziös sein, aber manchmal, wenn die Anrufe seltener werden, mache ich mir Sorgen, ich sage mir, daß die Patienten vielleicht nicht mehr kommen wollen, die Leute sind ja so unbeständig. In den beiden ersten Jahren hast du Stunden in der Praxis zugebracht, ohne mehr als eine oder zwei Personen am Tag zu sehen, und die Leute aus dem Ort fragten mich mit sorgenvoller Miene, ob du genug zum Leben verdienst, ob du nicht weggehen würdest. Ich sagte mir, wenn du nicht genügend Patienten hättest, könntest du dir nicht erlauben, weiterhin eine Angestellte zu bezahlen, nicht mal halbtags.

Aber du hast mir oft gesagt, daß du froh bist, mich zu haben, und
ich gab dir zur Antwort, daß ich froh bin, hier zu sein, weil es mir
Spaß macht, die Arztpraxis in Schuß zu halten, die Instrumente
zu ordnen, die Untersuchungsergebnisse abzutippen, am Telefon
die Gespräche entgegenzunehmen, die Leute zu empfangen, die
dich aufsuchen, die Termine zu notieren. Eine bessere Arbeit
konnte ich gar nicht finden, drei Minuten von der Schule entfernt, fünf von zu Hause, bei der hohen Arbeitslosigkeit. Seit du
hier bist, hast du dir treue Patienten erworben, ganze Familien,
Junge, Alte. Du hast dir einen Patientenstamm aufgebaut. Er ist
zwar noch nicht so bedeutend wie der anderer Ärzte im Kanton,
aber die Leute schätzen dich sehr, sie sagen, daß du ihnen aufmerksam zuhörst. Dieser Meinung sind zwar nicht alle, das ist
ganz normal, man braucht welche für jeden Geschmack. Es gibt
Leute, die zu Anfang oft gekommen sind, dann aber nicht mehr;
ich stelle das fest, wenn ich die Krankenakten einräume, ich erkenne Namen, die ich schon lange nicht mehr in den Terminkalender eingetragen habe, ich schaue dann auf die karierte Karteikarte und sehe, daß das letzte Datum, das du eingetragen
hast, schon zwei oder drei Jahre zurückliegt, und ich frage mich,
warum diese Dame oder jener Herr, die zwei- bis dreimal
wöchentlich zu dir gekommen sind, die du manchmal eine ganze
Stunde im Sprechzimmer behalten hast, auf einen Schlag weg-
geblieben sind, als hätten sie sich geärgert ... Selbst wenn die
Kranheitsprobleme wieder in Ordnung kommen, von Zeit zu
Zeit braucht man immer einen Arzt, für die Kinder oder wegen
einer Bescheinigung oder wegen einer Kleinigkeit; aber hier sieht
es so aus, als wollten sie dich von heute auf morgen nicht mehr sehen, und das nicht etwa, weil sie weggezogen sind, denn ich begegne ihnen noch beim Bäcker oder im Selbstbedienungsladen
oder auf der Straße zwischen Play und Lavallée. Sie bringen ihren
Kleinen zur Schule oder sie kommen von der Arbeit, also leben
sie noch hier. Nun ja, du hast trotzdem immer mehr Patienten,
selbst wenn es noch Zeiten gibt, in denen es ruhig ist, wie im
Sommer zum Beispiel. Fast alle hier machen im August Ferien, du
aber, du bleibst.
    Seit einiger Zeit habe ich das Gefühl, daß du nicht mehr die
gleiche Geduld aufbringst, du bist oft schweigsam, reizbar, und

manchmal bist du am Telefon ganz knapp zu mir. An gewissen Spätnachmittagen überläßt du mir nach der Sprechstunde die Telefonleitung, du fährst nach Tourmens, und wenn du zurückkommst, siehst du unzufrieden aus, weil du mehrere Termine hattest, dabei gibt es doch nur deshalb Arbeit für dich, weil die Leute zufrieden mit dir sind, was sie übrigens auch sagen, und nur deshalb kommen sie. Ich höre, wie sie beim Bäcker oder im Lebensmittelladen sagen: »Doktor Sachs, mit dem kann man wenigstens reden, und außerdem erklärt er uns alles.« Natürlich hast du Doktor Cronin in Langes viele Patienten weggenommen, weil der Ort alt wird und sein Arzt ebenfalls. Die Jungen bauen hier in Play, weil es näher bei Tourmens liegt, zudem gibt es eine Sporthalle, die Gemeinde ist dank des Bürgermeisters eben dynamischer, außerdem hat er dir geholfen, dich hier niederzulassen, hinzu kommt, daß Doktor Cronin der alten Schule angehört, ein sehr guter Arzt, nebenbei bemerkt, aber er sagt nie etwas, und er verschreibt viele Medikamente. Wenn ich sehe, daß du viele Termine hast, bin ich eher froh, dein Patientenstamm wird immer größer, es gibt sogar Leute aus Tourmens oder von noch weiter her, die zu dir in die Praxis kommen. Viele Leute kommen zu dir, weil man dich ihnen empfohlen hat, man weiß, du wirkst beruhigend, man weiß, daß du so etwas wie ein Doktor Destobesser bist. Seit einigen Monaten komme ich samstags morgens, um das Wartezimmer aufzuschließen, weil du noch nicht von deinen Hausbesuchen zurück bist, und ich finde regelmäßig acht oder zehn Personen vor, die im Hof auf dich warten. Ich verstehe nicht, warum du nicht froh bist, da doch dein Patientenstamm wächst, warum du so oft traurig und nervös bist.

Die Tür zur Praxis geht auf. Du beugst dich über den Terminkalender, du schreibst die Reihenfolge auf, in der du deine Krankenbesuche machen wirst, damit ich dich in dringenden Fällen erreichen kann. Du schaust zur Telleruhr hinauf, die der Fußballclub dir letztes Jahr geschenkt hat, um dir für den kostenlosen Arztbesuch der Juniorenmannschaft zu danken, und du verläßt das Wartezimmer.

»Bis nachher, Madame Leblanc ...«

»Bis nachher, Herr Doktor ... Sehe ich Sie vor Mittag wieder?«

»Nein, ich glaube nicht, daß ich bis dahin fertig sein werde. Ich fahre direkt ins Krankenhaus. Wenn Sie zwischen zwölf und fünfzehn Uhr einen dringenden Fall haben, sagen Sie wie gewöhnlich Doktor Boulle Bescheid. Der geht nicht aus dem Haus. Guten Appetit, Madame Leblanc.«

»Ihnen auch, Herr Doktor ...«

Ich mache mich wieder daran, die Post zu sortieren. Ich schiebe die Untersuchungsbefunde unter der Initiale des Patienten in den gefalzten Aktenordner. Auf der Schreibtischkante liegt ein Vordruck für kostenlose ärztliche Hilfe. Ich stecke ihn in einen großen Umschlag, der alle möglichen Papiere enthält, die nötig sind, um der Verwaltung alles das in Rechnung zu stellen, was die Patienten nicht aus eigener Tasche bezahlen: ambulante Behandlung bei einem Arbeitsunfall, Gesundheitsbescheinigungen für Ammen, ärztliche Hilfe, nächtlicher Einsatz auf Bitten der Polizei, Blutprobe bei einer Person im Zustand der Trunkenheit, Feststellung von Körperverletzungen, Totenschein. Der Umschlag ist berstend voll, denn du schickst die Papiere nie zurück. Manchmal höre ich deine Autotür zuschlagen, dann geht die Tür zum Wartezimmer auf, und du kommst ins Büro herein. Ohne ein Wort zu sagen, nimmst du mit sorgenvoller Miene deinen Schreiber oder deinen Schlüsselbund oder deine unter einem Rezeptblock versteckte Brieftasche und gehst wieder hinaus. Du vergißt fast immer etwas, wenn du weggehst.

Sobald die Rezepte auf die Krankenzettel gelegt sind, das große rote Buch wieder zugeklappt ist, die Schreiber in den Topf gestellt sind, in dem sie ihren Platz haben, sammele ich die drei noch in der Plastikhülle verschweißten Zeitschriften ein, die neben dem Papierkorb liegen, und stapele sie in der Abstellkammer übereinander, dann mache ich mich wieder daran, die Instrumente zu reinigen, die im Spülstein in einer mit antiseptischer Flüssigkeit gefüllten rosafarbenen Plastikwanne liegen.

Schließlich höre ich den Motor laufen, höre, wie der Wagen aus dem Hof fährt. In diesem Augenblick klingelt das Telefon. Ich drehe den Wasserhahn zu, begebe mich ins Büro und hebe mit den gummibehandschuhten Fingerspitzen ab.

»Die Arztpraxis in Play, ja bitte ...«

»Guten Tag, Madame Leblanc, hier ist Madame Sachs ... Geht es Ihnen gut?«

»Guten Tag, Madame! Ja, sehr gut ... und Ihnen?«

»Mein Gott, es geht so. Wissen Sie, ich werde alt. Ist Bruno da?«

»Es tut mir leid, er ist gerade weggefahren ... Aber ich weiß, wo er zu erreichen ist, wenn Sie wollen.«

»Nein, nein, es ist nichts Dringendes, sagen Sie ihm nur, er soll zurückrufen, sobald er fünf Minuten Zeit hat ... Hat er heute nachmittag Sprechstunde?«

»Ja, ab fünfzehn Uhr oder fünfzehn Uhr dreißig, nach seiner Rückkehr aus dem Krankenhaus ... ab achtzehn Uhr hat er Sprechstunde nach Vereinbarung ...«

»Dann werde ich ihn wieder anrufen. Einen schönen Tag noch, Madame Leblanc ...«

»Auf Wiedersehen, Madame!«

Nachdem ich aufgelegt habe, streife ich den rechten Handschuh ab und schreibe auf den Rand des Terminkalenders, genau neben die Linie der Fünfzehn-Uhr-Verabredungen: »Ihre Mama anrufen.«

*

Ein Lastwagen bremst auf der Straße. Ein Mann in grauer Uniform steigt aus, am ausgestreckten Arm eine Schutzhülle. Er kommt herein und grüßt mich, hält mir die Schutzhülle und einen Umschlag mit der monatlichen Rechnung hin. Ich gebe ihm einen Beutel voller weißer Kittel, die zu waschen sind. Er grüßt und geht hinaus.

Ich nehme die sauberen Kittel aus der Schutzhülle, ich hänge sie in den Metallschrank im Wartezimmer, direkt unter die Handtücher und die Ärzterollen, die Dosen mit den Zungenspateln, die Putzmittel, das Toilettenpapier, die Rezeptblöcke, die Krankenzettel und die Formulare für die Arbeitsunfähigkeitsbescheinigungen in ihrem noch geschlossenen Karton, die Päckchen mit Watte, die Fläschchen für die Blutproben und die bereits im voraus freigemachten Behälter, in denen sie ins Labor geschickt werden.

Du hast nicht immer einen weißen Kittel getragen. In den ersten zwei oder drei Jahren hast du die Patienten im Pullover oder sogar hemdsärmlig empfangen. Doch dann, eines Tages, als du einen Patienten nähen mußtest (er hatte auf dem Rücksitz gesessen, nicht angeschnallt, der Fahrer mußte bremsen, er war nach vorn geschleudert worden, sein Kopf stieß gegen die Deckenleuchte – es war ein altes Auto –, und er war fast vollständig skalpiert worden), hast du mich gerufen und dich dabei tausendmal entschuldigt, es war halb eins oder eins. Du mußtest weg, dich umziehen und einen Hausbesuch machen, und ob es mir nichts ausmachen würde, etwas früher zu kommen, um sauberzumachen?

Überall war Blut. Auf dem cremefarbenen Kunstleder und auf den Chromteilen, auf dem über die Rückseite der großen Regale gespannten Laken, die eine spanische Wand bilden, auf dem Beistellwagen, auf dem kleinen Kühlschrank, in den ich den Impfstoff lege, auf dem Linoleum und sogar auf der Tapete, denn die Behandlungsecke ist nicht sehr groß. Im Spülstein war alles voller Blut, im Abfalleimer lagen Haufen blutgetränkter Kompressen, Blut und Nadeln in den Nierenschalen, Blut auf dem Nahtmaterial und auf den Instrumenten, die du benutzt hattest.

Am nächsten Tag hast du aus Tourmens waschbare Papierkittel mitgebracht. Auf den ersten Blick hätte man meinen können, es seien echte. Du bist von Zeit zu Zeit in einen hineingeschlüpft, wenn Wunden zu vernähen waren oder bei etwas delikaten Behandlungen. Nachdem sie zwei- oder dreimal in der Waschmaschine waren, sahen sie aus wie Pappmaché. Das machte keinen sehr sauberen Eindruck. Einer deiner Patienten, Monsieur Bester, der in einer Wäscheverleihgesellschaft arbeitet, traute sich nicht, es dir zu sagen, er wußte nicht, wie du es aufnehmen würdest, darauf habe ich mit dir darüber gesprochen. Und ich habe ihm geraten, dir einen Faltprospekt dazulassen.

Seitdem ziehst du fast immer richtige Kittel an. Wenn du in die Praxis kommst, stellst du deine Sachen ab und schlüpfst in einen sauberen, selbst wenn keine Sprechstundenzeit ist. Zu Anfang habe ich mich gefragt, was die Patienten wohl sagen würden: Seit deiner Niederlassung hast du wie alle deine Kollegen die Sprechstunden hemdsärmlig abgehalten. Die Kinder mögen die Männer im weißen Kittel natürlich nicht sonderlich, vor allem, wenn sie von einem Krankenhausaufenthalt her schlechte Erinnerungen haben; wenn sie dich nicht kennen, schneiden sie ein Gesicht, sobald sie dich sehen. Aber die Erwachsenen haben nichts gesagt. Das heißt, doch, eine deiner, auch an Jahren, ältesten Patientinnen, Madame Absire. Eines Morgens ging sie auf der Straße, sie hat dein Auto im Hof gesehen, sie ist hereingekommen. Du hast sie vor deinen Hausbesuchen drangenommen. Als sie gehen wollte, hat sie, die Hand auf der Türklinke, lächelnd gesagt: »Ich finde das gut, einen Kittel anzuziehen. Das sieht wirklich nach Doktor aus.«

26
Ungebührliche Gedanken

Klopfe an, so wird dir aufgetan.

Während du eintrittst, empfängt sie – es ist fast immer eine Frau – dich und entschuldigt sich (Gewöhnlich lasse ich Sie nicht kommen), daß sie dich belästigt hat, erklärt dir (Aber heute kann ich einfach nicht mehr, es geht nicht mehr), was sie veranlaßt hat, dich kommen zu lassen. Oft, aber nicht immer, ist es für ein Kind oder einen älteren Menschen.

Es ist für meinen Vater und er will sich nichts sagen lassen,

oder:

Es ist für den Kleinen, den Jüngsten, und ich bin nicht zur Arbeit gegangen.

Er hat Fieber oder Durchfall, er erbricht sich andauernd, und das beunruhigt mich, gewöhnlich tut er das nie,

oder:

Er steht nicht mehr auf er ißt nicht mehr ich möchte daß Sie ihm den Blutdruck messen man müßte ihn etwas auf Trab bringen.

Und während du mit einem Ohr auf das hörst, was die teils ver-ängstigte, teils schuldbewußte Frau dir erzählt, ziehst du mit mü-dem Blick den halb ausgefüllten Gesundheitspaß zu Rate oder siehst dir die Ergebnisse der vom Hausarzt (Er ist im Augenblick nicht da, und ich mag die Vertretung nicht sonderlich (und/oder) Er ist sehr nett, unser Doktor, aber er hat im Augenblick viel zu tun, und weil Sie heute morgen Bereitschaftsdienst hatten) alle vierzehn Tage angeordneten Blutproben an und entzifferst die eifrigen Eintragungen der Mutter (mit 1 Monat: 6 Fläschchen zu 120 + einen Löffel Orangensaft; mit 2 Monaten: 5 Fläschchen zu 140 mit Mehl im abendlichen Fläschchen (nur einen halben Löf-fel, damit er etwas länger schläft, bis fünf oder sechs Uhr, aber nicht länger, denn sonst wird er vor neun Uhr nicht wach, und das bringt ihn völlig durcheinander, außerdem darf er nicht dick werden)) oder die unleserlichen Rezepte von drei Kollegen nacheinander – HNO : In die Nase sprayen + Hustensaft (Wenn Sie ihn in der Nacht hätten husten hören!), Augenarzt (Vor sechs Monaten bekam er eine andere Brille verschrieben mit doppeltem Fokus aber er hat sie nie aufsetzen wollen weil er sagt daß ihm davon schwindlig wird was doch ganz unvernünftig ist denn schließlich hat er zweitausendundfünf aus der eigenen Tasche draufzahlen müssen) und Notarzt, der nachts gekommen ist wegen eines ebenso plötzlichen wie unerklärlichen Temperaturanstiegs: Antibiotika + entzündungshemmende Mittel in Zäpfchenform + die Tropfen fürs Gedächtnis und die Ampullen (damit er wieder ißt denn er/sie hat seit drei Monaten an Gewicht verloren und ist das normal für ein zehnjähriges Kind für eine alte Dame von fünfundsiebzig Jahren so abzumagern und nichts mehr hinunterzuschlucken?) – oder auch im Bericht über einen Krankenhausaufenthalt von vor zwei oder drei Jahren die lakonischen Kommentare eines Kinderarztes: »Ins Krankenhaus eingewiesen vom 24.12.89 bis 26.12.89 wegen nicht geklärtem hohem Fieber (Ich glaubte er habe sich im Jugendheim erkältet)/ Durchfall ohne Wasserverlust (Der Sohn meiner Nachbarin hat das gehabt und er blieb gelähmt)/ unablässiges Weinen (Meine Schwiegermutter sagte ständig er würde sich schon noch beruhigen aber ich wußte daß es ihm nicht gutging) Klinische Untersuchung zufriedenstellend, zusätzliche Untersuchungen (Labor, Röntgen Thorax, Lumbalpunktion) negativ, wird nach drei Tagen mit symptomatischer Behandlung entlassen«, oder von einem Arzt für Geriatrie: »Eingeliefert am 6.1.90 wegen Appetitlosigkeit und Verwirrung, sehr ausgeglichener früherer Hochdruck, kein Diabetes, keine neurologischen Anzeichen, vollständiges Endergebnis negativ (Ich verstehe nicht, daß sie nichts bei ihm gefunden haben) läuft am dritten Tag seines Aufenthalts im Krankenhaus auf den Fluren herum (Und in den Zimmern der Nachbarinnen, um ein Schwätzchen zu halten, das fiel allen auf den Wecker, vor allem nachts) besteht darauf, nach Hause zu gehen, Aufenthalt mittlerer Dauer vorgesehen (Aber meine Schwester hat es nie gewollt, sie braucht ja auch nicht hinzugehen, wenn er aus dem Bett gefallen ist und seine Nachbarin uns ruft, weil sie ihn nicht hochheben kann – dazu muß allerdings gesagt werden, daß sie vierundneunzig ist –, doch wenn wir zufällig einmal für drei Tage wegfahren wollen, um unsere Kinder zu besuchen, die zweihundert Kilometer entfernt wohnen, ist das gar nicht einfach, wir haben keine Ruhe, deshalb waren wir eigentlich dafür, daß man ihn im Krankenhaus behält, wenigstens für ein paar Wochen, aber er wollte natürlich nichts davon wissen: sein Hund, seine Hühner, seine Kaninchen, wer soll sich um sie kümmern? Sie wissen ja, wie die Alten sind! Also haben sie ihn gelassen), nach vierzehn Tagen mit der üblichen Behandlung entlassen.«

Sie sind schon merkwürdig, die Frauen, alle gleich mit ihren Kindern, mit ihren Eltern, immer dieser Kampf, diese Unruhe, diese Angst, daß man ihnen nicht alles gesagt hat, sie spüren genau, daß es nicht ist, wie es sein soll, sie spüren es in ihrem Fleisch, und selbst wenn sie nur ihre Intuition als Anhaltspunkt haben, es muß in alle Richtungen gedreht und gewendet werden, am Ende wird man bestimmt etwas Schlimmes bei ihm finden, Was meinen Sie, Herr Doktor?

Sollten die Kopfschmerzen und das Fieber nicht etwa eine Meningitis sein? Sollten das Fieber und die Bauchschmerzen nicht etwa eine Blinddarmentzündung sein? Sollten die Bauchschmerzen und das Erbrechen nicht etwa ein Darmverschluß sein? Sollten das Erbrechen und die Kopfschmerzen nicht etwa ein Gehirntumor sein? Sollten die Herzschmerzen nicht etwa ein Infarkt sein?

Und das, das sind die eingestandenen Ängste, die artikulierten Ängste, die vorstellbaren Ängste.

Aber es gibt noch die andern, die vergessenen Ängste, die von den Vorfahren überlieferten Ängste, wortlos von der Großmutter übers Bett, auf dem sich der Kleine (oder der Alte) mit seinen 40° Fieber, seinem Husten, seiner Blässe, seiner Lethargie, seiner geröteten Zunge, seiner Gelbsucht, seinem Wimmern, seinen Klagen windet, an die Schwiegertochter weitergegeben. Die Angst vor einst tödlichen Krankheiten wie Masern, Keuchhusten, Diphterie, Typhus, Tuberkulose, von denen man glaubt, daß es sie nicht mehr gibt, weil man nicht mehr darüber spricht, obgleich heute noch Aids hinzukommt (Ich habe darauf bestanden, daß er sich einem Test unterzieht, verstehen Sie, er hat immer Blut gespendet, damals gab es noch keine Untersuchungen, heute hingegen, bei all dem, was man so sieht), Krebs, Myopathie und die Lungenkrankheit, hier, wie nennen Sie das? (Meine Nachbarin, Madame Baudou, weil ihr Mann und sie keine Kinder bekommen konnten, haben sie zwei kleine Madagassenkinder adoptiert, die ihnen schon viel Kummer bereitet haben – sie hat wirklich Mut! –, und dann ist sie auf einmal mit neununddreißig Jahren schwanger, natürlich haben sie die Kleine behalten wollen, und ob, ihr erstes kleines Mädchen! Nun, die arme Kleine ist seit ihrer Geburt krank gewesen, zwar nicht sehr, aber die Mama sah doch, daß es ihrer Kleinen nicht gutging, und die Ärzte hatten Mühe herauszufinden, was es war, dazu muß allerdings gesagt werden, daß sie ihr nicht glaubten, aber weil sie sie immer und immer wieder in der Kinderabteilung sahen, haben sie am Ende begriffen, daß es nicht nur in ihrem Kopf war, und schließlich haben sie ein Muvo, ein Kuvo, eine Mukovisazidose, genau das, bei ihr gefunden, und jetzt bringt man sie jeden vierten Morgen ins Krankenhaus, wo sie Infusionen bekommt, antibiotische Inhalationen, Atemmassagen, das dauert manchmal Wochen, bis sie wieder entlassen wird, und selbst dann geht es ihr nicht immer blendend, sie hustet, sie hustet, das ist alles, was sie kann, manchmal sagt man sich, daß sie sie nicht einfach umherlaufen lassen sollten, wo doch die Baudous mitten in Wiesen wohnen und es bei ihnen ganz schön feucht ist. Doch die Doktoren haben gesagt, wenn sie sie zu lange im Krankenhaus ließen, bestünde die Gefahr, daß sie sich Mikroben einfängt, und die seien noch bösartiger, als wenn sie zu Hause bliebe), und die exotischen Krankheiten, die man nicht sieht, über die man nicht spricht, die aber durch die Zahnbürste übertragen werden (Grund genug, Angst davor zu haben, die Kinder in die Schule zu schicken), während im Vergleich dazu die Krankheiten, die die Großeltern dahingerafft haben, die Krankheiten, die man selber als Kind hatte (Und ob ich mich an meine Masern erinnere! Ich habe die Schule nicht geschafft!), harmlos sind, überholt sogar, wenn man sich daran erinnert, daß das früher einen Erwachsenen in der Blüte seiner Jahre glatt niederstreckte, daß das manchmal ein Kind schwachsinnig oder verkrüppelt zurückließ (In meiner Klasse war ein Junge, der wegen der Kinderlähmung einen steifen Arm hatte, und wenn er lief, klemmte er sich die Hand in die Hosentasche, damit sie nicht hin und her baumelte).

Außerdem gibt es die irrationalen Ängste, die regelmäßigen Ängste, die Ängste, die durch nichts zu beruhigen sind, weil das Leben eben so ist, man lebt, man leidet, man weint, man sieht seine Kinder weinen, man sieht seine Kinder leiden, man sieht seine Eltern alt werden, hinfallen, nicht mehr aufstehen, weil sie keine Lust mehr haben, man sagt sich, daß man an einem der nächsten Tage (nein, das sagt man sich natürlich nicht, man hat zu große Angst, daran zu denken, selbst wenn man ganz unwillkürlich daran denkt, ohne es allzusehr zu zeigen) selber an der Reihe ist und daß die Kinder nicht mehr dasein werden, um uns zu helfen – und überhaupt, man darf nichts von ihnen erwarten, sie gehen fort, sie haben ihr eigenes Leben, und außerdem, Sie wissen ja, wie das ist, Herr Doktor, die Kinder denken doch nur an sich, da kann man sie noch so oft darauf hinweisen, daß sie sich später einmal in die Finger beißen werden, wir haben in ihrem Alter doch das gleiche getan.

Also resümieren oder wiederholen sie im Flur, vor dem Betreten des Schlafzimmers oder danach, in der Küche, bis zum Überdruß die Symptome, sie fassen ihre Befürchtungen, ihre Klagen, ihre Erwartungen, ihre Bitten in Worte:

Seit zwei Wochen ißt sie nichts, ich kann mich noch so ärgern, ihr den Hintern versohlen, es nützt nichts, sie futtert nur Teigwaren oder Brot und Butter und sonst nichts, das Steak rutscht nicht runter, einfach nichts zu machen, ich bekomme Wutanfälle wegen ihr, ich sage mir, das gibt's doch nicht, sie wird abmagern, wird eine Anämie bekommen, das ist doch nicht normal, daß sie nichts ißt, nein, überhaupt nichts, aber wirklich nicht das geringste, Sie können mir glauben. Mein Mann hat zu mir gesagt, daß ich sie Ihnen zeigen muß, weil, um die Jungens hat er sich nicht sonderlich gekümmert, aber seine Tochter, oh, Pardon! Sobald sie krank wird, ist er ganz außer sich. Also habe ich Sie gerufen (abgesehen davon, es stimmt schon, daß sie uns oft genug eine Komödie vorspielt. Ich falle nicht allzu oft drauf herein, mein Mann hingegen, bei dem hat sein geliebtes Töchterchen immer recht), denn diesmal, offen gestanden, ist es nötig, sie ist ganz blaß, sie leidet bestimmt unter Vitaminmangel, ist doch klar, weil sie nicht schläft, ist sie müde, das geht schon seit Wochen so, das kann nicht mehr so weitergehen.

Oder aber:

Sie steht Qualen aus, aber sie will es nicht zugeben, sie hat immer Angst davor gehabt, lästig zu fallen, aber sie kann sich nicht mehr auf den Beinen halten, übrigens, auch mein Bruder ist meiner Meinung, aber er hat heute nicht kommen können, wir durften den Doktor nicht anrufen, sie hatte es uns verboten, aber wir haben natürlich gesehen, daß es nicht mehr ging, also haben wir Sie kommen lassen, ohne es ihr zu sagen, denn sie hat Angst, ins Krankenhaus zu kommen, das wäre natürlich nicht lustig, aber wenn es sein muß? Was meinen Sie, Herr Doktor? Wäre es nicht besser, sie ließe sich behandeln, käme wieder zu Kräften? Das Krankenhaus ist schließlich nicht der Tod, oder? Du wirst sehen, Mama, es wird dir dort gutgehen, hör auf das, was der Doktor sagt, er wird dich jetzt abhorchen, und er wird uns sagen, was er davon hält, aber wir können dich nicht einfach in diesem Zustand lassen, weißt du, das konnte nicht mehr so weitergehen, nicht wahr, Herr Doktor, das wäre nicht mehr lange so weitergegangen mit ihr?

Oder aber:

Er hustet seit acht Tagen, und ich kann ihm noch soviel Hustensaft geben, es hört und hört nicht auf, tagsüber geht's noch einigermaßen, aber sobald ich ihn ins Bett lege, hustet er, und er hustet die ganze Nacht. Ach, nein, er wacht davon nicht auf, ich hingegen, ich kann nicht mehr schlafen, meinem Mann paßt das gar nicht, daß ich ständig aufstehe, um ihm zu trinken zu geben oder um ihn zu beruhigen, wenn er zu weinen anfängt, und manchmal gelingt es ihm, aus seinem Gitterbettchen zu steigen, und dann kommt er zu uns ins Schlafzimmer, damit wir ihn zu uns nehmen, und schließlich gebe ich nach, um meine Ruhe zu haben, weil aber mein Mann um fünf Uhr aufstehen muß, um zur Arbeit zu gehen, schläft er auf der Couch, und am andern Tag ist natürlich nicht gut Kirschen mit ihm essen. Wenn er ihn abends beim Heimkommen husten hört, ist er sofort sauer auf mich, kein Wunder also, daß ich nicht mehr kann, die drei Großen sind schon nicht einfach, während der Kleine ganz sanft, ganz lieb, ganz verschmust ist, wenn ich ihn husten höre, gerate ich völlig aus dem Häuschen, denn wenn er nur den Husten hätte, ich weiß, am Ende käme das wieder in Ordnung, selbst wenn es vierzehn Tage dauert, aber er will auch nicht schlafen. Und das ist schon so, seit er ein ganz kleines Baby war. Da ist nichts zu machen. Ich habe ihn gebadet, es heißt, daß sie das beruhigt, von wegen, sobald ich ihn ins Bett legte, fing er an zu schreien, ich begriff nicht, warum. Natürlich nahm ich ihn sofort wieder auf, vor allem, weil sein Vater es nicht ertrug, daß er schrie, am Ende sagte er zu mir, geh ihn holen. Und ich hatte genug, ich sagte: Nein, man muß ihn schreien lassen, er wird davon nicht sterben, wenn ich jetzt wieder zu ihm gehe, wird das nie ein Ende nehmen, und er bohrte weiter: Er hat vielleicht etwas, er ist vielleicht krank? Ich konnte noch so oft sagen: Nein, das ist nur Theater, sobald du ihn auf den Arm genommen hast, wird er sich beruhigen, er wollte nicht auf mich hören, am Ende ging er ihn selber holen, und natürlich, sobald wir ihn auf den Arm nahmen, begann der Kleine zu brabbeln, er lachte, und mein Mann sagte: Siehst du, er wollte nur bei uns sein, das ist alles, und wir behielten ihn bis Mitternacht da, manchmal bis zwei Uhr, er wollte immer noch nicht schlafen, und wir waren ganz erledigt. Dieses Theater hat monatelang gedauert, es hatte gar keinen Zweck, daß wir uns ärgerten, wir konnten ihm schließlich nicht unentwegt den Hintern versohlen, wir konnten ihn aber auch nicht schreien lassen. Jetzt war es schon eine ganze Weile her, daß er sich beruhigt hatte, wir konnten allmählich wieder schlafen, und da ist es auf einmal der Husten, Sie verstehen also, daß ich einfach nicht mehr kann, das geht jetzt schon zu lange so!

Oder aber:

Er kommt nicht mehr aus seinem Bett, er will nicht mehr aufstehen, er will sich nicht mehr anziehen, er will nichts mehr machen, er, der ständig am Werkeln war, man könnte meinen, daß er an nichts mehr Gefallen findet, er schickt mich zum Teufel, sobald ich etwas zu ihm sage, aber man kann ihn nicht so weitermachen lassen, seit er allein lebt, läßt er sich gehen, er siecht dahin, er gibt nicht einmal mehr seinem Hund zu fressen, er vergißt alles, vergißt seine Medikamente einzunehmen, das Gas unter den Töpfen abzudrehen, abends schläft er vollständig angezogen bei offener Tür, und wenn er nachts aufsteht, um aufs Klo zu gehen, glaubt er, es sei Tag, und er geht aus dem Haus, so hat man ihn eines Nachts neben einem Weg gefunden, er war in den Graben gerutscht und kam nicht mehr heraus, zum Glück hatte es seit drei Wochen nicht mehr geregnet, weil er sonst die ganze Nacht im Wasser verbracht hätte, aber das Unglaublichste ist, daß er es nicht einmal gemerkt hat. Manchmal erkennt er mich nicht mehr, er weiß nicht mehr, was er tut, und ich weiß nicht mehr, was ich tun soll, und man kann auch noch den Arzt rufen und ihn zum Spezialisten bringen, niemand kann mir sagen, ob so etwas geheilt werden kann und wie lange das dauern wird ...

Sie wissen nicht, was sie denken sollen, also reden sie. Sie sind ratlos, sie sind verloren, sie sind verzweifelt. Sie sind sicher, daß sie die einzigen sind, die spüren und sehen, was geschieht, aber es ist so schwer, sich verständlich zu machen, die Ärzte, die nehmen sich nicht immer die Zeit zuzuhören, und er auch nicht, sie auch nicht, wenn es um Krankheit geht, will keiner mehr was hören. Und ich kann nicht mehr, Herr Doktor, verstehen Sie?

Ja, du verstehst. Du verstehst, daß sie in der Scheiße steckt und daß sie dich bittet, mit den Händen hineinzugreifen.

Denn wenn du die Tür zum Schlafzimmer aufstößt, siehst du genau, daß der Husten, die Müdigkeit, der Appetitverlust, die Tränen, das Fieber, daß das alles nur eine Ausrede ist, ein Vorwand, um dir nicht den wahren Sachverhalt offenzulegen.
   Du fragst dich: Aber was will sie denn?, und es ist das Kind oder der Alte persönlich, der dir die Erklärung des Textes liefert.
   Mit einer Geste, mit einem Blick, mit einem Wort, kaum lauter als nötig, gibt es oder er dir einen Überblick der Lage, die unauslöschliche Angst der Tochter, die sich nicht mit dem Alter ihres Vaters abfinden kann, mit dem Herannahen seines Todes, mit seinem Überdruß, seiner Mutlosigkeit, mit diesem Unbehagen, weswegen man im Bett liegenbleibt und alles Wünschen aufgibt, mit dem traurigen Lächeln dessen, der einfach nicht mehr will, der die Schnauze voll hat von dem verfluchten ausgefüllten

Leben, mehr als genug, mir reicht's, lassen wir's dabei bewenden, laßt mich in Frieden, könnten Sie mir nicht eine kleine Spritze geben, um Schluß zu machen, ich verlange nicht viel von Ihnen; es gibt welche, ich kann das verstehen, die wollen, daß es dauert, aber ich, mir hängt es wirklich zum Halse heraus, die vampirische Angst der Mutter, die nicht begreift, daß ihr Baby von früher nicht mehr ganz genau so ist wie früher, daß es groß wird und nein sagt und ihr schwungvoll ihre Suppenteller mit dem so fein geputzten, so fein auf kleiner Flamme gekochten, so fein pürierten Gemüse hinschmeißt und damit auch alle Frustrationen, die sie ihnen abnehmen möchte, ihrem kleinen Jungen, der schon überall herumrennt, ihrem kleinen Mädchen, das schon spricht (Wahnsinn, wie schnell die wachsen), dessen Hosen zu kurz, deren Hemdblusen zu eng sind und die es satt haben, ihrer Mutter als Schwamm zu dienen.

Und es ist klar, an ihrem Gesicht, an ihrem stummen, vorsichtigen Blick siehst du, daß sie herauszufinden versuchen, ob du ein Agent des Feindes bist (praktizierender Söldnerarzt, gelehrter Berufskiller), ob du dich an den Alarmanlagen beteiligst, am Konzert der Sirenen, wie die andern vor dir, die sich hierzu haben hinreißen lassen (eine kleine Blutprobe hier, eine kleine Röntgenaufnahme da und eine Diät und Ampullen und Spritzen, und wenn es wirklich nicht mehr weiterging: Wir werden die Meinung eines Spezialisten einholen und sie für einige Tage ins Krankenhaus überweisen, nicht lange, nur so lange, bis man sieht, was los ist – Ach, ich hab mich nicht getraut, Sie darum zu bitten, Herr Doktor, wo Sie sich doch so viel Mühe gemacht haben, aber da Sie schon mal davon sprechen, wenn Sie wirklich glauben, daß es nötig ist), am Ende waren sie es dann leid, sind aber ziemlich lange energisch vorgegangen, um die übergroße Liebe der ergebenen Tochter, die erstickende Liebe der verzweifelten Mutter zu festigen, zu unterstützen, sie in ihrer Gewißheit zu bestärken (Ich weiß, was ich sage, ich bin immerhin seine Tochter), daß irgend etwas nicht in Ordnung ist und daß man eben eine Lösung finden muß (Ich bin kein Arzt, aber ich bin immerhin seine Mutter), oder ob du etwa – durch welches Wunder? – nicht zu der Art gehören solltest, die Widerstand leistet.

»Sie meinen?«

»Ich meine, daß ein Krankenhausaufenthalt nicht notwendig ist.«

Und das Gesicht des Alten, des Kindes oder des Jugendlichen hellt sich auf, leuchtet auf, sollte es möglich sein, daß?

»Auf jeden Fall nicht im Augenblick.«

»Ja, wollen Sie nichts tun?«

»O doch, selbstverständlich, und ob! Und Sie werden mir dabei helfen, nicht wahr?« fügst du hinzu und siehst sie ganz entschlossen an.

»Äh ... ja, selbstverständlich, aber ...«

»Aber?«

»Aber sind Sie sicher, daß man nicht mindestens eine Blutprobe machen muß?«

»Sicher: die letzte ist vom Donnerstag.«

Und dabei nimmst du sie bei der Hand, heißt sie Platz nehmen, und du sagst zu ihr:

»Sie sind sehr beunruhigt ...«

»Ach, das kann man wohl sagen! Und wenn es nur mein Sohn / meine Tochter / meine Mutter / mein Vater wäre, dann ginge das ja noch ...«

»Es ist der Wassertropfen ...«

»Das kann man wohl sagen, seit der Überschwemmung vom letzten Jahr hört es nicht mehr auf!«

Und jetzt fängt sie an, ihr Leben zu erzählen, ihr elendes, verfluchtes Leben als Frau, und während sie erzählt, spürt der andere – der oder die, für die sie im Prinzip angerufen hat –, daß er nicht mehr zählt, daß sie nicht mehr in der vordersten Reihe sitzt, und er streckt die Hand nach dem Nachttisch aus, um nach seiner Pistole zu greifen, und sie setzt sich im Bett auf, um mit ihren Puppen zu spielen, und nach einer Weile, wenn er findet, daß es allmählich guttut, wenn sie findet, daß es ein wenig zu lange dauert, sagt sie: »Mama, ich hab Hunger«, fragt er: »Hast du die Zeitung zurückgebracht?«, weil, das ist ja alles ganz schön, alter Junge, es ist sehr nett, daß du dich um sie kümmerst, das läßt mir Zeit zum Verschnaufen, aber sie sollte nicht vergessen, daß sie da ist, um mich zu pflegen.

*

Natürlich ist es nicht immer so einfach, das hängt vom Alter ab, das hängt von der Jahreszeit ab, das hängt von den Leuten ab, das hängt davon ab, ob es in der Schulzeit ist oder ob es kurz vor dem Aufbruch in die Ferien ist, das hängt davon ab, ob das acht Tage dauert oder schon Jahre, das hängt davon ab, ob die Mutter und der Vater sich geschworen haben, gemeinsam ihr ganzes Leben lang zu leiden oder ob sie auf den ersten Zwischenfall warten, um sich zu trennen, das hängt davon ab, ob die Geschwister nicht mehr miteinander reden oder ob sie sich bereits um das Erbe des noch nicht Verstorbenen zanken.

Das hängt auch von deiner Form ab. Von deiner Geduld. Von dem, was du den Tag über oder die Woche über getan hast. Von dem, was du noch zu tun hast, bevor du nach Hause kommst. Vom kommenden Abend, Nachtdienst oder Ausgang ins Kino. Von der Aussicht des nächsten Tages, Ruhe oder Arbeit. Vom Zustand deines Rückens, vom Zustand deiner Füße oder ... Kurzum, es hängt von vielem ab.

Und überhaupt, du kannst sagen, was du willst, du kannst tun, was du willst, du kannst ihnen noch so sehr die Hand halten oder den Spucknapf, du kannst sie noch so erbärmlich oder zum Erwürgen gut finden, du sagst dir, daß sie komisch sind, die Frauen. Sie begreifen nicht, daß die andern nicht essen wollen, was sie kochen, wo sie es doch eigens für sie tun. Denn wenn sie nicht essen, dann nicht etwa, weil sie es nicht mögen – sie kochen ihnen nur die Speisen, die sie mögen –, sondern weil sie sie nicht mehr mögen. Der Beweis, er hat einen sehr guten Appetit im Café-Restaurant, bei der Nachbarin oder beim Altenfest; er frißt alles gierig in sich hinein in der Kantine oder bei der Amme oder bei der Großmutter (Väterlicherseits. Die früher so wunderbare kleine Gerichte zuzubereiten wußte für den kleinen Jungen, den sie geheiratet haben, um ihm nun ihre eigenen Gerichte zuzubereiten, der aber weiterhin von ihnen die verlangt, die die Mama gekocht hat – die ihren Ohren nicht getraut hat, als die Schwiegertochter am Telefon um das Rezept bat: »Aber ich habe immer geglaubt, daß er einen Horror davor hatte!«, und die andere, die Männerfresserin, auf dem Wege, nun ebenfalls Mutter zu werden, triumphierend: »Nun, *jetzt* mag er es!«, dann, widerwillig: »... vorausgesetzt, ich bereite es so zu wie Sie ...«, und er

(der Vater des Dreikäsehochs, der sich heute mit angewidertem Gesicht auf seinem Stuhl krümmt) säuselt, halb sanft, halb verdutzt, halb blöd: »Ich soll Rahmspinat verabscheuen? Doch nur, weil ich jeden Tag in der Kantine welchen essen mußte. Aber wenn du ihn gemacht hast, Mama, war ich ganz *wild darauf!*« . . .).
Zu Hause hingegen bringt er ihn dazu, den Teller in die andere Ecke des Zimmers zu schleudern, so daß man sich fragt, von wem er das hat!

Und du ahnst schon, daß die Karotten gekocht sind, daß das nie aufhören wird. Die Babys mögen den Gemüsebrei noch so oft ausspucken, das Kartoffelgratin noch so widerwillig essen oder den Gemüseeintopf ablehnen, später werden die Töchter wie ihre Mütter kochen (oder genau umgekehrt, was auf dasselbe herauskommt), für die Söhne anderer Frauen, für Kerle, die ihre Zeit damit zubringen, dem unnachahmlichen, unwiderruflich verlorengegangenen Geschmack der mythischen mütterlichen Gerichte nachzutrauern, und allein die Erinnerung daran bewirkt schon – schlecht, sehr schlecht –, daß man den Bratenduft, den Geschmack, die Würze, die Existenz nicht ganz vergißt.

Oh, sie glauben dir, die Mütter, wenn du ihnen sagst, daß sie sich nicht zu Tode hungern werden, aber sie können einfach nicht verstehen, daß ihre Gören nicht das essen wollen, was sie ihnen immer und immer wieder mit so viel Liebe und Sorgfalt zubereiten. Sie verstehen nicht, daß sie ohne sie essen und ihr Leben leben können und wollen.

Oh, sie glauben dir, die Töchter, wenn du ihnen sagst, daß ein Alter nicht so essen kann wie ein vierzigjähriger Arbeiter, daß er nicht mehr so gut sieht wie vorher, daß er sich nicht mehr so schnell fortbewegt, daß er alles ökonomischer angeht, daß er erschöpft ist . . . (Aber bis zu seiner Herzattacke vor sechs Monaten ging es ihm doch so gut!), daß man ihren Rhythmus respektieren, sie stützen, sie begleiten muß, daß man aber nicht mehr erwarten darf, als sie in Zukunft geben können. Aber sie wollen nicht verstehen, daß sie groß genug sind, ohne sie zu sterben.

Sie sind komisch, die Frauen. Sie wollen es nicht so machen wie ihre Mütter. Sie wollen nicht ertragen, was ihre Mutter ertragen hat. Oder ihrem Vater zu ertragen gab. Sie wollen beweisen, daß sie gute Töchter sind; sie haben Schiß davor, nur ein Weibsbild mehr zu sein. Im Grunde haben sie Angst davor, daß ihre Kerle, große oder kleine, junge oder alte, ohne sie auskommen könnten. Sie sind komisch, die Frauen, daß sie Männer lieben, die sie genauso schlecht lieben, und daß sie Dreikäsehochs in die Welt setzen, die andere Frauen noch schlechter lieben werden, wie diese sie lieben, während sie sie doch gar nicht so lieben, wie sie es gern getan hätten. Was ihre Töchter betrifft ...

»Was meinen Sie dazu, Herr Doktor?« fragt die Frau (die Mutter, die Tochter), als sie dich nachdenklich über den fast unbeschriebenen, aber doch so sprechenden Gesundheitspaß gebeugt sieht, über den Stapel mit den völlig normalen und doch so mitteilsamen Ergebnissen.

»Mmmhh. Nun, Madame, wir werden eine einfache ...«

27
Angèle Pujade

Die Tür geht auf und wieder zu, ohne zu schlagen, Schritte dröhnen im Korridor. Bald darauf erscheinst du in der Tür des Büros. Ich schaue auf die Uhr: dreizehn Uhr fünfundzwanzig. Wie üblich bist du zu spät dran.

»Guten Tag, Mesdames.«

»Guten Tag, Bruno.«

»Guten Tag, Monsieur ...«

»Geht es Ihnen gut?«

»Sehr gut«, sage ich, »und du? Trinkst du einen Kaffee?«

»Nein danke. Nachher.«

Hinter dir erscheint die Sekretärin.

»Guten Tag, Bruno.«

»Guten Tag. Wie ist das Programm?«

»Du hast heute drei Damen und zwei Untersuchungen. Kommst du nachher, bevor du gehst, vorbei, um mir Rezepte zu unterschreiben? Ich habe keine mehr.«

»Einverstanden.«

Du schleichst in das Zimmer, das uns als Umkleideraum dient. Ich höre, wie du einen Metallschrank öffnest, dann wieder schließt. Bald darauf kommst du heraus, bekleidet mit einem weißen Kittel. Auf der Brusttasche ist deutlich das Wort Arzt zu lesen. Du beugst dich über Krankenakten, die auf dem Schreibtisch liegen. Du berührst flüchtig das erste Blatt. Du sagst nichts.

»Soll ich die erste Dame holen?«

»Mmmhh ... Nein danke, ich gehe hin. Wo ist sie?«

»Zimmer zwei.«

Du nimmst die Krankenakte und begibst dich entschlossenen Schritts in das zweite Zimmer. Du bist diese Vorgehensweise nicht gewohnt. Ich begebe mich in den Behandlungsraum, um die Instrumente vorzubereiten.

28

Pauline Kasser

Die Tür ist aufgegangen.

»Madame Kasser?«

Ich habe mich umgedreht.

Er stand da im weißen Kittel.

Ich habe gesagt: »Das bin ich. Geht's los?«

Er schien überrumpelt. Er hat gelächelt, gestammelt:

»Nun, äh ... ja, es geht los ...«

Ich habe meine Handtasche und meinen Regenmantel genommen. Ich bin vor ihm hinausgegangen. Er hat gesagt:

»Zweite Tür links ...«

Ich bin in einen ähnlichen Raum eingetreten wie der, aus dem wir gerade gekommen sind. Der Vorhang war zugezogen, das Licht kam aus einer an der Wand befestigten Lichterkette. Mitten im Raum thronte ein gynäkologischer Untersuchungsstuhl. Ich habe einen fahrbaren Instrumententisch erblickt, eine Maschine mit großen Glasbehältern darauf, einen Schemel.

»Haben Sie kein Nachthemd?«

»Doch, aber ich wußte nicht, daß ich es anziehen sollte.«

Die Stationsschwester hat mich in einen kleinen Waschraum geführt.

»Wenn Sie sich ausziehen wollen.«

Ich habe das lange schwarze T-Shirt übergestreift, das ich mitgebracht hatte, ich bin wieder in den Raum zurückgegangen, ich habe mich auf den Untersuchungstisch gelegt, ich habe meine Schenkel in die zu diesem Zweck angebrachten Schienen gelegt.

*

Ich erinnere mich überhaupt nicht an das, was dann geschehen ist, nur an Bruchstücke. Seine auf meinem Bauch liegende Hand, als er sich zu mir heruntergebeugt hat, um zu sagen: Entschuldigen Sie bitte, daß ich mich nicht vorgestellt habe, ich bin Doktor

Sachs, ich werde den Eingriff vornehmen. Hat man Ihnen schon erklärt, wie es abläuft? Auf jeden Fall werde ich Ihnen jeweils sagen, was ich mache; seine Stimme versuchte noch, während er die Instrumente vorbereitete, mich ein wenig ungeschickt zu beruhigen – als ob es möglich wäre, eine Frau in einer solchen Situation zu beruhigen –, indem er mich fragte, was ich so tue, und, als Antwort auf meinen Seufzer (»Ich bin Redakteurin ...«), seine Stimme:

»Redakteurin. Das ist ein schöner Beruf ...«

Ich habe den Kopf gehoben, um sein Gesicht zu erforschen. Er schien aufrichtig zu sein.

»Das ist nur ein Dienstgrad in der Verwaltung. Es ist nicht so glänzend, wie es sich anhört ...«

»Immerhin, das ist doch schön, *Redakteurin* ...«

*

Ich weiß nicht mehr, und ich will es auch nicht wissen, was dann geschehen ist. Sehr viel später ist er zurückgekommen und hat mich in meinem Zimmer besucht. Er hat mich gefragt, ob ich Schmerzen hätte, ich habe ja gesagt, noch ein wenig. Er hat sich auf einen Stuhl an der Wand gesetzt, er hat sich meine Krankenakte auf die Knie gelegt, er hat mich noch einmal gefragt, ob alles in Ordnung sei, ob ich Fragen zu stellen, Besorgnisse zum Ausdruck zu bringen habe. Und da ich, der Tür zugewandt, stumm blieb, meine Scham und meinen Zorn zurückhaltend, hat er nur gesagt: *Es ist hart* ..., um meinen Tränen freien Lauf zu lassen.

*

Noch später – man hatte mir auf einem Tablett ein vollständiges Menü gebracht – ist er wieder ins Zimmer gekommen, zusammen mit Jean-Louis Renaud, der sich nach meinem Ergehen erkundigen wollte. Sie standen beide am Fuße des Bettes. Als ich in der Woche davor zu ihm gekommen war, um ihn zu Rate zu ziehen, hatte mir Jean-Louis drei Ärzte genannt. Als ich in der Abteilung für Schwangerschaftsabbrüche angerufen hatte, war mir nur ein einziger Name eingefallen. Als ich die beiden nun miteinander reden sah, ihre Komplizenschaft spürte, die Wärme, die zwischen ihnen herrschte, die Art und Weise, wie er seine Hand auf Jean-Louis' Arm legte, habe ich begriffen, warum. Er hat sich nach mir umgedreht:

»Wenn Sie es wünschen, kann ich Ihnen in einem Monat im Verlauf einer Kontrolluntersuchung eine Spirale einsetzen, anschließend gehen Sie wieder zu Doktor Renaud, wegen der üblichen ärztlichen Betreuung.«

Jean-Louis ließ ein kurzes Lachen hören.

»Gewöhnlich ist es eher der Spezialist, der zum Allgemeinmediziner überweist! Aber wenn Pauline einverstanden ist, habe ich keine Einwände.«

Er hat mich angesehen. Ich habe ja gesagt, ja, ich will gern.

*

Er ist ein letztes Mal gekommen, um nach mir zu sehen. Er hatte seinen Kittel ausgezogen, war in eine abgetragene Lederjacke geschlüpft. Ein Stift war am Halsausschnitt seines Pullovers befestigt. Er hatte eine Tasche in der Hand. Er hat auf mein Tablett gezeigt, die Stirn gerunzelt, mir die Hand unters Kinn gelegt.

»Haben Sie gegessen?«

Ich habe den Kopf geschüttelt.

»Sie müssen essen, wissen Sie, Sie dürfen nicht von hier weg, ohne ein wenig gegessen zu haben. Mindestens einen Apfelbrei. Einverstanden?«

Ich habe nicht geantwortet, ich habe ihn angeschaut. Seine Haare waren etwas zu lang und hätten eine Wäsche nötig gehabt, beim Rasieren am Morgen hatte er sich geschnitten: er hatte ganz kleine, eingetrocknete Blutflecken am Hals. Der Kragen seines Hemdes war sehr lappig, und als er beim Aufwiedersehensagen gelächelt hat, habe ich zum ersten Mal bemerkt, daß einer seiner oberen Schneidezähne ein klein wenig abgebrochen war.

29
Yves Zimmermann

Das Telefon klingelt. Ich stelle meine Tasse hin, ich hebe ab.
»Zimmermann, ja bitte.«
»Guten Tag, Herr Professor.«
»Ach, du bist's, grüß dich! Geht's dir gut?«
»Mäßig.«
»Bist du im Krankenhaus?«
»Ja, beim Schwangerschaftsabbruch. Aber ich wußte nicht, daß Sie Sprechstunde haben.«
»Nein, aber ich schlage mich mit einer beschissenen Krankenakte herum, und ich komme und komme einfach nicht klar damit. Hast du Zeit für eine Tasse Kaffee?«
»Nein, ich muß nach Play zurück. Ach ja, ich habe Ihnen einen meiner Freunde geschickt ... Schon seit Wochen geht's ihm nicht gut, aber es war ein Affentheater, bis wir ihn so weit hatten, daß er ins Krankenhaus geht. Sie haben ihn vielleicht noch nicht gesehen ...«
»Ray Markson, richtig? Doch, ich habe ihn vor einer Stunde gesehen. Sehr sympathisch, der Typ. Ist er Amerikaner?«
»Australier, aber er lebt seit über fünfzehn Jahren in Tourmens. Ich habe ihn kennengelernt, als ich mein Jahr bei den Känguruhs verbracht habe. Einige Jahre später hat er einen einjährigen Bildungsurlaub genommen, um hierherzukommen, und er ist geblieben.«
»Mmmhh. Du bist also beunruhigt ...«
»Dazu besteht doch auch Grund, oder?«
Ich denke nach, ich zögere. Wenn man dir eine Frage stellt, sich immer überlegen, ob der andere auch die Antwort hören will.
»Mmmhh. Warte, bis wir ihn durchgecheckt haben, damit wir genau wissen, was mit ihm los ist. Dauert das schon lange?«
»Seit Monaten. Eines Tages hat Thérame, sein Arzt, ein genaues Blutbild machen lassen und gleich gesehen, daß da ein heilloses Durcheinander herrschte, doch Ray hat nichts davon wissen

wollen. Er wollte seine Frau nicht beunruhigen, er wollte, daß man ihn in Frieden läßt, er hatte Bücher fertigzuschreiben. Er ist Historiker ... Er hat Thérame nur gebeten, mir Bescheid zu sagen, er wollte nicht einmal mit mir darüber reden, wenn wir uns sahen. Ich wage nicht, seiner Frau in die Augen zu schauen, sie glaubt, daß ich von seiner Krankheit zur gleichen Zeit erfahren habe wie sie. Seit sich sein Zustand verschlechtert hat, sage ich mir, daß ich ihn schon früher hätte zu Ihnen schicken sollen.«

»Das hätte nicht viel geändert, weißt du. Diese Art Schweinerei bleibt monatelang, manchmal jahrelang asymptomatisch, es ist besser, nicht dran zu rühren. In gewisser Hinsicht hat er gut daran getan, sich nicht aus der Ruhe bringen zu lassen. Wäre er letztes Jahr hergekommen, hätte ich Block, er war noch nicht im Ruhestand, nicht daran hindern können, ihn mit Beschlag zu belegen, er hätte sich auf allerhand gefaßt machen können, als da sind Stammzelltransplantation, monoklonale Antikörper, experimentelle Chemotherapie und so weiter und so fort ... Heute hingegen ...«

»Ja?«

»Tun wir so wenig wie möglich ...«

»Aha. Sieht es so schlecht aus?«

»Weißt du, eine widerspenstige Anämie, die sich von einem Tag auf den andern in eine akute Leukämie zu verwandeln droht, kann schwerlich gut sein, und es gibt einen Haufen erschwerende Faktoren. Aber wie dein guter Lehrer Lance immer sagt: ›Begraben wir ihn nicht zu schnell, vielleicht ist er nicht einverstanden damit.‹«

»Jaaa ...«

»So wenig wie möglich daran machen heißt nicht, nichts machen. Er wird Bluttransfusionen bekommen, und schon wird es ihm bessergehen. Wenn seine weißen Blutkörperchen stabil bleiben, und wenn er seine Lungenentzündung nicht einem weißen Raben verdankt, werden wir ihn bald wieder nach Hause schicken, ich werde ihn zweimal monatlich zur Untersuchung herbestellen, oder ich sehe ihn jeweils dann im Krankenhaus, wenn er von Zeit zu Zeit seine Bluttransfusion braucht ... Mehr werden wir aber nicht an ihm herumkitzeln.«

Bruno gibt keine Antwort. Ich spüre, daß es für ihn schwierig ist. Dieser Ray Markson scheint mehr als sympathisch zu sein. Und seine Frau ist bezaubernd.

»Ich werde morgen vorbeikommen, werde ich Sie sehen können?«

»Zu deinen Diensten. Apropos, was kann ich ihm sagen, wenn er mir Fragen stellt?«

»Alles. Die Wahrheit, wenn er sie hören will. Aber nicht vor seiner Frau.«

»In Ordnung. Entzückend, seine Frau. Kennst du sie näher?«

»Wie? Ja natürlich, wir waren zusammen an der Uni.«

»Dann hast du sie damals gefickt! Wie ist sie?«

Er explodiert.

»Scheiße, Sie sind wirklich blöd, mir ist nicht nach Scherzen zumute.«

»Entschuldige bitte. Auf jeden Fall ist es schade für ihn. Und für sie. Sie scheinen sich sehr zu lieben.«

»Sie beten sich an ...«

Ich seufze, es tut mir weh für ihn, diese Geschichte. Ich habe mir oft gesagt, daß der Junge für diesen Beruf viel zu sensibel ist. Er dürfte nur völlig gesunde Leute sehen, die haben genügend Probleme, um einen guten Arzt zu beschäftigen.

»Hör zu, wir haben am Samstag morgen eine Sitzung interdisziplinärer Chefärzte, wir werden sicherlich mit unseren Kollegen von der Universität Rochester darüber sprechen, sie sind für einen Monat hier. Willst du kommen?«

»Ich weiß nicht. Im Prinzip arbeite ich bis Mittag ...«

»Mach dir keine Sorgen, das geht nie vor vierzehn Uhr zu Ende. Wenn du kommst, hebe ich seine Krankenakte für den Schluß auf.«

»Danke, Zim, ich werde mich dafür erkenntlich zeigen. Dann bis morgen.«

»Bis morgen, mein Großer.«

Ich lege auf. Ich mache mir Vorwürfe, daß ich Witze gerissen habe. Ich weiß nicht, ob er sie gefickt hat, die kleine Madame Markson, aber so, wie sie heute morgen von ihm gesprochen hat, ist er noch nicht fertig mit ihr.

30
Der verhinderte Arztbesuch
Zweite Episode

Zwei Fahrräder und zwei Mopeds stehen an der Mauer des Wartezimmers, und drei Autos parken im Hof, aber nicht deines. Die Scheiben sind beschlagen. Die Haustür steht einen Spalt offen. Ich trete mir die Füße ab. Im Flur hängen an den alten Kleiderständern zwei tropfende Regenschirme. Über die Sprechstundenzeiten an der Tür hat man mit Tesafilm ein Schild geklebt, auf dem steht:

HEUTE DIENSTAG
BEGINNT DIE SPRECHSTUNDE
AUSNAHMSWEISE
UM 15 UHR 30

Auf meiner Uhr ist es Viertel nach vier. Ich gehe hinein. Ein Dutzend Personen mit triefenden Kleidern sehen hoch. Zwei von ihnen grüßen mich. Dabei hatte ich gedacht, ich käme sofort an die Reihe. Madame Leblanc hatte mir gesagt, dienstags sei es oft ruhig. Ich seufze, ich zögere, ich schaue von neuem auf die Uhr und gehe wieder hinaus. Die Kinder kommen aus der Schule. Ich hätte vielleicht um einen Termin bitten sollen. Wo ich mir endlich einmal die Zeit genommen habe, zum Arzt zu gehen. Ich habe eben kein Glück.

31
Ein Rezept

Auf dem Rande deines Sessels auf Rollen sitzend, schreibst du auf deine Karteikarte.

Ich setze mich wieder auf den mit schwarzem Stoff bezogenen Lehnstuhl. Du drehst dich nach links, beugst dich zum untersten Regal hinab, nimmst einen Rezeptblock, Krankenzettel, legst sie vor dich auf die Schreibplatte. Auf ein Rezept schreibst du das Datum und meinen Namen, und einige Sekunden lang bewegst du dich nicht, den Füller über das Blatt geneigt, die Feder schräg gestellt, dann schüttelst du den Kopf und legst den Füller hin.

Du schlägst das große rote Buch auf, das etwas weiter entfernt liegt, du siehst auf den lachsfarbenen Seiten am Anfang nach, dann auf den weißen Seiten in der Mitte, liest aufmerksam, schaust wieder in die lachsfarbenen Seiten, dein Finger gleitet an einer Spalte entlang, du seufzt, wirfst mir über den Rand deiner Brille hinweg einen Blick zu und fragst:

»Und das, das ich Ihnen das Mal davor verschrieben habe?«

»Ach, das hat nichts genützt, überhaupt nichts. Verstehen Sie, die Verstopfung und ich, das ist eine Geschichte, die schon über dreißig Jahre alt ist, ich habe alles versucht, wie Sie sich denken können, das klappt zwei, drei Tage, und dann ist es vorbei, unmöglich, normal zu gehen. Am Ende fällt mir das schließlich auf die Nerven, und mein Mann meckert. Dabei fehlt es wirklich nicht an Spezialisten, ich habe sie alle aufgesucht, und keiner hat mir das je in Ordnung bringen können. Ich verstehe nicht, wo man doch heute alles mögliche macht, daß man dagegen noch nichts gefunden hat. Allerdings liegt das bei uns in der Familie, meine Mutter war schon so, und ich glaube, daß auch meine Tochter – oh, sie sagt zwar nichts, aber ich kenne sie . . .«

Du nimmst wieder deinen Füller, du schließt langsam das große rote Buch, setzt die Feder auf das Rezept, läßt den Deckel des Buches fallen, und während du schreibst, sagst du:

»Gut, Sie werden das hier versuchen . . .«

Ich recke den Hals, um zu lesen.

»Was schreiben Sie auf?«

Du sagst: Tribismuthiertes Laxogen oder Paraffinöl mit Pflaumen oder Entschlackungsmittel von Doktor Sheckley.

»Ach, das hab ich mir schon gedacht! Nicht nötig, kenne ich! Das hat noch weniger gewirkt als alles andere. Das einzige Mittel, bei dem ich gehen kann, ist Deselmol. Das nehme ich schon seit Jahren. Ich weiß zwar, daß es heißt, davon bekommt man Krebs, aber wenn ich nicht jeden Tag kann, fühle ich mich nicht wohl, und das ist kein Leben.«

Ich sehe, wie du aufhörst zu schreiben, dich aufrichtest und mich einen langen Augenblick schweigend ansiehst, und ich warte darauf, dich seufzen zu hören, aber nein, du zerreißt das Rezept, du läßt es in den Papierkorb fallen, ich erwarte, daß du wieder deinen Block nimmst, um mir wütend das aufzuschreiben, worum ich dich bitte, und daß du zu mir sagst (wie ihr es alle tut, früher oder später, wenn ihr begreift, daß es euch nicht gelingt, mich mit eurem Zeug und eurem Dings zu behandeln, aber ich weiß genau, was ich brauche: immerhin bin ich es, die unter Verstopfung leidet!), während du mir mit verächtlichem Gesicht das Rezept hinhältst: »Hier! Macht *soundso viel*!«(dabei sind die Beiträge doch hoch genug, aber man läßt uns darüber hinaus auch noch bezahlen), oder mir sogar hinterherzuschreien, wie der Doktor, zu dem ich ging, bevor du dich hier niedergelassen hast (auch er war ein junger, dabei machte er einen guten Eindruck, und außerdem hörte er mir zu, bis er eines Tages die Nerven verloren hat und mich anschrie, daß ich ... daß ich ihm auf die ... daß ich ihm ..., darauf habe ich meine Siebensachen zusammengerafft, und er hat mich nie wiedergesehen. Ich war so schockiert, daß ich nicht einmal daran gedacht habe, ihn zu bezahlen, obwohl mir das noch nie im Leben passiert ist, aber in diesem Fall ist das verständlich. Ich habe meinen Sohn gebeten, ihm einen Scheck zu schicken, weil ich ihm nichts schuldig bleiben wollte, auch wenn das keine Art ist, die Leute zu behandeln. Kurz darauf bin ich zu dir gekommen, du warst zwar schon einige Jahre in Play, aber ich hatte nie die Gelegenheit gehabt zu kommen, weil ich bis dahin mit meinem Arzt zufrieden war), oder wie dein Kollege aus Deuxmonts, der gesagt hatte (nicht zu mir, sondern zu meiner Schwester, die das gleiche Problem hat, nur daß sie dazu noch seit zehn Jahren Depressionen hat, und wenn man ihr Tabletten gibt, dann macht sie das natürlich fertig, wenn sie sie aber absetzt, redet sie unweigerlich nur Unsinn, es gibt also keine Lösung): »Madame, ich kann nichts mehr für Sie tun« (ganz im Ernst), aber du nimmst wieder die karierte Karteikarte, du schreibst etwas drauf, und weil es ganz klein ist, kann ich es nicht lesen (und einen Augenblick lang sage ich mir, daß du wieder das rote Buch aufschlagen wirst, um nach etwas anderem zu suchen, oder daß du mir wieder vorschlägst, eine Röntgenaufnahme machen zu lassen oder einen Spezialisten aufzusuchen (und selbstverständlich werde ich dann zu dir sagen: Wenn es sein muß, ich bin mit allem einverstanden, aber wissen Sie, ich habe schon alles gehabt und alles gesehen, wozu also?), und ich, ich verstehe nicht, daß man mir das Deselmol abschlägt, wenn ich es verlange, weil ich nur damit gehen kann! Wenn es so schlecht wäre, könnte man es schließlich nicht kaufen! Außerdem, ob Krebs oder nicht, an etwas muß man schließlich sterben, es passiert nur einmal, wenigstens hat man hinterher ausgelitten, wenn man hingegen das ganze Jahr vom 1. Januar bis zum 31. Dezember verstopft ist, das ist wirklich kein Leben mehr), dann nimmst du, ohne Eile, ein Rezept, schreibst meinen Namen und das Datum drauf und direkt untendrunter Deselmol, dreimal täglich sechs Monate lang, du unterschreibst, du füllst den Krankenzettel aus, du faltest ihn zusammen und schiebst ihn mir sachte auf dem Schreibtisch hin. Du schraubst deinen Füller zu, steckst ihn in die Brusttasche, du läßt deinen Sessel drehen, beugst dich zu mir herüber, einen Arm auf den Schreibtisch aufgestützt, die Hand locker hängen lassend, die andere Hand auf dem Schenkel, und mich über den Rand deiner Brille hinweg ansehend, sagst du:

»Und abgesehen davon, wie geht es Ihnen? ...«

32
Madame Sachs

Das Telefon klingelt. Ich suche die Fernbedienung, um den Ton am Fernseher leiser zu stellen, ich strecke den Arm nach dem schnurlosen Telefon neben mir aus, ich drücke auf den Knopf. Die Uhr auf dem Videorecorder zeigt zehn Minuten vor fünf an.

»Hallo.«

»Guten Tag, Mama ...«

»Guten Tag, mein Sohn! Schön, daß du anrufst.«

»Mmmhh. Madame Leblanc hat mir gesagt, daß du heute morgen angerufen hast. Wie geht es dir?«

»Es geht, weißt du, es geht. Es ist immer dasselbe, ich bin erschöpft.«

»Seit wann?«

(Du rufst mich nicht jeden Tag an. Einmal wöchentlich, selten zweimal. Wenn ich meine, daß es schon lange her ist, rufe ich Madame Leblanc an. Ich weiß, daß sie dir sagt, du sollst zurückrufen, wenn du von deinen Krankenbesuchen heimkommst. Oder abends, wenn du keine Zeit gehabt hast. Manchmal, wenn du es vergißt, rufe ich dich wieder an.)

»Bruno?«

»Ah, guten Tag, Mama ...«

»Du hast nicht zurückgerufen, stimmt etwas nicht?«

»Keineswegs, aber ich war beschäftigt.«

»Ah, hast du viele Krankenbesuche?«

»Ja.«

(Du antwortest immer mit Ja, aber das hat nicht immer gestimmt. Zu Beginn deiner Zeit als niedergelassener Arzt sagtest du mir, du hättest viele Patienten, aber Madame Leblanc hat mir bisweilen anvertraut, daß sie beunruhigt ist, daß die Patienten auf sich warten lassen, sie fragte sich, ob du sie behalten wirst, sie hatte Angst, sie würde dich zu viel kosten. Du sagtest, sie sei eine Perle, und ich bin da ganz deiner Meinung. Man spürt richtig, daß sie ihre Arbeit mag, ich höre das an der Art, wie sie am Telefon antwortet, wenn du deine Krankenbesuche machst oder wenn du zu Hause zu Mittag essen willst, ohne gestört zu werden. Da sie nicht viel älter ist als du, wirst du sie lange behalten können.)

»Guten Tag, mein Sohn!«

»Ah, guten Tag, Mama ... Ich wollte dich gerade anrufen.«

»Ich habe dich gegen ein Uhr angerufen, aber es wurde nicht abgehoben. Hast du nicht zu Mittag gegessen?«

»Nein, ich hatte einen Notfall, eine Herzattacke. Hast du es nicht in der Praxis versucht? Madame Leblanc hätte es dir gesagt.«

»Ich wollte sie nicht während der Essenszeit stören. War es ernst?«

»Was denn?«

»Der Notfall.«

»Mmmhh ... Eigentlich nicht mehr. Er war tot.«

»Oh, mein Gott, wie entsetzlich! War es jemand Junges?«

»Nein, nein! Fünfundsechzig Jahre alt ...«

»Fünfundsechzig ist doch jung! Weißt du, wie alt ich bin?«

(Du weißt ganz genau, wie alt ich bin. Du rufst mich immer zu meinem Geburtstag an. Du hast es nie versäumt. Nicht einmal in dem Jahr in Australien. In jenem Jahr hast du uns zweimal wöchentlich geschrieben. Dein Vater konnte es nicht fassen. Während deines Studium hast du nicht oft angerufen. Du hast viel mit deinem Vater über das gesprochen, was du im Krankenhaus getan, über das, was du in den Vorlesungen gehört hast, das machte ihm Freude, das tröstete ihn darüber hinweg, daß du nicht das gleiche Spezialfach nehmen wolltest wie er, er hätte dir helfen können. Jetzt, wo er tot ist, rufst du mich nicht mehr jeden Tag an. Kaum einmal in der Woche, manchmal zweimal, aber das ist selten. Als du Student warst, hattest du kein Telefon und mußtest überall herumlaufen, um anzurufen, während du jetzt immerhin eins hast, übrigens erfuhr ich neulich von Madame Leblanc, als ich zu ihr sagte: Es ist schade, daß so oft besetzt ist, wenn ich ihn erreichen will, daß du bereits seit dem ersten Jahr zwei Leitungen hast. Damit man dich immer erreichen kann

(– Wie, Madame, haben Sie das nicht gewußt? – O nein, Sie sehen, auch wenn ich seine Mutter bin, er sagt mir nicht alles! – Ach, wissen Sie, Madame, er hat bestimmt nicht daran gedacht, er hat so viele Dinge im Kopf, soll ich Ihnen die Nummer geben? – Nein, nein, Sie sind lieb, ich will nicht indiskret sein … aber wenn Sie darauf bestehen … Vor allem, sagen Sie es ihm nicht. Wissen Sie, es ist zu meiner Beruhigung, ich habe ja nur noch ihn, ich werde mich ihrer nur im absoluten Notfall bedienen, sind Sie sicher, daß er Ihnen nicht böse ist, wenn ich sie benutze?) im Notfall.)

»Bruno!«

»Mama? Ist dir was passiert?«

»Nein, nichts, mein Sohn, nichts, mach dir keine Sorgen, es geht mir gut. Stell dir vor, ich habe vorhin im Radio jemand Interessantes gehört, und ich habe mir gesagt, das wird Bruno interessieren, also habe ich die Sendung aufgenommen, ich werde dir die Cassette geben. Kennst du die Sendung, in der über Bücher gesprochen wird, morgens, bei Radio Tourmens?«

»›Laut und deutlich‹ …«

»Genau. Nun, heute war der Gast eine Ärztin, die gerade ihr Tagebuch veröffentlicht hat – ich habe mir gedacht, daß ich dir das schenken muß, ich werde Elsa sagen, sie soll es bei Diego kaufen, sie wirkte sehr sympathisch, diese Frau, sie hatte eine gute Stimme, und ich bin sicher, daß es dir gefallen wird, wenn du sie reden hörst, ich habe mir gedacht, daß sie wohl die gleiche Art Medizin macht wie du.«

»Ach? Und was ist das, meine Art Medizin …?«

(Das möchte ich gern wissen. Du sprichst ja nie darüber. Jedenfalls nicht mehr, seit dein Vater tot ist. Und als er lebte, warst du noch Student, da habe ich nicht so drauf geachtet, ich sagte mir: Er hat Zeit, seine Meinung zu ändern …)

»Madame Leblanc hat mir gesagt, daß du heute mittag nicht da warst.«

»Ja, ich war im Krankenhaus.«

»Gehst du oft dorthin?«

»Ja, Mama, jeden Dienstagmittag.«

»Ach ja? Arbeitest du dort?«

»Aber ja, Mama, seit dem ersten Jahr meiner Niederlassung, ich habe eine Ausschabung pro Woche. Manchmal mehr, wenn ich die abwesenden Kollegen vertrete.«

»In welcher Abteilung ist das noch? Neulich hat mich eine meiner Freundinnen gefragt, wo du arbeitest, und ich war nicht in der Lage, ihr zu antworten, ich sah ganz schön alt aus.«

»In der Inter ... in der Abteilung für Geburtenkontrolle. Das ist die Abteilung, die die Frauen aufsuchen wegen einer Empfängnisverhütung oder wenn sie ihre Schwangerschaft ... unterbrechen möchten.«

»Uuh ... Das ist bestimmt nicht lustig. Entschuldige bitte, ich komme vom Hundertsten ins Tausendste, aber sag mal, dein Artikel, du weißt doch, an dem du letzte Woche geschrieben hast, als ich dich anrief, wann wird der veröffentlicht?«

»Mmmhh ... Das geht nicht von einem Tag auf den andern, weißt du, sie werden erst noch im Lektorat darüber diskutieren, und sie werden mich sicherlich bitten, ihn noch einmal zu überarbeiten, bevor sie ihn veröffentlichen. Vielleicht in ein oder zwei Monaten.«

»Denk daran, mir eine Nummer zu schicken!«

»Selbstverständlich, Mama, wie immer.«

(Du läßt mir oft die Nummern der Medizinzeitschriften zuschicken, für die du schreibst. Die ersten Male hast du ein wenig gezögert (– Weißt du, Mama, das ist sehr technisch. – Du weißt, mein Sohn, ich bin Arztfrau gewesen. Gut, ich habe zwar nicht studiert, aber ich habe die Artikel deines Vaters abgetippt, ich bin also nicht völlig unwissend), und schließlich hast du mir doch eine geschickt und dann noch eine, und, gut, anfangs habe ich nicht alles verstanden, aber nach und nach habe ich ein wenig mehr begriffen, und am Ende habe ich mir gesagt, daß ich eigentlich gar nicht so dumm bin. Ich habe schließlich festgestellt, daß das, was du schreibst, immer weniger medizinischen Artikeln glich und immer mehr ...

Abgesehen davon habe ich den Verdacht, daß du mir nicht alles, was du schreibst, zu lesen gibst. Du schickst mir deine Zeitschrift, aber du könntest durchaus auch anderswo Artikel veröffentlichen, ohne daß ich es weiß. Und je besser es geht, um so

145

weniger erzählst du mir davon, noch weniger als von deinen Patienten oder von deinen Freunden.

Aber ich weiß, daß du Stunden mit einem Füller in der Hand oder vor einer Schreibmaschine sitzend zubringst. Das wundert mich eigentlich nicht. Auch ich habe immer viel geschrieben. Als die Familie sich in alle Winde zerstreute, und manchmal noch darüber hinaus, habe ich meine Briefe mit der Maschine getippt und natürlich auch die Rohfassungen von den Artikeln deines Vaters. Als seine Krankheit angefangen hat, ist ihm das Schreiben bald schwergefallen, darauf habe ich nach seinem Diktat getippt ... Und wenn du gern schreibst, verdankst du das im Grunde ein wenig uns beiden, aber wenn du tippen gelernt hast, verdankst du das vor allem mir.

Was mich am meisten überrascht hat, als ich deine Zeitschrift las, ist die Tatsache, daß du darin Geschichten schreibst, die dein Vater erzählt hat. Dein Vater würde sich wundern, wenn er wüßte, wieviel Zeit du mit Schreiben verbringst, fast genausoviel wie mit der Ausübung der Medizin. Wenn ich das sage, dann deshalb, weil du nie ausgehst, es sei denn, um mit Diego und den Marksons abends essen zu gehen. Wenn ich abends bei dir anrufe, antwortest du auf der Stelle, als läge deine Hand auf dem Telefon.)

»Ja?«

»Guten Abend, mein Sohn! Du hast so eine merkwürdige Stimme, hast du Sorgen?«

»Guten Abend, Mama ... Nein, aber das Telefon läutet fast jeden Abend um diese Zeit, und jemand legt auf, ohne etwas zu sagen.«

»Ach, das ist bestimmt sehr ärgerlich! ... Ich rufe dich an, weil ich dich schon lange nicht mehr gehört habe, und ich habe mich nach dir gesehnt.«

(Es stimmt schon, daß du mich nicht jeden Tag anrufst – und nicht einmal jede Woche –, und wenn ich nicht darauf bestehen würde, daß du am Freitagabend zur Erinnerung an deinen Vater zum Abendessen kommst, würde ich dich auch nicht oft sehen, obwohl du kaum zwanzig Kilometer von Tourmens entfernt wohnst und jeden Dienstag ins Krankenhaus fährst. Ich frage dich regelmäßig, ob du nicht einen kleinen Umweg machen oder zum Mittagessen herkommen kannst, bevor du ins Krankenhaus fährst, aber du gibst mir immer zur Antwort, daß du an diesem Tag morgens sehr viele Krankenbesuche hast und daß du immer zu spät dran bist. Und wenn ich sage: Du könntest trotzdem deine Mutter zwischen zwei Konsultationen mal kurz anrufen, gibst du zur Antwort, daß du bei all deinen Patienten nicht viel Zeit hast, und ich sage: Ich trau mich ja nicht, dich anzurufen, ich will dich nicht stören, und du gibst fast umgehend zur Antwort: Du störst mich nie, Mama ... und das freut mich, fast genauso, als wenn du mich anrufst, ohne daß ich darauf gefaßt bin.)

»Guten Tag, Mama, hier ist Bruno ...«

»Ah, mein Sohn, was für eine schöne Überraschung! Hör mal, ich habe gerade an dich gedacht.«

»Ach ja?«

»Ja, stell dir vor, ich habe vorhin den Fernseher angestellt und bin auf eine medizinische Sendung gestoßen, ich habe mir gesagt, daß dich das sicherlich interessiert, deshalb habe ich sie aufgenommen. Es geht darin um Empfängnisverhütung und Kinderwunsch, wir könnten sie uns am Freitagabend gemeinsam ansehen, denn weißt du, ich verstehe nicht alles, aber du kannst es mir erklären.«

»Mmmhh ... Ich sehe mir nie medizinische Sendungen an.«

»Ach so? Aber dieses Thema, immerhin! Wußtest du nicht, daß das heute abend kommt? Warum rufst du mich eigentlich um diese Zeit an? Es ist doch nicht deine Zeit, du hast doch hoffentlich keinen Bereitschaftsdienst?«

»Nein, überhaupt nicht, ich habe gearbeitet.«

(Als du das zum ersten Mal sagtest, habe ich nichts erwidert, das zweite Mal auch nicht, aber das dritte Mal habe ich gelacht: – Was hast du denn um zehn Uhr abends für Arbeit, mein Sohn, du hast doch nicht jeden Abend Bereitschaftsdienst? Und deine Patientinnen empfängst du ja wohl nicht zu Hause! – Nein, aber seitdem ich zum Lektorat der Zeitschrift gehöre, kümmere ich mich um die Manuskripte, ich lese die Texte noch einmal, ich korrigiere sie, schreibe sie um ... – Und das hat mich daran erinnert, was Monsieur Juliet, dein Lehrer in der Grundschule, eines

Tages zu deinem Vater gesagt hat: »Ihr Sohn ist kein Wissenschaftler, er ist Literat!« Das hat deinem Vater natürlich nicht gefallen, wie du dir denken kannst. Sein Sohn, ein *Literat*? Jedesmal, wenn ich ihn an diese Geschichte erinnerte, zuckte er die Achseln und brummte: »Dieser Hornochse hatte doch keine Ahnung«, aber die Tatsache, daß du immer viel gelesen hast, schon mit zwölf, dreizehn Jahren hast du stundenlang gelesen, und wenn ich dich nicht aus der Schule heimkommen sah, mußte ich dich suchen gehen, du hast zwischen zwei Regalen in der Buchhandlung am Mail gesessen und gelesen oder in der Bibliothek unter dem Regal mit den Krimis, ich weiß nicht, woher du die Zeit genommen hast, deine Hausaufgaben zu machen. Manchmal, wenn ich in dein Zimmer kam und sah, wie du etwas in die Schublade deines Schreibtischs geschoben hast, und später, wenn ich nachsehen ging, was du dort versteckt hast (ich dachte, ich fände dort Illustrierte oder einen Kriminalroman oder das *Magazine du Mystère*, das ich jede Woche kaufte und das ich nicht herumliegen lassen wollte, weil es etwas gewagte Illustrationen enthielt) fand ich nur Hefte voller Geschichten, Listen mit Titeln, Namen von Personen, ganze Bücher mit abgeschriebenen Sätzen, Chansons, und ich sagte mir, daß Monsieur Juliet vielleicht nicht ganz unrecht hatte, aber selbstverständlich sagte ich deinem Vater nichts davon, um ihn nicht zu verärgern. Übrigens hast du immer gesagt, daß du Arzt werden wolltest wie er, und du hast es getan.)

»Bedauerst du es nicht?«

»Was denn?«

»Daß du dich niedergelassen hast.«

»Nein, überhaupt nicht, warum?«

»Ich sehe doch, daß du gern für diese Zeitschrift schreibst, vielleicht hättest du so was lieber gemacht als Medizin …«

»Nein. Man hat mir vorgeschlagen, Chefredakteur zu werden, und ich habe abgelehnt.«

»Ach, und warum? Ja, selbstverständlich, ich bin dumm, du müßtest immer hingehen und ganztags arbeiten, du hättest keine Zeit mehr gehabt, dich um deine Praxis zu kümmern.«

»Äh … ja, aber vor allem, weil ich keine Lust habe, die andern schreiben zu lassen, und weil ich andere Pläne habe.«

»Du schreibst ein Buch.«

Du brachtest keinen Ton hervor.

»Ich hab's erraten! (Ich war froh!) Du weißt, ich bin deine Mutter, ich kenne dich, als ob ich dich gemacht hätte!«

(An diesem Tag hast du nichts weiter dazu sagen wollen. Später hast du gesagt, es sei ein Roman, das habe ich mir natürlich gedacht, und ich war zugleich beunruhigt und aufgeregt bei dem Gedanken, der mir im Kopf herumging.)

»Ein Roman? Ich hoffe doch, daß es nicht so sein wird wie bei jenen Männern und Frauen, die von ihrer unglücklichen Kindheit erzählen und Böses über ihre Mutter sagen!«

Du hast schallend gelacht.

»Nein, Mama, das ist es überhaupt nicht. Es ist ein Buch über meine Erfahrungen als Arzt.«

»Ach so. Das ist mir auch lieber. Stimmt schon, bei all den Krankheiten bekommst du sicherlich einiges zu sehen ... Neulich im Fernsehen – du weißt doch, die Sendung, die ich letzte Woche für dich aufgenommen habe, aber wir haben vergessen, sie uns am Freitag anzusehen, na ja, macht auch nichts, dann eben ein andermal –, nun, kurz davor, in den Nachrichten, war ein junger Mann, er muß in deinem Alter gewesen sein, der von einer sehr seltenen Krankheit sprach, die er sich, ich weiß nicht, wie, zugezogen hatte. Der Ärmste hat ganz schön was mitgemacht, und er hat darüber mit seinem Arzt ein Buch geschrieben, sie waren beide da, die Sache schien mir ganz interessant zu sein, ich habe mir gedacht, daß du vielleicht schon davon gehört hast. Ich habe Elsa losgeschickt, damit sie es für mich kauft, wenn es dich interessiert, leihe ich es dir, sobald ich es ausgelesen habe.«

»Mmmhh ... Wenn du willst.«

»Gut, mein Sohn, ich hör jetzt auf, es ist nett, daß du mich angerufen hast, aber das Telefon ist teuer, und außerdem hast du Patienten, die auf dich warten.«

(Und du antwortest: Ja, oder du antwortest: Nicht allzu viele, aber ich habe auf jeden Fall noch einige Artikel zu schreiben, und ich sage zu dir: Ich weiß, daß du dich nie langweilst. Ich kann mir gut vorstellen, daß du liest, daß du sogar schreibst, wenn du in deiner Praxis bist, denn du bist schon immer so gewesen, du hast deine Zeit immer mit Lesen und Musikhören zugebracht, und selbst jetzt gehst du nie aus, höchstens dann und wann ins Kino, und du hast oft Bereitschaftsdienst. Außer den Marksons und Diego triffst du niemanden, lediglich eine Arbeitsgruppe von Medizinern, ein- oder zweimal monatlich. Im Augenblick hast du nicht einmal eine Freundin. Lange Zeit hast du überhaupt keine gehabt. Irgendwann habe ich mich sogar gefragt, ob du nicht ... Männer vorziehst. Gut, das war absurd, aber das ist mir durch den Kopf gegangen. Ich habe mir sogar wirkliche Sorgen gemacht. Ich wagte nicht, mit deinem Vater darüber zu reden, er hätte mich ausgeschimpft. Sein Sohn soll *Männer vorziehen*? Aber es ließ mich trotzdem nicht los. Und eines Tages habe ich im Radio eine Frau gehört, die von ihrem Sohn sprach, sie sagte von ihm, daß er und alle seine Freunde, die sie kannte, sehr sehr eng mit ihren Müttern verbunden seien, sie sagten ihnen alles, sie waren sehr liebevoll, sie hatten ein gutes Verhältnis zu ihnen. Und das hat mich einerseits beruhigt, hat mir andererseits aber auch ein wenig Kummer gemacht, weil du ... Nicht etwa, daß du nicht liebevoll bist, aber du bist verschwiegen, distanziert. Und außerdem trifft das wohl nicht auf alle zu, denn Serge, der Sohn meiner Kusine Yvette, der wirklich *so* ist, der hat sich nie mit seiner Mutter verstanden, und zwar überhaupt nicht! Was seinen Vater angeht, darüber braucht man nicht einmal zu reden. Als sie erfahren haben, daß er *so* ist, war das natürlich ein Schock für sie, wie du dir denken kannst. Doch mit der Zeit hat sich das gelegt, und jetzt geht es sehr viel besser. Gut, Yvette Mann ist tot, der Ärmste, das hat sie ihrem Sohn nähergebracht. Er hat ihr sogar den Jungen vorgestellt, mit dem er zusammenlebt – na ja, es ist jemand, der praktisch sein Vater sein könnte, aber sie scheinen sich sehr zu lieben. Yvette sagt sogar, daß sie froh ist, Serge so glücklich zu sehen, so ruhig. Sein ... Freund ist ein sehr anständiger, sehr gebildeter Mann, man würde nicht meinen, daß er *so* ist ... Sie, die immer Angst hatte, Serge könnte an ein Mädchen geraten, mit dem sie überhaupt nicht klarkommt! In dieser Hinsicht gibt es natürlich kein Problem mehr. Ich kann sie verstehen. Wenn man einen Jungen hat, macht man sich immer ein wenig Sorgen, man sagt sich, hoffentlich gerät er nicht an eine, die es auf ihn abgesehen hat, die Jungen verknallen sich ja so leicht, und dann sind sie festgenagelt und wissen nicht, wie. Nun ja, Tatsache ist, daß es mich beruhigt hat, als ich hörte, was diese Frau im Radio gesagt hat.

Schließlich habe ich mir gedacht: Es ist nicht so, daß er keine Frauen mag, er gehört eher zu denen, die überhaupt wenige Leute mögen, ich erinnere mich, daß du noch mit fünfzehn Jahren keine Freunde im Gymnasium hattest – außer Diego, und auch er ist immer noch nicht verheiratet –, und ihr habt beide stundenlang nur gelesen und Schallplatten gehört, heute ist es ein bißchen dasselbe, wenn du immer noch so in deine Artikel oder in deine Bücher vertieft bist, dürfte dir nicht viel Zeit bleiben, jemanden kennenzulernen.

Als du dann Medizin studiert hast, habe ich dir zum Spaß hin und wieder die Frage gestellt: Mein Sohn, lädst du deine Kommilitoninnen nie zum Abendessen oder zu einem Kinobesuch ein? – ich dachte mir, daß es an deiner Fakultät immerhin eine Menge Studentinnen geben müsse, und junge Mädchen gehen gern ins Kino, als ich jung war, ging ich wahnsinnig gern ins Kino –, aber du hast mich jedesmal ganz seltsam angesehen und geantwortet: Nein, ich habe keine Zeit, ich merkte natürlich, daß es dich fuchste, daß ich dir die Frage stelle, und daß du so antwortest, um mich nicht zu verärgern. Wenn ich dir jetzt Fragen stelle, bist du imstande und sagst, daß du keine Lust hast, darauf zu antworten. Wohlgemerkt, du könntest einen ganzen Haufen Freundinnen haben, ohne daß ich etwas davon wüßte, oder? Aber schließlich kann man einer Mutter keinen Vorwurf daraus machen, daß sie sich Sorgen um ihr Kind macht – was kann man schon anderes wollen als das Glück seines Kindes? –, deshalb bekümmert es mich, daß du in deinem Alter immer noch allein lebst. Ich hätte dich gern mit Catherine Markson verheiratet gesehen, aber sie hat sich in Ray verliebt, und man kann ihr daraus keinen Vorwurf machen, er ist ein so brillanter Mensch.

Einmal allerdings, vor zwei oder drei Jahren, warst du ein paar Monate lang mit einer jungen Frau deines Alters liiert, einer Volksschullehrerin. Du hast sie sogar ein paarmal mit hierher gebracht. Sie war nicht hübsch, sie war unmöglich angezogen, sie sah älter aus als du, aber sie war höflich und sehr gebildet – zwangsläufig, eine Lehrerin. Bei Tisch hingegen aß sie nicht, sie fraß. Es war überraschend, was sie alles in sich hineinschlingen konnte, es machte auch Freude, einen so großen Appetit zu sehen, aber wenn ich nicht gewußt hätte, daß sie gut verdiente, hätte ich wirklich geglaubt, sie könne sich nicht jeden Tag satt essen. Doch obwohl sie meine Küche zu mögen schien, hat sie mich nie um ein einziges Rezept gebeten. Und genau das hat mich mißtrauisch gemacht. Ich habe mir gesagt, daß es zwischen euch nicht lange dauern wird, sonst hätte sie dir gern die Gerichte gekocht, die du magst, aber das schien sie überhaupt nicht zu interessieren. Ab und zu fragte ich dich nach ihr: »Apropos, wie geht es ...?«, ich habe ständig ihren Namen vergessen, es ist schrecklich, ich erinnere mich, daß es der gleiche war wie der einer Theaterschauspielerin, ich habe ihn auf der Zunge, aber dieses Gedächtnis ist furchtbar. Eines Tages hast du mir geantwortet: Wir sehen uns nicht mehr. Ich weiß nicht, warum es nicht geklappt hat. Allerdings, abgesehen davon, daß sie meine Küche geschätzt hat, war sie nicht sehr mitteilsam. Nun ja, das ist eben so. Heute lernen sich die jungen Leute kennen, und wenn es nach einigen Monaten nicht klappt, lassen sie es dabei bewenden. Am Ende ist es besser so. Zu meiner Zeit, wenn man da eine Schwäche für einen Jungen hatte, mußte man achtgeben, daß man nicht eines Tages was in der Schublade hatte und heiraten mußte, das war übel, aber wenn man nicht die Mittel hatte, es anders zu machen ...

Dennoch hätte ich es ganz gern, daß du nicht dein Leben lang allein bleibst. Eines Tages habe ich dich geneckt, ich habe dich gefragt, ob es unter deinen Patientinnen nicht eine gäbe, die du auch außerhalb der Arbeit gern sehen würdest. Du hast mir einen vernichtenden Blick zugeworfen, als hätte ich eine Ungeheuerlichkeit gesagt, und hast mir sehr knapp zur Antwort gegeben: *Die das tun, sind dumme Arschlöcher.* Ich war platt und habe gesagt, daß du übertreibst. Auch ich kenne Geschichten von Ärzten, die sich die Situation zunutze machen, aber immerhin, es ist nicht die Mehrheit! Außerdem muß man sich fragen, ob die Frauen, denen das passiert, es nicht ein bißchen gesucht haben. Es gibt sogar welche, die das ausnützen, ich habe Männer gesehen, die Frau und Kind verlassen haben und sich wegen einer ihrer Patientinnen scheiden ließen ... Aber es hat mich doch geärgert, daß du so reagiert hast, schließlich war ich ja doch mit deinem Vater verheiratet (Ja, ich weiß, wir waren beide ledig, und ich war auch nicht seine Patientin, aber ich hätte es sein können. Als wir uns bei der Hochzeit meines Vetters Roland kennengelernt haben – sieh an, das ist komisch, ich war mit Yvette dort –, ist er, ich meine: dein Vater, na ja, damals wußte ich nicht, daß er es einmal sein würde, ständig im Kreis herumgelaufen und jedesmal zusammengezuckt, wenn das Telefon geklingelt hat. Wir mußten darüber lachen. Yvette fand ihn nach ihrem Geschmack – sie hat schon immer ihre Blicke auf die Männer gerichtet –, während ich ihn zu mager fand, und weil er nicht aufhörte, so im Kreis herumzulaufen, ist sie unter dem Vorwand, sich ein belegtes Brot zu nehmen, zu ihm gegangen und hat ihn ohne Umschweife lachend gefragt, warum er sich so nervös verhalte. Er hat geantwortet: »Ich habe Bereitschaftsdienst, und ich bin sicher, daß man mich wegen einer Entbindung anrufen wird.« Genau in diesem Augenblick hat das Telefon geklingelt, und es war für ihn. Rolands Eltern haben darauf bestanden, daß er hinterher wieder vorbeikommt, sie waren sehr eng mit seinen Eltern befreundet. Als er zwei Stunden später zurückkam, tanzte Yvette (du kannst dir denken, daß sie nicht auf ihn gewartet hat! Sie tanzte mit Bernard, einem ihrer damaligen Flirts, ein bezaubernder Junge, er ist bei einem Attentat ums Leben gekommen, der Ärmste. Er ging zum Strand hinunter, er kommt an einem Café vorbei, er sieht zwei seiner Freunde an einem Tisch sitzen, er bleibt stehen, um sie zu begrüßen, und genau in diesem Augenblick fährt ein Auto vorbei, und die Kerle, die drin sitzen, feuern mit der Maschinenpistole eine Garbe in Richtung Terrasse ab, weil der Wirt sich weigerte, Mitglied der OAS zu werden, Bernard war auf der Stelle tot, und vier Personen wurden verletzt, wenn ich an seine Mutter denke, die Unglückliche, bricht es mir das Herz, aber ich sage mir, daß wir gut daran getan haben, von dort wegzugehen), nun ja, sicher ist jedenfalls, daß dein Vater, erschöpft von dieser Entbindung, wieder zurückgekommen ist, und als ich ihn sah, sagte ich zu ihm, er solle sich setzen, ich richte ihm einen Teller mit Essen, wir beginnen zu plaudern. Das heißt, vor allem er, du kennst ihn ja, wenn er nicht gerade den Kopf voller Sorgen hatte, erzählte er wahnsinnig gern Geschichten. Ich hörte nur mit einem

Ohr hin, ich schaute ihn an und sagte mir, daß er wirklich sehr mager ist, das bekümmerte mich, du kannst dir gar nicht denken, wie sehr, die Vorstellung, mit einem so mageren Menschen zusammenzuleben, war für mich unmöglich, aber am Ende hat mich das glücklicherweise doch nicht abgehalten. Nun ja, er war immerhin Arzt, sein Chef hatte ihm gerade die Stelle als Oberarzt gegeben. Das beeindruckte mich ziemlich, aber im guten Sinne, zum Glück, sonst wärst du jetzt nicht da!), darauf sagte ich mir, daß es unter deinen Patientinnen vielleicht auch junge Frauen gibt, die sehr froh wären, sich mit meinem Sohn zu verheiraten, ob Arzt oder nicht!)

»Äh, entschuldige bitte, Mama, ich muß auflegen, im Wartezimmer sitzen Leute, und da ich heute im Krankenhaus war, habe ich mit Verspätung angefangen ...«

»Ja, selbstverständlich, mein Sohn, ich will dich nicht zurückhalten. Außerdem ist das Telefon teuer, du kannst mich später wieder anrufen. Andernfalls, wenn wir bis dahin nichts mehr voneinander hören, macht es auch nichts, dann eben bis Freitagabend, wie gewöhnlich.«

»Äh ... Ja. Wenn ich nicht vor zwanzig Uhr da bin, mach dir keine Sorgen; und mach dir nicht zuviel Arbeit, wenn ich so spät aufhöre, habe ich keinen großen Hunger.«

»Ich mache mir keine Sorgen, mein Sohn, ich mache mir keine Sorgen, laß dir Zeit, ich hab's nicht eilig, du hast Arbeit, ich hingegen ... Ich werde Elsa sagen, daß sie etwas vorbereiten soll, was man einfach aufwärmen kann. Ich, weißt du, bin so erschöpft, daß ich mich nicht von der Stelle rühre, ich lese oder schaue mir einen Film an, ich habe sonst nichts zu tun.«

33
Im Wartezimmer

Meine Augen erreichen den unteren Teil der Seite, und ich stelle plötzlich fest, daß ich die Zeilen nur überflogen habe, ohne ihre Bedeutung zu erfassen. Meine Gedanken gingen zu unserer kurzen Unterhaltung von gestern zurück.

*

Das Telefon klingelte einmal, und du hast abgehoben. Als ich deine Stimme gehört habe, mußte ich unwillkürlich lächeln.

»Doktor Sachs, ja bitte.«

»Guten Abend, Herr Doktor, ich hätte Sie gern gesehen ...«

»Ah ... Heute abend wird es etwas knapp werden. Ist es dringend?«

Mein Lächeln wurde immer breiter, ich konnte es gar nicht fassen.

»Nein, nicht wirklich, ich kann warten. Haben Sie morgen Sprechstunde?«

»Na ja, morgens ohne Terminvereinbarungen von zehn bis zwölf oder am Nachmittag nach Vereinbarung.«

»Dann werde ich morgen früh gegen zehn Uhr kommen.«

»Wie Sie wollen. Haben Sie eine Krankenakte bei uns?«

»Nein, ich komme zum ersten Mal.«

»Wissen Sie, wo sich die Praxis befindet?«

»Nein, ich kenne Play überhaupt nicht, ich wohne in Tourmens.«

»Ah? Dann kommen Sie aber von weit. Gut, es ist nicht kompliziert.«

»Einen Augenblick, ich hole mir etwas zum Schreiben.«

Unter den Papieren, die auf dem Tisch gestapelt waren, habe ich schließlich einen schlechten Bleistift und einen zerrissenen Umschlag gefunden.

»Ich bin bereit.«

»Also, wenn Sie aus Tourmens kommen, müssen Sie die Route Nationale verlassen, nach Play hineinfahren, den Ort von einem Ende zum andern durchqueren, und genau vor dem Schild Ortsausgang, ganz am Ende des Platzes, nehmen Sie die kleine Sackgasse zur Rechten. Die Arztpraxis liegt Hausnummer 7, aber ich rate Ihnen, vor der Kirche zu parken.«

»Alles aufgeschrieben. Dann bis morgen. Guten Abend, Herr Doktor.«

Ich habe aufgelegt. Ich habe wieder das Buch zur Hand genommen und die Stelle gesucht, an der ich war, bevor ich die Telefonnummer gewählt habe.

*

Es klopft an die Tür, sie geht halb auf.

Eine Frau kommt herein, sie ist hübsch und elegant, ihr Gesicht ist traurig. Sie grüßt die Sprechstundenhilfe, sie kennen sich allem Anschein nach. Sie setzt sich neben mich, lächelt mir flüchtig zu, dann verliert sich ihr Blick ins Leere.

Die Halbwüchsige und ihre Mutter werden immer erregter. Die Frau hat mehrmals die Hand auf den Arm ihrer Tochter gelegt, und die hat ihn ganz plötzlich zurückgezogen und ihr dabei einen Blick von größter Giftigkeit zugeworfen. Die Mutter hat einen ausdruckslosen Blick, das Gesicht einer sich aufopfernden Märtyrerin, so in der Art: Warum-bist-du-so-böse-zu-mir-wo-ich-doch-alles-für-dich-tue-was-ich-nur-kann-um-dich-glück-lich-zu-machen-mein-kleines-Mädchen …

Ich erschaudere. Ich nehme meine Lektüre wieder auf.

34
Monsieur Guenot

Die Tür geht auf.

»Ich stehe zu Ihrer Verfügung.«

Ich erhebe mich, meine Mütze in der Hand. Ich suche auf dem niedrigen Tisch meine Brieftasche mit dem Ausweis für den Quickwert, den Krankenzettel und das Rezept zusammen, die ich mitgebracht habe. Du streckst mir die Hand entgegen.

»Guten Tag, Monsieur Guenot.«

»Guten Tag, Monsieur ... äh, Herr Doktor.«

Du läßt mich vor dir eintreten. Während die Verbindungstür durch den Druck des automatischen Türschnappers zuschlägt, schließt du die Tür zur Praxis, indem du sie fest zudrückst.

»Wie geht's?«

»Gut, ich komme wegen meiner Prothrombine, wie jeden Monat ...«

»Mmhja.«

Du setzt dich an deinen Schreibtisch, du neigst dich zu den Kästen mit den Krankenakten hinüber. Du richtest dich wieder auf und hältst einen braunen Umschlag in der Hand.

Ich hole aus meinem Heft das Ergebnis der letzten Blutprobe, ich lege es auf den Tisch und meine Mütze auf den Sessel.

»Seit dem letzten Mal ist es weniger geworden ...«

»Ach ja? Mal sehen ... Einunddreißig Prozent. Das letzte Mal hatten Sie vierunddreißig, das ist das gleiche. Wenn Ihr Prothombinspiegel zwischen fünfundzwanzig und fünfunddreißig Prozent liegt, ist das bestens.«

Während du meine Krankenakte liest, habe ich meine Jacke und meine Weste ausgezogen und meinen Gürtel aufgemacht.

»Gut, na, dann werden Sie mich wohl untersuchen müssen. Soll ich mich ausziehen?«

»Ja, bitte ...«

Ich ziehe meine Hose aus, ich hänge sie über den Stuhl. Ich ziehe auch mein Unterhemd aus.

»Soll ich auch die Socken ausziehen?«

»Wenn Sie wollen.«

»Soll ich mich hinlegen?«

»Ja, bitte.«

Du drehst dich auf deinem Sessel auf Rollen. Du stehst auf, du nimmst den Stuhl, der unter dem Fenster steht, und ziehst ihn an die Liege heran.

»Na, was gibt's Neues seit dem letzten Mal?«

»Oh, nicht viel, ich hatte eine leichte Erkältung, aber mit dem Hustensaft, den Sie mir immer verschreiben, ist sie weggegangen. Ich habe fast keinen mehr. Sie müssen mir wieder welchen aufschreiben, wenn es Ihnen nichts ausmacht. Ist das schon bald, daß man sich wegen der Grippe impfen lassen muß?«

»Ja, diesen Monat. Aber Sie haben noch Zeit.«

Das drückt. Du läßt langsam Luft ab. Das pfeift.

»Hundertvierzig zu achtzig, das ist gut.«

»Ach, das letzte Mal hatte ich hundertdreißig!«

»Das kommt aufs gleiche heraus. Das variiert ein wenig, von einem Mal zum andern, aber es kommt aufs gleiche heraus.«

Du erkundigst dich nach meinem Schlaf, meinem Appetit, meiner Verdauung, meiner Frau.

»Es hält sich ...«

Du fragst mich, ob ich die Behandlung gut vertrage, und ich gebe dir zur Antwort, ja, ich vertrage sie gut, zum Glück hat dich meine Frau vor vier Jahren gerufen, als es mir gar nicht gutging, denn sie haben mir im Krankenhaus gesagt, wenn du mich nicht behandelt hättest, wäre ich draufgegangen, aber so bin ich noch einmal davongekommen. Und der Spezialist hat gesagt, wenn ich mich weiterhin in acht nehme und meine Behandlung fortsetze, dann dürfte es eigentlich nicht noch einmal anfangen, deshalb passe ich jetzt auf. Ist doch wahr! Auf seine Gesundheit muß man achten.

Du horchst mich ab. Du sagst, ich soll mich hinsetzen. Von dem niedrigen Möbelstück nimmst du den Gummihammer und sagst:

»Setzen Sie sich auf den Rand der Liege.«

Du schlägst gegen meine Knie, meine Knöchel.

»Bestens.«

158

»Dann stimmt alles? Das Vieh ist also noch nicht am Krepieren?«

Du lächelst.

»Weit davon entfernt! Sie machen übrigens den Eindruck, als seien Sie in bester Form ...«

»Man darf sich nicht beklagen, mit siebzig ist man eben nicht mehr wie mit zwanzig! Aber man hält sich ... Ist doch wahr. Ich achte auf meine Gesundheit.«

Du stehst wieder auf.

»Kommen Sie hierher, damit ich Sie wiege.«

Ich stelle mich auf die Waage. Ohne Brille kann ich die Zahlen nicht sehen.

»Habe ich abgenommen?«

»Nein, nicht seit dem letzten Mal.«

Ich steige von der Waage herunter.

»Kann ich mich wieder anziehen?«

»Mmmhh ...«

Du kehrst an deinen Schreibtisch zurück. Ich setze mich auf den schwarzen Stuhl, ich ziehe mein Hemd, meine Socken, meine Hose, meine Schuhe wieder an. Du nimmst deinen Füller. Ich hole meine Brieftasche heraus, und ich sehe, wie du das Datum auf das Rezept schreibst, dann meinen Namen in Höhe des deinen, und darunter, in Großbuchstaben, die Namen der Medikamente, die du mir seit dem ersten Mal verschreibst, als ich dich aufgesucht habe, nach meiner Entlassung aus dem Krankenhaus, in das du mich geschickt hast, weil ich das Bewußtsein verloren hatte. Ich erinnere mich natürlich nicht daran, ich bin eines Tages in einem Bett aufgewacht, das nicht meins war, und Damen in blauen Kitteln haben zu mir gesagt: »Guten Tag, Monsieur Guenot, wie geht es Ihnen heute?« Und ich habe Guten Tag gesagt, aber das ist alles. Ich konnte nur noch Guten Tag Guten Tag Guten Tag Guten Tag sagen, das war alles, man fragte mich, ob ich Hunger habe, und ich habe Guten Tag gesagt, man sagte mir, daß meine Frau kommen würde, und ich habe Guten Tag gesagt, ich wurde ganz aufgeregt, weil es mir nicht gelang, normal zu reden, und weil ich das einfach nicht verstand. Das hat gut drei Tage gedauert, bis der Chefarzt, ein kleiner, kahlköpfiger Mann – sicherlich ein guter Doktor, weil er Chef ist, aber nicht sehr nett, eher eingebildet und sehr gefürchtet – zu mir sagte, daß man mir zur Behandlung ein neues Medikament geben würde, daß er aber für das Ergebnis nicht garantieren könne.

Ich weinte viel.

Ich weinte, weil ich nicht wußte, was mit mir los war, meine Frau kam mich nachmittags besuchen, und es gelang mir einfach nicht, mit ihr zu reden, ich sagte immer das gleiche Guten Tag Guten Tag Guten Tag Guten Tag, und sonst kam nichts raus. Und auch sie war darüber traurig, verständlich, wo sie doch gern schwatzt, seitdem die Kinder aus dem Haus sind, die Tochter ruft an: Guten Tag Mama und Wir besuchen euch am Sonntag und dann Auf Wiedersehen, aber das ist auch alles, verständlich also, daß sie und ich ein Schwätzchen miteinander halten, so was beschäftigt.

Und außerdem war da noch die junge Dame, die Sprecherzieherin, ich suchte sie dreimal wöchentlich in ihrem Büro auf. Anfangs hat sie mir Fragen gestellt, ich sollte mit einem Nicken oder Schütteln des Kopfes antworten, und da ich richtig antwortete, hat sie mich einfach Dinge machen lassen, die sie mir auf ein Stück Papier schrieb: Schließen Sie die Augen, Geben Sie mir die Hand, und nach und nach, wahrscheinlich, weil das Medikament gewirkt hat, ist es mir gelungen, wieder zu sprechen, und jetzt habe ich praktisch keine Mühe mehr, nur dann und wann suche ich ein wenig nach Worten, aber es hat den Anschein, als sei das in meinem Alter normal, vor allem nach dem, was ich hatte.

Als ich aus dem Krankenhaus entlassen wurde, hat der Chefarzt verlangt, daß ich ihn einmal monatlich aufsuche, damit er sich ein Bild von meinem Gesundheitszustand machen kann und mir wieder mein Medikament gibt, weil man es nämlich nicht einmal in der Apotheke an den Wällen bekommt, die die größte in Tourmens ist, sondern nur im Krankenhaus. Jedesmal, wenn ich ihn aufsuchte, sprach ich besser. Nach sechs Monaten war ich fast wieder wie vorher. Gut, mit siebzig Jahren ist man nicht mehr wie mit zwanzig, aber ist doch wahr!, wenn man auf seine Gesundheit achtet, hält man sich. Er schien ganz überrascht zu sein, er horchte mich an allen Enden ab, er stellte mir immer die gleichen Fragen. Was für ein Tag ist heute, Welche Farben hat die Trikolore, Wer ist der Präsident der Republik, und ich verstand nicht, warum es ihm nicht zu passen schien, als er sah, daß ich richtig antwortete – na ja, war ja auch kein Kunststück: ich hatte wieder angefangen, die Zeitung zu lesen, und ich wußte genau, daß die Wahlen erst in zwei Jahren stattfinden –, aber es sah nicht so aus, als würde ihm das große Freude machen, obwohl er dann sagte, es sei gut. Eines Tages hat er gesagt, daß man mir dieses Medikament nicht länger geben könne, weil es nämlich sehr teuer sei, und weil es offenbar auch nicht mehr notwendig war, daß er aber nicht wüßte, was geschehen würde, wenn man es absetzt. Da es mir gutging, habe ich gesagt, es sei nicht nötig, daß ich es weiterhin einnehme. Eines Tages habe ich das Plakat für die Grippeimpfung im Schaufenster der Apotheke gesehen, und ich habe mir gesagt: Ich, der ich auf der Lunge anfällig bin, ich muß das machen lassen, vor allem, weil es mit siebzig Jahren voll von der Kasse bezahlt wird, und, ist doch wahr, auf seine Gesundheit muß man achten. Also habe ich dich aufgesucht, und als du mich im Wartezimmer gesehen hast, hast du gelächelt. Als ich in die Praxis kam, hast du mir die Hand gedrückt und gesagt: Es freut mich, Sie in guter Form zu sehen. Ich war mit meinem Impfstoff und meinem Rezept gekommen und mit dem letzten Ergebnis meiner Blutprobe, ich hatte diesmal vierundvierzig, und da ich ein wenig erkältet war, hat mich das beunruhigt, aber du hast zu mir gesagt:

»Das ist nicht so schlimm, Sie werden auch weiterhin die gleiche Dosis nehmen, und in einigen Tagen machen wir wieder eine Blutprobe. Ich werde Ihnen jetzt etwas Hustensaft verschreiben gegen Ihren Husten.«

»Muß ich meine Behandlung fortsetzen?«

»Mmmhh.«

Das hieß ja.

Und ich habe gesagt:

»Zum Glück hat meine Frau Sie letztes Jahr gerufen, als es mir schlechtging, denn man hat mir im Krankenhaus gesagt, wenn Sie mich nicht behandelt hätten, wäre ich draufgegangen, so aber habe ich mich einigermaßen aus der Affäre gezogen, und wenn ich mich weiterhin beobachte und meine Behandlung fortsetze, dürfte es nicht wieder anfangen, deshalb passe ich jetzt auf. Ist doch wahr. Man muß auf seine Gesundheit achten. Gut, der Chefarzt wollte mich zwar einmal alle sechs Monate sehen, aber weil er mir das Spezialmedikament nicht mehr gibt, habe ich mir gesagt, daß es vielleicht nicht nötig ist, daß ich noch einmal hingehe, wenn Sie mich als Patienten haben wollen?«

Du hast aufgeschaut, du hast deinen Füller hingelegt und gelächelt.

»Ich bin darüber natürlich sehr froh, aber Sie hatten doch einen behandelnden Arzt, bevor ich Sie in die Neurologie geschickt habe?«

»Ja, Doktor Jardin in Lavinié, aber er ist nicht mehr ganz jung, und als man Sie gerufen hat, war Sonntag, und er will an diesem Tag keinen Dienst mehr tun. Seine Frau schickt einen direkt ins Krankenhaus, ohne daß er sich persönlich bemüht. Sie hingegen, Sie sind gekommen, Sie haben mich gründlich abgehorcht, und Sie haben sofort gesehen, daß man mich dorthin schicken muß. Deshalb, wenn Sie sich auch weiterhin um mich kümmern wollen ...«

»Nun ja, das berührt mich sehr. Aber im Augenblick scheinen Sie mir in guter Verfassung zu sein. Es wird nicht nötig sein, daß Sie sehr oft kommen. Alle drei Monate, das sollte genügen.«

Es ging mir tatsächlich gut, aber alle drei Monate, und dazu eine Blutprobe einmal im Monat, das schien mir nicht viel – vor allem, da die Ergebnisse nie zweimal gleich sind, einmal vierunddreißig, einmal achtundzwanzig, man könnte meinen, es hinge von dem ab, was ich esse (seit wir im Ruhestand sind, machen wir gern Reisen mit dem Senioren-Club, meine Frau und ich, wir fahren mit dem Autobus weg, um einen Tag am Mont Saint-Michel zu verbringen oder eine Woche in Italien, und da essen wir nicht jeden Tag wie zu Hause, ich war also gerade vorher bei dir, um nachsehen zu lassen, ob mein Prothrombin nicht allzu schlecht ist, und um mir wieder die Medikamente verschreiben zu lassen, damit sie mir nicht ausgingen. Ich muß allerdings sagen, daß in der Schachtel mit dem Medikament für den Blutdruck nur achtundzwanzig Tabletten sind, während in der Schachtel mit dem Medikament für die Blutverdünnung sehr viel mehr sind. Dabei nehme ich keine ganze Tablette, sondern nur drei Viertel am ersten Tag und die Hälfte von einer an den beiden darauffolgenden Tagen, außer, wenn das Prothrombin wieder steigt, dann nehme ich drei Viertel zwei Tage lang und eine halbe am dritten, oder, wenn es zu niedrig ist (in der Regel ist es so, wenn ich Spargel gegessen oder nicht genügend Wasser gelassen habe), dann nehme ich am Abend welche, wenn ich die Untersuchungsergebnisse bekomme, ich rufe an, und die Dame, die die Gespräche entgegennimmt, sagt mir, wann du Sprechstunde hast, und ich nehme drei Tage lang die Hälfte von einer, bis ich wieder zu dir in die Praxis komme, wenn es vorher nicht möglich ist, oder aber ich komme am nächsten Tag), und außerdem huste ich von Zeit zu Zeit wegen meiner chronischen Bronchitis, und wenn es zu lange dauert, ist meine Frau beunruhigt, den Hustensaft, den sie im Wandschrank hat, will ich nicht einnehmen, man weiß ja nie, seit wann die Flasche auf ist. Deshalb habe ich gesagt, daß es mir lieber ist, jeden Monat zu kommen (ich fühle mich dabei sicherer. Du kennst mich so besser, als wenn ich nur dreimal im Jahr käme, und selbst wenn das nicht jedem gefällt, ist es mir egal. Die Leute reden viel, sie sagen, man soll nicht zuviel ausgeben, die Krankenkasse hätte kein Geld mehr, aber so sehe ich die Dinge nicht, die Gesundheit ist wichtig, andernfalls lohnt es nicht, daß man sein Leben lang gearbeitet hat, wenn man nicht auf seine Gesundheit achtet. Übrigens machst du nie eine Bemerkung. Weder in die eine Richtung noch in die andere, du sagst nie Dinge in der Art: »Ich habe mich schon gefragt, was aus Ihnen geworden ist, ich glaubte, Sie wollten mich nicht mehr sehen«, wie es manche Ärzte tun, wenn man die hört, könnte man meinen, daß man ihr Eigentum ist. Deine Art ist das nicht. Das geht so weit, daß ich manchmal Eseleien höre, natürlich reden die Leute, sie sagen Dinge wie: »Er scheint wirklich nicht viele Patienten zu haben, er weist nie jemanden ab, man wartet nie lange bei ihm, und wenn man ihn ruft, kommt er stets noch im Laufe des Tages, es wäre daher nicht verwunderlich, wenn man eines Tages hören würde, daß er weggeht.« Das höre ich schon lange, daß du weggehen wirst, aber das ist natürlich nur Klatsch und Tratsch, hättest du dich sonst hier niedergelassen, wenn du von heute auf morgen wieder weggehen wolltest? Sie können übrigens reden, soviel sie wollen, es ist jetzt schon fünf Jahre her, daß du dich um mich kümmerst, ein Arztbesuch jeden Monat), und du hast gesagt: Wie Sie wollen, und du verschreibst mir die Medikamente in

Großbuchstaben, und dazu noch die Blutabnahme einmal monatlich durch den Krankenpfleger. Und auf das Rezept hast du dazugeschrieben: »Zu Hause«, sonst bekommt man es nicht erstattet.

Du hältst mir das Rezept hin, es ist leserlich, man kann sich nicht irren, und ich hole meine Brieftasche heraus und das kleine Heft, in das ich den Quickwert eintragen lasse. Es ist fast kein Platz mehr da, seitdem ich komme, aber, ist doch wahr!, man muß auf seine Gesundheit achten.

35
Die Spezialistin

Du kommst heraus. Du begleitest den Herrn mit der Mütze, ich stehe auf, du drückst ihm die Hand.

»Auf Wiedersehen, Monsieur Guenot.«

Ich nehme meinen Regenschirm, aber mit einer Gebärde hältst du mich auf.

»Ich muß Sie drei Minuten um Geduld bitten, ich habe noch ein Telefongespräch.«

Die Verbindungstür geht wieder zu. Ich setze mich wieder hin.

*

Ich höre, wie der Griff der Innentür gedreht wird. Die Verbindungstür geht auf. Du kommst heraus, du wirfst mir einen etwas erstaunten Blick zu, ich stehe auf, ich gehe vor dir hinein. Du zeigst auf zwei mit schwarzem Stoff bezogene Stühle und forderst mich damit auf, mich zu setzen.

Ich setze mich, ich schlage die Beine übereinander. Du setzt dich ebenfalls.

»Ja bitte.«

»Ich habe Sie heute morgen angerufen, ich bin Doktor Geneviève Nourrissier, ich lasse mich in Tourmens nieder, in einer Gemeinschaftspraxis mit Doktor Bazin, in der phlebo-angiologischen Praxis.«

»Ach, hat er zuviel zu tun?«

»Ja, an Arbeit fehlt es ihm nicht, seine Praxis hat im Laufe der vergangenen achtzehn Monate einen ganz und gar bedeutenden Aufschwung genommen. Ich habe ihn mehrmals vertreten, und schließlich hat er mir eine Gemeinschaftspraxis angeboten.«

Ich schaue dich an. Den Ellbogen auf den Rand der weißgestrichenen Holzplatte gestützt, die dir als Schreibtisch dient, hörst du mir zu, vorgebeugt, fast gekrümmt, mit einem leicht gelangweilten Ausdruck.

»Ja?«

»Nun ... Wir werden bald einen neuen Apparat für die farb-
kodierte Duplexsonographie mit 3D real time bekommen ...«

Du lächelst.

»Ah?«

Du neigst den Kopf. Du reibst dir das Kinn, dann die Augen,
dann nimmst du die Brille ab, du lehnst dich auf deinem Stuhl zurück und fragst:

»Und worüber wollten Sie mit mir sprechen?«

»Nun ... Ich wollte mich zunächst einmal vorstellen, und dann
wollte ich fragen, wie groß Ihr Bedarf auf dem Gebiet der Phlebo-
Angiologie ist...«

»Mein Bedarf?«

Du runzelst die Stirn. Du legst deine Brille auf die weißgestrichene Holzplatte. Du beugst dich zum Boden, du ziehst ein Ho-
senbein hoch, du tastest deine Wade ab, du richtest dich wieder
auf, du zuckst mit einem zweifelnden Gesicht die Schultern.

»Ha ha«, mache ich und tue so, als wüßte ich den Scherz zu
schätzen, »ich meinte natürlich den medizinischen Bedarf Ihrer
Patienten.«

»Meiner Patienten? Die, wissen Sie, die haben Pech ... Das ist
übrigens der Hauptgrund, weshalb sie zu mir in die Sprechstunde
kommen.«

Ich bin völlig verblüfft. Du verschränkst die Finger. Du schaust
mich schweigend an.

Ich frage mich, ob du nicht gerade dabei bist, dich über mich
lustig zu machen.

36
Monsieur Guilloux

Ich komme schwer atmend herein. Du schlägst mir vor, mich zu setzen, und dann hörst du das Pfeifen, das aus meinem Mund dringt, als ich wieder zu Atem komme. Du schüttelst fassungslos den Kopf:

»*Seit wann sind Sie in diesem Zustand?*«

»Seit (ich hole wieder Atem) drei Monaten.«

Ich bekomme einen Hustenanfall, ich habe Schmerzen, Tränen steigen mir in die Augen, ich ersticke fast. Du legst deine Hand auf meine Schulter. Du willst, daß ich mich setze, aber ich hebe die Hand und schüttele den Kopf. Ich hole ein Taschentuch aus der Tasche, ich wische den Schaum ab, der auf meine Lippen tritt. Ich ziehe meine Jacke aus, ich knöpfe mein Hemd auf, ich lege mich nicht auf die Liege, weil das Gefühl zu ersticken noch stärker wird, wenn ich liege. Ich lasse mich statt dessen auf einem Stuhl nieder. Du setzt dich neben mich.

Du horchst mich ab, du betrachtest mit einer kleinen Lampe meinen Rachen, du untersuchst meinen Hals, du tastest meine Achselhöhlen ab, den Hohlraum hinter meinem Schlüsselbein. Schließlich muß ich mich halb hinlegen, wobei du ein dickes Kissen als Keil unter meinen Rücken schiebst. Du tastet meinen Bauch ab. Du untersuchst lange meinen Bauch, vor allem auf der Seite der Leber.

Ich atme sehr langsam, um nicht wieder zu husten.

Du fragst mich, ob ich nicht abgenommen habe.

Ich sage ja, ich esse nicht viel, das Schlucken macht mir zu große Mühe. Du schüttelst den Kopf, ohne etwas zu sagen.

Aus dem kleinen Schubladenschrank am Kopfende der Liege nimmst du zwei Glasampullen. Du bereitest eine Spritze vor, du sagst, daß mir das Erleichterung verschaffen wird, daß du mir im Augenblick sehr wenig verschreiben wirst, Tabletten, die in etwas Wasser aufzulösen sind, vor allem aber eine Untersuchung bei einem Spezialisten.

»Eine Bronchoskopie. Die besteht darin, daß man einen dünnen Schlauch in die Nase einführt, um die Bronchien zu untersuchen. Um zu sehen, was darin vorgeht. Man muß wissen, warum Sie so behindert sind.«

Du stehst auf. Bevor ich mich wieder anziehe, muß ich mich noch auf die Personenwaage unter dem Fenster stellen. Ich habe sechs Kilo abgenommen. Meine Frau hat gleich gesehen, daß mir die Hose viel zu weit geworden war.

Du setzt dich wieder auf deinen Drehsessel und holst eine unbeschriebene Karteikarte heraus. Als ich mich auf einen der beiden mit schwarzem Stoff bezogenen Stühle setze, fragst du mich nach meinem Namen, meinem Alter, meiner Adresse, meiner Telefonnummer.

Du schlägst den Rezeptblock auf, du schiebst den Deckel unter das erste Bündel, du schreibst. Zuerst das Datum: 7. Oktober. Dann, darunter, meinen Namen in Höhe des deinen – und du unterstreichst ihn mit zwei Strichen. Deine Hand gleitet einige Zentimeter tiefer über das Blatt und zeichnet Wörter, die ich nicht lesen kann.

»Ich gebe Ihnen einen Brief für den Internisten mit.«

Du schreibst ein wenig abgehackt. Du hältst ein erstes Mal inne, du zerknüllst das Blatt, du beginnst von neuem. Mitten auf der Seite hältst du wieder inne. Du nimmst den Hörer ab, du klemmst ihn gegen die Schulter und wählst auf dem Tastenfeld. Während du darauf wartest, daß abgehoben wird, klopfst du mit dem Ende deines Schreibers auf das Papier, ohne mich anzusehen.

»Hallo? Guten Tag, hier ist Doktor Sachs, ich hätte gern einen Termin für einen meiner Patienten. Ja, es ist dringend. Nein, es kann nicht bis nächste Woche warten. Einverstanden, geben Sie ihn mir. Danke.«

Du siehst zu mir auf, du wiegst den Kopf und schließt dabei die Augen, als wolltest du sagen, daß ich nicht mehr lange warten müsse. Du fängst wieder an zu schreiben.

»Guten Tag, Philippe, hier ist Bruno. Entschuldige bitte, daß ich dich während der Sprechstunde störe, aber ich möchte dir einen Patienten schicken, den ich heute abend zum ersten Mal sehe. Er leidet unter sehr starker Atemnot und muß mit Sicherheit gründlich untersucht werden. Genau. Morgen früh? Oh, das wäre wunderbar. Elf Uhr fünfundvierzig? Warte, ich frage ihn.«

Du drehst dich zu mir um, ich nicke mit dem Kopf, um zu sagen, daß ich einverstanden bin.

»Also, es handelt sich um Monsieur Guilloux, Gaston (du gibst ihm auch mein Geburtsdatum an, meine Adresse, meine Telefonnummer). Das wär's. Nochmals vielen Dank, das hilft uns sehr viel weiter. Ja, wann du willst. Herzlichen Dank.«

Du legst auf.

»Ich gebe Ihnen die Adresse.«

Du beendest den Brief. Du schreibst jetzt langsamer, sorgfältig. Du liest das Geschriebene noch einmal durch. Du nickst. Du unterschreibst.

Du faltest den Brief zusammen und schiebst ihn in einen Umschlag, dessen Klappe du einsteckst, aber nicht zuklebst. Auf den Umschlag schreibst du den Namen des Spezialisten, seine Adresse, seine Telefonnummer und den Termin. Du hältst ihn mir hin.

Du fragst mich, ob es bessergeht, ich antworte: Ja, die Spritze fängt an zu wirken. Du sprichst von neuem über die Untersuchung. Du erklärst mir, wie das vor sich geht, aber ich verstehe deine Erklärungen nicht. Ich frage dich, ob ich operiert werden muß. Du sagst, das kommt drauf an. Auf das, was man finden wird.

Du nennst keine Krankheit, und ich bitte dich auch nicht darum, es zu tun.

Am nächsten Tag begleitet mich meine Frau zu deinem Kollegen, dem Spezialisten.

Er ist ein sehr sanfter Mensch. Die Untersuchung dauert lange, läuft aber gut ab. Anschließend bittet er mich in sein Büro, läßt mich Platz nehmen und teilt mir mit, daß ich Kehlkopfkrebs habe.

Eigenartige Colloquien, 2

Erinnerungs-Porträts

Damals war ich Assistenzarzt, es war im Sommer, wir hatten noch weniger Personal als gewöhnlich, er hatte eine Krankenpflegervertretung übernommen. Er war Student im sechsten Semester, wenn ich mich recht erinnere. Der Chef hatte ihn genommen, weil sein Vater ihn angerufen hatte, sie waren beide Ausbildungsärzte am selben Krankenhaus gewesen. Er hatte von nichts eine Ahnung, er sah ständig aus, als falle er aus allen Wolken, und er lief mir die ganze Zeit vor den Füßen herum. Er hing von früh bis spät wie eine Klette an mir, stellte mir über alles Fragen, vor allem aber hatte er über alles eine Meinung.

Eines Tages brachte man uns einen Mann von etwa fünfzig Jahren, der eine akute Bauchspeicheldrüsenentzündung hatte. Der Mensch wälzte sich vor Schmerzen schreiend am Boden.

Sachs hat gesagt: Ob er nicht etwas übertreibt?

Ich habe keine Antwort gegeben. Ich habe ihn in eine andere Abteilung geschickt, damit er mir ich weiß nicht mehr was holt, damit ich ihn nicht mehr sah. Hinterher, als es mir gelungen war, den Patienten ruhigzustellen – ich weiß nicht mehr, welche Menge Morphium ich ihm spritzen mußte, bevor er zu schreien aufhörte –, habe ich diesen blöden Hund im Dienstraum zur Rede gestellt und ihn gründlich zur Sau gemacht, ich habe ihm gesagt, daß ich ihm das nächste Mal, wenn er wieder so etwas von sich gibt, die Fresse polieren werde. Und wenn er nicht verstünde, was das hieße, könne er sich ebensogut eine andere Arbeit suchen. Am nächsten Tag ist er zu mir ins Büro gekommen und hat gesagt:

»Ich möchte mich bei Ihnen entschuldigen.«

Stammelnd hat er eine richtige Strafarbeit über den Schmerz und die Rolle des Arztes heruntergebetet und hinzugefügt, daß er sich auch bei dem Kranken entschuldigen wolle.

Ich habe ihm gesagt, daß es dazu etwas zu spät sei. Er war in der Nacht gestorben.

*

Eines Tages ist meine Schwiegermutter für einige Zeit zu uns gekommen. Als mein Mann sah, welche Mengen an Medikamenten sie einnahm, hat er zu ihr gesagt, daß sie von all dem Zeug krank werden würde – dazu muß man wissen, daß sie ganz klein ist, ein Federgewicht mit dem Appetit eines Vogels. Er hatte das Gefühl, daß es nach den Pillen, den Gelatinekapseln, den Tabletten, den Tropfen und dem zusammen mit der Suppe geschluckten Hustensaft für etwas anderes keinen Platz mehr geben könne. Übrigens aß sie fast nichts. Darauf hat er sie zu dir gebracht, und sie sind beide ganz begeistert zurückgekommen, weil du zu meiner Schwiegermutter gesagt hast, daß ihre Medikamente viel wirksamer wären, wenn sie sie am Ende der Mahlzeit einnehme, und zu meinem Mann, daß er gut daran getan habe, sie zu ihm zu bringen, um zu kontrollieren, ob die Behandlung angemessen sei. Darauf habe auch ich meine Mutter, die in Tourmens wohnt, zu dir gebracht. Seit ihrem Oberschenkelhalsbruch hatte sie – wie sagt man, eine oder einen Schorf – der nicht heilen wollte. Das erste Mal hast du gesagt, in ihrem Alter würde das lange dauern. Sie hat geantwortet: Das macht nichts, wenn es nur heilt. Und ich habe sie mehrere Monate lang zu dir gebracht. Du hast ihren Schorf sehr aufmerksam untersucht, du hast sie gemessen, um herauszufinden, ob sie unter sich wachse, du warst sehr sanft, und du hast ihr sehr wenig verschrieben, Vaseline, Verbände, ein ganz klein wenig Salbe, und ihr dabei empfohlen, ihr Bein auf ein Kissen zu legen, um die Wunde herum zu massieren, auf der Seite zu schlafen, sehr viel zu gehen, gut zu essen, und am Ende war es geheilt. Als ich sie das letzte Mal in deine Praxis gefahren habe, hast du gesagt, das hätte sich ganz von allein geschlossen, du hättest lediglich dabei geholfen, daß es nicht zu einer Verschlimmerung kam, und ich weiß, daß du das nicht aus Bescheidenheit gesagt hast, aber das wollte sie nie gelten lassen. Sie hat gesagt: Es hat seine Zeit gebraucht, aber wenn Sie sich nicht darum gekümmert hätten, wäre es nie geheilt. Gewöhnlich nehmen sich die Ärzte nicht die Zeit zu warten, bis die Kranken geheilt sind, sie helfen den Kranken nicht, ihre Krankheit geduldig hinzunehmen. Die Ärzte sind nicht sehr geduldig. Sie, ja.

*

Ich lasse jedes Jahr einen Check-up machen. Du untersuchst mich von Kopf bis Fuß, du machst ein Elektokardiogramm, und du verschreibst mir eine komplette Blutprobe (du sagst zwar, daß »komplett« nicht viel bringt, aber ich bestehe darauf). Du bist sehr sympathisch, und du bist sehr klar, aber ich finde, daß du etwas allzu persönliche Fragen stellst. Mein Privatleben hat genau-genommen nichts mit meiner Gesundheit zu tun.

*

Eines Morgens hat mich in einem Café ein Unwohlsein befallen. Der Wirt hat Angst bekommen, er hat die Feuerwehr alarmiert. Ich wollte nach Hause, aber man hat mich mit Gewalt ins Krankenhaus gebracht. Ich hatte wegen all der Scherereien, die damals auf mich niederprasselten, seit dem Vortag nichts mehr gegessen. Und da fiel denen nichts anderes ein, als mir auf den Keks zu gehen, nur weil ich ohnmächtig geworden bin, bevor ich dazu gekommen war, ein Croissant zu essen.

Ich fror auf einem Untersuchungstisch vor mich hin, als ein Kerl im Kittel in den Raum kam. Er hat mich ganz seltsam angesehen. Ich dachte: Wieder so ein Schwein, das sich einen Spaß daraus macht, mich zu befummeln.

Er hat mir einen Bademantel gegeben. Er hat sich auf einen Stuhl gesetzt, er hat seine Brille abgenommen, er hat gesagt: Ich bin der Assistenzarzt. Entschuldigen Sie bitte, wenn ich gähnen sollte, ich habe seit zwölf Stunden nicht mehr geschlafen. Was ist passiert?

Damals schämte ich mich wegen dem, was mir passiert war, wegen dem, was ich tat, ich wäre am liebsten im Erdboden versunken, aber ich hatte nicht mehr die Kraft zu lügen, darauf habe ich ihm alles erzählt. Nach einer Weile ist er aufgestanden, ist hinausgegangen, ist mit einer heißen Schokolade und einem belegten Brot zurückgekehrt. Nach einer Viertelstunde ist er wiedergekommen, hat meinen Blutdruck gemessen, dann hat er den Telefonhörer abgehoben und den Oberarzt der Abteilung angerufen und ihm gesagt, er sehe angesichts all der Neuzugänge, die sie in der Nacht hatten, keine Notwendigkeit, mich dazubehalten. Dann hat er die Karteikarte zerrissen, auf der bei der Einlieferung

mein Name notiert worden war, und er hat zu mir gesagt, ich
solle nach Hause gehen. Und als er sah, daß ich mich nicht rührte,
hat er mir die Hand hingehalten, er hat mir beim Aufstehen geholfen, er hat mir mein Kleid gegeben, er hat gelächelt.

»Gehen Sie nach Hause, schönes Kind.«

Er ist rot geworden, und dann ist er weggegangen.

*

Bei meiner Tochter war es nicht der Gynäkologe, der mich entbunden hat, sondern ein junger Arzt. Die Hebamme zeigte ihm,
was er machen mußte, und der Gynäkologe war da. Er war sehr
sanft, dieser junge Arzt. Es war meine vierte Entbindung, ich
wußte auf jeden Fall genau, was sich abspielen würde, aber für
ihn war es die erste. Als das Baby geboren war, hat er es mir auf
den Bauch gelegt, er ist für lange Minuten neben mir stehengeblieben, hat es betrachtet, hat es berührt. Er war aufgeregter als
mein Mann.

*

Ah, ich werde nie zu ihm in die Sprechstunde gehen, ich habe kein
Vertrauen zu ihm, der ist mit Sicherheit nicht sauber, eines Tages
habe ich gesehen, wie er sich im selben Videoclub wie ich Porno-
filme angeschaut hat.

*

Habe ich dir nicht erzählt, daß ich mir die Kinnlade ausgerenkt
habe? Ich habe eine saumäßige Angst bekommen, als das passiert
ist! Ich hatte zwar schon davon gehört, und ich mußte darüber lachen, aber Pardon, das ist überhaupt nicht lustig. Man kommt
sich saublöd vor: man kann nicht mehr sprechen, man kann nicht
mehr den Mund zumachen, und wenn man es mit Gewalt tun
will, tut es unheimlich weh. Ich bin zu ihm gegangen. Das schien
ihm wahnsinnig zu schaffen zu machen. Er wußte nicht, was er
tun sollte. Er hat versucht, mir den Mund sanft zu schließen, aber
das hatte ich schon selber versucht, es hat nicht geklappt. Er hat

176

versucht, die Kinnlade nach vorne zu ziehen, zurückzudrücken, nichts zu machen, und ich fing an, ungeduldig zu werden, ich sah mich schon im Krankenhaus, Vollnarkose und das ganze Theater beim Wachwerden, die Fresse ganz mit Metallfäden ummantelt, gezwungen, mit einem Strohhalm zu essen, ich hätte am liebsten geheult. Und dazu kam mich noch ein Gähnen an. Er saß da, neben mir, ich lag wie ein Depp auf seiner Liege und habe mich gefragt, wie lange das wohl so weitergehen würde, bevor ihm einfiele, mich zu einem Spezialisten zu schicken, und plötzlich ist er aufgestanden, ohne etwas zu sagen, er hat ein kleines Buch vom Regal genommen, und ich habe gehört, wie er mit sich selber sprach, er sagte so etwas wie: Die Mandibula wird also so eingerenkt, logisch ...

Er hat sein kleines Buch hingelegt, er hat mich von der Liege aufstehen und auf einen der mit schwarzem Stoff bezogenen Sessel setzen lassen, und er hat seine Handschuhe angezogen. Ich hatte ganz schön Angst, aber er hat zu mir gesagt: Haben Sie keine Angst, er hat seine Daumen auf meine hinteren Backenzähne gelegt, er hat sanft nach unten gedrückt, und klack, habe ich gespürt, daß es sich wieder eingerenkt hat. Ohne Utsch und ohne Weh. Er machte ein ganz erstauntes Gesicht. Ich war eher erleichtert. Und froh.

Das ist mir noch drei- oder viermal passiert, bis ich mich dazu entschloß, mich vom Kieferchirurgen an den Bändern operieren zu lassen. Natürlich habe ich ihn jedesmal gerufen, und ich hatte Glück, er war jedesmal da, sogar am Sonntag, als es zuletzt passierte. Das dauert natürlich jedesmal drei Sekunden. Er hatte vorgeschlagen, meiner Frau beizubringen, wie es gemacht wird, aber mir, verstehst du, war es lieber, daß er es war. Man hat ein Händchen dafür, oder man hat es nicht.

*

Ich suche dich auf, wenn's mir im Darm ein wenig weh tut. Das ist nicht oft der Fall, und ansonsten geht es mir gut. Ich nehme immer mein Fahrrad, ich gärtnere, ich gehe zu den Altenessen, man kann also sagen, daß es mir gutgeht. Sogar mein Sohn sagt immer, daß ich gesund aussehe. Trotzdem tut es mir hin und wieder dort weh, in der Seite, und ich sage mir, daß ich vielleicht Krebs habe, und dann suche ich dich auf. Meine Nachbarin, die jünger ist als ich (sie ist erst einundachtzig), hat nie in ihrem Leben einen Arzt gesehen, doch eines Tages fing sie an zu bluten. Du hast zu ihr gesagt, sie müsse sich gründlich untersuchen lassen. Und dann hast du sie operieren lassen. Und sie ist wieder nach Hause gekommen, sie hat zu mir gesagt: »Es war ein Krebs im Frühstadium, er hat es sofort gesehen, sie haben ihn entfernt, das ist alles.« Daher, wenn es mir weh tut, sage ich mir, daß du, wenn ich Krebs hätte, das auch bei mir sofort sehen würdest. Du horchst mich ab, du drückst genau dorthin, wo es weh tut, und du sagst zu mir, das ist nicht der Dickdarm, das ist ein großer Muskel, der dahinter verläuft, er ist mit dem Rücken verbunden und geht in den Bauch. Es stimmt, daß mir oft der Rücken weh tut, weil ich mich nämlich bücken muß, um zu gärtnern und zu hacken, ich habe das nie gern getan, aber es muß sein, sonst würde nichts wachsen. Jedesmal, wenn ich dich frage, ob es nichts Ernstes ist, ob ich nicht etwa Krebs habe, antwortest du mir: Für nächstes Jahr kann ich Ihnen nichts versprechen, aber heute bin ich sicher, daß es kein Krebs ist. Manchmal, wenn es mir weh tut, gibst du mir Arzneien für zwei oder drei Wochen. Ich nehme sie einige Tage lang ein, und wenn ich nichts mehr spüre, höre ich auf. Du hast mir zwar gesagt, daß ich sie wieder nehmen kann, wenn es von neuem anfängt, aber ich ziehe es vor, dich wieder aufzusuchen, für den Fall, daß ich das bekomme, Krebs, man kann ja nie wissen, von einem Jahr zum andern.

*

Als ich meinen Antrag in der Abteilung für Schwangerschaftsabbrüche gestellt habe, hat man mir gesagt, zuerst müsse mich ein Arzt untersuchen. Du hast mich empfangen. Du hast mir die gleichen Fragen gestellt wie die Krankenschwester, das Datum meiner letzten Regel, ob ich Medikamente nehme, ob ich schon einmal operiert worden bin. Ich war die Fragerei leid, ich antwortete einsilbig. Du hast deinen Bleistift hingelegt und die Arme gekreuzt. Du hast gesagt: Das ist eine schwere Entscheidung, die Sie da treffen. Wollen Sie darüber sprechen? Ich wollte nicht darüber sprechen. Ich konnte nicht darüber sprechen. Ich erinnere mich, daß mein Herz an diesem Tag wie Eis war, es schmerzte, wie wenn man die bloßen Finger in den Schnee steckt, ich fühlte mich gelöst und zerrissen zugleich.

Du hast auf das Krankenblatt geschaut, du hast gesehen, daß ich ein Kind habe, und du hast gefragt, ob es ein Junge oder ein Mädchen sei. Ich habe geantwortet: »Ein Mädchen ... ein Mischlingskind.«

Du hast den Kopf geneigt und gesagt:

»Alle Kinder sind Mischlingskinder.«

Ich mußte lächeln und habe gesagt: »Ja, im genetischen Sinn haben Sie recht ...«, und darauf hast du mich nach meinem Beruf gefragt.

»Ich weiß nicht, ob ich es Ihnen sagen soll. Sie werden sich über mich lustig machen.«

»Warum denn?«

»Ich bin Nachtschwester. Das ist doch lächerlich, oder?«

»Nachtschwester zu sein?«

»Nein, daß ausgerechnet mir das passiert. Ich müßte ja Bescheid wissen ...«

Du hast deine Uhr abgenommen, du hast sie ans Ohr gehalten, um zu hören, ob sie geht, und nach einer Weile hast du gesagt:

»Daß man im Pflegeberuf ist, macht nicht immun.«

*

Ich habe ihn nie aufgesucht. Seine Praxis ist hundert Meter entfernt, und alle Nachbarn gehen zu ihm, aber ich nehme mich in acht, bei alledem, was man so sieht. Ich habe Dinge gehört, die nicht ganz koscher sind. Nachts scheint er in seiner Praxis Abtreibungen vorzunehmen, weil er nicht genug verdient.

*

Eines Tages, ich machte in der Abteilung für Schwangerschaftsunterbrechungen ein Praktikum, war ich bei der Visite dabei. Er hat eine Frau gefragt, ob sie Schmerzen habe. Sie hat geantwortet: »Ein wenig, aber es ist erträglich.«

Er hat weitergefragt:

»Von null bis zehn, wieviel Schmerzen haben Sie?«

»Äh ... sechs oder sieben.«

Er hat ihr eine Tablette geholt.

Als er zurückkam, hat er mir erklärt, daß alle Frauen sagen »Es ist erträglich« und daß viele sich weigerten, etwas einzunehmen, um die Schmerzen zu lindern, weil sie sich sagten, daß es nicht nötig ist. Darauf hat er es sich zur Gewohnheit gemacht zu fragen, »wieviel«. Von fünf an würden sie die Tablette nie ablehnen.

*

Ich hatte es mir zur Gewohnheit gemacht, mittwochs vorbeizukommen, gegen Mittag, um dir die Kinder zu zeigen, da mußte immer eins geimpft werden, es gab eine Untersuchung für den Schulsport, einen Schnupfen oder irgendein Wehwehchen, und ich nutzte manchmal die Gelegenheit, um von meiner schmerzhaften Regel zu sprechen oder von dem Knie, das mir seit meinem Unfall immer weh tut. Mittwochs gegen Mittag ist meist niemand mehr im Sprechzimmer. Ich fand, daß das praktischer war. Manchmal kamen wir genau in dem Augenblick, in dem du im Begriff warst, wegzugehen. Ich sagte: Ich kann heute nachmittag wiederkommen, aber du sagtest: Nein, nein, kommen Sie herein, ich bin ja noch da.

Eines Tages, als ich den Hof überquerte, sah ich dich im Wartezimmer stehen, du hast in meine Richtung geschaut. Ich bin mit den Kindern hineingegangen. Du hast gelächelt, du hast ihnen Guten Tag gesagt, du hast uns vor dir eintreten lassen. Am Ende der Konsultation, auf der Türschwelle, hast du gesagt: Ist Ihnen schon aufgefallen, daß Sie mich fast immer mittwochs um Punkt zwölf aufsuchen?

Das hat mir nicht gefallen. Ich habe dich nicht mehr aufgesucht.

*

Als ich dorthin gegangen bin, hatte ich seit Monaten Bauchschmerzen. Ich mußte alle möglichen Untersuchungen über mich ergehen lassen, ohne daß etwas gefunden wurde. Es war noch nicht lange her, seit du dich niedergelassen hattest. Ich habe mir gesagt, ein junger Arzt, der muß eigentlich ein bißchen mehr wissen als ein alter. Die Schmerzen überkamen mich ohne Vorwarnung, abends oder morgens, selbst dann, wenn ich Verkehr mit meinem Mann hatte. Er hat zu mir gesagt, daß das sehr gut psychisch bedingt sein könne. Ich war nahe daran, das zu glauben, zumal es zwischen mir und meinem Mann nicht zum besten stand. Ich habe ihn drei oder vier Monate lang zweimal wöchentlich aufgesucht. Er behielt mich eine Stunde, manchmal zwei da. Meinem Mann hat das nicht sonderlich behagt, wenn ich zurückkam, aber er konnte natürlich nicht viel sagen. Der Arzt wollte ihn auch sehen, und er ist ein- oder zweimal hingegangen, aber meine Bauchschmerzen sind nicht besser geworden. Er sagte immer wieder: »Das dauert jetzt schon so lange, das kann nicht von einem Tag auf den andern besser werden.« Ich aber fand, daß es allmählich reichte. Eines Tages hatte ich genug davon, zu ihm zu gehen und ihm mein Leben zu erzählen, ich habe den Termin annulliert. Einige Tage später, als ich auf die Toilette ging, habe ich die Erklärung gefunden. Ich habe ihn angerufen. Als ich ihm gesagt habe, was ich gefunden hatte, entstand ein langes Schweigen, ich dachte schon, die Leitung sei unterbrochen. Er war bestimmt nicht stolz auf sich. Schließlich hat er gesagt: Ich komme vorbei und werfe ein Rezept in Ihren Briefkasten. Zwei Tabletten im Abstand von vierzehn Tagen, das wär's. Er hat es mir nicht berechnet. Zum Glück, nach all den Konsultationen für nichts und wieder nichts! Seitdem habe ich nie wieder Bauchschmerzen gehabt, aber wir gehen nicht mehr zu ihm, wir gehen nach Lavallée zum Arzt. Der ist zwar nicht jung, aber er mäkelt auch nicht an allem herum. Er grüßt mich zwar immer noch, wenn wir uns auf der Straße oder in der Bäckerei begegnen, aber ich tue, als sähe ich ihn nicht. Es ist schließlich seine Schuld, wenn ich so lange unter der Geschichte zu leiden hatte. Von wegen psychisch! Es dürfte doch nicht besonders schwierig sein, einen Bandwurm zu behandeln.

*

Ich habe ihn in jener Nacht angerufen, in der meine Frau ihren Anfall hatte. Sie lag röchelnd im Bett, sie reagierte nicht mehr. Ich habe wirklich geglaubt, sie würde in meinen Armen sterben. Du bist sehr schnell gekommen. Dabei ist Play weit weg. Am Telefon hatte ich Mühe, es dir zu erklären, es war drei Uhr morgens, und ich war völlig kopflos. Du warst kaum angekommen, da hast du schon gesehen, daß es meiner Frau überhaupt nicht gutging, ihr linker Arm und ihr linkes Bein waren ganz schlaff, sie röchelte immer stärker. Du hast gesagt, daß man sie ins Krankenhaus bringen müsse, und das genau hatte ich befürchtet. Aber das war alles, was man machen konnte. Du hast die Ambulanz angerufen, weil es mir nicht gelang, die Nummer zu wählen, du hast auch das Krankenhaus angerufen, um dort Bescheid zu sagen. Du bist dageblieben, bis die Ambulanz gekommen ist, sie haben bestimmt annähernd eine Stunde gebraucht, bis sie gekommen sind. Während wir warteten, hast du einen langen Brief geschrieben. Ab und zu hast du wieder nach ihr gesehen, du hast ihren Blutdruck gemessen, hast ihr Herz abgehorcht, du hast mit ihr gesprochen, um zu sehen, ob sie reagierte. Als die Fahrer des Krankenwagens gekommen sind, hast du ihnen geholfen, sie hinunterzubringen, die Treppe ist sehr steil. Vorher war hier eine Scheune, unser Sohn hat uns das Zimmer dort oben eingerichtet.

Im Krankenhaus hat man sie gut gepflegt. Man hat sie ans Infusionsgerät gehängt, man hat ihr etwas gegeben, um die Schmerzen zu lindern, doch sie hatte eine Blutung, und der Arzt von der Reanimation hat mir gesagt, daß es sehr ernst sei. Sie ist am nächsten Tag gestorben.

Nach dem Begräbnis habe ich dich wieder aufgesucht, um dir den Arztbesuch zu bezahlen. Als ich es in jener Nacht tun wollte, hast du gesagt: Das werden wir später erledigen.

Und dann habe ich dich gefragt, ob du mich von nun an behandeln wolltest, nicht etwa, daß ich krank bin, aber ich habe ein wenig Arthrose, und außerdem sagte meine Frau, daß ich mir ab und zu den Blutdruck messen lassen soll, aber ich hatte keine allzu große Lust, dem Arzt deswegen auf die Nerven zu gehen. Du hast mich gefragt, ob ich vorher einen Doktor gehabt hätte, ich habe ja gesagt, denselben wie meine Frau, aber als ich ihn angerufen habe, hat man mir deine Nummer gegeben, weil es nachts war. Darauf hast du mich gefragt, ob ich nicht lieber wieder zu ihm ginge, aber ich habe geantwortet: Nein, wissen Sie, Sie haben meine Frau behandelt, als sie ihren Anfall hatte, also ist es jetzt normal, daß ich bei Ihnen bleibe.

*

Ich will ihn nicht mehr sehen: Beim letzten Mal hat er sich geweigert, mir mein Medikament gegen das Cholesterin zu verschreiben. Er sagt, daß es nichts nützt und daß es gefährlich ist. Aber wenn die Medikamente mehr schadeten als nützten, würden die Ärzte sie doch wohl nicht verschreiben! Er sagt, das Cholesterin sei nicht so schlimm wie mein Asthma und die Zigaretten. Aber ich verlange ja nicht von ihm, mit dem Rauchen aufzuhören, ich verlange von ihm, daß er mein Cholesterin behandelt. Neulich hat er gesagt: Ich behandle nicht das Cholesterin, ich behandle die Leute, in Ihrem Alter haben alle Zeit genug, an etwas anderem zu sterben als an Cholesterin. Ich habe gesagt: Gut, wenn das alles ist, was Sie mir wünschen, und ich bin gegangen. Nein, so was! Für wen hält er sich? Ich weiß immerhin besser als er, was ich brauche. Wer ist denn hier der Kranke?

*

Vor sieben Jahren habe ich dich aufgesucht, weil ich Blutungen hatte und weil meine Regel überfällig war. Du hast mich untersucht, du hast eine kleine Infektion bei mir festgestellt. Du hast mir Antibiotika und einen Test verschrieben. Ich glaubte nicht daran, ich wollte nicht daran glauben, aber ich habe ihn trotzdem gemacht, und er war positiv.

Mein Mann wollte es nicht. Er hatte immer ein Mädchen gewollt, und er hatte Angst, daß es ein dritter Junge wird. Ich habe geweint, ohne es ihm zu zeigen, ich wollte ihm kein Kind aufzwingen, das eigentlich nur ein Unfall war und das er nicht wollte. Todunglücklich habe ich dich wieder aufgesucht, damit du mich ins Krankenhaus schickst. Du warst damals ganz jung. Meine Geschichte hat dich aufgewühlt. Du schienst dich nicht recht dafür erwärmen zu können, daß ich abtreiben lassen wollte. Du hast zu mir gesagt, daß die Chance immerhin eins zu zwei stehe, daß es ein Mädchen wird. Du hast sogar darauf bestanden, mit meinem Mann zu sprechen und es ihm zu erklären, aber ich habe dir gesagt, daß ich keinen Wert darauf lege, daß das Problem damit nicht gelöst werde, daß es kompliziert sei.

Am Ende, weil es mir gar nicht gutging, hast du schließlich zu mir gesagt, daß meine Schwangerschaft gerade erst angefangen habe, daß mir noch Zeit bleibe, alles zu überdenken, bevor ich eine Entscheidung träfe, man dürfe nichts überstürzen.

Du hattest recht. Ich habe nachgedacht, und ich habe einen Entschluß gefaßt. Ich habe meinem Mann klargemacht, daß eine Abtreibung wegen der Infektion für mich gefährlich sei. Ich wußte, daß er dir keine Fragen stellen würde. Mein Mann hat gesagt, gut, wenn es so ist. Und dann hat er noch gesagt: Genaugenommen wird es vielleicht ein Mädchen.

Manon wird im nächsten Frühjahr sieben Jahre alt. Mein Mann betet sie an, und sie ihn. Natürlich bist du es, der sie impft und der sie seit ihrer Geburt behandelt. Sie ist fast nie krank, aber sie mag dich sehr, sobald sie einen ganz kleinen Schnupfen hat oder ein Wehwehchen, verliert mein Mann den Kopf. Sie beruhigt ihn, indem sie zu ihm sagt: Wir brauchen doch nur zu Doktor Sachs zu gehen.

Eines Tages im vergangenen Jahr, als ihr Vater sie nach der Schule abgeholt hat, ist sie hingefallen und hat sich den Ellbogen aufgerissen. Er hat völlig den Kopf verloren. Da ich auf der Arbeit war, konnte er mich nicht erreichen. Manon hat gesagt: »Hab keine Angst, Papa, wir gehen zu Doktor Sachs, der wird das wieder in Ordnung bringen.« Er hat sie zu dir gebracht, er war natürlich verlegen, er hat sich gefragt, was du wohl sagen würdest, aber es blieb ihm keine andere Wahl. Du hast keine Fragen gestellt. Du hast Manon behandelt, sie hatte überhaupt keine Angst, und sie hat mir hinterher gesagt, daß sie nichts gespürt habe. Später hat mir ihr Vater erzählt, daß du ihm, als er sah, wie er grün wurde, als du die Instrumente vorbereitet hast, den Vorschlag machte, Manons Hand zu halten. Das hat ihn sehr beruhigt.

Wenn Manon jetzt krank ist, kommt es vor, daß ihr Vater sie zu dir bringt. Du stellst immer noch keine Fragen, und ich weiß, daß du nie jemandem etwas sagen wirst. Aber eines Tages wird mein

Mann schließlich die Wahrheit erfahren. Vielleicht wird Manon sie ihm sagen. Sie ist noch klein, aber sie lügt nicht gern. Und weil mein Mann sie anbetet und er ein anständiger Kerl ist, ist es sicherlich besser, daß es von ihr kommt. Gestern, als wir beide im Auto saßen, hat sie gesagt: »Das ist schön, wenn man zwei Papas hat!« Eines Tages wird ihr das unweigerlich entschlüpfen.

*

Ich erinnere mich, daß uns letztes Jahr einer unserer Freunde mit einem entfernten Vetter, einem Arzt, besuchte. Mein Mann hatte damals viel gegen Ärzte. Er fing an, über seinen Aufenthalt im Krankenhaus zu sprechen, der gerade hinter ihm lag, und er erzählte, daß er zwanzig Kilo abgenommen habe, daß man aber, trotz aller Untersuchungen, nichts bei ihm gefunden habe. Der junge Arzt grinste und behauptete selbstbewußt, zwanzig Kilo abzunehmen, das käme nicht einfach so von allein, mein Mann habe mit Sicherheit etwas, die Krankenhausärzte seien inkompetent, und er hat den Vorschlag gemacht, ihn anzurufen, damit er ihm die Adresse eines guten Arztes gäbe, den er dann auf seine Empfehlung hin aufsuchen könne und der mit Sicherheit herausfinden würde, was er hätte. Ich wünschte ihm, daß er erstickt.

Als sie gingen, kam er zu mir, um sich zu verabschieden, während mein Mann mit unserem Freund diskutierte. Ich habe geflüstert: »Er hat einen nichtoperablen Krebs, doch er weiß es nicht.« Er ist blaß geworden. Er hat niemals angerufen.

Klinikuntersuchung
(Montag, 18. November)

In genauer Umkehrung der Dinge ließ sich der Arzt auf seinen
Stuhl fallen und sagte: »Meine Kranken bringen mich noch um.«

Sacha Guitry

37
Ein nächtlicher Anruf

Ich lege auf, ich reibe mir die Augen. Ich hätte diese Pizza nicht essen sollen, sie liegt mir schwer im Magen. Na ja, ich brauche wenigstens nicht aus dem Haus zu gehen, und es sieht wieder einmal gar nicht lustig aus.

Ich nehme den Hörer ab. Ich wähle die Nummer. Ich warte.

Es klingelt. Einmal. Zweimal. Man hebt ab.

»Hallo ...?«

»Ja, es tut mir leid, daß ich Sie wecken muß, Herr Doktor, hier ist die Vermittlungsstelle 24. Ich habe einen Anruf für Sie.«

Ich höre, wie du dich am andern Ende der Leitung schüttelst. Du seufzt, du reibst dir wohl die Augen.

»Mmhhh. Legen Sie los.«

»Es ist wegen eines Babys, das Fieber hat und unaufhörlich weint ...«

»Ah? Hat seine Mutter es nicht ertränkt ... gebadet?«

»Äh ... Ich weiß nicht. Sie hat vielleicht keine Badewanne. Soll ich Ihnen die Adresse geben?«

»Jaa. Warten Sie, ich hole einen Bleistift ... Geht es ihm sehr schlecht?«

»Es schien ihm nicht so schlecht zu gehen wie seiner Mutter, es brabbelte, während sie am Telefon sprach. Es hat den ganzen Tag über 38 Fieber gehabt, und 40 heute nacht, als sie aufgestanden ist, um es zuzudecken.«

»Um es zuzudecken? Bei Fieber?«

»Ich sage Ihnen nur, was sie mir gesagt hat ... Ich habe sie gefragt, ob Sie bei ihr zurückrufen können, aber sie besteht auf einem Arztbesuch. Leider ist es in Sainte-Sophie-sur-Tourmente ...«

»Ach! Ich hab mich schon gefragt, ob ich da nicht dran vorbeikomme ... Legen Sie los, ich notiere.«

Ich gebe dir die Adresse, ein Ort mit einem blumigen Flurnamen, kilometerweit von deinem Wohnsitz entfernt. Ich habe die Angaben, die die Dame mir gemacht hat, sorgfältig aufgeschrieben, aber ich habe auf der Generalstabskarte, die ich am ersten Tag deines Beitritts zu unserem Dienst auf deinen Rat hin gekauft habe, nachgesehen. Sainte-Sophie ist eine der entlegensten Gemeinden des Kantons, in entgegengesetzter Richtung von deinem üblichen Bezirk. Das Haus liegt abgelegen in einem Netz von mehr oder weniger gut angezeigten Straßen und Wegen. Ich gebe dir die rationellste Art an, wie du dorthin kommst, ein Mittelding zwischen dem, was ich auf der Karte lese, und dem, was die Frau mir gesagt hat, die in jenem Bezirk wohnt.

»Gut, dann fahre ich jetzt. Wenn bis dahin noch was anderes kommt, warten Sie nicht, bis ich wieder im Bett liege.«

»Nein, natürlich nicht. Bis nachher, Herr Doktor.«

Du legst auf. Ich möchte nicht an deiner Stelle sein.

*

Ich finde keinen Schlaf mehr, dieser Anruf hat mich vollständig wach gemacht. Ich betrachte die Batterie von Telefonen und Anrufbeantwortern, die die Arbeitsfläche mit Beschlag belegen. Heute nacht hatte ich hier nur zwei Leitungen in Betrieb. Deine und die eines deiner Kollegen, einige Kilometer weiter im Nachbarkanton. Er hat zwar eine Frau, aber er leitet seine Anrufe an uns weiter, wenn er Bereitschaftsdienst hat, damit sie mit den Kindern am Wochenende wegfahren kann. Ich habe ihn im Verdacht, daß er sehr froh darüber ist, sie loszuwerden; er ist viel entspannter, wenn sie nicht da ist.

Ich arbeite gern mit dir. Du erzählst oft lustige Anekdoten. Und außerdem behandelst du mich nicht wie den letzten Dreck, wie es die meisten deiner Kollegen tun. Du bist eher gesprächig. Du kommentierst, du erklärst. Das beruhigt mich, ich habe nicht immer die Reflexe, die man haben muß, um die passende Antwort zu geben. Allerdings muß man dazu sagen, daß die Leute wegen jeder Kleinigkeit anrufen, vor allem nachts. Sie meinen, ich sei deine Frau oder deine Sekretärin, sie erzählen mir ihr Leben, und ich muß kämpfen, um ihnen den Grund für ihren Anruf, die genaue Adresse und die Telefonnummer zu entlocken (manchmal rufst du bei ihnen zurück und rätst ihnen, dieses oder jenes Medikament zu nehmen, das es in ihrer Apotheke gibt, du beruhigst sie und ersparst dir so einen Weg. Dann wieder kommt es vor, daß du im Halbschlaf meine Angaben falsch notierst, du biegst nach rechts ab statt nach links, du verirrst dich unterwegs, du findest dich kilometerweit von deinem Ziel entfernt wieder, und du rufst mich an, damit ich dir wieder vorlese, was ich aufgeschrieben habe. Im schlimmsten Fall rufst du den Kranken an und bittest ihn, dir den Weg anzugeben, was ihn aber nicht daran hindert, dich mit der Frage zu empfangen: »Haben Sie es leicht gefunden?« Zum Glück läuft es nicht immer so ab wie bei dieser Geschichte, die du mir, ich weiß nicht mehr, wann, erzählt hast, an einem Sonntag, an dem wir beide nichts zu tun hatten. Ich fragte dich, ob das nicht allzu schwierig sei, mitten in der Nacht die abgelegenen Häuser zu suchen, und du hast mir erzählt, daß man dich in einer Winternacht, du hattest Vertretungsdienst in einer Gegend, die du überhaupt nicht kanntest, geweckt hat, es ist ein Schlaganfall oder eine Herzattacke oder so was, kurzum, es ist ernst, und es liegt am Arsch der Welt, man gibt dir in einer unwahrscheinlichen Panik vage Auskünfte, du schreibst mit, so gut du kannst, du springst in dein Auto, du braust los, und da es stockfinstere Nacht ist, verirrst du dich natürlich auf den kleinen Wegen. Du fährst im Kreis, du wetterst und fluchst, du wirst nervös, und kein Straßenschild in Sicht, um dich zurechtzufinden. Endlich siehst du Licht, ein Stall, eine Frau kommt mit einem Eimer Wasser heraus, es ist fünf Uhr morgens. Du fragst die Frau, wo sich das Haus von Monsieur Bailly befindet, an dem Ort, der den Flurnamen »La Bulle« trägt.

Die Frau schaut dich ratlos an.

»Ah, hier ist das nicht. Nein, hier ist das nicht.«

Sie ruft ihren Mann, sie fragt ihn, er kratzt sich am Kinn, und verlegen den Kopf schüttelnd, sagt er:

»Nein, hier ist das nicht. Und außerdem, dort hinzukommen ...«

Da sie kein Telefon haben, siehst du dich schon gezwungen, wieder aufs Geratewohl loszufahren, doch der Mann zeigt dir den Weg.

»Sie fahren jetzt in die andere Richtung. Nach zwei Kilometern kommen Sie an eine Kreuzung. Sie fahren immer geradeaus. Drei Kilometer weiter ist eine Gabelung, Sie biegen nach links ab, dann noch einmal die erste links und dann noch fünfhundert Meter, höchstens sechshundert. Dort haben Sie eine Haarnadelkurve,

und genau an ihrem Ende sehen Sie einen Weg, der rechts abbiegt, aber den dürfen Sie unter keinen Umständen nehmen, Sie
müssen weiterfahren bis zum Kalvarienberg. Genau hinter dem
Kalvarienberg nehmen Sie links eine abschüssige Straße, und un-
terhalb des Hangs biegen Sie nach rechts. Nach zweihundert Me-
tern sehen Sie dann einen kleinen Weg. Dort ist La Bulle, es gibt
zwar ein Schild, aber es ist nach der anderen Seite gedreht, man
sieht es erst, wenn man dran vorbeigefahren ist. Das Haus ist
ganz am Ende. Und genau so war es!), und wenn es in meiner
Macht steht und sie bereit sind, mir zuzuhören, gebe ich ihnen
kleine Ratschläge von der Art: »Lassen Sie ihn Eiswürfel lut-
schen, das beruhigt den Brechreiz ...« oder: »Wenn Sie Aspirin
im Haus haben, geben Sie Ihrem Mann eine Tablette, bis der Arzt
kommt ...«, und wenn ich wirklich spüre, wie die Panik in den
Hörer sickert, dann sage ich ihnen, daß ich dir Bescheid gebe und
daß du sofort kommst.

Du hast mir oft gesagt, daß es nachts fast immer das gleiche ist,
die gleichen Ängste, die gleiche alte Leier, beunruhigte Frauen,
weil ein Kind Fieber hat oder Durchfall oder weil es sich erbricht
oder weint, die Männer leiden ganz plötzlich, ohne ersichtlichen
Grund, unter Atemnot, und ich spüre, daß du fuchsteufelswild
wirst, wenn ich dir solche Dinge melde, daß du dich zurückhältst,
denn deine belegte Stimme spuckt Vitriol: Haben Sie ihr gesagt,
daß sie schon längst tot ist, bis ich ankomme? oder: Gut, ihr
Mann weint. Na und? Soll ich ihm den Hintern vollhauen, bevor
ich ihn wieder ins Bett bringe?

Das seltsamste ist, daß du bei der Rückkehr (du rufst mich bei
der Rückkehr oft an, um zu hören, ob zwischendurch ein weiterer
Anruf gekommen ist) ganz eigenartig verstört bist, als ob dein
Zorn während der Fahrt verflogen sei, oder schon vorher, als du
festgestellt hast, daß es dem Kleinen, der hustet, der scheißt oder
wie Espenlaub zittert, zwar sehr viel besser geht, daß dir aber die
Mutter Unmengen zu erzählen hatte und daß sie ihrem Mann
das Besäufnis heimzahlen wird, das er sich letzte Nacht mit seinen Kumpels gegönnt hat, während er sie mit dem Kleinen zu
Hause sitzenließ (du wirst schon sehen, du gemeines Schwein, das
wirst du uns büßen, ich werde dir geben für deine durchsoffenen
Nächte, denn wenn du glaubst, ich würde am Sonntag abend wie-

der in die Pfanne hüpfen, hast du dir ganz schön in den Finger geschnitten, und wenn ich Finger sage), oder weil der Kerl, der nicht
mehr atmen kann, kein Asthmatiker oder Emphysematiker ist
(die wissen nämlich, was sie haben, die kennen ihre Krankheit
wie ihre Hosentasche, die sagen gleich, was los ist), sondern ein
etwas jämmerlicher kleiner Kerl, geschlagen mit einer Klotenfres-
serin, die ihm schon den ganzen Abend die Hölle heiß macht wegen der unangebrachten Berührung irgendeiner Schwägerin einer
angeheirateten Kusine, beim Hochzeitsbankett, von dem sie spät
am Morgen zuvor zurückgekommen sind (du wirst schon sehen,
du Schlampe, das wirst du mir büßen, daß du mir den Sonntag-
abendfilm mit deinem stupiden Geschimpfe vergällst. Das Herz-
klopfen, das ich immer hatte, wenn ich zwei Päckchen Zigaretten
am Tag rauchte, mein Herz spielte damals Schlagzeug, und
du hattest Angst, ich könnte in der Nacht sterben, erinnerst du
dich? Nun, es hat wieder angefangen!), kurzum, mit einem Wort,
nachts werden häufig offene Rechnungen beglichen.

Wenn ich dich wecke, sagst du, daß sie dir das bezahlen werden, daß du ihnen wegen mißbräuchlichen Kommenlassens und
persönlichen Anspruchsdenkens dreißig Francs mehr berechnen
wirst, doch wenn du zurückkommst, tut es dir leid, du bist fast
niedergedrückt, unglücklich darüber, daß du Zeuge von so viel
Gefühlselend gewesen bist, von so viel unterdrücktem Haß, von
so vielen angehäuften Mißverständnissen.

Manchmal, zu oft nach meinem Dafürhalten – und nach deinem
wohl auch, wie ich mir vorstelle –, ist es blutiger Ernst, Drama
und Entsetzen, der Verkehrsunfall zu fünft in dem kleinen roten
GT (es heißt zwar oft, wenn ein Mädchen zur Rechten des Fahrers
sitzt, nehmen die jungen Kerle mit dem taufrischen Führerschein
eher den Fuß vom Gas als ein Glas zur Brust, aber das stimmt
nicht immer), und von den fünfen findest du vier übel zugerichtet
und eine tot, die kleine Freundin des Fahrers landete am Beton-
mast, als sie aus der Kurve getragen wurden,
    die Uterusblutung bei einem nichtoperablen Krebs, und sie
dachte, sie könnte in Ruhe zu Hause sterben, doch jetzt muß sie
wieder ins Krankenhaus,
    der plötzliche Tod des Säuglings.

Und dann gibt es noch die Spinner, die Gestörten, die Bekloppten,
    die chronisch verstopften verrückten Weiber, die um Mitternacht
anrufen, damit man zu ihnen nach Hause kommt, nach Möglichkeit durch den Hintereingang, damit ihre Männer nicht wach werden, um ihnen ein Rezept für ein Abführmittel zu verschreiben,
    die Gewalttätigen aus der »Kaserne« (eine Art Bunkerwohn-
block in Saint-Jacques, die Schlafstadt der Fabrik für Zubehör-
teile, jedes Wochenende hast du von dort drei oder vier Anrufe),
die ihre Frauen verprügeln und den Nachbarn, der gekommen ist,
um sie zu beruhigen, mit einem Gewehr bedrohen und dessen
Frau wiederum die Gendarmen anruft, die dich kommen lassen,
weil sie zwar die öffentliche Gewalt, das Schwert der Gerechtig-
keit, der bewaffnete Arm der Justiz sind, die aber auch Frau und
Kinder haben und die deshalb, wenn es sich um einen Tobsüchti-
gen handelt, lieber zuerst den Arzt bitten, ihm Valium in den Hintern zu spritzen, bevor sie ihn einbuchten … Als ich dich gefragt
habe, ob du nicht ein wenig Angst hattest, hast du zu mir gesagt,
ja, schon, aber das Gewehr war jedesmal ungeladen, weil er so
besoffen war, daß er die Patronen nicht fand.

Und dann gibt es noch die Ängstlichen, die das Entsetzen packt
bei der Vorstellung, wieder eine Nacht allein mit sich zu sein, ich
habe keine Verwandten mehr ich habe keine Freunde mehr meine
Kinder sind fort meine Nachbarn sind in Urlaub ich muß mit jemandem reden weil ich sonst verrückt werde,
    die Hysterischen, die ihre wöchentliche Krise haben,
    die Halbwüchsigen, bei denen die Sicherung durchknallt,
    die Dreisten, die seelenruhig wegen der Verlängerung ihres
Krankenscheins anrufen. Ja, ich weiß, daß es schon elf Uhr abends
ist, aber am Montag morgen ist es unmöglich einen Arzt aufzusuchen, sie sind zu beschäftigt.

Und von Zeit zu Zeit gibt es auch jene, bei denen du das Gefühl
hast (du sagst es mir dann, wenn du zurückrufst, du bist müde,
aber ein wenig aufgeregt, fast fröhlich: Ich bedaure nicht, daß ich
hingefahren bin, das ist jemand, bei dem ich wirklich das Gefühl
habe), ihm einen Gefallen erwiesen zu haben, ein alter Mann, der
aus dem Bett gefallen ist, und es ist dir gelungen, seine Umgebung
zu beruhigen, damit man ihn nicht ins Krankenhaus schickt, ein

Junger, der mitten in der Nacht mit dem Moped verunglückt ist und den du wieder zusammengeflickt hast, eine schwangere Frau, die eine Bronchitis hatte und fürchtete, wegen der vielen Husterei eine Fehlgeburt zu bekommen, ein Vertreter, der um fünf Uhr morgens wegfahren sollte und rasende Zahnschmerzen bekam, ein verlorener Sohn, der immer wieder Asthmaanfälle bekommt, sobald er seine Eltern besucht – es ist sehr feucht in der Gegend – und der leichtsinnigerweise seinen Inhalator zu Hause vergessen hat, wo es warm und trocken ist und wo ihm das nie passiert, eine Dame, die nicht wollte, daß man dich stört, deren Nachbarin jedoch darauf bestanden hat, denn sie fand, daß es ihr wirklich nicht gutging, und die du in ihrem Bett sitzend vorgefunden hast, eine Tasse Kräutertee in der Hand, und die mit betrübtem Gesicht zu dir sagt: »Es tut mir leid, daß ich Sie gestört habe«, zu der du dich ein wenig gesetzt hast, um mit ihr zu plaudern, und der du vor dem Weggehen lediglich den Blutdruck gemessen hast, aber als du mir dann am Telefon davon erzählst, ohne mir zu sagen, was sie dir anvertraut hat, spüre ich, daß dir zum Heulen zumute ist.

Und dann gibt es noch die andern, die, für die man nichts mehr tun kann, die frisch Verstorbenen, plötzlich oder nach langer Krankheit, in ihrem Hof oder auf ihrem Bett, die Alten, die Jungen, die Mittelalten, die Witwer, die Umsorgten, die Bedürftigen, die Selbstmörder …

Ich zittere, ich gähne, ich mache mir Kaffee warm. Ich ziehe die Schubladen auf und suche nach einer Illustrierten oder einem Buch, das meine Kolleginnen von der Tagesschicht vielleicht vergessen haben. Ich finde einen Schmöker, ich lese einige Seiten, doch sehr schnell fange ich an zu dösen, ich nicke ein, und da ich spüre, wie mein Kopf nach vorn fällt, lege ich mich hin, du weißt, daß du mich nicht anzuläuten brauchst, wenn ich weitere Anrufe bekomme, werde ich bei dir zurückrufen, wenn es um halb acht früh für einen Krankenbesuch am Vormittag ist, wie das hier oft geschieht, werde ich es aufschreiben, und ich werde dich so lange wie möglich schlafen lassen, außerdem ist heute Montag drei Uhr früh, im Prinzip dürfte es vor – *Scheiße Scheiße Scheiße das Telefon klingelt!*

38
Monsieur und Madame Deshoulières

Das Telefon klingelt. Ich gehe hinaus auf den Flur.

»Herr Doktor, es ist für Sie, Ihr Sekretariat ...«

Du schaust auf, du seufzt.

»Danke.«

Du stehst auf, um zu antworten. Unterdessen werfe ich einen Blick ins Schlafzimmer. Das Läuten hat meine Frau nicht geweckt.

Auf dem Küchentisch liegt das Rezept, das du gerade ausstellen wolltest, daneben dein Blutdruckgerät, die Taschenlampe und der Reflexhammer, der Kaffeelöffel, den ich für dich hingelegt habe, den du aber nicht benutzt hast, die Schachteln mit den Medikamenten, die meine Frau bisher genommen hat. Ich höre dich einsilbig antworten, dann auflegen. Ich gieße schließlich Wasser auf den Filterkaffee. Du kommst in die Küche, du setzt dich wieder.

»Haben Sie jetzt noch einen anderen Krankenbesuch zu machen?«

»Nein, man hat mich angerufen, um mir die Ergebnisse einer Blutprobe durchzugeben ...«

»Darf ich Ihnen eine Tasse Kaffee anbieten?«

Du hörst auf zu schreiben, du reibst dir die Augen, nimmst deine Brille ab.

»Mmmhh. Das ist überaus liebenswürdig. Ich habe seit Samstag wohl nicht mehr als drei Stunden geschlafen. Das werde ich bestimmt brauchen, wenn ich heute korrekt arbeiten will.«

»Es tut mir leid, daß ich Sie habe kommen lassen.«

»Ich hatte Ihnen doch gesagt, daß Sie mich zu Hause anrufen können.«

»Wenn ich gewußt hätte, daß Sie Bereitschaftsdienst haben ...«

»Wenn Sie es gewußt hätten, hätte Ihre Frau bestimmt zu Ihnen gesagt, daß sie noch warten kann.«

»Das stimmt ... Und das wäre wirklich nicht gut für sie gewesen. Jetzt kann sie wenigstens schlafen.«

Ich stelle eine Tasse vor dich hin, ich gieße den Kaffee ein, du nimmst zwei Stück Zucker aus der Dose, du rührst mit dem Kaffeelöffel um, du legst ihn wieder hin, du schreibst.

Du bist über dein Rezept gebeugt. Deine Haare sind etwas lang, etwas schmutzig. Der Kragen deines Hemdes ist sehr durchgescheuert, deine Lederjacke sieht aus, als sei sie so alt wie ich, und ich bin nicht mehr ganz jung, deine Wangen sind mit grauen Bartstoppeln bedeckt, und das mindeste, was man sagen kann, ist, daß du keinen sehr sauberen Eindruck machst. Aber die Nacht ist schwierig gewesen.

Meine Frau mag dich sehr. Sie hat mir schon mehrmals gesagt, daß sie gern einen Sohn wie dich gehabt hätte. Ich hatte schon Kinder, aber für gemeinsame war es zu spät. Ich dachte, daß wir trotzdem ein gutes Leben haben würden, ist man einmal im Ruhestand, sagt man sich, daß man das noch ein wenig ausnützen, daß man sich ein wenig mit sich selbst beschäftigen, Reisen machen, das Haus so in Schuß bringen will, wie man es immer gern gehabt hätte, aber nie die Zeit dazu hatte ... Und dann hat die Krankheit sie mit einem Mal ganz unerwartet erwischt. Ich, der ich zehn Jahre älter bin als sie, hatte mir immer vorgestellt, daß ich als erster gehen würde, es heißt überall, die Männer würden nicht so lange leben wie die Frauen, die Frauen seien widerstandsfähiger, aber nein.

Ich gieße mir eine Tasse Kaffee ein, und ich setze mich zu dir.

»Bevor meine Frau krank wurde, wußte ich nicht, daß es das überhaupt geben kann, diese Art Krankheit.«

Du schüttelst den Kopf.

»Es gibt mehr Krankheiten, als alle Ärzte zusammen je kennen werden.«

»Ist das wahr? Aber bei all dem Fortschritt der Wissenschaft müßten doch ...«

»Ja, es gibt Fortschritte, aber nicht immer dort, wo es notwendig wäre.«

»Und was weiß man über die Krankheit?«

Du hörst auf zu schreiben, du rührst mit dem Löffel in deiner Tasse. Du schaust mich über den Rand deiner Brille hinweg an.

»Man weiß, wie die Krankheit sich entwickelt. Man kann bei

den Symptomen einigermaßen Erleichterung verschaffen. Aber man weiß nicht, wie man sie heilt.«

»Nein, daß ich einmal zusehen müßte, wie sie leidet, damit hätte ich nicht gerechnet, und sie auch nicht. Doktor Jardin … Das ist übrigens auch der Grund, weshalb wir zu Ihnen gekommen sind. Nach einigen Monaten – wir haben ihn allerdings auch oft kommen lassen, aber sie hatte solche Schmerzen, und es fiel ihr so schwer, auch nur das Geringste zu tun, ich wußte nicht mehr, was ich machen sollte. Ich bin schließlich kein Arzt und immerhin auch schon zweiundsiebzig Jahre alt – kurzum, eines schönen Tages haben wir ihn nicht kommen lassen, meine Frau hat darauf bestanden, daß ich sie hinbringe, dabei war der Gang vom Auto zu seiner Praxis das reinste Kalvarium. Wir haben eineinviertel Stunden im Wartezimmer gewartet, weil, verstehen Sie, Doktor Jardin immer zwei oder drei Termine gleichzeitig hat, folglich ist es immer voll. Als er uns hereingebeten hat, hat sie sich hingesetzt und angefangen zu weinen, ich hatte sie noch nie so weinen sehen, und sie hat gesagt: ›Herr Doktor, ich kann nicht mehr, die Schmerzen sind zu groß, ich bin es einfach leid, mein Mann ist erschöpft, bitte, tun Sie etwas!‹ Darauf hat Doktor Jardin sie angesehen, er hat mich angesehen, er hat die Arme zum Himmel gehoben und gesagt: ›Madame Deshoulières, ich kann nichts mehr für Sie tun.‹ Und er hat sich hinter seinen Schreibtisch gesetzt. Und damit war alles gesagt.«

Du schaust mich an, ohne zu verstehen.

»Sind Sie nie in seiner Praxis gewesen?«

»Nein …«

»Es ist nicht wie bei Ihnen, sie ist winzig, die Leute müssen im Wartezimmer stehen, weil es nur vier Stühle gibt, und nicht einmal drei Bauklötze für die Kinder, während sie bei Ihnen, wie ich gesehen habe, eine ganze Ecke für sich haben – deshalb habe ich auch mit meiner Enkelin gesprochen und ihr gesagt, sie könne ihre Kinder zu Ihnen bringen; wenn es nichts gibt, womit man sie beschäftigen kann, halten die Kleinen einfach nicht still – und das Sprechzimmer von Doktor Jardin ist ebenfalls ganz klein. Da steht ein Untersuchungstisch, aber der ist für ältere Leute wie uns viel zu hoch, deshalb untersucht er uns nur halb, auf dem Stuhl sitzend. Man macht nur den Oberkörper frei, wenn überhaupt.

Manchmal läßt er uns nicht einmal den Ärmel hochkrempeln, um den Blutdruck zu messen. Bei meiner Frau zum Beispiel hat er sich nie die Mühe gemacht, sie so zu untersuchen, wie Sie es jedesmal tun, außerdem, selbst wenn er es gewollt hätte, sie wäre nie auf den Untersuchungstisch gekommen, sogar mir gelingt es kaum, außerdem liegt man nicht gut darauf, weil er in eine Ecke zwischen Tür und Fenster gequetscht ist. Man liegt immer zusammengekrümmt da, weil das eine Ende immer hochgeklappt ist, sonst könnte man die Tür nicht aufmachen! Das schlimmste aber ist sein Schreibtisch. Es ist eigentlich kein Schreibtisch, sondern eine kleine Holztheke, wie es sie früher in den Apotheken gab, wissen Sie? Die sind nicht dazu gemacht, daß man sich dran setzt, sondern daß man dahinter steht, der Apotheker legte die Medikamente obendrauf, seine Papiere oder sein Geld hingegen legte er auf dem Regal dahinter ab.«

»Ich bin im Bilde ...«

»Wohlgemerkt, es ist ein schönes Möbelstück, und weil es bei ihm nicht sehr groß ist, hat er lieber das genommen als einen Schreibtisch, weil man sich sonst mit dem Untersuchungstisch, dem Schrank und den beiden Stühlen für die Patienten nicht mehr hätte bewegen können. Aber glauben Sie, er hätte sein Pult in die Ecke an die Wand gestellt? Erstens hätte es dort nicht so viel Platz weggenommen, und außerdem hätte man ihn sehen können! Aber nein! Er hat seine Holztheke direkt vor die beiden Stühle gestellt, und wenn er sich dahinter setzt, um seine Rezepte zu schreiben oder um am Telefon einen Anruf entgegenzunehmen, sieht man ihn überhaupt nicht mehr, es ist so, als sei er nicht mehr da. Manchmal blieb er lange am Telefon, ich hätte am liebsten an die Holztheke geklopft und gerufen: Hallo! Ist da jemand?«

Du fängst an zu lachen.

»Das hätten Sie tun sollen!«

»Wozu? Es ist nicht, weil er Doktor ist und ich früher Metzger war. Ich bin immerhin zwanzig Jahre älter als er, für mich ist er ein junger Grünschnabel ... Aber es hätte meiner Frau nicht gefallen. Als wir nun das letzte Mal bei ihm waren, hat er sich so hinter seinen Schreibtisch gesetzt, daß man ihn überhaupt nicht mehr sah, man fragte sich, was er tat, darauf ist meine Frau unter größter Anstrengung aufgestanden, und als ich ebenfalls aufstand, um ihr zu helfen, hat sie gesagt: ›Bezahl den Doktor, wir gehen.‹ Sie wollte nicht, daß er das Formular für die Krankenversicherung ausfüllt, weil sie fand, daß es unredlich ist gegenüber den Leuten, die sich ins Zeug legen müssen und vierzig Jahre lang ihre Beiträge zahlen, sie hat gesagt: ›Adieu, Herr Doktor‹, und wir sind gegangen. Und als wir dann am Auto waren, hat sie mir gesagt, eine ihrer Freundinnen habe ihr von Ihnen erzählt, und sie wolle, wo wir nun schon einmal unterwegs seien, lieber Sie aufsuchen, als sofort nach Hause zu fahren.«

»Dann hatte sie also, als Sie das erste Mal bei mir waren, eineinhalb Stunden bei Doktor Jardin gesessen und dann noch einmal eine Stunde in meinem Wartezimmer?«

»Ja … Aber wissen Sie, diese Stunde ist für sie wie im Flug vergangen. Meine Frau war … ich weiß nicht, wie ich es Ihnen sagen soll. Es ging ihr besser, sie war wie erleichtert. Im Wartezimmer hat sie zu mir gesagt: ›Wir hätten den Arzt schon längst wechseln sollen, es interessierte ihn überhaupt nicht, mich zu behandeln, es ist zuviel Arbeit für fast nichts … Aber so darf man mit den Leuten nicht umgehen‹, und ich: ›Aber woher weißt du denn, daß der hier gut ist?‹, und sie: ›Auf jeden Fall kann er nicht schlechter sein.‹ Außerdem war das Wartezimmer voll, als wir angekommen sind, aber alle Leute saßen, und zwei Junge sind aufgestanden, um uns ihren Platz zu überlassen. Bei Doktor Jardin wäre das nie passiert, an jenem Tag waren es zwei Alte, die ich ein wenig kenne, die aufgestanden sind. Sie hätten sich geschämt, uns stehen zu lassen, meine Frau und mich, da sie aber ebenfalls müde waren, sind sie wieder gegangen. Wenn ich das gewußt hätte, hätte ich mich natürlich nicht an ihre Stelle gedrängt … In Ihrem Wartezimmer waren Kinder, die ruhig in einer Ecke mit Plüschtieren spielten, das Wetter war schön, die Sonne schien, die Fenster standen offen, der Kirschbaum blühte – gehört er Ihnen?«

»Nein, leider …«

»Und dann, als Sie aus Ihrem Sprechzimmer gekommen sind, allein schon die Art und Weise, wie Sie zu der Person, die wegging, auf Wiedersehen sagten, und dann zu der Person, die aufgestanden war, guten Tag, und dann die Art und Weise, wie Sie uns begrüßten, obwohl wir noch nie bei Ihnen waren …«

Du zuckst die Achseln, als ob das nicht der Rede wert sei.

»Das ist zwar nicht der Rede wert, Herr Doktor, aber es ist doch viel, denn nicht alle Ärzte sind wie Sie. Neulich, in der Hauptstraße, haben Sie mir zugewinkt, als Sie mit dem Auto vorbeifuhren. Es war das erste Mal in meinem Leben, daß ein Doktor mir zugewinkt hat. Es ist zwar nicht viel, aber es sagt alles ... Vor allem aber wollte ich Ihnen sagen ... Ich weiß nicht, was werden wird, ich sehe genau, daß es meiner Frau immer schlechter geht, daß die Schmerzen immer größer werden. Das ist traurig, weil es Leute gibt, die sie gern besuchen und sich mit ihr unterhalten möchten, aber jetzt geht das nicht mehr, ich stopfe sie mit Beruhigungsmitteln voll, und sie schläft ständig, also biete ich ihnen eine Tasse Kaffee an, sie unterhalten sich mit mir, aber das ist nicht dasselbe ... Ich bin nicht dumm, ich habe viele Leute sterben sehen, ich kann mir denken, daß ihr nicht mehr viel Zeit bleibt, aber ich wollte Ihnen sagen ... An dem Tag, an dem wir zum ersten Mal bei Ihnen waren, als wir hereingekommen sind und Sie ihr geholfen haben, sich hinzusetzen, erinnern Sie sich? Meine Frau hat gesagt: ›Ich komme zu Ihnen, weil Doktor Jardin zu mir gesagt hat, er könne nichts mehr für mich tun.‹ Und wir haben beide, ich und sie, gesehen, daß Sie schockiert waren. Sie haben gesagt, und daran werde ich mich mein ganzes Leben lang erinnern, *Was für eine Krankheit es auch sein mag, man kann immer etwas tun*, und als wir gegangen sind, Sie hatten uns lange dabehalten, da fühlte sie sich tatsächlich besser. Sie kam bis zum Auto, ohne daß ich sie stützen mußte, und vierzehn Tage lang, so hatte ich sie seit Beginn ihrer Krankheit noch nie gesehen, hatte sie wieder Mut gefaßt. Sie stand morgens auf, sie hatte weniger Schmerzen, sie hat sogar ein bißchen gekocht, und ich habe daran geglaubt, wissen Sie, und sie auch. Jetzt weiß ich, daß es vor allem war, weil Sie ihr wieder Mut gemacht haben, ohne uns Geschichten zu erzählen, ohne uns zu versprechen, daß sie wieder gesund werden würde ...

Ich weiß, daß sie sterben wird, sie auch, sie sagt es mir, und sie ist nicht einmal zornig, sie tröstet mich sogar, sie sagt, daß es eben daran liegt, daß sie kein Glück hat, sie sagt, daß ich noch gut beisammen bin und daß ich mich wieder mit jemandem zusammentun solle. Ich könnte das natürlich nicht. Nicht, nachdem ich das alles mit ihr erlebt habe. Aber selbst wenn ich weiß, daß sie gehen muß ... nicht etwa, daß ich es will, aber es ist kein Leben mehr, sie so leiden zu sehen ... ich wollte Ihnen sagen, daß diese vierzehn Tage ... das ist nicht viel, vierzehn Tage, wenn man drei Jahre lang unaufhörlich Schmerzen gehabt hat, aber für diese vierzehn Tage ist sie Ihnen immer dankbar gewesen ... und ich auch.«

Und da, es überrascht mich, und ich nehme es mir übel, weil mir das nie passiert, da fange ich an zu weinen wie ein kleiner Junge, und ich sehe nichts mehr, ich höre nichts mehr, ich spüre nichts mehr, nur die Tränen auf meinen Wangen, die Schluchzer, die mich schütteln, und deine Hand auf meinem Arm.

39
Madame Leblanc

Das Telefon klingelt. Ich lasse das Laken auf die Liege fallen und strecke die Hand nach dem Telefon aus. Ich hebe ab.

»Arztpraxis ...«

»Hallo! Edmond! Bist du es, Edmond?«

»O nein, Madame, Sie haben sich bestimmt verwählt, Sie sind mit der Arztpraxis in Play verbunden ...«

Sie legt auf. Sie verwählt sich regelmäßig. Ich denke, daß es eine alte Frau ist, die nicht mehr gut sieht, es gelingt ihr nicht, die Nummer richtig zu wählen, oder sie hat noch einen alten Apparat mit einer Wählscheibe, der mit der Zeit nicht mehr so funktioniert, wie er soll. Ich habe zwar versucht, mit ihr zu sprechen, um es ihr zu erklären, aber sie legt immer sofort auf. Sie ruft immer gegen zehn, halb elf an, es ist bestimmt ihr Sohn oder ihr Bruder, bei einem solchen Vornamen. Es ist nicht einmal sicher, daß sie hier in der Gegend wohnen. Dem Akzent nach zu urteilen ist sie nicht aus dem Kanton ... Die älteren Personen mögen das Telefon nicht, sie haben das Gefühl, jeder Anruf koste viel Geld, sie sagen, was sie sagen wollen, ganz schnell, ohne innezuhalten, sie haben Mühe, zu verstehen, was man antwortet, Mühe, eine Unterhaltung in Gang zu halten, es ist, als müßten sie den Gesprächspartner vor sich haben, um sicher zu sein, daß das, was sie sagen, auch richtig verstanden wird, und daß das, was sie verstanden haben, auch wirklich das ist, was gesagt worden ist. Sie haben Mühe, auf die Fragen zu antworten, sie haben Mühe, den Weg zu erklären, den man einschlagen muß, sie haben Mühe, ins Leere hinein zu reden. Für sie ist das Telefon eine Heimsuchung. Und der Anrufbeantworter, den du von Samstag mittag bis Montag morgen einschaltest, ist ein Martyrium. Das spricht, das spricht, das ist alles, was es kann. Das geht zu schnell, und es sagt nur unnötige (Die Arztpraxis ist am Montag morgen ab 8 Uhr wieder geöffnet) und unverständliche (Bei einem Notfall am Samstag und Sonntag setzen Sie sich bitte mit Doktor Pasini in Saint-Bernard-de-l'Orée in

Verbindung ...) Dinge, denn selbst wenn du langsam sprichst und deutlich artikulierst, geht es zu schnell: der Name des Arztes, der Name der Gemeinde, die Telefonnummer, das ist so lang, es ist unmöglich, sich daran zu erinnern, selbst wenn du es wiederholst – und sie denken auch nicht daran, sich ein Stück Papier und einen Bleistift zu holen, denn sie erwarten ja, daß sie an dich geraten. Für manche ist es noch komplizierter, wie etwa für Madame Bellisario, die in Marquay wohnt. Sie ist fast taub. Ihr Mann war sehr geschwächt, und jedesmal, wenn es ihm schlechtging, mußte sie wegen eines Hausbesuchs anrufen. Da sie sich dessen, was sie hörte, nicht sicher war, das konnte eine Person sein oder der Anrufbeantworter, gab sie, sobald sie das Geräusch einer Stimme hörte, ihren Namen und ihre Telefonnummer an, wiederholte es zweimal, ganz langsam, und bat, man möge zurückrufen. Wenn fünf Minuten später noch kein Anruf gekommen war, fing sie wieder von vorne an. Und wenn man dann immer noch nicht zurückrief, wählte sie die Nummer eines anderen Arztes, und der ganze Zirkus fing wieder von vorne an ... Ihr Mann ist innerhalb weniger Tage gestorben, er hatte eine verstopfte Ader im Schenkel, seine Schwiegertochter, die in der Bank in Saint-Jacques arbeitet, hat es mir gesagt. Im Krankenhaus wollten sie ihm das Bein amputieren, weil er bereits einen Wundbrand bekam, aber du hast dich dem widersetzt. Im ersten Augenblick hat dir seine Schwiegertochter übelgenommen, daß du nein gesagt hast, sie hat dich sogar angerufen, um es dir vorzuwerfen, aber du hast ihr erklärt, daß er so und so gestorben wäre, daß er für nichts und wieder nichts hätte leiden müssen, während man ihm Erleichterung verschaffen konnte, ohne ihm das Bein abzuschneiden. Ich hätte nicht an deiner Stelle sein mögen, einfach so zu entscheiden, was getan werden muß, und dazu noch gegen die Krankenhausärzte. Es stimmt zwar, daß die Ärzte in der Regel entscheiden, was zu tun ist, ohne zu erklären, warum, ohne sich um die Gefühle des Patienten oder der Familie zu kümmern ... Es ist wie bei mir, als ich meine Arbeit verloren habe. Sobald ich zum Arbeitsamt ging, bekam ich Schluckauf. Einen furchtbaren Schluckauf. Wenn es mal anfing, hörte es nicht mehr auf. Im Laufe der Monate wurde es immer schlimmer. Es überkam mich jedesmal, wenn ich in die Stadt ging, in den Läden, auf der Straße, im Parkhaus. Beim geringsten Zwischenfall, einer Gereiztheit, einer Verärgerung, schlug es mir wohl auf die Nerven, und schon fing es wieder an. Der Arzt, den ich damals aufgesucht hatte, immerhin ein bekannter Spezialist, hatte mir gesagt, die einzige Lösung sei eine Operation, bei der mir der Nerv des Zwerchfells, oder was weiß ich, durchtrennt wird, aber das kam mir dann doch etwas unverhältnismäßig vor. Es mußte doch etwas zu machen sein, um meinen Schluckauf zu heilen, ohne schneiden zu müssen! Am Ende hatte ich den Schluckauf jedesmal, wenn ich etwas nervös oder gereizt war, zu Hause, bei meinen Schwiegereltern, sogar in der Schule, wenn ich den Lehrer meiner Söhne aufsuchte. Ein Schluckauf ist etwas Furchtbares, er überkommt einen ohne Vorwarnung und läßt einen nicht mehr los, wie die Folter, die ich einmal in einem Film gesehen habe, ein Gefangener war unter einem Wasserhahn festgebunden, und alle vier oder fünf Sekunden fiel ihm regelmäßig ein Wassertropfen auf den Kopf, und dieses unaufhörliche Klopfen auf die Schädeldecke machte ihn schließlich verrückt. Beim Schluckauf ist es ähnlich, der ganze Körper wird durchgeschüttelt, das nimmt einem den Atem, man fühlt sich eiskalt und hat eine solche Angst, es könne wiederkommen, daß man schon darauf wartet, man bereitet sich auf den nächsten Stoß vor, wie bei einem Erdbeben, nur daß es hier in einem selber ist. Und man kann nichts mehr tun, was können Sie schon tun, wenn Sie ohne Unterlaß einen Schluckauf haben?

Ich konnte nicht mehr kochen, ich konnte nicht mehr bügeln, ich konnte nicht mehr ruhig nähen. Wenn es mich überkam, während ich meinen Jungen eine Geschichte vorlas, mußte ich meinen Mann rufen, damit er das Buch zu Ende las. Wenn es mich am Telefon überkam, mußte ich auflegen. Ich weinte deswegen, ich konnte einfach nicht mehr.

Als ich angefangen habe, in der Arztpraxis zu arbeiten, hat es sich wie durch ein Wunder gelegt. Zwar habe ich auch weiterhin von Zeit zu Zeit einen Schluckauf gehabt, aber sehr viel seltener. Das hat mich auf den Gedanken gebracht, daß es vielleicht mit meiner Entlassung zusammenhing und mit der Tatsache, daß ich keine neue Arbeit fand. Nach einigen Monaten war ich in Unruhe, daß du mangels Patienten vielleicht schließen müßtest, es lief damals nicht gut, und schon bekam ich wieder Schluckauf. Eines schönen Tages hat mein Mann zu mir gesagt: Hör mal zu, du arbeitest bei einem Arzt, und du hast ihm noch nie von deinem Problem erzählt! Ich wollte dich natürlich nicht belästigen. Aber als es mich eines Morgens beim Aufstehen wieder erwischt hat, habe ich mich entschlossen, ich bin losgegangen, um die Praxis zu öffnen. Es war an einem Samstag, ich arbeite an diesem Tag zwar nicht, aber ich schließe das Wartezimmer auf, wenn ich vom Broteinkaufen komme, so können die Patienten schon mal hinein, selbst wenn du dich verspätet hast, und du brauchst nicht über Play zu fahren, um aufzuschließen, wenn du zum Beispiel einen Krankenbesuch in Sainte-Sophie machen mußt. Da noch niemand da war, habe ich mich ins Wartezimmer gesetzt. Und dann habe ich mich gefragt, was ich dir sagen soll, es kam mir lächerlich vor, daß ich die Sprechstundenhilfe eines Arztes war und nie mit ihm darüber gesprochen hatte (gewiß, es ist vorgekommen, daß du mich nach Hause geschickt hast, wenn ich eine Bronchitis oder eine Grippe hatte, aber das bekommt eben jeder, während mein Schluckauf, den wünsche ich niemandem), und ich sagte mir, daß du dich freundlich über mich lustig machen würdest (oh, du kannst sehr spöttisch sein, wenn es dich überkommt, zum Beispiel, wenn ich von den ärztlichen Sendungen erzähle, die ich im Fernsehen angeschaut habe. Mein Mann und ich, wir sehen sie uns immer an, aber du sagst, daß sie übertreiben und daß das Leben ganz anders ist), aber als du angekommen bist und mich im Wartezimmer sitzen sahst, zwischen drei anderen Personen, hast du nichts gesagt, du hast gleich gemerkt, daß etwas nicht stimmte. Du hast so getan, als sei ich eine Patientin wie die andern, du hast uns alle begrüßt und bist in die Praxis gegangen. Als du wieder herausgekommen bist, bin ich aufgestanden, weil ich die erste war. Madame Renard war gleich nach mir gekommen, ich mußte darüber lächeln, daß ich vor ihr dran war. Gewöhnlich, wenn sie nicht die erste ist, gelingt es ihr immer, eine Unterhaltung mit ihrem Nachbarn anzuknüpfen (»Olalameingott, was habe ich Schmerzen! Haben Sie jemals jemanden gesehen, der solche Schmerzen hat?«) und ihn davon zu überzeugen, daß er ihr seinen Platz überlassen muß, sofern er der zuerst Gekommene ist – ich weiß nicht, wie sie es anstellt, um es herauszufinden, aber es gelingt ihr immer. Aber diesmal hat sie sich dann doch nicht getraut.

Du hast mich gebeten, Platz zu nehmen. Du hast dich mir gegenüber gesetzt, du hast beunruhigt ausgesehen und gesagt:

»Wo fehlt's, Madame Leblanc?«

»Oh, es ist nichts sehr Ernstes, Herr Dok- (Pardon!) -tor.«

Ich habe die Hand unter meinen Hals gelegt, um wieder zu Atem zu kommen, ich habe versucht, meinen Speichel hinunterzuschlucken. Als du mich so gesehen hast, den Tränen nahe, hast du mir die Hand auf den Arm gelegt und zu mir gesagt:

»Lassen Sie sich Zeit.«

»Ja, aber (Pardon!) draußen sind Leute, die warten . . .«

»Heute sind Sie meine Patientin, das ist also nicht Ihr Problem.«

»Wis- (Pardon! . . . Olala!) . . . -sen Sie, das dauert schon lange, und ich habe nie (Pardon!) Gelegenheit gehabt, mit Ihnen darüber zu reden, aber stellen Sie sich vor, das dauert (Pardon!) jetzt schon, seit ich meine Stelle verloren habe, ich mei- (Pardon!) -ne, die Stelle davor, in der Fabrik, damals hat (Pardon!) es angefangen mit dem Schluck- (Pardon!) -auf, es war genau wie jetzt, anfangs war es nur, wenn ich (Pardon!) aufs Arbeitsamt ging, aber dann habe ich ihn ständig bekommen, und ich habe alles versucht, ich habe alle Ärzte des Kan- (Pardon!) -tons aufgesucht, ich habe sogar einen Neurologen aus dem Krankenhaus konsultiert, Doktor D'Or- (Pardon!) . . .«

»D'Ormesson?«

»Ja . . . Aber es ist nicht besser geworden, und ich war wirklich verzwei- (Pardon!) -felt, weil ich es auch nachts hatte. Ich woll- (Pardon!) -te auf dem Sofa schlafen, aber mein Mann hat das nie zugelassen, er wollte, daß ich bei (Pardon!) bei ihm bleibe, obwohl wir dadurch schlaf- (Pardon!) -lose Nächte verbracht haben. Und was das andere angeht, nun, Sie ver- (Pardon!) -stehen schon, so ist es nicht ein- (Pardon!) -fach, bei solch einem Schluck- (Pardon!) -auf ein Intimleben zu haben . . .«

»Ja . . .«

»Als Sie mich ein- (Pardon!) -gestellt haben, fühlte ich mich auf einen Schlag besser (Pardon!), ich habe nicht mehr so oft Schluckauf gehabt, ich habe wieder aus dem Haus gehen,

207

habe wieder in die Stadt gehen, meine Eltern besuchen, unsere Freunde empfangen können, denn Sie können sich vorstellen, ich hatte mich richtig geschämt, daß ich überhaupt nichts mehr machen konnte ... und andauernd so geschüttelt wurde. Wissen Sie, es ist die Hölle, wenn Sie sich schminken wollen, und es schüttelt einen ohne Vorwarnung, Sie schmieren sich Wimperntusche in die Augen, vom Lippenstift ganz zu schweigen ... Ja, da müssen Sie lachen (du hattest angefangen zu lachen, und ich lachte ebenfalls), aber wenn es jeden und jeden Tag so ist, rund um die Uhr, Wochen hindurch ...«

Mir war plötzlich bewußt geworden, daß mein Schluckauf aufgehört hatte. Wenn er plötzlich aufhört, ist es fast beängstigend.

»Es hat sich gelegt.«

»Ja ... Das überkommt mich vor allem, wenn ich nervös bin. Sie kennen mich seit bald zehn Monaten, seit ich bei Ihnen arbeite, ich bin etwas eigen, wenn die Dinge nicht so laufen, wie ich möchte, fühle ich mich nicht wohl. In den letzten Tagen, ich weiß auch nicht, warum, ist es wiedergekommen, darauf hat mein Mann zu mir gesagt, ich solle doch zu Ihnen gehen, und ich habe mir gesagt, stimmt ja eigentlich, ich habe alle Ärzte aus der Umgebung und mehrere aus dem Krankenhaus konsultiert, aber ich habe nie mit dem Doktor darüber gesprochen. Die Tatsache jedoch, daß ich auf Sie gewartet habe und die Leute sah, die hinter mir kamen, hat mich nervös gemacht. Ich habe gar nicht gewußt, daß Sie Samstag genauso viele Patienten haben ...«

»Nicht alle Samstage sind so.«

»Ja, aber trotzdem werde ich mir das nächste Mal einen Termin geben lassen.«

»Das werden Sie ganz gewiß nicht tun! Wenn Sie mich das nächste Mal konsultieren wollen, werde ich etwas früher in die Praxis kommen, das ist alles. Ich bin übrigens froh, daß Sie gekommen sind. Seit einer ganzen Weile wollte ich Sie schon fragen, ob Sie glücklich sind, hier zu arbeiten?«

Selbstverständlich war ich glücklich, ich war sehr glücklich.

Wir haben eine Weile über die Arztpraxis gesprochen, und dann hast du mich über meinen Schluckauf ausgefragt. Schließlich hast du gesagt, daß du einer Meinung mit mir bist: Ich war nicht krank, es hing mit meiner Ängstlichkeit zusammen, es war genau genommen eine Art und Weise zu reagieren. Du hast mir etwas verschrieben, aber nicht, um den Schluckauf abzustellen: um ihm vorzubeugen.

Auf dem Rezept habe ich gelesen:
»Zur Vorbeugung von Aufregungen eine Gelatinekapsel mit einem großen Glas Wasser einzunehmen. Die Kapsel enthält:
– Galaktose, 4 gr.
– Sukrose, 3 gr.
– Fruktose, 2 gr.
– Laktose, 1 gr.
QSP 40 Gelatinekapseln zu 10 gr.«

Der Apotheker hat mir das in grünen Kapseln zubereitet. Nach und nach hat mich mein Schluckauf in Ruhe gelassen. Einige Wochen lang habe ich jeweils eine Gelatinekapsel eingenommen, bevor ich in die Stadt gegangen bin, und alles lief bestens. Dann habe ich vergessen, sie einzunehmen, aber der Schluckauf ist nicht wieder aufgetreten, und wenn es doch einmal vorkam, hat es nicht mehr stundenlang gedauert, wie vorher. Nach drei oder vier Monaten war er völlig verschwunden.

Ich habe das Rezept aufgehoben, ich habe sogar die Gelatinekapseln aufgehoben, die übriggeblieben waren, für den Fall eines Falles. Aber seit ich in der Arztpraxis arbeite und höre, wie die Leute von ihren Wehwehchen erzählen und von der Art und Weise, wie du sie behandelst, habe ich begriffen, daß die Gelatinekapseln nicht das Wichtigste sind. Allein der Gedanke, daß ich sie einnehmen muß, hat mich beruhigt. Nicht das, was sie enthielten, hat mir gutgetan, sondern das, was sie vorstellten. Auf jeden Fall hat es funktioniert. Wenn es wieder anfinge, ich bin sicher, daß es wieder funktionieren würde. Natürlich funktioniert es nicht bei allen so einfach. Ich denke, daß es bei Madame Renard zum Beispiel nicht so gut funktionieren würde. Aber ihr Fall ist auch schlimmer als meiner.

*

Die Telleruhr zeigt 10 Uhr 05. Das Telefon hat seit meiner Ankunft in einem fort geklingelt. Ich habe die Arztpraxis aufgeräumt, die Laken gewechselt, die Instrumente gereinigt und die Instrumentenkästen zum Sterilisieren in den Autoklav gestellt, zwei Kittel zur schmutzigen Wäsche gegeben, in der Praxis und im Wartezimmer Staub gesaugt, und nachdem ich die am Sonntag gewaschenen zwei Laken gebügelt habe, räume ich den Medikamentenkoffer ein, den du zurückgelassen hat, bevor du zum Duschen, Rasieren und Mittagessen nach Hause gefahren bist.

Du hast praktisch die ganze Nacht nicht geschlafen. Als ich gesehen habe, daß das Telefon heute morgen in einem fort klingelte, habe ich geglaubt, du würdest den ganzen Tag über nicht zur Ruhe kommen, aber es waren vor allem Patienten, die um einen Termin baten. Im Augenblick hast du nur einen Krankenbesuch bei Madame Destouches zu machen, um ihr alle Medikamente neu zu verschreiben, ihr Bescheinigungen auszustellen und wahrscheinlich, um dir ihren Sohn anzusehen. Zwei Damen sprachen vor der Bäckerei miteinander, ich habe gehört, wie sie sagten, Monsieur Destouches sei heute nacht ins Krankenhaus gekommen.

Ich bin nie schwatzhaft gewesen, aber seit ich arbeite, rede ich noch weniger. Zu Anfang glaubte ich, die Leute würden mir einen Haufen Fragen stellen, aber schließlich waren es doch nicht so viele. Sie fragen mich – vor allem im Lebensmittelgeschäft oder in der Bäckerei, denn dort begegne ich ihnen –, ob du da bist, ob du im Laufe des Tages vorbeikommen könntest, ob du viel zu tun hast. In der Regel antworte ich »Selbstverständlich« auf die erste Frage, »Ganz sicher, aber Sie müßten nachher bei mir anrufen, ich habe nämlich den Terminkalender nicht bei mir«, auf die zweite, »Ja, aber er hat trotzdem noch Zeit, neue Patienten anzunehmen«, auf die dritte. Ich will nicht, daß sie sich einbilden, du wärst ebenso überlastet wie deine Kollegen. Wenn man die um einen Krankenbesuch bittet, kommen sie nie vor dem nächsten Tag.

Ich sehe im Koffer nach, ob die Plastikschachteln genügend Einwegspritzen, Injektionsnadeln, Nahtmaterial und Skalpellklingen enthalten. Ich ersetze die leeren oder übereinandergestapelten Medikamentenschachteln durch volle Schachteln, damit dir nie etwas ausgeht. Der Koffer enthält auch Kompressen, Heftpflaster, Scheren, Röhrchen in verschiedenen Größen, um Fingerverbände zu machen, sterile Gummihandschuhe, Desinfektionsmittel, einen hermetisch abgeschlossenen Kanister für die gebrauchten Injektionsnadeln und eine Art Flasche aus durchsichtigem Plastik, an jedem Ende mit einem Loch versehen, die dazu dient, daß die Asthmatiker ihre Inhalationslösung daraus entnehmen können.

Asthmatiker, davon hast du viele unter deinen Patienten. Dazu muß man wissen, daß es hier sehr feucht ist, wegen der Tourmente. Die Leute pachten kleine Gärten am Flußufer, dann bauen sie Unterstellmöglichkeiten, die von Jahr zu Jahr zu Hütten und dann zu richtigen kleinen Häusern werden, und nach zehn, fünfzehn Jahren verbringen sie hier mit ihren Kindern und ihren Enkelkindern den ganzen Monat August. Manchmal überlassen oder vermieten sie die Häuschen einem jungen Paar, das darauf wartet, eine Wohnung zu finden, aber im Winter ist das nicht sehr gesund, und man ruft dich nachts (und morgens höre ich, wie du vor dich hin brummst wegen dieser Gedankenlosen, die hustende Säuglinge in schlecht beheizten Räumen mit schimmligen Wänden zum Schlafen legen).

Ich sehe in der Schachtel mit den Morphiumampullen nach. Es sind nur noch zwei drin. Auf dem Terminkalender erinnere ich dich daran, in der Apotheke vorbeizugehen und welche zu holen.
Du benutzt viel Morphium. Auch Aspirin, Schmerzmittel, Beruhigungsmittel. Nachts haben die Leute Schmerzen. Oder sie haben Angst. Am Tag ist es anders. Als ich anfing, für dich zu arbeiten, habe ich mir ein kurzgefaßtes Kompendium mit Ratschlägen zusammengestellt, die im Notfall zu erteilen sind. Ich wollte keine Fehler machen. Aber eines Tages hast du zu mir gesagt:
»Bei Notfällen gibt es zwei Möglichkeiten. Entweder ist der Patient tot, wenn der Arzt kommt, oder aber der Tod steht nicht kurz bevor, und dann hat man immer noch genügend Zeit, Erste Hilfe zu leisten und den Kranken mit der Ambulanz nach Tourmens zu schicken, siebzehn Kilometer sind nicht sehr weit.«
Ich war trotzdem überrascht. Ich habe gesagt, daß es manch-

mal nachts dringende Anrufe gibt, Leute, die gestürzt sind, die genäht werden müssen. Asthmaanfälle.

»Ja, aber das ist nicht dringender als am Tag. Was die Dinge ›dringend‹ macht, ist die Angst, ist der Schmerz, ist die Angst zu sterben oder jemanden sterben zu sehen. Nachts ist es schlimmer … Die wahren Notfälle, bei denen man sich beeilen muß, um Menschenleben zu retten, weil die Zeit drängt, das sind vor allem die Unfälle.«

Das erinnert mich an jenen Anruf, der mich eines Mittags, in einem Sommer, zu Hause erreicht hat, ein Bauer war unter seinem Traktor eingeklemmt …

Das Telefon klingelt.

*

»Arztpraxis in Play, ja bitte …«

»Guten Tag, Madame, hier ist die Oberschwester der Station für Schwangerschaftsabbrüche. Kann ich Doktor Sachs sprechen?«

»Oh, der Doktor ist zu Hause, er hatte heute nacht Bereitschaftsdienst. Soll ich Ihnen seine private Telefonnummer geben?«

»Danke, die habe ich, aber ich will ihn nicht stören. Können Sie ihn lediglich daran erinnern, daß er heute um dreizehn Uhr einen Termin hat?«

»Ach so? Er soll ins Krankenhaus kommen?«

»Ja, um eine Dame zu untersuchen, die es zu einem anderen Termin nicht einrichten kann. Da es eine ungewohnte Zeit ist, hat er mich gebeten, ihn daran zu erinnern. Soll ich Ihnen ihren Namen geben?«

»Ja … Ist notiert. Auf Wiedersehen, Madame.«

Als ich auflege, sage ich mir, daß du nicht begeistert sein wirst. Montags hast du stets den ganzen Nachmittag über Patienten, wenn du da zwischen dreizehn und vierzehn Uhr auch noch ins Krankenhaus mußt!

Auf den Terminkalender schreibe ich:

»13 Uhr 30. Termin Krankenhaus (Madame Kasser).«

40
Madame Destouches

Durchs Fenster sehe ich, daß dein Auto auf dem Marktplatz einparkt. Du steigst aus, schließt die Fahrertür ab, öffnest die hintere Tür und nimmst deine Tasche. Du schließt wieder ab. Du machst drei Schritte in unsere Richtung und bleibst plötzlich stehen. Du bemerkst, was du in der Hand hast, es ist nicht deine Tasche, sondern ein Schulranzen aus Leder. Du schüttelst den Kopf, du machst kehrt, öffnest den Kofferraum, stellst den Ranzen hinein und holst deine Doktortasche heraus.

»Madame Barbey, der Doktor kommt.«

Die Stimme meiner Haushaltshilfe kommt aus dem Schlafzimmer.

»Ah, wurde aber auch Zeit, Georges wird gerade wach. Er will nicht, daß ich ihn ausziehe!«

»Lassen Sie nur, der Doktor wird schon mit ihm klarkommen.«

»Ja, bloß, er hat bestimmt schon seit drei Wochen die Socken nicht mehr gewechselt, von allem übrigen ganz zu schweigen.«

Du klopfst an und kommst herein.

»Guten Tag, Madame Destouches.«

»Guten Tag, Herr Doktor. Wir haben auf Sie gewartet ...«

Ich schiebe meine Gehhilfe zurück, damit du in die Küche kommen kannst. Du wartest, bis ich mit Mühe bei meinem Sessel angelangt bin, in den ich mich setze, dann ziehst du dir den Schemel heran, stellst deine Tasche ab und setzt dich ebenfalls.

»Na, wie hat er die Nacht verbracht?«

Ich seufze und schüttele den Kopf.

»Na ja, zu Anfang nicht allzu schlecht, aber gegen halb sieben wurde er langsam unruhig, er hat im Schlaf geschrien. Dadurch hat er mich, die ich erst gegen Morgen eingeschlafen bin, wach gemacht. Ich bin es leid, wissen Sie ... Und darüber hinaus hat man Sie heute nacht gestört ...«

»Das ist normal, ich hatte Bereitschaftsdienst. Er hatte eine

Wunde an der Stirn, es war schon richtig, daß sie ihn zu mir gebracht haben, damit ich sie nähe.«

»Ich hab gespürt, daß ihm etwas passiert ist, deshalb habe ich meine Tochter angerufen, damit sie nach ihm sucht. Meinem Schwiegersohn hat das natürlich nicht gepaßt, aber es ist immerhin sein Schwager ... Georges geht abends eigentlich nie aus dem Haus, und auf einmal beschließt er gestern, zu einem ... Kerl zu gehen, der an der Chaussee Richtung L'Entre wohnt. Er ist ein bißchen einfältig, deshalb versteht er sich gut mit Georges. Aber am Freitag hat Georges seine Pension bekommen, und ich weiß, daß er, als er vom Postamt kam, im Lebensmittelladen gewesen ist, um Wein zu kaufen. Ich will das Zeug hier nicht haben, früher hat er seine Flaschen in der ehemaligen Werkstatt meines Mannes versteckt, aber Madame Barbey macht die Runde und bringt mir alles, was sie findet, also muß er sie anderswo verstecken. Und weil sein ... Kumpel, kurzum, der Kerl, von dem ich Ihnen erzähle, an der Chaussee wohnt ...«

»Ist er gestern abend hingegangen, um eine Zeitlang bei ihm zu bleiben ...«

»Ja, genau so ist es. Aber er weiß, daß ich mir Sorgen mache, wenn er nicht nach Hause kommt, also marschiert er wieder heim, gleichgültig, in welchem Zustand er ist, gleichgültig, wie spät es ist, er marschiert zu Fuß auf der Landstraße zurück, es sind immerhin gut drei Kilometer, und sein Arm tut ihm weh. Außerdem konnte er in dem Zustand, in dem er war, nicht sehr weit kommen ...«

»Ihre Tochter hat mir gesagt, daß man ihn im Graben gefunden hat.«

»Zum Glück hat es in den letzten Tagen nicht geregnet, er hätte sonst ertrinken oder erfrieren können, ich habe unaufhörlich an so was gedacht, nachdem sie ihn aus Ihrer Praxis hierher gebracht und ins Bett gesteckt haben. Sie müssen entschuldigen, er ist ja so schwer, es ist ihnen nicht gelungen, ihn auszuziehen, er wollte niemanden an sich ranlassen ... Oh, ich bin es leid, Herr Doktor, wissen Sie, wirklich, mehr als leid, es wird immer schlimmer, wenn das so weitergeht, wird er noch so werden wie mein Mann, der an einer Leberzirrhose gestorben ist, und eines Abends hatte er sogar so viel getrunken, daß er unter seine Ente gefallen

ist, die Wagentür ist aufgegangen, und er ist unter die Räder gerutscht ...«

»Unter die Räder?«

»Ja, ich weiß, daß es unglaublich klingt, aber die Gendarmen
haben es mir gesagt, er ist aus der Wagentür gefallen, und das
Auto hat ihn überrollt! Deshalb bin ich auch froh, daß Georges
nicht in der Lage ist zu fahren. Mein Mann hat fünfmal ansetzen
müssen, bis er den Führerschein bekam, und das kostete schon
damals viel Geld ... Aber wenn Georges in den Graben fällt, ist
das auch nicht besser ...«

Du schüttelst den Kopf, du machst deine Tasche auf, holst
einen Rezeptblock heraus, ein Bündel Formulare von der Sécurité
sociale, du legst sie auf den Tisch neben die Plastikwaschschüssel.

»Was brauchen Sie?«

»Oh, alles, Herr Doktor. Die Krankenschwester hat mir gesagt, ich soll Ihnen sagen, daß keine Kompressen mehr da sind,
keine flüssige Seife, kein Reinigungsmittel für das Geschwür,
keine Vaseline ... Sie müßten mir wieder zwei oder drei elastische
Binden verschreiben, denn der Verschleiß ist groß, und ein paar
Rollen Heftpflaster. Und außerdem meine Herzmittel natürlich
und die Schlaftabletten ...«

»Und was machen Ihre Geschwüre? Ist die Krankenschwester
heute morgen schon dagewesen?«

»Nein, noch nicht, wenn Sie wollen, kann Madame Barbey
meinen Verband abwickeln, damit Sie nachsehen können.«

»Wir werden das beide gemeinsam machen.«

Du legst deinen Schreiber auf den Tisch, du nimmst die Plastikwaschschüssel, du stellst sie auf den Boden und du hebst mein
rechtes Bein hoch. Ich stemme mich an meinem Sessel ab, denn
mein Bein ist steif. Du stellst meine Ferse auf eine kleine Fuß-
stütze, die du unter dem Tisch hervorgezogen hast. Sobald mein
Fuß einen festen Halt hat, wickelst du die Binde ab. Wie gewöhnlich sieht man, sobald du zwei oder drei Lagen abgewickelt hast,
daß sie über den Geschwüren fleckig ist. Nach und nach wird der
Fleck immer größer, am Ende ist die Binde grün von Eiter. Darüber kleben die Kompressen an der Wunde. Du wirfst die Binde
in die Plastikwaschschüssel.

»Ich brauche flüssige Seife.«

»Madame Barbey!«

»Ja, Madame Destouches!«

»Wollen Sie mir bitte den Verbandskorb rüberreichen, aus meinem Schrank?«

Du nimmst das Fläschchen mit der flüssigen Seife und schüttest davon reichlich auf die Kompressen. Aus deiner Tasche nimmst du ein Paar Handschuhe, verpackt in einem durchsichtigen Etui. Du schlüpfst hinein, du ziehst sachte die Kompressen von meinem Bein und wirfst sie in die Plastikwaschschüssel.

Du schaust dir das Geschwür an, mit deinen behandschuhten Fingern tastest du die angeschwollene Haut um die Wunde herum ab.

»Mmmhh. Es sieht nicht gut aus, im Augenblick …«

»Oh, es war schon viel schlimmer, Herr Doktor. Ich hab jetzt wenigstens keine Schmerzen, und das Bein ist nicht allzu sehr angeschwollen.«

»Mmmhh. Bitten Sie die Krankenschwester, daß sie Ihnen auf dieses hier wieder Vaseline tut. Sehen wir uns das andere an.«

Am rechten Bein ist das Geschwür am inneren Knöchel. Am linken Bein ist es auf der anderen Seite. Das hängt davon ab, hast du mir gesagt, wie die Beine nachts auf der Matratze liegen. Durch meinen Rücken bin ich gezwungen, immer auf derselben Seite zu liegen, deshalb.

Du ziehst deine Handschuhe aus, wirfst sie in die Plastikwaschschüssel und wendest dich deinem Rezeptblock zu.

»Sie müßten mir für einen Monat auch wieder die Krankenschwester verschreiben, und dann brauche ich noch die Bescheinigung für die Haushaltshilfe, ich hätte sie gern für sechs Stunden in der Woche, aber es würde mich wundern, wenn man mir das zugesteht.«

Du schreibst, über den Küchentisch gebeugt. Als du alle Rezepte und Bescheinigungen geschrieben hast, nimmst du dein Blutdruckmeßgerät heraus.

»Oh, der ist bestimmt wieder sehr hoch, nach der Nacht, die ich verbracht habe.«

»Hundertfünfzig zu hundert, in der Tat.«

»Muß ich meine Medikamente erhöhen?«

»Nein, wir werden noch ein paar Tage warten. Ich schaue vorbei, um ihn wieder zu messen.«

Madame Barbey kommt aus dem Schlafzimmer und streckt den Kopf durch die Küchentür.

»Herr Doktor, ich will mich ja nicht einmischen, aber Sie müßten sich Georges ansehen, es geht ihm nicht gut.«

Als du einige Minuten später zurückkommst, sagst du nichts. Wenn es um Georges geht, sagst du mir nie, was du denkst, was du gefunden hast. Du sagst nur, daß du ihm etwas verschrieben hast oder daß es nicht nötig ist, daß es von selber heilen wird (bei Georges heilt immer alles, wäre da nicht der Alkohol und sein Armstumpf, würde man meinen, daß ihn nichts umwerfen kann, selbst wenn er die Grippe hat, ist er nach einigen Stunden wieder auf den Beinen. Madame Barbey sagt boshafterweise, daß der Alkohol konserviert, aber das ist, weil er immer stämmig und robust gewesen ist, sogar als er noch ganz klein war. Er fing erst spät an zu laufen und noch später zu sprechen, und er spricht immer noch ziemlich schlecht, und er ist auch nie sehr aufgeweckt gewesen, aber er ist sehr stark. Er hat seinen Arm in einer Maschine verloren, und seitdem ist er pensioniert, aber was Krankheit ist, das weiß er nicht. Schließlich konnte er ja auch nicht alles gegen sich haben!), aber sonst sagst du mir nichts. Eines Tages habe ich dich gefragt, was du von ihm denkst, aber du hast mir gesagt, daß du mir nicht antworten könntest, auch wenn er mein Sohn ist.

Du hast deine Instrumente und deine Papiere weggeräumt. Du hast mir das Kleingeld herausgegeben. Du hast Madame Barbey, bevor sie gegangen ist, den Blutdruck gemessen, weil sie im Augenblick keine Zeit hat, dich aufzusuchen. Nachdem du zu Georges gegangen bist, um ihm auf Wiedersehen zu sagen, bist du noch einmal in die Küche gekommen, um dich von mir zu verabschieden.

»Herr Doktor, ich muß Ihnen etwas sagen …«

»Ja?«

»Meine Tochter und mein Schwiegersohn … Sie wollen Georges einsperren lassen.«

»Was wollen Sie damit sagen?«

»Sie wollen ihn in eine Anstalt bringen, ich weiß nicht, wo.«

»Wann haben sie davon gesprochen?«

»Gestern abend, nachdem sie ihn ins Bett gebracht hatten, sie waren wütend, sie haben gesagt, daß sie es leid sind, daß sie Sie darum bitten werden, ihnen eine Bescheinigung auszustellen, damit er irgendwo in ein Pflegeheim eingewiesen wird ...«

»Und Sie, was meinen Sie dazu?«

»Ich will nicht, Herr Doktor. Ich weiß, daß Georges unmöglich ist und daß mich das strapaziert, aber er ist mein Sohn, er hat immer bei uns gelebt, seit er seinen Unfall gehabt hat, und als mein Mann gestorben ist, hatte ich keinen Mann mehr im Haus. Wissen Sie, mein Mann ... Er war nicht sein Vater, und Georges weiß es natürlich nicht, und ich habe es nie jemandem erzählt, nicht einmal meiner Tochter ... Nur mein Mann wußte es, und Sie jetzt. Ich weiß, daß es unter uns bleiben wird ...«

Ich schaue dich an.

»Selbstverständlich ...«

»Seine Schwester mag ihn nicht, sie schämt sich, daß sie einen behinderten Bruder hat, der trinkt, deshalb hätte sie gern, daß er nicht mehr da ist. Da er älter ist als sie und kräftig, hat sie Angst vor ihm, und mein Schwiegersohn auch, denn neben Georges ist er ganz klein ... Aber Georges ist nicht bösartig, ich habe nie gesehen, daß er jemanden schlägt. Im Grunde tut er nur sich selber weh ... Ich will nicht, daß man ihn einsperrt. Ich wollte Sie bitten ... Ich schäme mich, Sie darum zu bitten, so was tut man nicht ... Ich wollte Sie bitten, wenn das möglich ist, wenn ich einmal tot bin, lassen Sie ihn nicht einsperren, Herr Doktor ... Ich weiß, daß Sie mir das nicht versprechen können, aber ich mußte Ihnen das einfach sagen, und jetzt ist es gesagt.«

Ich drehe mich zum Fenster um.

»Auf Wiedersehen, Herr Doktor.«

»Auf Wiedersehen, Madame Destouches.«

41
Der verhinderte Arztbesuch
Dritte Episode

Als ich um Viertel vor zwölf mittags aus der Schule zurückkomme, sehe ich dein Auto im geteerten Hof stehen. Eine Person geht in die Praxis. Ich bringe die Kinder eilends nach Hause, ich vertraue sie meiner Nachbarin an (Mélodie ist unerträglich, wenn ich mit ihr zum Arzt gehe, und ich kann sie nicht mit ihrem Bruder allein lassen) und gehe zurück, um dich aufzusuchen.

Ich überquere in aller Eile den Hof. Dein Auto steht immer noch da. Ich stoße die Tür zum Wartezimmer auf. Es ist leer. Die Verbindungstür ist geschlossen, du hast wahrscheinlich noch jemanden bei dir. Ich setze mich. Ich warte. Zehn Minuten vergehen. Ich höre nichts auf der anderen Seite der Wand.

Ich betrachte die in geordneten Stapeln auf dem Tisch liegenden Zeitschriften, ich rühre sie nicht an.

Zehn nach zwölf. Ich muß das Essen machen.

Die Verbindungstür geht auf.

Madame Leblanc erscheint, ein Päckchen unterm Arm.

»Guten Tag, Madame. Was kann ich für Sie tun?«

»Nun, ich warte auf den Doktor...«

»Ah, der ist gar nicht da, er hat einen Termin im Krankenhaus.«

»Aber ich habe sein Auto im Hof gesehen...«

Erstaunt sieht Madame Leblanc aus dem Fenster.

»Es tut mir leid, aber das ist das Auto von Monsieur Troyat, der gleich nebenan wohnt. Er parkt hin und wieder hier. Wenn Sie wiederkommen können, der Herr Doktor hat ab halb drei Sprechstunde... Ist es dringend?«

»Äh... nein, aber, es ist nur, weil ich schon lange zu ihm sollte. Na ja, wo ich mich endlich dazu entschlossen habe, herzukommen, ich habe eben kein Glück.«

42
Angèle Pujade

Dein Schritt dröhnt am Ende des Korridors. Seit wir die Räume gewechselt haben, hört man dich von weitem kommen. Auf halbem Wege sehe ich dich lächeln.

»Guten Tag, Madame Pujade.«

»Guten Tag, Bruno. Ich habe dich erwartet. Hat deine Sekretärin dir gesagt, daß ich angerufen habe?«

»Ja, ich habe es auch nicht vergessen, ich hatte es in meinem Notizbuch vermerkt.«

»Ich habe mir keine Sorgen gemacht.«

Du lachst leise.

»Guten Tag«, sagt eine Stimme hinter uns.

Drei Sekunden zuvor saß sie am andern Ende des Korridors. Du drehst dich um, dein Gesicht hellt sich auf.

»Ach! Guten Tag! Aber ... Sie sind zu früh dran.«

Sie kann kaum ein Lächeln unterdrücken.

»Äh, nein, ich glaube nicht.«

Bruno schaut auf seine Uhr. Er sieht vollkommen verloren aus.

»Ach ja, Sie haben recht, ich bin zwanzig Minuten zu spät dran. In drei Sekunden stehe ich zu Ihrer Verfügung.«

Er wird rot und verschwindet in dem Kabuff, das uns als Umkleideraum dient. Man hört, wie er sich mit den Metallschränken abmüht, seine Schlüssel fallen läßt, einen Fluch unterdrückt. Sie und ich schauen uns an, ohne ein Wort zu sagen. Sie lächelt immer noch, aber ich glaube, daß sie ebenfalls rot geworden ist. Endlich kommt er wieder heraus, er hat seinen Kittel noch nicht zugeknöpft, sein Kragen ist schief, seine Haare sind zerzaust, er krempelt die Ärmel hoch.

Ich halte ihm die Krankenakte hin.

»Danke ... Kommen Sie bitte herein!«

Die Untersuchung dauert lange. Eine Dreiviertelstunde. Für eine Kontrolle mit Einsetzen einer Spirale ist das lange, aber Bruno läßt sich immer viel Zeit.

Als die Tür wieder aufgeht, drehe ich mich um, ich sehe sie, ganz langsam, vor ihm herauskommen. Sie schaut ihn an, sie kommt heraus und schaut ihn an. Auch er schaut sie an, er macht einen verwirrten Eindruck, seine Hand liegt auf der Türklinke. Sie sagen nichts.

Schließlich lösen sich ihre Blicke voneinander, sie tritt an den Schreibtisch, ich lächele ihr zu. Sie sagt nichts.

Er bleibt hinter ihr stehen, er seufzt, er sagt mit fast unhörbarer Stimme:

»Müssen irgendwelche Papiere ausgestellt werden für ... Madame Kasser?«

»Nein, wir haben das vorhin bereits erledigt. Soll ich Ihnen einen neuen Termin geben?«

Sie zögert. Sie sieht mich an. Bruno tritt einen Schritt vor.

»Nein«, sagt sie. »Nein, ich werde später einen Termin ausmachen.«

»Wie Sie möchten. Dann wünsche ich Ihnen einen schönen Tag, Madame!«

Ich strecke ihr die Hand hin, sie drückt sie herzlich.

»Auf Wiedersehen, Madame Pujade, danke für alles.«

Sie dreht sich nach Bruno um.

»Auf Wiedersehen.«

»Auf Wiedersehen ...«

Sie schaut ihn ein letztes Mal an, diesmal sehr kurz, und geht dann.

Du legst die Krankenakte auf den Schreibtisch, du siehst ganz aufgelöst aus. Du sagst kein einziges Wort. Du bleibst da stehen, schweigend, reglos. Dann verschwindest du im Ankleideraum, um deinen Kittel abzulegen, deinen Pullover überzustreifen und in deine abgewetzte Lederjacke zu schlüpfen – ich habe dir schon einmal ganz freundlich gesagt, du solltest dir eine neue leisten, aber du hast mir zur Antwort gegeben, daß sich diese hier an deine Schreiber und deine Schlüssel gewöhnt hat, und ich glaube, daß das kein Scherz war.

Du entfernst dich, wobei du die Füße nachziehst. Man könnte meinen, in den Taschen deiner alten Lederjacke sei das ganze Gewicht der Welt.

43
Im Wartezimmer

Ich schaue auf. Ein Lichtblitz huscht über die Decke. Ein Motor wird gedrosselt, setzt dann aus. Eine Wagentür schlägt zu. Die Tür zur Straße vibriert, Schlüssel klirren. Ich schiebe einen Finger zwischen zwei Seiten und klappe das Buch auf meinen übereinandergeschlagenen Beinen zu.

Die Tür zum Wartezimmer geht auf, und deine Tasche in der einen Hand, deinen Schlüsselbund in der andern, kommst du herein.

Gemurmel empfängt dich. Du antwortest mit einem halben Lächeln und einem Kopfnicken. Du machst die Verbindungstür auf und hältst sie mit dem Ellbogen zurück. Mit nur einer Hand sonderst du einen Schlüssel aus dem Schlüsselbund ab, schließt die zweite Tür auf, öffnest sie. Du ziehst den Schlüssel aus dem Schloß, steckst den Schlüsselbund in die Tasche und gehst hinein. Leise schlägt die Verbindungstür hinter dir zu.

Ich schlage das Buch wieder auf.

An der Eingangstür klingelt es zweimal. Die Tür zum Wartezimmer geht auf. Herein kommt ein großer, massiver Mann mit gebeugtem Rücken, schlecht rasiert und ungepflegt. Er schaut um sich, grüßt uns mit niedergeschlagenen Augen: »M'sieurs-Dames.« Er macht drei Schritte im Raum, bleibt neben dem Schreibtisch der Sekretärin stehen und wartet dort.

Er lutscht an einer ziemlich widerlichen Zigarettenkippe.

Er hat nur noch einen Arm.

Einige Augenblicke später tauchst du wieder auf. Du hast deinen Kittel, deinen Pullover oder deine Weste ausgezogen und die Ärmel deines Hemdes hochgekrempelt. Ohne die Verbindungstür loszulassen, kommst du mit einem Rezept heraus. Der Mann hebt seinen gesunden Arm, um es entgegenzunehmen.

»Danke, Herr Doktor.«

»Keine Ursache, Monsieur Destouches.«

Mit einer ungeschickten Bewegung seiner einzigen Hand faltet

222

der Mann das Rezept zusammen, schiebt es in die Hosentasche und verläßt das Wartezimmer.

Jemand steht auf. Du zögerst, dann hältst du ihn mit einer Gebärde auf.

»Bitte warten Sie einen kleinen Augenblick, ich habe noch einen Anruf zu erledigen.«

Die Person setzt sich wieder. Du verschwindest, man hört, wie du die Innentür zustößt, während die Verbindungstür durch den Druck des automatischen Türschließers zugeht.

Ich setze meine Lektüre fort.

44
Diego Zorn

Die Türglocke läutet. Ich schaue von meinem Buch auf.

Eine hübsche Brünette ist gerade hereingekommen, sie grüßt mich mit einer Kopfbewegung. Ich habe sie noch nie gesehen, es macht Freude, neue, ansprechende Gesichter zu sehen. Die allzu vollen Gesichter sind häufig mordshäßlich.

Sie grüßt mich, zögert, geht langsam um den Tisch mit den Neuerscheinungen herum, stockt bei den Übersetzungen, seufzt, kommt in meine Richtung.

»Haben Sie Kinderbücher?«

»Ja, selbstverständlich, im ersten Stock, ich zeige es Ihnen.«

Ich stehe auf, um sie zu begleiten, doch das Telefon klingelt.

»Entschuldigen Sie bitte ... Buchhandlung du Mail, ja bitte!«

»Diego? Hier ist Bruno ...«

»Ah, grüß dich, Nox! Es ist schon eine Weile her! Wann sehen wir uns?«

Die Brünette macht mir ein Zeichen, daß sie auch ohne mich zurechtkommt. Ich lehne mich in meinem Sessel auf Rollen zurück. Ich schaue ihr zu, wie sie langsam die Wendeltreppe hinaufgeht, sie hat sehr hübsche Beine, ein wenig käsig, aber sehr hübsch.

»Mmmhh ... Weiß nicht. Keine große Lust im Augenblick, etwas zu unternehmen.«

»Von wo rufst du an? Arbeitest du heute nicht?«

»Doch, doch. Das heißt, im Prinzip. Ich habe das Wartezimmer voller Leute, aber keine Lust zu arbeiten. Würde mir lieber eine Kugel durch den Kopf schießen.«

Ich richte mich mit einem Ruck auf.

»Sag mal, geht's dir nicht gut? Was ist los mit dir?«

Bruno gibt keine Antwort.

»Ist es ... ist es Rays Krankheit, ist es das?«

»Ach ja. Das hatte ich ganz vergessen, danke, daß du mich wieder daran erinnerst ...«

»Ich habe gestern mit Kate zu Abend gegessen, sie tut so, als ob nichts sei, doch sie ist völlig verloren. Sie hat sogar gefragt, ob sie die Nacht bei mir verbringen könne ...«

»Ach ... Dann geht es ihr sehr schlecht.«

»Jaa. Es ist mir unangenehm, dir diese Frage zu stellen, ich weiß, daß du so was nicht ertragen kannst, und du kennst meine Gefühle, aber ... Wann ... (ich atme tief ein, die Tränen steigen mir in die Augen) ... Ich meine ... Wann müssen wir uns darauf vorbereiten, Kate auf der Kehrichtschaufel wegzubringen?«

Du sagst nichts, du seufzt.

»Wie soll ich das wissen? Als er vor sechs Wochen ins Krankenhaus kam, war Zimmermann nicht sehr optimistisch, aber jetzt tritt eine spontane Besserung ein, und alles, was er im Augenblick braucht, ist von Zeit zu Zeit eine Bluttransfusion. Ich weiß also nicht. Er kann sehr gut noch einige Monate oder einige Jahre leben. Oder eine Lungenentzündung kann ihn innerhalb von drei Tagen dahinraffen ... oder seine weißen Blutkörperchen steigen wieder, und da ...«

»Ja ... Noch eine indiskrete Frage (ich sehe hoch, um mich zu vergewissern, daß die Brünette nicht in den Raum zurückgekommen ist) ... Hat dich Kate ... hat dich Kate ... um Hilfe gebeten, seit Ray krank ist?«

»Um Hilfe? Sie hat mich nicht darum gebeten, ihr die Hand zu halten, wenn du das meinst.«

»Weil, als ich sie sagen hörte: ›Diego, Ray ist die Nacht über im Krankenhaus, darf ich die Nacht mit dir verbringen?‹, war ich trotz allem ein wenig überrascht ...«

Er explodiert.

»Na und? Du bist doch ein großer Junge, oder? Du bist doch in der Lage, nein zu sagen, wenn du nicht willst!«

»Du bist wirklich blöd, das ist es doch gar nicht. Du kennst sie schließlich. In Wirklichkeit war es nicht meine Schulter als großer Bruder, was sie wollte. Was sie will, ist ...«

»Ist was? Hör schon auf mit deinem Stuß!«

Es ist keine Wut mehr in deiner Stimme, sondern eine Angst, die ich zu erkennen vermag, seit ich dich kenne. Ich halte den Mund. Du sagst nichts mehr.

»Gut, ich lasse dich arbeiten ...«

»He, hör mal, ich war es, der bei dir geklingelt hat!«

»Ja, aber ich war es, der von Kate erzählt hat. Tut mir leid. Ich habe das Gefühl, daß du mich nicht deswegen angerufen hast ... Irre ich mich?«

»Ja. Nein. Weiß nicht. Ich hab's vergessen.«

Er schweigt, dann:

»Diego ...«

»Ja, mein Großer, erzähl ...«

»Weißt du, was die schlimmste Falle in diesem Beruf ist?«

Ich halte mich zurück, um nichts Falsches zu sagen, ich schweige.

»Die---------ssion.«

Ich habe nichts verstanden, weil die Treppe wieder zu vibrieren anfing: die Brünette kam wieder herunter!

»Die was? Wiederhol!«

»Nichts. Laß ...«

»Warte, Nox, ich habe gerade eine Kundin ... Leg nicht auf.«

»Doch, doch, ich muß mich an die Arbeit machen. Wir telefonieren wieder.«

»Okay. Bis später.«

Ich lege seufzend auf. Die Brünette hält mir zwei Bücher hin. Ich lächle blöde.

»*Die Küche der Algerien-Franzosen*; *Sexus* von Henry Miller ... Oh, das sind aber keine Kinderbücher!«

Sie wird rot und erschießt mich mit Blicken.

»Nein, aber sie sind im Preis herabgesetzt ... in dem Kasten, gleich nebenan.«

Sie mustert mich, und ich füge mich.

»Entschuldigen Sie bitte.«

»Macht nichts. Ich möchte etwas für meinen Patensohn finden. Er hat bald Geburtstag. Am 20. Dezember wird er zwölf ... Ich weiß überhaupt nicht, was ich ihm schenken soll.«

»Gut, dann mache ich Ihnen einen ehrlichen Vorschlag: Kommen Sie am Samstag in vierzehn Tagen wieder, bis dahin sind die Ansichtsexemplare für die Feiertage da, ausgepackt und aufeinandergestapelt, und mein Neffe wird dasein, der ungefähr im gleichen Alter ist und Ihnen genau sagen wird, was Sie brauchen, sobald Sie ihm ein Roboterporträt des Knaben gezeichnet haben.«

Sie wirft einen Blick durch den Raum, sie nickt, lächelt schließlich.

»Einverstanden. Samstag in vierzehn Tagen, richtig?«

»Richtig. Am 7. Dann haben wir noch Zeit genug für eine Bestellung, wenn das, was Sie möchten, nicht am Lager ist.«

Als ich ihr beim Hinausgehen nachschaue, sage ich mir, wenn ich es noch einmal zu tun hätte ... Aber nun ja, so was läßt sich nicht befehlen. Doch Frauen wie diese, die bringen mich schon ein wenig zum Träumen. Außerdem kocht sie bestimmt besser als ich.

45
Spekula

Du legst den Füller wieder auf die karierte Karteikarte. Du lächelst mir zu.

»Gut, dann sehen wir uns die Sache mal an. Wenn Sie sich bitte ausziehen wollen, ich werde Sie untersuchen. Das Oberteil können Sie anbehalten.«

Du nimmst die Hörer der beiden Telefone ab, legst sie auf den Tisch, und während ich mich ausziehe, begibst du dich in den anderen Teil der Praxis. Rechtwinklig zur Wand, die uns vom Wartezimmer trennt, auf der rechten Seite, wenn man hereinkommt, stehen hohe Regale aus lackiertem Holz voller Bücher und Zeitschriften. Diese Barriere aus Holz und Papier dient als Paravent und trennt den gynäkologischen Untersuchungsstuhl vom übrigen Raum.

Du stellst dich vor das Waschbecken und schüttest flüssige Seife in die hohle Hand.

»Kann ich meine Socken anbehalten?«

»Ja, selbstverständlich.«

Während du dir die Hände einseifst, komme ich zögernd näher. Auf dieser Seite des Raums stehen ein Gerätetisch, ein hoher Schemel und ein fahrbarer Schubladenschrank aus Plastik nebeneinander unter dem Fenster. In der Ecke des Raums brummt ein kleiner Kühlschrank. Darauf thront ein Autoklav aus verchromtem Metall, an dem ein gelber Zettel mit den Worten »Sterilisierter Inhalt« hängt. Du zeigst auf die Trittleiter.

»Setzen Sie sich auf den Rand des Untersuchungsstuhls.«

Ich steige rückwärts auf die Trittleiter, ich setze mich auf das Papiertuch des Untersuchungsstuhls.

Du nimmst vom Gerätetisch eine metallene Schüssel. Du drehst die beiden Wasserhähne auf, den für das warme und den für das kalte Wasser, prüfst mit der Fingerspitze die Temperatur des fließenden Wassers, hältst die Schüssel darunter und füllst sie halb.

Du schüttest etwas gelbe Flüssigkeit aus einem Plastikfläschchen hinein. Du öffnest den Autoklav, du holst eine große Metallbüchse daraus hervor, die du auf den Gerätetisch legst, dann drehst du dich zu mir um.

Nun muß ich mich hinlegen und die Beine auf die Beinhalter legen, die am Ende des Untersuchungsstuhls angebracht sind. Die gepolsterte Oberfläche ist fest und trotz des Papierlakens kalt. Du schiebst ein kleines Kissen unter meinen Kopf. Du setzt dich auf den Schemel, du knipst die bewegliche Lampe an, die hinter dir aufragt, du richtest sie zwischen meine Schenkel, du öffnest die große Metalldose auf dem Gerätetisch, du nimmst ein Spekulum heraus, du hältst es etwa zehn Sekunden in den Händen. Du tauchst es in die Schüssel, ziehst mit zwei Fingern der linken Hand meine Schamlippen auseinander und führst das Spekulum in meine Vagina ein. Ich recke den Hals, um zuzuschauen, doch dein Gesicht ist zwischen meinen Schenkeln verschwunden, und nur dein Schädel mit den dunklen Haaren, die eine Wäsche nötig hätten, schaut hervor.

»Geht's?«

»Es geht. Ich mag das nicht sonderlich ...«

Du spreizt die Blätter des Spekulums.

»Ihr Gebärmutterhals scheint gesund zu sein.«

*

Du spreizt die Blätter des Spekulums.

»Mmmhh ... Seit wann haben Sie diesen Juckreiz?«

»Seit ... vier oder fünf Tagen?«

»Und Ihr Mann? Hat er ihn auch?«

»Äh, nein. Das heißt, er hat nichts gesagt.«

»Er wird sich ebenfalls behandeln lassen müssen. Ich werde eine Gewebeprobe machen, um festzustellen, ob es nichts anderes ist als ein Pilz. Ich glaube aber nicht.«

»Ah, um so besser ... Tut das weh?«

»Die Gewebeprobe? Nein, es ist wie ein Abstrich.«

»Aha.«

Aus einer Schachtel, die auf dem Gerätetisch steht, nimmst du ein langes Wattestäbchen, das in einer Plastikröhre steckt.

»Hat man noch nie einen Abstrich bei Ihnen gemacht?«
»Äh ... ich glaube nicht.«

*

Du ziehst das Spekulum heraus.

»Auf jeden Fall habe ich den Eindruck, daß Ihre Spirale gut eingesetzt ist. Ich sehe die Fäden.«

»Ach ja, Sie sehen sie? Das beruhigt mich, ich hatte nämlich das Gefühl, daß sie sich verschoben hat.«

»Als Sie gestern geblutet haben, war es viel?«

»Nein, aber es war gleich nach dem Verkehr, das hat mich natürlich beunruhigt ... und meinen Mann genauso.«

»Hatten Sie Schmerzen?«

»Ein wenig. Es war so etwas wie ein Krampf ... Zum Glück hatte ich meine Spirale, denn es kam mir ganz so vor, als ob es sich um Kontraktionen handelte, wissen Sie, wie man sie zu Beginn einer Schwangerschaft hat ...«

*

»Haben Sie Kontraktionen gehabt?«

»Überhaupt nicht, seit ich im Mutterschaftsurlaub bin, ist alles bestens, außer daß ich seit zwei Tagen weniger spüre, wie es sich bewegt ...«

Dein Kopf kommt zwischen meinen Schenkeln hervor, du schaust mich an und runzelst die Stirn.

»Weniger oder überhaupt nicht?«

»Nein, nein, es bewegt sich, aber weniger als vorher.«

»Haben Sie häufig Harndrang?«

*

»Es hört überhaupt nicht mehr auf! Es juckt mich, und ich bin ständig auf die Toilette gegangen.«

»Und beim Verkehr, ist Ihnen das lästig?«

»Offen gestanden habe ich seit vierzehn Tagen keinen mehr gehabt, es hat so gebrannt, daß ich keine Lust hatte!«

*

»Sie haben beim Verkehr sicherlich Schmerzen.«

»Ja, und wie!«

»Bei der Penetration oder danach?«

»Manchmal während, manchmal danach. Es kommt drauf an ...«

»Worauf?«

»Nun ja, ob er es eilig hat oder nicht. Sie wissen ja, wie die Männer sind ...«

»Mmmhh.«

*

»Eigentlich ist es vor allem dann, wenn ich müde bin. Oder angespannt.«

»Aber doch nicht ständig?«

»Doch, fast. Eigentlich ist es nie wirklich angenehm. Aber das ist schon so, seit ich die allerersten Male Verkehr hatte. Das ist nicht erst seit gestern so.«

»Waren Sie sehr jung?«

»Ich war vierzehn Jahre alt.«

»Und Sie konnten sich trotzdem die Pille verschreiben lassen?«

»Ja, bei der Familienberatung. Außerdem half man sich unter Freundinnen gegenseitig aus.«

»Aber das ist doch bestimmt nicht ganz einfach gewesen ...«

»Nein, aber entweder das oder nicht bumsen, und wenn man nicht bumste, war man gleich eine dumme Ziege!«

»Wirklich?«

»Ja, so war das eben. Ich kannte ein Mädchen am Gymnasium, hübsch, groß, schlank, die Kerle scharwenzelten um sie herum, aber mehr taten sie auch nicht: Sie bumste nicht. Damals hieß es, sie sei blöd und nie in der Lage, sobald die Zeit gekommen wäre, ihre Wahl zu treffen, wenn sie die Musterexemplare nicht ausprobiert hätte, die sich meldeten. Heute ...«

»Ja?«

*

»Ich bedaure, daß ich so viele ausprobiert habe. Zum Glück gab es damals noch kein Aids! Stimmt es, daß es immer mehr Geschlechtskrankheiten gibt?«

»Krankheiten, nein. Personen, die sich angesteckt haben, ja.«

»Und dagegen gibt es nur das Präservativ?«

»Nein. Es gibt auch noch die Abstinenz. Und die Treue.«

»Jaa. Aber daran glaube ich nicht, das beruht nie auf Gegenseitigkeit. Die Kerle, wissen Sie ...«

»Ja?«

*

»Die Kerle bekommen die Kinder ja nicht, deshalb ist es ihnen auch völlig Wurscht, daß unsereins den Ärger mit der Pille hat. Wenn sie nur ihre Nummer schieben können!«

»Mmmhh. Wenn man Sie so hört, hat man das Gefühl, daß Sie am liebsten alles hinschmeißen würden ...«

»Ach, manchmal, ja, wirklich, dann sage ich mir, ich sollte meine Siebensachen packen und abhauen. Aber mit zwei Kindern ...«

*

»Mit zwei Kindern, den Krampfadern, die ich während meiner Schwangerschaften bekommen habe, und dazu fast zwei Päckchen, die ich pro Tag rauche, habe ich mir gesagt, daß es vielleicht besser ist, wenn man mal was anderes probiert ...«

»Und was haben Sie beschlossen?«

»Die Unterhaltung, die wir das letzte Mal hatten. Es stimmt schon, von der Pille hatte ich genug, ich habe sie ständig vergessen. Als Sie mir eine Spirale gezeigt haben, ich wußte ja, daß sie winzig ist ... Ich habe mir gesagt, daß ich damit unbesorgter sein kann.«

»So, fertig, sie ist eingesetzt.«

»Schon?«

»Ja, sie ist drin, ich schneide die Fäden ab ... zwar nicht zu kurz, aber Sie können beruhigt sein, sie verschiebt sich selten, so, ich nehme das Spekulum heraus, es ist erledigt.«

*

»Es ist erledigt.«

»Sind Sie fertig, kann ich mich wieder anziehen?«

»Ja, wenn Sie sich unten wieder anziehen und den Büstenhalter ablegen wollen, werde ich noch Ihre Brüste untersuchen.«

46
Zeichnungen

Die Tür geht auf, du erscheinst.

Ich höre auf zu zeichnen. Papa steht auf, du streckst ihm die Hand entgegen.

»Guten Tag, Monsieur Michard.«

Papa gibt mir ein Zeichen.

»Du bleibst da, Sohnemann, es dauert nicht lange ... Bring deine Zeichnung zu Ende.«

Papa geht hinein, du gehst hinter ihm hinein, die Verbindungstür fällt mit einem Klicken zu, und ich höre, wie du die Innentür fest zustößt.

Ich schaue um mich. Ich bin allein im Wartezimmer.

Ich hole tief Luft, mein Mund verzieht sich, meine Augen werden tränenfeucht, und ich fange an zu brüllen.

*

»Na, dann erzähl mal, weißt du, warum du nachts weinst?«

»Weil ich einen Alptraum habe.«

»Ein Alptraum, der dir angst macht?«

»Ja. Ein furchtbarer Alptraum.«

»Kommen darin Ungeheuer vor?«

»Ja.«

»Glaubst du, daß du sie malen könntest?«

Ich nicke, ja.

*

Du beugst dich zur Tasche vor deinen Füßen, du nimmst ein großes Blatt Papier heraus. Ich strecke die Hand nach dem Bleistiftständer aus, du nimmst drei Filzstifte heraus, einen roten, einen schwarzen, einen grünen, du gibst sie mir. Ich setze mich auf den Stuhl, ich sitze kaum hoch genug, um zeichnen zu können. Du stehst auf, du nimmst ein dickes Buch aus dem Regal und setzt mich drauf.

»So, kleiner Mann, jetzt geht es besser.«

Während Mama sich auszieht und sich auf die andere Seite des Raums begibt, zeichne ich die Sonne, einen Baum, ein Haus und drei Personen darin.

*

Ich bin noch nicht fertig. Dabei hat Mama lange gesprochen, aber meine Zeichnung braucht viel Zeit. Jetzt steht sie auf, wir müssen gehen.

Ich lege die Filzstifte hin. Ich lasse meine Zeichnung nicht los. Ich schaue Mama an, ich schaue dich an.

»Kann ich sie mitnehmen?«

»Aber selbstverständlich, sie gehört dir.«

Ich drücke die Zeichnung fest an mich.

*

Die Tür geht auf, du erscheinst.

»Ja?«

»Entschuldigen Sie, Herr Doktor«, sagt Mama, »aber die Kleine hat darauf bestanden, daß wir vorbeikommen, sie wollte Ihnen unbedingt eine Zeichnung geben.«

»Ach?«

Ich halte dir meine Zeichnung hin, sie ist rot und blau und gelb, und darauf ist ein Doktor zu sehen mit seinem Kittel und seinem Apparat in den Ohren.

Du nimmst sie, du schaust sie dir an, du nickst mit dem Kopf.

»Danke, mein Häschen.«

»Hängst du sie zu den andern?«

»Selbstverständlich. Sagst du mir, wo?«

Ich nicke.

»Ich will Ihnen nicht länger Ihre Zeit stehlen«, sagt Mama.

Du machst nein mit dem Kopf, du läßt uns eintreten.

»Zeig es mir.«

Ich strecke den Finger zur Wand aus.

»Dort.«

»Neben dem Löwen?«

Ich mache ja mit dem Kopf.

»Der Löwe, hat den Virginie gemacht?«

»Ja, es war Virginie. Kennst du sie?«

»Wir sitzen in der Schulkantine nebeneinander.«

Du hältst die Zeichnung an die Wand, du nimmst die Heft-
maschine und pinnst sie fest.

*

Ich stehe auf, ich betrachte die Wand.

Du lächelst.

»Suchst du deine Zeichnung?«

»Ja.«

»Ich habe sie umgehängt, es waren zu viele hier. Da ist sie.«

Du zeigst auf sie, etwas höher, links.

»Erinnerst du dich, was du gezeichnet hattest?«

»Das Meer.«

»Ist es das, was rot ist?«

»Nein, das ist die Mauer. Das Meer ist dahinter, man sieht eine
Welle, die darüber schlägt, da.«

»Willst du sie zurückhaben?«

»Nein. Ich weiß, wo sie ist. Sie werfen sie aber nicht weg?«

»Ich werfe nie eine Zeichnung weg.«

47
Eine Kleinigkeit

»Ich komme heute zu Ihnen, oh, Sie werden lachen, wegen einer Kleinigkeit, aber sehen Sie, eines meiner Nasenlöcher ist ständig verstopft, so daß ich nachts schnarche, und das stört meinen Mann, deshalb habe ich mich gefragt, ob Sie ...«

»Ich komme wegen einer Nichtigkeit, es ist nur so, daß meine Tochter nicht ißt, und ich möchte, daß Sie ihr Vitamine verschreiben, damit ich sie ihr in die Suppe tun kann, weil es das einzige ist, was sie zu sich nimmt, aber ich möchte nicht, daß sie es weiß, deshalb habe ich sie nicht mitgebracht.«

»Ich falle Ihnen nicht lange lästig, ich möchte nur, daß Sie mir wieder ein Rezept ausstellen wie letztes Jahr, wissen Sie? Ich komme aus Malaysia, und ich reise in acht Tagen in den Senegal, und dort fehlt es natürlich an allem. Deshalb bräuchte ich dreißig sterile Kompressen, zwanzig Kleberollen, Chinin für sechs Monate, zwanzig Schachteln Paracetamol zum Kauen, weil man das besser nicht in Wasser auflöst, und außerdem zehn oder zwanzig Tuben Balsamo-Salbe – das ist gut gegen Sonnenstiche, Insektenstiche, Blutergüsse, ich verstehe nicht, daß die Krankenkasse das nicht zahlen will, aber gut, es ist nicht allzu teuer – und außerdem, ach ja, beinahe hätte ich es vergessen: Binden von 10, 20 und 30. Auch das übernimmt die Krankenkasse nicht, aber der Apotheker will unbedingt ein Rezept haben, ich weiß auch nicht, warum. Es tut mir leid, daß ich Ihnen Ihre Zeit stehle, aber Sie sehen, es ist wirklich nicht viel. Das macht Ihnen doch nichts aus?«

»Madame Renard schickt mich, sie hat keine grünen Gelatinekapseln mehr. Sie hat mir gesagt, ich soll Ihnen sagen, daß Sie heute abend, wenn Sie Schluß haben, kurz bei ihr vorbeikommen sollen, um ihr das Rezept zu bringen, und weil sie Sie um eine Kleinigkeit bitten will, weil sie aber vorhin gesehen hat, daß das Wartezimmer voll ist, wollte sie Sie wegen einer solchen Nichtigkeit nicht stören.«

»Ich weiß nicht, wie ich es sagen soll, es ist so gut wie nichts, aber ich muß Gewißheit haben, ich wollte Ihnen nur eine kleine Frage stellen. Ich weiß, ich hätte Sie anrufen können, Sie haben es mir schon einmal gesagt, aber ich hatte Angst zu stören, deshalb bin ich lieber hergekommen, aber ich weiß nicht, ob es die Sache wert ist, daß Sie mich untersuchen, es ist so wenig. Nur, es stört mich ein wenig, und ich weiß nicht so richtig, was ich davon halten soll, aber ich denke, daß Sie es mir erklären können, dann bin ich wenigstens beruhigt, selbst wenn es ein wenig dumm aussieht. Ich sage mir, daß Sie sich über mich lustig machen werden, Sie wissen ja, wie das ist, man macht sich gleich Gedanken wegen nichts, und doch arbeitet es in einem, und bis man nicht untersucht worden ist, hat man keine Ruhe, also folgendes: Ich verliere büschelweise meine Haare, und ich frage mich, ob es nicht vielleicht das Wasser ist.«

»Ich bin gekommen, um Sie ... um einen Gefallen zu bitten ... nichts Besonderes ... Die Apothekerin schickt mich her, weil, sie hat gesagt, daß ich ein Rezept brauche ... Ja, für ein anästhesierendes Gel ... Wissen Sie, das, womit man die Haut betupft, zur Betäubung, bevor man eine Spritze setzt, ja, genau das ... Nein, nein, ich muß mir keine Spritze geben, es ist ... Es ist etwas heikel zu erklären, aber sehen Sie, meine Frau ist ... wie soll ich sagen? Meine Frau mag das sehr ... nein, nein, nicht die Salbe! Sie mag *das*, na ja, Sie verstehen schon? Wir machen das oft, jeden Tag, manchmal zwei- oder dreimal am Tag ... Sie ist immer bereit dazu und ich ... ich sage nicht nein, wo denken Sie hin, ich habe Kollegen, denen ihre hat immer Migräne, wie würde ich also dastehen, wenn ich mich beklagen würde, aber ... Wie soll ich es sagen? Es gibt Tage, wo es furchtbar heiß wird ... kurzum, es brennt mich einfach. Ich würde gern ein bißchen langsamer machen, aber sie ist furchtbar, wissen Sie, wenn ich ihr sage, daß ich etwas erschöpft bin, macht sie mir eine Riesenszene, also gut, es brennt, aber ich sage nichts ... Und dann habe ich neulich von einer Salbe gehört, da, im Fernsehen, und ich habe mir gesagt, wenn man damit die Kinder einreibt, dann heißt das, daß es nicht gefährlich ist und daß ich mich vielleicht auch damit einreiben könnte ... Nur, damit es weniger weh tut, wissen Sie?«

»Ich will Sie nicht lange aufhalten, draußen warten Leute, es ist nur wegen einem Papier. Das waren Sie doch, der neulich wegen meinem Sohn gekommen ist, als sein Traktor auf der abschüssigen Wiese umgestürzt ist? Die Feuerwehrleute haben es mir erzählt, es war kein schöner Anblick, dabei hatte ich immer wieder zu ihm gesagt, er soll seine Führerkabine wieder anhängen, aber er hatte sie ausgehängt, als er den Stall saubermachte, und hat sie dann nicht gleich wieder angekoppelt ... Und so kam's. Heute morgen habe ich einen Brief von der Versicherung bekommen, wegen der Darlehen, die er auf den Hof aufgenommen hat und die natürlich noch nicht zurückgezahlt sind, sie fragen mich, woran er gestorben ist, und ich habe mir gesagt, daß Sie es ihnen sagen könnten ... Aber was ich im Grunde eigentlich wissen wollte, war vor allem ... ob er gelitten hat.«

48
Telefonanrufe

Das graue Telefon klingelt.

»Entschuldigen Sie bitte ... Hallo?«

Von meinem Platz aus höre ich manchmal eine Stimme schreien: »Hallo, Edmond, bist du es, Edmond?«, und du antwortest: Nein, Madame, Sie haben sich bestimmt verwählt, und du legst auf. Aber meistens höre ich nichts, und du antwortest: Ja, guten Tag, Madame, und du streckst den Arm aus nach deinem Terminkalender, den du aufschlägst. Du blätterst die Seiten um. Mmmhh. Wann wollen Sie kommen? Ich habe bis siebzehn Uhr Sprechstunde, danach mache ich meine Krankenbesuche. Ja, am Abend, das wäre einfacher ... Ab achtzehn Uhr ... Achtzehn Uhr dreißig? Du nimmst wieder den schwarzen Füller. Ist notiert. Ich bitte Sie. Auf Wiedersehen, Madame.

*

Das Telefon klingelt. Du hebst ab.

»Hallo? O nein, Madame, Sie sind nicht mit dem Crédit Provincial verbunden ...«

Du legst auf.

*

Das Telefon klingelt. Du schüttelst den Kopf, du siehst mich mit betrübtem Gesicht an.

»Entschuldigen Sie bitte ...«

»Aber ich bitte Sie ...«

Du hebst ab.

»Doktor Sachs ... Guten Tag, Mama ... Ja ... Nein ... Nein, ich untersuche gerade einen Patienten, ich rufe zurück ... Ja, ja, ich rufe zurück, aber im Augenblick kann ich wirklich nicht. Einverstanden, bis später.«

Du legst heftig auf.

*

Das Telefon klingelt.
»Doktor Sachs ... Hallo? ... Hallo? ...«
Du legst auf.

*

Das Telefon klingelt. Du bewegst dich nicht. Es klingelt einmal, zweimal, dreimal. Du wirfst deinen Füller auf den Tisch, du nimmst ab.
»Ja! ...«
Du seufzt. Du suchst (Eine kurze Sekunde lang) deinen Füller mitten unter den Büchern und findest ihn nicht, du nimmst einen andern aus einem Bleistiftständer, doch er funktioniert nicht. Schließlich findest du einen dicken schwarzen Filzstift (Legen Sie los).
Du schreibst Zahlen (Ja) nacheinander (Ja) auf ein Blatt Papier (Wie sagten Sie? Ja), ohne mich anzuschauen. Als du fertig bist mit dem Schreiben (Ich höre), klopfst du mit der Fingerspitze auf das Blatt (Und wieviel hat er genommen?), du schaust hoch (Gestern abend oder heute morgen?), du schaust auf die Wand, an der die Kinderzeichnungen hängen (Hat er gegessen?), du schaust wieder nach unten, du legst deinen Filzstift hin (Ja, er muß wieder ein wenig davon einnehmen ...), du kratzt dich am Ohr, und ich sehe, daß die Haut deiner Finger sich stückchenweise schält, so, als ob du dich schuppen würdest.

*

Das Telefon klingelt.
Du nimmst ab und legst fast sofort wieder auf.
»Eins ... zwei ... drei ...«
Du nimmst ab, du prüfst, ob du den Wählton hörst. Du legst den Hörer neben das Telefon.
»Man wird uns nicht mehr stören, fahren Sie fort.«

*

Man hört das Besetztzeichen. Einige Minuten später rufe ich noch einmal an.

Immer noch besetzt. Ich rufe etwas später noch einmal an. Immer noch besetzt. Es ist jetzt mindestens schon eine halbe Stunde besetzt, das ist doch nicht normal.

Ich warte noch ein wenig und rufe dann wieder an. Ach, diesmal klingelt es. Einmal, zweimal. Dreimal. Man nimmt ab.

»Doktor Sachs!«

»Grüß dich, kleiner Vetter. Hier ist Roland!«

»Ah ... Guten Tag, Roland ...«

»Uh! Du hast eine müde Stimme, sag mal! Hast du heute nacht nicht geschlafen? Ich stör dich doch hoffentlich nicht?«

»Nein, nein, aber den ganzen Nachmittag über hat das Telefon unablässig geklingelt ...«

»Ah! Deshalb habe ich dich nicht erreicht! Aber das ist doch gut, das heißt, daß du Patienten hast.«

»Jaa ... Was kann ich für dich tun?«

»Bist du sicher, daß ich dich nicht störe? Es dauert nur eine Minute ...«

»Mach schon, ich höre.«

»Also, es ist wegen Jacquot, dem Kleinen. Er hat gerade eine Bronchitis hinter sich. Und da er mit der Klasse in den Wintersport fährt, macht sich seine Mutter natürlich Sorgen – apropos, wie geht es deiner Mutter?«

»Äh ... Gut, gut, ich habe vor einer Stunde kurz mit ihr gesprochen, es ging ihr gut. Du kannst sie anrufen, das wird sie freuen.«

»Nein, nein, weißt du, ich will sie nicht stören, ich wollte nur wissen, wie es ihr geht, ich habe nämlich gestern mit meinem Vater von ihr gesprochen, er hat nach ihr gefragt, und ich habe ihm gesagt, ich wüßte nicht, wie es ihr ginge, weil ich dich schon lange nicht mehr am Telefon hatte, daß ich dich aber das nächste Mal nach ihr fragen würde. Dann geht es ihr also gut. Um so besser.«

»Der Kleine fährt also mit der Klasse in den Wintersport ...«

»Ja. Habe ich dir das schon erzählt? Ach ja, gerade eben, stimmt, ich weiß nicht wo mir der Kopf steht ... Natürlich macht seine Mutter viel Aufhebens davon – du weißt ja, wie Mütter sind, ich wette, von der Sorte siehst du jeden Tag mehr als genug!«

»...«

»Seit er diese Bronchitis hatte, löchert sie mich Tag für Tag, daß ich dich anrufe, sie hat Angst, daß es dort wieder anfängt, also habe ich gesagt, einverstanden, einverstanden. Ich wollte dich nicht stören, wo dich deine Patienten schon unentwegt anrufen, wenn da auch noch die Familie dazukommt! Obwohl du ja, was Familie angeht, außer deiner Mutter, meinem Vater und mir nicht mehr viel hast, wie, du Ärmster? Ach, sie sind alle dahingegangen, es ist ein Jammer ... Kurzum, meine Frau hat mir den Auftrag erteilt, dich zu fragen, ob der Kleine wegfahren kann, ob es dann aber nicht besser wäre, wenn er nachmittags im Chalet bleibt, statt mit den andern Ski zu fahren ...«

»Er fährt doch in den Wintersport, oder?«

»Nun ja ...«

»Nun ... wenn er nicht Ski fahren darf, sehe ich nicht ein, was er überhaupt dort soll.«

»Genau! Das ist genau das, was ich auch gedacht habe, und ich habe es Mireille gesagt, aber sie wollte nicht auf mich hören, sie hat gesagt, ruf deinen Vetter an, weil, wenn es ein medizinisches Problem gibt, da kann ich auch hundertmal die zwölfbändige Enzyklopädie der Gesundheit zu Hause stehen haben, sie hat mich ziemlich viel Geld gekostet, auch wenn ich sie auf Raten gekauft habe, das spielt überhaupt keine Rolle, ich muß meinen Vetter fragen. Ich muß allerdings dazu sagen, daß Mireille, was Ärzte angeht, außer zu dir zu niemandem Vertrauen hat. Da kannst du auch noch dreihundert Kilometer entfernt wohnen – wir haben ja Telefon! Wie oft habe ich mir schon gesagt: Ein Glück, daß wir Bruno haben! Wenn du nicht da wärst, ich weiß nicht, was wir tun würden – und dabei haben wir nur zwei Kinder, und Françoise ist jetzt groß, sie ist ein junges Mädchen, man muß sich nicht mehr um sie kümmern; na ja, Mireille. Ich hab mich da ja nie eingemischt, Weibergeschichten, das ist nicht mein Gebiet ... Du meinst also, man kann ihn in Skiurlaub fahren lassen?«

»Selbstverständlich ... Außerdem habe ich es Mireille schon gesagt. Sie hat mich letzte Woche angerufen oder vor vierzehn Tagen, als er krank war ...«

»Ach so? Sie hat dich angerufen? Da kannst du mal sehen, sie hat mir nichts davon gesagt. Da siehst du, wie die Frauen sind! Ich hatte zu ihr gesagt: Ruf Bruno an! Ruf ihn an, sag ich dir, er wird dich beruhigen! Nein, nein, sagte sie, es geht schon, ich bin nicht beunruhigt – in Wirklichkeit wollte sie mich nicht beunruhigen, denn wenn sie beunruhigt ist, verstehst du, dann geht bei mir nichts mehr. Sie hat dich also angerufen, ohne es mir zu sagen! Wie stehe ich jetzt da? Nun, wenn sie dich wieder anruft, dann sag ihr nicht, daß du es mir gesagt hast, ja?«

»Was?«

»Daß sie dich angerufen hat.«

»Nein, natürlich nicht. Du weißt genau, ich bin verschwiegen wie ein Grab. Übrigens hätte ich es dir gar nicht sagen dürfen.«

»Was?«

»Daß sie mich angerufen hat. Weil sie es dir nicht gesagt hat ...«

»Ich vergöttere dich! Ich weiß, daß ich immer auf dich zählen kann. Ich sage immer zu deiner Mutter, Bruno ist die Diskretion in Person! ... Ich werde sie doch einmal anrufen müssen, es ist schon lange her seit dem letzten Mal, aber du weißt ja, wie das ist, man arbeitet, man hat spät Feierabend, man denkt nicht mehr daran, und wenn man daran denkt, ist es nicht mehr die richtige Zeit, um anzurufen. Jedenfalls habe ich in diesem Fall gut daran getan, dich anzurufen, um diese Zeit hattest du doch Feierabend, stimmt's? Du hast doch Feierabend, oder?«

»Ja ... Nein ... Ich habe noch eine Besorgung zu machen und komme dann wieder zurück, weil ich hinterher noch Sprechstunden nach Vereinbarung habe ...«

»Ach, du hast noch gar keinen Feierabend, dann will ich dich nicht länger stören, noch einmal vielen Dank, du nimmst mir eine Last von der Seele. Jacquot wird sicherlich froh sein, er sah sich schon den ganzen Nachmittag ins Chalet verbannt, das hat ihn nicht gerade begeistert ... Außerdem wird es seine Mutter beruhigen, du weißt ja, wie Mireille ist!«

»Ja, sie ist wie meine ... wie alle Mütter.«

»Verflixter Bruno, Mann! Ich umarme dich!«

»Ich dich auch. Auf Wiedersehen, Roland. Umarme Mireille und die Kinder ...«

»Ja ... Dir brauche ich nichts zu sagen, du bist bestimmt immer noch Junggeselle, wie?«

»Ja ...«

»Du darfst nicht zu lange warten, weißt du, ein Mann soll

nicht allein bleiben. Siehst du, ich habe mich erst spät besonnen, und das bedauere ich. Wenn man mit fünfzig Jahren einen zehnjährigen Sohn hat, dann macht man sich immerhin Gedanken wegen der Zukunft, na ja, immer noch besser als überhaupt kein Kind. Natürlich war da noch Françoise, und sie mag mich auch sehr, aber ich bin nicht ihr Vater, es ist also nicht dasselbe, zum Glück war Mireille noch jung, sonst hätte ich nie gewußt, wie das ist. Deshalb, auch du mußt eine Frau für dich finden, du bist noch jung, wie alt bist du, dreißig?«

»Bald vierunddreißig ...«

»Ja, das ist dasselbe, noch keine vierzig, du wirst schon sehen, wenn du einmal mein Alter hast ... Es muß doch dort unten, in deiner Ecke, ein paar unverheiratete Frauen geben?«

»Oh, ganz gewiß ... Entschuldige bitte, Roland, aber ich muß los ...«

»Selbstverständlich, selbstverständlich, geh schon. Tschau!«

»Tschau, Roland.«

Ich besinne mich plötzlich eines anderen.

»Hallo, Bruno? Bruno?«

Aber du hast schon aufgelegt. Es ist dumm, aber ich habe vergessen, dir zu sagen: Das nächste Mal, wenn du deine Mutter am Telefon hast, vergiß nicht, sie von mir zu grüßen.

49

Die Apothekerinnen

Die automatische Tür geht mit dem üblichen Zischen auf. Ich sehe von meinem Bildschirm hoch. Du kommst lächend herein.

»Guten Tag, Herr Doktor.«

»Guten Tag, Madame Lacourbe. Man könnte meinen, daß es ruhig ist?«

Du drückst mir die Hand.

»Ja, sehr ruhig, für November. Aber im Augenblick ist schönes Wetter. Es sieht so aus, als ob bald eine Grippewelle käme.«

»Ach ja?«

»Ja, ich hab das im Radio gehört. Außerdem ist der Vertreter für den Impfstoff dagewesen und hat uns gesagt, man könne schon mal anfangen, darüber zu reden. Na ja, das hat er schon im August gesagt, aber solange schönes Wetter ist, forciert man den Verbrauch nicht.«

»Mmmhh.«

»Was brauchen Sie diesmal, Herr Doktor?«

»Tja, ich habe keine Morphiumampullen mehr, und dann noch zwei, drei Kleinigkeiten, hier, ich habe Ihnen eine Liste aufgestellt.«

»Soll ich Ihnen das sofort richten?«

»Nein, ich komme morgen wieder. Heute brauche ich nur Morphium. Ich stelle Ihnen ein Betäubungsmittelrezept aus.«

»Ich hole das Morphium ...«

Ich gehe zu dem Raum hinterm Laden, ich klopfe an die Tür des Büros.

»Ja?«

Ich mache die Tür auf, strecke den Kopf durch.

»Madame Grivel, es ist Doktor Sachs, er möchte Morphiumampullen, kann ich die Schlüssel vom Schrank haben?«

»Selbstverständlich. Brauchen Sie mich?«

»Nein, es geht, es ist ruhig.«

Ich nehme die Schlüssel aus der rechten Schublade des kleinen

246

Schreibtischs, ich schließe den Panzerschrank auf, ich hole eine Schachtel mit injizierbarem Morphium heraus, sie enthält fünf Ampullen.

Aus dem drehbaren Verkaufsständer hast du eine Zahnbürste und drei Päckchen Lakritzstangen genommen.

Du gibst mir das Betäubungsmittelrezept, ich schreibe deinen Namen und deine Immatrikulationsnummer in das große Register, ferner die Referenznummer auf der Schachtel, die obligatorischen Behördenangaben eben.

Du bist praktisch der einzige im Kanton, der regelmäßig Morphium holt. Anfangs hat mich das ein wenig gewundert, und Madame Grivel hat es sogar beunruhigt, denn wir meinten, daß du im Verhältnis zu deinen Kollegen einen großen Verbrauch hättest. Manchmal, vor allem in der ersten Zeit deiner Niederlassung, haben wir uns gefragt, ob es zum Teil nicht vielleicht für dich selber ist. Eines Tages habe ich dich gefragt, ob du viele Patienten hast, die Morphium brauchen, du hast ein ganz erstauntes Gesicht gemacht und hast gesagt, nein, ich verabreiche nicht viel. Daraufhin habe ich zusammengezählt, und es stimmte: Du hast alle zwei Monate vier oder fünf Ampullen geholt, das war in der Tat wenig, aber wir waren nicht daran gewöhnt: Deine Kollegen verlangten nie welches. Außerdem habe ich festgestellt, daß du auch andere schmerzlindernde Mittel verlangt hast, und Madame Leblanc hat mir erklärt, daß dir die Firmen nicht immer Muster schicken wollten. Außerdem reden die Leute: Doktor Sachs ist heute nacht gekommen, weil er zu große Schmerzen hatte, er hat ihm eine Spritze gegeben, und das hat ihm sehr geholfen, oder: Wenn Doktor Sachs nicht gekommen wäre, um mir ein Beruhigungsmittel zu verabreichen, ich weiß nicht, wie ich die Nacht herumgebracht hätte. Die Mamas nennen dich Doktor Aspirin, die Alten nennen dich Doktor Linderung. Du läßt nie ein Kind im Fieber liegen, du läßt nie jemanden leiden. Das kann auch mal ins Auge gehen. Ich weiß, daß es manchmal Leute gibt, die einen Arzt rufen, weil sie Angst vor Schmerzen haben, noch bevor sie welche haben, die Jungen sind ja heutzutage so verwöhnt, sie fühlen sich so unwohl in ihrer Haut, sind wegen jeder Kleinigkeit beunruhigt. Doch auf vier Personen, die mehr Angst haben, als daß sie krank sind, und die sich schon besser fühlen, sobald der Arzt eintrifft, kommt ein fünfter, der sich vor Schmerzen windet, der nicht mehr weiß, in welches Mauseloch er sich verkriechen, welche Stellung er einnehmen soll, weil ihn das quält, im Bauch, in der Brust oder anderswo, und weil es unerträglich ist. Wenn die mit einem deiner Kollegen zu tun haben, werden ihre Schmerzen nicht so schnell gelindert (wie viele Male habe ich Leute gehört, die zu mir gesagt haben, daß man ihnen nicht geholfen hat, ihnen, ihrem Vater oder ihrem Bruder, und die Ärzte sagten, sie könnten nichts tun, man dürfe vor allen Dingen die Symptome nicht verschleiern, der Schmerz sei nützlich, er *erlaube dem Arzt, herauszufinden, was los ist*, man hat den Eindruck, als sei es ihnen unangenehm, daß es den Leuten bessergeht), wenn sie aber das Glück hätten, an dich zu geraten, würden sie anschließend eine ruhige Nacht verbringen. Dich stört es nicht, wenn die Patienten keine Schmerzen haben.

Eines Tages haben wir eine Kontrolluntersuchung durch den zuständigen Amtsarzt aus Tourmens gehabt, und der fand, daß hier, verglichen mit anderen Orten, viel Morphium verbraucht wird, weil er aber auf den Rezepten keines fand, fragte er sich, wo es hinging. Als das Register aufgeschlagen wurde, stand natürlich nur dein Name drin. Ich habe ihm erklären wollen, daß du oft Bereitschaftsdienst hast und dann viel verabreichst, doch ich kam gar nicht dazu. Kaum hatte er deine Unterschrift gesehen, hat er gesagt: »Ah, ich verstehe.« Er hat gesagt, daß er dich kenne, daß ihr zusammen studiert hättet, und er hat noch etwas gesagt, was ich nicht richtig verstanden habe, bezüglich eines eisernen Mannes, und lächelnd ist er wieder gegangen. Es hat mich aber trotzdem beunruhigt, ich habe mir gesagt, daß es vielleicht noch andere Mittel gibt, wenn die Leute Schmerzen haben. Und eines Tages dann, du warst schon einige Jahre da, hat sich die Mutter von Madame Grivel das Bein gebrochen, als sie aus dem Auto stieg, ein Oberschenkelhalsbruch; auf dem Boden war Kies, sie war nicht sehr sicher auf den Beinen, sie ist ausgerutscht, und schon war's passiert. Du warst zwar nicht ihr Arzt, aber es war an einem Sonntag, als das passiert ist, sie kamen aus der Kirche. Da ich ganz in der Nähe wohne, hat mich Madame Grivel angerufen, um ihr zu helfen, Madame Grivel schrie vor Schmerzen, und ich sagte zu ihr, man müsse die Feuerwehr oder den Krankenwagen rufen, aber sie war vollkommen gelähmt, sie wußte nicht, was sie tun sollte, sobald man sie bewegte, schrie sie noch lauter, also hielten wir sie dort fest, halb auf einer Stufe sitzend, ich stand, Madame Grivel kauerte, wir trauten uns nicht mehr, sie loszulassen. Als einer der Nachbarn das sah, hat er dich gerufen. Du bist sehr schnell gekommen und hast nicht lange gefackelt, eine Morphiumampulle unter die Haut und eine Tablette unter die Zunge, ein Mittel, das wir damals nicht in der Apotheke führten, das du aber aus dem Krankenhaus hattest. Nach drei Minuten, ungelogen, höchstens fünf, konnte man Madame Grivels Mutter hochheben, und wir haben sie ins Haus gebracht. Sie war natürlich wegen des Morphiums ein wenig benommen, und sie sagte: »Es tut zwar noch weh, aber nicht mehr so wie vorher«, wir haben sie auf ein Sofa gelegt, und sie hat ruhig auf den Krankenwagen gewartet. Du bist bei ihr geblieben, du hast ihr die Hand gehalten und ihr erklärt, daß man sie operieren werde, daß sie dann besser gehen könne als vorher, kurzum, du hast sie beruhigt.

Seitdem ruft dich Madame Grivel jedesmal an, wenn ihre Mama sie besucht, um dich zum Abendessen einzuladen. Du hast immer freundlich abgelehnt und gesagt, daß du kein guter Gesellschafter bist und daß du deine freien Abende bei deiner Mama verbringst, die in Tourmens wohnt und krank ist. Sie lädt dich auch weiterhin von Zeit zu Zeit ein, sie läßt nicht locker. Die Mutter von Madame Grivel erzählt jedem, der es hören will, daß sie dir das Leben verdanke. Nun, was uns angeht, so wird es dir nie an Morphium fehlen, und ich achte darauf, daß uns nie der Vorrat ausgeht. Unsere Kollegen sagen uns immer wieder, daß es angesichts der vielen Diebstähle riskant sei, so was im Haus zu haben, aber Madame Grivel und ich sind beide der Meinung, daß es die Mühe lohnt, das Risiko auf sich zu nehmen. Neulich hat der Gesundheitsminister im Radio gesagt, er habe beschlossen, für die Medizinstudenten ein Sonderfach über Schmerzen einzurichten, und ich habe mir gesagt, daß es dafür höchste Zeit ist, am Ende des 20. Jahrhunderts! Dieser Minister hat nichts begriffen. Wir haben alles, was nötig ist, um Schmerzen zu lindern, aber man muß es auch wollen, das ist alles. Den meisten Ärzten ist das einerlei. Kaum sind sie aus der Tür und haben den Motor ihres Wagens wieder angelassen, haben sie mit den Schmerzen nichts mehr zu tun.

»Wir haben nur noch fünf Ampullen, genügt das?«
»Vollkommen.«
Du packst die Schachteln in deine Tasche, du drückst mir die Hand.
»Auf Wiedersehen, Madame Lacourbe.«
Ich höre Schritte hinter mir.
»Ach, Monsieur Sachs, ich hatte Angst, sie seien schon fort.«
»Wie geht es Ihnen, Madame Grivel?«
»Sehr gut. Und Sie, Sie sehen müde aus ...«
»Ich hatte heute nacht Bereitschaftsdienst.«
Sie hält ihm eine Papiertüte hin, die sie unter dem Ladentisch hervorgeholt hat.
»Hier, Monsieur Lessing hat mir das letzte Woche dagelassen.«
Du machst die Tüte auf, du holst zwei steril verpackte Hautnähte und eine Dose mit antibiotischem Hustensaft heraus.
»Ach ja, ich weiß Bescheid. Vielen Dank. Geht es Ihrer Mama gut?«

Ich gehe weg, ich weiß, daß sie gern mit dir plaudert. Sie hat mir gesagt, daß sie bedauere, dich nicht als Arzt nehmen zu können. Ich habe sie gefragt: Warum denn nicht? Sie sind doch nicht gezwungen, Ihr Leben lang zu Doktor Jardin zu gehen. Sie hat geantwortet: Das stimmt, aber Doktor Sachs, das ist nicht dasselbe, ich könnte nicht.

Manchmal sage ich mir, daß sie sich bestimmt sehr allein fühlt, an verregneten Sonntagen, in ihrem Haus hinter der Apotheke. Mit zweiundfünfzig Jahren ist es nicht ganz einfach, einen Mann zu finden.

Du drückst ihr die Hand, sie hält sie ein wenig in der ihren, du ziehst sie nicht zurück, du wartest darauf, daß sie dich gehen läßt. Du grüßt mich vom Eingang aus, du gehst hinaus und kaust dabei eine Lakritzstange.

»Auf Wiedersehen, Herr Doktor!«

In das kleine Heft, in das wir eintragen, was die Ärzte uns schulden, schreibe ich die Morphiumampullen, dazu bin ich gezwungen. Aber nicht die Lakritzstangen und nicht die Zahnbürste.

50

Im Wartezimmer

Ich lege das Buch hin. Ich reibe mir die Augen. Draußen hat es angefangen zu regnen. Neben mir springt eine Dame auf, murmelt etwas, öffnet ihre Handtasche, wühlt darin, kramt darin, wühlt weiter, wird nervös. Ich höre, wie sie mit sich schimpft: Das gibt's doch nicht, das ist doch nicht möglich, ich habe ihn nicht vergessen! Wie ist das möglich? Aber ja, ich habe ihn auf der Kommode liegenlassen, ganz sicher, denn ich habe ihn herausgeholt, um der Kleinen Geld zu geben, als sie Brot für mich kaufen ging ... Olala, das ärgert mich, das ärgert mich, das ärgert mich, aber ich kann nicht nach Hause zurückgehen ... Wenn ich jetzt gehe, muß ich wieder eine Stunde warten ... Gewiß, er wird nichts sagen, aber wie stehe ich dann da, so was gehört sich nicht!

Sie macht ihre Handtasche wieder zu, macht sie wieder auf, wühlt noch einmal drin herum, um ganz sicher zu sein, nickt mit dem Kopf (Er ist sicherlich zu Hause liegengeblieben, anders kann es nicht sein), dann macht sie sie wieder zu und preßt sie auf ihre Knie. Sie schaut, wie viele Personen vor ihr drankommen, schaut mich an, und in diesem Augenblick muß ich lächeln, ich erinnere mich an etwas, und da ich ihrem Blick nicht standhalten will, blättere ich im Buch zurück.

51
Entgelte

Es gibt welche, die wissen nie, wieviel es kostet.

Es gibt welche, die wollen immer den genauen Betrag hinlegen, vor allem die Alten, mit klingender Münze und Kleingeld: Ich habe im Lebensmittelladen wechseln lassen, bevor ich herkam, so haben Sie ebenfalls Wechselgeld, wo so viele Leuten draußen warten.

Es gibt welche, die etwas mehr geben, um sagen zu können: Behalten Sie das Kleingeld, ich bitte Sie, und die von der Seite herüberschauen, um zu sehen, was man tun wird.

Es gibt welche, die ziehen ein Bündel großer Scheine hervor. Was macht das?, als würden sie ein Trinkgeld geben. Und die eher zweimal die UNTERSCHRIFT DIE DIE ZAHLUNG BE-SCHEINIGT (Spalte 12) prüfen – Ach, sieh an! Teurer ist das nicht?

Es gibt welche, die lächeln: Wenn Sie kein Kleingeld haben, macht das auch nichts, die fünf Francs können Sie mir das näch-ste Mal herausgeben, ich muß ja wiederkommen.

Es gibt welche, die, kaum daß sie hereinkommen, ihr Scheck-heft zücken und es auf den Schreibtisch legen, was soviel heißt wie: Aufgepaßt, ich bezahle, also will ich auch etwas für mein Geld.

Es gibt welche, die sind verlegen: Weil, meine Frau ist Einkäufe machen gegangen, und sie hat das Scheckheft mitgenommen.

Es gibt welche, die schicken ihre Kinder allein mit einem zu-sammengefalteten Geldschein.

Es gibt welche, die holen den unterschriebenen Scheck aus der Brieftasche. Macht es Ihnen etwas aus, ihn auszufüllen? Wissen Sie, mit dem Schreiben, das ist bei mir so eine Sache ...

Es gibt welche, die bezahlen, wenn sie hereinkommen: Das ist schon mal erledigt, und vergessen dann das Rezept, wenn sie weg-gehen.

Es gibt welche, die zahlen nach zwanzig Minuten, um dir zu zeigen, daß sie es eilig haben, die dann aber noch eine Stunde bleiben.

Es gibt welche, die schauen nur vorbei: Es dauert höchstens zwei Sekunden, ich will Ihnen lediglich das Ergebnis meiner Blutuntersuchung zeigen, und das dauert fünfzig Sekunden, die aber trotzdem bezahlen wollen: Na klar, ist doch ganz normal, wie sollen Sie sonst über die Runden kommen?

Es gibt welche, die wollen nächste Woche bezahlen.

Es gibt welche, die bezahlen nie.

Es gibt welche, die eine Tasse Kaffee anbieten: Hier trinkt man ihn mit einem kleinen Schnaps, aber ein Doktor, ich weiß nicht.

Es gibt welche, die wissen nicht: Wie soll ich Ihnen danken, Herr Doktor, mögen Sie Erdbeeren/Bohnen/Tomaten/Nüsse/Kirschen, ich habe den Garten voll davon.

(Es gibt welche, die lassen eine volle Tasche im Wartezimmer stehen. Man muß in der Tasche herumwühlen, um ganz unten auf dem Boden auf der Rückseite eines halben Briefumschlags ganz klein mit dem Bleistift hingekritzelt ihren Namen zu lesen und zu wissen, von wem es kommt, und wenn man es nicht schon von sich aus getan hat, besitzen sie das Taktgefühl, einem zuzurufen, wenn man ihnen auf der Straße begegnet: Na, haben sie Ihnen geschmeckt, meine Pflaumen? – noch bevor man überhaupt Zeit hatte, ihnen guten Tag zu sagen.)

Es gibt welche, die schreiben eine Widmung in ihre im Selbstverlag erschienenen Bücher, Bericht über ein Abenteuer, Huldigung an einen bewunderten Vater, Grab eines allzufrüh verstorbenen Kindes: Vielleicht interessiert Sie das, Sie können es lesen, wenn Sie mal Zeit haben, Sie werden sehen, es ist nicht sehr lang, ich bin froh, daß ich es geschrieben habe, es war sehr schwierig, aber jetzt bin ich nicht mehr wie früher.

Es gibt welche, die bieten ihren Körper an, aber das ist etwas, was tabu bleiben muß.

Es gibt welche, die kennen als allererste die Erhöhung der Tarife: Ich habe das gestern abend im Fernsehen gehört, wußten Sie es nicht?

254

Es gibt welche, die sagen: Ich habe kein Geld, und meine Eltern wissen nicht, daß ich zu Ihnen gekommen bin.

Es gibt welche, die stehen im Wartezimmer auf: Ich habe mein Geld zu Hause vergessen, können Sie mich trotzdem drannehmen?

Es gibt welche, die sich die Medikamente eins nach dem andern genau ansehen: Wird das wenigstens von der Kasse bezahlt? Denn heute können die Beiträge noch so hoch sein, die Kassen zahlen nicht mehr viel.

Es gibt welche, die: Sagen Sie mal, Sie haben aber ganz schön aufgeschlagen! Ich muß allerdings sagen, daß ich nicht oft krank bin, es ist schon sehr lange her, seit ich das letzte Mal bei Ihnen war.

Es gibt welche, die mit dem Ellbogen anstoßen: Bezahl schon den Doktor, du siehst doch, daß wir ihn aufhalten und daß noch viele nach uns kommen!

Es gibt welche, die nicht sehr einladend aussehen
     Es gibt welche, die: Mit allem, was er uns schon gekostet hat
     Es gibt welche, die: Ich bin es leid, eine Geldpumpe zu sein
     Es gibt welche, die: Ich weiß nicht, ob es sich lohnt
     Es gibt welche, die: Ich bin nichts mehr wert
     Es gibt welche, die für die andern bezahlen.

52
Wischtücher

Du stehst auf, du begibst dich ans andere Ende des Raums. Ich schluchze. Verstehen Sie, Herr Doktor, ich kann nicht mehr schlafen, seit meine Hündin einen Tumor an der Brustdrüse hat (du nimmst ein Papiertaschentuch aus dem Automaten, der auf dem Glastisch steht), ich mache mir Sorgen, und der Tierarzt sagt, daß sie nicht mehr lange zu leben hat, selbst wenn er sie operiert (du kommst zurück), und ich glaube ihm, wissen Sie, er ist keiner von diesen Tierärzten, die wegen nichts und wieder nichts operieren (du hältst mir das Papiertaschentuch hin) – Danke, das läßt mir keine Ruhe, wissen Sie, das läßt mir keine Ruhe, und ich kann deswegen nicht mehr schlafen (ich trockne mir die Augen ab, und du setzt dich wieder in deinen Sessel auf Rollen).

Du stehst auf, du begibst dich ans andere Ende des Raums. Ich seufze. Verstehen Sie, Herr Doktor, es ist im Augenblick nicht einfach, deshalb weiß ich auch nicht, ob ich mich noch in Schulden stürzen soll (du läßt flüssige Seife laufen) oder ob es nicht besser ist, dort zu bleiben, wo ich bin, natürlich muß eine Wahl getroffen werden, aber ich sage mir (du seifst dir die Hände ein), wenn ich mich etwas mehr verschulde, gut, da sind noch die Versicherungen, aber wenn mir je was passieren sollte (du nimmst ein Papierhandtuch aus dem Spender, der an der Wand hängt), was würde da aus meiner Frau und meinen Kindern werden (du trocknest dir die Hände ab), denn wenn ich ein anderes Ladenlokal nehme, dann natürlich nur, um mich zu vergrößern, das heißt aber auch, ein größeres Lager, mehr Arbeit, und ich kann es mir nicht leisten, jemanden einzustellen (du kommst zurück), meine Frau hilft mir praktisch schon den ganzen Tag, aber ich kann ihr keinen Lohn zahlen, das ist zu kompliziert, wir kämen in eine andere Steuerklasse (du setzt dich wieder), zwei Kinder sind nicht genug, aber das kommt gar nicht in Frage (du schreibst auf deine weiße Karteikarte), daß wir noch welche bekommen, meine Frau möchte zwar noch eins oder zwei – Sie wissen ja, wie die Frauen sind –, aber ich sage ihr: Kommt gar nicht in Frage, wie sollen wir das machen (du betrachtest deine tintenverschmierten Finger, du stehst wieder auf, du begibst dich ans andere Ende des Raums. Du nimmst ein Papierhandtuch aus dem Spender, der an der Wand hängt), ich seufze.

*

Du wischst das Ende deines Füllhalters ab.
Du wischst die Tinte ab, die die weiße Holzplatte befleckt hat.
Du wischst dir die Finger ab.
Du wischst dir die Stirn ab.
Du wischst deine Brille ab.

*

Du stehst auf, du begibst dich ans andere Ende des Raums. Ich bin verzweifelt auf Schadensbegrenzung bedacht. Verstehen Sie, so ist das jeden Tag, einfach unmöglich, ihn ruhigzustellen, auch wenn ich ihm Geloviskose in seinen Brei mische, ich gebe zwölf Löffel hinein, obwohl auf der Dose acht steht (du kommst zurück), ich gebe ihm die Tropfen, die man mir im Krankenhaus aufgeschrieben hat, ich weiß, daß das nicht schlimm ist, ich lege ihn auf den Bauch, den Kopf hoch erhoben, aber es geht weiter, und ich (du hältst mir ein Papierhandtuch hin, aber ich weiß nicht, was ich bei dem Baby auf dem Arm damit machen soll), ich bin es leid, ihm viermal am Tag die Windeln zu wechseln. Was nützt es mir, wenn es heißt, daß sich das mit dem Heranwachsen legt, das dauert jetzt schon zwei Monate, und nichts hat sich gelegt (du nimmst mir die Handtücher ab und tupfst damit das Erbrochene auf, mit dem der Boden beschmutzt wurde, als ich mich mit dem Baby auf den Knien hingesetzt habe), ich frage mich, ob ich ihn nicht doch operieren lassen soll (du nimmst mir das Baby ab, Sie erlauben?, du hebst ihn hoch, du wiegst ihn mit der Hand ab, du setzt ihn mir wieder auf die Knie, du gibst ihm die durchsichtige Kinderklapper mit den farbigen Kugeln, die rauf- und runtergehen, und das Baby macht: Daddaaddddaaaa?), mein Mann ist gar nicht einverstanden, ein sechs Monate altes Baby, das macht ihm angst, aber er braucht sich schließlich nicht um die Wäsche zu kümmern, Sie wissen ja, wie die Männer sind (die Tränen fangen an, über meine Wangen zu laufen): Entschuldigen Sie bitte, hätten Sie nicht ein Taschentuch?

*

Du gehst an mir vorbei und begibst dich ans andere Ende des Raums. Ich rühre mich nicht. Du nimmst ein Papierhandtuch aus dem Spender, der an der Wand hängt, du kommst wieder zu mir zurück, du nimmst mir die Elektroden vom Brustkorb, du wischst das klebrige Kontaktgel ab, das meine Haut befleckt und mir an den Haaren klebt, oder wischst mir die Tränen von den Wangen oder die Speichelfäden, die mir von den Lippen tropfen, oder den Rotz aus der Nase oder die Scheiße von den Hinterbacken.

53
Das Unsagbare

Du sitzt an deinem Schreibtisch. Du rührst dich nicht.

Im Profil bildet dein Körper eine Art S, sitzend vergraben in dem Sessel auf Rollen, ein langes, etwas schweres, auf zwei Arme gestütztes Reptil, die Hände am Ende deines Blicks fast gefaltet.

Deine linke Hand liegt flach neben dem Blatt. Der Füllhalter in deiner Hand schwebt einige Millimeter über dem Papier.

Auf das Blatt hast du geschrieben:

Der Körper existiert nicht. Eingehüllt in den Kittel, die Kleider.
Die Hände, zur Not. Wenn sie nicht in Handschuhen stecken.
Die Augen beobachten hinter diesen verfluchten dicken Brillengläsern.
Fettiges Haar, glänzende Nase wie ein Kreiselleuchtturm.
Hört man ihn von außen brüllen?
Berührt alles, mit den Fingerspitzen.
Antwort auf alles, widerwillig.
Die Ärmel hochkrempeln, das macht noch nicht nackt.
Um endlich nackt zu sein, müßte man

Du suchst das richtige Wort, oder du zögerst.

54
Daniel Kasser

Atemlos, außer sich, kommt sie wie ein Wirbelwind ins Atelier
gestürzt.

»Er hat mich angerufen! Er hat mich angerufen! Er hat einen
Vorwand gefunden und mich angerufen ...«

»Wer denn?«

»Er. Du weißt doch, der Arzt aus dem Krankenhaus, Bruno
Sachs ...«

»Sex?«

»Oh, bitte! *Sachs*. Ich hab dir schon von ihm erzählt! Ich bin
heute wieder zur Untersuchung bei ihm gewesen und ...«

Ich lege meine Werkzeuge hin und schaue sie an. Ich gehe zu
ihr, ich nehme sie bei den Schultern, ich heiße sie Platz nehmen,
ich setze mich neben sie.

»Erzähl.«

Sie steht auf, sie hält es nicht an ihrem Platz aus, sie läuft im
Kreis und weiß nicht, was sie sagen, wo sie beginnen soll. Ich
stehe ebenfalls auf.

»Willst du einen Kaffee?«

Ohne ihre Antwort abzuwarten, dränge ich sie in die Küche.
In der Thermosflasche ist noch heißer Kaffee. Ich gieße ihr eine
große Tasse voll ein.

»Er ist sehr stark.«

»Ja ... Um so besser.«

Sie nimmt die Tasse mit dem dampfenden Kaffee. Sie hält sie
zwischen ihren Händen, als wolle sie sich wärmen. An die Tür gelehnt, bleibt sie stehen.

»Ich brachte es nicht fertig ... ich brachte es nicht fertig wegzugehen. Dabei fühlte ich mich ganz blöd!«

Ihre Stimme war jetzt ganz sanft, fast unhörbar.

»Es war eine Kontrolluntersuchung, weißt du ... Na ja, du
kannst dir vorstellen, es ist weder angenehm noch intim, es ist
eher ... Aber er ... Er, er ist ... Er ist nicht ... Er war an diesem

Nachmittag kein Arzt. Er war ... er. Er sprach mit mir, er sprach mit mir, und ich hörte ihm nicht zu, ich sah ihn an, und ich erinnere mich überhaupt nicht mehr, was er zu mir gesagt hat, aber er hat lange mit mir gesprochen ... Ich bin fast eine Stunde geblieben, und das war zu kurz, am liebsten wäre mir gewesen, es hätte gar nicht mehr aufgehört ... Am Ende hat er sich entschuldigt und gesagt, er rede zuviel, und ich wollte zu ihm sagen, nein, gar nicht, es langweilt mich überhaupt nicht, aber er hat aufgehört, er hat mich gefragt, ob ich Fragen an ihn hätte, und ich habe geantwortet: Nein, ich glaube nicht, darauf hat er gesagt: Das ist sehr schade. Er machte den Eindruck ... als bedaure er, daß Schluß ist, und ich, ich kam mir ganz dumm vor, ich wußte nicht, was ich sagen sollte, damit es weitergeht, damit er noch länger mit mir spricht ...«

Sie hält inne. Sie seufzt, sie trinkt einen Schluck Kaffee, sie schaut mich an.

»Als ich hinausgegangen bin, haben wir uns angesehen, es hat nur eine Sekunde gedauert, genau so lange, wie wir brauchten, um den Raum zu verlassen ... Ich wollte nicht weggehen, und ich spürte, daß er nicht wollte, daß ich gehe, er ließ mich nicht aus den Augen ...«

Sie wird wieder lebhaft, sie stellt die Tasse hin und beginnt in der winzigen Küche auf und ab zu gehen.

»Und vorhin, gerade als ich aus dem Büro nach Hause kam, hat das Telefon geklingelt, und es war er, ich habe ihn sofort wiedererkannt, ich habe seine Stimme wiedererkannt, ich habe es nicht geglaubt, er hat sich tausendmal entschuldigt ... Als ich ihn hörte, habe ich angefangen zu lachen ... er hat bestimmt gedacht, ich sei vollkommen verrückt – aber ich war glücklich, ich hoffte ... ich wußte, daß er versuchen würde, daß er etwas finden würde, einen Vorwand ... denn ich hatte mir keinen neuen Termin geben lassen. Ich müßte in einigen Wochen wiederkommen, und als ich ging, hat mir die Schwester im Sekretariat auch einen Termin vorgeschlagen, aber ich habe nein gesagt, ich rufe wieder an, und als ich wegging, habe ich mir gesagt: So, das war's, ich werde ihn nie wiedersehen ... Und nun hat er mich heute abend angerufen, er hat sich tausendmal entschuldigt, er habe vergessen, mir zu sagen, ich weiß nicht, was, eine Vorsichtsmaßregel, die ich treffen müsse, es war ein Vorwand, nichts weiter als ein Vorwand, es hatte überhaupt keinen Sinn, er wollte mich nur anrufen!«

»Hat er es dir gesagt?«

»Nein! Er hat nichts gesagt ... Ich weiß nicht einmal mehr, was er genau gesagt hat. Er hat nichts gesagt. Er wollte mit mir reden, aber er hat nichts gesagt, er schien furchtbar verwirrt zu sein, und ich, ich wußte nicht, was ich tun sollte!«

Sie seufzt von neuem, sie tritt näher an mich heran, sie schmiegt sich fest an mich.

»Findest du mich dumm ...«

»Aber nein, mein kleines Mädchen.«

Ich nehme sie in meine Arme.

»Du wirst ihn wiedersehen. Du wirst wieder einen Termin mit ihm ausmachen ...«

Sie löst sich von mir, sie schüttelt den Kopf, mit geschlossenen Augen.

»Nein.«

»Warum nein?«

»Wenn ich mir einen Termin geben lasse, habe ich, sobald die Untersuchung vorbei ist, keinen Grund mehr, wieder hinzugehen. Außerdem ... ich will ihn nicht im Krankenhaus aufsuchen.«

»Also?«

»Also«, sagt sie, »also ... ich weiß nicht.«

55

Catherine Markson

Sie sind alle drei da, Ray, Bruno und Diego.

Sie reden, sie raunzen sich an, sie sind lustig und machen ihre Späße, als ob nichts wäre. Bruno sitzt im Sessel, Diego am Fußende des Bettes. Ab und zu legt er, um das Gesagte zu unterstreichen, die Hand auf Rays Füße, die unter der Bettdecke stecken. Oder er hält die offene Hand hin, und Ray und Bruno schlagen gemeinsam hinein, und sie lachen noch lauter, während das Blut durch den an seinem Arm befestigten Schlauch fließt.

Bruno hat mich nicht ein einziges Mal angeschaut, seit er mit Diego gekommen ist. Ray ist überglücklich, es ist schon Wochen her, seit sie alle drei das letzte Mal beisammen waren. Bruno habe ich schon sehr lange nicht mehr gesehen. Er rief Ray an, kam dann auf einen Sprung zu Besuch, zufälligerweise immer dann, wenn ich nicht zu Hause war. Am Telefon spricht er mit mir, aber immer kurz, immer ein wenig knapp.

Er ist heute abend immer noch so lang, so mager, so gebeugt wie vor fünfzehn Jahren. Er hat immer noch eine Haarwäsche und einen Haarschnitt nötig, er versteckt sich hinter seiner Brille. An den Schläfen ist er schon ein wenig grau. Er ist nicht mehr so gesprächig wie damals, als wir zusammen waren. In seinem Schweigen ist so etwas wie Zorn, in seinen Worten so etwas wie Haß. Ich glaube, nur Ray vermag ihn noch aufzuheitern.

Diego hat sich eigentlich nicht verändert. Er bekommt eine Glatze. Er ist vielleicht etwas ruhiger geworden, etwas reservierter, fühlt sich etwas wohler in seiner Haut. Er schaut Ray nicht mehr auf die gleiche Weise an. Und mich natürlich auch nicht. Ich habe nie gewagt, Ray zu fragen, ob er Bescheid weiß, ob er dahintergekommen ist. Und ich werde ihn auch nie fragen, es ist schon zu lange her, es hat keine Bedeutung mehr. Glaube ich. Und doch. Wären sie sich alle drei so nah, wenn es zwischen ihnen nicht mehr als nur Kindheitserinnerungen gäbe, Brunos Jahr in

Canberra, ihre übermütigen Streiche, als Ray hier angekommen ist ... und ich?

Ich weiß nicht einmal, ob ich zähle. Wenn sie zusammen sind, gibt es sonst niemanden mehr. Ray ist ihr großer Bruder, ihr Mentor und ihr Schützling. Als er hier angekommen ist, war er achtunddreißig Jahre alt, er war noch Jungfrau und sprach kein Wort Französisch. Sie haben ihm alles beigebracht, das Land, die Sprache, die Frauen. Er hat sie die Weltgeschichte gelehrt, die Geopolitik, die Philosophie. Und es dauert nun schon fünfzehn Jahre, daß sie Stunden damit zubringen, miteinander zu reden, sich anzubrüllen, sich zu trösten, sich zu lieben. Was hatte ich mit ihnen zu schaffen? Was tue ich heute hier?

Wie lange wird das noch dauern? Die Ärzte reagieren ausweichend, Bruno antwortet nicht auf meine Fragen, und Ray sagt mir immer wieder, daß die Ärzte alle Armleuchter seien, als ob mich das beruhigen könnte.

Sie brechen wieder in schallendes Gelächter aus, aber Ray fängt an zu husten. Er wird immer magerer, und wegen der Blutarmut ist seine Haut aschgrau. Seine Sommersprossen gleichen den Altersflecken der Hundertjährigen. Weil er nicht will, daß man ihm die Haare schneidet, steht sein roter Haarschopf nach allen Richtungen ab. Er hustet immer stärker. Bruno und Diego hören auf zu lachen, Bruno beugt sich zu ihm hinüber, Diego legt ihm die Hand auf den Rücken, Ray weint, ich sehe, wie seine Augen rot werden, er weint vor Schmerz, wenn er zu husten anfängt. Ich werde klingeln, ich werde die Krankenschwester rufen, aber auf einen Schlag läßt es wieder nach.

»*Hey! Nasty thing, that* ... wie nennst du das noch?«

»Was?«

»Den Pilz, das Ding, das sie in meiner Lunge gefunden haben ... Spargel?«

»Aspergillus ... auch Kolbenschimmelpilz ...«

»Jaa, genau das! Als ich noch am Theologiekolleg war, hätte ich nie gedacht, daß ich in Tourmens einmal Spargel spucken würde!«

Er wirft Diego einen Blick aus den Augenwinkeln zu. Diego blickt ihn ebenfalls an, murmelt etwas, ein Lächeln in den Mundwinkeln, und schüttelt den Kopf.

»Alter Arsch!«

»Etwas Respekt, *young man*. Oder ich lasse dich Wittgenstein wiederholen. Hey, Kate? Was meinst du? Glaubst du, man könnte ihn *that ol' Witty* wiederholen lassen, *huh*?«

»Ich brauche meinen Wittgenstein nicht zu wiederholen, du Pauker am Arsch. ›Die Welt ist alles das, was der Fall ist. Die Welt ist die Gesamtheit der Tatsachen, nicht der Dinge ...‹«

Und Diego fängt an, die ersten Absätze des *Tractatus* aufzusagen.

»Hey, du weißt es ja noch! Und du, Nox?«

Bruno macht genau dort weiter, wo Diego aufgehört hat, aber nach einigen Sätzen gibt er auf und schaut lächelnd zu Diego hinüber.

»O nein, ich helfe dir nicht, du hättest ja pauken können!«

»Wenn du das vorträgst, könnte man meinen, du sprichst das Kaddisch«, murmelt Ray. »Das wirst du sprechen, wenn ich ins Gras gebissen habe ...«

Bruno antwortet nicht, er schaut mich an, legt die Hand auf Rays Arm und sagt schließlich:

»Man braucht zehn Männer, um das Kaddisch zu sprechen ... Wir zwei reichen nicht aus.«

»Jaa«, sagt Diego. »Und ich bin nicht einmal Jude ...«

»Na und? Ich auch nicht! Aber ich habe doch ein Anrecht auf mein Kaddisch, oder? Ein Totengebet, in dem nicht ein einziges Wort über den Tod gesagt wird, darauf hat doch jeder ein Anrecht, oder?«

Bruno atmet tief ein.

»Hört auf mit eurem Quatsch ... Abgesehen davon bin ich sicher, daß Ludwig, als er am *Tractatus* arbeitete, an seinen Großvater dachte. Er hat dieses Buch nicht nur geschrieben, er hat es skandiert ...«

»He, sag mal, Professor Markson«, schaltet sich Diego mit dünner Stimme ein, die ich schon lange nicht mehr bei ihm gehört habe, »hast du uns deshalb gezwungen, diesen verfluchten Text auswendig zu lernen? Wenn sich ein Dummkopf im Saal irrte und auf deine kleine Gruppe stieß, die beim schönsten Rezitieren war, machten wir einen sehr geistreichen Eindruck.«

Ray richtet sich in seinem Bett auf, drohend, ein roter Löwe, der sich anschickt, seinem Sprößling mit einem Prankenhieb einen Backenstreich zu versetzen.

»Du kleines Arschloch! Kennt man das, was man auswendig gelernt hat, nicht besser, *inniger*? Erinnert man sich nicht *immer* daran?«

»Doch, Monsieur«, sagt Diego und hebt den Arm, um sich zu schützen. Und alle drei lachen wieder lauthals los, während ich bei dem Gedanken schon zittere, Ray könnte wieder zu husten anfangen, aber nein, sie lachen, und er beugt sich zu ihnen herüber, und jetzt umarmen sie sich, knuffen sich in die Seiten, ihr Lachen, voll von all ihren Erinnerungen, all ihren Tränen, all ihren so spät erlebten Jugendstreichen, so lange nach der wirklichen Jugend, ist es überhaupt je möglich, im richtigen Augenblick jung zu sein?

Und in diesem Augenblick fühle ich mich so allein, so hoffnungslos allein, so von Kummer und Schmerz zerrissen, daß meine Tränen in Strömen zu fließen beginnen, sie laufen mir übers Gesicht, tropfen an meiner Nasenspitze herunter, aber ich rühre mich nicht, ich sage nichts, ich nehme nicht einmal mein Taschentuch heraus, ich mache keine Bewegung, aus Angst, sie könnten sich nach mir umdrehen, sie sind beisammen, sind sich nahe, sind glücklich, und ich habe hier nichts zu schaffen, ich will das nicht zerstören, ich will ihre Freude nicht in meinen Tränen ertränken ...

Ich sehe, daß sie ebenfalls weinen, aber gleichzeitig lachen.

Ich schaue Bruno an, auch er lacht, sein Gesicht hellt sich auf, er öffnet sich beim Lachen, er wird größer, er ist schön und gut, er wird wieder der Bruno, den ich kennengelernt habe, bevor ich Diego kennenlernte, bevor ich Ray kennenlernte, und ich bekomme Lust, mich in seine Arme zu kuscheln, ich fange an zu zittern, weil ich ein so starkes Verlangen nach ihm habe, wegen all der Nächte, die ich nicht mit ihm verbracht habe, all der Nächte, in denen ich ihn angefleht habe zu bleiben und in denen er mir mit Nein geantwortet hat ... Ich sage mir, diesmal ließe ich dich nicht mehr nein sagen, dazu hast du kein Recht. Nachher brechen wir wieder auf, Ray wird zu mir sagen, ich solle mit euch fahren, er wird euch bitten, mich ins Restaurant zu führen und dann ins Kino, wie wir es alle vier taten, oder alle drei, wenn er nach Australien zurückfuhr, um seine Mutter zu besuchen, und deshalb weiß er, welche Filme ich mit ihm gesehen oder auch nicht gesehen habe, wenn ich sage: »Das läßt mich an die und die Szene aus dem und dem Film denken, erinnerst du dich?« Ray sieht mich an und sagt: »Das war nicht mit mir, das war mit den beiden andern.« Wenn wir jetzt gehen, werde ich dir alles sagen, was ich will. Diego wird es verstehen, er weiß es schon, ich werde zu dir sagen: Bruno, dich will ich, ich habe es satt zu leiden, nachts neben dem noch lebenden Leichnam Rays zu weinen, den ich so sehr geliebt habe, der es aber nie vermochte, mich so zu lieben, wie ein Mann eine Frau liebt, ich habe es satt, darauf zu warten, daß du mich in die Arme nimmst und mich liebst, ich habe es satt, daß du vor allem Angst hast, vor mir, vor den andern, vor deinem Schatten, vor ich weiß nicht was. Ich habe es satt, ich kann einfach nicht mehr, und diesmal werde ich dich nicht weggehen lassen.

Eigenartige Colloquien, 3

Die Sitzung

Ich schlage die Beine übereinander und trage das Datum ein, 10. Dezember.

Er schweigt einen langen Augenblick, dann stößt er einen tiefen Seufzer aus.

Nox ist am Samstag in die Buchhandlung gekommen. Ich hatte ihn seit Monaten nicht mehr gesehen.

... Da viele Kunden im Laden waren, hat er mit der Hand gegrüßt und sich zwischen den Büchern herumgedrückt. Er ist schon immer so gewesen ...

... Nox. An der Uni nannten ihn die Studenten *l'inoxydable Sachs*, den rostfreien Sachs, weil er ihnen ständig Moralpauken hielt, sie haben es ihm also heimgezahlt. Manche Kommilitonen sagten der *Tüchtige* oder der *Süchtige*, weil er ständig Pamphlete an die Wände der medizinischen Fakultät klebte, Pamphlete von der Art »Ärzteordnung, Neue Ordnung?« oder »Wir sind alle Nazi-Ärzte«. Die Medizinstudenten hatten Schiß vor ihm. Sie dachten dummerweise, er sei genauso bösartig wie seine Texte. Eines Tages hat er eingesehen, daß sehr wenige Leute wirklich lasen, was er schrieb, und daß es den andern völlig egal war, einschließlich und vor allem der Verwaltung – er träumte davon, ins Büro des Rektors zitiert zu werden, um ihm in die Visage spucken zu können, aber der Rektor wußte wahrscheinlich nicht einmal, daß es ihn gab. Darauf hat er sich beruhigt, er hat keine Pamphlete mehr angeklebt, er ist ein eher düsterer, eher schweigsamer, eher schwieriger Kerl geworden, und zwar allen gegenüber, nicht mehr wie damals, als wir Kinder waren, da war er ein schüchterner Junge, der Angst vor Schlägereien hatte, der allein in seiner Ecke blieb, und wenn ich mich an ihn in der Volksschule erinnere, frage ich mich, wie wir es fertiggebracht haben, so enge Freunde zu werden ...

… Seine Mutter kochte sehr, sehr gut. Zwar nicht so gut wie meine, aber trotzdem. Wir verbrachten ganze Nachmittage damit, Comics oder Science-fiction-Romane zu lesen. In seinem Zimmer stand ein großer Sessel, groß genug, daß wir uns beide nebeneinander hineinsetzen konnten.

… Als er aus Australien zurückgekommen ist, wußte ich, daß er Medizin studieren würde, es blieb ihm fast keine andere Wahl, der verwöhnte einzige Sohn, die Eltern erwarteten das einfach.

… Ich habe fast sofort in der Buchhandlung gearbeitet. Vorher hat Moïse sie ganz allein geführt, aber er wurde alt, und weil ich die ganze Zeit über bei ihm herumlungerte, weil ich gar nichts anderes machen wollte, denn für mich gab es außer Büchern nichts …

… Als Moïse seinen Schlaganfall hatte, habe ich ihn am frühen Morgen gefunden, er lag am Fuße der Treppe, eiskalt, auf einer Seite gelähmt, aber er lebte. Er konnte kein Wort mehr sagen. Als ich mit ihm sprach, drückte er mir mit seiner gesunden Hand die Hand, um mir zu sagen, daß er mich hörte, daß er mich verstand, einmal drücken ja, zweimal drücken nein, wie man es als Kind tut … Ich habe ihn gefragt, ob er Schmerzen habe, er hat nein gesagt, ich habe ihn gefragt, ob er Angst habe, er hat nein gesagt. Ich habe ihn gefragt, ob ich ihn bei sich zu Hause pflegen soll, und auch da hat er wieder nein gesagt. Und das habe ich nicht verstanden, denn er hatte immer geschworen, daß er nicht im Krankenhaus sterben wolle, darauf habe ich ihm die Frage von neuem gestellt, mehrmals, er antwortete nein nein nein. Und als ich ihn gefragt habe, ob ich einen Krankenwagen kommen lassen solle, hat er mir die Hand einmal sehr fest gedrückt, er hat die Augen einmal nach unten geschlagen, um ja zu sagen …

… Er wollte nicht, daß ich mich um ihn kümmere. Er wußte, daß ich bereit war, mit ihm in der Wohnung zu bleiben, aber er wollte das nicht. Wenn er allein gelebt hätte, wäre er einverstanden gewesen zu sterben, doch er wollte nicht, daß es vor meinen Augen geschieht.

… Ich habe ihn ins Krankenhaus begleitet, und wen sehe ich im weißen Kittel an der Tür? Nox, den ich praktisch seit drei oder vier Jahren nicht mehr gesehen hatte. Er kam nicht mehr aus dem Krankenhaus heraus, er übernahm alle Bereitschaftsdienste, ich verließ die Buchhandlung nicht, wir riefen uns hin und wieder an, aber das war alles, und nun gerate ich ausgerechnet an ihn.

… Es war Nox, der mir erklärt hat, daß es vorbei ist …

… Wenn es ein anderer gewesen wäre, ich wäre ihm glatt ins Gesicht gesprungen, ich hätte nicht akzeptiert, daß man mir sagt, es sei nichts mehr zu machen … Das hat er übrigens auch nicht gesagt. Er hat gesagt: Es sieht übel aus. Er hat ihn angesehen: Verstehen Sie, was ich sage? Und Moïse hat bejaht, indem er ihm die Hand drückte. Selbstverständlich verstand er. Man weiß, daß man sterben wird.

… Wenn Nox schon damals eine eigene Praxis gehabt hätte, zusammen hätten wir einen Ausweg gefunden, um ihn zu Hause sterben zu lassen …

… Nach Moïses Tod hatte ich keine allzu große Lust, Nox zu sehen. Ich dachte jedesmal, wenn er vorbeikam, an Moïse. Ich sagte, ich hätte viel zu tun, ich müsse mich um die Bücher kümmern.

… Eines Tages, ich war vielleicht seit sechs oder acht Monaten allein, sehe ich einen großen rothaarigen Kerl in die Buchhandlung kommen, der ein sehr korrektes Französisch spricht, jedoch mit starkem Akzent, und der mich fragt, ob ich Bücher über Australien habe. Ich sage: Ich kenne jemanden, der in Australien gelebt hat, er meint: Ach ja? mit einem Gesicht, als beträfe ihn das nicht sonderlich, und dann diskutieren wir miteinander, wir finden uns sympathisch, er sagt mir, daß er seit einigen Wochen in Tourmens wohnt, daß er noch niemanden kennt, und er lädt mich ein, mal an einem Abend mit »ein oder zwei anderen Bekannten« zum Essen zu gehen. Ich habe natürlich angenommen.

… Ich habe ihn sofort gemocht. Er war schön, brillant, er war lustig, er sprach wie ein Gott, er wußte mehr Dinge als all die kleinen Studienräte, die ich in einem Jahr sehe, er war gut, er war ungeschickt und puritanisch … Ich weiß nicht, warum ich in der Vergangenheit spreche, er ist schließlich nicht tot …

… Und folglich bin ich eines schönen Abends bei ihm zu Hause, es waren etwa ein halbes Dutzend Mädchen da … und Nox. Ray und er kannten sich natürlich, und er hatte uns beiden eine kleine Überraschung bereiten wollen.

… Wir haben die ganze Nacht über geredet, um sieben Uhr

morgens waren wir immer noch da. Die Mädchen waren gegangen, denn das lief auf eine Versammlung alter Kämpfer hinaus, sie hatten das Gefühl, überflüssig zu sein. Außer Catherine natürlich. Sie war Studentin der Philosophie und hatte sich, gleich nachdem Ray angekommen war, in seinem Seminar eingeschrieben. Sie kannte Nox seit einigen Monaten, er hatte ihre Mutter im Krankenhaus behandelt, und außerdem haben sie sich ... sagen wir, sympathisch gefunden. Es war nichts passiert, Nox war viel zu streng. Aber sie war sofort in ihn verliebt, das sah man gleich auf einen Blick.

... Ray und Nox hatten angefangen, Melodien aus Musicals zu singen, *Porgy and Bess*, *South Pacific* und vor allem *Kiss me, Kate*, eine Umsetzung von *Der Widerspenstigen Zähmung* ... Von diesem Abend an haben wir sie nicht mehr Catherine genannt.

... Sie schrieb eine Magisterarbeit über Wittgenstein. Sie begannen über diese Arbeit zu reden, Ray und sie. Sie waren nicht einer Meinung, sie warfen sich Zitate an den Kopf. Ich genoß es, Nox versuchte zu folgen.

... Am Ende hat Kate einen Treffer gelandet, Ray fing an zu lachen, sein homerisches Lachen, und sagte, sie verdiene den begehrtesten Titel der zeitgenössischen Philosophie, den der »Wittgenstein-Mätresse«. Wir haben noch lauter gelacht, wir haben gesehen, daß Kate rot wurde wie eine Tomate, und Nox hat uns mit Augen wie Unterteller angesehen. Schließlich hat ihm Ray, der fast erstickte, auf die Schulter geklopft und gesagt: »Wußtest du nicht, daß der alte Wittgenstein ...«, aber die Stimme versagte ihm, er war am Ersticken, er konnte sich einfach nicht beruhigen, darauf hat er mich angesehen, und ich habe gesagt: »... schwul war wie ein Walroß ...!«

... Von wegen Wittgenstein-Mätresse! Ich habe nie eine Frau gesehen, die so hin- und hergerissen war. Sie ist immer in Nox verliebt gewesen, mit mir hat sie gefickt wie eine Wilde, und Ray hat sie geheiratet ... Am Tag nach seiner Hochzeit war Ray immer noch Jungfrau ...

... Und Nox, dieser Armleuchter, hat weiterhin so getan, als ob nichts wäre, wir sahen uns ein-, zweimal die Woche, wir aßen gemeinsam zu Abend bei ihnen, oder wir aßen alle vier in dem Bistro gegenüber der Buchhandlung zu Mittag, und ab und zu sagte er zu Kate, daß sie schön sei, daß ihr die Ehe gut bekäme, daß sie schwanger erst recht schön sein würde ... So ein Arsch! Er jedenfalls brauchte sie hinterher nicht mit der Kehrichtschaufel aufzulesen.

... Nox hat nie etwas von Frauen verstanden.

... Kate war es nie gelungen, ihn ins Bett zu bekommen, aber das lag nicht daran, daß sie es nicht versucht hätte ... Acht Tage vor ihrer Heirat ist sie bei ihm hereingeschneit, sagt zu ihm, daß sie ihn will, daß sie immer nur ihn gewollt hat, daß noch Zeit ist, daß Ray verstehen wird ... Und dieser Dummkopf schmeißt sie raus!

... Sie selbst hat es mir erzählt. Er hat nie etwas gesagt. Er hat wahrscheinlich gedacht, es wäre Verrat ... Ich hatte begriffen, daß er sie nicht liebte. Lange Zeit habe ich gedacht, daß er nie jemanden lieben könnte. Er konnte nicht lieben, er hat es nie gelernt. Bei ihm zu Hause liebt man nicht, da besitzt man. Regel Nummer eins heißt: »Ich liebe dich, also habe ich alle Rechte über dich.« Er bekam täglich Sätze zu schlucken wie: »Mein Liebling, tu das für mich, du wirst deiner Mutter eine Freude machen. Mein Liebling, tu das für mich, du wirst deinem Vater eine Freude machen.« Tag für Tag. Er ist vor ihnen geflohen wie vor der Pest, aber trotzdem kannte er nichts anderes, nur das. Schließlich mußte er sich zwei- oder dreimal gewaltig irren, um sich dessen bewußt zu werden. Einmal hat er sich beinahe an die Kandare nehmen lassen. Von einer Bankangestellten. Schlecht angezogen, unwohl in ihrer Haut, unglücklich. Nicht hübsch. Ein Opfer. Ein armes Mädchen, das Irma hieß, das keine Mama hatte, das keinen Papa hatte. Das heißt, hatte sie schon, und sie war die Letztgeborene. Fünf Brüder und drei Schwestern. Sehr gute Familie. Die Jungens waren natürlich Ingenieur, Unternehmer, Rechtsanwalt, Priester und Kapitän. Die Schwestern waren Nonne geworden und Vorstandsdame in einem Wohltätigkeitsverein. Sie, Bankangestellte. Und chronisch depressiv. Sie hatte keinen Mann gefunden. Eine Schande. Und nicht einmal fest angestellt, gehörte zum fliegenden Personal. Mal hier, mal da. Ich weiß nicht, was Nox an ihr gefunden hat. Wahrscheinlich hat sie ihn sich ausgesucht. Eines Tages zahlt er Geld ein, sie schenkt ihm ihr unglückliches Lächeln. »Guten Tag, Herr Doktor, na, haben Sie viele Kranke? Im Grunde haben wir ja beide ein wenig den gleichen Beruf, die Leute vertrauen Ihnen an, was sie an Kostbarstem haben, und bei uns ist es ähnlich, wir beruhigen sie, wir trösten sie, wir muntern sie auf, aber was ist mit uns, wer kümmert sich um uns? Pustekuchen ...« Und so weiter, und so weiter. Und ich sehe genau, wie sich im Laufe des Gesprächs das eine aus dem andern ergibt, und wahrscheinlich hat sie ihn zu einer Tasse Tee in ihre Bude eingeladen.

... Er muß sich damals sehr einsam gefühlt haben ...

... Das hat ein paar Monate gedauert. Danach wurde sie aus dem Verkehr gezogen, ich weiß nicht, wie er sie losgeworden ist. Und dann kam die Volksschullehrerin. Nicht genau die gleiche Art, aber auch sie ein Opfer. Er hat immer eine Schwäche für die Opfer gehabt. Das geht ihm nahe. Und sie, sie wittern das auf zehn Kilometer Entfernung. Diese hier aß für vier. Dreimal am Tag. Eine richtige Überlebende aus den Lagern. Sie hat es sogar fertiggebracht, von seiner Mutter eingeladen zu werden, und das war ein Rekord, Madame Sachs mußte stark nachgelassen haben. Schließlich hat auch das nicht lange gedauert.

... Hin und wieder, das wußte ich, hatte er jemanden, denn wenn ich ihn besuchte – Ray und Kate kamen nach Ladenschluß vorbei, um mich abzuholen, und wir fuhren alle drei zum Abendessen zu ihm –, war die Wohnung nicht wie gewöhnlich aufgeräumt, es waren Kippen im Aschenbecher oder eine Strumpfhose mit Laufmasche lag im Abfalleimer.

... Aber jetzt gab es seit geraumer Zeit niemanden mehr. Seine verdammte Arbeit, der Bereitschaftsdienst, seine Gruppentreffen, die Vorlesungen, die er hielt, die Artikel, die er für seine verdammte Zeitschrift schrieb, und sonst nichts.

... Als Ray krank wurde, ist Kate langsam unruhig geworden. Und Nox hat sich in sein Schneckenhaus verkrochen. Er spürte, was auf ihn zukam, daß sie lange genug gewartet hatte ...

... Eines Abends, letzten Monat, haben wir uns im Krankenhaus in Rays Zimmer wiedergesehen. Kate war natürlich da, und während wir uns krumm und bucklig lachten, spürte ich, wie sie uns einen nach dem andern aufmerksam betrachtete, zuerst Ray mit seiner Haut auf den Knochen und seinen zerzausten Haaren, dann mich (sie versuchte wohl, sich daran zu erinnern, wie das war, wenn ich Nachmittage damit zubrachte, sie zu bumsen, mit ihr trostvollziehend, was ihr bei ihrem Mann, dem Historiker, abging, der sich lieber Wittgenstein untergejubelt hätte ...), dann Nox, die Liebe ihres Lebens, den Unerreichbaren, Unnahbaren, das sah selbst ein Blinder, sie verschlang ihn mit den Augen.

... Als wir aus dem Zimmer gingen, war es halb zwölf. Die Nachtschwester hatte uns rausgeschmissen, weil wir zuviel Krach machten. Draußen war es angenehm mild, man hätte meinen können, es wäre Mai. Rays Fenster war das einzige, das beleuchtet war, und er gab uns durch die Fensterscheibe hindurch Zeichen, er war aus dem Bett aufgestanden und hielt das Laken vor sich. Kate hat sich bei Nox eingehängt. Sie hat gesagt: »Begleiten wir Diego nach Hause, und du bringst mich dann heim?« Und er: »Äh ...« Ich hatte keine Lust, die Fortsetzung zu hören, also bin ich zu Fuß heimgegangen.

... Am nächsten Morgen hat er mir gesagt, daß er die Nacht mit ihr verbracht hätte. Er hat etwas Furchtbares gesagt ... »Ich habe es getan, damit sie weniger leidet ... Und weil Ray noch lebt. Ich hätte es nicht auf seinem Grab tun können.«

... Für sie hatte er keine Entschuldigung, aber für sich suchte er eine. »Ich habe es getan, damit sie weniger leidet ...« Ich bin sicher, daß er es wirklich glaubte, dieser Trottel!

... Wider alle Erwartung ist Ray schließlich doch aus dem Krankenhaus entlassen worden, seine verfluchte Lungenentzündung ist dank was weiß ich welcher experimenteller Antibiotika geheilt worden. Er hat Blut und Eingeweide erbrochen, aber er wurde geheilt. Das heißt, von seiner Lungenentzündung. Die Leukämie, die hat er noch.

... Kate geht es nicht besser, sie kapselt sich ab. Sie pflegt Ray, sie verhätschelt ihn, es geht ihm nicht schlecht, er liest, er schreibt, er spielt Klavier, er geht ab und zu aus dem Haus, er bedient sich eines Stocks zum Gehen, und sie kommen bis zur Buchhandlung. Aber er reicht ihr den Arm, als ob sie die Kranke sei.

… Jedesmal, wenn ich Nox anrief, hatte er keine Zeit zum Reden, er war immer beschäftigt. Auch Kate sah ihn nicht, sie sagte, daß er nicht mehr mit ihr spreche, während er Ray dreimal wöchentlich anrief und ihm Rezepte schickte, wenn er etwas brauchte. Aber er besuchte sie nicht. Vielleicht wollte er nicht, daß Ray etwas in seinem Gesicht las.

… Und dann, am Samstag, sehe ich meinen Herzbuben in die Buchhandlung kommen, das Gesicht grau wie der Tod. Ich sage mir, er ist bestimmt im Krankenhaus gewesen, weil es fünf Uhr nachmittags war und ich am Morgen Kate am Telefon hatte, Ray war wieder ins Krankenhaus eingeliefert worden, es ging ihm wieder schlecht.

Er kommt also herein, und weil etwas Betrieb war, der Samstag ist mein großer Tag, grüßt er mich mit der Hand – er hebt die Hand in Höhe des Gesichts und bewegt die Finger, so – und fängt an, zwischen den Regalen umherzulaufen, er nimmt hier ein Buch, da ein Buch, blättert ein wenig drin herum, wie oft habe ich ihn das machen sehen, und brummt dabei vor sich hin: »Es gibt zu viele Bücher, das bringt doch nichts, dummes Zeug, verlorene Zeit, Schaumschlägerei, Scheiße …« Das kann er natürlich nur hier bei mir machen. Zu Anfang seiner Studienzeit ging er auch noch in die Bücherhalle im Zentrum von Tourmens oder zu Narcejac, und er ließ sich rauswerfen, weil er dem Buchhändler ganz offen sagte, er verkaufe Scheiße … Eine Nervensäge erster Klasse!

… Am Samstag, weil er wie ein angeketteter Hund im Kreis herumläuft, findet er schließlich eins, das ihn interessiert, er kauert sich, wie er es immer tut, in die Ecke zwischen dem Regal mit den Bestellungen und dem Treppenschacht und fängt an zu lesen. Da ich Hochbetrieb habe, rühre ich mich nicht vom Fleck, ich sage mir, daß es bald ruhiger wird und daß wir uns später unterhalten werden.

Aber es wird nicht ruhiger, ich weiß nicht, was los ist, jetzt kommen acht, zehn, zwölf Personen nacheinander herein, solche, die ich kenne, und solche, die ich nicht kenne, und sie fragen mich nach Büchern, die ich habe oder die ich nicht habe, und sie bleiben, sie schnüffeln herum, sie durchstöbern alles. Ich nehme in rascher Folge die Bestellungen auf, und ich höre eine Stimme, die Guten Tag zu mir sagt.

Ich hatte sie nur ein einziges Mal gesehen, aber ich erinnerte mich ganz genau an sie, sie hatte einen etwas traurigen Blick, die Beine waren etwas zu weiß, als sie die Treppe hinaufging, das schwarze krause Haar, ein paar graue darunter, war am Hinterkopf zusammengebunden. Etwas müde, abgespannte Gesichtszüge, aber ich hatte sie schön gefunden. Und jetzt, am Samstag, war sie wie ausgewechselt, sie war fröhlich, sie hatte die Haare kurz geschnitten, eine schmale Nase, einen sehr roten Mund, sie lächelte mir zu: Sie haben mir gesagt, ich soll am 7. Dezember wiederkommen. Ich suchte ein Buch für mein Patenkind, erinnern Sie sich? Sie haben mir gesagt, Ihr Neffe sei da ...

In der Tat, das hatte ich gesagt, ja, ich erinnere mich, und mein Neffe ist auch da, er ist nur eben weggegangen, um Wechselgeld für mich zu holen, er wird gleich zurückkommen. Und in diesem Augenblick, während ich mit ihr rede, erblicke ich dort, im Hintergrund, zwischen dem Regal und der Treppe, Nox, der hochblickt, sich aufrichtet, das Buch fällt ihm aus den Händen, er reißt die Augen auf und mustert mich, als ob er mich fressen wolle, aber nein, nicht mich schaut er an, sondern sie, sie dreht ihm den Rücken zu, und ich habe das Gefühl, daß er darauf wartet, daß sie sich umdreht, daß er sie anfleht. Sie dreht sich um, aber sie sieht ihn nicht, sie beugt sich zu einem der Büchertische, sie nimmt ein Buch, sie liest den Klappentext, sie legt es wieder hin, sie nimmt ein anderes, und mein Bruno verschlingt sie weiterhin mit den Augen, er frißt sie auf, er rührt sich nicht, man könnte meinen, daß er gerade ein Phantom gesehen hat, ein Gespenst eher, aber er tut nichts, er schaut sie an.

... Es war sehr schönes Wetter am Samstag, strahlender Sonnenschein am frühen Nachmittag, ich hatte die Markise heruntergelassen, damit die Buchumschläge nicht unter der Sonne leiden, aber es war schon nach fünf Uhr, es wurde jetzt langsam dunkel, und ohne die beiden aus den Augen zu lassen, habe ich die Markise hochgedreht.

... Diese Markise macht Lärm, sie hat aufgeschaut. Dort, im Hintergrund, in der Ecke hinter der Treppe, war es düster, aber sie hat ihn sofort gesehen. Und er ... ich habe gesehen, wie seine Schultern zusammensackten, als stoße er einen langen Seufzer aus. Zuerst hat er sich nicht gerührt, und sie sich auch nicht, sie sind dort geblieben, wo sie waren, und haben sich angesehen, ich hatte das Gefühl, als dauere es eine Ewigkeit. Plötzlich ist er auf sie zugegangen, und als er ganz nahe bei ihr war, hat er eine Gebärde angedeutet, sie hat ihm die Hand hingestreckt, er hat sie genommen, sie haben sich so für den Bruchteil einer Sekunde gehalten, ohne sich zu bewegen, sie sagte nichts, und er, ich habe gesehen, daß er etwas stammelte, aber natürlich hörte ich nichts wegen dieser gottverdammten Markise, sie hat genickt. Ja, sie hat sich nach der Tür umgedreht, er hat sie vor ihr aufgemacht, und sie sind hinausgegangen. Er hat eine Handbewegung gemacht, um eine Richtung anzugeben, und dann gingen sie langsam davon, sie lächelnd, mit gesenkten Augen, eine Hand in der Jackentasche, die andere hielt den Schulterriemen der Handtasche, während er im Gehen sprach und große Gebärden machte.

… Ich habe etwas ganz Dummes zu mir gesagt, was weder Hand noch Fuß hat, was mir aber seitdem im Kopf herumgeht. Als sie zum ersten Mal in die Buchhandlung gekommen ist, es ist merkwürdig, habe ich gerade mit Bruno am Telefon gesprochen …

… Ich kann es nicht erklären … Als ich sie weggehen sah, habe ich mir gesagt: »Sie haben sich gefunden.«

»Gut«, sage ich und lege meinen Füllhalter hin.

Zusätzliche Untersuchungen
(Sonntag, 29. Februar)

Denn wo viel Weisheit ist, da ist viel Grämens.

Der Prediger Salomo

57

Die Nachbarin von nebenan

Das Telefon klingelt. Ich trockne mir die Hände und hebe ab.

»Hallo? Mit wem spreche ich?«

»Martine? Hier ist Germaine. Ist der Doktor schon weg?«

Ich werfe einen Blick durchs Fenster.

»O nein, sein Wagen steht noch da.«

»Was treibt er denn? Es ist schon zwei Stunden her, seit wir bei ihm angerufen haben, und seine Frau hat gesagt, daß sie es ihm ausrichten wird! Ist er heute morgen schon einmal aus dem Haus gegangen?«

»Nein, ich glaube nicht, ich habe nicht gesehen, daß sich sein Auto von der Stelle gerührt hätte. Ich glaube sogar, daß er auch heute nacht nicht gerufen worden ist. Sie hatte ihren eigenen Wagen gestern abend direkt vor dem Gartentor geparkt, und er steht immer noch da.«

Ich höre, wie Germaine mit jemandem im Hintergrund spricht.

»Blandine! Laß sie doch! Du sollst sie lassen, hab ich gesagt! Pierrot, sorg dafür, daß Blandine die Katze nicht ärgert, das letzte Mal hat sie sie in den Keller gesperrt, wo sie auf die Kartoffeln gepißt hat! Ja! Schmeiß sie raus. Und schick sie aus dem Zimmer, du siehst doch, daß ich telefoniere ... Martine? Bist du noch da?«

»Ja.«

»Ach, mein armes Mädchen, wenn du wüßtest, die bringt mich noch um. Uhla, ich muß auflegen, die Vettern kommen gerade. Sobald er wegfährt, dieser liebe Gott von einem Arzt, sag mir Bescheid, ich will ihn nicht noch einmal anrufen. Trotzdem reicht's mir allmählich, wenn heute nicht Sonntag wäre, hätte ich schon einen anderen kommen lassen ... Die von der Zeitung hatten sich schon geirrt, ich mußte erst bei der Gendarmerie anrufen, um herauszufinden, wer Bereitschaftsdienst hat.«

Sie legt auf.

Ich verstehe nicht, daß er noch nicht weggefahren ist. Er hat seit Samstag praktisch nichts getan, sein Auto hat sich nicht von der Stelle gerührt. Heute nacht habe ich geglaubt, ich hätte gehört, wie ein Motor angelassen wird, aber ich muß mich geirrt haben, denn ihr Auto stand immer noch an derselben Stelle, dort, wo sie es gestern abend geparkt hat. Ich weiß nicht, was sie getrieben hat, sie ist den ganzen Nachmittag über ständig hin und her gefahren.

Das ist doch nicht normal, daß er sich nicht etwas mehr beeilt. Man muß schon sagen, seit sie gekommen ist, ist er nicht mehr wie früher. Erstens steht ihr Auto fast immer vor dem Gartentor. Gut, sie fährt früh am Morgen weg, aber das Heck reicht bis auf die Fahrbahn, und Rogers Traktor kommt nur mit Mühe dran vorbei, ich finde das nicht normal. Außerdem gehen sie abends oft aus, sie nehmen ihren Wagen, ich rufe bei ihm an, und niemand hebt ab, während er früher um zehn Uhr abends immer da war. Oder aber man hört stundenlang das Besetztzeichen, ich frage mich, was die Leute machen, wenn sie krank sind ... Früher war er nachts ständig im Dienst. Wie er das heute noch könnte, wenn er die ganze Nacht über den Hörer neben dem Telefon liegenläßt, ist mir nicht klar! Und das dauert nun schon drei Monate ...

Jedenfalls ist es nicht normal, daß er zwei Stunden braucht, um aus dem Haus zu gehen und nach der Tante zu sehen. Ich weiß zwar, daß es nicht wirklich dringend ist, aber trotzdem.

58
Die Telefonistin

Es klingelt. Einmal. Zweimal. Man hebt ab. Wie gestern ist es eine Frauenstimme.

»Ja?«

»Hier ist die Fernsprechzentrale 24, ich habe Telefonanrufe für Doktor Sachs …«

»Bleiben Sie dran, ich stelle durch.«

Ich höre, wie der Hörer hingelegt wird, dann nichts mehr, sie hat sicherlich auf den Knopf »geheim« gedrückt, was er nie tat. Früher, wenn er am Wochenende Bereitschaftsdienst hatte, wenn er da den Hörer hinlegte, hörte ich Musik oder das Fernsehen (wir sahen oft den gleichen Kanal, er mag Western) oder den pfeifenden Wasserkessel. Seit gestern nimmt sie jedes zweite Mal ab. Und meine Kollegin hat mir gesagt, daß sie schon die beiden vorhergehenden Male da war …

»Hallo?«

»Guten Tag, Herr Doktor, entschuldigen Sie bitte, daß ich Sie störe, ich habe vier Anrufe für Sie gehabt. Darunter einen dringenden Hausbesuch und zwei, die nicht so dringend sind.«

»Schießen Sie los.«

»Also, zuerst einmal ein Termin, ein junges Mädchen, das sich impfen lassen will, ich habe ihr geraten, Sie in der Praxis aufzusuchen.«

»Mmmhh. Für wann haben Sie ihr einen Termin gegeben?«

»Für elf Uhr, geht das?«

»Sehr gut.«

»Dann kommt ein dringender Krankenbesuch, ein alter Herr, der seit heute nacht unter Atemnot leidet, er bekommt kaum noch Luft, hat mir seine Frau gesagt, und er ist herzkrank. Es ist ziemlich weit weg.«

»Los, lassen Sie mich raten, ist es in Sainte-Sophie?«

»Richtig«, sage ich lachend und gebe ihm die Adresse. »Er hat vor fünf Minuten angerufen, ich habe ihm gesagt, daß Sie so schnell wie möglich kommen würden ...«

»Sie haben gut daran getan.«

»Danach müssen Sie einen jungen Mann in Deuxmont aufsuchen, der seinen Militärdienst antreten soll und die Grippe hat, und schließlich ein Todesfall in Saint-Jacques, heute morgen, eine Dame, ihre Tochter hat sie tot im Bett aufgefunden, als sie ihr das Frühstück bringen wollte. Sie hat mich um halb acht angerufen, damit Sie den Totenschein ausstellen, aber weil es nicht mehr dringend war, habe ich Sie schlafen lassen.«

»Das war sehr nett. Ich fahre auf dem Rückweg von den beiden ersten Krankenbesuchen vorbei, es liegt auf dem Weg, und dann fahre ich wegen des Termins in die Praxis. Wenn noch andere Anrufe kommen, sagen Sie den Leuten, sie sollen nach Play in die Praxis kommen, da geht es schneller.«

Ich gebe ihm die beiden letzten Adressen, er notiert sie, er legt auf.

Er ist immer noch liebenswürdig, doch wir reden nicht mehr viel miteinander.

Schon gestern hat er den ganzen Nachmittag über viel zu tun gehabt. Ich habe mir gesagt, daß er nicht allzuviel Zeit hat für einen kleinen Schwatz. In Wirklichkeit glaube ich, daß er ganz einfach keine Lust mehr dazu hat.

59
Die Nachbarin von nebenan (Fortsetzung)

Ich schäle die letzten Kartoffeln und höre Musik. Jetzt tritt er aus dem Haus, ich schaue zur Wanduhr hinauf, Viertel nach zehn, er hat lange gebraucht.

Sie kommt hinter ihm heraus, sie trägt so etwas wie einen cremefarbenen Trainingsanzug, sie macht ihm das Gartentor auf, ich sage mir, daß sie ihr Auto wegfährt, aber nein! Er steigt ein! Er nimmt ihr Auto! Ah, das, das ist neu! Man muß allerdings sagen, daß es größer ist als seins, und mit Sicherheit aufgeräumter, da herrscht bestimmt nicht so ein wüstes Durcheinander wie auf dem Rücksitz bei ihm, hin und wieder, wenn er vor dem Gartentor parkt und ich ins Dorf gehe, um Brot zu kaufen, nehme ich das Fahrrad, aber ich steige nicht sofort auf, ich gehe erst mal zu Fuß am Auto vorbei und schaue hinein, das ist nicht gerade toll. Ich habe mir oft gesagt, daß er eine Frau braucht, aber ich hätte nicht gedacht, daß er sich auch ihres Wagens bedienen würde! Er macht das Schiebedach auf, es ist wirklich schönes Wetter, man sollte nicht meinen, daß Februar ist, er dreht die Scheibe herunter, sie beugt sich zu ihm hinein, ganz nah, ich weiß nicht, was sie sich noch alles zu sagen haben, und er scheint es immer noch nicht eilig zu haben. Ach, die Ärzte! Da kann man sterben, die lassen sich immer Zeit.

Und jetzt ist er weg. Sie winkt ihm vom Straßenrand nach, als ob er zu einer Reise aufbrechen würde. Jetzt kommt sie wieder zurück, ich sehe sie lächeln. Ich erwarte, daß sie ins Haus zurückgeht, aber nein, sie bückt sich kurz im Eingang, sie nimmt Gummistiefel, sie zieht sie an und begibt sich in den Gemüsegarten, na ja, es ist schon seit einer ganzen Weile keiner mehr, zur Zeit der alten Camus sah man noch Tomaten, grüne Bohnen, Kopfsalat, Kohl, Gelbrüben, Petersilie, aber als sie krank wurde, hat sich natürlich niemand mehr um den Garten gekümmert, inzwischen hat er das Haus übernommen, und Gärtnern ist nun mal nicht sein Fall. Ich hatte damals zu dem jungen Camus gesagt: Sie dürfen nicht vermieten, Sie wissen nie, an wen Sie geraten, und wenn Sie ihn dann loswerden wollen, geht es nicht mehr. Aber er hat ja nicht auf mich hören wollen, und es ist genau so gekommen, wie ich gesagt hatte, und wenn der Mieter ein Arzt ist, dann ist es schwierig, ihm zu sagen, daß er einfach so, von einem Tag auf den andern, gehen soll.

Ich lege die Kartoffeln ins Wasser, ich zünde das Gas an, ich trockne mir die Hände und nehme den Hörer ab, um die Kusine anzurufen.

»Hallo, Germaine? Hier ist Martine. Der Arzt ist gerade losgefahren.«

»Na, der hat aber Zeit gebraucht! Bist du sicher?«

»Ja, ja, ich habe ihn eben gesehen, im Moment. Er wird nicht lange brauchen, er hat das große Auto genommen, das seiner ... na ja, von der Frau, die er bei sich hat.«

»Das ist neu, oder?«

»Ja, das heißt, nein, das dauert schon drei Monate, vielleicht noch länger, ich kann es nicht sagen, ich kann nicht immer am Fenster hängen, um zu sehen, was er macht. Außerdem hat er vorher schon welche gehabt, aber die sind immer nur kurz dagewesen, denn ich habe dieselbe nie zweimal gesehen. Die hier scheint sich jedoch festzuklammern, außerdem hat es nicht lange gedauert, nach acht Tagen hat sie ruckzuck ihren Koffer angeschleppt, und im Augenblick verbringt sie jede Nacht hier, außer an den Wochenenden, aber da ist er auch weg.«

»Das sollte ihn jedenfalls nicht daran hindern, nach Mama zu sehen. Wenn er kein Doktor wäre, bekäme er ganz schön was von mir zu hören. Na ja, hier, im Beisein von allen Leuten, werde ich nichts sagen, aber Lust dazu hätte ich schon! Es ist wirklich ein Jammer!«

»Ja ... Aber? Was tut sie denn?«

»Was? Wer?«

»Seine Frau ... Na, das ist aber ein Ding!«

»Was tut sie?«

»Tja ... sie ist im Gemüsegarten, sie gräbt um.«

»Sie gräbt um?«

»Wenn ich's dir sage.«

»Ah, da hast du aber mal recht. Das ist wirklich ein Ding!«

60
Eine Unterhaltung

Das Telefon klingelt. Einmal, zweimal.

»Ja?«

»Guten Tag, Bruno.«

»Guten Tag ... Ich wußte, daß Sie es sind.«

»Woher wußten Sie das?«

»Ich wußte es. Ich habe es gespürt. Das Telefon klingelt nicht auf die gleiche Weise, wenn Sie es sind ...«

Ich lächle.

»Das ist nur, weil Sie verliebt sind.«

»Wie kommen Sie denn auf so etwas?«

»Ich weiß nicht. Vielleicht meine weibliche Intuition.«

»Mmmhh. Gefährlich. Ich muß mich hüten. Oder ich werde Sie um Rat fragen.«

»Um Rat?«

»Ich werde bei diesem Job weibliche Intuition gut brauchen können ...«

Ich sage nichts.

»Es tut mir leid, ich habe noch eine Konsultation, jemand hat mich angerufen, als ich gerade gehen wollte.«

»Es braucht Ihnen nicht leid zu tun, Sie können ja nichts dafür ... Wie fühlen Sie sich?«

Er lacht sanft.

»Mmmhh ... Ein wenig müde, immerhin! Und Sie?«

»Sehr gut, ich habe sogar im Garten gearbeitet.«

»Sind Sie nicht völlig erschossen, nach dieser Nacht? Sie hätten ja nicht mitkommen müssen ...«

»Nein. Aber Sie waren nicht mehr in der Lage zu fahren.«

»Mmmhh. Wenn mir das passiert, lasse ich die Scheiben ganz herunter, und dann werde ich beim Fahren wach ... Sie haben immerhin über eine Stunde im Auto auf mich gewartet ...«

»Ich bin nicht daran gestorben. Ihrem Patienten ging es sehr viel schlechter als mir ...«

»Mja. Und es ist nicht sicher, daß es wieder in Ordnung kommt. Hat das Krankenhaus nicht angerufen? Nein, stimmt ja, die Telefonzentrale 24 nimmt die Anrufe entgegen ...«

»Das nächste Mal kann ich sie entgegennehmen, wenn Sie wollen.«

»Kommt nicht in Frage. Sie wären ans Haus gefesselt. So hingegen können Sie in der Gegend herumfahren, wenn Sie wollen ...«

»In der Gegend herumfahren? Ohne Sie? Ganz bestimmt nicht. Ist es Ihnen unangenehm, daß ich hierbleibe?«

»Das habe ich nicht sagen wollen, aber ...«

Es entsteht eine Stille, dann fährt er fort:

»Und Sie, ist es Ihnen nicht lästig, dazubleiben und auf mich zu warten, ohne zu wissen, wann ich nach Hause komme?«

»Natürlich nicht. Ich habe meine Beschäftigung. Und außerdem arbeiten Sie, das werde ich Ihnen nicht vorwerfen!«

»Ja ... Na ja, Bereitschaftsdienst am Sonntag, das ist nicht lustig ...«

»Aber für Sie doch auch nicht. Also können wir genausogut gemeinsam Bereitschaftsdienst machen, oder?«

Er antwortet Ja, ganz sanft. Dann, nach einer Pause: »Ich bin zusammengezuckt, als Sie mich angerufen haben. Dieses Telefon klingelt nicht oft. Es hat eigentlich noch nie geklingelt. Niemand kennt die Nummer. Nur meine Mutter ... und dann noch Ray und Diego ... Aber sie rufen mich nie in Play an. Nur zu Hause.«

»Ist es Ihnen unangenehm, daß ich es benutze?«

»Nein. Natürlich nicht. Dazu war es ja ursprünglich gedacht. Damit meine ... na ja, daß man mich immer auf einer persönlichen Leitung erreichen kann, hier oder zu Hause. Aber schließlich habe ich die Nummer nicht vielen Leuten gegeben.«

Wieder eine Pause.

»Am dümmsten ist, daß ich es blöd finde, zwei Telefone zu haben, die gleichzeitig klingeln können. Wenn ich jemanden nähe oder eine gynäkologische Untersuchung vornehme ... Dann lege ich den Hörer daneben ... Aber es gibt Leute, die das irritiert, daß sie nicht ... Ah, da kommt mein Patient ...«

»Ja, ich habe die Türglocke gehört ...«

»Dann ... bis gleich.«

»Ja. Bis gleich, Sie.«

61
Die Krise

Ich klingle und trete ein. Im Hintergrund des Raums sehe ich eine geschlossene Tür, ich lehne mich an die Wand, mein Herz klopft zum Zerspringen, die Schläfen tun mir weh, ich weiß, daß meine Lippen blau geworden sind und daß ich leichenblaß bin, ich habe es in den Blicken der Mädchen gesehen, und es pfeift wie in den schlimmsten Minuten. Ich knöpfe meinen Regenmantel auf, hier ist es angenehm, es ist geheizt, heute ist es mild, die Sonne überflutet den Garten, den ich durch die beiden großen Fenster hindurch sehe.

Ich bleibe stehen, das Atmen fällt mir schwerer, wenn ich mich setze. Auf einem der Stühle sehe ich ein aufgeschlagenes Buch, umgekehrt hingelegt, als ob der Leser oder die Leserin es während einer kurzen Abwesenheit hätte liegenlassen. Es ist in Pergamin-Papier eingebunden, ich erkenne den Titel nicht. Es ist ein ziemlich dickes Buch. Ich drehe es um, es ist auf Seite 237 aufgeschlagen. Ich lege es wieder hin, ich habe keine Lust zu lesen. Ich leide allzu sehr unter Atemnot, das ist schon seit Stunden so.

Ich hatte erwartet, daß der Arzt mir entgegenkommt, aber nein, er rührt sich nicht von der Stelle. Dabei hat er mir gesagt, er sei allein und erwarte mich. Als ich hineinging, schien mir, als hörte ich ein Telefonläuten.

Nach einer Weile gehe ich zur Tür zurück und läute noch einmal.

Einige Sekunden später geht die Tür im Hintergrund des Wartezimmers auf.

Er ist groß und dunkelhaarig, mit einem weißen Kittel bekleidet. Er läßt mich eintreten. Ich schaue mich ein wenig um. Die Arztpraxis ist ziemlich düster: Er hat die Läden nicht geöffnet, wahrscheinlich, weil Sonntag ist.

»Haben Sie die Beschwerden schon lange?«

»Seit ... gestern. Eigentlich sind es schon vierzehn Tage ... daß es nicht gutging ... und ... nichts hilft dabei so richtig, wenn ... ich dazu auch noch eine Bronchitis habe ...«

In diesem Augenblick fange ich heftig an zu husten, zu schwitzen, ich bin noch näher daran zu ersticken. Er legt mir die Hand auf den Arm und fordert mich auf, mich auf einen mit schwarzem Stoff bezogenen Stuhl zu setzen. Ich hatte schon Angst, daß er mich bittet, mich hinzulegen, die meisten Ärzte wissen nicht, daß das noch schlimmer ist.

Er schaut mich an und schüttelt den Kopf. Ich glaube, daß er sprechen wird, aber nein, er öffnet das kleine Möbelstück am Kopfende der Liege. Er nimmt einen Zerstäuber daraus hervor, ein Inhalationsgerät aus Plastik. Er zeigt es mir.

»Wissen Sie, was das ist?«

Ich nicke mit dem Kopf, ich habe eins zu Hause, aber ich benutze es nie.

Er hält mir den Zerstäuber hin, es ist kein Fabrikat, das ich kenne. Er besteht darauf, daß ich das Inhalationsgerät benutze und daß ich mehrere Züge daraus nehme. Ich füge mich.

Dann bittet er mich darum, mein Hemd auszuziehen, setzt sich neben mich, nimmt meine Hand und horcht mich ab, eine Hand auf meine nackte Schulter gelegt.

»Man könnte meinen, daß es nicht mehr so stark pfeift?«

»Es ist ... noch nicht, wie es sein soll ...«

Ich fange wieder an zu husten, ich schwitze dicke Tropfen.

Er kramt von neuem in der Schublade herum, holt zwei Glasampullen daraus hervor, steht auf, um eine Injektion vorzubereiten.

*

Er sticht, ohne mir weh zu tun, findet sofort die Vene, macht sehr langsam die Injektion, und wir bleiben uns inzwischen gegenüber sitzen, zehn Minuten, eine Viertelstunde. Er schweigt, er horcht mich ab, er schaut mich an.

»Das muß Ihnen schon eine ganze Weile zu schaffen machen ...«

Ich sage nichts.

Allmählich löst sich mein Atem, es pfeift immer weniger, ich schwitze nicht mehr, mein Herz schlägt etwas langsamer.

Er zieht das Stethoskop aus den Ohren und legt die Hand auf meinen Arm.

»Sie haben eine sehr trockene Haut ... Und ein Ekzem ... Seit der Kindheit, wahrscheinlich ...«

»Ja. Aber neben dem Asthma ist das eher zweitrangig ... Äh, ich muß ganz dringend Wasser lassen ...«

»Aber bitte ...«

*

Die Toiletten sind draußen, seitlich vom Gebäude. Weißgekalkte Wände, ein Sitz mit einer Plastikbrille, Spinnweben. Es läuft literweise aus mir heraus, er hat mich vorgewarnt, es ist eine Nebenwirkung der Injektion.

Als ich wieder ins Wartezimmer komme, hat er die Türen offengelassen. Er sitzt an seinem Schreibtisch, eine große, weißgestrichene Holzplatte, und er schreibt. Bei meinem Eintritt dreht er den Kopf um, fordert mich auf, mich zu ihm zu setzen.

»Wie fühlen Sie sich?«

»Besser. Sehr viel besser ... Seit vierzehn Tagen habe ich mich nicht mehr so wohl gefühlt ...«

»Mmmhh. Gut so. Ich war nahe dran, Sie ins Krankenhaus zu schicken ...«

»Ach? Ich war schon öfter in diesem Zustand, und ich bin immer zu Hause geblieben ...«

»Ich weiß nicht, ob das sehr klug ist. Ein Zustand asthmatischer Kurzatmigkeit ist immerhin ... Sie waren ganz blau angelaufen, als Sie hereingekommen sind, nahe am Ersticken ...«

»Ich weiß. Es gibt Augenblicke, da fange ich an zu ... schweben. In diesen Augenblicken weiß ich, daß gleich alles aus den Fugen gerät, aber, wie soll ich sagen? Man könnte meinen, daß nichts wirklich Bedeutung hat. Alles scheint ein wenig unwichtig ... Das ist nicht unangenehm ... Es ist der Sauerstoffmangel, stelle ich mir vor ... Ich sollte nicht Auto fahren, wenn ich in diesem Zustand bin ... Und dann wird es nach einigen Stunden wieder besser, oder es wird schlimmer ... und dann habe ich einiges durchzumachen ...«

»Sind Sie allein hergekommen, mit Ihrem Auto?«

»Ja, aber das Haus ist nur zwei Minuten von hier entfernt, auf der Landstraße nach Deuxmonts ... Ich bin Witwer, und meine Töchter können noch nicht fahren.«

»Wie alt sind sie?«

»Vierzehn. Es sind Zwillinge.«

»Mmmhh. Warten sie jetzt auf Sie?«

»Ja. Ich habe ihnen gesagt, daß es eine halbe Stunde dauern wird, und ... (ich schaue auf die Uhr) ... jetzt bin ich schon über eine Stunde hier.«

»Hier«, sagt er und schiebt das Telefon zu mir hin. »Rufen Sie sie an, um sie zu beruhigen.«

*

Ich bleibe noch eine halbe Stunde und rede mit ihm, über mein Asthma, über mein Ekzem, über Kino und Romane, von Zeit zu Zeit mißt er mir zwischen zwei Auskultationen den Blutdruck und den Puls. Am Ende fragt er mich, was ich beruflich mache. Als ich es ihm sage, macht er ein komisches Gesicht.

»Rechtsanwalt? Na ja! Und das Asthma stört Sie nicht, wenn Sie ein Plädoyer halten?«

»Ich bekomme nie einen Asthmaanfall, wenn ich ein Plädoyer halte.«

Er lächelt. Er schüttelt den Kopf. Er nimmt die Brille ab. Er legt sie auf die weißgestrichene Holzplatte. Er schaut seine Hände an. Seine Handflächen und die Fingerspitzen haben sich geschält, trockene Hautfetzen bilden darauf ungleichmäßige Konturen. Ich habe den Eindruck, daß er leise lacht.

»Gut. Ich werde Ihnen für einige Tage Antibiotika und Cortison geben, bis die Infektion abgeklungen ist. Aber das nächste Mal«, sagt er und macht ein betrübtes Gesicht, »warten Sie nicht, bis Sie in diesem Zustand sind, um den Arzt aufzusuchen ...«

»Ging es mir so schlecht?«

»Mmmhh. Sagen wir, daß Sie gut daran getan haben zu kommen ... Wenn Sie heute abend wieder anfangen zu schweben, rufen Sie mich sofort an. Ansonsten nehmen Sie ganz regelmäßig das hier ein. (Er hält mir ein Rezept hin.) Hier, nehmen Sie auch den Inhalator. Die Apotheke, die Bereitschaftsdienst hat, ist die in Marquay. Wissen Sie, wo sie ist?«

»Ja ... Ich kenne alle Apotheken in der Gegend. Ich habe in der Woche nie Zeit, den Arzt aufzusuchen, und ich bin am Wochenende oft in diesem Zustand ...«

»Verdirbt Ihnen das denn nicht Ihre Sonntage im Familienkreis?«

»O doch ...«

Ich warte, daß er noch etwas anderes sagt, aber er nickt mit dem Kopf, und das ist alles.

*

Als er die Verbindungstür öffnet, streckt er mir die Hand hin. Ich nehme sie, behalte sie in der meinen und sage:

»Danke ... Vielen Dank.«

»Weswegen? Daß ich Ihnen Erleichterung verschafft habe? Das ist mein Job ...«

»Danke, daß Sie mich nicht angeschnauzt haben. Ich warte immer bis zum letzten Augenblick. Ich sage mir, es wird vorbeigehen. Ich pumpe mein Inhalationsgerät leer, aber sobald ein gewisser Punkt überschritten ist, weiß ich, daß es schlimmer werden wird. Wenn ich einen Arzt aufsuche, dann nur, weil ich nicht mehr kann. Und immer werde ich angeschnauzt und muß mir sagen lassen, daß ich total verrückt bin, daß ich Gefahr laufe, abzukratzen, daß ich ein Schweinehund bin, meinen Töchtern das anzutun ... Ich weiß, daß es stimmt, aber das hilft mir nicht. Und das steigert auch nicht meine Lust, zum Arzt zu gehen. Aber Sie ... Sie haben mir keine Moralpredigt gehalten.«

Er lacht leise.

»Eine Moralpredigt schnürt mir stärker die Luft ab als das Asthma ...«

Ich lache nun ebenfalls. Es tut gut, lachen zu können, ohne ersticken zu müssen. Ich zögere, dann:

»Meine Frau ... Sie ist an Brustkrebs gestorben, vor zwei Jahren. Wir wohnten schon hier, aber sie ging in Tourmens zum

Arzt. Ich bedaure, daß wir Sie nicht gekannt haben. Es wäre sicherlich nicht so hart für sie gewesen. Sie machte sich große Sorgen, wenn ich in diesem Zustand war. Es hätte sie beruhigt zu wissen, daß ich Sie anrufen kann. Aber so ... Na ja (ich zeige auf das Telefon), das beruhigt schon mal die Töchter ...«

Meine Augen werden feucht. Ich habe immer noch seine Hand in der meinen. Er legt seine andere Hand darauf.

»Ich bin sehr froh, daß es Ihnen bessergeht.«

Er will noch etwas anderes sagen, aber ich höre, wie die Tür zum Wartezimmer aufgeht, und ich sehe, wie er über meine Schulter schaut. Ich drehe mich um. Eine Frau steht da, mit abgespanntem Gesicht und wirrem Haar. Sie sieht traurig und müde aus.

»Haben Sie noch ... geöffnet?«

Ich sage:

»Ich gehe. Auf Wiedersehen, Herr Doktor.«

»Auf Wiedersehen, Monsieur Perrec'h.«

Als ich das Wartezimmer verlasse, schiebe ich die Hand in die Tasche und drücke den Inhalator.

296

62
Eine Liebesgeschichte

Ich trete ein. Ich schaue mich um, es ist düster, er hat die Läden nicht geöffnet. Er zeigt auf einen Stuhl, dann auf das Telefon.

»Entschuldigen Sie bitte, ich muß noch meine ... ich muß noch zu Hause anrufen.«

»Ja, selbstverständlich. Ich kann draußen warten, wenn Sie wollen.«

»Nein«, sagt er lächelnd, »nein, ich bitte Sie, nehmen Sie Platz.«

Er setzt sich in seinen Sessel auf Rollen, hebt den Hörer des grauen Telefons ab, das von Büchern und Zeitschriften verdeckt ist.

»Ich bin's, Bruno ... Ja, ich wollte Ihnen nur sagen, daß ich noch eine andere Konsultation habe ... Werden Sie nicht allzu ungeduldig sein? (Er lächelt.) Ja ... Nein ... Nein, natürlich nicht ... Einverstanden. Bis nachher ... Ich auch ... Auf Wiedersehen ...«

Er legt auf. Er dreht sich auf seinem Sessel auf Rollen und wendet sich mir zu.

»Was kann ich für Sie tun, Madame?«

»Es tut mir leid ... Ich habe in der Zeitung gesehen, daß Sie heute Bereitschaftsdienst haben, ich bin aufs Geratewohl hergekommen ... Ich wußte nicht, wo sich Ihre Praxis befindet ... Ich weiß nicht einmal, warum ich hier bin ... Offen gestanden, ich habe gehofft, daß Sie gar nicht da wären ...«

»Wenn ich Bereitschaftsdienst habe, bin ich immerhin dazu verpflichtet.«

»Ja, natürlich, ich will sagen, nicht hier. Ich dachte, Sie könnten zu einem Krankenbesuch gefahren sein ... Um diese Zeit kommt das häufig vor, könnte ich mir denken ...«

»Ja, ziemlich oft ... Obwohl die Leute zwischen Mittag und zwei Uhr oft mit etwas anderem beschäftigt sind ...«

*

Mir wird bewußt, daß ich seine Hände anschaue, die noch flach auf dem Schreibtisch liegen. Ich schaue auf, und ich sehe ihn lächeln, aufmerksam und ratlos.

Ich schöpfe Atem und sage:

»Ich bin gekommen, weil ich reden muß. Ich bin nicht krank ... Das heißt, nicht krank wie die Kranken, die Sie sehen, ich schäme mich ein wenig, ich sage mir, daß ich Ihnen Ihre Zeit stehle ... Haben Sie keinen Krankenbesuch zu machen?«

»Nicht daß ich wüßte. Später mit Sicherheit.«

Ich atme schwer, meine Kehle zieht sich zusammen. Tränen steigen mir in die Augen, ich mache den Mund auf, aber nichts kommt heraus.

»Entschuldigen Sie bitte ...«

Er wartet geduldig, und dann, als er merkt, daß ich einfach keinen Ton herausbekomme, murmelt er:

»Es sieht aus, als sei es sehr schwierig.«

»Ja ... Und gleichzeitig ... ist es so unwahrscheinlich und so ... banal.«

»Mmmhh.«

»Ich ... ich bin unverheiratet, aber es ist, als ob ich verheiratet wäre ... ich habe einen Liebhaber ... Na ja, es gibt nur ihn ... ich meine ... ich habe nur einen Mann in meinem Leben ... wenn man das ein Leben nennen kann ... und manchmal sehe ich ihn jeden Tag, und manchmal sehe ich ihn wochenlang fast nicht mehr ... Er ist sehr gegenwärtig ... und zugleich sehr abwesend ... Und ... ich kann einfach nicht mehr ...«

»Haben Sie ihn heute nicht gesehen, weil Sonntag ist?«

»Nein, nein, so ist es nicht. Ich sehe ihn auch sonntags, ich sehe ihn sogar ziemlich häufig ... Er ... er weiß es einzurichten. Seine Frau ... ist oft abwesend. Sie arbeitet nicht, sie spielt Bridge. Sie nimmt an Turnieren teil. Sie macht sich das Geld zunutze, das er verdient, sie wäre schön dumm, wenn sie darauf verzichten würde ... Heute werde ich ihn nicht sehen, er ist ... sie sind bei den Schwiegereltern, um den Schein zu wahren. Ein Geburtstagsessen, ich weiß es nicht, ich will es nicht wissen. Wenn er das tut, hasse ich ihn, dann könnte ich ihn umbringen, ich könnte sie beide umbringen, damit es ein für allemal ein Ende hat ... Manchmal begegne ich ihr in der Stadt, ich sehe sie in sündhaft teuren Läden, sie haut wahnsinnig viel Geld auf den Kopf ... Es kostet mich große Mühe, sie nicht zu beschimpfen ...«

Ich schaue ihn an. Er sagt nichts. Er nickt, als ob er verstünde.

Ja, ich glaube, daß du verstehst.

*

»Er ... Er kann ... oder er will nicht von ihr weggehen. Ich weiß nicht, was ihn hält. Er rührt sie nicht mehr an, sie haben getrennte Schlafzimmer ... so sagt er jedenfalls ... aber was weiß ich schon darüber ...«

»Sie meinen, daß er Ihnen ... einen Bären aufbindet?«

»Nein! ... Nein. Es ist zu schmerzlich ... zu ... Ich weiß, daß es kompliziert ist ... Er hat eine Tochter ... zu Anfang, als wir uns kennengelernt haben, war sie erst acht Jahre alt ... Er konnte nicht einfach von einem Tag auf den andern weggehen ... Sie hätte das nicht verstanden ... Und ihre Mutter ist zu ... Sie kann überhaupt nichts, dieses Weib, sie ist ein Parasit ... Ich glaube, daß er anfangs Angst hatte, sie würde sich rächen und mit der Kleinen weggehen ... oder noch schlimmer ...«

»Mmmhh. Wie alt ist sie ... seine Tochter?«

Ich betrachte deine Hände, sie liegen gefaltet vor dir auf den Schenkeln. Du hast die Beine unter dem Schreibtischsessel auf Rollen angezogen und gekreuzt.

»Sie ist siebzehn Jahre alt.«

*

»Sie geht jetzt in Tourmens aufs Gymnasium. Morgens fährt ihre Mutter sie hin, oder sie nimmt den Autobus, abends kommt sie gegen sechs Uhr nach Hause, und da auch er nie sehr früh Schluß hat, sieht er sie nicht oft ...«

»Aber er hat trotz allem Zeit, Sie zu besuchen?«

»Ja. Das ist einfach. Ich arbeite zu Hause. Ich wohne in der ›Kaserne‹, die Wohnblocks der Fabrik, in Saint-Jacques, kennen Sie die?«

»Ich habe einige Patienten dort ...«

»Da der Komplex riesig ist und mehrere Eingänge hat, kann er unauffällig kommen und gehen ... Außerdem ... ihn im Treppenhaus zu sehen erscheint weiter nicht befremdlich, in Anbetracht dessen, was er tut ...«

Du ziehst eine Augenbraue hoch.

»Ist er Vertreter?«

Ich lächle. Ich seufze.

»Äh, nicht genau ...«

Du verstehst, daß ich nicht mehr sagen will.

*

»Mir ... (ich lache und schluchze zugleich) ... mir ist klar, daß das, was ich Ihnen erzähle, ein wenig konfus ist, und ich weiß auch, daß Sie nichts daran ändern können, aber heute konnte ich einfach nicht mehr, verstehen Sie, er hat mich vorhin angerufen, er ruft mich sogar an, wenn er bei seiner Familie ist oder bei der Familie seiner Frau, er geht aus dem Haus und sagt, daß er sich die Sonntagszeitung kaufen will oder Zigaretten, und er ruft mich von einer Telefonzelle aus an, er sagt mir, daß er es nicht erträgt, daß er nicht mehr so tun kann als ob, daß er nicht mehr das gutbürgerliche, ausgeglichene Ehepaar spielen kann, eine schöne Position für den Herrn, ein sehr schönes Haus für die Dame, eine schöne, gesicherte Zukunft für die Tochter, daß er das zum Kotzen findet ... Aber er läßt mich trotzdem wieder allein. Und wenn er mich allein läßt, hasse ich ihn, würde ich sie am liebsten alle umbringen, ich sage mir, daß es vorbei ist, daß ich nicht mehr antworten werde, wenn er noch einmal anruft, und wenn er dann anruft, hebe ich trotzdem ab, und er spricht mit mir, er ist so schmerzerfüllt, er ist ... Aber ich, verstehen Sie, ich verkrafte es manchmal nicht mehr, daß ich einfach so zu seiner Verfügung stehen soll, eingesperrt in meine Wohnung, wartend, ob er kommt oder ob er nicht kommt ... Ich verkrafte es einfach nicht mehr, mittags für ihn zu kochen und zu wissen, daß er abends mit der anderen Kuh und ihrer Tochter essen geht, und selbst wenn sie nicht mehr im selben Bett schlafen, er verbringt die Nacht dort in ihrem Kleinbürgerhaus, *mierda*!«

300

Ich schlage mit der Faust auf die weiße Holzplatte, so fest, daß der Hörer von dem kleinen grauen Telefon rutscht.

»Oh, entschuldigen Sie bitte, es *tutt* mir leid ...«

Du legst den Hörer wieder auf, du schüttelst den Kopf.

»Das ist nicht weiter schlimm. Aber ... wenn ich mir eine Frage erlauben darf ... Sie haben einen Akzent?«

»Ja ... Ich bin Italienerin. Aber ich lebe schon lange in Frankreich ...«

»Ihr Akzent ist durchgekommen, als Sie wütend wurden ...«

»Im Augenblick habe ich mich nicht mehr unter Kontrolle, deshalb bin ich auch zu Ihnen gekommen ... Er hat mich vorhin angerufen, vor drei Tagen ist er weggegangen ... Er kommt erst am Montag zurück ... Ich hasse die Wochenenden und die Ferien ... Ich mache nie Ferien, ich habe keine Lust dazu, was sollte ich in den Ferien auch tun, ganz allein? Im Sommer schicke ich meinen Sohn zu meinen Eltern, ans Meer, denn hier ist der Sommer düster. Er will zwar nicht hin, aber ich weiß, daß er mich zu trösten versucht, er will den kleinen Mann spielen. Aber es ist nicht seine Sache, mir Gesellschaft zu leisten ... Er hat das Recht, sein Kinderleben zu leben, ohne eine andere Rolle zu spielen als die, mein Sohn zu sein.«

»Weiß er, daß es einen Mann in Ihrem Leben gibt?«

»Ich habe es ihm nie gesagt. Und ... wenn J... – wenn mein ... Freund mich besucht, dann tut er das während der Schulzeit ... oder aber, wenn er einen guten Grund hat zu kommen ...«

»Und ... Sie meinen, daß Ihr Sohn nicht die geringste Ahnung hat?«

»Nein ... Das heißt, ja. Er ahnt etwas. Ich weiß es wegen der Bemerkungen, die er macht, wegen der Fragen, die er stellt ... Lange Zeit hat er mich gefragt, ob ich eines Tages einen Ehemann haben würde ... und ich habe ihm zur Antwort gegeben, daß ich es nicht wüßte, daß das nicht immer so läuft, wie man gern möchte ... Eines Tages hat er gesagt: ›Auf jeden Fall, um einen Ehemann zu bekommen, mußt du erst einen Mann kennenlernen, der dir gefällt, und das kannst du nur, wenn ich in der Schule bin oder wenn ich schlafe.‹ Das war keine Frage, er hat es in sehr ernstem Ton gesagt, und als ich ihn gefragt habe, was er damit sagen wolle, hat er keine Antwort gegeben, Sie wissen ja, wie Kinder sind, sie lassen eine Bemerkung fallen, und dann spielen sie weiter, als ob nichts gewesen wäre, sie erinnern sich nicht einmal mehr an das, was sie gesagt haben, wenn man wieder die Rede darauf bringt ... Eines Abends habe ich ihn zu Bett gebracht ... und er hat mich gefragt: ›Mama, wenn du einmal einen Ehemann hast, kann ich ihn dann Papa nennen?‹«

*

Ich wrang schon mein klatschnasses Taschentuch, und als du die Tränenströme gesehen hast, bist du aufgestanden, hast den Raum durchquert und eine große Schachtel mit Papiertaschentüchern gebracht, die du auf die weißgestrichene Holzplatte neben mich gestellt hast.

*

Eine ganze Weile habe ich nichts gesagt. Du hast mich angesehen und hast ebenfalls nichts gesagt. Am Ende sind meine Tränen versiegt.

*

Schließlich habe ich geseufzt, ich habe mich zu einem Lächeln gezwungen, ich habe mich aufgerichtet und gesagt:
»Ich will Ihnen nicht mehr länger auf die Nerven fallen, ich muß nach Hause. Mein kleiner Junge ist bei der Nachbarin ... Ihr Sohn und meiner sind in derselben Klasse ... Ich ... Ich möchte Ihnen danken, daß Sie mir zugehört haben, aber ich ... ich bin ein wenig in Verlegenheit ...«
»In Verlegenheit? Warum?«
»Ich ... ich bin gekommen und habe Ihnen Ihre Zeit gestohlen ... Dabei bin ich gar nicht krank ...«
»Nein, aber Sie leiden.«

*

Als ich in den Hof komme, stelle ich fest, daß meine Hand krampfhaft den Krankenzettel hält, und mir wird klar, daß du keine Krankenakte angelegt hast, daß du dir keine Notizen gemacht hast, daß du nicht einmal nach meinem Namen gefragt hast.

63
Die Bäckersfrau

Die Ladenglocke ertönt. Jony wirft seinen Teller auf den Boden. Sein Vater schmiert ihm eine. Ich stehe auf, ich gehe aus der Küche. Der Arzt aus Play steht im Laden, er sieht sich die Schokoladeneclairs an.

»Guten Tag, Madame, geben Sie mir bitte eine Baguette nach altem Rezept und drei oder vier Croissants.«

»Drei oder vier?« sage ich und lege die Baguette auf die Theke.

»Na ja ... (er lächelt), sagen wir vier.«

Ich stecke die letzten vier Croissants in eine Papiertüte und tippe den Preis ein.

»Zweiundzwanzig Francs neunzig.«

Er wühlt in seiner Geldbörse und legt den abgezählten Betrag vor mich hin. Dann nimmt er sein Brot und seine Croissants und geht: Schönen Sonntag.

Er hat wieder das große grüne Auto genommen. Das seiner Freundin.

Sie ist schon hier gewesen. Zur Zeit kommt sie oft, sie kommt fast jeden Abend vorbei, außer sonntags. Am Sonntag sehe ich die beiden nie. Es wundert mich, daß ich ihn heute gesehen habe, er hat wohl Sonntagsdienst. Ich schaue auf die Wanduhr, es ist Viertel vor zwei, ja, das muß es sein, er hat bestimmt Sonntagsdienst. Ich gehe wieder in die Küche zurück. Jony flennt über dem Teller, den ihm sein Vater wieder vor die Nase geschoben hat.

»Es war der Arzt aus Play. Ich frage mich, wo seine Freundin wohl herkommen mag.«

»Was für eine Freundin?«

»Du weißt doch, die mit dem großen Auto, neulich hat sie das Dach aufgemacht und ihre Sonnenbrille aufgesetzt, man hätte meinen können, daß sie sich für einen Star hält.«

»Vielleicht ist sie einer«, antwortet Jean-Yves, ohne von der Sonntagszeitung aufzusehen. »Und Scheiße! Ich hätte nicht auf die 7 setzen sollen ...«

»Du verlierst sowieso immer.«

Ich räume den Tisch ab. Ich weiß, daß Jony jetzt nicht mehr essen wird. Auf jeden Fall ißt er so gut wie nichts, der Junge. Ich verstehe einfach nicht, daß er nicht völlig abgeschlafft ist. Wo er so wenig ißt! Er mag nicht einmal Brot. Wenn ich da an mich denke, als ich klein war, ich habe meine Zeit damit zugebracht, Kuchen oder eine warme Baguette im Laden zu stibitzen.

Manchmal sage ich mir, ich müßte einmal zu einem Arzt mit dem Jungen. Und dann würde ich die Gelegenheit nutzen, um über mich und Jean-Yves zu sprechen. Denn es ist doch nicht normal, daß er mir keinen Orgasmus verschafft, wenn wir Verkehr haben. Es ist doch nicht normal, daß es schon vorbei ist, kaum daß wir angefangen haben. Er sagt, das sei nur, weil ich seit meiner Schwangerschaft zugenommen habe, daß ihn das um die Wirkung bringe, was ihn aber nicht daran hindert, hinterher einzuschlafen. Auf jeden Fall ist es schon von Anfang an so, als er noch bei Papa Lehrling war, das erste Mal haben wir's an einem Sonntagmorgen auf dem Küchentisch getrieben. Papa hatte sich gerade hingelegt, Mama war im Laden, sie rief mich, damit ich ihr helfen solle, ich habe nie in meinem Leben eine solche Angst gehabt, aber in Anbetracht der Zeit, die das gedauert hat, gab es keinen Grund zu zittern. Danach haben wir's im Auto gemacht, wenn wir samstags abends zum Tanz fuhren. Selbst als wir verlobt waren, wollten meine Eltern nicht, daß er mich abends zu Hause besucht, also haben wir es getrieben, wo wir konnten, selbst bei seinen Freunden … Er hat gesagt, man müsse sich gut kennen, bevor man sich binde. Und weil es nie lange dauerte, konnte ich nicht nein sagen. Bei meiner Kusine, im gleichen Alter, hörte das gar nicht mehr auf mit ihrem Freund, einmal von oben, einmal von unten, sie wurde in allen Richtungen drangenommen! Jean-Yves hingegen ist von der schnellen Truppe. Nicht mal so lange wie ein weichgekochtes Ei. Ich weiß es, denn einmal … Kurzum, als Jony unterwegs war, mußten wir eine Entscheidung treffen, und ich war in jedem Fall gegen eine Abtreibung. Also gut, Jean-Yves war zwar nicht sehr glücklich, aber ich hab zu ihm gesagt, wenn wir uns gut genug kennen, daß er mich schwängert, dann kennen wir uns auch gut genug, daß wir heiraten …

Ich habe gedacht, wenn wir das erst mal zu Hause in der Woh-

305

nung machen, dann wird es besser. Aber schon in der Hochzeits-
nacht sind wir so spät zu Bett gegangen, daß ich schlafen wollte.
Er wollte das unbedingt mit der Video-Kamera filmen, die ihm
seine Regimentskameraden geliehen hatten. Er hatte sie auf
den Tisch des Hotelzimmers gestellt, damit sie das Bett filmt, da
er aber nicht wußte, wie sie eingestellt wird, sieht man nur die
Wand mit einer Jagdpartie, und man hört Jean-Yves, Han Han
Han (ich hatte zuviel Angst, man könnte uns hören, deshalb habe
ich nichts gesagt). Auf dem Zähler auf dem untersten Teil des Bil-
des dauert es zwei Minuten und zweiundzwanzig Sekunden, und
dann nichts mehr, und danach hört man ihn schnarchen. Es war
eine Drei-Stunden-Cassette. Hinterher sieht man auf dem ganzen
Film nur das: die Jagdpartie und Jean-Yves, der schnarcht.

Nun gut, wenn ich ihm sage, daß ich es nicht normal finde, daß
er nach drei Minuten zu schnarchen anfängt, sagt Jean-Yves immer: Das ist deine Schuld, Marie-Claude. Zuerst war es, weil ich
meine Regel hatte, dann war es, weil ich schwanger war, hinterher war es, weil ich die Pille nahm oder weil ich einige Kilo zuviel
hatte … Langsam hing mir das alles ziemlich zum Hals heraus.
Seit wir die Bäckerei übernommen haben, geht es besser. Da er
sich um fünf Uhr hinlegt, ist er hundemüde und läßt mich in
Ruhe. Außer am Sonntagabend, weil wir am Montag geschlossen
haben. Da weiß ich, daß ich nach dem Film im Ersten dran glauben muß. Trotzdem sollte ich einmal mit Jony zu einem Arzt, um
mit ihm darüber zu sprechen.

Aber es gibt keinen Arzt ganz in der Nähe, und den aus Play,
den mag ich nicht. Er gefällt mir nicht. Und seine Freundin auch
nicht.

64
Telefonanrufe

Ich nehme ab und höre: »Grüß dich, kleiner Vetter, hier ist Roland.«

»Ja ...«

»Hallo?«

»Ja, guten Tag, wen möchten Sie sprechen, Monsieur?«

»Ah, bin ich nicht mit Bruno Sachs verbunden?«

»Doch, das schon, aber Bruno ist noch nicht heimgekommen ... Ah, wenn Sie sich einen Augenblick gedulden wollen, ich höre sein Auto.«

Ich lege den Hörer hin, ich laufe an die Tür. Bruno schlägt die Autotür zu und kommt mir lächelnd entgegen, das Brot und die Croissants in der Hand.

»Ich mag Ihre Art, mich auf der Türschwelle zu empfangen«, sagt er und drückt mir einen Kuß auf die Lippen, einen Kuß, den er andauern lassen will.

»... Entschuldigen Sie bitte, aber Sie werden am Telefon verlangt. Der Vetter ... Roland, ist das richtig?«

Bruno macht den Mund auf, schließt die Augen und seufzt. Ich nehme ihm das Brot und die Croissants ab und zeige auf das Telefon.

»Gehen Sie! Ich kümmere mich um das da.«

Er nimmt den Hörer und läßt sich in den großen Sessel fallen.

»Grüß dich, Roland«, sagt er und schaut zum Himmel. »Was gibt's Neues?«

*

»Grüß dich, Junge, wie geht's?«

»Es geht ...«

»Du hast also Bereitschaftsdienst? Das ist bestimmt nicht sehr lustig, wie, wo es so viele Kranke gibt. Aber ich fall dir nicht lange auf die Nerven ... ich störe dich doch nicht, oder? Zuerst habe ich gedacht, ich hätte mich verwählt, weil du nicht am Telefon warst, ich hätte beinahe wieder aufgelegt, aber die junge Dame hat gesagt, daß du gerade angekommen bist ... Na ja, ich sage jung, aber ich weiß nicht, ob das stimmt, ich habe sie nicht gesehen, wie? ... Auf jeden Fall hat sie eine sehr hübsche Stimme! ... Aber sag ihr nicht, daß ich das gesagt habe, ja? Ich möchte nicht, daß sie mich für einen Flegel hält ... Ich störe dich doch nicht? Bist du sicher?«

»Nein, überhaupt nicht ... ich höre.«

»Denn wenn ich dich störe, kannst du es ruhig sagen, ja? Dann rufe ich später wieder an, morgen oder übermorgen, wenn du willst ...«

»Nein, nein, nein, Roland, glaub mir, es macht mir große Freude, dich zu hören. Ich höre dir zu ...«

»Ach, du bist nett, daß du mir das sagst ... Gut, nun ja, ausnahmsweise rufe ich einmal wegen mir an! Stell dir vor, ich habe im Augenblick Schmerzen, die mir in der linken Schulter zu schaffen machen, das überfällt mich morgens, das überfällt mich abends, das überfällt mich zu den unmöglichsten Zeiten, und wenn es mich überfällt, würde ich mich am liebsten in ein Mauseloch verkriechen.«

»Welche Art von Schmerzen?«

»Na ja, Schmerzen eben. Ich weiß nicht, wie ich sie dir beschreiben soll ... Das fängt in der Schulter an, weißt du, in dem spitzen Knochen, den man unter der Haut spürt ...«

»Ja ...«

»Und dann zieht es weiter nach unten, bis zum Ellbogen, und ich kann den Arm nicht mehr bewegen.«

»Dauert das lange?«

»Nein, kaum den Bruchteil einer Sekunde, aber frag nicht, wie weh das tut! Danach kann ich nichts mehr machen, ich habe zu große Angst, daß es wieder anfängt, wie du dir denken kannst!«

»Hast du etwas eingenommen, Aspirin?«

»Na ja, siehst du, daran habe ich gar nicht gedacht. Und bis ich dran denke, ist es sowieso vorbei.«

»Passiert dir das oft?«

»Nein, nicht oft. Achtmal oder zehnmal am Tag, aber es geht schnell vorbei, weißt du, wie der Blitz. Genau das ist es! Ich habe den Eindruck, daß ein Blitz durch meinen Arm fährt, und das beunruhigt mich natürlich, in meinem Alter ...«

»Ach ja? Woran denkst du?«

»Na ja, an einen Herzinfarkt natürlich! Bei all den Zigaretten, die ich geraucht habe, als ich jung war, und bei all den Sorgen, die ich habe, neben dem Älterwerden.«

»Ah! Ich weiß Bescheid ... Hör zu, ich kann dich beruhigen, ein Herzinfarkt, der kündigt sich anders an, das ist noch viel schmerzhafter, und wenn es dich mal im Griff hat, läßt es dich nicht mehr los. Nach meiner Meinung hast du eine Sehnenentzündung.«

»Aber ich habe gedacht ... na ja, ich weiß nicht mehr, wo ich gelesen habe oder wer mir gesagt hat, daß man bei einem Herzinfarkt zunächst Schmerzen im linken Arm hat ... Ach ja! Es war der Schwager des Schwagers von Mireille, weißt du? Albert!«

»Mmmhh. Kenne ich ihn?«

»Natürlich. Der Mann der Schwägerin von Josiane, Josiane, du weißt doch, die Schwester von Mireille. Wie dem auch sei, sicher ist jedenfalls, daß er einen Herzinfarkt gehabt hat, und er hatte seit drei Wochen Schmerzen im linken Arm, er hatte ständig mit den Folgen zu tun, er glaubte, es sei eine Sehnenentzündung, weißt du, aber von wegen! Er geht zu seinem Arzt, er muß sich hinlegen, der Arzt drückt ihm das Stethoskop dorthin, du weißt schon, und wird grün – der Arzt, nicht Albert! Er macht auf der Stelle ein Elektrokardiogramm, und der Lochstreifen war noch nicht ganz durchgelaufen, da hat er schon den Rettungsdienst angerufen. Sogar im Krankenhaus hat man Albert gesagt, daß er, hätte sein Arzt fünf Minuten später angerufen, seiner Witwe auf Wiedersehen hätte sagen können! Darauf habe ich mir gesagt, daß ich vielleicht das gleiche habe wie er ...«

»Nein, Roland, ich glaube wirklich nicht ... Sag mal, tauchen die Schmerzen auf, wenn du bestimmte Bewegungen machst?«

»Bewegungen? Ach, weißt du, Bewegungen muß ich bei meiner Arbeit viele machen, aber wenn ich dir nun sagen soll, welche ... Ich weiß nicht, ich müßte einmal darauf achten ... Also, dir zufolge ist es nichts Ernstes? Es ist kein Herzinfarkt?«

»Nein, da bin ich mir ganz sicher. Versuch morgens beim Aufstehen Aspirin zu nehmen, um zu sehen, ob die Schmerzen nicht nachlassen.«

»Och, das ist nicht nötig, es ist erträglich, weißt du! Auf jeden Fall werde ich das Ganze vergessen. Jetzt, wo du mich beruhigt hast, werde ich nichts mehr spüren. Weißt du, solange es kein Herzinfarkt oder eine Angina pectoris ist, mich beunruhigt nur das Herz, alles übrige ist solide ... Ein Glück, daß wir dich haben, weißt du! Du wohnst zwar nicht gleich nebenan, gewiß, aber das ist es schon wert, etwas mehr fürs Telefon zu bezahlen, du beruhigst mich, wo wir sowieso schon die Neigung haben, uns Sorgen zu machen, Mireille und ich. In gewisser Hinsicht ist es vielleicht besser, daß du nicht in der Nähe wohnst, sonst würden wir ständig bei dir sitzen, da bin ich mir ganz sicher. Vor allem Mireille, ängstlich, wie sie ist!«

»Wie geht es Mireille?«

»Gut! Gut! Danke der Nachfrage. Sie läßt dich übrigens grüßen. Na ja, im Augenblick ist sie nicht zu Hause, aber jedesmal, wenn ich dich anrufe, fragt sie mich, ob ich dir auch Grüße von ihr ausgerichtet habe, und jedesmal vergesse ich es, worauf sie mich ausschimpft. Jetzt habe ich einmal wenigstens den Auftrag ausgeführt! Sie ist bei ihrer Schwester, ich habe nicht in ihrem Beisein anrufen wollen, ich habe ihr nämlich nichts gesagt und wollte sie deshalb nicht beunruhigen. Na ja, wenn sie nach Hause kommt, kann ich ihr sagen, daß ich dich angerufen habe, ich werde ihr sagen, daß ich mir Sorgen gemacht habe, und es wird sie beruhigen, wenn sie erfährt, daß du mir gesagt hast, es sei ohne Bedeutung, aber du kennst sie ja, das wird sie nicht daran hindern, sich ebenfalls Sorgen zu machen, nachträglich ...«

»Ja ... Es ist gut, wenn man sich nachträglich Sorgen macht. Man kann sich soviel Angst machen, wie man will, weil man weiß, daß es für nichts und wieder nichts ist!«

»Hahahahaha! So ein Spaßvogel! Verdammter Bruno! Also, den Witz muß ich weitererzählen! Du bist wirklich ein Doktor Destobesser, ja? Deine Patienten langweilen sich bestimmt nicht mit dir – na ja, ich meine, deine Kranken ... Wenn du mit deiner Kunst am Ende bist, kannst du wenigstens dafür sorgen, daß sie sich totlachen, ja? Deine Mutter sagte mir immer, daß du sie zum

Lachen gebracht hast ... Was für ein Unglück, daß auch sie gehen mußte. Das Leben ist schon ein Jammer ...«

*

Bruno legt auf. Er nimmt die Brille ab, reibt sich die Augen.
»Das ist auch noch so eine Nummer! Jedesmal, wenn ich ihn höre, möchte ich zugleich lachen und weinen.«
Er schaut auf.
»Habe ich Ihnen schon von ihm erzählt?«
»Ich glaube nicht ...«
»Es ist die einzige Familie, die ich noch habe, oder fast. Sein Vater lebt noch, er ist vierundachtzig Jahre alt, es ist ein entfernter Vetter meiner Mutter. Als sie letztes Jahr gestorben ist, war es annähernd vierzig Jahre her, seit sie sich zuletzt gesehen hatten, aber sie riefen sich viermal im Jahr an. Roland sehe ich einmal im Jahr, im Juni, in Paris, in der Synagoge.«
»In der Synagoge?«
»Beim Gedenkgebet am Todestag meines Vaters. Ich ging mit meiner Mutter hin, als sie noch gehen konnte. So habe ich Roland kennengelernt. Als er sie sah, ist er ihr um den Hals gefallen, aber sie hat ihn nicht erkannt: Er war fünfzehn Jahre alt, als sie sich zuletzt getroffen hatten, und sie war nicht im selben Zustand ... Als sie ihm gesagt hat, daß ich Arzt bin, hat er gesagt: ›Das darf doch nicht wahr sein! Na, so was, das trifft sich ja wirklich gut!‹ Er hat mich um Adresse und Telefonnummer gebeten, und seitdem ruft er mich immer an, wenn er sich Sorgen macht. In der Regel behauptet er, daß er nicht mit seiner Frau darüber gesprochen hat und daß ich ihr nichts sagen soll, wenn sie mich anruft – doch meist hat sie mich schon am Tag zuvor angerufen, um mich zu warnen, daß er den kritischen Punkt erreicht habe, daß ein Anruf kurz bevorstehe, und ich muß ihr schwören, daß ich es nicht ihrem Mann sagen werde! Kurzum ... ich beruhige sie, wir tauschen Banalitäten aus, und das war's. Manchmal bekomme ich drei Anrufe in einer Woche; manchmal höre ich sechs Monate lang nichts von ihnen. Doch am Ende ruft er immer wieder an. Wenn wir uns in der Synagoge sehen, erzählt er mir nie von seinen Gesundheits-

problemen, er erzählt mir von seinen Erinnerungen an meine Eltern ...«

Er schaut jetzt zu mir her.

»Er schickt mir jedes Jahr zu Weihnachten eine Flasche Portwein, um mir zu danken, oder Burgunderschnecken. Ich habe nie gewagt ihm zu sagen, daß ich das Zeug nicht mag ...«

Ich breche in Gelächter aus.

»Jetzt verstehe ich auch, warum Sie sechs Flaschen Portwein im Keller haben!«

»Ja ... Die Burgunderschnecken gebe ich weiter an Madame Leblanc oder an Madame Borges, ihre Männer sind ganz wild darauf.«

»Sie scheinen ihn sehr zu beruhigen.«

»Glauben Sie? Ich habe das Gefühl, daß er sich ganz allein beruhigt, so wie er auch niemanden braucht, um sich zu beunruhigen. Er ist kein Hypochonder, aber von Zeit zu Zeit hat er so etwas wie eine große Angst, und wenn seine Frau ihn fragt, was ihm fehlt, kommt die ganze Mayonnaise hoch (er runzelt die Stirn, verzieht den Mund und fängt an, mit den Händen zu reden): ›Ich habe Verantwortung, verstehst du? Was würde denn aus euch werden, aus dem Kleinen, deiner Tochter und dir, wenn ich plötzlich sterben würde? Wenn ich sterben und euch ohne einen Pfennig zurücklassen würde, müßte ich mich mein Leben lang schämen!‹ Kurzum, er verspricht, sich untersuchen zu lassen, aber seine Frau will nicht, sie hat den Eindruck, daß ihr Mann nachgelassen hat, und sie fürchtet, daß man eines Tages wirklich etwas Schlimmes bei ihm findet ... Sie ist von der Art: ›Auf jeden Fall sagen dir die Ärzte sowieso nicht, was sie denken, sie sagen zu dir: Das ist nichts, das kommt schon wieder in Ordnung, Sie haben gut daran getan, daß Sie gekommen sind, und bevor du dich versiehst, stirbst du auf dem Operationstisch, und deiner Witwe bleiben nur die Augen, um zu weinen. Deshalb gilt für mich, je seltener du die Ärzte siehst, um so wohler fühle ich mich!‹ ... An dem Tag, an dem wir uns kennenlernten, hat er sie uns am Ausgang der Synagoge vorgestellt, und an der Art und Weise, wie er gesagt hat: ›Das ist Fannys Sohn, du wirst nie erraten, was er macht. Er ist Doktor!‹, habe ich gesehen, wie Mireilles Gesicht sich aufgehellt hat, sie bestand darauf, meine Mutter und mich zum Abendessen einzuladen, und seit jenem Tag diene ich ihnen als Kompromiß: Er holt die Meinung eines Arztes ein, ohne sich untersuchen lassen zu müssen ... Das beruhigt sie beide. Da ich zu ihrer verfluchten Familie gehöre, selbst wenn es auch nur ganz entfernt ist, sind sie überzeugt, daß ich ihnen keine Lügenmärchen auftischen *kann.*«

»Und Sie denken, daß sie da auf dem Holzweg sind?«

Er zuckt die Achseln.

»Bis jetzt stimmt es. Doch wenn er eines Tages ... wirklich etwas Ernstes hat, was werde ich dann tun?«

»An diesem Tag wird er nicht mehr nur ein entfernter Vetter sein, sondern ein Kranker. Und Sie werden mit ihm reden, wie Sie mit den Kranken reden, oder nicht?«

»Ja ... Wahrscheinlich. Aber ... daß er mich anrufen kann, das beruhigt ihn, aber es schützt ihn nicht.«

»O nein. Sie sind nicht der allmächtige Gott. Sie sind Doktor Sachs. Das ist schon mal gar nicht so schlecht.«

Bruno steht auf, er legt seine Hände auf meine Arme, seine Stirn an meine Stirn.

»Langweilt es Sie nicht, sich mit einem Doktor Destobesser abzugeben?«

»Nein, gäbe ich mich mit einem Doktor Destoschlimmer ab, hieße das, daß ich maso bin. Bei Ihnen besteht keine Gefahr, daß ich länger als vierzig Sekunden leide. Auch mich dürfen Sie nicht enttäuschen, mon amour!«

»Luder!«

Er nimmt zärtlich mein Gesicht zwischen die Hände, drückt seine Lippen auf die meinen, und das Telefon klingelt.

65

Ray Markson

Das Telefon klingelt. Einmal. Zweimal. Dreimal. Ich höre ihn brüllen:

»Jaa!«

»*What's up, Doc?* Stör ich dich?«

Er seufzt. Allem Anschein nach rufe ich im falschen Augenblick an. Ich hoffe, sie waren erst bei den Präliminarien.

»Grüß dich, Ray ... Nein, nein, überhaupt nicht. Wie geht es dir?«

»Mir? Ich sprühe vor Unternehmungslust, Alter. Es geht mir sehr gut, seit sie mich mit diesem Zeug behandeln – wie nennst du das *ökumenische* Medikament noch gleich, ja, das die weißen und die roten Blutkörperchen und alles übrige stimuliert? Gut, es sieht zwar so aus, als würde das nur ein paar Monate halten, das hat mir dein Freund Zimmermann gesagt, aber du kennst ja die Geschichte von dem Kerl, der vom Empire State Building runterspringt, oder?«

»Nein, ich glaube nicht ...«

»Aber ja! Ich habe sie dir hundertmal erzählt! Du weißt doch, jedesmal, wenn er an einer Person vorbeikommt, die sich aus dem Fenster lehnt, sagt er ...«

»Ach ja, ich erinnere mich wieder ...«

»›Bis jetzt ist's ganz gutgegangen!‹ Hahaha!«

Ich höre, wie er den Hörer mit der Hand abdeckt und sagt: »Es ist Ray.« Ich lache noch lauter. Ich fange an zu husten, aber das legt sich schnell.

»Aber ich rufe dich nicht an, um mit dir über meine Gesundheit zu sprechen, *buddy ... Happy birthday!*«

»Ach! Du bist wunderbar, Ray. Außer Diego und dir gratuliert mir nie jemand zum Geburtstag.«

»Oh? Das wundert mich aber! Und deine Juliette, da ... Wie heißt sie noch gleich?«

»Äh ... Pauline. Ich weiß nicht, ob sie mein Geburtsdatum kennt ...«

»Jaa, na ja, ich will mich nicht in etwas einmischen, was mich nichts angeht, *and you're a big boy, now,* wieviel, siebenunddreißig? achtunddreißig?«

»He, nein, noch nicht ...Vierunddreißig.«

»Waddayaknow! You're just a kid! Kate hat geschworen, daß du älter bist. Wie man sich doch irren kann, hey? Nun, jetzt hör dir mal die Ratschläge eines alten Puritaners an, der schon Schlimmeres erlebt hat: Eine Freundin, die sich nicht sofort für deinen Geburtstag, dein Sternzeichen und die Größe deiner Hemden interessiert, bei der mußt du dir Fragen stellen! Ich möchte keinen Unfrieden zwischen euch säen, aber ... verstehst du, für Kate und mich ist das wichtig. Wir möchten nicht, daß du in schlechte Hände gerätst.«

Ich habe Mühe, ernst zu bleiben. Kate wirft mir einen mißbilligenden Blick zu.

»Äh ... Du bist sehr nett, Ray, aber ich glaube nicht, daß du dir Sorgen machen mußt. Wirklich nicht.«

Brunos Stimme ist härter geworden, ich sage mir, daß ich nicht weitergehen darf.

»Okay, okay! Auf jeden Fall wollten wir dir das heute wünschen, das will schon was heißen, vor allem für dich, wo du doch nur einmal alle vier Jahre Geburtstag hast.«

Er lacht leise.

»Ja ... ich kann mir sogar sagen, daß ich nicht sterben werde, weil ich in drei von vier Jahren nicht einmal sicher bin, überhaupt geboren zu sein.«

»Hey, immer noch Philosoph, wie? Warum hast du Medizin studiert, *for Pete's sake!*«

»Weiß nicht. Wohl, um Papa und Mama Freude zu machen.«

»Verdammter Esel! Du kannst noch so alt werden, du wirst immer so viel dummes Zeug reden wie eh und je.«

»Gut, rufst du mich an, um mich zu beschimpfen, oder um mir alles Gute zu wünschen?«

»Beides, Herr Hauptmann! Wir wollten dich heute abend besuchen, aber Kate hat sich erinnert, daß du Bereitschaftsdienst hast, *right?*«

»*Right.* Außerdem besteht die Gefahr, daß es hoch hergeht, im Augenblick herrscht eine Ziegenpeter-Epidemie.«

»Ziegenpeter? *Measles?*«

»*No, Mumps!*«

»*Mumps? Watch your balls, bud!*«

»Mach dir keine Sorgen, das hab ich gehabt, als ich klein war.«

»Oh, dann sage ich es nicht deiner ... Pauline, ja?«

»Danke!«

»Aber sag mal, wann stellst du sie uns vor?«

Er zögert, ist wieder unruhig.

»Äh ... es bietet sich eben keine Gelegenheit.«

»Diego hat sie zweimal fünf Minuten gesehen, er weiß also, wie sie aussieht, und er ist ziemlich beeindruckt, aber wenn es um Weiber geht, ist er nicht wirklich objektiv ...«

»Und du meinst, du bist es?«

»Sag mal, du kleiner Armleuchter!«

Er fängt an zu lachen.

»Okay, ich will nicht weiter in dich dringen, aber du weißt ja, wie ich darüber denke. Und noch was, wenn wir an einem der nächsten Abende Lust haben, bei euch aufzukreuzen, ohne vorher Bescheid zu sagen, setz uns bitte nicht vor die Tür, ja?«

»Nein, natürlich nicht ... Wir werden das organisieren ... Ich rufe dich im Laufe der Woche an, einverstanden?«

»*Suits me fine.* Bis dahin umarme ich dich. Und ich gebe dir jetzt *the one and only Wittgenstein's Mistress. Bye!*«

Ich halte Kate das Telefon hin, die mir einen vernichtenden Blick zuwirft. Und während sie mit Bruno spricht, verlasse ich den Raum und lache schallend.

66

Pauline Kasser

Er legt seine Hand auf meine.

»Es war köstlich.«

Er schlägt die Augen nieder, seufzt, runzelt die Stirn.

»Ja? Ich höre ...«

»Es tut mir leid, daß Sie es auf diese Weise erfahren haben ... meinen Geburtstag.«

»Was macht das schon? Außerdem hat sich das Thema nie ergeben. Wir haben meinen auch nicht gefeiert.«

Ohne seine Hand loszulassen, stehe ich auf, gehe um den Tisch herum und setze mich neben ihn auf die Holzbank. Ich lege meine Arme um seinen Hals.

»Auf jeden Fall war das Wochenende denkbar schlecht geeignet für einen Geburtstag. Gut, es stimmt schon, hätte ich es gewußt, hätte ich Ihnen ein besseres Essen kochen können.«

»Nein, das ist gar nicht möglich.«

»Oh, Sie sind verliebt.«

»Ja. Sie nicht?«

»Es geht nicht um mich.«

»Manchmal«, sagt er in halb argwöhnischem Ton, »finde ich, daß Sie eine heftige Neigung dazu haben, nicht auf meine Fragen zu antworten.«

»Ach, und was sagt Ihr Lehrer und nichtsdestotrotz Freund, der gute Professor Lance? ›Wenn man Fragen stellt ...‹«

»›... bekommt man nur Antworten.‹ Mmmhh. Sie wissen schon zuviel darüber.«

»Dann brauchen wir gar nicht erst zu diskutieren.«

Ich drücke einen Kuß auf seine Lippen und stehe auf, um Kaffee zu kochen.

Auf der Suche nach einem allerletzten Rest von Soße fährt Bruno mit einem letzten Stück Brot durch die Schüssel, dann steht er auf und räumt den Tisch ab. Ich sehe, wie er sich am

Fenster nachdenklich an die Wand lehnt und mit den Augen die Landschaft absucht. Schließlich sagt er:

»Im Dezember vor zwei Jahren ist die ganze Gegend hier unter einer fünfzig Zentimeter dicken Schneeschicht wach geworden. Seit ich fahren kann, habe ich eine heilige Angst vorm Schnee. Hier, mit den Gräben, den kleinen schmalen Wegen, den abschüssigen Zugängen zu den Bauernhöfen, ist es die reinste Hölle. Gewöhnlich hält es nicht lange, es ist zu mild. Aber in jenem Jahr ist es, als Weihnachten nahte, sehr kalt geworden. In der Stadt starben die Obdachlosen wie die Fliegen. Ich habe Madame Leblanc gesagt, sie solle nachts und am Wochenende die Tür zum Wartezimmer offenlassen und es bekanntmachen. Ich wollte nicht, daß jemand vor der Tür eines leeren, aber ständig beheizten Raums erfriert ... Es war lächerlich, weil es hier keine Obdachlosen gibt. Es gibt Leute, die völlig mittellos sind oder sehr ungehobelt, und manche wohnen in unvorstellbaren Elendsbaracken mitten im Wald oder sogar mitten in den Dörfern, aber alle haben ein Dach überm Kopf ... Als ich Heiligabend aus der Praxis kam, fuhr ich dreihundert Meter hinter der Brücke über die Tourmente im Schritt und bin dabei einem Kerl begegnet, der, eine Kippe im Mundwinkel, hemdsärmlig in die andere Richtung wankte, einen schäbigen Sack auf dem Rücken. Er kam mit Sicherheit aus einer Kneipe in Saint-Jacques und ging jetzt nach der Schließung zu Fuß nach Hause. Ich bin noch etwa zweihundert Meter weitergefahren und sagte mir dann: Auf der Brücke ist das Geländer ziemlich niedrig, auf den Bürgersteigen ist Glatteis, und darunter ist die Tourmente zugefroren. Was soll ich machen? Soll ich weiterfahren oder umdrehen und mich vergewissern, daß er in der Dunkelheit nicht auf die Schnauze gefallen ist? Ich habe kehrtgemacht, er stand mitten auf der Brücke, über das Geländer gebeugt, er schwankte vor und zurück, wie die alten Juden beim Gebet. Ich habe angehalten, die Scheibe runtergedreht und ihn gefragt, wo er hinwill. Da er keine Antwort gab, bin ich ausgestiegen. Ich habe ihn gefragt, ob er nach Hause ginge und wo er wohne. Nach einer Weile hat er mir schließich auf unverständliche Weise geantwortet, er brummte, er machte große Gebärden, er war blau wie ein Veilchen. Schließlich hat er mir doch gesagt, er ginge ›dorthin‹, wobei er eine ziemlich unbestimmte Gebärde machte. Ich habe ihn ins Auto einsteigen lassen, ich habe ihn gebeten, mir den Weg zu zeigen ... Wir sind vier oder fünf Kilometer gefahren, über Wege, die ich nie zuvor gefahren bin oder die ich wegen der Nacht und im Schnee nicht mehr erkannte. Er war nicht ganz frisch, er sprach in Zeichen, und da wir nicht schnell fahren konnten, hat es eine Weile gedauert. Ich sagte mir, daß wir es nie finden würden und daß ich ihn hierher bringen müßte. Und dann hat er mir plötzlich ein Zeichen gegeben, daß ich anhalten soll, er ist ausgestiegen, er hat einen Zaun aufgestoßen und auf eine Holzhütte gezeigt, etwas weiter hinten, ich habe etwas Rauch aus einem Ofenrohr auf dem Dach kommen sehen. Er hat mir wieder unkontrollierte Zeichen gegeben, er war aufgeregt, seine Spucke sprühte mir ins Gesicht, weil ich nichts verstand. Der Weg war in der Tat eine Sackgasse, und er wollte mich in seinem Hof wenden lassen, damit ich wieder zurückfahren konnte. Als das Auto dann in der anderen Richtung stand, hat er an die Scheibe geklopft und gesagt, diesmal ganz deutlich: ›Du hast einen Sparren.‹«

Bruno schweigt einen Augenblick und fährt dann fort.

»In jener Nacht waren zehn Grad minus, erinnern Sie sich? Am nächsten Morgen waren zwei Personen aus der Gegend erfroren; eine alte Dame ohne Familie, die seit einer Woche keine Heizung mehr hatte und um die sich niemand gekümmert hat ... und ein Säugling, den seine Mutter in die Garage verfrachtet hatte, weil er zu laut weinte und alle am Schlafen hinderte. Sie hatte ihn auf ein Klappbett gelegt, einen Meter vom Heizkessel entfernt, und sich gesagt, daß es so gehen würde ... Als ich hingefahren bin, wollte sie mir einfach nicht glauben, als ich ihr sagte, er sei tot. Sie brüllte, sie beschimpfte mich, aber sie glaubte mir nicht.«

Ich trete näher, ich schiebe meine Hand in Brunos Hand, ich lege meinen Kopf an seine Schulter.

»In den folgenden Tagen habe ich das Haus meines Trunkenbolds gesucht, es ist mir nicht gelungen, es zu finden. Während des ganzen Winters und selbst noch danach, wenn ich über die Brücke fuhr, hielt ich an und schaute über das Geländer, um mich zu vergewissern, daß niemand ins Wasser oder auf die Böschung gefallen war.«

Er dreht sich zu mir um, ein schmerzliches Lächeln entstellt seine Lippen.

»Er hatte recht. Um diese Arbeit konsequent zu machen, muß man einen Sparren haben. Nur wer einen Sparren hat, will das Leben der Leute retten, ohne sich klarzumachen, daß das unmöglich ist. Jene, die so tun, als glaubten sie das Gegenteil, sind Schweinehunde.«

67
In einem alten Heft

Das Leben zu zweit ist in den meisten Fällen kein Eheleben, sondern ein Weheleben, ein Fleheleben. Ich habe so viele Ehepaare gesehen, die nicht zueinander paßten, von Haß erfüllt und selbstgefällig zugleich, für die nichts anderes auf dem Spiel stand als die Macht – die Farbe des Sofas und die Fliesen im Badezimmer bestimmen, die Namen der Kinder und ihre Kleider aussuchen, im Namen der Pflicht Lust verweigern, im Namen der individuellen Freiheit Lust stehlen, die Lust des andern zurückweisen, um seine eigenen Frustrationen zu rechtfertigen, ihn überall vögeln lassen, um ihm dann großmütig und verständnisvoll zu verzeihen und ihn dadurch besser an die Kandare nehmen zu können.

In der allgemein verbreiteten Mythologie heißt als Paar leben, heiraten, Kinder haben, »eine echte Familie gründen, von der man immer geträumt und die man nie gehabt hat«. In Wirklichkeit heißt es aber vor allem, die schlechte Familie zu vervielfältigen, aus der man gekommen ist, die verdammte Familie, auf die man früher gespuckt hat, in noch karikaturhafterer Form zu restaurieren, einem zweideutigen, vernunft- oder anstandshalber gegründeten Verein einen Anschein von Legitimität zu geben.

Ich habe unendlich mehr Vernunftehen als Vernunftabtreibungen gesehen. Die meisten Ehepaare hassen sich und wollen vor allem nichts dagegen tun. Die materielle, symbolische, gesellschaftliche und affektive Abhängigkeit voneinander ist so groß, daß sie sich weigern, sich zu trennen, weil sie wissen, daß sie unfähig sein werden, allein zu tun, was sie gemeinsam zu tun nicht imstande sind. Als Ehepaar zu leben ist so viel bequemer als die Einsamkeit. Es ist die Möglichkeit, eine eigene Wohnung zu haben, ein Auto für die Arbeit und ein zweites fürs Wochenende, Reisen in die Sonne zu machen und dabei den Gigolo oder die Hure mitzunehmen, mit denen man jeden Tag schläft (es ist so gefährlich, so aleatorisch, aufs Geratewohl zu ficken!), Darlehen zu interessanten Zinssätzen aufzunehmen, mit anderen Ehepaaren Umgang zu pflegen, ohne Mitleid zu erregen oder vor Neid zu platzen (zumindest nicht sofort), Kinder zu machen wie alle andern, gesellschaftlich korrekt und normal zu wirken.

Und daher heißt einen eigenen Hausstand gründen, daß andere Gründe ins Haus standen. Man heiratet eine Blonde mit dicken Brüsten und dickem Hintern, um zu verbergen, daß man homosexuell ist, man lädt sich berufliche Verpflichtungen auf als Entschädigung dafür, daß man nie ein Bild ausgestellt oder einen Roman abgeschlossen hat, man schließt eine hohe Lebensversicherung ab (bei Ableben durch einen Verkehrsunfall doppelte Kapitalauszahlung), um seine Schuldgefühle loszuwerden, daß man Weib und Kinder nicht genügend liebt.

Sich verheiraten heißt den Engpaß nehmen, in die Formalinflasche gepreßt werden, in der man wie ein abgetriebener Fötus enden wird, wie ein unvollständiges Individuum, erstickt, eingeschlossen, für immer mumifiziert, nichts wissend von der Liebe, für immer aus dem Leben verbannt.

Alle sprechen von Liebe, dabei gibt es nur Arrangements. Unterschiedliche Hoffnungen, bisweilen unvereinbar, die zwischen den Zeilen ein und derselben Hochzeitsliste stehen. Maßlose Erwartungen, von denen man weiß, daß der andere nicht in der Lage ist, sie zu erfüllen.

Alle sprechen von Vertrauen, dabei gibt es nur Verstellung, Verkleidung, Lüge. Innerhalb der Ehe ist jeder für sich. Mit andern Worten, es herrscht Krieg.

Und das stärkste Gefühl ist oft die Verachtung.

Ich habe das vor langer Zeit im Kreißsaal begriffen, in einer Nacht, in der ich lernte, Entbindungen durchzuführen. Ich habe den erbarmungslosen Krieg zwischen einem Mann und einer Frau erlebt.

Er stand neben dem Arbeitstisch, es war nicht ihr erstes Kind, aber es war das erste Mal, daß er bei der Geburt dabei war. Ich habe nie verstanden, weshalb man die Väter dazu drängt, bei der Entbindung dabeizusein, als seien sie immer stark genug, dem beizuwohnen. Diesem hier machte es ganz deutlich zu schaffen. Es tat ihm weh, seine Frau schweißtriefend, leidend, zappelnd zu sehen, es tat ihm weh, Dinge zu sehen, auf die er nicht vorbereitet worden war. Je länger es dauerte, um so mehr nahm er es ihr übel, und um so mehr haßte er sich dafür, daß er ihr das übelnahm, der armen Gebärenden auf ihrem Schmerzensbett. Ich las das in seinem Gesicht. Die Frau fand, daß es nicht voranging, sie schimpfte alle aus, und ihn zuallererst.

Sie hatten schon drei Töchter, und er hätte gern einen Sohn gehabt, man kann ihn verstehen, doch sie wünschte sich innigst, daß es noch einmal eine Tochter wäre, sie hat es in unserem Beisein mehrmals hintereinander gesagt und ihn dabei fest angeschaut, in der Art: »Du trägst sie nicht aus, du hast nichts zu sagen.«

Während der Ausstoßung ging es dem Ehemann sehr schlecht, er versuchte, diesen Teil des Körpers seiner Frau, den er sicherlich noch nie so gesehen hatte, ausgedehnt, entstellt, monströs, unergründlich, nicht anzuschauen. Die Hebamme hat ihnen das Baby hingehalten und gesagt: »Es ist ein schönes kleines Mädchen.« In diesem Augenblick habe ich gesehen, wie sich die Frau nach ihrem kleinlauten, unbeholfenen, ein wenig schnurrbärtigen Mann umdrehte, ihrem Mann, der in der vorangegangenen Stunde bestimmt lieber sonstwo gewesen wäre, enttäuscht zwar, aber trotz allem aufgeregt, und der voller Zärtlichkeit die Arme ausstreckte, um das Kind in Empfang zu nehmen und es auf den Bauch seiner Frau zu legen. Bevor er es berühren konnte, hat sie das Baby vor seiner Nase der Hebamme aus den Händen gerissen, hat es auf ihr geblümtes Nachthemd gedrückt, und mit einem Blick des Triumphs hat sie »Ha!« gemacht.

Das Leben kann nicht Glück sein. Das Leben kann nur endloses Leiden und Ärgernis sein. Und lebt man sein Leben zu zweit, bedeutet es doppeltes Leiden.

Alle tun so, als vergäßen sie, daß, was auch immer geschieht, leben leiden heißt. Der Körper vermag sehr viel besser zu leiden als Lust zu empfinden.

Wieviel Zeit braucht man, um Lust zu empfinden? Eine Ewigkeit. Wie lange dauert das?

Wieviel Zeit braucht man, um anzufangen zu leiden? Den Bruchteil einer Sekunde. Wie lange dauert das?

Auf jeden Fall, liebend oder nicht, geliebt oder nicht, früher oder später wird man leiden. Ob man es will oder nicht. Der Körper ist dazu gemacht. Gemacht, um zu leiden und um sich fortzupflanzen. Mit andern Worten: um das Leiden der Gattung zu perpetuieren. Das ist kein moralischer Begriff, das ist kein religiöser Begriff, es ist eine biologische Realität. Mein Körper leidet, um mich unaufhörlich daran zu erinnern, daß die Welt feindselig ist. Daß das Feuer die Finger verbrennt, daß der Schnee die Zehen erfriert, daß die Milliarden Mikro-Organismen mir, wenn es ihnen einfällt, im Handumdrehen eine Meningitis oder eine Blutvergiftung anhängen können, und dann gute Nacht!

Der Körper leidet, weil der Körper lebt. Das Leiden bringt weder Erlösung, noch ist es Strafe, es ist dem Leben wesentlich inhärent. Der Körper ist nicht anfällig, er ist hypersensibel, irreparabel, auf natürlichem Wege abbaubar. Der Körper ist eine verfluchte Gefühlsmaschine, und die meisten dieser Gefühle sind unangenehm, denn jede Sekunde, die vergeht, verschlimmert ihre Beschädigungen. Selbst für Säuglinge gibt es nicht nur das reine Vergnügen, Mimi-heia, wie man gern glauben möchte. Gleich schon beim ersten Stillen, peng, die erste Kolik. Gleich schon beim ersten Schmatz, peng, der erste Schnupfen. Gleich schon im ersten Sommer, peng, der erste Krampf.

———————————

———————————

Grund Nr. 1 aller Todesfälle beim Neugeborenen ist der intrauterine Wachstumsrückstand, denn die Frauen trinken, rauchen, nehmen Drogen oder hören auf zu essen. Beim Säugling und beim Kleinkind sind es die häuslichen Unfälle, es ist vom Wickeltisch gefallen; beim großen Kind sind es die Autounfälle, man hatte es nicht angeschnallt; beim Heranwachsenden ist es der Selbstmord, man hätte das nie gedacht.

Wer hat hinterher noch die Stirn zu behaupten, das Familien-
milieu sei nicht tödlich?

Das Leben ist eine Hölle. Man weiß es nicht sofort, man erfährt es
in seinem Körper. Und wenn sich dann noch der Körper des andern einmischt, ob keine Liebe oder keine Liebe mehr, ist es die
Doppelhölle.

Ich habe Frauen gesehen, die mit zusammengepreßten Schenkeln und ihrer Handtasche darauf ihren Haß auf einen Ehemann
ausspucken, der, wenn er nicht mit Nutten schläft, während des
Films eindöst, dann ins Bett schlurft, und wenn sie schließlich zu
ihm kommt, nachdem sie zum dritten Mal die Waschmaschine
ausgeräumt und der Kleinen, die nicht schlafen wollte, ein Zäpf-
chen gegeben hat, sich nach ihr umdreht, ohne auch nur die Augen aufzumachen, ihr die Schnauze aufs Gesicht drückt, das
Nachthemd hochstreift – Mehr brauche ich Ihnen wohl nicht zu
sagen, oder, Herr Doktor? *Sie wissen ja, wie die Männer sind ...*

Ich habe Männer gesehen, die, während sie nach der Konsultation ihren Scheck ausstellten, vor sich hin brummten, daß sie
gern wieder Fußball gespielt oder Modellschiffe gebaut hätten,
Aber samstags ist das nicht möglich, da sind die Einkäufe im Supermarkt zu erledigen, und meine Frau kann nicht Auto fahren
oder sie hat keine Geduld oder sie will, daß ich dabei bin, um die
Farbe der Fußmatte auszusuchen. Und sonntags ist es auch nicht
möglich, da muß das Moped geschmiert, der Tisch repariert,
das Auto gewaschen, der Rasen gemäht, der Schlauch des Ein-
baugasherds ausgewechselt werden, weil zu Mittag die Schwie-
gerfamilie zum Essen kommt und der Ofen mindestens eine
Stunde vorher geheizt werden muß; nachmittags, wenn es nicht
regnet, wollen die Frauen immer am Ufer der Tourmente bis zur
Hütte des Großvaters spazierengehen, denn seit er tot ist, müssen im Sommer die Blumen gegossen werden, und im Winter
muß man sich vergewissern, daß das Dach nicht leck ist ... Also
ist Fußball wirklich nicht drin, für die Modellschiffe ist wirklich
keine Zeit, und auf jeden Fall habe ich keinen Platz für eine Werk-

statt, also müßte ich es im Wohnzimmer machen, aber das hat sie schon immer aufgebracht, wenn sie sieht, wie ich mit Rasierklingen Holz schnitze oder mit Pinzetten meine Segel anklebe, sie sagt, es wäre schön, wenn ich in allem so sorgfältig wäre! Ich kann auch noch Zeitungen unterlegen, sie meckert, weil das Spuren auf dem Wachstuch hinterläßt, und wenn je ein Tropfen Leim auf den Boden kommt, dann fällt sie sofort über mich her, im Bett hingegen, mehr sage ich Ihnen nicht. Sie sagt ständig, sie will, daß ich nett zu ihr bin, daß ich ihr zärtliche Worte sage, daß ich mit ihr rede, was sie aber in Wirklichkeit will, ist, daß ich sie reden lasse, reden, reden, verstehen Sie, *Sie wissen ja, wie die Frauen sind* . . .

68

Pauline Kasser

Ich lege das Heft wieder hin.

Am Tisch sitzend, sieht Bruno mich an.

»Sie werden mir sagen, daß ich ein gemeiner Hund bin, so etwas zu schreiben und es Sie auch noch lesen zu lassen ...«

Ich schüttle den Kopf. Nein. Ich knie mich neben ihn, er beugt sich herab und legt seine Stirn auf meine Schulter, ich sage ihm ins Ohr:

»Wenn Sie mit mir reden, höre ich Ihnen zu. Wenn Sie mir etwas zu lesen geben, versuche ich herauszufinden, was dahintersteckt ... So wie Sie es bei den Leuten tun, die Sie in Ihrer Praxis empfangen ... Sie verbringen Ihre Zeit damit, auf das zu hören, was man Ihnen anvertraut, und da sollten Sie nicht das Recht haben zu schreiben?«

Er sieht auf, er schaut mich an.

»Haben Sie keine Angst?«

»Angst? Wovor? Vor dem, was Sie denken? Vor dem, was Sie schreiben? Ihr Blick auf das Leben ist eine Sache. Ihr Blick auf mich, Ihre Worte, Ihre Gesten, sind eine andere. Ich weiß, wer Sie sind. Sie sind der Mann, den ich liebe und der mich liebt. Was Sie schreiben, kann mir nicht weh tun.«

Seine Kehle schnürt sich zusammen. Seine Augen sind tränenverschleiert.

»Glauben Sie, daß Schreiben ... heilt?«

69
Messerstiche

Das Telefon klingelt. Ich hebe ab.

»Hallo?«

»Madame Benoît?«

»Ja, am Apparat.«

»Guten Tag, Madame, ich bin Doktor Sachs, aus Play … Sie haben gebeten, daß ich zurückrufe …«

»Ach ja, guten Tag, Herr Doktor. Danke, daß Sie zurückrufen, ich bitte um Entschuldigung, daß ich Sie einfach so an einem Sonntag störe, aber wissen Sie, mein Mann und ich, wir haben ein Geschäft, wir sind sehr beschäftigt. Also, ich wollte mit Ihnen über meinen Bruder sprechen …«

»Ihren Bruder?«

»Ja, Sie wissen doch, Georges, er lebt bei unserer Mutter, Madame Destouches …«

»Ja?«

»Es ist etwas schwierig zu erklären, aber … meine Schwestern und ich, wir sind vier, wir machen uns große Sorgen wegen Georges. Das heißt, vor allem um unsere Mutter, die schließlich alt ist, mit ihren Beingeschwüren, außerdem wissen Sie es ja, wie finden Sie ihre Geschwüre im Augenblick?«

»Mmmhh. Das geht, das kommt. Sie ist sehr betagt, das vernarbt nicht mehr so einfach.«

»Das kann ich mir denken, sie hat das ja schon ewig. Obwohl, seit sie umgezogen ist, geht es ihr immerhin besser als in dem Häuschen, in dem die beiden wohnten, sie schliefen im selben Zimmer, es war feucht … Da hat sie immerhin ihr eigenes Zimmer, aber, na ja, es ist noch nicht das Paradies …«

»Ja …«

»Verstehen Sie, Herr Doktor, meine Schwestern und ich, wir meinen, daß sie das sehr erschöpft, mit Georges zusammenzuleben, außerdem sagt sie selbst, daß sie erschöpft ist, und es stimmt, daß er ihr das Leben nicht leichtmacht …«

»Was wollen Sie damit sagen?«

»Nun, hören Sie, Sie wissen doch genau, daß er trinkt! Alle
wissen Bescheid, Sie selbst haben ihn schon einmal auf der Straße
aufgelesen, er ist schon beinahe überfahren worden, er ist einige
Male hingefallen und ist beinahe in einem Straßengraben erfroren, ich weiß nicht, wie oft er zusammengenäht worden ist, Sie
wissen es ja!«

»Nun, was?«

»Nun, das kann nicht mehr so weitergehen, das ist es! Ich bin
es leid, zu sehen, wie Mama mit diesem ... Trunkenbold zusammenlebt, diesem Nichtsnutz, und zu sehen, wie sie dahinsiecht,
das kann nicht mehr so weitergehen, das ist es! Außerdem ist er
unsauber, er wäscht sich nie, er stinkt, es ist unerträglich, mit ihm
zusammenzuleben! Es muß etwas getan werden ... Er muß ...
weg!«

»Mmmhh.«

Er sagt eine Weile nichts, dann schließlich:

»Ich behandle Madame und Monsieur Destouches seit Jahren,
und ihr Zusammenleben ist nicht immer einfach gewesen, aber
Ihre Mutter macht mir nicht den Eindruck, als wolle sie, daß er
geht. Auf jeden Fall habe ich nie von ihr gehört, daß sie das
wünscht. Im Gegenteil. Sie hängt sogar sehr an ihm. Und er ...«

»Selbstverständlich hängt sie an ihm, an diesem Klotz am
Bein! Ich habe nie verstanden, warum. Jedesmal, wenn er eine
Arbeit fand, hat man ihn nach drei Tagen wieder vor die Tür gesetzt, und seit er seinen Unfall hatte, ist er nicht nur ein Sauf-
bruder geworden, sondern er hat auch nie etwas mit seinen zehn
Fingern zu tun brauchen, denn er ist ja pensioniert! Meine
Schwestern und ich, wir müssen arbeiten, müssen uns bei der Arbeit abschinden, wir haben Kinder großzuziehen, und er ist da, er
tut nichts, er raucht, er trinkt, und darüber hinaus gibt er noch
die Rente unserer Mutter aus, und wir fragen uns, ob ihr noch
etwas zum Leben bleibt!«

»Na, ich glaube, Sie ...«

»Sie verstehen also, wir haben darüber gesprochen, und wir
haben einen Entschluß gefaßt. Also, da Sie Mamas Arzt sind,
rufe ich Sie an, damit wir uns verständigen ...«

»Verständigen?«

»Ja, wir haben beschlossen, daß Georges eine Entziehungskur machen müßte, denn das geht! Schließlich wird er noch gemeingefährlich, und dann wird es ein böses Ende nehmen. Schon neulich, als ich Mama besucht habe, ist er halb aggressiv gegen mich gewesen, weil ich sie davon zu überzeugen versuchte, wieder ins Krankenhaus zu gehen, damit sie ihre Geschwüre behandeln läßt. Ist doch wahr, das kann so nicht weitergehen, ich will nicht sagen, daß Sie sie nicht richtig behandeln, aber die Hautübertragung hatte ihr das erste Mal gutgetan, deshalb sehe ich nicht ein, warum man es nicht von neuem versuchen sollte, außerdem, solange sie im Krankenhaus ist, hat sie Georges nicht auf der Pelle!«

»Moment mal, ich verstehe nicht recht. Was ist in Ihrem Kopf der wahre Grund für den Krankenhausaufenthalt? Die Geschwüre Ihrer Mutter behandeln zu lassen oder ihre Mutter von Ihrem Bruder zu entfernen?«

»Nun, genau darauf wollte ich hinaus, Herr Doktor. Wir wissen genau, daß Mama niemals will, daß Georges eine Entziehungskur macht, solange sie da ist. Aber wenn sie im Krankenhaus ist, könnte man ihr sagen, daß es einfach nicht mehr ging und daß man ihn wegbringen mußte!«

»Wegbringen? Wohin?«

»Gut, Sie haben mich verstanden, in ein Heim natürlich! Man braucht ihn nur in eine geschlossene Anstalt einweisen zu lassen, und das war's! ... Hallo, Herr Doktor? Sind Sie noch da? Hallo?«

»Ich bin immer noch da, Madame Benoît ... Was erwarten Sie genau von mir?«

»Nun, ich spreche oft mit Mama, über ihre Geschwüre, und meine Schwestern auch, wir sprechen jedesmal mit ihr darüber, wenn wir sie sehen oder wenn wir sie anrufen, ich spüre, daß es nicht mehr lange dauern wird, bis sie einverstanden ist mit einer neuen Hautübertragung, deshalb haben wir gemeint, daß Sie, weil Sie beider Doktor sind, am geeignetsten wären ... Wenn Mama dann im Krankenhaus ist, stellen Sie uns eine Einweisungsbescheinigung aus. Und hinterher, wenn es soweit ist, können Sie, weil Sie ja oft ins Krankenhaus gehen, Mama die Sache erklären. Wenn es von Ihnen kommt, wird sie es akzeptieren, denn zu Ihnen hat sie Vertrauen ...«

»Ich verstehe ... Wissen Sie, es bestehen gute Aussichten, daß man ihn nicht in der Anstalt behält, die Psychiater haben da auch ein Wörtchen mitzureden, und die Abteilungen sind immer überfüllt ...«

»Ja, ich weiß, ich kenne das Problem, meine jüngste Schwester ist Krankenpflegerin in der Spezialklinik in Tourmens ... Aber sie hat bereits mit dem Arzt der Abteilung gesprochen, sie kennt ihn gut: Er behandelt ihren Sohn und ihren Mann. Und sie hat mich heute morgen angerufen, um mir zu sagen, daß er einverstanden ist und Georges so lange dabehält, bis eben eine Lösung gefunden ist ...«

»Eine End ... lösung?«

»Na ja, eine Lösung eben! Denn ich mache mir keine Illusionen, Georges ist nicht resozialisierbar, es wird nie eine Möglichkeit geben, ihn dazu zu bringen, mit dem Trinken aufzuhören, und selbst wenn es gelänge, er ist auf jeden Fall ein Parasit, aus dem ist nichts herauszuholen, er liegt Mama nur auf der Tasche!«

»Er ist pensioniert ...«

»Seine Pension, die vertrinkt er! Er gibt ihr keinen roten Heller, und wenn sie ihn wegschickt, um Besorgungen zu machen, kauft er Wein, das reicht jetzt! Verstehen Sie?«

»Ja, Madame Benoît, ich verstehe. Aber ich werde Ihren Bruder nicht in eine geschlossene Anstalt einweisen lassen, und ich werde Ihre Mutter auch nicht ins Krankenhaus schicken, um Ihnen die Sache zu erleichtern.«

»Aber ... aber ...«

»Auf Wiedersehen, Madame.«

Und bevor ich auch nur Uff! machen kann, hat er aufgelegt. Ich versuche eine ganze Weile, ihn wieder anzurufen, aber es ist immer besetzt. Mit dem Telefon klappt es doch nie, wenn man es braucht.

70
Zwei Manuskriptseiten

Als ich Assistenzarzt in der Pädiatrie war, hatten wir auf der Station einen acht- oder zehnjährigen Jungen, der ständig in die Hosen schiß. Nicht etwa, weil er nicht an sich halten konnte, sondern im Gegenteil, weil er zu sehr und zu lange an sich hielt. Er ging nie auf die Toilette. Er hielt es seit so langer Zeit schon zurück, daß er gar nicht mehr spürte, was sich in seinem Rektum anhäufte. Und durch das Ansammeln kam es dann von selbst heraus, manchmal wie ein Wasserfall. Man versuchte ihn umzuerziehen, indem man ihn regelmäßig jeden Morgen, jeden Mittag und jeden Abend nach dem Essen auf die Toilette schickte. Um nachzusehen, ob er sein Rektum geleert oder nicht geleert hatte, mußte man ihm jeden Tag den Finger in den Hintern stecken. Und natürlich war es immer voll. Und natürlich tat es ihm immer weh. Und natürlich hatte er immer Angst, wenn er einen von uns ins Zimmer kommen sah, einen Fingerling aus Gummi überm Zeigefinger.

Ich hatte einen Horror davor, das bei ihm zu tun. Ich sagte ihm immer eine Viertelstunde vorher Bescheid, um sowohl mich als auch ihn darauf vorzubereiten, und ich hatte meinen Chef gebeten, nicht der einzige zu sein, der das machen mußte. Er hat mir zur Antwort gegeben: »Er ist dein Patient, sieh zu, wie du klarkommst.« Darauf habe ich ihn jedes dritte Mal nicht untersucht und irgend etwas in die Krankenakte geschrieben.

Er war ein sehr sanfter, verschüchterter, weinerlicher, aufdringlicher Junge. Immer auf der Suche nach Liebkosungen. Die Mädchen in der Abteilung himmelten ihn an, weil er ihnen wie ein Hündchen folgte. Er lächelte ständig, wie ein glücklicher Dummkopf, aber er war weder glücklich noch dumm.

Er blieb immer im Schlafanzug, weil man es sofort sah, wenn er schmutzig war, und es einfacher war, ihn umzuziehen ... Weil man ihm nicht beibringen konnte, dorthin scheißen zu gehen, wo er es tun sollte, versuchte man ihm wenigstens beizubringen, allein seine Wäsche zu wechseln, aber er war sich nicht einmal bewußt, daß ganze Klumpen Scheiße seine Hose aufblähten und langsam an seinen Beinen herunterrutschten.

Seit seiner Geburt hatte ihm seine Mutter immer Windeln angezogen.

Eines Tages habe ich den Psychologen der Abteilung gefragt, ob man wisse, warum der Junge sich so zurückhalte. Er hat mir zur Antwort gegeben, daß die Enkopresisen (der Begriff selbst heißt Einkoten. Und er sagt nichts!) häufig die Folge einer verhängnisvollen Beziehung zur Mutter seien.

Ich habe es nicht glauben wollen, bis zu dem Tag, an dem ich die Mutter sah.

Sie kam nie am Morgen, ich fragte mich, warum das so war. Sie besuchte ihr Kind um acht Uhr abends, wenn kein Arzt mehr in der Abteilung war. Und auch das kaum öfter als einmal die Woche.

Einmal ist sie doch morgens gekommen, da konnte sie nicht anders: Wir hatten eine Sitzung einberaumt, um darüber zu entscheiden, wie es mit der Krankenhausbehandlung weitergehen sollte. Er war seit drei Monaten da und machte nicht die geringsten Fortschritte. Es bedurfte der Zustimmung der Mutter, um ihn entlassen zu können (der Vater war unbekannt). Tatsächlich hatten wir sie im Verdacht, daß sie ziemlich froh darüber war, ihn los zu sein, und daß sie keine große Lust hatte, sich um ihn zu kümmern. Was sie dazu veranlaßt hatte, ihn ins Krankenhaus einweisen zu lassen, war die Tatsache, daß das Wechseln der Windeln immer mehr zum Problem wurde; jahrelang hatte sie ihm Säuglingsgrößen verpassen können (er war wirklich nicht dick), doch als er anfing zu wachsen, mußte sie eine Erwachsenengröße für ihn nehmen, und das war eben zu teuer.

Sie kam mit einem farb- und geruchlosen Galan, den der Junge zutiefst verabscheute (das hatte er mir selbst gesagt) und der in den fünf Minuten, die sie im Zimmer des Kindes verbrachte, im Flur blieb (das hatten die Krankenschwestern mir erzählt).

Ich stand in der Tür des Behandlungsraums. Der Kleine – ich kann mich einfach nicht mehr an seinen Vornamen erinnern –

war, mit einem etwas zu großen Schlafanzug bekleidet (weil er täglich zwei bis drei Schlafanzüge schmutzig machte, zog man ihm an, was da war), im Flur und spielte mit einem anderen Kind aus dem Krankenhaus. Die Kleinen himmelten ihn an, weil er ganz folgsam war und absolut unfähig zur Brutalität. In diesem Augenblick habe ich eine Frau von mittlerer Größe mit kurzem, strohblondem, im Nacken klebendem Haar und einem zu kurzen, schlechtsitzenden Kostüm hereinkommen sehen, hölzernes Gesicht, zusammengekniffene Lippen, eine seltsame Mischung aus Kälte und Vulgarität (ich glaube mich zu erinnern, daß sie hochhackige Schuhe trug). Ein pomadiger Kerl mit schmalem Schnurrbart, spindeldürr, in einen viel zu engen Anzug gezwängt, folgte ihr auf dem Fuß, einen Regenmantel überm Arm. Die Frau rief das Kind plötzlich beim Vornamen und schrie: »Was tust du da? Lauf nicht im Flur herum, du störst! Geh in dein Zimmer!« Der Kleine hatte sich umgedreht, als sie hereinkam, und sich in ihre Richtung bewegt. Als er sie hörte, blieb er jäh stehen, sein ewiges Lächeln erlosch für den Bruchteil einer Sekunde, dann spielte er mit seinem Kameraden weiter, und sie sind ins Krankenzimmer gegangen. Sie hatte nicht eine einzige Geste für ihn, nichts, was darauf hinweisen konnte, daß sie seine Mutter war und er ihr Kind.

Als sie an mir vorbeiging, habe ich gehört, wie sie sagte: »Ich habe doch gewußt, daß sie nichts mit ihm machen würden!« Ihr Galan schüttelte den Kopf wie ein Filzhund auf einer Ablagefläche und zog dazu einen Flunsch unter seinem Schnurrbart.

An jenem Tag habe ich zum zweiten Mal ein furchtbares Gefühl gehabt, genau das gleiche, das ich kurz zuvor schon einmal hatte, als ich einem anderen Miststück den Hörer hinknallte. Ein Gefühl des Hasses von so unkontrollierbarer Stärke, daß ich jedesmal, wenn es in mir hochsteigt, zu zittern anfange.

An jenem Tag hätte ich beinahe eine Dummheit begangen. Als ich diese Frau so mit ihrem Sohn reden hörte, wäre ich am liebsten über sie hergefallen, hätte sie geohrfeigt, zu Boden geworfen, ihren Kopf gegen die Fliesen geschlagen und sie zu Tode gewürgt, und das wäre ein sehr häßlicher Tod gewesen, mit blauen Lippen, heraushängender Zunge und glasigen Augen.

Ich glaube, ich habe den Vornamen dieses Kindes nur deshalb vergessen, weil sein Vorname, so wie ihn seine Mutter im Flur ausgespuckt hatte, mit all dem Haß getränkt war, den sie ihm entgegenbrachte und durch ihn hindurch wahrscheinlich allen Männern.

Mein Gott, wie können manche Frauen die Männer doch hassen. Und wie gut verstehen sie es, sich deshalb selber hassen zu lassen.

71
Nähte

Du wäschst dir die Hände.

»Na, kleiner Mann, wie hast du es angestellt, daß du dich in einen solchen Zustand gebracht hast?«

»Er ist auf den Kirschbaum geklettert und heruntergefallen ...«

Du nimmst zwei oder drei Papierservietten aus dem Spender, du trocknest dir die Hände und kommst wieder zu mir.

»So! Komm her, damit ich dich untersuchen kann.«

Vor dir stehend, hält mich meine Mutter bei den Schultern, mir ist etwas bange zumute, ich würde am liebsten weinen. Du schiebst den Drehsessel bis zu mir hin, und du setzt dich. Dein Gesicht ist genau in Höhe von meinem.

»Wenn ich dir weh tue, sagst du es.«

*

Mein Handgelenk tut mir weh, und ich halte mich mit der anderen Hand fest. Du legst ganz sachte deine großen Hände auf meinen Arm.

»Kannst du ihn umdrehen?«

Ich versuche es. Ich kann nicht, es tut zu weh. Ich schüttele den Kopf. Deine Finger tasten langsam den Knochen unter meiner Haut ab, Zentimeter um Zentimeter. Plötzlich lebt der Schmerz wieder auf. Tränen steigen mir in die Augen.

»Ich fürchte, er ist gebrochen.«

Du streichelst mir Nacken und Wange.

»Also gut, wir werden dich in die Röntgenabteilung schikken, und in der Pause wirst du was zum Zeichnen bekommen.«

»Ist es schlimm?«

»Er hat bestimmt einen Bruch, hier, sehen Sie, der Höcker, genau über dem Handgelenk, dort hat sich der Knochen gesenkt.

Aber in seinem Alter kommt das innerhalb weniger Wochen wieder in Ordnung. Ich werde ihm den Arm in die Schlinge legen, bis er vergipst wird.«

*

»Ola! Das blutet ja, da, an der Stirn, und was hast du am Knie, schönes Kind?«

»Ich habe mich am Freitag gestoßen.«

»Was? Am Freitag? Und da hast du drei Tage gewartet, bis du hergekommen bist, um das nähen zu lassen?«

Die Fäuste in den Hüften, ein wenig schmerbäuchig in deinem Kittel, wirfst du mir einen erzürnten Blick zu.

»Nein, nein, am Freitag, das war das Knie. Die Stirn, das war vorhin, ich habe mit meinen Freundinnen auf dem Platz gespielt, und Annette und ich sind zusammengeprallt ...«

Ich falte das Stück mit Blut getränkter Watte zusammen und drücke es wieder auf meine Augenbraue. Du nimmst mir die Watte aus den Händen.

»Laß das, du Rindvieh, die Watte bleibt an der Wunde kleben! Kompressen müssen da drauf. Oder ein sauberes Taschentuch. Du mußt stark drücken, dann hört es auf zu bluten. Komm her.«

Du zeigst auf einen weißen Stuhl neben dem Waschbecken. Auf dieser Seite des Raums, verdeckt von sehr großen, mit grüngestreiftem Stoff bespannten Regalen, steht ein hoher Untersuchungstisch, auf dem ein Plastiklaken liegt. Ich setze mich auf einen Schemel, der neben dem Spülstein steht, dem Tisch gegenüber.

»Ist die Wunde tief? Muß sie genäht werden?«

Du schüttest Wasser in einen Metallbecher, flüssige Seife ins Wasser.

»Das werden wir sehen. Und deine Freundin, ist die auch verletzt?«

Du tränkst eine sterile Kompresse mit der antiseptischen Flüssigkeit und kommst damit zu mir.

»Nein, sie hat nichts.«

»Neige den Kopf nach hinten.«

Du legst die Kompresse auf meine Stirn.

»Sticht es?«

»N-nein, es geht!«

*

Du wirfst die Kompresse in den Abfalleimer, der mit einem Sack aus blauem Plastik ausgeschlagen ist. Du tränkst eine andere Kompresse mit dem warmen Wasser, du fängst von vorne an. Du reibst etwas fester. Auf dem Tisch liegend, hebe ich den Kopf, um zu schauen.

»Du siehst, die Watte, das klebt ... Und du hast jede Menge kleiner Kieselsteine in der Wunde ... Oder bist du mit deinem Rad gestürzt? Ich wette, auf dem Platz vor dem Bürgermeisteramt ... Tu ich dir weh?«

»Nicht allzusehr.«

Während du die Kompresse wegwirfst, um eine andere zu nehmen, spüre ich, wie etwas über meinen Schenkel läuft.

»Es blutet!«

»Beweg dich nicht, es ist nichts. Drück fest drauf, dann wird es aufhören.«

Du legst die Kompresse auf meinen Schenkel und hältst meinen Zeigefinger darauf. Als ich drücke, tut es weh, aber ich habe Angst, daß es wieder zu bluten anfängt, also drücke ich fest.

»Gut! Nun, ich werde die Wunde mit zwei oder drei Stichen nähen müssen.«

»Ach ja? Wird das weh tun?«

»Sehr! Aber wenn wir es nicht tun, werden wir schneiden müssen ...«

Ich schaue dich an, du lächelst mir schelmisch zu.

»Gut, einverstanden.«

*

Du beugst dich vor, du nimmst vom unteren Brett des Beistellwagens eine Metalldose, du stellst sie neben mich auf den Spülstein und machst sie auf. Sie enthält Metallinstrumente, eine Schere, ein Skalpell, ich weiß nicht, was noch. Mein Herz rast und setzt aus.

»Ist es tief? Sieht man den Knochen? Dabei habe ich mich nicht stark gestoßen ...«

Aus einem kleinen Schubladenschrank nimmst du einen winzigen Plastikumschlag, du schneidest ihn auf und läßt seinen Inhalt in die Instrumentendose fallen.

»Wenn die Haut in ihrer ganzen Dicke aufgeplatzt ist, sieht man an dieser Stelle immer den Knochen. Haben Sie Angst?«

Ich antworte nicht. Ich fühle mich nicht wohl. Mir ist heiß, mir dreht sich alles, ich sehe nur noch verschwommen.

»Es dreht sich, als ob ich fallen würde ...«

»Ah. Kommen Sie, legen Sie sich hin, dann wird es besser.«

Ich stehe auf, meine Beine knicken mir weg, ich habe den Eindruck, ein Sack Zement zu sein. Du stützt mich, du hebst mich hoch, du legst mich auf den Untersuchungstisch.

»Das wird vorübergehen.«

Du mißt meinen Puls, du schaust auf deine Uhr. Ich habe einen trockenen Mund, aber ich spüre, daß es sich weniger dreht.

»Für einen Mann in meinem Alter ist es dumm, wenn man ohnmächtig wird ...«

»Es gibt kein passendes Alter, um ohnmächtig zu werden.«

*

Ich stöhne, ich mache die Augen auf, ich mache sie wieder zu. Ich fahre mir mit der Hand an die Stirn. Ich betupfe sie mit dem kleinen Taschentuch, das ich seit vorhin ständig drücke. Ich höre, wie du auf die andere Seite des Raums gehst, dann wieder zu mir zurückkommst.

»Wenn Sie liegen, haben Sie nichts zu befürchten. Kommen Sie, so liegen Sie bequemer.«

Du hebst meinen Kopf und legst mir ein kleines, festes Kissen unter den Nacken.

»Gut! Können wir anfangen?«

Ich mache die Augen auf. Ich seufze.

»Muß es sein?«

Du schiebst den Beistellwagen an den Untersuchungstisch, du ziehst den hohen Schemel heran und setzt dich darauf, du beugst dich herunter, richtest dich dann wieder auf, ein langes Etui in der Hand. Du machst es auf, um zwei Handschuhe herauszuziehen. Du streifst den linken über, dann den rechten; du ziehst an den Stulpen, die klatschend zurückschlagen.

»O ja, es muß sein! Es ist zwar nicht sehr tief, aber es ist groß, und wenn es nicht genäht wird, besteht in Ihrem Alter die Gefahr, daß Sie ein Geschwür am Bein bekommen ...«

»Mein Gott! Wird es weh tun?«

»Ich werde Ihnen eine örtliche Betäubung machen. Sie werden nur die Spritzen spüren. Sind Sie gegen Tetanus geimpft?«

»Mein Gott. Das ist schon Jahre her. Überlegen Sie mal, in meinem Alter! Ist es schlimm?«

Du nimmst eine Spritze, eine Nadel, ein kleines Glasfläschchen, das mit einer durchsichtigen Flüssigkeit gefüllt ist.

»Solange man es weiß, nein ... Wenn es länger als zehn Jahre her ist, steht Ihnen ein Serum und eine Impfung zu.«

»Mein Gott, alles zusammen!!!«

Du legst das Fläschchen wieder hin. Du richtest die Spritze zur Decke und drückst auf den Kolben. Ein Tropfen perlt an der Spitze der Nadel.

»Fangen wir an? Es piekst.«

Ich beiße die Zähne zusammen.

*

»Spüren Sie etwas?«

Ich spüre, wie die Flüssigkeit die Hautfalte zwischen Daumen und Zeigefinger dehnt, ich drehe den Kopf um, ich mache den Hals lang, ich sehe, daß es an der Stelle, an der du das Serum injiziert hast, anschwillt. Du ziehst die Nadel heraus. Ich schwitze dicke Tropfen.

»Ein bißchen ...«

»Ich mache jetzt dasselbe auf der anderen Seite, damit es völlig gefühllos wird.«

»Machen Sie schon, das wird mir in Zukunft eine Lehre sein!«

Jetzt ziehst du den Zeigefinger vom Mittelfinger weg und drückst die Nadel in die Hautfalte, die die beiden voneinander trennt. Ich presse die Zähne aufeinander.

»Sie werden gleich nichts mehr spüren.«

Du drückst auf den Kolben der Spritze. Nach einigen Augenblicken spüre ich meinen Finger nicht mehr. Ich stoße einen tiefen Seufzer der Erleichterung aus.

»Das muß Ihnen ja sauweh getan haben!«

»Ja, und es ist meine eigene Schuld, ich habe versucht, ihn mit einer Zange herauszuziehen, aber ich bin Rechtshänder, und deshalb konnte ich natürlich nicht ziehen. Also habe ich gedrückt, und da war es noch schlimmer: Ich hätte ihn auf der anderen Seite herausholen müssen, aber es tat zu weh. Wenn ich daran denke, daß ich das normalerweise im Handumdrehen rausziehe, macht es mich fuchsteufelswild!«

»Es ist immer einfach, wenn man's nicht an sich selber macht. Aber sagen Sie mal ...«

Du schaust mir fest in die Augen.

»Ich habe nie geangelt, deshalb frage ich mich ... Wie schafft man es, sich einen Angelhaken in den Finger zu treiben?«

72
In einem kleinen Notizbuch

Hausbesuche Sonntag:

Jules Gavarry, Deuxmonts (Dr. Boulle), Ischias – in der Nacht vom Samstag auf Sonntag habe ich ihm eine entzündungshemmende intramuskuläre Spritze gegeben, aber er wollte unbedingt in aller Frühe zu irgendeiner Warenmesse fahren, deshalb wirst du ihn vermutlich diese Woche nicht wiedersehen, ich hoffe, er muß nicht allzusehr leiden, er hatte immerhin sechshundert Kilometer zu fahren

Armand Duras, Sainte-Sophie (Dr. Jardin) plötzliche Herzinsuffizienz – ich habe seine Tochter gebeten, Sie am Dienstag anzurufen, wenn es ihm nicht bessergeht

Arnaud Belletto, Marquay (Dr. Boulle), Grippe

Janine Daudet, Saint-Jacques (Dr. Jardin), Totenschein

Lucienne Darrieussecq, Langes (Dr. Carrazé), Unterleibsschmerzen – ich weiß nicht, was man von diesem Unwohlsein halten soll, das sie auf der Toilette überkommen hat, ich habe keine Erklärung dafür, aber als ich sie untersuchte, fühlte sich ihr Bauch hart an, ich frage mich, ob ihr Grimmdarm nicht eingehend untersucht werden sollte

Konsultationen Sonntag:

Norbert Ferry, »La Robertine« (Deuxmonts) Asthmaanfall

Madame??? (Saint-Jacques)

Mathieu Valabrègue (Play) Nähen

André Alferi (Play), operative Entfernung eines Angelhakens

Roselyne Mémoire, Marquay (Dr. Boulle) – weißt du, wer das ist? Ach, du kennst die Familie? Das Mädchen steckt ganz schön im Schlamassel, und ich bin in einer ganz dummen Situation, weil man jemanden haben müßte, der sich des Mädchens annimmt. Es sah so aus, als wäre es ihr lieber, wenn ich das für mich behielte, aber das hat mich dermaßen erschüttert, daß ich mir gesagt habe, darüber muß ich mit dir reden ...

73
In einem neuen Notizbuch

16 Uhr 25
Ich warte darauf, daß mich ein Patient anruft, um mir zu sagen, wann er seine letzte Tetanus-Impfung bekommen hat.

Gestern abend um elf Uhr ruft mich ein Feuerwehrmann an, er war nicht im Dienst, sondern zu einem Abendessen bei seinen Eltern. Sein Töchterchen spielte mit ihrer etwas größeren Kusine mit den Puppen, sie waren unter den großen Tisch gekrochen, zwischen die Beine der Eltern, zum Spielen ist das ja viel, viel besser. Als sie weggehen wollen, suchen die Eltern nach ihr, schließlich finden sie sie, doch die Kleine will nicht herauskommen, sie fühlt sich wohl dort unten, sie will bleiben. – Los, komm schon! Wir gehen. – Nö, ich will spielen! Aufgebracht schnappt sie der Vater, die Kleine zappelt, er zieht, sie windet sich, sie stößt einen Schrei aus, ihr Arm ist steif, und die Mutter ruft: Das mußte ja so kommen, weil er mit seinen großen Pranken einfach zulangt, hat er ihr womöglich etwas gebrochen! Das Kind bewegt den Arm nicht mehr, berühren darf man sie nicht, sie brüllt, sobald man ihr näher kommt. – »Sollen wir sie ins Krankenhaus bringen?« – »Na ja, man könnte vielleicht zuerst mal den Arzt aufsuchen!«
Als sie hereinkommen, ist der Feuerwehrvater ganz betreten, er drückt seine Tochter an sich, sie ziert sich, sie wimmert, aber sie paßt genau auf, was abläuft, sie weiß genau, daß sie ihn jetzt gängeln kann, diesen Kraftmeier, der ihr weh getan hat.

Sie war noch keine drei Jahre alt, sie war herzig, dunkelhaarig, mit großen kastanienbraunen Augen, als ich sie gesehen habe, sagte ich mir, so eine hätte ich auch gern gehabt, wenn ich nicht ein Kreuz über das Thema gemacht hätte.

Sie hat mich mißtrauisch angesehen, ich habe sie ebenfalls angesehen, ich habe meine Nummer abgezogen und so getan, als gehörte ich zu denen, die sich nur für Erwachsene interessieren, und während ihr Vater mir sein Verbrechen in allen Einzelheiten gestand, spielte ich mit der bunten Spezialklapper mit den drei Bällen, der niemand widerstehen kann, wenn sie auf der Tischkante liegt, nicht einmal die kinderreichen Mütter, die immerhin schon ganz andere Dinge gesehen haben. Nach zwanzig Sekunden streckt die Kleine die linke Hand aus, packt die Klapper und schwenkt sie in alle Richtungen, wie es gedacht ist. Ihr rechter Arm rührt sich nicht, das Handgelenk bewegt sich ein wenig, das ist aber auch alles. Während der Vater spricht und die Kleine spielt, lege ich einen Daumen auf ihre Armbeuge, nehme vorsichtig das rechte Handgelenk, drehe es ein wenig, biege den Unterarm, ich spüre den Sprung des ausgerenkten Knochens, der wieder seinen Platz einnimmt, die Kleine stößt einen leisen Schrei der Überraschung aus, springt von den Knien ihres Vaters herunter, entfernt sich und merkt nicht einmal, daß sie wieder mit beiden Händen spielt. Solche möchte ich jeden Samstag haben, und sogar jeden Tag. Aber das wäre zu schön.

Um 11 Uhr 45 heute vormittag ist ein etwa achtzehn- bis zwanzigjähriges Mädchen gekommen, blond, sanftmütig, hartnäckig schweigend, in Zeitlupe gehend, man könnte meinen, jemand hätte sie auf Kopf geschlagen oder irgend etwas läge ihr schwer auf dem Gehirn. Sie kommt wegen einer Nachimpfung, sie hält mir ihren Gesundheitspaß hin, zieht die Schachtel mit dem Impfstoff aus der Tasche ihres Regenmantels, und ich wundere mich: eine Impfung, an einem Sonntag? Ihr vorstehender Bauch und ihre Brust lassen keinen Zweifel zu, ich sage: »Wie lange her?«, aber sie schaut mich an, ohne zu verstehen, darauf komme ich mir ganz blöd vor, ich sage mir, daß ich mich irre, daß ich etwas Dummes gesagt habe, ich werde rot, ich nehme den Gesundheitspaß, sie ist sechzehneinhalb Jahre alt, sieht aber deutlich älter aus, ihre Haare sind schmutzig, und sie macht einen müden Eindruck, ich sage ihr, daß ich sie zuerst einmal untersuchen werde: Behalten Sie Ihre Hose an, legen Sie sich hin, sie tut es. Ihre Brüste quellen aus dem Büstenhalter, und angesichts des Wanstes, der braunen Linie, des fächerartigen Nabels, weiß ich, daß ich nicht geträumt habe. Ich lege die Hand auf ihren Bauch, nichts bewegt sich, ich nehme das Stethoskop, ich lausche, ich höre etwas, das Herz schlägt, es scheint alles in Ordnung zu sein, ich lege von neuem meine Hand auf ihren Bauch, und ich spüre einen Arm darunter, ich schaue sie an, sie sagt nichts, sie bleibt ausdruckslos, passiv, abwesend.

Schließlich sage ich:

»Ich glaube nicht, daß wir Sie jetzt wieder impfen sollten.«

»Nein? Warum nicht?« sagt sie mit monotoner Stimme.

»Diese Art Impfung wird bei schwangeren Frauen nicht gemacht.«

Sie schaut mich mit dem gleichen abwesenden Ausdruck an, sie sagt nichts, ich habe nicht das Gefühl, daß sie nachdenkt, sondern daß meine Worte von ganz weit zu ihr dringen und sie gleichgültig lassen.

Ich tue nichts, ich sage nichts, ich bewege mich nicht, ich warte, aber sie schaut mich auch weiterhin mit dem erstarrten Ausdruck von jemandem an, der wartet, der viel Zeit hat. Nach einem langen, langen Augenblick sagt sie: Kann ich mich wieder anziehen? Ich sage ja, ich frage mich, was sie tun wird, was sie mich fragen wird, sie zieht sich wieder an, sie nimmt ihren Gesundheitspaß und ihren Impfstoff wieder an sich, steckt alles in die linke Tasche ihres Regenmantels, nimmt ihren Geldbeutel aus der rechten Tasche: »Was macht das?«, und ich, verblüfft: Sie haben Ihre Schwangerschaft noch nicht gemeldet, nicht wahr? Soll ich die Papiere ausstellen?

Sie schüttelt heftig den Kopf.

»Nein.«

»Sie wollen nicht?«

»Nein. (Sie macht wieder ihren Geldbeutel auf.) Was macht das?«

Ich wollte nicht, daß sie mich bezahlt, sie wollte nicht gehen, ohne mich bezahlt zu haben. Sie stand da, reglos, eigensinnig, einen Geldschein in der Hand, sie rührte sich nicht, ich mußte ihr schließlich das Kleingeld zurückgeben. Sie hat danke gesagt und ist weggegangen. Ich kenne ihren Namen, ich weiß, wo sie wohnt, ich weiß, wer ihr Hausarzt ist (ich habe das alles in ihrem Gesundheitspaß gelesen), aber ich wußte nicht, was ich tun soll, und ich weiß es immer noch nicht.

74
Der verhinderte Arztbesuch
Vierte Episode

Die Kleine quengelt noch, man hat sie nicht lange genug spazierengefahren, damit sie einschläft. Maurice schiebt den Kinderwagen, er ist kräftiger, da ist es gleichmäßiger. Es sind nicht viele Autos auf der Straße, es ist früh, das Wetter ist schön, es ist noch heller Tag, die Leute haben bei diesem Wetter keine Lust, nach Hause zu gehen. Trotzdem ist es etwas kühl, doch für diese Jahreszeit ist das eigentlich nicht verwunderlich.

Wir kommen an der Tür der Arztpraxis vorbei. Die Läden sind geschlossen, aber ein weißes Auto parkt im geteerten Hof. Es ist sicher das von Monsieur Troyat, das wird langsam zur Gewohnheit, er glaubt wohl, er sei hier zu Hause, weil er gleich nebenan wohnt, und manchmal, wenn er Besuch von der Familie bekommt, parken sie alle hier. Gut, sonntags hat das keine allzu große Bedeutung, weil du nicht arbeitest, es sei denn, du hast Bereitschaftsdienst, aber heute weiß ich, daß das nicht der Fall ist, weil in der Zeitung von gestern gestanden hat, daß es der Doktor aus Lavinié ist. Es wundert mich übrigens, daß ich ihn nicht vorbeifahren sah, gewöhnlich ist er dauernd unterwegs, wenn er Bereitschaftsdienst hat, allerdings muß man dazu sagen, daß der Kanton groß ist und daß die Leute sich den Sonntag zunutze machen, um den Arzt anzurufen, weil sie sicher sein können, daß er noch am selben Tag kommt, dann brauchen sie nicht stundenlang im Wartezimmer zu sitzen. Es gibt wirklich Leute, die nichts anderes zu tun haben, als sonntags den Arzt zu rufen.

Dein Schild ist trüb geworden. Es müßte einmal feucht abgewischt werden, bei all den Autos, die vorbeikommen. Mit der Zeit wird es natürlich schwarz. Außerdem sind die Schrauben verrostet. Die Kleine weint, ein kleiner Windstoß hat die Decke zurückgeschlagen. Ich sage zu Maurice, daß er sie zudecken soll, aber er hört mich nicht. Er hört mich nie, wenn ich mit ihm spreche. Außerdem, was hat er nur, daß er so schnell geht? Er weiß wohl noch nicht, daß mir das Knie weh tut? Ich hole ihn ein, ich halte ihn an. Ich höre undeutlich das Geräusch einer Autotür hinter uns, das Geräusch eines Motors. Ich richte die Decke der Kleinen, damit ihr nicht kalt wird. Sie hat ganz rote Wangen, doch ihre Hände sind eisig; zum Glück habe ich ihr die Wollmütze aufgesetzt, sie darf sich auf keinen Fall erkälten, die Schwiegertochter würde mir Vorwürfe machen, daß ich sie nicht gut genug zugedeckt habe.

Das weiße Auto fährt aus dem Hof, kommt nahe an uns vorbei, und am Steuer sitzt du. Mir bleibt kaum Zeit, dich zu erkennen, du grüßt mich, wie du es immer tust, obgleich ich noch nie deine Patientin war, und schon bist du weg, du verschwindest an der Ecke, auf der Landstraße nach Lavinié.

Na, so was. Also hast du doch Sonntagsdienst! Aber daß du zu Hause warst, muß man erst einmal wissen! Hättest du die Läden aufgemacht, hätte ich Bescheid gewußt und wäre hineingegangen, weil ich schon so lange mal vorbeikommen soll, ich hätte zu Maurice gesagt, daß ich wegen der Kleinen eine Auskunft haben will. Ach, verdammt! Jetzt niest sie. Ich wußte es, ich wußte es, ich wußte es. Und die Schwiegertochter hat zu mir gesagt, daß sie sie um Punkt fünf abholt. Es wird so sein wie sonst auch, sie werden auf einen Sprung vorbeischauen, damit sie vor Einbruch der Nacht wieder zu Hause sind, und es wird nicht ausbleiben, daß sie mich anruft, wenn wir beim Abendessen sitzen, um mir zu sagen, daß die Kleine Fieber hat, daß ich nicht mit ihr aus dem Haus hätte gehen sollen, obwohl die Sonne schien, auch wenn es ein wenig frisch war. Wenn sie nur etwas später zurückgekommen wären, hätte sie ihren Fieberanfall zu Hause gehabt. Ich hätte dich anrufen können, Maurice hätte nichts gesagt, weil der Sohn eine gute Zusatzversicherung hat. Auf jeden Fall, wenn der Arzt für ein Kind kommt, rührt sich Maurice nicht vom Fernsehgerät weg, ich hätte die Gelegenheit genutzt, um mit dir zu reden. Wenn er gewußt hätte, daß es für mich ist, wäre ich ihn unmöglich losgeworden, er will alles hören. Wo ich einmal den Arzt im Haus hätte haben können, ohne daß Maurice mir auf der Pelle sitzt, ich habe eben kein Glück!

75
Pauline Kasser

Ich höre eine Autotür zuschlagen, ich öffne die Tür, ich laufe Ihnen entgegen, ich springe Ihnen an den Hals, ich küsse Sie, Sie lassen Ihre Tasche los, Sie umschlingen mich.

»Mmmhh ... Was für ein Empfang!«

Ich schaue Sie an. Sie sind müde, ich sehe es an Ihren Augen. Ich beiße mir auf die Lippen.

»Es tut mir leid, gerade ist wieder ein Anruf gekommen.«

Sie schauen auf die Uhr.

»Der plötzliche Temperaturanstieg von halb sechs?«

Ich lächle, ich schüttle den Kopf.

»Was wollen Sie damit sagen?«

»Sonntags ruft man mich fast immer um halb sechs zu einem Kind, das Fieber bekommen hat. In der Regel geht es den Kindern morgens gut, mittags essen sie bei der Großmutter oder der Tante zu Mittag, nachmittags rennen sie im Garten herum oder schauen mit den Vettern fern, und am späten Nachmittag fangen sie dann an zu klagen, Kopfschmerzen, Bauchschmerzen, sie frösteln, sie kotzen ins Auto, und weil am nächsten Tag Schule ist, ruft man den Arzt ...«

»Nein, es ist etwas anderes ... Es ist eine Dame, die auf der anderen Seite der Brücke wohnt ...«

Ich sehe, wie du erstarrst.

»Monsieur Guilloux. Geht es ihm nicht gut?«

»Genau. Seine Frau wollte Sie um einen Rat bitten ...«

»Ah ... Ich fahre zu ihr, es ist nicht weit.«

»Nein, nein, sie wollte nicht, daß Sie sich bemühen, sondern nur, daß Sie zurückrufen. Sie will Sie nicht stören.«

»Einverstanden ... Hat sie hier angerufen?«

»Ja, ich war erstaunt, aber sie hat mir gesagt, Sie hätten ihr die Telefonnummer gegeben.«

»Ich habe ihr gesagt, daß sie mich notfalls zu jeder Tageszeit anrufen könne ... Es sind Leute, die nie um etwas bitten. Sie wollen nie stören. Ihn habe ich noch nie klagen hören, dabei hat er ganz schön was durchzumachen.«

Ich nehme Ihre Tasche, Sie legen Ihren Arm um meine Schulter, und wir gehen gemeinsam auf das Haus zu.

»Er hat Kehlkopfkrebs. Als ich ihn das erste Mal sah, dachte ich, er würde in meinen Armen sterben. Am nächsten Tag hat man eine Bronchoskopie gemacht, und drei Tage später wurde er operiert. Seitdem kann er nicht mehr sprechen, er atmet durch eine im Hals angebrachte Kanüle ... Es ging ihm nicht schlecht, er war natürlich abgemagert, doch er bastelte auch weiterhin und bestellte seinen Garten. Letzte Woche hat er eine Bronchitis bekommen, was ihn stark belastet. Er bleibt in seinem Sessel sitzen, weil er unter großer Atemnot leidet, und der Schleim muß ihm mit einem Plastikschlauch, der in die Kanüle eingeführt wird, abgesaugt werden ...«

Ich beginne zu frösteln. Sie drücken mich an sich.

»Ich sollte Ihnen das alles nicht erzählen.«

»Richtig. Zensieren Sie sich, das ist ja so viel besser!«

Wir gehen ins Haus. Sie steuern auf das Telefon zu. Sie legen die Hand auf den Hörer, Sie lesen die Nummer, die auf dem Block steht, Sie schauen auf.

»Vielleicht fahre ich trotzdem hin ... Es macht Ihnen doch nichts aus?«

»Und ob mir das was ausmacht! Wenn Sie Ihre Zeit lieber mit einem kranken Mann als mit mir verbringen, dann ist das skandalös! Unterdessen sitze ich hier herum und warte auf Sie wie eine Blöde. Ich hätte besser daran getan, mich in einen Beamten zu verlieben ...«

Sie schauen mich unsicher an. Ich nehme Ihre Hand.

»Rufen Sie Madame Guilloux an, Bruno ...«

Ich gehe ins Zimmer, ich stelle die Tasche auf den Stuhl. Ich hole eine Cordhose aus dem Schrank, die ich an den Fenstergriff hänge, dazu ein Hemd, Socken, einen Slip und einen Pullover, die ich aufs Bett lege.

Ich gehe aus dem Zimmer. Sie legen den Hörer auf. Sie lassen die Hand darauf liegen. Sie schauen hoch.

»Sie hat große Mühe, ihm den Schleim abzusaugen, er muß dabei husten, und das erschreckt sie ein wenig, sie hat Angst, ihm weh zu tun. Und trotzdem will sie nicht, daß ich hinfahre. Sie sagt, daß sie allein zurechtkommt.«

»Wollte sie wissen, wie es gemacht wird?«

»Nein, das weiß sie. Doch wenn man den Leuten den Schleim absaugt, ruft das bisweilen schreckliche Reaktionen hervor, man hat das Gefühl, ihnen die Lunge herauszureißen, sie werden vor Schmerz ganz blau ... Er hingegen sagt nichts, er läßt sie machen, aber es tut ihr ebenso weh wie ihm. Sie wollte, daß ich sie beruhige. Ich weiß nicht, ob es mir gelungen ist.«

»Hat sie Sie gebeten, vorbeizukommen, ja?«

»Mmmhh ... Nein ... Doch ... Ich weiß nicht.«

Ich trete nahe an Sie heran. Ich lege meine Hand auf Ihre Wange. Ihr Gesicht ist verkrampft, gespannt.

»Sie sollten sich duschen und umziehen.«

»Meinen Sie? Ich kann wieder einen Anruf bekommen ...«

»Ich weiß. Na und? Das Leben ist riskant.«

Sie lächeln, Sie nicken. Ich ziehe Ihnen den Pullover aus, Sie lassen alles mit sich geschehen. Ich knöpfe Ihr Hemd auf. Ich stoße Sie ins Zimmer. Während Sie sich weiter ausziehen, drehe ich das Wasser auf und reguliere die Temperatur.

76
Die Nachbarin von nebenan (Ende)

Es läutet am anderen Ende der Leitung. Zweimal, dreimal, so was, sie beeilt sich nicht.

»Hallo?«

»Germaine? Hier ist Martine.«

»Ah, du bist's!«

»Wie geht's?«

»Frag mich lieber nicht! Tante Jeanne und Onkel Antoine sind gerade heimgefahren.«

»Was? Sind die dagewesen?«

»Ja, sind sie, das hättest du auch nicht gedacht, wie? Wo sie schon so lange nicht mehr mit Mama gesprochen haben!«

»Wie waren sie?«

»Fast liebenswürdig. Aber ich glaube, sie wollten vor allem wissen, welcher Notar sich um die Erbschaft kümmert, weil Mama Großvaters Äcker geerbt hat, und danach sind nur noch sie da ... Na ja, außer dir und mir, weil deine Mutter schon tot ist und weil Blandine, die ja überhaupt nichts mitkriegt, nicht wirklich zählt ...«

»Was hast du ihnen gesagt?«

»Daß wir uns beim Notar sehen würden. Denn ich glaube nicht, daß wir sie bei der Beerdigung sehen werden ...«

»Ah.«

»Na ja, so ist das eben. Aber mir reicht's wirklich. Sie war zwar meine Mutter, aber sie hat mich bis zum Schluß ganz schön fertiggemacht! Wenn sie sich nicht in den Kopf gesetzt hätte, an einem Sonntag zu sterben, hätte ich nicht so viele Leute gesehen, die sich die Klinke in die Hand geben!«

»Ja, und außerdem hättest du nicht auf den Arzt zu warten brauchen ...«

»Erinnere mich nicht daran! Weißt du, um wieviel Uhr er gekommen ist?«

»Ja, du hast es mir vorhin gesagt, so gegen halb elf.«

»Ja, aber ich hab dir den Rest nicht erzählt, denn seit vorhin war es ein ständiges Kommen und Gehen, die Leute sind ja sehr nett, aber wir werden sie nicht vor Mittwoch beerdigen, also hätten sie auch morgen oder übermorgen kommen können. Aber nein! Sie mußten heute kommen, als würde sie davonfliegen! Ha, solange sie gelebt hat, fanden sich nicht viele, die sie besucht haben, aber jetzt, wo sie tot ist, kommen sie alle, um ihr ein Beerdigungsgesicht zu zeigen. Als ob sie sie hätte sehen können!«

»Und der Arzt?«

»Was? Ach ja, der Arzt, er ist um halb elf, fast Viertel vor elf gekommen, er sah sehr schick aus, als er aus seinem Auto gestiegen ist, man hätte meinen können, er hätte im Lotto gewonnen, ich fand das doch etwas stark, wo wir so lange auf ihn gewartet haben, ich brauche dir also nicht zu sagen, daß ich ihn auf Trab gebracht habe. Ich sagte zu ihm: ›Nur keine Eile! Da kann man ruhig sterben, das ist ja kein Notfall mehr! Vor allem, wenn man nicht zu Ihrer Kundschaft gehört!‹«

»Was hat er gesagt?«

»Er hat mich mit runden Augen angesehen, er fiel aus allen Wolken, so ein Schauspieler, glaub mir! Aber er ist ganz kleinlaut geworden, das kann ich dir sagen!«

»Und dann?«

»Und dann hat er gefragt, warum ich so mit ihm rede, ich sah schon den Moment kommen, wo er aufbrausen würde, wie sie das ständig tun, aber nein, er ist sanft geblieben wie ein Lamm ...«

»Er hat wohl gespürt, daß du ihn bei einem Fehler ertappt hast.«

»Von wegen! Er hat sogar zu mir gesagt, daß es nicht seine ... diese Frau war, die den Anruf entgegengenommen hat, sondern ein Sekretariat, und daß man ihm erst um halb zehn Bescheid gesagt habe, na ja, ich weiß nicht, was er mir alles erzählt hat, ich habe das nicht so richtig verstanden, aber es war bestimmt ein Ablenkungsmanöver ...«

»Bestimmt.«

»Und dann hat er mich gefragt, warum ich so wütend bin, angeblich mußte er noch andere Krankenbesuche machen, bevor er zu Mama kam, und ich habe ihm gesagt, daß ich es nicht leiden kann, wenn man mir Geschichten erzählt, ich wüßte genau, daß das nicht stimmt, und wenn du sein Gesicht gesehen hättest, als ich ihm gesagt habe: ›Meine Kusine wohnt nämlich bei Ihnen gegenüber, und die hat genau gesehen, daß Ihr Auto sich den ganzen Morgen nicht von der Stelle gerührt hat, bis Sie eingestiegen sind, um hierher zu fahren!‹ Da hat er nichts mehr gesagt, er hat sie sehen wollen, worauf ich zu ihm gesagt habe, daß er Glück hat, daß Sonntag ist und mein Arzt keinen Sonntagsdienst hat, sonst hätte ich ihn nämlich auf der Stelle rausgeschmissen ...«

»Außerdem hättest du ihn gar nicht erst gerufen!«

»Stimmt!«

»Und dann?«

»Dann habe ich zu ihm gesagt, daß er uns schnell den Totenschein ausstellen soll, weil wir sie anziehen müßten, und wenn man zu lange wartet, wäre es kein Zuckerschlecken. Ich weiß nicht, wann Mama gestorben ist, heute nacht habe ich noch gehört, wie sie aufgestanden ist, um Pipi zu machen, aber ich weiß nicht, um wieviel Uhr das war, daher, zu sagen, wann es passiert ist ... Gut, sicher ist jedenfalls, daß sie noch ganz warm war, als ich sie gefunden habe, ich hab nicht einmal dran geglaubt, siehst du, man hätte meinen können ... daß sie friedlich schlief, huhuhu ...«

»Ach, du Ärmste«, sage ich. »Du hast deine Mama liebgehabt ...«

»Ach, wem sagst du das. Die letzte Zeit war es schrecklich, sie hat nichts mehr begriffen, überhaupt nichts mehr, sie hat sich ständig mit mir gestritten, sie hat immer hinter mir her geschimpft wie früher, als ich klein war. Du hast dies nicht gemacht, Du hast jenes nicht gemacht, Das darf man nicht so machen, Auf die Weise wirst du deinen Haushalt nie in Ordnung halten, Mein armes Kind, ich verstehe nicht, wie du dich wieder anstellst. Mein armes Kind ... Sie sagte das ständig zu mir: ›Mein armes Kind!‹ Blandine hingegen, wenn die einen Topf umstieß oder an ihre Nähschere geriet und einen Vorhang zerschnitt, zu der sagte sie nichts, sie sagte: Mein kleines Mädchen, du weißt nicht, was du tust, aber das macht nichts, du bist Mein kleines Mädchen ...«

Sie schluchzt noch stärker.

»Ach, meine arme ... meine arme Germaine ...«

Sie schnieft. Sie putzt sich die Nase. Ich warte ein wenig, dann sage ich:

»Und dann?«

»Was?«

»Na, der Arzt …«

»Ach ja, nun, er hat nichts gesagt, er hat seine Instrumententasche genommen, er ist ins Schlafzimmer gegangen und hat die Tür zugemacht, ich habe mich sogar gefragt, was er ihr wohl antun wird, gut, sicher ist jedenfalls, daß sie nichts mehr zu befürchten hatte, aber bei diesen Ärzten weiß man nie, was die sich alles einfallen lassen.«

»Da hast du recht. Letzte Woche war ich auf der Post, und da habe ich gehört, wie die alte Mutter Gallo mit dem Bürgermeister von Lavallée gesprochen hat und wie sie ihm erklärt hat, daß ihr Mann wieder ins Krankenhaus gekommen ist wegen seinem Magen und daß der Arzt gesagt hat, daß man operieren muß, sieh an, es war doch tatsächlich derselbe, der aus Play, und er hat also zu ihm gesagt, daß man ihm den Magen zu zwei Dritteln entfernen muß, weil er ein tiefreichendes Magengeschwür hat, und daß die Gefahr besteht, daß es zu bluten anfängt, und daß die Gefahr besteht, daß es Magenkrebs wird, nun, kurzum, daß man es tun muß und daß es, wenn sie ein paar zusätzliche Stunden Haushaltshilfe für ihre Großmutter bekommen könnte, für sie eine große Erleichterung wäre. Und da mischt sich doch Madame Gautier, die gerade ihre Briefmarken bezahlt hat, in das Gespräch ein und sagt: ›Also, das verstehe ich nicht, mein Schwager, der hat auch den Doktor aus Play als Arzt, und der hat zu ihm gesagt, daß er ein Magengeschwür hat, daß man ihn aber unter keinen Umständen operieren darf‹, das war natürlich peinlich …«

»Ja, das ist schon ein starkes Stück, man könnte wirklich meinen, es kommt ganz drauf an, wie ihm das Gesicht des Patienten paßt!«

»Gut, und danach, was ist dann passiert?«

»Nun, nach zehn Minuten ist er wieder rausgekommen, ich hab mich gefragt, was er treibt, ich hab meinen Ärger runtergeschluckt, ich habe mir gesagt, daß ich Mama nun bald anziehen müßte, weil, wenn sie mal zu steif ist, würde das nicht mehr gehen. Ich machte mir Gedanken, solche Gedanken, du kannst dir das gar nicht vorstellen. Ich erinnere mich, als wir Großvater tot aufgefunden haben, da war es bestimmt ein paar Stunden her, weil er schon ganz steif war, und weil er zwischen Bett und Wand gefallen war, ragte sein einer Arm hoch und sein anderer war hinterm Rücken, ich brauche dir sicher nicht zu erzählen, was es hieß, ihm Hemd und Jacke anzuziehen!«

»Aber ja, das weiß ich doch, schließlich war ich es, die ihn gefunden hat ...«

»Ach so? Bist du sicher? Ich dachte, Mama und ich waren das ...«

»Eben nicht, eben nicht. Ich wollte ihm nämlich seine Kleider bringen, die ich gebügelt hatte, und das hat mir einen ganz schönen Schlag versetzt!«

»Ach ja, mir auch, mir hat's auch einen ganz schönen Schlag versetzt, deshalb dachte ich ... Na ja, wenn du sicher bist, daß du es warst ... Nun, bei Mama hatte ich Angst, daß es genauso ist und daß ich Blut und Wasser schwitzen muß, um sie anzuziehen, aber ich wollte, daß sie vorzeigbar ist, ich wollte nicht, daß man sagt, ich hätte mich nicht um sie gekümmert, weil sie nur ihre löchrigen Nachthemden anziehen wollte, hat sie jede Woche ein Affentheater gemacht, wenn sie sie wechseln sollte, zum Glück zog sie den Morgenrock drüber, das verdeckte ... Aber tot, da kam das überhaupt nicht in Frage.«

»Und dann?«

»Und dann, nach zehn Minuten, einer Viertelstunde fast, kommt er wieder raus, schaut mich an, sagt aber nichts zu mir, wendet sich an Blandine und bittet sie, ihm zu helfen!«

»Wie? Wußte er nicht, daß sie nichts begreift? Dabei sieht man das doch!«

»Eben nicht! Der hat überhaupt nichts gemerkt! Was mich aber glatt umgehauen hat – sie ist mitgegangen!«

»Nein!«

»Doch! Ich hab zwar versucht, sie daran zu hindern, aber er hat die Tür zugemacht, und ich hab gehört, wie sie drinnen einen Heidenlärm machten ... Und ich hab mich gefragt, was treiben die bloß, und dann, auf einmal, habe ich mir gesagt: Hoffentlich mißbraucht er sie nicht. Wenn er sich geärgert hat, daß ich so mit ihm gesprochen habe, und wenn er gesehen hat, daß sie einfältig ist, könnte es ja sein, daß er sich an ihr rächt! Idiotisch, wie sie ist, würde sie uns nichts sagen können.«

»Du bist verrückt! Bist du nicht hineingegangen?«

»Eben nicht! Hab mich nicht getraut! Mama hat immer zu mir gesagt, daß, wenn der Doktor bei den Toten ist, man ihn nicht stören darf! Darauf habe ich zu Pierrot gesagt, er soll hineingehen, er hat angeklopft, er ist hineingegangen, er hat die Tür wieder hinter sich zugemacht, und dann ist er auch nicht mehr rausgekommen, aber der Krach wurde noch lauter, ich hab mir gesagt, daß, wenn es was gegeben hätte, was nicht ganz koscher war, dann hätte Pierrot bestimmt was getan.«

»Und dann? Und dann?«

»Und dann, nach gut fünfundzwanzig Minuten, sind sie auf einmal rausgekommen. Pierrot hat ihm das Badezimmer gezeigt, und sie sind sich die Hände waschen gegangen.«

»Und deine Schwester?«

»Sie saß im Schlafzimmer auf einem Stuhl, sie sagte nichts.«

»Und deine Mutter?«

»Nun … Sie lag immer noch im Bett, aber sie hatten sie angezogen. Pierrot hat mir gesagt, daß es der Doktor war, aber ich glaube das nicht, die Ärzte ziehen nie die Toten an, und außerdem war der hier viel zu wenig liebenswürdig. Angeblich soll er sie mit Blandine zusammen angezogen haben, kannst du dir das vorstellen? Wo die nicht einmal imstande ist, eine Tasse in die Hand zu nehmen, ohne sie zu zerdeppern!«

»Sie war angezogen? Deine Mutter?«

»Ja. Mit ihren schönen Kleidern, die, die sie für ihre Beerdigung wollte, sie hatte immer zu mir gesagt: ›Germaine, wenn ich mal tot bin, mach die untere Schublade auf, nimm das, was drin ist, und zieh mir das an, so will ich nämlich auf die Reise gehen.‹ Aber ich verstehe nicht, wieso sie gewußt haben, was sie ihr anziehen sollen, weil, der Arzt konnte es nicht wissen, und Pierrot hat sich nie dafür interessiert.«

»Ah, also das, das ist recht ungewöhnlich, weil, Blandine war es ganz bestimmt nicht, die es ihm gesagt hat!«

»Mit ihren drei Wörtern, nein, die ganz bestimmt nicht!«

»Ah, also das, das ist recht ungewöhnlich …«

»Nicht wahr! Es ist, wie du sagst!«

»Und dann? Und dann?«

»Und dann? Na ... das ist alles.«

»Das ist alles?«

»Nun, ja.«

»Und du hast ihn nicht gefragt, den Arzt, ob die Zusatzversicherung deiner Mutter den Hausbesuch erstatten wird? Denn sonntags ist es nicht geschenkt.«

»Nein, ich hab nicht die Zeit dazu gehabt. Er hat den Totenschein unterschrieben, ich hab ihn gefragt, was er draufschreibt, er hat geantwortet: ›Ich schreibe drauf, was draufgeschrieben werden muß‹, und dann hat er ihn zugeklebt, hat seinen Stempel draufgedrückt und hat ihn Pierrot gegeben. Und dann ist er ins Schlafzimmer gegangen, um Blandine die Hand zu geben, er ist wieder rausgekommen, hat Pierrot die Hand gegeben, hat mir zugenickt und ist gegangen.«

»Und wieviel hat er dafür verlangt?«

»Na ja, ich hab nicht mal die Zeit gehabt, ihn danach zu fragen, er war schon weg. Hinterher hat mir Pierrot gesagt, daß der hier sich für einen Totenschein nie bezahlen läßt.«

»Ah, also das, das ist recht ungewöhnlich. Da wär er aber der erste! Weil, beim Doktor aus Lavallée, sobald du von dem das kleinste Stück Papier verlangst, bezahlst du, sogar wenn er keine Zeit hat, dir den Blutdruck zu messen. Letzten Monat wurde er gerufen, damit er nach dem alten Nadeau sieht, der in seinem Hof gestürzt war, er war auf der Stelle tot, nun, er hat nicht lange gefackelt, er hat den blauen Schein ausgestellt, und weil es der Nachbar war, der ihn gerufen hatte, und weil der alte Nadeau niemanden mehr hat, hat der Nachbar in seiner Jacke herumgekramt, hat seine Brieftasche herausgeholt, und schließlich war er es, der bezahlen mußte.«

»Nun, er, siehst du, er hat sich nicht bezahlen lassen ... Aber das war bestimmt, weil er ein ungutes Gefühl hatte, daß er nicht sofort gekommen ist, als man ihn gerufen hat!«

»Ah, also das, das ist recht ungewöhnlich! Übrigens, auch von hier aus ist es recht ungewöhnlich. Schließlich hat er den ganzen Tag das Auto seiner ... dieser Frau genommen. Er kam und ging, und weil das Auto nicht viel Lärm macht, sah ich ihn, wenn ich aus dem Fenster schaute, mal zurückkommen, obwohl ich ihn nicht hatte wegfahren sehen, mal wegfahren, und ich konnte noch so sehr die Ohren spitzen – ich kann schließlich nicht meine ganze Zeit am Fenster zubringen, ich habe noch anderes zu tun –, ich hörte ihn nicht zurückkommen. Es hat mich wild gemacht, daß ich nicht wußte, ob er da war oder nicht! Und dazu noch die andere, seine ... diese Frau da, als ich sie heute morgen im Garten umgraben sah, habe ich mir gesagt: Die versteht doch nichts davon, die wird nach fünf Minuten aufhören, weil sie müde ist.«

»Und dann?«

»Na, ob du's glaubst oder nicht, sie hat es *zwei Stunden* ausgehalten! Sie hat den Boden für die Erbsen vorbereitet – sie hat sie nicht gesetzt, weil wir abnehmenden Mond haben, aber ich weiß, daß es für die Erbsen war, sie hat Drahtgeflechte angebracht – und außerdem hat sie Zwiebeln, Schalotten und Knoblauch gesetzt. Nichts anderes!«

»Das gibt's doch nicht, die läßt sich häuslich nieder!«

»Sollte man meinen. Aber das seltsamste ist, daß sie nicht einmal ganz allein in diesem Haus sind.«

»Ach so?«

»Nun ja, heute morgen, weißt du, als ich sie graben sah, habe ich mir gesagt: Sollte jemand wegen einem Notfall anrufen, das hört die nie! Daraufhin habe ich die Nummer gewählt, und da war ich ganz schön überrascht, denn man hat mir sofort geantwortet, dieselbe Stimme wie heute morgen, aber *sie* konnte es gar nicht sein, weil ich sie im Garten habe graben sehen.«

»Nun, wer war's dann?«

»Nun, keine Ahnung. Auf jeden Fall habe ich gleich aufgelegt, ich habe die Nummer noch einmal gewählt, um sicherzugehen, ich habe gefragt, ob der Doktor da ist, man hat mir gesagt, daß er einen Krankenbesuch macht, darauf habe ich wieder aufgelegt.«

»Er wird doch nicht etwa *zwei* haben?«

»Nun, keine Ahnung, aber weißt du, was man heutzutage alles zu sehen kriegt! Auf jeden Fall, der Stimme nach war es nicht seine Mutter! Und man könnte meinen, daß es ein ganzer Stall voll ist, denn ich habe etwas später, als die andere wieder im Haus war, noch einmal angerufen, aber da hat mir ein Mann geantwortet, und das konnte nicht der Arzt sein, weil sein Auto – das heißt ihr Auto – noch nicht zurückgekommen war.«

»Da versteht man rein gar nichts mehr!«

»Ja, und stell dir vor, vorhin ist noch ein Auto vor dem Haus angekommen, es ist ganz sachte gefahren, es war schon dunkel, es muß so gegen sechs, sieben Uhr gewesen sein, die Scheinwerfer waren gelöscht, und drei Männer in Regenmänteln, die nicht aussahen, als ließen sie mit sich spaßen, sind ausgestiegen, sie haben den Hof überquert, als wollten sie nicht gehört werden, und dann sind sie einfach so hineingegangen, ohne anzuklopfen.«

»Ohne anzuklopfen?«

»Wie ich dir sage! Und sie sind immer noch nicht wieder rausgekommen.«

»Was mögen die wohl gewollt haben, daß sie einfach so, ohne sich anzumelden, an einem Sonntag beim Arzt vom Notdienst aufgetaucht sind?«

»Nun, keine Ahnung. Es gibt wirklich Leute, die haben keine Hemmungen, unter dem Vorwand, daß sie bezahlen, glauben sie, daß ihnen alles erlaubt ist.«

77

Pauline Kasser

Sie stehen von Ihrem Stuhl auf, Sie nähern sich dem Bett. Sie halten mir die Blätter hin, die Sie gerade beschrieben haben. Ich klappe mein Buch zu.

»Danke, Sie …«

Sie ziehen Ihr T-Shirt und Ihre Baumwollhose aus, Sie schlüpfen ins Bett. Sie legen Ihren Kopf an meine Schulter, eine Hand auf meinen Bauch, während ich lese.

~~29. Februar~~ – 1. März, 01:17

Als ich aus dem Zimmer gekommen bin, habe ich als erstes den Tisch, die fünf Gedecke, die Kerzen, die Blumen gesehen. Unwillkürlich habe ich gefragt: »Was wird hier gefeiert?«, und ich habe es lachen und singen hören

Happy birthday to you …! Und sie waren alle vier da, Ray und Diego, fröhlich, Kate ein wenig verkrampft, aber lächelnd, Pauline strahlend, sie hatte sich umgezogen, während ich unter der Dusche stand, ich habe gespürt, wie mir die Tränen gekommen sind, ich hätte sie am liebsten beschimpft, ihnen gesagt, daß sie Leine ziehen sollen! Ich habe gesagt: »Was habt ihr hier zu suchen?«

Ray hat geantwortet: Bekanntschaft machen mit *Pouline!*

»Weil du sie uns nicht zeigen wolltest, haben wir uns gesagt, daß wir dich nicht groß um Erlaubnis bitten werden«, und er übertrieb noch seinen Akzent.

Und Diego: »Du siehst, Ray, ich habe dir ja gesagt, daß wir stören würden. Ich schlage vor, daß wir ins Kino gehen!« Er hat sich nach Pauline umgedreht: »Kommen Sie mit?« Sie hat gelächelt und den Kopf geschüttelt: »Nicht heute abend, ich bin gezwungen, hier zu bleiben. Aber Sie werden doch nicht mit leerem Magen wieder gehen wollen«, und sie hat mir ein Glas Champagner hingehalten.

Ich habe gesagt: »Sie haben sie eingeladen, ohne es mir zu sagen ... Aber es war meine Sache, Sie ihnen vorzustellen«, und Pauline: »Stellen Sie mich vor ...«, darauf Diego: »Zum Glück bist du in seinem Leben aufgekreuzt. Er ist ein Eigenbrötler, wir bekamen ihn nicht mehr zu sehen. Aber du, du bist wunderbar, ich spüre, daß wir bei dir ein und aus gehen werden!«

Und dann haben wir zu Abend gegessen, und ich hatte seit Monaten, seit Jahren vielleicht nicht mehr ein solches Vergnügen, mit Ray zu reden. Diego war in Fahrt, er saß zwischen Pauline und Kate, er brachte sie zum Lachen, es war schon eine Ewigkeit her, daß ich Kate nicht mehr so hatte lachen sehen, und ich habe mir gesagt, daß sie sehr schön wäre, wenn sie nicht so traurig wäre. Irgendwann hat Diego einen Witz erzählt, die Frauen haben sich gebogen vor Lachen, und beide haben gleichzeitig seine Hand ergriffen, sie waren alle drei schön, Diego kaiserlich, Kate wie in meinen Erinnerungen, Pauline begehrenswerter denn je. Ray hat sich zu mir herübergebeugt und hat gesagt: »Sie ist strahlend schön.« Ich habe genickt und gesagt: »Ja, du hast unheimlich Schwein«, und er hat mir mit dem Ellbogen in den Magen gestoßen: »Ich spreche von *deiner* Frau, nicht von meiner, *nincompoop*!«, und im selben Augenblick hat Pauline meine Hand ergriffen, und wir waren zum ersten Mal alle vereint und glücklich zusammen ...

Ich lege meine Hand auf die Ihre.

Am Ende der Mahlzeit sind Pauline und Kate hinausgegangen, um Kaffee zu kochen, Diego, Ray und ich begannen natürlich von Australien zu reden. Ray sagt zu Diego, daß die australische Fauna eine der verkanntesten der Welt sei, er dreht sich nach mir um: »Ja, ich wette, daß selbst du, als du dort warst, kein *padmouse* gesehen hast ...«

»*Padmouse*? Is'n das?«

»Ach ja«, hat Diego eingeworfen, »er hat mir im Auto davon erzählt, es ist ein kleines Tier mit einem sehr langen Schwanz, das praktisch nichts frißt und sehr leicht zu zähmen ist. Sie pflanzen sich mit Lichtgeschwindigkeit fort. Anfang der vierziger Jahre haben die Amerikaner – du kennst sie ja – welche importiert, und dann haben sie sich allmählich verbreitet, jetzt findet man sie überall auf der Welt, es ist eine regelrechte Invasion!«

In diesem Augenblick sind Kate und Pauline zurückgekommen, die eine mit dem Kaffee, die andere mit einem Kuchen, und ich weiß nicht, wer zwei Päckchen vor mich gelegt hat, das eine von der Größe eines dicken Taschenbuchs, aber leichter, das zweite groß wie ein Enzyklopädieband. Ich habe das kleinere genommen, habe es ans Ohr gehalten und geschüttelt. Pauline fing an zu lachen. »Das hier ist von uns dreien«, hat Kate gesagt. Das Papier war schwarz, die Schleifen golden und silber. Die Schachtel drinnen war aus weißem Karton, darauf standen, in Rays Handschrift die Wörter *The Original Australian Padmouse.*

Als ich sie aufgemacht habe, fand ich in einem Haufen Glaswolle eine Maus. Mit zwei Knöpfen. Geschmückt mit einer australischen Fahne. Ich habe Pauline angesehen, die andern drei lachten, als sie mein Gesicht sahen. Ich habe gesagt: »Ihr seid verrückt! Ihr seid völlig verrückt!«

In dem großen Paket war ein Laptop mit integriertem Drucker.

Verdutzt bin ich aufgestanden, ich habe sie alle umarmt, einen nach dem andern, ich hörte nicht, was sie sagten, und dann habe ich Pauline in die Arme genommen, ich hätte ihr gern den heftigsten und längsten Zungenkuß in der ganzen Geschichte der Präliminarien verpaßt, aber ich konnte nicht, meine Kehle war wie zugeschnürt, ich habe sie bei der Schulter genommen, ich habe gesagt:

»Warum?«

»Was soll das ›warum?‹. Werden Sie ihn nicht benutzen?«

»Doch ... aber ...«

»Ist es zuviel? *Verdienen* Sie ein solches Geschenk nicht?«

»Ja ... das heißt, nein, das heißt, ich weiß es nicht! Ich bin noch keine vierzig Jahre alt, das ist ein Geschenk zum Vierzigsten oder zum ...«

»Richtig, ich hätte warten sollen, bis ein runder Geburtstag anliegt. Bis dahin können Sie sich Wegwerfschreiber kaufen ...«

Sie hat mich geküßt, sie befahl mir, mich hinzusetzen, sie hat mich aufgefordert, die Kerzen auszublasen, und hat mir ein Messer hingehalten: »Anstatt Haare zu spalten, könnten Sie die Torte vielleicht in fünf Teile schneiden?«

Ich spüre, wie Ihr Kopf auf das Kopfkissen gleitet, Sie haben die Augen geschlossen, Sie atmen etwas lauter, Sie schlafen ein.

Wenn ich auf die Tastatur hämmere, reihen sich die Wörter auf dem Bildschirm schneller aneinander als mit der Kugelkopfschreibmaschine, und vor allem geräuschlos. So, ich schreibe jetzt, Sie liegen hinter mir im Bett, und Sie lesen. Ich glaube, heute abend habe ich verstanden, was es heißt, ganz geborgen und von Freunden umgeben zu sein, trotz der Krankheit von Ray, trotz der Schattenbereiche zwischen Kate und Diego und mir, trotz all dem, was Sie noch nicht von mir wissen, doch dank dessen, was Sie schon wissen – oh! Wie gut Sie mich kennen! Wie nahe und zärtlich und liebreich Sie sind! Und ich, ich sitze zwar vor diesem Schmuckstück, das ich beim Benutzen entdecke, auf dem sich die Wörter schneller aneinanderreihen, als ich sie denken kann; ich weiß trotzdem nicht, was ich sagen soll, ich weiß nicht einmal, was ich schreiben soll, weil es so vieles gibt, und weil ich darüber zuviel und gleichzeitig zuwenig weiß.

Sie schnarchen jetzt leise. Ich ziehe eines der beiden Kopfkissen unter Ihrem Kopf weg, und Sie drehen sich mit angezogenen Beinen zur Wand. Ich stehe auf, ich lege die drei Blätter auf den Schreibtisch, ich lösche das Licht, ich lege mich hin, an Sie geschmiegt. Meine Finger berühren Ihre Haut, suchen die Schrunden, die winzigen Schwellungen, die Abgründe, die Schuppen. Seit dem Tag, an dem ich zum ersten Mal die Hände auf Ihren Rücken gelegt habe, wußte ich, wer Sie sind. Ich habe die Narben einer früheren, nicht ganz ausgeheilten Akne gesehen, die periodisch immer wieder ausbricht, unheimlich rote, an der Spitze eitrige Vulkane hervorruft, empfindlich, schmerzhaft, kurz vor dem Aufplatzen. Sie haben sie mich berühren, sie verbinden, sie versorgen lassen, Sie haben die Scham verjagt, die Sie das erste Mal empfanden, als ich Sie das Hemd ausziehen ließ, um eine dieser blutenden Wunden abzutupfen. Tag für Tag habe ich Ihren Körper zu entziffern gelernt, und wenn ich Sie kenne, wenn ich weiß, wer Sie sind, was Sie empfinden, dann auch deshalb, weil meine Finger sich an den Unebenheiten orientieren, die Sie beständig tragen, eingeschrieben in Ihrem Fleisch, wie ein Text in

Blindenschrift, unsichtbar für die, die Sie nicht kennen, unverständlich für die Frauen, die sie, vor mir, nicht zu lesen gewußt haben. Ich liebe Sie, Bruno, mit Ihren Wunden und Ihren Narben und all dem, was Sie nicht sagen können, mit all dem, was genau unter der Oberfläche brodelt.

Ich presse mich an Sie, ich schiebe meine Hand auf Ihren Bauch, und ich beiße ganz sanft in Ihre Schulter. Sie stoßen einen langen Seufzer aus, Sie drehen sich mir zu, ein Arm schlingt sich um meine Hüften, eine Hand legt sich auf meinen Nacken, Ihre Lippen suchen die meinen, ich lächle und sage mir, daß der längste Zungenkuß in der Geschichte der Präliminarien ...

»He! Aber Sie haben ja nur mit einem Auge geschlafen ...«

»Mmmhh. Sie wissen ja, wie die Männer sind.«

Eigenartige Colloquien, 4

Das Geheimnis (weiche Fassung)

Annie? Es geht ihr gut. Sehr, sehr gut. Seit sechs Monaten, sie ist ein Schatz ... Ja, ich bin mit ihr beim Arzt gewesen, bei dem in Play, habe ich dir das nicht erzählt? Ich bin zwar ungern hingegangen, aber ich konnte einfach nicht mehr: Sie war reizbar, aggressiv, frech, und Dominique hat mir schließlich geraten, ihn aufzusuchen ... O nein, sie war natürlich nicht einverstanden! Das erste Mal haben wir lange warten müssen, es waren wahnsinnig viele Leute da, und als wir an die Reihe gekommen sind, ist sie nur widerwillig hineingeschlurft. Ich habe zu ihr gesagt: »Los, komm, wegen dir müssen alle warten«, worauf sie zur Antwort gab: »Du gehst mir auf ...«, aber sie ist dann doch hineingegangen. Ich habe mich geschämt, wenn du wüßtest, wie! Na ja, der Arzt hat uns einen seltsamen Blick zugeworfen. Ich habe mich gesetzt, Annie hat sich, die Hände in den Taschen, auf einen Stuhl fallen lassen, ohne mich anzusehen. Was mich am meisten schmerzt, ist, daß sie so tut, als existiere ich nicht. Ich bin immerhin ihre Mutter. Ich tat es zu ihrem Besten. Übrigens ist alles, was ich tue, nur für sie, das sollte sie begreifen. Nein, meine Liebe, damals war sie noch zu jung, zu unreif. Dabei habe ich mich mit den anderen Schülerinnen ihrer Klasse sehr gut verstanden, ich frage mich, ob sie deswegen eifersüchtig war oder eifersüchtig auf Camille, eine ehemalige Schülerin, die ich sehr mag ... und mit der ich ... sehr schöne Augenblicke verbracht habe. Ab und zu sehen wir uns noch, sie ist jetzt Aufsichtführende in einem Gymnasium in Sainte-Jeanne, und manchmal essen wir zusammen in der Brasserie zu Mittag, oder ich lade sie zum Mittagessen nach Hause ein, und ich glaube, Annie mochte das nicht. Damals bekam sie unglaubliche Tobsuchtsanfälle, sie sagte zu mir, daß ich mich mehr um meine Schülerinnen kümmere als um sie, stell dir das vor. Wo ich doch meine ganze Freizeit immer mit ihr verbracht habe, ich bin mit ihr ins Kino gegangen, oder wir haben Mama besucht oder Nicole und ihre Töchter. Die übrige Zeit muß ich ja die Arbeiten der Schüler korrigieren! Was brauchte sie sonst noch? Ich konnte mich nicht vierteilen, ich mußte schließlich für den Lebensunterhalt sorgen. Kurzum, an jenem Tag hat der Arzt Annie angesehen, ohne etwas zu sagen, aber er machte sich ganz offensichtlich Gedanken, als er sah, daß sie sich so völlig von der Außenwelt abschloß und abkapselte, darauf ich: Ich bringe Ihnen meine Tochter, weil sie nichts mehr ißt! Und sofort fällt Annie über mich her ... Doch, doch! Du kannst mir glauben, sie fängt an zu schreien: »Hör schon auf, du erzählst wirklich dummes Zeug!« Genau, wie ich dir sage. Ich erkläre also weiter, zuerst, daß sie nichts ißt, daß sie seit mindesten sechs Monaten kein Gramm zugenommen hat, daß sie immer noch die gleichen Hemdblusen anzieht, obwohl sie im Jahr davor innerhalb eines Jahres um zwölf Zentimeter gewachsen ist, das war immerhin beunruhigend. Sie wird hoffentlich nicht einen Meter achtzig groß werden wie ihr Vater! ... Eine Katastrophe wäre das! ... Nun, stell dir vor, daß der Arzt lächelnd zur Antwort gibt: »Das ist doch schön, eine große junge Frau ...« Ja, meine Liebe! Ich habe höflich geseufzt, um ihm zu verstehen zu geben, daß es wirklich nicht das war, worum ich ihn gebeten hatte, dann habe ich weitergesprochen: »Ich bin mit ihr gekommen, damit Sie sie untersuchen, damit Sie eine Blutprobe machen, und damit Sie herausfinden, was sie hat, sie könnten ihr vielleicht auch klarmachen, daß es unvernünftig ist, morgens ohne Frühstück in die Schule zu gehen.« Um so mehr, als sie mit vierzehn Jahren immer noch nicht ihre Regel hat, dabei habe ich ihr gesagt: Wenn sie sich nicht ein kleines Polster zulegt, könne sie *niemals* Kinder bekommen.

Gut, er muß begriffen haben, daß Annies Zustand besorgniserregend war ... Darauf fragt er mich: »Was genau beunruhigt Sie, Madame?« Und ich antworte: »Aber alles! Sie ißt nicht, sie will nicht mit mir reden, sie will nicht, daß ich sie am Abend küsse, sie schneidet mir ein Gesicht, wenn ich sie mit in die Schule nehme, wo ich doch die größten Schwierigkeiten hatte, eine Stelle in Sainte-Jeanne zu bekommen, um in ihrer Nähe zu sein. Als ich so alt war wie sie, war ich ganz und gar nicht so, meine Schwester und ich, wir halfen unserer Mutter immer beim Tischdecken. Deshalb verstehe ich nicht, daß sie so ist, ich bin immerhin ihre Mutter, sie schuldet mir Respekt, und sie muß mir gehorchen – ist doch wahr. Sie hat mir gegenüber Pflichten. Und bis sie achtzehn ist, habe ich alle Rechte über sie ...« Ja, und außerdem auch noch danach! Ihr Großvater hat ihr Geld hinterlassen, aber sie ist noch zu jung, um es auszugeben, man wird sie beraten müssen. Du hast recht, Autoritätsprobleme hat jeder. Was mich vor allem beunruhigte, war, daß sie nichts aß ... Nichts! Überhaupt nichts, glaub mir. Sie sagte, daß es nicht hinunterrutscht, daß sie einen Knoten im Hals hat ... Darauf habe ich vor dem Arzt zu ihr gesagt: »Los, Annie, sag dem Doktor schon, daß es nicht rutscht! Annie? Ich spreche mit dir!« Darauf habe ich zum Arzt gesagt: »Sehen Sie, sie will nicht antworten, wenn ich mit ihr rede. Und das schlimmste ist, im Gymnasium sagen alle meine Kolleginnen, daß sie bezaubernd ist, daß sie eine gute Schülerin ist, während sie in meiner Klasse unerträglich ist, sie spricht ständig mit ihrer Freundin Sarah, ich kann sie schließlich nicht zum Direktor schicken, sie ist schließlich meine Tochter, wie würde ich dastehen?« Ach ja, du hast recht, es ist wirklich nicht leicht, die Lehrerin seiner eigenen Tochter zu sein. In diesem Augenblick fragt der Arzt: »Ist Ihre Tochter bei Ihnen in der Klasse?« Und ich: »Natürlich, sie war immer in meiner Klasse, seit der ersten Grundschulklasse! Ich war Volksschullehrerin in Langes, oberhalb von Lavallée. Da gab es eine mehrstufige Klasse, so habe ich sie immer bei mir gehabt! Aber da mein ... na ja, ihr Vater keine feste Arbeit hatte, nun ja, ich war mir nicht immer sicher, ob ich über die Runden kommen würde, da habe ich noch ein Zusatzstudium gemacht, um Realschullehrerin zu werden – zum Glück ist das möglich, und man kann es während der Arbeitszeit machen und nicht in den Ferien, denn wegen all der Arbeit und der nervösen Spannung dazu brauche ich meine Ferien, es gibt viele Leute, die sagen, das sei ein Privileg, aber die sollten sich nur mal an unsere Stelle versetzen! – Was habe ich gesagt? Ach ja, ich habe dem Arzt erklärt, daß sich das gut traf, als ich Realschullehrerin geworden bin, Französisch – Geschichte – Geographie, sie kam gerade in die dritte. Und so habe ich sie bis zur sechsten bei mir gehabt, in dem einen oder anderen Fach. In der fünften war es wunderbar, ich habe ihre Klasse in allen Fächern gehabt, ich muß allerdings sagen, daß ich eine tolle Direktorin hatte (o ja, es war Dominique Dumas), wir hatten viele Gemeinsamkeiten, leider hatte auch sie

Schwierigkeiten mit... ihrem Mann ... Sie kennen sie ja! (Er kennt sie ein wenig, genau genommen war er es, der ihr den Rat gegeben hat, ihren Mann rauszuschmeißen!) Und als Annie in die vierte gekommen ist und ich ... ihren Vater vor die Tür gesetzt habe, na ja, es klappte schon seit langem nicht mehr zwischen uns, auf jeden Fall kümmerte er sich nie um die Kleine, ich konnte noch so oft zu ihm sagen, er könne sich vielleicht ein wenig anstrengen, für seine Tochter, ich hatte sogar den Vorschlag gemacht, gemeinsam zu einem Psychiater zu gehen, er hat nicht auf mich gehört ... Ja, das trage ich ihm heute noch nach. Wenn ich daran denke, daß ich ihm die schönsten Jahre meines Lebens geschenkt habe ...«

Und da höre ich Annie, die seufzt und sagt: *Ma-ma!* Darauf ich natürlich:

»Ach, sieh an! Du hast ja deine Sprache wiedergefunden! Sobald ich von deinem Vater spreche, wirst du wach! Ich habe doch wohl noch das Recht, von ihm zu sprechen, schließlich bin ich es, die ihn ... die ihn während all der Jahre ertragen hat! Du hast natürlich nichts gesehen! Auf jeden Fall weiß ich genau, daß er dich gegen mich aufhetzt! Während ich nie etwas gegen ihn gesagt habe! Dabei hätte ich gekonnt!«

Und da ist der Arzt aufgestanden, hat die Tür aufgemacht und gesagt:

»Mademoiselle ... Wollen Sie uns bitte allein lassen, Ihre Mutter und mich?«, und er hat sie hinauskomplimentiert. Er ist zu mir zurückgekommen, er hat sich hingesetzt, wir hatten unsere Ruhe. Ich war derart durcheinander, wie du dir vorstellen kannst! Ich wußte nicht mehr so richtig, woran ich war ... Weißt du, schon die Tatsache, von ihm zu reden, treibt mir die Tränen in die Augen ... Und ich habe zu ihm gesagt: »Ja, ich habe Ihnen von ihrem Vater erzählt, aber natürlich bin ich nicht deshalb gekommen. Sie ist es, die mir Sorgen macht. Ich weiß nicht mehr, was ich mit ihr machen soll. Sie ... sie ist ausgerissen, letzte Woche.«

Darauf er: »Ausgerissen?«

Darauf ich: »Ja, sie hat die Schule verlassen, ohne mir zu sagen, wohin sie geht. Gewöhnlich wartet sie auf mich. Weil wir in Langes wohnen, müssen wir gemeinsam heimfahren. Ich setze sie jeden Morgen um acht Uhr vor dem Gymnasium ab, obwohl ich manchmal vor elf Uhr keinen Unterricht habe. (Aber ja, meine Liebe! Sie macht sich gar nicht klar, was für ein Glück sie hat! Gut, ich erzähle dir die Geschichte weiter:) Sehen Sie, seit ich Lehrerin in Sainte-Jeanne bin ... Ich muß Ihnen sagen, daß ihr Vater weggegangen ist, einfach so, von einem Tag auf den andern (ja, ja, natürlich habe ich ihn rausgesetzt!, aber ich wollte ihm nicht alles erzählen) ... er hat mich mittellos sitzenlassen (nein, in Wahrheit hat er nichts mitgenommen, das hätte gerade noch gefehlt! Aber da er nie einen Pfennig zur Haushaltskasse beigetragen hat, habe ich immer alles mit meinem Gehalt bezahlt, deshalb sehe ich nicht ein, weshalb er auch nur das geringste hätte mitnehmen sollen, verstehst du!) ... ich wußte nicht, was ich tun sollte, ich stand kurz vor einer schweren Depression, zum Glück hat mich Doktor Boulle – das ist der Arzt aus Deuxmonts, gewöhnlich gehe ich zu ihm – längere Zeit krank geschrieben, und weil es im Januar war, habe ich es geschafft, mich während des ganzen übrigen Jahres zu halten. Weil ich aber Annie, die immer eine sehr, sehr gute Schülerin war (dazu habe ich auch stets alles getan!), das Schuljahr nicht verderben wollte, habe ich mich wieder gefangen, habe sie zur Schule gebracht und auch wieder abgeholt, es war hart, aber ich habe es trotzdem getan (olala, wenn du wüßtest, ich war total erschöpft!) ... Nach einigen Wochen habe ich mir gesagt, daß ich sie nicht aufs Gymnasium lassen kann, ohne bei ihr zu sein, was sollte aus ihr werden? Ich bin immer bei ihr gewesen. Darauf habe ich Doktor Boulle gebeten, mir zu helfen, und als sie dann in die dritte kam, hat er mir eine therapeutische Halbzeitbeschäftigung verschrieben, auf diese Weise habe ich die Abschlußprüfung als Gymnasiallehrerin vorbereiten können, ich habe sie bestanden (und da Dominique gerade zur Direktorin in Sainte-Jeanne ernannt worden war, habe ich natürlich sofort eine Stelle bekommen). Das war vor zwei Jahren, und seitdem ...«

Und stell dir vor, in diesem Augenblick unterbricht er mich.

»Sie sprachen vorhin davon, daß sie ausgerissen ist ...«

»Ja, entschuldigen Sie bitte, ich verliere den Faden, das bringt mich so durcheinander, mein kleines Mädchen in diesem Zustand zu sehen, sie hat ja sonst niemanden als mich, und ich sie!«

»Aber ... und ihr Vater?«

(Ich war empört, wie du dir denken kannst!)

»Ihr Vater! Ihr Vater! Der setzt keinen Fuß mehr in meine Wohnung!«

Darauf er, verlegen:

»Nein, ich wollte sagen: Sieht Ihre Tochter ihn nicht?« (Gut, ich kam jetzt nicht mehr dran vorbei, ihm zu erklären, daß er es monatelang nicht ertragen hat, daß ich ihn rausgeschmissen habe, deshalb kreuzte er ständig hier auf, angeblich, um sie zu sehen, er holte sie nach der Schule ab, er brachte sie nach Hause, er betrat die Wohnung, ließ sich häuslich nieder, setzte sich, tat wie zu Hause! Obwohl er mir nie auch nur einen Pfennig für sie gegeben hat! Er war gegangen, weil ich ihn angeblich daran hinderte zu leben, aber er spuckte nicht auf mich, wenn es darum ging, Annie einzukleiden oder zu ernähren, ja? Was? Aber nein, wie denn auch. Ich konnte ihn schließlich nicht ins Gefängnis werfen lassen. Das hätte mir nichts gebracht, und außerdem, stell dir das mal vor, gegenüber den Kolleginnen. Kurzum, ich habe dem Arzt erklärt, daß er, seit er mit dieser ... *Frau* ... zusammen ist)

Ja, schon. Sicher sieht sie ihn. Aber so wenig wie möglich! Vorher nahm er sie zu sich, wenn sie krank war, aber seit einem Jahr nur noch jedes zweite Wochenende und die Hälfte der Ferien, das ist alles. (Hier, weißt du, hätte ich am liebsten geheult, und der Arzt hat das auch gesehen, er hat mir ein Taschentuch gegeben, und dann hat er mich wieder gefragt, was das für eine Geschichte ist, mit dem Ausreißen ...) Als sie nach der Schule nicht da war, habe ich mir natürlich Sorgen gemacht, ich habe die Sekretärin von Domi – von Madame Dumas gefragt, ob sie Annie gesehen habe. Und die gab mir zur Antwort, daß Annie weggegangen ist! Sie können sich meine Angst vorstellen. Ich war völlig erschlagen, ich sagte mir: Aber was mag ihr nur durch den Kopf gegangen sein? Und in dem Augenblick, in dem ich hinausging und mich fragte, ob ich die Polizei verständigen soll, hat mir die Sekretärin ein Zeichen gemacht, daß ich am Telefon verlangt werde. Es war Annie! Sie war am frühen Nachmittag weggegangen, sie hatte keinen Unterricht mehr, und da ich eine Schularbeit zu überwachen hatte, wollte sie nicht ewig auf mich warten und ist mit dem Zug nach Hause gefahren! (Ja, genau, wie ich dir sage! Sie hatte den Schienenbus genommen, der in Tourmens abfährt und in allen kleinen Orten hält. Sie war in Lavallée ausgestiegen, und von dort ist sie per Anhalter bis nach Hause gefahren. Ich hätte das in ihrem Alter nie gekonnt. Meine Eltern hätten es mir verboten!) Und weißt du, was der Arzt zu mir gesagt hat? Er hat mich ganz dumm angeschaut und gesagt: Mmmhh, genaugenommen ist sie gar nicht ausgerissen, sie ... Darauf ich: Oh, Pardon! Wenn eine Jugendliche drei Stunden lang verschwindet, nenne ich das ausreißen! Und er: Mmmhh. (Ja, er macht immer Mmmhh. Mmmhh, am Ende geht einem das auf die Nerven. Und er fuhr fort:) Mmmhh. Und der fehlende Appetit? Darauf ich: Ach, erinnern Sie mich nicht daran! Ich weiß nicht mehr, was ich ihr zu essen geben soll, sie mag nichts und verlangt ständig unglaubliche Dinge! Es ist ihr Vater und seine ... diese *Frau*, die ihr diese Dinge in den Kopf setzen ... Darauf er: Finden Sie, daß sie erschöpft ist? Darauf ich: Erschöpft, nein! Aber ich bin erschöpft, ich bin völlig am Ende! Sie ist ständig unfreundlich, sie schließt sich in ihr Zimmer ein und fängt an zu weinen, ich will sie trösten, aber sie macht mir nicht auf, und das, das bricht mir das Herz! Mein kleines Mädchen, was ist nur los mit ihr, was geschieht mit uns? Dabei schlage ich ihr nichts ab, ich weiß nicht mehr, was ich noch tun soll, um ihr Freude zu machen, sie hat *alles*, um glücklich zu sein ... (Ach ja, das war hart, glaub mir!) Darauf er: Mmmhh. Seit wann haben Sie bemerkt, daß sie weniger ißt ...? Darauf ich: Seit den letzten Ferien. Denn genaugenommen hat es angefangen, als sie von ihrem Vater zurückgekommen ist. Ich bin sicher, daß es schlecht gelaufen ist, seine ... diese *Frau* kann noch so sehr versuchen, sie zu kaufen, indem sie ihr Kleider oder Kleinigkeiten schenkt, sie ist nicht ihre Mutter! Und außerdem bin ich nicht sicher, ob es sehr gut läuft: Letzten Monat hat sie den ganzen ersten Teil der Ferien bei ihrem Vater zugebracht, und als sie nach Hause kam, hat sie eine Leichenbittermiene gemacht, ich bekam einfach nichts aus ihr heraus, was nicht stimmte, sie fing gleich an zu weinen. Seitdem ißt sie praktisch nichts mehr, das beunruhigt mich natürlich, ich sage mir, daß vielleicht etwas vorgefallen ist, nicht ausgeschlossen, daß sie ein Problem mit ihrem Vater hat (dies mit schluchzender Stimme), ich mache mir solche Sorgen, ich frage mich, ob sie ... ob sie nicht magersüchtig werden wird (übrigens, erinnere dich, es war genau zu der Zeit, als die Tochter der Schauspielerin, wie heißt sie noch? Ja, richtig! Sie war schon ganz jung magersüchtig, sie ist von Psychiater zu Psychiater gegangen; ihre Mutter, die Unglückliche, wie entsetzlich, ich kann mich gut an ihre Stelle versetzen, aber es ist mir doch lieber, an der meinen zu sein, als eine solche Tochter zu haben! Und nach einigen Jahren, als nichts darauf schließen ließ, sie hielt sie für geheilt – sie hatte sogar ein Buch darüber geschrieben, und sie sind beide im Fernsehen aufgetreten –, hat sie sich, ohne ihr vorher Bescheid zu sagen, aus dem Fenster gestürzt!), und ich sagte zu dem Arzt: Verstehen Sie, seit einem Monat achte ich darauf, ob Annie sich nicht heimlich mit Kuchen vollstopft, und wenn sie auf die Toilette geht, gehe ich hinter ihr her, um zu sehen, ob sie sich nicht erbrochen hat (nein, nein, das hat sie nie getan, wo denkst du hin! Wenn ich das gesehen hätte, hätte ich sie auf der Stelle ins Krankenhaus einweisen lassen! Übrigens hatte ich auch Camille, meine frühere Schülerin, die in Sainte-Jeanne Aufsichtführende ist, gebeten, sie diskret zu überwachen, aber sie hat mir gesagt, daß Annie mittags in der Kantine ganz normal ißt ... Nun gut, ich habe mich eben geirrt, aber trotzdem, bei mir hat sie nichts gegessen) ... Nun, weißt du, was der Arzt die Stirn hatte, mich zu fragen? Ich wette, du wirst es nicht erraten: »Ißt sie bei ihrem Vater?« (Also da konnte ich nur noch gezwungen lachen, weißt du. Denn, nun gut, es sieht so aus, als ob seine ... *Frau* sehr gut kocht. Aber wenn ich das Gesicht sehe, das Annie jedesmal macht, wenn er sie hierher zurückbringt, würde es mich wundern, daß sie ißt, was sie kocht ... Als ich mit ihr zum Arzt gegangen bin, aß sie nicht einmal mehr ihre Lieblingsgerichte. Nicht einmal mehr Grießkuchen! Als sie klein war, wenn es da nach ihr gegangen wäre, hätte sie den ganzen Tag lang nichts anderes gegessen. Aber als ich vor sechs Monaten auf die Idee gekommen bin, wieder mal Grießkuchen zu machen, rührte sie ihn nicht einmal an. Ach ja, es war wirklich traurig.) Darauf ich: Keine Ahnung, auf jeden Fall geht sie nicht oft zu ihrem Vater, so daß das, was sie bei ihm essen könnte, nicht das kompensiert, was sie bei mir nicht ißt! Meinen Sie, daß Sie etwas machen können? Darauf er: Mmmhh, man kann immer etwas machen, Madame. Ich werde Ihre Tochter untersuchen, und dann werden wir entscheiden, wie wir uns verhalten wollen. Aber wenn ich Sie recht verstehe, glaube ich nicht, daß sie in Gefahr ist. Auf den ersten Blick würde ich sagen, daß sie eine schlechte Zeit durchmacht und Hilfe braucht, und Sie auch, glaube ich ... Darauf ich: Ach, Herr Doktor. Es tut gut, das zu hören. Wenn Sie wüßten, wie schwer es ist! Ich beklage mich nie, bei niemandem, und ich würde nie auch nur ein einziges Wort gegen ihren Vater sagen! Dabei hätte ich so manches über ihn zu sagen, nach all dem, was er mir angetan hat!

Und in diesem Augenblick ist er aufgestanden, hat die Tür aufgemacht und gesagt: »Wenn Sie erlauben, werde ich Annie hereinbitten, um sie zu untersuchen ... Es wird nicht lange dauern.«

Ja, ja, er hat mich hinauskomplimentiert! Was soll ich dir sagen? Er war der Arzt, ich konnte nicht nein sagen, es stimmt zwar, daß sie damals erst vierzehneinhalb Jahre alt war, aber Dominique hatte mir gesagt, daß er sehr nett ist zu den Kindern, und ich habe gedacht, daß es gar nicht so schlecht ist, daß er ihr ein wenig die Leviten liest, ohne daß ich im Zimmer bin. Und schließlich habe ich gut daran getan: Wenn ich geblieben wäre, hätte sie bestimmt nicht auf ihn gehört, jetzt hingegen, du würdest deinen Augen nicht trauen! Aber warte, ich fahre fort ... Annie stand also im Wartezimmer, die Hände in den Taschen ihres Mantels, und als ich herausgekommen bin, hat sie mir diesen verstockten Blick zugeworfen, den sie hatte, als sie ein kleines Mädchen war. Da sie sich nicht rührte, habe ich sie am Arm genommen. Sie hat ihn heftig zurückgezogen, doch der Arzt hat ihr ein Zeichen gemacht hereinzukommen, sie hat gezögert, aber schließlich ist sie doch hineingegangen, und er hat die Tür hinter ihr zugemacht. Ich bin stehen geblieben, weil viel Betrieb war und kein Stuhl frei. Anfangs sagte ich mir, daß er möglicherweise Mühe mit ihr haben würde und daß er nach fünf Minuten vielleicht genug von ihr hätte ... Ein Landarzt, was weiß der schon von Jugendlichen? Übrigens, hätte Dominique mir nicht von ihm erzählt, wäre ich nicht hingegangen, wie du dir denken kannst. Außerdem war Annie noch etwas zu jung, um mit ihr zum Gynäkologen zu gehen, das hätte sie schockiert! ... Ja, natürlich, ich gehe auch zu einer Frau, ich will jetzt nicht mehr, daß ein Mann mich berührt. Meine ist sehr gut, sehr korrekt, sie war mit einem Psychiater verheiratet, aber sie hat ihn verlassen, weil er impotent war ... Ja, das ist sie. Ach, du kennst sie? Was, du auch? Ach, das ist aber komisch. Sag mal, stimmt es, daß sie Jüdin ist? Na ja, niemand ist vollkommen, und bei einer Frau sieht man es nicht, oder? HAHA-HAHA! Na ja, ich wäre schon etwas befangen gewesen, wenn ich meine Tochter zu ihr gebracht hätte. Dabei hatte Annie damals noch nicht ihre Regel, und ich muß sagen, mit vierzehneinhalb Jahren hat mich das beunruhigt. Ich selbst habe nach ihr keine Kinder mehr bekommen können, ich möchte also nicht, daß sie Probleme hat. Gewiß, sie ist etwas früh gekommen, aber als sie dann da war, bin ich sehr glücklich gewesen ... Außerdem hätte ich später nie wieder andere Kinder mit ihrem Vater haben wollen! Dominique hingegen hätte gern vier oder fünf gehabt, aber da war es ihr Mann, der sich geweigert hat. Ja, es ist schade für die Kinder, daß sie ihn verlassen hat, aber sie mußte eben ihr Leben als Frau leben. Übrigens sind die Kinder am Ende ganz gut dabei gefahren. Man kann sehr gut auch ohne Männer auskommen, wie! HAHAHAHA! Und siehst du, ich möchte, daß Annie das weiß, ich möchte ihr sagen können, daß man ihnen nicht vertrauen kann. Ich versuche eben, sie zu schützen, aber lange wird das nicht gehen, dennoch, ich bin ihre Mutter, und was steht einem näher als eine Mutter? Wie? Wie? Bei einem Vater weiß man nicht einmal so genau, ob er wirklich der Vater ist, wie? Und wenn man einigermaßen sicher ist, hat man solche Lust, es zu vergessen! HAHAHAHA! ... Natürlich, bei Annie, da bin ich sicher, weil es vor ihm keinen anderen gegeben hat. Ich habe ihm alles geschenkt, *alles*! ... Olala! Wenn du wüßtest! Im Augenblick ist sie so lieb, so aufmerksam, so verständnisinnig, ich sage mir, daß ich ihr an einem der nächsten Tage alles erzählen werde.

Aber vor sechs Monaten, da verstand sie überhaupt nichts, und ich konnte nicht ständig in der Angst leben. Nun, ob du es glaubst oder nicht, nachdem er mich eine halbe Stunde dabehalten hatte, hat er Annie *eine Stunde* dabehalten! Glaub mir! Als er die Tür wieder aufgemacht hat, wußte ich nicht, wohin ich mich verkriechen sollte, das Wartezimmer war krachend voll, und er hat mich hereingeholt. Er ist sehr klar, sehr bestimmt gewesen, er hat gesagt: »Man muß die Dinge ernst nehmen. Wir haben lange miteinander gesprochen, Ihre Tochter und ich. Nicht wahr?« Und da hat Annie genickt. Sie lächelte, ich weiß nicht, wie ich es dir sagen soll, sie war wie um-ge-wan-delt, ich habe meinen Augen nicht getraut. Und dann hat er mir zwei Rezepte hingehalten: »Ich habe sie gebeten, eine kleine Blutprobe vornehmen zu lassen.« Darauf ich: »Aber ist... ist sie einverstanden?« Und Annie: »Ja, ja, ich bin einverstanden!« Und er: Und ich habe ihr ein kleines Stärkungsmittel verschrieben, es stimmt schon, in ihrem Alter und bei den Prüfungen, die vorzubereiten sind, hat sie ein Anrecht darauf, müde zu sein. Ich glaube, Sie wissen, wie das ist. Darauf ich: Und ob, alle Klassenarbeiten, die korrigiert werden müssen, das ist für die Lehrer viel ermüdender als für die Schüler ... Und er: Und ich habe ihr vorgeschlagen, in drei Wochen wiederzukommen, um noch einmal über alles zu sprechen ... Und ich: Selbstverständlich, und für das Ergebnis der Blutprobe. Und Annie nickte lächelnd. Mich hat es glatt umgehauen! Ich hatte sie noch nie so gesehen ... Ach! Ich weiß auch nicht, ich kann es dir nicht sagen, er hat es mir nicht erklärt – erstens herrschte an diesem Tag Hochbetrieb, es war also nicht möglich, und schließlich · ist es auch nicht wichtig, was zählt, ist nur das Resultat! Wohlgemerkt, ich mußte die beiden Konsultationen bezahlen, dazu noch einen Sonderaufschlag, weil es so lange gedauert hat, aber das hat sich in jeder Hinsicht voll und ganz gelohnt. Auf jeden Fall erstattet mir die Lehrerversicherung die Kosten immer ganz.

Das ist die ganze Geschichte. Annie war wie umgedreht, sie gibt mir keine frechen Antworten mehr, sie läßt mich nicht mehr abblitzen, sie fährt immer um fünf Uhr mit mir nach Hause, außer, wenn sie keinen Unterricht hat, sie hat mich um Erlaubnis gebeten, früher wegzugehen, sie geht in die Bibliothek von Tourmens, um zu büffeln, und stellt sich wieder bei mir ein, wenn die Schule aus ist. Am Abend deckt sie den Tisch, sie kocht ... Sie war schon vorher eine gute Schülerin, aber jetzt ist sie noch besser, sie wird beim Abitur sicher sehr gute Noten in Französisch bekommen, das ist ja bald, aber sie ist sehr ruhig, sie sagt zu mir: »Mach dir keine Gedanken, Mama, es wird alles gut über die Bühne gehen«, und ich vertraue ihr. Sie hat überall ausgezeichnete Noten, ich bin jetzt sehr stolz auf sie, alle meine Kolleginnen machen mir Komplimente, ich habe gut daran getan, sie zwei Klassen überspringen zu lassen, ihr Vater wollte nicht, aber wer von uns beiden hatte recht, wie? Übrigens, sie will nicht mehr, daß ich mit ihr über ihren Vater spreche. Eines Tages hat sie zu mir gesagt: »Mama, es wäre mir lieber, du sprichst nicht mehr mit mir über Papa«, und mir war klar, daß sie Abstand genommen hat ... Doch, sie besucht ihn immer noch, an jedem zweiten Wochenende, und die Hälfte der Ferien ist sie bei ihm, aber wenn sie zurückkommt, ist sie nicht mehr aufgelöst wie vorher. Sie ist sogar eher froh in diesem Augenblick. Wirklich, dieser Arzt hat sie verwandelt, ich weiß nicht, wie er das angestellt hat. Vor drei Monaten sind wir ein letztes Mal hingegangen, es ging ihr sehr gut, darauf hat er gesagt, daß wir nicht mehr kommen müßten, und jetzt bin ich völlig beruhigt. Aber was habe ich gelitten! Bei Kindern weiß man ja nie, was da alles auf einen zukommen kann. Na ja, das Schwierigste liegt jetzt hinter uns, ich bin unbesorgt. Du siehst, es stimmt schon, daß die Männer Schweinehunde sind. Man kann ihnen nicht vertrauen. Sobald man ihnen den Rücken kehrt, begehen sie eine Gemeinheit, aber dieser Arzt, ich muß zugeben, daß er mich wirklich aus dem Schlamassel gezogen hat. Ich fühle mich besser. Und Annie geht es im Augenblick so gut, ich habe Mühe, mir klarzumachen, daß es wirklich mein kleines Mädchen ist, sie ist bald fünfzehn, aber sie wird immer mein kleines Mädchen bleiben. Jetzt sind wir richtige Freundinnen, selbst außerhalb der Schule ... Zum Glück interessiert sie sich nicht für Jungen. Aber sie interessiert sich sehr für das, was ich tue, sie vertraut sich mir an, und auch ich kann ihr endlich Dinge sagen, die eine Mutter ihrer Tochter gern sagen möchte, du weißt ja, Frauengeschichten ... Nun ja, im Augenblick läuft es wirklich gut, ich glaube, ich bin nie so glücklich gewesen seit – olala! – seit Jahren ... Seit ... seit wir zusammen an der Lehrerbildungsanstalt waren, du und ich ... Ich meine es ernst, weißt du ... Ja ... Ich auch ... Ja ... Weißt du, wir müßten uns mal wieder sehen ... Es ist schon so lange her ... Ja, ich weiß, meine Ärmste, deiner hat dir auch das Leben sauer gemacht ... Na ja, er muß wenigstens bluten! Du hast gut daran getan, daß du das gegenseitige Einverständnis nicht akzeptiert hast ... Wenn er seine Freiheit wiederhaben wollte, mußte er eben bezahlen, HAHAHAHAHA! ... Sag mal ... Was tust du am Wochenende? Ist das wahr? Ist das wahr? Du kommst mich besuchen? Oh, Liebes, ich bin ja so *glücklich*!

Diagnose
(Samstag, 29. März)

Der Hauptunterschied zwischen Gott und einem Arzt ist der, daß
Gott sich nicht für einen Arzt hält.

Law & Order

78
Gemälde

Das Klingeln des Weckers durchbohrt mir das Trommelfell. Ich habe einen trockenen Mund, meine Nase ist verstopft, mein Kopf ist wie eine dicke Melone, ich bin sicher, daß ich aus dem Maul stinke, das ist immer so an Regentagen, was die Ärzte jedoch nicht daran hindert, mit verächtlichem Blick steif und fest zu behaupten, das Klima habe nie irgendeine Auswirkung auf die Gesundheit!

Ich setze den Fuß auf den Boden. Natürlich tut er mir weh. Und das jetzt seit drei, vielleicht auch vier Monaten. Davor war es die Schulter; noch länger davor war es das Knie, ich frage mich, was es das nächste Mal sein wird, wenn es ein nächstes Mal gibt, denn bis es aufhört, habe ich tausendmal Zeit zu sterben.

Ich stehe auf. Mir dreht sich der Kopf, verdammter Stirnhöhlenkatarrh. Trinke ich heute morgen Kaffee oder Tee? Im Augenblick bekommt mir der Kaffee nicht gut, und es ist jedesmal dasselbe, trinke ich ihn kalt, kommt er wieder hoch; trinke ich ihn zu heiß, verbrenne ich mich. Ein Butterbrot zu futtern kommt nicht in Frage, ich schwitze dann eine Stunde lang, ich möchte, daß mir jemand erklärt, warum, aber niemand hat mir das je sagen können.

Im Spiegel sehe ich eine widerliche Visage, eine fette Nase, schmutziges Haar, und selbst wenn ich mich zweimal am Tag rasiere, ich sehe immer aus, als hätte ich mich seit einer Woche nicht mehr rasiert. Ich strecke die Zunge heraus, sie ist vorne weiß und hinten gelb, sollte ich je AAA sagen müssen, weißes Risiko vorn, gelbe Gefahr hinten, Ansteckung, Quarantäne, Desinfektion mit dem Strahl.

Ein Muskel zuckt unter meinem linken Augenlid. Ich spüre, wie es klimpert. Es tut nicht weh, aber es geht mir auf die Nerven. Außerdem tun mir die Füße weh, das geht mir auf den Geist. Ich weiß, daß es nach einer Stunde vorbei sein wird, sobald ich anfange zu gehen, spüre ich es nicht mehr, und deshalb nehme ich auch nichts ein, damit der Schmerz nachläßt – ich wüßte nicht, wozu es mir nützen sollte –, trotzdem nimmt es mich mit.

Heute morgen rasiere ich mich elektrisch, ich bin es leid, mich immer zu schneiden. Das Gitter ist verschmutzt, wahrscheinlich habe ich es das letzte Mal nicht gereinigt, ich blase etwas stark, die Härchen fliegen mir in Augen und Nase, ich weine und niese, und jetzt kommt Auswurf, ich suche verzweifelt nach einem Taschentuch, um mich sauberzumachen, ich bin es leid, und mein Fuß tut weh.

Ich steige in die Duschkabine und wäre beinahe auf die Fresse gefallen. Welcher Dummkopf hat die Seife auf dem Boden liegen lassen? Ich verstauche mir das Handgelenk, als ich mich am Wasserhahn festhalten will, und da ich schon aufgedreht habe, verbrenne ich mich natürlich.

Ich schreie. Ein paar Minuten lang ist es, als käme meine Hand aus einer Bratpfanne, aber ich spüre wenigstens meinen Fuß nicht mehr.

Ich seife mir den Oberkörper ein, die Arme, dann den Bauch und die Eier, warum kleben sie morgens an den Schenkeln, seit einiger Zeit habe ich den Eindruck, daß mein Hodensack herabhängt, als sei er erschöpft, dabei bin ich, soviel ich weiß, noch nicht in der Andropause, aber es sieht fast so aus, als sei er am Verwelken, weil er herabhängt wie eine alte Socke oder wie die flachgewalzten Brüste der alten Afrikanerinnen, was habe ich über die Behandlung mit männlichen Hormonen gelesen?

Durch das Geräusch des laufenden Wassers verspüre ich einen wahnsinnigen Harndrang, heute morgen geht es, der Strahl scheint korrekt zu sein, es ist nicht wie an manchen Morgen, wo es einfach nicht mehr aufhört, manchmal läuft es noch zehn Minuten danach in den Slip, es ist traurig.

Ich seife mir den Schwanz etwas kräftiger ein, um zu sehen, ob er noch anspricht, er hat schon lange nicht mehr funktioniert, und im Augenblick ist morgens kein Zeltpflock unter der Bettdecke, wenn man im Schlaf keinen Ständer mehr hat, ist das anscheinend ein frühes Zeichen, aber ich werde es nicht so machen wie ich weiß nicht mehr wer, kommt gar nicht in Frage, einen Sexologen aufzusuchen, ich fände es entsetzlich, mich von einem Perversen befummeln zu lassen – ich verstehe nicht, wie man diese Art von Beruf ausüben kann, es sei denn.

Mit der anderen Hand seife ich mir das Arschloch ein, man darf die Genres nicht verwechseln, als ich neulich aufs Scheißhaus ging, bin ich dran gekommen, ich habe wirklich geglaubt, ich hätte ein Ei gelegt, es war rund und gespannt und tat wahnsinnig weh, ich habe einen Spiegel auf einen Schemel gelegt und mich genau darüber gestellt, um zu sehen, ohne Brille hatte ich Mühe, und außerdem ist diese Gegend behaart, einfach unvorstellbar! Da war eine Art rosarote Kugel, mit bloßem Auge nicht größer als ein Kirschkern, während ich mit dem Finger den Eindruck hatte, es sei dick wie eine Billardkugel, aber wenn es weh tut, spielt es einem Streiche.

Ich habe nichts gemacht, nur ein Aspirin genommen und die Zähne zusammengebissen, kam gar nicht in Frage, etwas zu zeigen, der Schmerz ist schließlich abgeklungen. Jetzt spüre ich nichts mehr. Doch, meinen Fuß. Aber das hat nichts miteinander zu tun. Ich seife gut in den Ecken ein, denn ich habe einen Horror davor, meine Unterhosen zu beschmutzen, und dort ist es eben nie ganz sauber.

Ich komme aus der Dusche. Ich trockne mich überall ab, vor allem zwischen den Hinterbacken, wegen des Pilzbefalls, der mir letztes Jahr soviel zu schaffen machte, ich frage mich, wieso ich das aufgegabelt habe, es hat den Anschein, daß die Pilze es mögen, wenn man sich nicht richtig abtrocknet, und dort, zwischen den Hinterbacken, tief in der Falte unter dem Finger, ist so etwas wie ein Winkel; und dort hat es angefangen. Zuerst hat es mich ein wenig gejuckt, dann fing ich an, immer stärker zu kratzen, und hinterher konnte ich noch so sehr mit dem Handtuch reiben, das brannte, wie man es nicht für möglich hält, ich mußte mich einfach kratzen, sogar durch die Hose hindurch, und dann fing es an zu bluten, machte Flecken in meine Unterhose, ich wollte nicht, daß meine Frau es merkt, also habe ich sie selbst in die Waschmaschine gesteckt. Und dann habe ich mich daran erinnert, daß irgendwo eine Tube Cortimyk herumlag, das ich mir zwischen die Zehen schmierte, als ich meine Entzündungen hatte, schließlich ist es mir wieder untergekommen, und ich habe mir die Rille damit eingeschmiert. Die beiden ersten Male war es so, als wäre man mir mit dem Brenneisen drübergefahren, doch am nächsten Tag ging es mir schon besser. Seitdem habe ich meine Lektion gelernt, ich trockne mich eher zweimal als einmal ab, und wenn ich den Eindruck habe, daß das nicht ausreicht, gehe ich mit dem Haartrockner dran.

Ich ziehe meine Krawatte nicht zu, weil der Hemdkragen genau auf das Furunkel drückt, das mich seit gestern morgen plagt, heute morgen ist es riesig, ich werde es noch heute abend mit der Nadel aufstechen müssen, das dürfte kaum sauber aussehen.

Schließlich koche ich wieder Kaffee. Der von gestern ist bitter, selbst wenn ich Wasser hinzufüge, und außerdem hüte ich mich vor der Mikrowelle ... Kann man wissen, ob die nicht die Moleküle zu schwerem Wasser zersetzen, wovon man dann, bevor man alt ist, Krebs bekommt?

Das Brot ist hart. Ich scheuere mir rechts den Gaumen auf, und Scheiße, es tut mir auch links weh, ich habe mir wohl gestern abend die Zähne nicht richtig geputzt – ich war nicht frisch, ich hätte Scotch und Weißwein nicht mischen sollen –, es müssen Krümel unterm Zahnfleisch geblieben sein, jetzt habe ich ein Aphten. Oder eine Aphte? Ich weiß es nie, aber mir tut der Fuß weh.

Kurz bevor ich gehe, bekomme ich eine Kolik, Scheiße. Das ist nicht der richtige Augenblick, ich bin sowieso schon zu spät dran, zum Glück vergeht es, ich verlasse das Haus, ich steige ins Auto, und da überkommt's mich schon wieder, Sauerei! Und dann vergeht's, kommt wieder, und so fort während der ganzen Fahrt, das ist völlig neu, hab ich noch nie gehabt, der Blinddarm, das ist schon erledigt, und mit Sicherheit habe ich nicht meine Regel, na ja, es beunruhigt mich nur halb, auf jeden Fall keine Zeit, mich zu bemitleiden, aber es fängt schlecht an, normalerweise spüre ich, wenn ich aufbreche, meinen Fuß überhaupt nicht mehr, aber heute, beim geringsten Bremsvorgang gehe ich in die Luft, was natürlich wahnsinnig praktisch ist, glaub mir. Wenn es so anfängt, ist der Tag schon gelaufen.

Der Verkehr läuft zäh, an einem Freitag, klar, die Armleuchter haben eiligst ihre Karren aus der Garage geholt, um sie noch vor dem Wochenende warmlaufen zu lassen und die Luft noch etwas mehr zu verschmutzen, habe ich einen Inhalator im Handschuhfach? Verdammte Scheiße, ich habe keinen! Fehlt nur noch, daß ich einen Asthmaanfall habe, bevor ich angekommen bin, ich spüre schon, wie mein Herz schlägt, und ich versuche, mich zur Vernunft zu bringen, weil – He, du Depp, könntest du deine Kiste nicht wenigstens um ein Haarbreit vorfahren, dann käme ich vorbei und könnte rechts abbiegen, ach, fahr doch zur Hölle! –, ich spüre schon, wie es mich einschnürt, und ich fange an, dicke Tropfen zu schwitzen, mein Fuß schmerzt mich noch mehr, das Furunkel ist dreimal so dick geworden, ich sage mir, daß ich einen Furz lassen werde, das wird mich erleichtern, ich hebe eine Hinterbacke hoch, und da schert der Kerl aus, ich biege in die Avenue ein, bei den Ampeln habe ich nichts zu befürchten.

Als ich im Büro ankomme, atme ich besser, aber natürlich habe ich immer noch Schmerzen, ich werde etwas einnehmen müssen, weil ich aber von den Entzündungshemmern ständig Dünnpfiff bekomme, entzückt mich diese Aussicht nicht, doch Scheiße, ich kann nicht den ganzen Tag so weitermachen, ganz zu schweigen von dem, was mich noch erwartet, wenn ich ankomme, ich sehe das schon voraus, die aufgelöste Miene meiner Sprechstundenhilfe, seit vorhin klingelt es ununterbrochen, ich habe Sie zu erreichen versucht, aber Sie waren schon weg, der Vertreter hat mich angerufen, um mir zu sagen, daß Ihr Laptop repariert ist, er braucht nur noch abgeholt zu werden, so ein Pech auch, daß es Ihnen aus der Tasche gerutscht ist, seit wir es hatten, konnten wir doch etwas unbesorgter sein, aber wenn diese Dinger mal ausfallen, und ich muß Ihnen gleich sagen, daß Sie einen arbeitsreichen Tag vor sich haben, es sind schon sechs Krankenbesuche vorgemerkt, der Terminkalender für heute nachmittag ist voll, aber da waren vier Personen, die Sie unbedingt noch heute sehen wollten und … Geht's Ihnen nicht gut, Herr Doktor? Man könnte meinen, daß Sie sich nicht ganz wohl fühlen …

79
Madame Leblanc

Als ich aus der Bäckerei zurückkomme, sehe ich von weitem eine Dame hineingehen, die ein Fahrrad in den Hof der Arztpraxis schiebt. Es regnet. Ich schaue auf die Uhr. Ich beeile mich. Es ist so, wie ich es mir gedacht habe. Die Fensterläden des Büros und die Tür des Wartezimmers sind noch geschlossen. Im Hof stehen bereits mehrere Autos und auch viele Leute. Sie sehen mich auf meinem Fahrrad vorbeifahren. Ich hätte den Schlüssel mitnehmen sollen.

Seit einigen Monaten hast du sehr viel mehr zu tun. Samstags morgens gibt es Probleme, weil ich nicht arbeite. Heute morgen bist du bestimmt zu einem Krankenbesuch gerufen worden und hast keine Zeit gehabt, vorbeizukommen, um das Wartezimmer aufzuschließen. Dabei habe ich dir schon mehrmals gesagt, daß du mich ruhig anrufen und mir die Telefongespräche rüberstellen kannst, wenn du weg mußt, aber du hast gesagt, daß du mich nicht stören willst. Bloß, ich kann einfach nicht anders, ich mag keine Kranken draußen warten sehen, dazu noch im Regen.

Ich fahre nach Hause, ich lege mein Brot in die Diele, ich nehme den Schlüssel zur Praxis, und ich fahre zurück, um aufzuschließen. Als ich ankomme, sind sieben oder acht Patienten an der Tür, und zwei oder drei sitzen in ihren Autos. Es regnet nicht sehr. Zwei Kinder springen in Wasserpfützen herum.

Als sie mich ankommen sehen, lächeln alle und grüßen mich.

Ich schließe die Außentür auf und die zum Wartezimmer, ich lasse sie eintreten. Ein junges Mädchen bittet darum, daß du nach der Sprechstunde bei Madame Renard vorbeifährst. Ich weise sie darauf hin, daß es spät werden kann, möglicherweise nicht vor dreizehn Uhr.

Die Telleruhr an der Wand zeigt fünf vor zehn. Die Patienten setzen sich, die Stuhlbeine quietschen über den Boden, die Kinder trampeln, von den Regenmänteln tropft es auf die Fliesen. Du hast noch einen langen Vormittag vor dir.

80
Der verhinderte Arztbesuch
Fünfte Episode

Ich gehe gegen zwanzig vor zehn von zu Hause weg, um deine Ankunft abzupassen. Im Hof warten schon drei Personen. Die eine
steht, die beiden andern sitzen in ihren Autos. Die Eingangstür ist
noch verschlossen. Aber es regnet nicht, immerhin das.

Fünf Minuten vergehen, wir sind jetzt ein halbes Dutzend, und
es beginnt zu regnen. Dann kommt Madame Leblanc und
schließt uns die Tür zum Wartezimmer auf. Um Punkt zehn fährt
dein Auto in den Hof. Du kommst herein, du begrüßt uns einen
nach dem andern. Du durchquerst das Wartezimmer, du betrittst
die Praxis, wobei du die beiden Verbindungstüren offenläßt. Du
kommst bald darauf mit zwei Holztafeln heraus, die du an die
Wand stellst, gegenüber vom Schreibtisch der Sekretärin. Auf der
Rückseite eines der Fensterläden lese ich »Garten, links«. Drei
Minuten später kommst du wieder heraus mit zwei anderen
Holztafeln, die du vor die ersten stellst. Auf der Rückseite einer
dieser Tafeln lese ich »Hof, links«. Du gehst ins Sprechzimmer
zurück, die Verbindungstür wird wieder geschlossen. Einige Augenblicke darauf beginnt ein direkt unter der Decke angebrach-
ter Lautsprecher, Musik zu übertragen. Zwölf Minuten später
kommst du wieder heraus, du sagst: »Ich stehe zu Ihrer Verfügung.« Einer der beiden Herren, die vor mir da waren, steht auf,
gestützt von seiner Frau. Du läßt ihnen den Vortritt und schließt
dann die Innentür, während die Verbindungstür unter dem Druck
des automatischen Türschnappers mit einem Klicken zuschlägt.

Ich warte. Ich beobachte geduldig die zwischen den beiden
Fenstern an der Wand hängende Telleruhr. Eine Viertelstunde
vergeht, eine halbe Stunde, fünfundvierzig Minuten. Andere Patienten sind nach mir hereingekommen. Mehrmals habe ich trotz
der Zwischenwand das Telefon in deinem Büro läuten hören. Es
ist bereits elf Uhr vorbei, und die Kinder kommen um Viertel vor
zwölf aus der Schule. Der andere Herr hat seine Zeitung ausgelesen. Er schaut auf seine Uhr. Er wühlt in den Illustrierten, die

sich auf dem niedrigen Tisch stapeln, und findet nichts nach seinem Geschmack. Er schlägt die Beine übereinander, verschränkt die Arme und wartet seufzend. Zwei Damen, die gleichzeitig gekommen sind, reden immer lauter. Die eine – eine dicke, ziemlich alte Dame – sagt, daß es beim Doktor immer so ist, daß man sein Ungemach mit Geduld ertragen müsse. Daß es zu Anfang natürlich nicht so war, sie, die drei Schritte entfernt wohnt, war ganz glücklich, einen Doktor in der Straße zu haben, und daß sie am Anfang, weil du zwangsläufig nicht viele Patienten hattest, ein wenig Mitleid mit dir hatte, sie kam hin und wieder zu dir, um sich den Blutdruck messen zu lassen, das hatte keine Folgen, weil es von der Kasse erstattet wird, aber gleichzeitig ließ sie auch weiterhin den Doktor aus Lavinié kommen, für ihre Behandlung, ihren Blutdruck und den Zucker und das Cholesterin und die Warzen. Und eines Tages hat sie dich kommen lassen, weil es ihr nicht gutging, überhaupt nicht gut, ihr war heiß und ihr war kalt, und das dauerte schon drei Tage, und sie hatte gewartet, weil sie dachte, daß es vorbeigehen würde, und als sie angerufen hat, war ihr Doktor nicht da, oder er konnte es vor dem übernächsten Tag nicht einrichten, und als du angekommen bist, hast du sofort gesehen, daß es ihr nicht gutging, und du hast sie abgehorcht, und du hast herausgefunden, daß sie einen Stein in der Blase hatte, und du hast sie auf der Stelle operieren lassen. Sie wollte natürlich nicht ins Krankenhaus, und du hast zu ihr gesagt, sie könne es halten, wie sie wolle, aber sie hätte bereits eine Gelbsucht und würde nun zusätzlich noch eine Blutvergiftung riskieren, daraufhin habe sie natürlich zugestimmt, und als sie im Krankenhaus angekommen sei, habe man zu ihr gesagt: Nun, gute Frau, es war eine Minute vor, dieser junge Doktor hat Ihnen das Leben gerettet, und am Tag nach dem Tag, an dem sie operiert worden war, sie war praktisch noch bewußtlos, und sie hat gehört, daß man nach ihr rief, darauf sei sie wach geworden, und wer stand da am Bettende? Der junge Doktor, der gekommen war, um sich nach ihrem Befinden zu erkundigen. Darauf hat sie ihm natürlich gedankt, und er, nicht stolz, sagte zu ihr, das sei doch nicht der Rede wert, aber als sie gesehen habe, was man ihr aus der Blase geholt hatte, konnte sie es nicht fassen: drei kastanienbraune Steine, dick wie Taubeneier, man hatte sie ihr in ein kleines Fläschchen gesteckt und mitgegeben, als sie entlassen wurde, wenn die Dame nach der Konsultation fünf Minuten Zeit hätte, würde sie sie ihr zeigen. Das schafft natürlich Bindungen. Und seitdem komme sie ständig hierher. Aber zu Anfang brauchte man fast nicht zu warten: Sie klingelte, ging hinein, setzte sich, und kaum saß sie, kam er auch schon aus seiner Praxis, denn er war ganz allein – er wartete auf Patienten, ganz offensichtlich –, und er nahm sie sofort dran, und er hatte Zeit, sich zu unterhalten. Jetzt hingegen, natürlich waren die Leute zufrieden, und sie kamen wieder, es ist ja nicht mehr wie früher, als man den Doktor bezahlen mußte und die Medikamente teuer waren, heute kostet es nur noch den Gang zu ihm. Wenn es keinen Doktor am Ort gibt und man kein Auto hat, muß man diesen oder jenen bitten, und natürlich können sie nicht immer, wenn man sie braucht, wenn hingegen ein Doktor am Ort ist, ist es einfacher, vor allem die jungen Leute, die Bälger haben und die nicht so recht wissen, was sie tun sollen, wenn der Kleine Fieber hat oder wenn er sich erbricht, gehen viel schneller zum Doktor, und es scheint, daß er sogar Medikamente in der Schublade hat, wenn man nachts welche braucht, so daß man nicht jemanden zu bitten braucht, am nächsten Tag in die Apotheke zu gehen, ach ja, er ist verdammt hilfreich, der kleine Doktor, und sehen Sie, mein Mann berührt mich, er stoppt das Feuer, aber er stoppt nie so gut das Feuer wie der kleine Doktor, und dabei habe ich Schmerzen, olalameingott, was habe ich Schmerzen – sagte die dicke Dame in dem Augenblick, als ich hörte, wie der Türknauf gedreht wurde. Die Außentür öffnet sich vor dem Herrn, der als erster gekommen war und der nun geht, nicht sehr schnell, er zieht die Füße nach, atmet mühsam, es sieht wirklich nicht so aus, als fühle er sich sehr gut, ich kann verstehen, daß du ihn lange dabehalten hast, aber was mir komisch vorkommt, ist, daß er sich nicht so schlecht zu fühlen schien, als er hineinging. Der zweite Herr geht nun ebenfalls hinein, ich schaue hinauf zur Telleruhr, die zwischen den Fenstern hängt, es ist zwanzig vor zwölf, das gibt's doch nicht! Schon so spät, ich muß meine Kinder aus der Schule abholen, das kann doch nicht wahr sein! Zum Glück hatte ich mir keinen Termin geben lassen. Wo ich mich endlich einmal entschlossen habe, früh zum Arzt zu gehen, ich habe eben kein Glück.

81
Tintenstrahl

Krebs, 1576–1645 – adenoid, anaplastisch, anogenital, Mundkrebs, Chemotherapie, Dickdarm (*siehe* Dickdarmkrebs), Diagnose, Magen (*siehe* Magenkrebs), Ätiologie, klinische Bewertung, Bewertung des Stadiums, Leber (*siehe* Leber, Krebsschädigung der), intrakraniale Hämorrhagie und, Inkontinenz und, Metastasen (*siehe* Metastasen), Haut (*siehe* Hautkrebs; malignes Melanom), Gewichtsverlust bei Rachenkrebs, Krebs des Brustfells, der Lunge, des Kehlkopfs (*siehe* Kehlkopfkrebs).

Kehlkopf, Abszeß, Biopsie, Krebs – histopathologische Untersuchung, Anämie, Biopsie, Chemotherapie, histologische Klassifizierung, Klassifizierung in verschiedenen Stadien, Erkennung, Diagnose, klinische Zeichen und Umstände der Entdeckung (…).
Der Kehlkopfkrebs äußert sich durch örtliche Zeichen und Symptome, die mit dem Wachstum des Tumors verbunden sind, durch Zeichen des Befalls oder der Obstruktion der benachbarten Organe (insbesondere der Speiseröhre), die lokale Metastasierung in die regionären Lymphknoten und schließlich die Fernmetastasierung durch eine Streuung in die Blutbahn … Zu den Sekundärzeichen parenchymatösen oder endobronchialen Wachstums des ursprünglichen Tumors zählen Husten, Blutspucken, asthmatische Spastik und ein Stridor, eine Dyspnoe oder eine Pneumonie (mit Fieber und produktivem Husten), herrührend von der Obstruktion der Atemwege … *Extrathorakale Metastasen* (siehe diesen Terminus) werden bei über fünfzig Prozent der Plattenepithelkarzinome, bei achtzig Prozent der Adenokarzinome bei der Autopsie entdeckt. Bei der Autopsie kann man in praktisch allen Organen Metastasen entdecken. Aus diesem Grund benötigen die meisten von Kehlkopfkrebs befallenen Kranken zu irgendeinem Zeitpunkt eine palliative Behandlung.

82
Noch einmal Monsieur Guenot

Die Tür geht auf.

Ich stehe auf, meine Mütze in der Hand. Ich suche auf dem niedrigen Tisch meine Brieftasche, den Ausweis für den Quickwert, den Krankenzettel und das Rezept zusammen, die ich mitgebracht habe. Du streckst mir die Hand hin.

»Guten Tag, Monsieur Guenot.«

»Guten Tag, Monsieur ... äh, Herr Doktor.«

»Wie geht's?«

»Nun, es ist wegen meines Quickwertes ...«

»Mhja, wie jeden Monat.«

Ich nehme das Ergebnis der letzten Blutprobe aus dem Umschlag, ich lege meine Mütze auf den Sessel.

»Er ist gestiegen, seit dem letzten Mal ...«

»Ach ja? Mal sehen ... Sechsunddreißig Prozent ... Das letzte Mal hatten Sie einunddreißig, das ist gut. Zwischen fünfundzwanzig und fünfunddreißig Prozent gibt es kein Problem ...«

Ich ziehe die Jacke aus, die Weste, und ich löse den Gürtel.

»Gut, vielleicht müssen Sie mich abhorchen. Soll ich mich ausziehen?«

»Ja, bitte ...«

Ich ziehe meine Hose aus, ich lege sie auf den Stuhl. Ich ziehe auch mein Unterhemd aus.

»Soll ich auch die Socken ausziehen?«

»Wenn Sie wollen.«

»Soll ich mich hinlegen?«

»Ja, bitte.«

Du drehst dich in deinem Sessel auf Rollen.

»Was gibt's Neues seit dem letzten Mal?«

»Oh, nicht viel, aber ich habe keinen Hustensaft mehr, Sie müßten mir welchen verschreiben, man kann nie wissen. Und ich müßte auch wieder meine Tetanusspritze bekommen.«

»Mmmhh. Ich schreib sie Ihnen auf und gebe sie Ihnen dann das nächste Mal.«

Ich strecke den rechten Arm aus, du zwängst ihn in die graue Manschette, und ohne den Gummiball loszulassen, legst du sachte meinen Arm auf den Rand der Liege. Mit der rechten Hand nimmst du ein Stethoskop, steckst dir die Ohroliven in die Ohren, hältst die Muschel des Instruments an die Schlagader meiner Armbeuge, drückst auf den Gummiball.

»Hundertdreißig zu achtzig, das ist gut.«

»Das letzte Mal hatte ich hundertvierzig...«

»Mmmhh... das ist dasselbe. Es bleibt im Normalbereich... Und Ihrer Frau geht's gut?«

»Sie hält sich... Wir werden nicht jünger, wissen Sie...«

»Wem sagen Sie das! Setzen Sie sich auf den Rand der Liege.«

Du testest meine Reflexe.

»Bestens.«

»Na? Krepiert das Vieh noch nicht?«

»Weit davon entfernt! Übrigens, Sie machen den Eindruck, als seien Sie in Bestform.«

»Man darf sich nicht beklagen, man hält sich... Aber mit siebzig Jahren ist es nicht mehr wie mit zwanzig. Klar doch. Man muß auf seine Gesundheit achten.«

»Kommen Sie hierher, damit ich Sie wiege.«

Ich steige auf die Waage.

»Habe ich abgenommen?«

»Nein, es hat sich nichts verändert seit dem letzten Mal...«

»Kann ich mich wieder anziehen?«

»Mmmhh.«

Du setzt dich wieder hin. Unterdessen ziehe ich meine Socken, meine Hose, mein Hemd, meine Schuhe wieder an. Ich sehe, daß du einen Rezeptblock nimmst. Ich hole meine Brieftasche heraus, und ich sehe, wie du oben rechts meinen Namen hinschreibst, genau deinem gegenüber, das Datum genau darunter, dann, in Großbuchstaben mit einem kleinen Bindestrich davor, die Namen der Medikamente, die du mir verschreibst, seit ich zum ersten Mal zu dir gekommen bin. Es sind nur zwei, du sagst, daß das genügt, anfangs haben sich die Leute sogar darüber gewundert, sie sagten: »Er hat offenbar wirklich nicht viele Patienten, er verschreibt nicht viel, und die Apotheker sagen sogar, daß es für sie kein Geschäft ist, wenn man Patient bei Doktor Sachs ist«, aber gut, für die zählt natürlich nur der Geldbeutel. Aber es stimmt schon, die Leute erwarten, daß ein Doktor viele Arzneimittel verschreibt, sie haben genug Beiträge bezahlt, und sogar ich fand das anfangs seltsam, aber da ich mich wohl dabei fühlte, warum hätte ich weitersuchen sollen? Nur, das gefällt nicht allen, und die Leute reden, sie sagen Dinge, zum Beispiel, daß unser Doktor nicht mehr allein lebt, daß er eine Frau aufgetan hat, daß sie übrigens ganz entzückend ist, daß sie zusammenleben und daß es nicht verwunderlich wäre, wenn man eines Tages hören würde, daß er weggeht. Aber ich höre jetzt schon so lange immer dasselbe, ich antworte darauf nur, hätte er sich etwa hier niedergelassen, wenn er von einem Tag auf den andern wieder gehen wollte? Deshalb glaube ich dem Gerede nicht so recht, und doch, ich weiß, daß es Leute gibt, die dir diese Frage stellen, was ich aber blöd finde: Die Gerüchte kommen und gehen, und wenn du wegziehen wolltest, wüßte man das, übrigens, wenn ich das höre, frage ich Madame Leblanc ganz diskret danach, ich sage zu ihr: »Ich weiß, daß es Gerüchte sind, aber trotzdem, er wird doch nicht weggehen, der Doktor?«, und sie schaut mich verwundert an und antwortet: »Ich hoffe nicht! Auf jeden Fall hat er nichts zu mir gesagt.« Und wenn es jemanden gäbe, dem du es sagen würdest, dann wohl ihr.

Auf das Rezept schreibst du die Blutprobe, die der Krankenpfleger nächsten Monat wegen des Quickwertes machen soll.

Ich stehe auf, ich strecke den Finger aus.

»Und vergessen Sie nicht, ›zu Hause‹ draufzuschreiben? Sonst wird es nicht erstattet ...«

83
Drei aus einem großen Block
herausgerissene Blätter

Blatt 1 und 2

»Hallo, Herr Doktor? Hier sind die Fahrer der Ambulanz aus Saint-Jacques, Sie haben vergessen, uns den Transportschein des Herrn von neulich nachts zu unterschreiben, außerdem wollten wir Ihnen noch sagen, daß wir die alte Madame Doubrovsky abholen, Ihre Patientin aus Deuxmonts, um sie nach Hause zu bringen, wenn Sie sie heute abend besuchen könnten, das würde die Familie beruhigen ...«

»Hallo, Herr Doktor? Hier ist die Krankenschwester. Muß man Madame Benoziglio wirklich drei Spritzen pro Tag geben, weil, gut, ich habe nichts dagegen, aber sie hat große Schmerzen, und die Substanz ist sehr fett, ich brauche mindestens zehn Minuten, um ihr das zu injizieren ... Ach, das waren Sie gar nicht? Die hat ihr das Krankenhaus verschrieben? ... Das habe ich mir gedacht. Ja, es ist ein Antibiotikum ... Klar, das habe ich ihr gleich gesagt: Wissen Sie, Madame Benoziglio, es gibt bestimmt eine Möglichkeit, das in Tablettenform einzunehmen ... Ja, das wäre viel angenehmer für sie ... Macht Ihnen das nichts aus? Es würde ihr Erleichterung bringen, das ist sicher ... In Ordnung, ich sage ihrem Enkel Bescheid, daß er bei Ihnen vorbeikommt, um das Rezept abzuholen ...«

»Hallo? Guten Tag, Herr Doktor, hier ist Monsieur Sulitzer, vom Crédit Provincial, ich habe gehört, daß die Räumlichkeiten, in denen Sie praktizieren, schon ziemlich alt sind, und da habe ich gedacht, daß Sie sich vielleicht bald verändern wollen ... Oder daß Sie ein Haus kaufen, vielleicht sogar bauen wollen ... Deshalb habe ich mir erlaubt, Sie anzurufen, um Ihnen eine Finanzierung anzubieten, die speziell für Praxisräume entwickelt wurde ...«

»Hallo, Herr Doktor? Hier ist die Gendarmerie von Lavallée. Entschuldigen Sie bitte die Störung, Sie hatten, wenn ich nicht irre, vor zwei Nächten Bereitschaftsdienst, haben Sie da zufällig einen durch Schüsse Verwundeten behandelt? ... Ja, ich weiß, daß Sie an Ihre Schweigepflicht gebunden sind, das kann ich meinen Vorgesetzten noch so oft klarzumachen versuchen, sie bestehen darauf, daß ich Sie trotzdem anrufe ... Wissen Sie, Sie und Ihre Kollegen hier sagen mir nie etwas, aber ich erinnere mich, eines Tages, ich war damals in Südfrankreich, hat mir ein Arzt geantwortet: ›Ja, ich habe gestern einen verdächtigen Kerl hier gehabt, er hatte einen Messerstich abbekommen und mich gebeten, seine Wunde zu vernähen, ich fand gleich was faul an der Sache, aber jetzt, wo Sie mich fragen, wundert mich das nicht, er hat mich nicht einmal bezahlt!‹, und er hat mir Name und Adresse gegeben, es hat ihm bestimmt nicht behagt, morgens um drei Uhr gestört zu werden. Und ob Sie mir nun glauben oder nicht, als wir den betreffenden Kerl verhaftet haben – es war ein Racheakt, er hatte den Burschen niedergestochen, der seine Schwester vergewaltigt hatte –, hat der seinen Anwalt angewiesen, den Arzt wegen Bruchs des Berufsgeheimnisses zu belangen, natürlich ist er ins Gefängnis gekommen, aber seinen Prozeß gegen den Arzt, den hat er trotzdem gewonnen!«

»Hallo, Herr Doktor? Hier ist die Sekretärin vom Bürgermeisteramt, ich wollte Ihnen nur sagen, daß wir den Impfstoff gegen die Masern bekommen haben, erinnern Sie sich? Sie sollen Ende der Woche kommen, um die Kinder zu impfen, und Sie hatten mich gebeten, Ihnen Bescheid zu sagen ...«

»Hallo, ist dort der Arzt? Hier ist Madame ... Pfrrr ... Madame Cocteau, ich wollte wissen, ob Sie Spiralen einsetzen ... Und Diaphragmen? Und Pfrrr! ... Und Stoßdämpfer? Hihipfrlll ... Hahahahaha ...!!«

»Hallo, Doktor Sachs? Hier ist das Laboratorium Montrond. Ich gebe Ihnen das Untersuchungsergebnis von Monsieur René Huysmans durch, Route de la Grange 13, Siedlung Aux Belles in Play, Erythrozyten 4,2 Hämatokrit siebenunddreißig Prozent

Leukozyten fünfundzwanzigtausend Granulozyten dreiundsechzig junge Formen zwei Prozent Kommentar in den nächsten Tagen wäre eine Kontrolle notwendig Ionogramm – geht das so, mache ich nicht zu schnell?«

»Hallo, ist dort der Doktor von Play? Hier ist die Sozialarbeiterin von Lavallée, ich wollte mit Ihnen über Madame Musset reden, sie war Patientin bei Ihnen, als sie in Forçay wohnte, und jetzt wohnt sie in Boizard in der Siedlung . . . ja, genau, seit drei Wochen . . . Sie bittet um einige Stunden Haushaltshilfe, nun möchte ich wissen, ob das gerechtfertigt ist, weil, nun gut, ich bin kein Arzt, aber ich finde nicht, daß sie sehr krank ist, was meinen Sie?«

»Hallo, guten Tag, Monsieur, entschuldigen Sie bitte die Störung, ich mache eine Umfrage für die Gesellschaft AAA, die Sie sicherlich kennen, es geht um Küchen / Enzyklopädien / frei Haus gelieferte Tiefkühlkost . . .«

»Hallo? Edmond? Bist du es, Edmond? Oh, dieses Ding klappt doch nie! . . . Hallo? Hallo? Edmond? Wenn du es bist, dann antworte doch! Edmond!«

Blatt 2 und 3

Der ärztliche Diskurs ist wie ein Krebsgeschwür. Er wuchert. Jeder Name einer Krankheit verweist auf vielfältige Bedeutungen, Anspielungen, Auswirkungen, Andeutungen, Varianten, die um so zahlreicher sind, als es für die gleiche Krankheit fast nie ein charakteristisches Aussehen gibt, sondern mehr oder weniger häufige *Formen*, »typische« oder »einmalige«, die bestimmt werden nach den erstaunlichen Zeichen, die sie hervorrufen können, aber nie nach der Person, die darunter leidet. In diesem Land haben die Krankheiten, wie die Syndrome, die Namen der Ärzte, die sie zum ersten Mal beobachtet, zumindest aber beschrieben haben. Sie haben nie den Namen der Person, die an ihnen litt. Was eindeutig zeigt, in welchem Maße die Krankheit den Ärzten gehört, einer Kaste, einer Gruppe, die allein das Nutzungsrecht daran besitzt. Die Professor-Dingsbums-Krankheit. Das Doktor-Sowieso-Syndrom. Warum nicht eine akute Niereninsuffizienz Destouches, ein bösartiges Lebersyndrom Deshoulières, ein ulzerös-rekratisierender Krebs Guilloux? Den Krankheiten die Namen von Ärzten zu geben heißt, aus allen Personen, die davon betroffen sind, so etwas wie eine Erweiterung des Wissens, der Macht, des Ruhms jenes depperten Arztes zu machen, der seinen blöden Namen auf eine beschissene Sauerei klebt.

Wie kann man nur stolz darauf sein, einer Sauerei seinen Namen zu geben?

Die Leute selbst haben nichts damit zu tun. Sie haben nicht die Lapeyronie-Krankheit, sie haben einen Schwanz, der quer steht. Sie haben nicht die Dupuytren-Kontraktur, sie haben Hände, die sie nicht mehr öffnen können. Sie haben nicht die Charcot-Krankheit, sie haben eine progressive Paralyse, ihre Muskeln schmelzen dahin, ihre Kräfte verlassen sie, und am Ende können sie nicht mehr atmen, also hängt man sie an eine kunstvolle Maschine, denn auch die Muskeln ihres Brustkorbs sind geschmolzen. Die Leute haben keine Sowieso-Krankheit, sie haben Schmerzen, sie leiden, sie magern ab, sie kotzen, sie schlafen nicht mehr, sie weinen, sie krepieren vor sich hin.

Man hat zwar den Namen Charcot beibehalten, doch die Namen jener, die an der Scheußlichkeit gestorben sind, der er seinen Namen gegeben hat, wird man nicht beibehalten. Charcot ist nicht daran gestorben. Dabei sind die Namen der Ärzte nie etwas anderes als eine heuchlerische Tarnung, um nicht erklären zu müssen, worum es sich wirklich handelt. Kaposi-Krankheit ist weniger bedrohlich als Kaposi-*Sarkom*. Charcot-Krankheit klingt vornehmer als »amyotrophische Lateralsklerose«. Down-Syndrom ist erfreulicher als Mongolismus.

Unterdessen klammert Monsieur Guilloux sich fest. Heute sollte ich zu ihm, aber er hat darauf bestanden, zu mir zu kommen. Seine Frau hat ihn im Auto nach Play gefahren, ich erinnerte mich an einen skelettartigen Körper, aber er glich einem Taucher, dessen Taucheranzug unten voll Wasser gelaufen ist. Die Beine, die Schenkel und die Geschlechtsorgane hatten um das Dreifache zugenommen. Letzten Sonntag hatte ich keinen

Bereitschaftsdienst, er wollte nicht, daß seine Frau mich anruft, er hat die Vertretung von Doktor Boulle kommen lassen. Sie sah natürlich, daß er Ödeme in den Beinen hatte, und sie weiß, was das bedeutet (ich lasse seine Krankenakte bei ihm zu Hause, so daß jeder Arzt, der zu ihm gerufen wird, sie zu Rate ziehen kann). Aber sie hat nichts getan. Sie hat ihm nicht einmal für zwei oder drei Tage harntreibende Mittel gegeben, um zu sehen, ob dadurch die Wasseransammlung zurückgeht. Es war ihr offenbar Wurscht. Sie hat gesagt: »Das ist nichts, das geht vorbei.« Eine dumme Kuh! Ich habe sie angerufen und sie um eine Erklärung gebeten, sie stotterte, sie wußte nicht, was sie antworten sollte, Dummheiten von der Art wie: »Harntreibende Mittel verbieten sich, wenn man nicht die Ursache der Ödeme kennt«, und ich: »Und Ihr Kopf, wozu dient der? Haben Sie die Menge an Morphium gesehen, die er einnimmt? Er hat invasiven Krebs. IN-VA-SIV! Wovor hatten Sie Angst? Daß Sie ihn umbringen? Meinen Sie, es war besser, daß die Haut an seinen Beinen überall platzt? Haben Sie nicht gesehen, daß seine Eier so angeschwollen sind, daß er keinen Slip mehr anziehen kann? Meinen Sie, daß man sein Leben entscheidend verlängern kann, indem man nichts tut? Lebensqualität, wissen Sie, was das ist, Sie dumme Ziege?« Und zum Schluß habe ich ihr noch gesagt, wenn sie warten müsse, bis sie sich einen Eierstockkrebs einfängt, um zu begreifen, was Guilloux im Augenblick durchmacht, dann täte sie besser daran, den Beruf zu wechseln. Sie hat es von oben herab aufgenommen. Die Mittelmäßigen verstehen nicht, daß man ihnen sagt, daß sie mittelmäßig sind. Am Abend hat mich Boulle zurückgerufen, er war ziemlich verblüfft, er hat ihr nicht geglaubt, als sie ihm das erzählt hat, aber ich habe es Wort für Wort bestätigt. Und ich habe noch alles das hinzugefügt, was ich ihr hätte sagen wollen, was mir aber im Moment nicht eingefallen war. Die Wut war immer noch in mir. Ich habe aus all dem geschlossen, daß sie viel zu blöd ist, als daß er sich weiterhin von ihr vertreten ließe. Boulle hat gesagt: »Letzten Endes machst du dir mehr Sorgen um deine Kranken, als ich mir um die meinen mache …« Seine Stimme war seltsam traurig. Ich habe gesagt, daß ich das nicht glaube, daß wir, er und ich, uns nur unterschiedlich ausdrücken, das ist alles. Er hat es nicht kommentiert.

Vorhin hat mich Madame Guilloux angerufen. Sie hat mir gesagt, daß ihr Mann praktisch keine Ödeme mehr hat, daß er aber erschöpft ist. Im Augenblick steht er nicht auf. Drei Tage lang mußte er unentwegt Wasser lassen, er hatte immer eine Urinflasche in Reichweite, er entleert sie in einen Eimer neben seinem Bett. Und wie immer hört er Radio und bastelt im Bett, er repariert eine Lampe, er klebt einen Schüsseluntersetzer wieder zusammen, doch er beklagt sich über nichts.

84
Im Wartezimmer

Meine Nase ist verstopft. Ich lege das Buch hin und hole ein Papiertaschentuch heraus. Ich putze mir die Nase und versuche, dabei nicht allzuviel Lärm zu machen. Der kleine Junge schaut auf, dann beugt er sich wieder über seine Bauklötze. Das kleine Mädchen dreht sich nach mir um, zeigt auf die Stofftiere, die auf dem Boden liegen, und sagt: »Pst! Die Teddybären halten Mittagsschlaf.« Die schwangere Frau sieht immer schläfriger aus. Sie klammert sich an ihren Bauch, als hätte sie Angst zu fallen.

Neben mir bringen sich das junge Mädchen und seine Mutter gegenseitig auf die Palme. Das heißt, die Mutter bringt ihre Tochter auf die Palme: »Du wirst schon sehen, ich werde es ihm sagen. Man kann dich nicht in diesem Zustand lassen. Du kannst so nicht weitermachen. Ich tue das für dich, verstehst du! Ich bin schließlich deine Mutter.« Und die Tochter gibt ihr zur Antwort: »Hör schon auf! Hör auf, du gehst mir auf den Wecker«, und dazu endlose Seufzer.

Die Tür geht auf. Der Herr mit der Mütze kommt heraus: »Gut, na, ich will Ihre Zeit nicht länger in Anspruch nehmen. Man wartet auf Sie. Also dann, auf Wiedersehen, Herr Doktor, bis in einem Monat ...«

»Auf Wiedersehen, Monsieur Guenot.«

Du drehst dich zu uns um. Die Mutter steht auf und geht auf dich zu. Die Tochter seufzt und steht ebenfalls auf, sie geht widerwillig hinein. Ich schaue um mich. Ich habe den Eindruck, daß sie noch nicht an der Reihe waren, aber vielleicht irre ich mich.

Die Verbindungstür schlägt hinter ihnen unter dem Druck des automatischen Türschnappers mit einem Klicken zu. Dahinter hört man, wie du die Tür zum Sprechzimmer fest zustößt.

Ich stecke das Papiertaschentuch wieder in die Tasche und setze meine Lektüre fort, wobei ich ein wenig suchen muß, weil ich die Seite verblättert habe.

85
Viviane R.

Es ist vier Uhr. Sie sitzt jetzt seit fast drei Stunden auf der Terrasse. Als sie gekommen ist, war das Wetter nicht sehr schön, es war windig, und ich hätte geschworen, daß es regnen wird, wegen all der bleifarbenen Wolken, die dort oben dahinzogen. Aber sie hat sich trotzdem an ihren üblichen Tisch gesetzt, schließlich hat sich der Wind gedreht, und während ich drinnen die Bestellungen entgegennahm, sind die Wolken verschwunden, die Sonne fing an zu wärmen, sie hat ihre Kostümjacke ausgezogen.

Bestimmt wartet sie auf ihn. Sie kommen samstags oft am frühen Nachmittag hierher, meistens kommt sie vor ihm, sie nimmt eine Mappe mit Blättern aus ihrer Tasche und liest. Anfangs glaubte ich, es seien Schülerarbeiten, es gibt ein oder zwei Lehrer, die hier sitzen, um Hefte zu korrigieren. Aber sie ist keine Lehrerin. Ich bin ihr irgendwann einmal auf ihrer Arbeitsstelle begegnet, in einem Büro, auf einer Behörde, aber ich kann mich nicht mehr erinnern, wo, auf dem Standesamt, vielleicht auch auf der Präfektur. Es gibt viele Leute auf diesen Ämtern. Das macht mich neugierig, ich wüßte gern etwas mehr über sie. Ihn kenne ich, na ja, kennen ist etwas viel gesagt, aber ich habe lange genug mit ihm gesprochen, letztes Jahr, als er sich im Krankenhaus um mich gekümmert hat, daß ich weiß, was für eine Art Mensch er ist. Damals hat mir jemand gesagt, ich weiß nicht mehr, wer, daß er allein lebt, und das hat mich gewundert: ein Junggeselle, nicht schlecht aussehend, nett und intelligent, dazu noch Arzt, das war wirklich ungewöhnlich. Und ich wußte, daß er nicht zu jenen gehört, die Männer vorziehen, damit ist es genauso, das spürt man, auch wenn ich eines Tages gesehen habe, wie er den Kerl geküßt hat, der den Buchladen am Mail hat – von ihm glaube ich zu wissen, daß er einer ist, aber sie küßten sich wie zwei Brüder, das ist alles.

Und dann, eines Tages, ich dachte nicht mehr an ihn (ich denke wirklich nicht sehr oft an ihn, es ist nur, weil er schon oft allein hier war, bevor er mit ihr gekommen ist, er kam samstags nachmittags, er setzte sich hin, um in ein Heft zu schreiben oder um ein Buch zu lesen, im Winter direkt hinter der Scheibe, im Sommer draußen, aber eher im Schatten), und da taucht er auf einmal auf und geht zu ihr hin (sie hatte sich auf die Terrasse gesetzt und mir gesagt, daß sie auf jemanden warte, aber ich konnte mir nicht vorstellen, daß er es war), sie hat aufgeschaut, er hat sich zu ihr herabgebeugt, und ich habe nie einen Mann gesehen, der eine Frau mit solcher Zärtlichkeit küßt, und nie eine Frau, die die Augen so schließt, um einen Kuß zu empfangen, der nicht sehr lange gedauert hat, aber es war, als ob die Zeit stehenblieb.

Seit jenem Tag habe ich sie nicht mehr allein kommen sehen. Meistens kommen sie zusammen, oder aber sie kommt als erste, und er trifft sie dort. Wenn sie zusammen sind, reden sie. Sie reden viel, sie reden manchmal lange. Er ist oft erregt, wenn er kommt, es ist selten, daß er lächelt. Er geht zu ihr, sie lächelt, sie hält ihm die Hand hin, er nimmt sie, beugt sich zu ihr herab, sie empfängt seinen Kuß, er setzt sich, er beginnt zu sprechen, oft von seinen Patienten, ich höre Gesprächsfetzen. Er fängt an: »Wissen Sie, was heute morgen passiert ist?«, und sie: »Erzählen Sie ...« Sie hört ihm zu; nach einer Weile entspannt er sich, er wird ruhiger, sie bestellen etwas, oft einen Kaffee. Und manchmal sprechen sie über das, was sie gelesen hat, bevor er kam.

Sie sind jetzt schon seit Monaten zusammen. Das sieht man an der Art, wie sie miteinander reden, an der Art, wie er ihr diesen Winter in den Mantel half, wie sie seinen Arm nimmt, wenn sie gehen ... Sie schauen nie um sich, wenn sie auf der Terrasse sitzen, während es sonst bei den Paaren oft so ist, daß einer spricht und der andere um sich schaut, um zu sehen, ob er jemanden erkennt, oder aus Angst, erkannt zu werden.

Man könnte meinen, daß sie seit Jahren zusammenleben, aber sie siezen sich auch weiterhin. Das ist komisch. Na ja, auch nicht dümmer als in den synchronisierten amerikanischen Filmen, wo die Paare sich am Anfang des Films siezen, um sich dann nach dem ersten Kuß oder dem ersten Fick zu duzen, obwohl sich in der Originalversion nichts ändert, weil es auf englisch weder Sie noch du gibt ... In *Bebé Donge* sagt Danielle Darrieux, als sie im Bett liegen, abwechselnd Sie und du zu Gabin, weil sie die Distanz sucht ...

Man könnte meinen, daß sie die Distanz gefunden haben. Sie sind verliebt, und das dauert an. Als ob es nie aufhören sollte. Das liest man in ihren Augen, man sieht es an der Art, wie sie sich anschauen, lachen oder ernst sind. Er war oft düster, doch im Verlaufe der Monate ist er es immer weniger. Es ist vielleicht meine Phantasie, aber ein Kerl wie er, der würde nicht bei einer Frau bleiben, die ihn nicht glücklich macht, er würde sie nicht so behandeln, er würde nicht zu ihr sagen, daß er ihr Lächeln liebt. Ich kenne welche, die kommen nie von ihren Weibern los, man muß schon sagen, daß es wirklich hundsgemeine Miststücke gibt, wenn die mal einen Kerl an der Leine haben, lassen sie ihn nicht mehr los, bekommen im Hopplahopp zwei oder drei Bälger, und der Kerl ist festgenagelt, *zu gut, also blut'*.

Sie hingegen, sie geht ihm nie auf den Wecker. Gut, zugegeben, ich bin nicht immer dabei, aber ich weiß nicht, so was spürt man. Wenn er ein Gesicht zieht – bei all dem Elend, das er zu sehen bekommt, hat er schließlich ein Recht dazu –, bemuttert sie ihn nicht, sie benimmt sich nicht affektiert, sondern sie legt ihre Hand auf seine. Und wenn es manchmal sie ist, der es nicht so gutzugehen scheint, ist er ebenfalls für sie da.

Sie sind immer füreinander da.

Sie kotzen mich an, sich so zu lieben.

Sie kotzen mich an mit ihrem Glück und ihrer Fähigkeit, alle Mühen zu teilen, ohne je aus der Haut zu fahren, ohne sich je Vorwürfe zu machen, ohne sich je aufgefressen oder ausgeschlossen zu fühlen.

Sie kotzen mich an, so verliebt zu sein, sich zuzulächeln, sich zu küssen, sich zu berühren, als seien sie ständig bei den Präliminarien, als könnten sie von einer Sekunde zur andern aufstehen, bezahlen, weggehen, Arm in Arm die Straße hinuntergehen, in ihr Haus eintreten (ich habe sie mehrmals aus einer Sozialwohnung im Mail-Viertel kommen sehen), mit großen Sätzen die Stufen hinaufeilen, hastig die Tür aufschließen, sich wie Irre küssen, während sie die Tür schließen, er hält sie im Nacken, ihre Münder verschlingen einander fast, sie umfaßt ihn und schiebt einen Schenkel zwischen die seinen, sie brauchen keine Minute, bis sie ausgezogen sind und sich auf ihr Bett werfen, sie muß ein sehr großes Bett haben, eine Frau wie sie braucht viel Platz zum Schlafen, selbst dann, wenn sie nicht mehr ständig dort schläft, und selbst wenn sie den größten Teil ihrer Zeit mit ihm verbringt, das Bett steht immer bereit, bezogen mit einer Garnitur von schönem Dunkelgrau oder fast ziegelsteinfarbenem Rot, eine Ecke des Federbetts ist immer zurückgeschlagen, auf der Seite, auf der er zum ersten Mal geschlafen hat, und jetzt pressen sie sich aneinander, er auf ihr oder diesmal sie auf ihm, sie mag es, daß er sie hält, sie liebt es, sich auf ihm aufzuspießen, während er sie hält, seine großen Hände auf ihren Hüften, und sie anschaut, während er sie durchwühlt und sie zum Tanzen bringt, es macht sie verrückt, wenn er sie hält und anschaut, er sagt ihr, daß sie schön ist, wie schön Sie sind, wie gut Sie sind, ich liebe Sie – wie er sie liebt! Er gibt sich hin, er füllt sie aus, sie nimmt ihn, empfängt ihn und saugt ihn in sich hinein, ja, sie vernaschen sich gegenseitig, und wenn man sagt »das ist gut«, sagt man gar nichts, denn alles ist gut zwischen ihnen, in ihnen, denn sie haben sich.

Sie kotzen mich an wegen all dieser Begierde, dieser Lust, die ich auf ihren Gesichtern lese. Sie kotzen mich an, und ich möchte ihnen sagen, daß sie mich ankotzen, wenn ich sehe, wie verliebt sie sind, wie nahe beieinander, wenn ich sehe, daß sie so glücklich sind und froh oder traurig und niedergeschlagen, wenn ich sehe, daß sie so vereint sind.

Aber ich werde nichts sagen. Weil sie meine einzige Sonne sind in dieser Baracke. Weil die Welt grau ist, alle Welt ist mittelmäßig, die Leute sind schlaff und blöd. Alle Welt langweilt sich und verbringt die Zeit damit zu hassen, die Männer hassen die Frauen, die Frauen hassen die Männer, die Männer bringen sich gegenseitig um, die Frauen machen sich gegenseitig das Besitzrecht streitig. Alle sind Versager, und niemand glaubt an die Liebe.

Auch ich habe lange geglaubt, daß es das nicht gibt. Ich habe geglaubt, daß es diese Übereinstimmung, diese Nähe, dieses geheime Einverständnis, dieses stille Verstehen, das ich bei den beiden sehe, nicht geben könne. Außer in den Filmen. In den Dreigroschenromanen. In den Märchen.

Aber dennoch sagte ich mir, daß die Liebe, wenn man so viel

Aufhebens von ihr machte, vielleicht doch wahr gewesen ist. Oder daß es manchmal vielleicht Leute gab, die es erfahren haben.

Deshalb halte ich den Mund. Ich will nicht, daß sie sich eine andere Terrasse suchen. Ich will nicht, daß sie aufhören zu kommen. Ich will nicht, daß sie verschwinden. Ich will sie anschauen, Fetzen ihrer Unterhaltung hören können, ihr Lächeln und ihre Gebärden erhaschen, sie laut sprechen sehen und dabei große Gebärden und Mienenspiele machen, um etwas zu erzählen, ich will sie lächeln sehen und ihn lachen hören, mit diesem homerischen Lachen, bei dem sein Kopf nach hinten fällt, um dann die Brille abzunehmen und sich die Augen zu reiben, um die Tränen wegzuwischen.

Ich sage nichts. Ich schaue sie an. Ich trinke sie mit den Augen, während sie meinen Kaffee trinken. Sie kotzen mich an, aber ich habe nur sie. Also behandle ich sie pfleglich.

86
Erste Beobachtungen

Das erste Mal, daß ich ein Brustkarzinom gespürt habe, war bei einer Frau, mit der ich gerade Liebe machte.

*

Ich war als Medizinstudent erstmals in einem Krankenhaus tätig, man hat mich gebeten, bei einem etwas zurückgebliebenen jungen Mädchen eine gynäkologische Untersuchung – genauer ein vaginales Touchieren – vorzunehmen. Es war das erste Mal, für mich wie für sie. Ich habe in die Krankenakte geschrieben, ich hätte es getan, und alles sei normal, in Wirklichkeit hatte ich sie aber nicht berührt. Ich hatte deswegen immer ein gewisses Schuldgefühl, bis zu dem Augenblick, in dem ich begriffen habe, daß der Assistenzarzt mich einfach nur einer Mutprobe unterziehen wollte.

*

Im Verlauf der ersten Woche meiner Niederlassung als Arzt hat mir ein Mann sein Leben erzählt; was mich am meisten frappierte, war, daß seine Mutter ihn die ganze Kindheit hindurch »Mein kleines Kotkügelchen« genannt hat, und daß sein Vater, vom Jünglingsalter an, ständig zu ihm gesagt hat: »Du bist nur ein Stück Scheiße!«

*

Eines Nachts hat man mich auf der Entbindungsstation damit beauftragt, die Episiotomie einer Frau zu vernähen, die gerade entbunden hatte. Ich hatte zwar schon zugesehen, wie Gynäkologen das machten, aber in einem bestimmten Augenblick habe ich gemerkt, daß ich ihr die großen Schamlippen zunähte.

*

Ich war erst im ersten oder zweiten Studienjahr, als mir die Großmutter einer meiner Freundinnen ihr Leben als Emigrantin zwischen Schwarzem Meer und Atlantik erzählte. Sie nahm mir das
Versprechen ab, daß ich ihr, sollte sie eines Tages gelähmt sein,
das geben würde, was nötig ist, um zu sterben. Ich habe es ver-
sprochen. Als sie starb, lag sie in einer Spezialklinik. Sie hatte die
Alzheimer Krankheit oder eine Demenz der gleichen Art. Sie war
nicht mehr in der Lage, darum zu bitten, daß man sie tötet.

*

Einige Monate nach meiner Niederlassung wurde ich zu einer Familie gerufen, in der es einem Kind nicht gutging. Es war drei
oder vier Jahre alt. Es konnte sich nicht mehr aufrecht halten. Es
stank nach Wein. Es hatte sich eine halbe Flasche einverleibt,
doch seine Mutter schwor Stein und Bein, daß das nicht stimmte.
Sie hatte das Aussehen einer Schwachsinnigen, der Kleine ebenfalls, aber ihre drei anderen Kinder waren sehr schön.

*

Als ich Boulle vertreten habe, hatte ich die Gelegenheit, hin und
wieder nach den Kindern einer Frau zu sehen, die allein an der
Landstraße nach Lavallée wohnte. Sie hatte sechs oder sieben,
ich weiß es nicht mehr. Eines Tages ist sie gekommen und hat mir
gesagt, sie habe Angst, wieder schwanger zu sein, daß das nicht
sein dürfe, daß ich unbedingt eine Abtreibung vornehmen
müsse, daß sie sonst nicht mehr klarkäme usw. Ich habe sie untersucht, ihr Uterus war dick, aber nicht sehr. Ich habe einen
Schwangerschaftstest machen lassen, der negativ war. Später
hat mir Boulle erklärt, daß vier Jahre zuvor eine Tubenligatur bei
ihr vorgenommen worden war, daß sie ihn aber regelmäßig damit reinlege. Das erste Mal ist er darauf reingefallen. Seitdem
weigerte er sich, Tests bei ihr machen zu lassen, nur um ihre
Phantasmen zu befriedigen. Sie hat seine Abwesenheit genutzt,
um sich auf die Vertretungen oder die Kollegen zu stürzen. Als
ich mich niedergelassen habe, hat sie mich eines Samstags,
als Boulle nicht da war, angerufen, sie hatte wohl den Zusam-

menhang nicht mitbekommen, denn als sie die Tür aufmachte, spielte sie mir genau die gleiche Nummer vor wie einige Monate früher, aber dann, als sie mich erkannte, brach sie ab und fand auf der Stelle einen anderen Vorwand, weswegen sie mich hatte kommen lassen.

*

Eines Nachts, als ich Bereitschaftsdient hatte, sagte mir die Telefonistin, eine Frau wolle, daß ich zu ihr komme, ganz weit draußen (bestimmt Sainte-Sophie), um ihr ein Abführmittel zu verschreiben. Es war nachts, so gegen halb eins. Ich schlief nicht, ich schaute mir im Fernsehen einen Film in der Originalfassung an, und ich hatte wirklich keine Lust, irgendwohin zu fahren. Ich habe sie angerufen. Sie hat mir mit schleppender, wehleidiger Stimme geantwortet, daß sie nicht mehr könne, daß ich unbedingt vorbeikommen müsse, daß sie ein Abführmittel brauche. Als sie spürte, daß ich nicht geneigt war, vierzig Kilometer hin und zurück zu machen, um ihr ein Medikament zu verschreiben, das sie nicht vor dem nächsten Morgen um elf Uhr holen würde, begann ihre Stimme anzuschwellen, zu pfeifen, zu dröhnen. Schließlich hat sie geschrien: »Ah! Sie sind wie mein Mann!«

*

Meinen ersten Text habe ich im *Médecine Utopique* veröffentlicht, einer militanten Ärztezeitschrift. Es war ein Pamphlet, das die Ärzte ermahnte, die sportmedizinischen Untersuchungen dazu zu nutzen, die Männer einer gründlichen Prüfung zu unterziehen. Damals wußte ich ganz genau, daß die Ärzte nie zögerten, die Brüste der Frauen zu untersuchen, jedoch selten nachsahen, was in den Unterhosen der Männer vor sich ging. Nun, schrieb ich schulmeisterlich, es gibt darin Organe, die zu untersuchen und zu pflegen sind, aber auch Dinge, die zu erklären, Ängste, die zu beruhigen sind: der Hodenkrebs natürlich, aber öfter noch die Hypospadie, die leeren Hodensäcke, die Phimose, die anschwellenden Hodensäcke, die Zysten des Samenstrangs, die Hodentorsion oder Hydatidentorsion, die Verletzungen, die Mykosen, die venerischen Wucherungen, der Herpes, die nicht lokalisierbaren Schmerzen, die Haare, die weiß werden, ist das normal in meinem Alter, die »Entzündungen« der Eichel oder der Hautfalten, der Farbverlust der Haut, die Gefühlsminderung des Stengels nach einigen Monaten bei einem Fünfundzwanzigjährigen, den man aus wer weiß welchem Grund beschnitten hat … Als ich diese Liste vor einigen Tagen wiederlas, habe ich mir gesagt: »Aber wer kann schon daran interessiert sein, nach all dem zu suchen?«

*

Als Kind glaubte ich felsenfest, daß alle Katastrophen, die ich mir vorstellte (Tod meines Vaters bei einem Autounfall zum Beispiel), um so unwahrscheinlicher würden, je genauer ich sie mir vorstellte. Die wahren Katastrophen, jene, die eintreffen würden, wären die, die ich nicht vorhergesehen hätte. An der medizinischen Fakultät habe ich einmal Druckfehler in einer medizinischen Abhandlung korrigiert, die einer meiner Professoren zusammengestellt hatte. Ich habe wochenlang alles von vorn bis hinten wiedergelesen, Tag und Nacht, außer während des Praktikums (ich ging damals schon nicht mehr in die Vorlesungen).

Die Beschreibung aller ins Verzeichnis aufgenommenen Krankheiten ist an meinen Augen vorübergezogen, und ich habe mir vorgestellt, daß ich, wenn ich die Symptome aller tödlichen Erkrankungen kennen würde und sie mir regelmäßig durch den Kopf gehen ließe, gegen sie immun wäre. Sehr viel später habe ich begriffen, daß die Krankheiten in den Abhandlungen nur das Produkt einer willkürlichen Systematik sind. In der Wirklichkeit stirbt man nicht wie in den Lehrbüchern der Medizin.

*

Eines Tages, ich arbeitete als Pfleger in einem kleinen Krankenhaus, hatten wir dort einen Patienten von fünfunddreißig, sechsunddreißig Jahren, der an einem Hirntumor operiert worden war. Er war Landwirt, er hatte drei Kinder. Er maß ungefähr einen Meter fünfundachtzig und wog annähernd hundert Kilo. Er spielte Jo-Jo. Er grinste ständig. Die Pflegehelferinnen wollten ihn nicht aus dem Bett heben, einerseits weil er zu schwer war, andererseits weil er, sobald er eine Frau sah, heftig mit der einen großen Pranke masturbierte, die er noch bewegen konnte. Natürlich war es ihnen lieber, daß ich hinging. Wenn er mich sah, nahm er meine Hand, sagte: Kleiner Wolf Kleiner Wolf Kleiner Wolf und weinte. Eines Tages kam ich herein, um ihm seine Medikamente zu geben, seine Mutter war da. Sie strich ihm mit der Hand über den Kopf, sagte: Kleiner Wolf Kleiner Wolf Kleiner Wolf, und sie weinte.

*

Als ich im vierten oder fünften Jahr war, habe ich *Johnny Got His Gun* von Dalton Trumbo gesehen. Nachts habe ich einen Aushang redigiert, der den Inhalt des Films zusammenfaßte, und ich drängte meine Kommilitonen, sich den Film anzusehen. Ich habe den Aushang am nächsten Morgen an die Tür des Vorlesungssaals geklebt. Zwei Stunden später war er verschwunden.

*

Einer meiner ersten Chefs als Praktikant, ein Gerichtsmediziner, machte uns, zwei anderen Medizinstudenten und mir, den Vorschlag, einer Autopsie beizuwohnen, die er vornehmen würde. Es war der Leichnam einer Frau, die von ihrem Lebensgefährten mit zwei Schrotladungen, eine in den Unterleib, die andere in die Schläfe, getötet worden war. Im Aufzug, der uns aus dem Leichenschauhaus nach oben brachte, erklärte er uns, daß sein Assistent (der vor uns die Hirnschale mit einer kleinen elektrischen Kreissäge erst skalpiert und dann entzweigeschnitten hatte und den wir die Leber, das Herz und die verschiedenen Organe in der Reihenfolge, in der sie der Gerichtsmediziner der Leiche entnahm, auf einer Metzgerwaage abwiegen sahen) einige Jahre zuvor der Liebhaber dieser Frau war.

*

Derselbe Chef, der eine Krankenabteilung unter sich hatte, die man damals die Abteilung der Bettlägrigen nannte, heute die der »Moribunden«, hatte beschlossen, uns an einem alten Mann, der in tiefem Koma lag, zu zeigen, wie man Venen bloßlegt. Das Verfahren bestand darin, die dicke Vene eines Fußes zu sezieren, um eine Infusion durchzuleiten. Ich habe ihn gefragt, warum er das tue, da der Patient das doch gar nicht brauche (er war vollkommen durchblutet, seine Arme hatten sehr gute Adern). Er hat uns geantwortet, daß er es aus »pädagogischen« Gründen tue.

*

Während meines ganzen Studiums habe ich jedes Jahr Blut gespendet. Die Mitglieder der Bluttransfusionsstelle ließen sich einmal jährlich in den an die Cafeteria angrenzenden Fluren der medizinischen Fakultät nieder. Sie öffneten die beweglichen Trennwände und legten Prospekte auf die Tische, dazu belegte Brote und Obstsäfte für die Blutspender. Sie blieben im Prinzip nur einen einzigen Tag, aber kein Student konnte vorbeigehen, ohne sie zu sehen. Eines Tages habe ich eine der Krankenschwestern, die das Blut abnahmen, gefragt, ob sie so durch alle Fakultäten gingen. Sie hat mir mit Ja geantwortet und hinzugefügt, die Medizin- und Pharmaziestudenten seien diejenigen, die am wenigsten Blut spendeten.

*

Eines Tages, als ich Vertretungsdienst hatte, wurde ich zu einem Krankenbesuch zu einem Ehepaar auf einem abstoßend schmutzigen Bauernhof in der hintersten Ecke Nordwestfrankreichs gerufen. Sie waren beide um die Sechzig. Sie war infolge eines Schlaganfalls gelähmt, an ihren Rollstuhl gefesselt, der Mund stand schief, sie hatte Speichel an den Lippen und war unfähig, auch nur ein einziges Wort zu sagen. Er wirkte etwas jünger, er war jovial, er gab ihr ihre Medikamente, er gab ihr zu essen, er setzte sie auf die Bettschüssel, er wischte ihr den Hintern ab, und er erklärte mir, daß sie zwar nicht viel mitteile, aber ein wenig schon, und daß er sie verstünde. Zum Glück sei er da, denn sonst wüßte er nicht, was aus ihr werden solle. Und er gab ihr natürlich auch die Medikamente für den Blutdruck, denn er sei nicht scharf darauf, daß sie wieder einen Schlaganfall bekomme. Als ich weggehen wollte, bat er mich, seinen Blutdruck zu messen. Er hatte so etwas wie 200 zu 120. Ich habe zweimal gemessen. Ich weiß nicht, warum, ich habe gesagt, er sei normal, und habe ihm keine Behandlung verschrieben. Als ich einige Monate später seinen Arzt fragte, wie es ihm ginge, hat er mir geantwortet: »Der Unglückliche, er ist an einem Schlaganfall gestorben«, und er machte sich Vorwürfe, daß er nie daran gedachte habe, seinen Blutdruck zu messen. Eiskalt vermochte ich zu sagen: »Er hat dich wohl nie darum gebeten.« Es sah nicht so aus, als habe ihn das getröstet.

*

Als mein Vater krank wurde und man ihm mitgeteilt hatte, woran er erkrankt war, hatte ich solche Angst, daß ich ihn bat, mir zu erklären, worum es sich handle. Es war eine Krankheit, die er nicht kannte, denn sie war selten und hatte gar nichts mit seinem Spezialfach zu tun. Ich habe einen Artikel über das Thema gesucht. Ich habe einen gefunden, der gerade veröffentlicht worden war. Ich habe ihm den Artikel gebracht. Einige Tage später hat er mich gefragt: »Hast du ihn gelesen?« Ich habe geantwortet, daß ich es nicht vor ihm hatte tun wollen. Er hat gesagt: »Um so besser, es ist ein schlechter Artikel«, und er hat ihn mir nicht zurückgegeben.

87
Viviane R.

Sie läßt den Stoß Papiere auf ihre Knie fallen. Sie sieht eher ratlos aus. Sie hebt den Kopf, sie schaut auf die Uhr, aber sie ist nicht beunruhigt. Sie beginnt wieder zu lesen. Ab und zu schreibt sie etwas mit Bleistift an den Rand, mit einem so dünnen Strich, daß man es kaum sieht. Manchmal setzt sie den Bleistift an, besinnt sich dann eines anderen und schreibt nichts. Manchmal, wie dieses Mal, hält sie inne. Man spürt, daß sie Mühe hat, weiterzumachen. Sie bestellt wieder ein Getränk bei mir, einen Kaffee, einen frischgepreßten Zitronensaft. Sie schöpft wieder Atem.

Wenn er zu ihr kommt, liest sie oft, sobald er sitzt, die angefangene Seite zu Ende. Er sucht mich mit den Augen, er bestellt etwas. Er rafft die bereits gelesenen Seiten zusammen, er sieht sich die Anmerkungen an, er nimmt einen schwarzen Füllhalter aus der Tasche, er korrigiert, er schreibt an den Rand oder sogar auf die Rückseite der Blätter. Oder aber er schaut sie an, er sagt nichts, er wartet.

Jetzt betrachtet sie die Straße. Vor der Terrasse geht ein Paar vorbei, eine sehr alte Dame, die sich auf einen Stock stützt, und ein Mann von etwa fünfzig Jahren mit dem Gesicht eines Mongoloiden, der ihr den Arm gibt. Sie gehen beide mit kleinen Schritten, und man weiß nicht so recht, wer von den beiden den anderen stützt.

88
Eine Liebesgeschichte (Fortsetzung)

Es klingelt an der Tür. Mama liebkost mir die Wange, steht auf und geht hinaus auf den Flur. Ich höre, wie sie die Tür öffnet.

»Guten Tag, Herr Doktor.«

»Guten Tag, Madame Calvino.«

»Danke, daß Sie gekommen sind ... Es ist für meinen Sohn ... Doktor Boulle ist zur Zeit nicht da, und er hat mir gesagt, daß ich Sie anrufen könne ... Wir haben uns schon einmal gesehen, an einem Sonntag, vor einigen Monaten ... Sie hatten Sonntagsdienst.«

»Ich erinnere mich. Und ich habe Ihren Akzent am Telefon wiedererkannt.«

Mama lacht. Ein Mann kommt herein. Ich habe ihn noch nie gesehen. Mama hat mir gesagt, daß es diesmal nicht Jérôme sein würde, daß dieser hier aber ebenfalls nett sei. Er ist groß, fast so groß wie Jérôme, doch er hat schwarze Haare, eine getönte Brille, man könnte meinen, daß er sich am Morgen nicht rasiert hat. Er hat eine Lederjacke, eine große Instrumententasche, und er spielt mit seinen Schlüsseln. Er lächelt mir zu, an einem der oberen Schneidezähne ist ein Stück herausgebrochen.

»Guten Tag, kleiner Mann.«

»Guten Tag ...«

»Na, was fehlt dir?«

Ich antworte nicht. Er stellt die Tasche auf den niedrigen Tisch und setzt sich zu meinen Füßen auf den Rand der Couch. Er schaut mich an, er sagt nichts. Ich schaue Mama an. Sie schaut mich an.

»Antworte, mein Liebling ...«

Ich antworte nicht. Ich weiß nicht, wie ich mit ihm reden soll. Bei Jérôme weiß ich es.

»Es tut mir leid, ich habe den ganzen Abend und einen Teil des Vormittags über verhandeln müssen, damit er sich einverstanden erklärt, daß ich Sie anrufe. Bei meinem … bei Doktor Boulle gibt es natürlich nie ein Problem, er kennt ihn, seit er auf der Welt ist, er hat nie Angst vor ihm gehabt, aber wenn er abwesend ist, ist es immer schwierig. Und wie es der Zufall will, wird er häufig krank, wenn Doktor Boulle Ferien hat …«

Ich höre die Traurigkeit in Mamas Stimme, aber ich höre auch etwas anderes. Ich höre, daß sie zu diesem Mann mit dem gleichen Vertrauen spricht wie zu Jérôme. Darauf lege ich meine Hand auf meinen Hals und sage:

»Hier tut's mir weh.«

»Mmmhh. Seit wann, kleiner Mann?«

Ich drehe mich nach Mama um. Sie antwortet:

»Seit drei Tagen. Ich habe ihm Aspirin gegeben, als er aus der Schule kam, darauf ging es weg. Gestern abend hat er Fieber bekommen. Ich wollte auf die Rückkehr von … von Doktor Boulle warten. Gewöhnlich warte ich nicht so lange. Aber diesmal … er ist für eine Woche verreist, und er kommt erst am Montag zurück. Ich habe mir gesagt, daß das Wochenende lang werden würde …«

Während Mama sprach, hörte er ihr zu, wobei er mich weiterhin ansah. Einmal habe ich gesehen, wie er eine Augenbraue hob, aber er hat nichts gesagt.

»Abgesehen vom Fieber, ißt er? Trinkt er?«

»Ja, aber es tut ihm weh beim Schlucken. Außerdem ist er niedergeschlagen und blaß, ich habe ihn nicht mehr so gesehen, seit er mit drei Jahren Mumps hatte.«

»War er nicht geimpft?«

»Nein … Ich habe … Doktor Boulle sollte ihn impfen, doch dann hat er Mumps bekommen, noch bevor er es tun konnte. Das hat auch an einem Sonntag angefangen. Er hat vierzig Fieber gehabt, er phantasierte, er weinte unaufhörlich, ich hatte solche Angst, daß ich Doktor Boulle zu Hause angerufen habe … Ich tue das nie, und er hatte keinen Bereitschaftsdienst, weil er uns aber gut kennt … Er wußte, daß ich ihn nicht grundlos anrufe, also ist er gekommen. Der Kleine hat annähernd acht Tage lang vierzig Fieber gehabt, er hat morgens und abends nach ihm gesehen … Danach hat er mir gesagt, daß er nun wahrscheinlich auch noch eine Meningitis bekommen habe, daß er ihn aber nicht ins

Krankenhaus schicken wolle, weil diese Art Meningitis immer harmlos sei, und er ihm nicht alle Untersuchungen zumuten wolle, wie Lumbalpunktion und alles übrige ...«

Er schaut Mama an und nickt.

»In der Tat, es hätte nichts genützt. Außerdem ist es nicht lustig, ein Kind im Krankenhaus zu haben. Man weiß, wann es eingeliefert wird, man weiß nie, wann es entlassen wird.«

»Ja. Das hat er auch gesagt ...«

Der Mann dreht sich nach mir um.

»Bist du damit einverstanden, daß ich dich heute untersuche?«

»Wirst du mich untersuchen wie Jérôme?«

Er lächelt.

»Mmmhh. Wenn du willst. Du brauchst mir nur zu sagen, wie er es gewöhnlich macht. Womit fängt er an?«

Ich hebe das Oberteil meines Schlafanzugs hoch.

»Okay, Doc.«

Er nimmt ein rotes Stethoskop aus der Tasche. Er erwärmt das Ende zwischen seinen Händen. Er horcht mein Herz ab.

»Und was soll ich danach untersuchen?«

»Den Bauch.«

Ich lege mich auf die Couch, ich ziehe meine Hose ein wenig herunter. Er kauert sich neben mich und legt seine Hand auf meinen Bauch. Sie ist groß und warm.

»Mmmhh. Und danach, sollen wir uns die Ohren oder den Rachen ansehen?«

»Die Ohren. Der Rachen, der kommt zum Schluß dran. Der Löffel verursacht mir immer Brechreiz.«

»Ja, weißt du, ich benutze keinen Löffel.«

»Ach so?«

Er sieht sich meine Ohren an, und dann verlangt er von Mama einen Spiegel. Sie bringt einen kleinen, viereckigen. Er hält ihn mir hin.

»Mach den Mund weit auf, streck die Zunge heraus und sag mir, was du ganz hinten siehst.«

Während ich die Zunge herausstrecke, richtet er den Lichtstrahl einer Taschenlampe direkt auf meinen Rachen. Ganz hinten im Mund sehe ich zwei dicke weiße Kugeln ...

»Sag: EEEEE ...«

416

»AAAAEEEEE … Beeerk!«

»Nicht schlimm, wie? Das ist eine Mandelentzündung, mein kleiner Mann. Deine Mama hat gut daran getan, mich anzurufen. Du hättest ein böses Wochenende verbracht, sie ebenfalls, und ich bin sicher, daß dein … Arzt froh sein wird, daß ihr nicht auf seine Rückkehr gewartet habt, um dich behandeln zu lassen.«

Er knipst seine kleine Taschenlampe aus, er räumt seine Instrumente ein und holt Rezepte heraus. Er fängt an zu schreiben.

»Gut, das ist also Hustensaft, Antibiotika, Aspirin und … magst du Eis?«

»O ja!«

»Was für Eis?«

»Jedes Eis«, antwortet Mama.

»Aber am liebsten esse ich Zitroneneis …«

»Guuut. Also Zitroneneis für die kommenden drei Tage.«

Ich schaue ihn an, ich frage mich, ob er mich auf den Arm nimmt. Er sagt:

»Nein, nein, ich meine es ernst. Da deine Mandeln – weißt du, die dicken Kugeln in deinem Rachen – entzündet sind, gibt es nichts Besseres, um den Schmerz zu lindern, als Eis. Ich hoffe, Sie haben welches?«

»Ja«, sagt Mama. »Immer.«

Er schreibt weiter. Mama holt ihre Handtasche, um zu bezahlen. Als sie mit ihrem Scheckheft zurückkommt, hält er ihr nur ein Rezept hin und hebt die Hand:

»Ich bitte Sie …«

Sie sieht ihn an, sie sieht mich an, sie insistiert.

»Doch, doch, ich bestehe darauf.«

Er schüttelt den Kopf, seufzt, dann nimmt er ein orangefarbenes Blatt aus seiner Tasche. Er füllt es aus und gibt es ihr. Sie setzt sich an ihren Schreibtisch im hinteren Teil des Wohnzimmers und schiebt ihre Tastatur beiseite, um den Scheck schreiben zu können. Er schaut auf den Bildschirm des Computers.

»Wenn es nicht indiskret ist … Arbeiten Sie zu Hause?«

»Ja«, antwortet Mama. »Ich bin Übersetzerin.«

»Und was übersetzen Sie?«

»Oh … So ziemlich alles. Handbücher und Leitfäden, Romane manchmal, Kataloge, Comics …«

Er zeigt auf ein Regal.

»*Das brave junge Mädchen*, übersetzt von Flavio Calvino, das sind Sie also?«

»Kennen Sie es?«

»O ja, ich kenne es. Das ist aber kein Comic strip für Kinder ...«

»Nein, aber ich bin froh, daß ich es übersetzen kann. Das ist eine regelmäßige Arbeit. Für mich zählt das.«

»Ich finde es sehr gut übersetzt. Es ist ein ... akrobatisches Genre. Aber Sie machen das sehr gut.«

Mama ist ganz rot. Ich habe sie noch nie so gesehen, außer einmal, als Nounou mich aus der Schule zurückbrachte und Mama mit Jérôme aus ihrem Schlafzimmer gekommen ist.

Sie gibt ihm den Scheck. Er schiebt ihn in die Jackentasche, er hält ihr die Hand hin. Sie drückt seine Hand, ohne etwas zu sagen, dann sagt sie danke, ganz leise.

Er dreht sich zu mir um.

»Gib schön auf deine Gesundheit acht, kleiner Mann.«

»Kommst du nächste Woche wieder, um nach mir zu sehen?«

»Ich denke nicht, daß das notwendig ist. Du wirst sehr schnell gesund werden. In zwei Tagen geht es dir schon besser. Nächsten Donnerstag kannst du wieder in die Schule gehen. Und außerdem, wenn es dir nicht gutgeht, wird Doktor Boulle zu dir kommen. Aber sag mal, wie heißt du denn?«

»Jérôme. Wie Doktor Boulle. Eines Tages werde ich Doktor sein, wie er. Wie du.«

Er lächelt, er fährt mir mit der Hand durchs Haar, er grüßt Mama, und dann geht er.

Ich schaue zu, wie er die Tür seines Autos aufmacht, seine Tasche auf den Rücksitz wirft, die Wagentür wieder zuschlägt und das Auto startet. Als er abfährt, schaut er hinauf in meine Richtung. Ich mache ihm ein Zeichen, wie Jérôme, wenn er wegfährt, aber ich weiß nicht, ob er mich sieht, weil da der Vorhang ist.

89
Madame Destouches

Ich höre ein Auto vor der Tür halten. Eine Autotür geht auf, schlägt dann zu. Es klopft.

»Herein.«

Die Tür geht auf, dann wieder zu.

»Kommen Sie herein, Herr Doktor, ich bin in der Küche.«

Ich nehme meine Gehhilfe, ich stütze mich auf den Tisch, um hochzukommen. Du trittst in die Küche, du stellst deine Tasche auf den Tisch, du streckst mir die Hand hin.

»Bleiben Sie sitzen, Madame Destouches.«

»Guten Tag, Herr Doktor.«

»Entschuldigen Sie bitte, ich komme etwas spät vorbei, aber ich hatte viele Konsultationen.«

»Ich bitte Sie, Herr Doktor, ich verstehe das. Auf jeden Fall habe ich viel Zeit, wissen Sie. Aber samstags nachmittags ist die Apotheke geschlossen ...«

»Heute hat Madame Grivel Bereitschaftsdienst.«

»Ah! Um so besser. Sie ist sehr nett. Sie hilft mir immer aus der Patsche, wenn ich was brauche. Sie sagt, daß sie das mit Ihnen regelt ...«

»Mmmhh. Na, was gibt's Neues?«

»Oh, nicht viel, Herr Doktor. Die Krankenschwester ist heute morgen vorbeigekommen, um mir neue Verbände zu machen, die Geschwüre haben sich nicht verändert, es ist weder besser noch schlechter. Sie tun mir wenigstens nicht mehr weh, wie vorher. Aber die Kompressen und das Serum sind bald verbraucht. Hier«, sage ich und halte meine kleine Liste hin, »ich habe alles aufgeschrieben.«

Du ziehst den Schemel heran, du setzt dich neben mich.

»Gut. Ich werde Ihnen trotzdem den Blutdruck messen.«

»Er wird heute wohl nicht sehr hoch sein ...«

Du holst dein Blutdruckgerät und dein Stethoskop heraus. Ich strecke den rechten Arm aus, du legst mir die Manschette an, du drehst an der Stellschraube, du beginnst aufzupumpen. Das drückt. Mit den Fingerspitzen drehst du sachte die Stellschraube auf. Das pfeift.

»Hundertdreißig zu achtzig, das ist gut.«

»Ah? Das letzte Mal hatte ich hundertzwanzig, wie üblich … Warum steigt er? Muß ich die Behandlung ändern?«

»Nein, nein, nur nicht, es ist nicht dramatisch, wissen Sie, in Ihrem Alter hundertdreißig zu haben. Es ist sogar eher gut …«

»Ach ja? Wieso denn das?«

»Nun, sehen Sie, bei den … etwas älteren Leuten …«

»Ich bitte Sie, Herr Doktor, ich bin dreiundachtzig Jahre alt, schonen Sie mich nicht.«

»Nun, in Ihrem Alter sind die Adern im Gehirn etwas starrer, sie haben ihre Flexibilität verloren, wenn der Blutdruck wegen der Medikamente also zu niedrig ist, kann das Blut nicht mehr so gut zirkulieren, das Gehirn bekommt weniger Sauerstoff …«

»Ah, so ist das. Es droht zu verkalken, und man wird so etwas wie eine Topfpflanze.«

Ich schaue dich an. Du lächelst nicht.

»Was das angeht, Herr Doktor, wollte ich Sie fragen …«

»Ja?«

Ich zögere. Ich weiß nicht, wie ich es dir sagen soll.

»Wissen Sie …«

Ich schaue um mich, die Küche mit den weißen Wänden, die Wandschränke aus Resopal, der Vorhang am Fenster, der blitzsaubere Spülstein.

»Ich habe immer noch ein sonderbares Gefühl dabei, hier zu wohnen. Seit wir aus unserem kleinen Häuschen ausgezogen sind, fühle ich mich ein wenig verloren.«

»Es ist komfortabler, kann ich mir vorstellen …«

»Ja! Ja! Dagegen ist nichts zu sagen. Dort hatte ich nur drei Zimmer, und dann der Kohleofen, das war nicht immer sehr gesund, und im Sommer war es sehr heiß. Aber es war schließlich mein Zuhause, ich habe dort mit meinem Mann gelebt, alle meine Kinder sind dort geboren, außer dem Ältesten, weil ich im Pferdefuhrwerk meines Mannes entbunden habe … Die Großen schliefen im großen Raum, auf Bänken, die morgens hochgeklappt wurden, und am Fuße unseres Bettes gab es natürlich immer einen Säugling! Das Haus gehörte uns zwar nicht, aber die Miete war nicht hoch. Ich verstehe nicht, warum der Eigentümer wollte, daß ich ausziehe. Seine Mutter hatte es uns vermietet, und sie hat nie Geschichten gemacht.«

»Aber Sie haben hier eine neue Bleibe gefunden ...«

»Ja, in dieser Hinsicht ist der Bürgermeister nett gewesen. Sobald die Wohnungen geplant waren, ist er gekommen und hat mir gesagt, daß eine davon für uns sei, und außerdem sind diese Wohnungen für Alte wie mich gemacht, und für Junge, die noch nicht viel Geld haben. Aber ...«

»Aber?«

Ich seufze. Ich sehe dich an, dann sehe ich den Spülstein an, den sauberen Aschenbecher auf dem Regal. Ich schaue auf, doch ich höre nichts in dem großen Raum.

»Ich weiß nicht ... Ich bin hier nicht richtig zu Hause ... Und außerdem fühle ich mich jetzt allein.«

Du beugst dich zu mir, du legst die Hand auf meine Hand.

»Georges fehlt Ihnen.«

Ich hole ein Taschentuch hervor, ich trockne mir die Augen.

»Ja ... Ich dürfte es Ihnen nicht sagen, ich weiß, daß Sie nicht einverstanden waren ... Aber was sollte ich tun, man muß mich verstehen ... Er trank derart in letzter Zeit, er war immer betrunken, er schnarchte den ganzen Tag, es war unmöglich, ihn zu bewegen, wenn er auf dem Bett lag, manchmal rutschte er auf den Boden, und mit einem Arm konnte er natürlich nicht mehr aufstehen, und ich war überhaupt nicht in der Lage, ihm zu helfen ... Deshalb, es stimmt schon, als meine Tochter mir diesen Vorschlag gemacht hat, war ich zuerst empört, und um die Wahrheit zu sagen, es hat mich gefreut, daß Sie Georges verteidigt haben und daß Sie zu ihr gesagt haben, daß Sie kein Papier unterschreiben würden ... Aber am Ende war es nicht mehr auszuhalten, er schlug im Haus alles kurz und klein, er fing an, sich mit den Leuten herumzuprügeln, ihre Fahrräder oder ihre Rückspiegel kaputtzumachen, und natürlich kamen sie hinterher zu mir, und ich mußte ständig bezahlen ... Als meine Tochter das wieder aufs Tapet brachte, war ich erschöpft, ich habe mir gesagt: Wenn er alles in der Wohnung kurz und klein schlägt, wird man bestimmt nicht wollen, daß ich drinbleibe, oder aber es wird mich ein Vermögen

kosten, und mit meiner Pension kann ich mir das nicht leisten ...
Und was würde dann aus mir werden? ... Sie haben mir auch
gesagt, es sei heute kompliziert, jemanden einsperren zu lassen ...
Aber meine Tochter hat sich zu helfen gewußt, sie kannte jemanden, der in einer Heilanstalt arbeitet, dreißig Kilometer auf der
anderen Seite von Tourmens ... Da Georges pensioniert ist, dient
seine Pension dazu, den Pflegesatz zu zahlen, ich gebe auch noch
etwas dazu, na ja, nicht viel ... Es scheint, daß sie einen sehr
schönen Park haben, sie können spazierengehen ... Aber er sagt
ständig, daß er wieder herkommen will ... Meine Tochter hat
mir gesagt, daß sie ihn schon zweimal im Wald haben suchen
müssen. Ganz klar, er versucht, herauszukommen, aber es gibt
eine Mauer ...«

»Wollen Sie, daß er zurückkommt?«

»Oh, mein Gott, nein! Er hat mir das Leben zu sauer gemacht!
Außerdem ... meine Tochter wäre nicht einverstanden damit ...
Und ... ihr Mann hat damit gedroht, daß er mir nicht mehr
meine Enkelkinder bringt, wenn Georges weiterhin hier wohnt ...
Aber ... verstehen Sie, er ist mein Sohn ... Er fehlt mir ... Er lei-
stete mir trotz allem Gesellschaft. Jahrelang, bevor er anfing, so
maßlos zu trinken, hat er mir viel geholfen, trotz seiner Behinde-
rung, er machte die Besorgungen, er strich die Läden neu, er
hackte Holz ... Und dann, als sein Stummel anfing, ihm weh zu
tun, war es nicht mehr ...«

»Haben Sie Nachricht von ihm?«

»Nicht oft ... Es ist kompliziert, ihn ans Telefon zu rufen, und
außerdem sagt er nicht viel ...«

Ich beginne zu schluchzen.

»Genaugenommen sagt er überhaupt nichts. Er will nicht mit
mir reden. Er nimmt es mir übel, ich bin ganz sicher ... Ich habe
meinen eigenen Sohn einsperren lassen ...Wissen Sie, Herr Doktor, wenn er nicht dagewesen wäre, würde ich heute nicht mehr
leben ... Als Sie zum ersten Mal hier waren, als Sie mich zu Doktor Lance geschickt haben, und als er mich an dieser Niere operiert hat, die sich entzündet hatte ... Es war Georges, der wollte,
daß ich Sie anrufe. Mein Doktor war Doktor Jardin, aber bei ihm
mußte man immer drei Tage warten, bis er vorbeikam, er nahm
uns nie ernst, und mir ging es schon seit drei Tagen nicht gut, seit

drei Tagen hatte ich vierzig Fieber, ich aß nichts, und Georges, wenn er am Telefon die Nummer hätte wählen können, er hätte es gemacht, aber ich hatte es ihm verboten, und weil das Telefon neben mir stand, hat er sich nicht getraut. Und da ist er nach drei Tagen Madame Leblanc begegnet, und er hat zu ihr gesagt, daß es mir nicht gutginge, und Madame Leblanc hat zu Ihnen gesagt, daß Sie kommen sollten ... Aber ich, in Wirklichkeit wollte ich keinen Arzt sehen ... Ich war lebensüberdrüssig, wissen Sie, ich hatte genug ... Ich war erleichtert bei dem Gedanken zu sterben ... Ich hatte keine Angst ... Ich hatte mehr als genug ...«

Ich vermag nicht mehr zu sprechen, ich schluchze. Du stehst auf, du wühlst in deinen Taschen herum, du holst ein Päckchen Papiertaschentücher heraus, aber ich habe mein durchnäßtes Taschentuch wieder aus der Tasche meines Schürzenkittels genommen.

»Das wußte ich nicht, Madame Destouches ...«

»Natürlich nicht, ich hab's Ihnen ja nicht gesagt, weil, daß ich noch da bin, das verdanke ich nur Ihnen und Doktor Lance. Aber es ist wegen Georges, daß ich noch nicht tot bin ...«

Und wir saßen eine ganze Weile da, ohne etwas zu sagen, du hast mir die Hand gehalten, und ich habe über all die Jahre geweint, die mein Sohn mir geschenkt hat und die ich nicht haben wollte.

90

Der Buchhalter

Unter dem Schlitz, durch den man die Post schiebt, finde ich einen großen Packpapierumschlag, eine Postsache von Doktor Sachs. Die letzten Rechnungen des abgelaufenen Jahres. Die Belege seiner Nebeneinnahmen. Die Stammabschnitte seiner Scheckhefte, die mir fehlten.

Ich werde die Unterlagen vervollständigen können.

Unten im Umschlag ist ein zusammengefaltetes Blatt Papier, das ich zunächst nicht gesehen habe.

Lieber Monsieur Scribe,

ich beabsichtige, einmal wöchentlich einen Vertreter zu nehmen, ich denke, donnerstags. Natürlich will ich ihm ein angemessenes Fixum zusichern, selbst wenn er anfangs nur wenig Arbeit hat. Könnten Sie für mich eines dieser »Planspiele« entwickeln, die Ihr Geheimnis sind, und mir sagen, ob das in finanzieller Hinsicht im Augenblick denkbar ist?

Ich werde Sie in einigen Tagen anrufen. Im voraus besten Dank.

Mit freundlichen Grüßen

Bruno Sachs

Der Junge wird seinen Patientenstamm freiwillig aufgeben. Wenn er seinen Vertreter so behandelt wie seine Sekretärin, wird er bald drei Jahre im Rückstand sein. Er würde die Dinge sicherlich anders sehen, wenn er eine Frau zu unterhalten hätte und Kinder, denen er Klamotten, einen Motorroller und das Studium bezahlen muß.

91
Viviane R.

Ich stand hinter der Bar, als er angekommen ist. Es war Viertel nach vier. Zuerst habe ich sie gesehen, wie sie aufgeschaut und gelächelt hat, und dann ist er aufgetaucht. Er wirkte ein wenig niedergeschlagen, er ließ sich auf einen Stuhl fallen, er schüttelte den Kopf von links nach rechts, er seufzte und bewegte dabei die Hand, als wolle er sagen: »Olala«, aber gleichzeitig lachte er und zeigte auf seinen Mund. Ich habe das Glas abgesetzt und das Geschirrtuch hingelegt und bin zu ihnen gegangen, um die Bestellung entgegenzunehmen. Als er mich kommen sah, hat er mich angelächelt, wie er es immer tut, und gesagt: »Guten Tag, geht es Ihnen gut?« Und ich habe geantwortet: »Es geht, was darf ich Ihnen bringen?«

Er hat sie angeschaut, sie hat ein Gesicht geschnitten, als wollte sie sagen: »Ich weiß nicht, was Ihnen erlaubt worden ist«, und er hat gesagt: »Mmmhh, er hat mir zwar nicht verboten zu bechern, doch die süßen Getränke dürften eher schaden«, und er hat ein kohlensäurehaltiges Mineralwasser verlangt. Sie hat wieder einen Kaffee bestellt.

Während ich den Nebentisch abräumte, hörte ich, wie sie miteinander sprachen.

»Er hat zu mir gesagt, daß ich keine Konfitüre mehr essen darf ...«

»Mein armer Liebling. Dann werde ich Ihnen keine mehr machen.«

»Selbstverständlich werden Sie das tun! Ich habe fünfundzwanzig oder dreißig Jahre gebraucht, um meine Backenzähne kaputtzumachen, es wird noch einmal gut zwanzig Jahre dauern, bis ich auch die andern kaputtkriege, ich werde mir deshalb doch nichts versagen ... Aber als er mir mit seinem kleinen Haken in den Zähnen herumgestochert und kleine, bröckelige Kieselsteinchen herausgeholt hat und dazu erklärte, es handle sich um weichgewordenes Emaille, habe ich mir gesagt, daß ich be-

reits anfange zu verfaulen, vom Mund her zu verfaulen ... Beurk!
Sie sollten sich einen andern Kerl suchen!«

»Ja, natürlich. Und einen finden, dessen Zähne meiner Konfitüre widerstehen. Aber wie treibe ich so jemanden auf? Durch
Kleinanzeigen, mit anschließenden Tests?«

Er hat schallend gelacht, und ich bin in den Gastraum zurückgegangen.

Als ich mit dem Mineralwasser und dem Kaffee zurückgekommen bin, lag ein kleines Notizbuch aufgeschlagen auf dem Tisch,
und er schrieb Namen und Zahlen hinein, während sie mit ihrer
Lektüre fortfuhr. Als ich seine Flasche öffnete, hat sie die Blätter
auf die Knie gelegt und gesagt:

»Der Text über das Krankenhaus ist sehr ... schwierig.«

»Ach? Ist es so schlecht geschrieben ...«

»Keineswegs! Ich will damit sagen, daß er schwer zu verkraften
ist.«

»Ah. Ich hatte schon Angst, daß er langweilig ist.«

Sie hat ihn mit einer Mischung aus Verdutztheit und Ungläubigkeit angesehen.

Lange Zeit haben sie kein Wort gesprochen. Sie hat weitergelesen, und er hat weiterhin Dinge in sein kleines Notizbuch geschrieben, darin herumgeblättert, manchmal minutenlang hineingestarrt wie in diese Taschenbibeln, in denen die Texte ganz
klein geschrieben sind. Ich habe sie von der Theke aus beobachtet, während ich meine Gläser einräumte und meinen Tagesablauf rekapitulierte. Gegen fünf Uhr sind Gäste gekommen, die
sich auf die Terrasse gesetzt haben, und ich bin wieder hinausgegangen. Ich nahm an einem Tisch die Bestellung entgegen – der
Herr hatte bereits gewählt, doch das kleine Mädchen, das bei
ihm war, schwankte endlos zwischen einem Eis und einem alkoholfreien Cocktail –, als ich ihn sagen hörte: »Sieh an! Guten Tag,
Mademoiselle.« Ich habe aufgeschaut. Neben ihnen stand eine
großgewachsene Jugendliche von fünfzehn, sechzehn Jahren. Er
streckte ihr die Hand hin und sagte: »Wie geht es Ihnen?« Sie gab
zur Antwort: »Sehr gut«, sie sah sehr, sehr fröhlich aus, sie machte
eine Gebärde und sagte: »Ich lebe jetzt bei meinem Vater.« Etwas

weiter entfernt, vor dem Brunnen, hielt ein Paar einen zwei- oder dreijährigen kleinen Jungen zurück, der offenbar die Arme ins Wasser tauchen wollte. In dem Augenblick, in dem der Mann sich umdrehte – wahrscheinlich suchte er seine Tochter –, ist Sachs aufgesprungen. Der Mann hat den Mund aufgemacht, ich habe auf seinen Lippen so etwas gelesen wie: »Das gibt's doch nicht!«, er ist mit großen Schritten herangekommen, der kleine Junge und die Frau sind ihm gefolgt. Sachs ist mit offenem Mund da stehengeblieben, als hätte er ein Gespenst gesehen. Der Mann hat sich vor ihm aufgepflanzt und so etwas gesagt wie: »Seltsam, was?«, und er: »Kann man wohl sagen!« Und der Mann fuhr fort: »Annie hat mir erzählt, was Sie für sie getan haben ... für uns. Das wird allmählich zur Gewohnheit!«, und er: »Ich habe nichts getan ...«

Die Frau ist dazugekommen, der kleine Junge hat sich an die Hose seines Vaters geklammert, der Mann hat ihn auf den Arm genommen, sie standen alle vier da, sie schauten sich lächelnd an, ohne etwas zu sagen. Schließlich hat er dem Mann die Hand hingestreckt. »Annie ist ein ... außergewöhnliches Mädchen.« Der Mann bekam kein Wort heraus, er hat ihm lange die Hand gedrückt, und dann ist er mit seiner kleinen Familie weggegangen.

Er ist wie gelähmt zurückgeblieben, dann hat er sich nach ihr umgedreht und sich tausendmal entschuldigt: »Ich habe Sie nicht einmal vorgestellt, das ist eine lange Geschichte«, sie hat seine Hand genommen, und in diesem Augenblick hörte ich, wie mich ein anderer Gast rief, das Telefon klingelte, und das kleine Mädchen hatte sich schließlich für einen Schokoladenmilkshake entschieden, genau das, was ich überhaupt nicht gern mache, verdammte Scheißarbeit.

92
Die Signierstunde

Sie haben mich mit Ihren Armen umschlungen, Sie haben sich an meinen Rücken, meine Hüften, meinen Hintern gepreßt, Sie waren zärtlich und einschmeichelnd. Sie haben Ihr Kinn auf meine Schulter gelegt, und ich habe gehört, wie Sie seufzten.

»Sie ...«

Ich habe ganz sanft den Kopf geschüttelt, ich habe gespürt, wie Sie in den Schlaf sanken, und ich bin auch eingeschlafen.

*

Als ich zu mir komme, liegen Sie auf dem Rücken, mein Kopf ist auf Ihrer Schulter. Sie schauen mich an. Ich sehe auf dem Wecker, wie spät es ist.

»Schon sieben Uhr? Ich habe geschlafen ...«

»Ja, das kann man wohl sagen.«

»Sie auch?«

»Ein wenig. Ich habe an meine Sprechstunden gedacht ... Ich weiß nicht, wie die Leute Lust haben können, zum Reden herzukommen, wenn sie eineinhalb Stunden warten müssen, bis sie an der Reihe sind. Habe ich Ihnen von dem Paar erzählt, das heute morgen dagewesen ist?«

Ich steige aus dem Bett, ich nehme Sie bei der Hand und ziehe Sie mit ins Bad.

»Sprechen Sie weiter, ich höre zu ...«

»Den jungen Mann behandle ich schon lange. Er heißt José. Er hat zwei ältere Brüder, zwei fröhliche Lebemänner. Er ist der jüngste. Ich habe ihn immer schweigsam, immer ein wenig leiderfüllt gesehen ... Eines Tages ist er vor allen andern in die Praxis gekommen, um halb zehn, um als erster an der Reihe zu sein. Er hatte Unterricht, aber er war nicht in die Schule gegangen. Er wollte, daß ich ihn für das ganze Jahr vom Sport befreie, aber er war unfähig, mir zu sagen, warum.«

Ich drehe den Wasserhahn auf, ich stelle ihn auf die richtige Temperatur ein, und ich schubse Sie in die Badewanne. Sie setzen sich hinein. Ich halte Ihnen die Handbrause hin. Sie drücken sie an sich, um sich zu wärmen, während ich Ihnen den Rücken einseife.

»Und dann, nachdem er lange herumgedruckst hatte, sagte er mir schließlich, daß er das ganze Trimester über ins Schwimmbad gegangen sei, und daß es für ihn eine richtige Tortur wäre, sich auszuziehen und mit den andern zu duschen, weil er wahrscheinlich homosexuell sei.«

»›Wahrscheinlich‹?«

»Er empfand es jedenfalls so, ohne daß es je zu einer Handlung gekommen wäre ... Ich steckte ganz schön in der Klemme: Ich konnte ihn nicht wegen Homosexualität vom Sport befreien lassen. Also habe ich alle seine kleinen Beschwerden Revue passieren lassen, und schließlich habe ich ihm gesagt, daß ich ihn wegen einer Stirnhöhlenvereiterung, die er schon eine Weile mit sich herumschleppte, für einen Monat vom Schwimmen befreien lassen werde, daß ich aber nicht viel mehr für ihn tun könne ...«

Sie machen sich die Haare naß, ich gebe Shampoo darauf.

»Natürlich war er nur halb zufrieden, aber ich habe ihm gesagt, wenn ich mehr machen würde, bestünde die Gefahr, daß er die Aufmerksamkeit auf sich lenke, und das sei vielleicht nicht das, was er wolle ... Er hat sich wohl vorgestellt, daß ich das ein für allemal für ihn regeln würde.«

»Hat er am Gymnasium nicht einen anderen Jungen wie ihn kennengelernt?«

»Nein. Ich glaube, er war wohl zu gehemmt, zu verschwiegen, als daß jemand Kontakt zu ihm aufgenommen hätte, und ich denke, daß er sich schämte ... Als er wieder hinaus ins Wartezimmer gegangen ist, saß dort ein anderer Patient, Monsieur Duhamel, Mathematiklehrer am Gymnasium. Sie haben sich begrüßt und er hat etwas zu ihm gesagt wie: ›Sieh an, José! Es sieht aber nicht so aus, als ginge es dir sehr gut ...‹ und ihm dabei die Hand auf den Arm gelegt. Dann ist José gegangen, und ich habe meinen Patienten empfangen, der mir erklärt hat, daß José zu seinen Schülern gehöre, daß er ihn für bemerkenswert intelligent halte, daß er jedoch bedaure, ihn immer so traurig zu sehen.

Und lächelnd hat er hinzugefügt, daß er gern etwas für ihn getan hätte.

Ich habe sie beide monatelang nicht mehr gesehen. Bis zu dem Tag, an dem Monsieur Duhamel mich wieder aufgesucht hat wegen einer Kleinigkeit, einer so harmlosen Sache, daß ich mich gefragt habe, warum er es für nötig hielt, mir das zu zeigen. Und dann, schon im Weggehen, als ich die Hand auf den Türknauf legte, hat er zu mir gesagt: ›Herr Doktor, ich wollte Ihnen danken ...‹, und er hat mir erklärt, daß er José an dem Tag, als er ihm im Wartezimmer begegnet ist, auf der Landstraße trampen sah. Darauf hatte er angehalten, um ihn mitzunehmen, es war das erste Mal, daß sie außerhalb des Gymnasiums miteinander gesprochen haben.«

Während ich Ihre Haare spüle und das Wasser über Ihr Gesicht tropft, lächeln Sie mit geschlossenen Augen:

»Heute morgen sind sie beide zu mir in die Sprechstunde gekommen. Sie leben jetzt seit fünf Jahren zusammen.«

*

Sie haben sich seit zwei Tagen nicht mehr rasiert. Sie tun es, nachdem Sie aus der Dusche kommen. Natürlich schneiden Sie sich. Kleine Blutflecken besprenkeln Ihren Hals.

»Wir kommen bestimmt zu spät ...«

»Bruno! Es ist eine Signierstunde, kein Abend in der Oper.«

»Ja, aber Diego hat darauf bestanden, daß wir hingehen, und wenn er uns nicht sieht ...«

»Nun, dann rufen Sie ihn an, wenn Sie das beruhigt.«

»Nein, nein. Ich will ihm nicht auf die Nerven gehen ...«

*

In der Buchhandlung am Mail ist mehr Betrieb, als ich mir vorgestellt habe. Ein Paar sitzt hinter einem Tisch und signiert Bücher, während sich ein halbes Dutzend Personen mit einem Buch in der Hand herandrängt.

»Wir hätten nicht kommen sollen«, sagt Bruno.

»Nun reden Sie keinen Unsinn!«

Schon hat uns Diego gesehen und kommt auf uns zu.

»Grüß dich, junge Schönheit!«

Er küßt mich auf die Mundwinkel. Dann, als er den verstörten Blick Brunos bemerkt:

»Was hast du? Bist du wieder eifersüchtig?«

Bruno gibt keine Antwort. Er ist wie gelähmt. Mit verkrampfter Kinnlade sieht er zu dem Paar hinüber.

»Warum hast du gesagt, daß ich kommen soll?«

»Um dich vorzustellen. Komm, hör jetzt auf mit dem Theater! Du brauchst nicht mal mit ihnen zu reden, wenn du nicht willst. Aber ich hab sie nun einmal eingeladen, und als guter Provinzler stelle ich ihnen meine Kunden vor, meine beste Freundin und meinen Bruder, den mongoloiden Arzt!«

Er schleppt uns zum Tisch. Als sich der letzte Leser sein Buch hat signieren lassen, zeigt Diego auf mich und hält Bruno am Arm zurück.

»Danièle, Claude, darf ich euch Pauline Kasser und Bruno Sachs vorstellen, von denen ich euch erzählt habe.«

Der Mann und die Frau stehen auf, begrüßen uns. Sie sind um die Sechzig. Danièle ist freundlich und schön, Claude ist kahlköpfig und sympathisch. Und direkt. Er zündet sich eine Zigarette an und wendet sich an Bruno: »Aha, dann bist du also der Arzt, der schreibt!«

*

Sie schauen zu, wie Danièle und Claude im Hoteleingang verschwinden.

Sie nehmen mich am Arm, und wir gehen zu unserem Auto.

»Ich fahre.«

Als wir an der Mail vorbeikommen, murmeln Sie:

»Sie sind eigentlich sehr sympathisch ... Weshalb lächeln Sie?«

»Sie haben während des Essens unentwegt geredet.«

»Ja, Sie wollen wohl sagen, daß ich sie nicht habe zu Wort kommen lassen.«

»Keineswegs. Sie sind groß genug, um sich zu wehren. Außerdem glaube ich, daß sie einen angenehmen Abend verbracht haben ...«

»Diego, dieser Halunke, hat mir nicht gesagt, daß er sie mit Ray, Kate und uns zum Abendessen eingeladen hat...«

»Er kennt Sie, Sie hätten eine Ausrede gefunden, um nicht zu kommen.«

»Meinen Sie das wirklich?«

»Selbstverständlich. Sie hätten gesagt, daß das nicht Ihr Platz ist.«

»Und war es mein Platz?«

»Ach, Bruno! Ich liebe Sie, aber manchmal *schwillt* mir doch der Kamm. Und war es Ihr Platz? Diego, Ray, Kate und ich waren da, und wir haben mit einem reizenden, intelligenten und freundlichen Ehepaar zu Abend gegessen. Hätte Ihnen dieses Abendessen so viel Vergnügen bereitet, wenn es nicht Ihr Platz gewesen wäre?«

»Ah ... Das hat es alles schon gegeben.«

»Ihr Vergnügen? Nein, nein. Ihre Freunde sind so daran gewöhnt, Sie vergnügt und glücklich zu sehen, daß ihnen der Unterschied sicherlich nicht aufgefallen ist. Was mich angeht, so bin ich unfähig, das Vergnügen in Ihrem Gesicht zu lesen. Aber das ist auch normal, ich schaue immer nur an die Decke ...«

»Du Biest!«

Das Auto fährt über die Brücke. Die Tourmente ist reglos, wie zugefroren. Sie sind nachdenklich. Schließlich sage ich:

»Ray war erschöpft ...«

»Ja. Kate hat mir gesagt, daß er sich heute abend sehr anstrengen mußte, aber er ißt im Augenblick nicht viel. Doch nicht an ihn habe ich denken müssen. Ich ...«

»Ja?«

»Heute morgen hat mich Madame Guilloux gegen Ende der Sprechstunde angerufen, ich war müde, ich hatte noch drei Krankenbesuche zu machen, ich hatte nicht die Kraft, ihren Mann aufzusuchen ... Und ich habe ihr gesagt, daß ich morgen früh vorbeikommen würde. Ich weiß, daß Sonntag ist, aber ... Es tut mir leid ... Ich hätte es Ihnen sagen sollen.«

Ich fahre langsam, ich werfe einen Blick in den Rückspiegel und mache kehrt.

»Wohin fahren Sie?«

»Ins Landhaus. Ich ziehe es vor, an Ort und Stelle zu sein, ich mag es nicht, Sie auf der Landstraße zu wissen. Es sei denn, Sie würden es vorziehen, allein zu schlafen?«

»Äh ... nein. Aber Sie, ziehen Sie es vielleicht vor, in Tourmens zu bleiben?«

»Sie Kretin. Sie Riesenrindvieh. Sie Vollidiot.«

Sie machen sich steif, dann, nach einem Weilchen, nehmen Sie Ihre Uhr vom Arm und halten sie ans Ohr.

»Bruno ... Warum tun Sie das?«

»Was?«

»Ihre Uhr. Warum horchen Sie an Ihrer Uhr, wenn Sie besorgt oder angespannt sind?«

»Wenn ich traurig war oder wenn ich mir beim Fallen weh ge-tan hatte, nahm mich mein Vater in die Arme. Und während er mich tröstete, lauschte ich dem Ticktack seiner Uhr ... Es ist eine Uhr mit automatischem Werk, sie zieht sich von selbst auf, wenn man sie trägt. Als er krank geworden ist, band er sie nicht mehr um, ich nahm sie abends von seinem Nachttisch und behielt sie nachts am Arm ...

Ich habe aufgepaßt, daß sie nie stillsteht, aber er ist trotzdem gestorben.«

93
Klage

Samstag sagt mir was, Arzt sagt mir nichts, so ein Arzt schreibt, Vorsicht geboten, so ein Arzt schreibt die ganze Zeit über, aber unleserliches Gekritzel und Gekrakel auf Rezepten, so was sudelt und kleckst, in zwei oder drei Exemplaren, drücken Sie fest auf den Füllhalter, sonst hinterläßt es keine Spuren, so was schreibt nicht, so was schreibt fast, so was verschreibt, so was schreibt vor, so was schreibt auf, so was redigiert, zum Beispiel Beobachtungen, Berichte, Krankenakten, so was räumt sie in staubige, rostige Schubladen ein, vollgestopft mit Einzelheiten, festgehalten, ohne es zu wolllen, ohne es absichtlich zu tun, ohne besondere Aufmerksamkeit darauf zu verwenden, Schubladen und nochmals Schubladen, Schubladen, so weit das Auge reicht, aber nicht alphabetisch geordnet, sondern in der Reihenfolge, in der es sich zugetragen hat, von den frühesten Dingen bis zu den allerletzten, einen ganzen Flur entlang, wo man nicht kehrtmacht, nicht einmal stehenbleiben kann, einfach nur weitergehen, ohne sich umzudrehen; Schubladen ohne Akten, ohne Briefe von Spezialisten, ohne Untersuchungsergebnisse, Schubladen mit Bruchstücken, lose herumliegend, ungeordnet, in kein Verzeichnis aufgenommen, willkürlich in kleinen, formlosen Haufen zusammengefaßt, entfernte Ähnlichkeiten, Gedankenassoziationen ... sie sind alle hier abgelegt, jedesmal, wenn sie gekommen sind, alle guten Gründe, die sie hatten, alle Sätze, die sie gesagt haben, die Spuren, richtige oder falsche, die sie auf der weißgestrichenen Holzplatte, auf der Untersuchungsliege oder auf der Türschwelle, die Hand auf der Klinke, hinterlassen haben – die Gebärden des Überdrusses, der Angst, der Kopflosigkeit, der Verzweiflung, des Unbehagens, des Kummers, die Gesichter (der Mund, aber nicht die Augen, denn wenn sie mit dir sprechen, ist es immer der Mund, den du anschaust, als ob deine Augen deinen schlecht hörenden Ohren zu Hilfe kämen), die verzerrten Münder, das krampfhafte Lachen, das verlegene Lächeln, die verkniffenen

Gesichter, alles das, was nicht heraus will, die zahnlosen Schlitze, das Geflüster, das Schweigen, das Seufzen, die bestürzten Blicke, das Zögern, das Kopfschütteln, die Schluchzer, die brechenden Stimmen, der Rotz, der hochgezogen wird, die geschlossenen Augen, die nach Luft, nach welcher Luft schnappenden Münder, ihre Gestalt (jene, die du wiedererkennst, jene, die du verwechselst, selbst wenn sie nichts gemein miteinander haben und manchmal natürlich doch – was bedeutete es, wenn du dich fragst, ob der Mann, den du zum Sitzen aufforderte, und der nun vor dir saß, Monsieur François Stevenson war oder Monsieur Jacques Stevenson, sein Zwillingsbruder? Unmöglich, der Gestalt, der Figur zu vertrauen, zu Anfang hatten sie die gleiche, erst als François wegen der in seinem Darm wuchernden Schweinerei abzumagern begann, hast du sie ganz sicher auseinanderhalten können. Anschließend, als er seine Wohnung nicht mehr verließ, hast du genau gewußt, daß es Jacques war, der auf dich wartete, am Fenster des Wartezimmers stehend. Aber was hast du für den Bruchteil einer Sekunde verspürt, als du Jacques auf der Straße erblickt und geglaubt hast, das Gespenst des seit zwei Jahren begrabenen François zu sehen, und dabei dachtest: »Nein, nicht er …«? Und was hast du empfunden, als dich die Witwe von François' angerufen hat, damit du ans Krankenbett von Jacques kommst, den sie nach dem Tod ihres Mannes/seines Bruders geheiratet hat? Was hast du empfunden, als sein abgemagerter Körper aus dem Bett heraus die Worte fallenließ: »François und ich haben stets das gleiche getan, aber ich habe mir immer Zeit dabei gelassen …«), die abgezehrten Körper, die fettleibigen Körper, die mit Pusteln bedeckten Körper, die Körper voller nässender Geschwüre oder mit Schuppenflechten übersät, die in Schweiß gebadeten Körper, die aufgeblähten Körper, die drallen Körper, die begehrenswerten Körper, die entstellten Körper, die mit Schmutz bedeckten und nach Holzfeuer riechenden Körper, die weißen Körper unter einem sonnengebräunten Gesicht, die ekelerregenden Körper, die verstümmelten Körper, die von unten bis oben von den Chirurgen mit Schmissen versehenen Körper, die pockennarbigen Körper, die vom Schmerz gekrümmten Körper, die der Hand ausweichenden Körper, die tonlosen Körper, die klebrigen Körper, die gespannten Körper, die unter dem eisi-

gen Laken zitternden Körper, die schweren Körper, die verbrann-
ten Körper, die wimmernden Körper – das Blut, die Tränen, die
Scheiße, der Rotz, die vereiterten Trommelfelle, die von Membra-
nen überwucherten Rachen, die von einem Tumor zusammen-
gezogenen Brüste, die von einem Erguß erschlafften Hoden, die
von geronnener Milch triefenden Geschlechtsteile, die von
Hämorrhoiden angeschwollenen Ärsche, die durch Faustschläge
aufgeplatzten Lippen, die durch Kopfstöße gespaltenen Augen-
brauenbögen, die durch eine Schotterdecke zerschürften, auf-
gescheuerten Knie, die pergamentartigen Fetzen, die den von ihrem
niedrigen Tisch angegriffenen alten Damen vom Schienbein hängen, die abgeschnittenen Zungen, die zerquetschten Finger, die
skalpierten Schädel, die Messerstiche in den Unterleib, die Schuß-
wunden, die unter den umgestürzten Traktoren eingedrückten
Brustkörbe, die Schnapsbrüder, die Hinkenden, die Geschla-
genen, die Atemlosen, die Amputierten, die Verkalkten, die ewig
Verbitterten, die Arbeitslosen, die leiderfüllten Mätressen, die
Waisenkinder.

94
Die Kurve

»Achtung!«

Sie klammern sich an meinen Arm. Ich bremse. Der Wagen schleudert, blockiert und bleibt auf dem Seitenstreifen stehen. Sie erforschen die Dunkelheit mit dem Blick.

»Verzeihung ... Ich habe gedacht, es käme jemand aus der entgegengesetzten Richtung und würde ...«

Sie öffnen die Wagentür und steigen aus. Es ist kühl, ich hülle mich in meinen Regenmantel und steige ebenfalls aus. Sie stehen aufrecht an einen Metallmast gelehnt und betrachten den höchsten Punkt der Steigung.

»Das ist die gefährlichste Straßenbiegung des Kantons.«

Sie zeigen auf die Stelle, an der, etwas weiter oben, der Asphalt erscheint, und Ihr Finger fährt durch den Raum und legt sich an den Mast.

»Innerhalb von sieben Jahren hat es hier zwölf Unfälle gegeben. Immer das gleiche Szenario: Junge Leute aus der Stadt, die um drei oder vier Uhr am Sonntagmorgen aus der Disco von Lavallée zurückkommen ... Sie fahren durch Deuxmonts, um die Straße nach Tourmens zu nehmen, sie kennen die Gegend nicht, sie haben getrunken, sie lachen, sie rasen dahin, ihr Wagen braust den Hang hinunter, sie sehen die Biegung zu spät. Da das kleine Landhaus ganz in der Nähe ist, bin ich es, den die Feuerwehrleute oder die Gendarmen immer holen. Ich höre es klopfen, ich sehe blaue Blitze durch die Spalten der Fensterläden und weiß sofort, was das heißt ... Es kommt vor, daß ich davon träume, daß ich aus dem Schlaf hochschrecke und mir sage: Schon wieder einer!«

Sie drehen sich zu mir um.

»Aber ich habe nicht mehr davon geträumt, seit ich Sie kenne.«

Ihre Augen sind zwei dunkle Brunnen.

»Lange habe ich mir gesagt, daß es eine gute Art sei, mit allem Schluß zu machen ... Ich habe eine Lebensversicherung. Bei einem Autounfall verdoppelt sich die Summe … Ich sagte mir, daß, wenn der Augenblick gekommen ist … Diego für eine ganze Weile versorgt wäre … Aber jetzt …«

»Wollten Sie sterben, bevor Sie mich kennengelernt haben?«

»Selbstverständlich. Wer will nicht früher oder später sterben? Die jungen Armleuchter, die sich auf diesen Mast stürzen, glauben Sie, die wollen nicht sterben?«

Ich nehme Ihre Hand.

»Ich will nicht mehr sterben, weil Sie hier sind. Aber es gelingt mir nicht, mich von der Vorstellung freizumachen, daß ich eigentlich kein Recht habe zu leben, während mein Vater tot ist.«

Ich sage nichts.

»… Ich hatte immer die Illusion, daß er nie sterben könne. Daß er mich nicht zurücklassen könne, ohne mir alles gesagt zu haben, ohne mir sein Wissen, seine Weisheit, seine Menschlichkeit hinterlassen zu haben. Ohne mir beigebracht zu haben, die Patienten so zu behandeln, wie er es zu tun verstand …«

»Aber Sie wissen doch, wie Sie Ihre Patienten zu behandeln haben! Sie tun schließlich nichts anderes! Und von wem haben Sie das, wenn nicht von ihm?«

»Nein, ich weiß nicht, wie ich meine Patienten zu behandeln habe. Wenn ich es gewußt hätte, würde ich ihn behandelt haben. Ich hätte ihn begleitet, als er gestorben ist, aber ich habe es nicht gewußt. Ich trug ihm nach, daß er krank war, daß er, der so stark, so groß war, auf so eine dumme Weise krank geworden ist. Hinzu kommt noch, daß ich den kleinen Schlauberger spielen wollte, daß ich ihm zeigen wollte, was ich wußte … Der Artikel … Nach seinem Tod habe ich ihn in seinem Büro wiedergefunden, unter einem Stapel Bücher. Er schilderte ganz genau alle Stadien seiner Krankheit. Von Anfang bis Ende … Ich habe ihn nicht behandelt, ich habe ihm seinen Tod gezeigt!«

Scheinwerfer blenden uns, ein Fahrzeug kommt aus der Biegung und stoppt hinter dem Wagen. Zwei Männer steigen aus.

»Meine Herrschaften, Ihre Papiere … Ah! Sie sind es, Doktor.«

»Guten Abend, Brigadier.«

»Entschuldigen Sie bitte, Doktor, ich habe Sie nicht erkannt. Haben Sie eine Panne?«

438

»Nein, ganz und gar nicht, wir haben gehalten ... um etwas zu besprechen.«

»Hier ist das nicht unbedingt ratsam. Das brauche ich Ihnen wohl nicht zu sagen ...«

Ich werde wach, Sie sind nicht im Bett. Die Lampe im Wohnzimmer brennt. Ich stehe auf. Sie sind im Sitzen eingeschlafen, Ihr Kopf liegt auf einem großen Blatt Zeichenpapier, mit Text bedeckt und auf dem runden Tisch ausgebreitet. Ray hat es Ihnen vorhin in der Buchhandlung am Mail gegeben, zusammengerollt in einem Papprohr. Er hat gesagt: »Here, Buddy. Eine Inkunabel ...«

Sie haben das Blatt herausgeholt, aufgerollt, und als Sie sahen, worum es sich handelte, hat es Ihnen die Stimme verschlagen, Ihre Kehle war wie zugeschnürt, Ihre Augen sind tränenfeucht geworden. Ohne das Blatt loszulassen, haben Sie sich von uns entfernt, sind die Holzstufen der Wendeltreppe hinaufgestiegen, um sich in den ersten Stock zu flüchten. Zehn Minuten später bin ich zu Ihnen hinaufgegangen, Sie saßen auf einem Stapel Comics, die Brille in der Hand, das Ohr an Ihre Uhr gepreßt.

Als Sie mich hörten, sind Sie aufgestanden, Sie haben mich an sich gezogen und mit einer Kraft und einer Verzweiflung umarmt, wie ich sie nie zuvor gespürt habe. Dann sind wir wieder hinuntergegangen. Unten an den wackligen Stufen schaute Ray Sie zärtlich an, Diego hat mir zugerufen:

»Pauline, ich danke dem Himmel, daß ich diese Treppe im Laden behalten habe. Von jetzt an werde ich deine Bücher immer dort oben einordnen.«

Sie haben Ray in die Arme genommen. Die Augen von euch dreien standen voller Tränen.

Ich schaue Sie an, Sie schlafen tief, Tränen sind auf das große Blatt gefallen. Es steht ein langer handgeschriebener Text darauf, es ist Ihre Schrift. Ich lese einen Titel, *Johnny Got His Gun*, und einen Satz: *Die Welt ist alles, was geschrien wird.*

Eigenartige Colloquien, 5

Das Geheimnis (harte Fassung)

Ich hätte meine Mutter umbringen können. Mich, ohne mir vorher Bescheid zu sagen, zu einem Kerl zu bringen, den ich nicht einmal kannte! Ach, ich hätte sie umbringen können. Ich habe sogar davon geträumt. Ich stehe auf, ich gehe in die Küche, ich nehme aus der Schublade den Bindfaden und den Korkenzieher, ich gehe in ihr Schlafzimmer, sie schnarcht, ich binde ihren Arm am Bettpfosten fest, ich stoße ihr den Korkenzieher in den Mund und reiße ihr die Zunge heraus. Sie brüllt, aber ich brülle lauter als sie. Danach gebe ich der Katze ihre Zunge, doch meine Katze schnüffelt daran, schaut mich an und sagt: »Du behandelst mich wie einen Hund! Ich fresse weder spitze Zungen noch Lästerzungen.«

Ich hätte sie umbringen können. Ich hasse sie, ich kann sie nicht mehr riechen. Sie ist blöd, mies und unsauber. Eines Abends – Papa war schon seit langem weg – habe ich ihr, anstatt »ja, Mama, gut, Mama« zu sagen (sie verlangte von mir, den Tisch zu decken, und sagte dazu, sie habe ihrer Mutter immer dabei geholfen), ins Gesicht geschleudert, daß sie dummes Zeug rede, weil sie, bevor Großvater ging, ein Dienstmädchen hatten und daß sie, als sie geheiratet hat, nicht einmal ein Tischtuch auflegen konnte. Es war das erste Mal, daß ich ihr in der Art Antwort gab, sie stand da und sperrte den Mund weit auf, ich habe gesehen, wie sie grün wurde, und dann fing sie an zu plärren, huhuhu, heulend hat sie sich am Boden gewälzt und in alle Richtungen gestrampelt, dann hat sie sich nicht mehr gerührt und fing an zu stöhnen. Das hat mir eine Heidenangst eingejagt, ich habe mir gesagt, daß sie vielleicht einen epileptischen Anfall bekommen hat, wie eines der Mädchen in der Schule, und daß sie vielleicht sterben wird, darauf habe ich ebenfalls angefangen zu weinen. Als sie das sah, ist sie sofort wieder aufgestanden und wurde ganz aufdringlich: »Mein kleiner Liebling, nimm's nicht so tragisch, es ist nichts«, sie stand da und stammelte, und hopp, hat sie mich in ihr Bett gelegt. Das hat mich augenblicklich beruhigt, es ist mir ein Greuel, wenn sie mich berührt, als ich klein war, ist sie ständig dagewesen und hat gebettelt: »Ein Küßchen, gib mir ein Küßchen, willst du deiner kleinen Mama, die dich mag, kein Küßchen geben«, ich hatte den Eindruck, ihr Teddybär zu sein. Also habe ich so getan, als schliefe ich ein. Einen Augenblick später bin ich aufgestanden, sie war am Telefon. Sie verbringt ganze Abende am Telefon, plaudert mit ihren Freundinnen, ihrer Mutter oder ihrer Schwester, erzählt dummes Zeug über Papa oder über Rachel – sie nennt sie »diese ... *Frau*!« und stößt einen Seufzer aus, als arme Unglückliche, so in der Art: »Olala, ich steh's zwar durch, aber es ist hart, das ist mir hoch anzurechnen!« Ich wagte nicht, in mein Zimmer hinaufzugehen, ich hätte den Raum durchqueren müssen, in dem sie telefonierte, und sie hätte mich am Kanthaken gehabt. Also habe ich mich wieder hingelegt, aber kaum, daß sie ebenfalls im Bett lag und ich sie schnarchen hörte, bin ich hinauf in mein eigenes Bett gegangen.

Weil ich ein Gesicht schnitt und nicht mehr essen wollte, was sie kochte, hat sie sich in den Kopf gesetzt, daß ich krank bin, und sie ist mit mir zum Doktor in Play gegangen. Entweder der oder der Arzt aus Deuxmonts, und den kann ich nicht ausstehen, er ist immer einer Meinung mit ihr, und sie sprechen unaufhörlich von ihrer Freundin Dominique, die ihren Mann verlassen hat, um mit einer anderen Frau zusammenzuleben, diese Dominique, die ich nicht riechen kann, so blöd ist sie, kein Wunder, daß sie sich gut verstehen. Ich habe beschlossen, nicht den Mund aufzumachen, deshalb habe ich ihn anfangs, als ich hineinging, nicht angesehen. Sie hingegen zog mit den üblichen Geschichten über mich her: Annie ißt nicht mehr, Annie schneidet mir ein Gesicht, Annie ist ausgerissen, Annie ist ungezogen zu mir, ihrer Mutter, die sie so sehr liebt und die alles für ihr Töchterchen tut, ach, ich bin ja so unglücklich, huhuhu, ich habe sie angeschaut. Er machte *MmMmMm*, während sie sprach, ich hatte den Eindruck, daß er schnurrte, die Hände überm Bauch verschränkt, er hat mich an meine Katze erinnert. Ich hatte die Nase voll, ich machte mir Vorwürfe, daß ich neulich nicht bei Papa geblieben bin ... Als ich zu ihm gekommen bin, hat er zu mir gesagt: »Du kannst nicht hierbleiben, sie wird über uns herfallen«, während Rachel sagte, daß man sich an einen Rechtsanwalt wenden müsse, wenn ich nicht mehr zu meiner Mutter zurückwolle, man könne mich nicht wegschicken, und ich schloß sie fest in die Arme und weinte, ich wollte nicht von ihnen fort, von Papa und ihr und dem Baby. Wir haben lange zu dritt darüber gesprochen, Theo hielt seinen Mittagsschlaf, aber Rachel hat ihn schließlich geweckt, und als er mich sah, hat er sich in seinem Bett aufgestellt und hat gesagt: »Nanie!«, das hat mich total umgehauen, er ist so schön, der kleine Mann. Und dann hat Papa schließlich gesagt, daß wir jetzt aufbrechen müßten, und er hat mich mit dem Auto wieder nach Langes zurückgebracht ...

Während meine Mutter mit dem Arzt sprach und ihm ihre Ammenmärchen erzählte (sie erzählt immer dieselben, es heißt immer: »Ach! Was für ein Unglück, ich verstehe mich nicht mit meiner heißgeliebten Tochter, wo ich doch alles für sie tue.« Und weil Papa natürlich weggegangen ist – ich an seiner Stelle wäre schon früher weggegangen! Ich kann es einfach nicht verstehen, daß er so lange mit ihr leben konnte, sie stinkt so furchtbar! –, bedauern sie alle und schimpfen ihn einen Schweinehund. Zuerst natürlich meine Großmutter, sie hat ihr oft genug gesagt, daß sie sich nicht mit ihm verheiraten solle! Noch heute sagt sie zu ihr: »Ach, mein armes Kind! Ich habe es dir ja gesagt, aber du wolltest nicht auf mich hören. Ach, wenn man eine Frau ist, so ein Fehler ist nicht wiedergutzumachen!« Und meine Tanten genauso. Das ist verständlich: Es gibt keinen Mann mehr in dieser verdammten Familie. Es gibt nur noch Weiber, die den Mackern das Leben zur Hölle machen! Großvater ist gestorben, Papa ist fortgegangen, und man sehe sich doch nur mal Nicole an, die älteste Schwester meiner Mutter, die kann noch so oft erzählen, daß ihr Mann dahingegangen ist, ich weiß, daß das dummes Zeug ist, er ist nach Amerika gegangen, um sich dort mit einer Chemikerin zusammenzutun, die die gleichen Untersuchungen anstellte wie er, sie schrieben sich seit Jahren. Eines Tages hatte er die Nase voll von Nicoles Fresse, und er ist zu ihr nach Amerika gefahren. Sie haben sogar Kinder, während Nicole immer erzählt hat, daß er keine zeugen konnte! Als Papa mir das erzählt hat, fing ich an zu begreifen, daß all diese Weiber ständig Lügen verbreiten. Angefangen bei meiner Großmutter. Sie hieß Ginette, aber sie hat während des Krieges ihren Vornamen geändert, sie ließ sich Raymonde nennen, das hatte mehr Klasse. Ich finde es genauso beschissen. Und meine Mutter lügt ebenfalls ständig! Sie hat mir immer erzählt, Nicoles Mann sei weggegangen, um ein Päckchen Zigaretten zu kaufen, und man habe ihn nie wiedergesehen. Sie hat mir immer gesagt, Papa habe ihr keinen roten Heller gegeben, um mich großzuziehen, bis zu dem Tag, an dem ich mit ihm darüber gesprochen habe und er alle Bankauszüge seit seinem Weggang hervorgeholt hat. Meine Mutter lügt unaufhörlich, sie sagt ständig: »Auf die Männer kann man jedenfalls nicht zählen. Entweder sterben sie oder sie verlassen ihre Frauen und ihre Kinder.« Eines Tages habe ich gebrüllt: »Du erzählst doch dummes Zeug! Papa ist nicht gestorben, er hat dich verlassen, weil er genug von dir hatte, aber mich hat er nicht im Stich gelassen!«, darauf fing sie an zu weinen, huhuhu, sobald ich ihr Contra gebe, fängt sie an zu weinen, oder sie sagt so etwas in der Art: »Auf jeden Fall kann man nicht mit dir diskutieren, du willst immer das letzte Wort haben, wie dein Vater!« Das ist praktisch, das setzt der Diskussion ein Ende, aber seitdem wartet sie, bis ich nicht mehr da bin, um ihre Ammenmärchen zu erzählen), sah ich den Arzt an, er sagte nichts, er saß da mit verschränkten Armen, man hätte meinen können, er würde jeden Moment einschlafen, ich konnte seine Augen nicht sehen, weil er eine getönte Brille trug, an jenem Tag schien die Sonne sehr hell, aber schließlich habe ich begriffen. Sein *Mmmhh, Mmmhh*, das war nur, um vorzutäuschen, er würde ihr zuhören, während er in Wirklichkeit mich ansah. Und er hat gesehen, daß ich einfach nicht mehr konnte, denn genau in dem Augenblick, als ich fast explodiert bin und ihr ins Gesicht schreien wollte, daß ich die Nase voll habe von all dem Mist, den sie verzapfte, ist er plötzlich aufgestanden, hat mich sachte am Arm genommen und mich hinausgeschickt.

Das Wartezimmer war voll, ich mußte mich beruhigen. Es waren zwei Kinder da mit ihrer Mutter, das kleine Mädchen spielte mit Teddybären Schule, der kleine Junge spielte mit einem Auto. Das Auto ist bis vor meine Füße gerollt, der kleine Junge traute sich nicht zu mir heran, darauf habe ich es ihm gegeben, er hat mich beim Handgelenk genommen, damit ich mit ihm spiele. Er glich Theo, das heißt, in größer, denn Theo war damals gerade zwei Jahre alt geworden, er fing erst an zu sprechen, aber sie hatten das gleiche Gesicht, das gleiche Lächeln ... Ich würde ihn so gern groß werden sehen, meinen kleinen Bruder.

... Nach einer Weile habe ich eine Stimme hinter der Tür gehört, der Arzt hat meine Mutter hinausgelassen, und ich sollte allein reinkommen. Ich war auf der Hut. Ich wollte nicht, daß er mich anrührt, ich wollte nicht, daß er mich anschaut, ich wollte ihn nicht anschauen. Nach einer Weile hat er gesagt:

»Sie sind wütend.«

»Das ist das mindeste, was man sagen kann! Ich frage mich wirklich, was Sie mit mir machen werden!«

»Ich werde Ihnen nichts tun.«

Ich habe mit den Achseln gezuckt.

»Sie haben eine halbe Stunde mit ihr verbracht, Sie werden mir bestimmt Medikamente zur Beruhigung geben und mir eine Standpauke halten. Ich wette, daß sie Ihnen wieder jede Menge dummes Zeug über Papa erzählt hat!«

Er hat die Arme verschränkt und etwas ganz Seltsames geantwortet:

»Wenn das eine Frage ist, kann ich nicht darauf antworten.«

»Warum nicht? Bin ich noch zu jung? Werde ich es nicht verstehen?«

»O doch! Aber ich darf Ihnen nicht etwas preisgeben, was eine andere Person mir anvertraut hat ...«

»Pfff. Das wird Sie nicht daran hindern, ihr alles zu erzählen. Aber ich habe Ihnen nichts zu sagen.«

Er hat auf seine Füße geschaut und gesagt:

»Wenn ich Ihrer Mutter weitererzählen würde, was Sie mir gesagt oder auch nicht gesagt haben, wäre ich kein Arzt. Ich wäre ... ein gemeines Arschloch.«

Er hatte seine Brille abgenommen und sich die Nase gerieben. Ich habe mich an das erinnert, was Sarah mir gesagt hat.

»Dann stimmt es also?«

»Was denn?«

»Das Berufsgeheimnis. Eine meiner Freundinnen, Sarah Féval, Sie kennen sie ... Wir gehen zusammen aufs Gymnasium, sie hat Sie aufgesucht, weil sie die Pille nehmen wollte. Als sie zu Ihnen gesagt hat, daß ihre Eltern nichts davon wissen dürften, haben Sie zu ihr gesagt, daß Sie an das Berufsgeheimnis gebunden sind.«

In diesem Augenblick hat er gelächelt, und es war das gleiche Lächeln, wie wenn Papa, Rachel und ich zusammen ins Kino gehen und ich nach dem Film sage, daß ich das oder das begriffen habe, und sie sich anschauen, Papa ganz stolz, er legt mir den Arm um den Hals, er gibt mir einen Kuß, ohne etwas zu sagen, und er lächelt.

»Ich kann mit Ihnen nicht über Ihre Freundin reden, doch was sie über das Berufsgeheimnis gesagt hat, stimmt voll und ganz.« Er hat mit dem Finger auf den Boden gezeigt. »Was hier gesprochen wird, geht nicht hier raus. Das trifft übrigens auch auf das zu, was man mir am Telefon oder auf der Straße sagt. Für einen richtigen Arzt ist das Berufsgeheimnis etwas Absolutes.«

Darauf bin ich voll eingestiegen, was hatte ich schließlich zu verlieren?

»Meine Mutter ... Alles, was sie Ihnen über Papa gesagt hat, stimmt nicht. Papa ist weggegangen, weil er es leid war, ihr Hund zu sein, leid, sich anschnauzen zu lassen, weil er nicht genug Geld nach Hause brachte, leid, sich von meiner Großmutter und meinen Tanten Versager und Faulenzer schimpfen zu lassen, leid, einem Weib zusammenzuleben, das stinkt und uns Woche für Woche immer das gleiche zu essen gibt, montags angebranntes Omelett, dienstags rote Rüben, mittwochs Suppe mit zwei Stangen Lauch und drei Karotten, einer Kartoffel und einem Rübchen (und dabei habe ich die Stimme meiner Mutter nachgeahmt, manchmal versuche ich auch, ihre Grimasse nachzuahmen, aber das gelingt mir nicht, ihre Lippen bleiben in der Mitte des Mundes verkniffen und öffnen sich auf den Seiten, wie bei der griechischen Maske der Komödie, und ich habe sie nachgeäfft, wenn sie sagt: ›Das Rübchen gibt Geschmack!‹), und jeden Samstag, ausnahmslos, inmitten schlecht fritierter Kartoffelwürfel ein Stück in Öl schwimmendes Fleisch! Papa ist weggegangen, weil er das alles leid war, und er hat recht gehabt, daß er gegangen ist! Und wenn sie sagt, daß er uns im Stich gelassen hat, dann erzählt sie dummes Zeug! Ich fühle mich nicht im Stich gelassen von mei-

nem Vater, aber ich fühle mich bei meiner Mutter im Gefängnis!
Doch das wird nicht von allen erzählt!«

»Was wird denn von allen erzählt?«

»Dummes Zeug! Sie sagen, daß er wegen Rachel weggegangen
ist!«

»Rachel? Ihre Stiefmutter?«

»Sie ist nicht meine ›Stiefmutter‹. Sie ist die Frau meines Vaters.
Ich mag sie mehr als meine Mutter, und sie mag mich auf bessere
Art als sie. Sie ist nicht aufdringlich. Und wenn sie sagen, daß er
wegen ihr weggegangen ist, dann lügen sie. Er kannte sie nicht
mal. Er ist weggegangen, und drei Wochen später hat er sie kennengelernt.«

»Sie meinen, daß Ihr Vater gut daran getan hat, wegzugehen?«

»Natürlich. Auf jeden Fall haben sie sich ständig angeschrien.
Ich habe gehört, wie sie sich abends angeschrien haben, und ich
habe geweint, um sie nicht mehr zu hören, und ich habe sie auch
morgens gehört, wenn ich wach wurde. Das heißt, nicht jeden
Morgen. Sonntags stand meine Mutter nie vor zehn, elf Uhr auf,
und weil sie schnarchte, wurde ich davon wach, ich habe gehört,
wie mein Vater aufstand. Dann bin ich ebenfalls aufgestanden,
ich habe ihm Kaffee gekocht und ins Atelier gebracht, und dann
bin ich bei ihm geblieben.«

»Im Atelier?«

»Der Raum, in dem er malt. Ich sehe ihm gern beim Malen zu.
Am Wochenende verbringe ich Stunden mit ihm, um ihm beim
Malen zuzusehen.«

»Und das stört Ihre … das stört Rachel nicht … daß er Stunden mit Malen zubringt?«

Ich habe die Achseln gezuckt.

»Aber nein, warum denn? Sie liebt ihn, sie findet das normal.
Außerdem, er arbeitet die ganze Woche, da hat er sonntags doch
wohl das Recht zu malen!«

»Wo arbeitet er denn?«

»Jetzt arbeitet er zu Hause. Vorher war er in einem Keks-
laden.«

Er mußte lachen und ich auch. Wenn Papa das sagt, muß ich
einfach lachen, und es hat mich gefreut, daß auch ich damit jemanden zum Lachen bringen konnte.

»Doch, doch! Er war Zeichner in einer Keksfabrik.«

»Ach so, jetzt verstehe ich ...«

»Als ich klein war, habe ich zugesehen, wie er die Dosen und Schachteln zeichnete, er machte die Spiele, die drauf kamen: Kreuzworträtsel, Bilderrätsel, Puzzles, Dinge zum Ausschneiden ... Wenn es gedruckt war, brachte er mir welche mit nach Hause, und meine Mutter keifte, weil er leere Dosen und Schachteln anschleppte. Natürlich brachte er sie nicht, damit ich Kekse zu essen hatte. Er brachte sie, damit ich was zum *Spielen* hatte. Ich erinnere mich, daß er eine ganze Serie Schachteln mit einer Puppe zum Ausschneiden gemacht hat, und dazu die Kleider, die man ihr anziehen konnte, wissen Sie ... Zuerst zeichnete er sie mit Bleistift und Filzstift, und dann aquarellierte er sie. Und eines Tages hat er sich dann einen Computer gekauft und ein Graphikprogramm, so daß er außer seiner Arbeit in der Fabrik auch noch hier und da für andere Kunden zeichnen konnte. Am Ende war er die Kekse leid und hat gekündigt. Er hat seine Frau und seinen Laden am selben Tag verlassen und hat sich selbständig gemacht. Da er voller Ideen ist, gehen ihm die Aufträge natürlich nicht aus. Und er arbeitet ständig! Also hat er wohl das Recht, zu malen, wann es ihm paßt! Aber das hat meine Mutter nie ertragen können. Sie ertrug es nicht, daß er nicht für sie da war, während sie, wenn sie ihre verdammten Schulhefte korrigiert, nie für jemanden da ist. Manchmal arbeitete Papa bis spät abends in der Fabrik, um ein Projekt rechtzeitig abzugeben, und wenn er dann nach Hause kam, sagte sie zu ihm: ›Dein Essen ist im Ofen, ich muß meine Hefte korrigieren.‹ Dann aß er allein, und hinterher malte er. Und das ertrug sie nicht. Sie ging ihm unentwegt auf den Wecker: ›Was machst du da? Kann ich es sehen? Hast du das Bild vom letzten Monat fertig? Kann ich es sehen? Zeigst du es mir?‹, und wenn er es ihr dann endlich zeigte, fand sie es nie gut. ›Warum hast du dies nicht gemacht, warum hast du das nicht gemacht?‹ Sie begriff nicht, daß er ins Atelier ging, um sie nicht mehr zu sehen und zu hören.

Wenn er malte, am Samstagnachmittag oder am Sonntag, setzte ich mich auf einen Schemel neben ihn und schaute ihm zu, ohne etwas zu sagen, und er hat mich nie hinausgeworfen. Ab und zu fing er an zu sprechen, während er malte, und nach einer

Weile hörte er auf zu malen, er stand auf, er kam rückwärts zu mir, legte mir den Arm auf die Schulter und sagte: ›Siehst du, wenn du da bist und wir reden, denke ich nicht mehr an das Bild, es entsteht ohne mich, und ich schaue zu, wie es entsteht.‹ Ich habe ihn sogar mit Theo auf den Knien malen sehen, als der noch ganz klein war, und Theo streckte die Arme aus und machte Adadaaa, und Papa malte weiter. Morgens, wenn Rachel zur Arbeit geht, ist er es, der sich um Theo kümmert, er zieht ihn an, er gibt ihm zu essen, er bringt ihn zu seiner Tagesmutter. Abends holen sie ihn beide ab, sie baden ihn, bringen ihn zu Bett ... Eines Tages, ich war krank und meine Mutter wollte keinen Tag Urlaub nehmen, um auf mich achtzugeben, hat er mich abgeholt und zu sich nach Hause gebracht. An diesem Tag war auch Theo krank, er hatte Schnupfen, weshalb er ihn nicht seiner Tagesmutter anvertraut hatte. Als ich gesehen habe, wie Papa ihn wickelte, habe ich ihn gefragt: ›Hat dir das Rachel beigebracht?‹ Er hat gelacht und gesagt: ›Nein, mein Kind, das warst du!‹ Und er hat mir erklärt, daß er, als ich geboren wurde, wegen seines Unfalls sechs oder acht Monate nicht gearbeitet hat und sich in dieser Zeit um mich kümmerte. Und das hat mich glatt umgehauen, denn meine Mutter beklagte sich immer, daß er sich nie um mich gekümmert habe, als ich klein war. Als ich gesehen habe, wie er sich um Theo kümmerte, wußte ich, daß sie mich angelogen hatte, denn er hat ihn an sich gedrückt, er hat seinen Mund an sein Ohr gehalten, und er hat ganz leise ›Wowowowowow‹ gemacht, und als ich ihn das machen hörte, habe ich mich plötzlich wieder an das Geräusch in meinem Ohr erinnert, als ich ganz klein war, es war warm, es vibrierte ... Mich überlief ein Schauder, und ich hätte am liebsten geweint ... Und außerdem, die Art und Weise, wie er Theo hielt, der damals noch ganz klein war, ein paar Monate alt, hat mich an etwas anderes erinnert. Später habe ich in dem Fotoalbum nachgesehen, wo ich noch klein war, es gibt nicht viele Fotos von mir in den Armen meines Vaters, meine Mutter sagte, er sei nie dagewesen, aber in Wirklichkeit war es so, daß *er die Fotos aufnahm*! Es gab nur eines mit ihm, mit so einem Dingsbums um den Arm. Ich weiß nicht, warum, aber ich habe immer geglaubt, es sei ein Gipsverband, weil er zum Zeitpunkt meiner Geburt wegen seines Unfalls einen gebrochenen Arm hatte. Als ich das Foto wiedergefunden habe, hat es mich glatt umgehauen, das Foto war nicht sehr gut, und es war von weitem aufgenommen, aber ich habe genau gesehen, daß das, was er auf dem Arm hatte, kein Gipsverband war: *Ich war es*, die kleine Krabbe, die bäuchlings auf seinem Unterarm lag, wie er es später auch bei Theo machte. Und auch da habe ich mich wieder über meine Mutter geärgert, weil sie keine Antwort gab, als ich sie fragte, ob Papa sich um mich gekümmert habe, als ich klein war, sondern nur die Augen zum Himmel hob und so tat, als schluchze sie: ›Ach, das tut mir alles so weh, daß ich dir nichts sagen kann!‹ So ein Miststück!

Sie ist zu blöde. Sie will nicht, daß ich einen Vater habe, sie begreift nicht, daß ich einen kleinen Bruder habe, das einzige Mal, als ich versucht habe, von ihm zu sprechen, hat sie vor Wut gespuckt: ›Das ist nicht dein Bruder, das ist dein Halbbruder!‹, und ich habe ihr gesagt, daß sie ganz schön dreist ist, weil sie nämlich ebenfalls eine Halbschwester hat: Nicole, die Großmutter bekommen hat, *bevor* sie Großvater geheiratet hat, aber als ich ihr das gesagt habe, hat sie mich mit ihrem Lächeln einer griechischen Maske angelächelt und geseufzt: ›Ja, aber ihr, ihr habt nicht einmal dieselbe *Mutter*!‹«

Als ich das alles Doktor Sachs erzählt habe, hätte ich am liebsten gleichzeitig geheult und geschrien, und ich habe mit der Faust auf den Tisch geschlagen.

Er hat seine Hand auf meine gelegt und hat gesagt:

»Was wollen Sie tun?«

»Ich weiß es nicht.«

Und ich habe angefangen zu weinen.

In diesem Augenblick dachte ich mir, daß ich nie aus diesem Teufelskreis herauskommen würde … Eines Tages hatte meine Mutter zu mir gesagt: »Bis du achtzehn bist, habe ich alle Rechte über dich.« Wenn ich bis achtzehn bei ihr bleiben müßte, käme ich um.

Ich habe gesagt:

»Ich … ich will weg, ich will bei Papa leben. Ich habe ihn gefragt, ob ich bei ihm leben darf … Ich bin es leid, allein mit meiner Mutter zusammenzuleben, die ständig eine Fresse zieht, wo ich mit Papa, Rachel und Theo ein richtiges Familienleben haben könnte. Ich möchte sehen, wie mein kleiner Bruder groß wird und wächst. Wenn ich wieder hinkomme, kann er neue Dinge machen, und wenn ich ihn zehn Tage lang nicht gesehen habe, müssen wir erst wieder Bekanntschaft schließen ... Meine Mutter weiß es genau, eines Tages bat sie mich, den Tisch zu decken, weil sie Freundinnen zum Abendessen hatte, ich habe gesagt, daß ich nicht ihr Dienstmädchen bin, darauf fing sie an, sich zu ohrfeigen, sie macht das immer, wenn ich sie ärgere, sie ohrfeigt sich und fängt an zu weinen. Sie hat gesagt: ›Auf jeden Fall weiß ich genau, daß du bei deinem Vater leben möchtest!‹ Ich hatte nie daran gedacht, daß das möglich ist, und ich habe mir gesagt: ›Das stimmt! Ein Vater zählt genauso wie eine Mutter, warum könnte ich nicht bei ihm leben?‹«

»Und er, was hat er gesagt?«

»Er war einverstanden, er hat gesagt, daß er das mit meiner Mutter besprechen wolle, aber ...«

»Hat er es nicht getan?«

Ich habe geschnieft.

»Doch. Aber sie ... sie ist ein gemeines Stück!«

»Erklären Sie das ...«

»Papa ist zu ihr gegangen, um mit ihr zu reden. Aber als er zurückkam, hat er mir gesagt, daß es nicht möglich ist. Daß es besser ist, zu warten. Und daß es nicht gut sei, wenn man versuchen würde, die Dinge zu forcieren. Ich verstand das nicht, ich bin ihm deswegen böse gewesen, ich verstand nicht, warum es nicht möglich war. Aber Papa war völlig niedergeschlagen, er wollte nicht mehr darüber reden. Später hat Rachel mir alles erklärt, sie hat begriffen, daß es für mich wichtig war, Bescheid zu wissen. Sie hat mir klargemacht, daß meine Mutter Dinge über meinen Vater wußte, die sie dem Richter sagen würde, sollte er je das Sorgerecht für mich beantragen, und daß er damit Ärger bekäme, was vor allem Rachel und Theo treffen würde, und daß er nichts dagegen tun könne ... Übrigens hat mich meine Mutter von diesem Zeitpunkt an, wie zufällig, nicht mehr zu ihm lassen wollen, wenn ich krank war oder wenn ich den ganzen Tag über schulfrei hatte. Sie hat mich sogar gezwungen, mit ihr eine Klassenfahrt zu machen, um ihn nicht bitten zu müssen, auf mich aufzupassen.«

»Sehen Sie Ihren Vater im Augenblick seltener als vorher?«

»Ja, außerhalb der Ferien gehe ich fünf Tage im Monat zu ihm. Zweimal mittwochs und an zwei Wochenenden. Meine Mutter erzählt jedem, daß er mich nicht mehr sehen will, daß ich mich mit Rachel nicht verstehe, daß ich auf das Baby eifersüchtig bin, aber natürlich erzählt sie das nie in meiner Gegenwart, so daß ich nicht sagen kann, daß alles nur dummes Zeug ist ...«

»Was machen Sie jetzt, wenn Sie keinen Unterricht haben?«

»Letzte Woche bin ich es leid gewesen ... ich habe mich von der Penne verdrückt. Als ich am Schilderhäuschen der Sekretärin vorbeigekommen bin, habe ich sie gefragt, ob sie meine Mutter hätte hinausgehen sehen, sie hat nein gesagt, darauf habe ich zu ihr gesagt, daß sie bestimmt schon vorbeigekommen ist, und ich bin mit einem freundlichen Lächeln hinausgegangen. Auf Wiedersehen, Madame! Die hat überhaupt nichts gemerkt. Ich bin mit dem Bus zu Papa gefahren, es war Theos Geburtstag, er war zwei Jahre alt geworden, und ich würde ihn erst in zehn Tagen sehen, können Sie sich das vorstellen? Zehn Tage, in diesem Alter zählt das!«

»Und Sie, wie alt sind Sie?«

»Vierzehneinhalb.«

»Ja, auch für Sie sind zehn Tage lang ... Und drei Jahre sind noch länger.«

Und schließlich habe ich gesagt:

»Auf jeden Fall nützt es nichts, daß ich Ihnen das alles erzähle, und ich bin auch nicht krank. Krank ist sie.«

»Sie haben recht ... Sie sind nicht krank ... Und Sie haben nichts von mir verlangt ... Es ist Ihre Mutter, die etwas verlangt ...«

»Sie verlangt ständig irgend etwas! Sie kann nichts allein machen. Und sie beklagt sich derart, daß sich die Leute verpflichtet fühlen, alles mögliche für sie zu machen. Zu Hause ist ein Nagel einzuschlagen, sie stellt sich ins Lehrerzimmer, ich weiß es, weil ich es mit eigenen Augen gesehen habe, sie setzt ihr dümmstes Gesicht auf und sagt: ›Was soll ich nur machen? Wie soll ich es machen?‹ Und natürlich ist immer eine ihrer Freundinnen da, die zu ihr sagt: ›Wen könntest du bitten?‹ Großer Seufzer: ›Na ja, niemanden, das weißt du doch genau!‹ ›Aber das gibt's doch nicht! Wir werden jemanden finden!‹ Und die Freundin dreht sich nach dem erstbesten Dummkopf um und sagt zu ihm: ›He, du, komm mal her, wir brauchen deine Hilfe!‹ Und was tut der Kerl? Er schlägt den Nagel für die arme Unglückliche ein. Und wenn er schon mal im Haus ist, geht er nicht eher wieder, bis nicht alles genagelt ist, was es zu nageln gibt. Und das ist ständig so. Eines Tages ist die Waschmaschine kaputtgegangen, ich habe zu ihr gesagt: ›Komm, wir kaufen eine neue.‹ Sie hat mir zur Antwort gegeben: ›Nein, du kennst dich da nicht aus.‹ Und was hat sie gemacht? Sie hat ihre Mutter gerufen! Und Großmutter, die fünfundsiebzig Jahre alt ist, hat alles gemacht. Sie hat im Laden nebenan angerufen, sie hat uns eine Waschmaschine liefern lassen, und sie hat sie auch noch bezahlt ...«

In diesem Augenblick hat er die Hand auf meinen Arm gelegt und gesagt:

»Sie könnten versuchen herauszufinden, womit Ihre Mutter Ihrem Vater gedroht hat. Und wenn das getan ist (er hat einen Namen und eine Adresse auf ein Stück Papier geschrieben und es mir gegeben), suchen Sie diesen Herrn in meinem Auftrag auf, erzählen Sie ihm alles, und er wird Ihnen helfen. Aber dazu muß man vielleicht erst einmal lernen, den Feind einzulullen.«

Er hat mir gesagt, daß er mir einfach nur eine Blutprobe verschreiben wird, um meine Mutter zu beruhigen, und daß er mir außerdem das verschreiben wird, was er eingenommen hat, wenn er Examen hatte, Ampullen mit einem nach Orangen schmeckenden Produkt. Das ist übrigens gar nicht schlecht! Danach hat er sie hereingebeten, und während er mit ihr sprach, um ihr alles zu erklären, die Blutprobe und alles, habe ich mich gefragt, was zu tun sei, um sie einzulullen. Ich habe sie angeschaut, sie war schlaff und schlapp wie eine Kuh, mit ihrem zugleich wehleidigen und dummen Gesichtsausdruck und ihrer Art, mich von der Seite anzuschauen, während er mit ihr sprach. Und als ich sie so angeschaut habe, ist mir klargeworden, daß sie Angst vor mir hatte, daß sie sich nur an mich klammerte, weil ich ihr als Aufwertungsobjekt diente, und daß man sie, je mehr ich mich in mich selbst zurückzog, um so mehr bedauern würde. Darauf habe ich mich aufrecht hingesetzt, ich habe sie angeschaut, ich habe gelächelt. Und seitdem schaue ich den Erwachsenen in die Augen, ich lächle, ich antworte höflich, und ich sage so wenig wie möglich. Anfangs war es schwer, weil es alle überrascht hat, und als erstes meine Freundinnen. Und dann ist es ein Spiel geworden, ich sah, ich hörte viel mehr Dinge. Mir ist klargeworden, daß mich das älter machte. Und weil ich größer bin als meine Mutter, habe ich manchmal den Eindruck, daß ich die Erwachsene bin und sie das kleine Mädchen. Es ist genau wie mit dem Namen: Als sie schließlich in die Scheidung eingewilligt hat, wollte sie unbedingt Papas Namen behalten. Ich bin sicher, daß sie gedacht hat: »Für den Fall, daß seine Bilder eines Tages etwas wert sind, muß ich seinen Namen behalten«, nur um sich über Gebühr herausstreichen zu können. Eines Tages habe ich sie so obenhin gefragt: »Warum behältst du eigentlich Papas Namen? Daß ich Papas Namen trage, ist normal. Aber du, du bist nicht mehr mit Papa verheiratet, und du bist nicht seine Tochter. Wenn mich ein Kerl verlassen hätte, möchte ich unter keinen Umständen weiterhin seinen Namen tragen!« Ich glaube, das hat sie geärgert, denn nach und nach hat sie sich wieder bei ihrem Mädchennamen rufen lassen.

Mit der Zeit hat sie sich dann ebenfalls geändert. Sie hat angefangen, mir Dinge zu erzählen ... als ob ich ihre Schwester wäre ... oder schlimmer noch: ihre Freundin!

... Es ist noch gar nicht so lange her, da hatte sie Besuch von einer ihrer Freundinnen, mit der sie zusammen in die Schule gegangen ist und die sie seit fünfzehn Jahren nicht mehr gesehen hat, also nicht mehr, seit ich auf der Welt bin, glaube ich. Als sie hereingekommen ist, dachte ich, es sei ein Mann. Kurzgeschnittenes Haar, kräftig gebaut, größer als ich. Sie haben sich gegenseitig besabbert und dabei geweint, es war einfach zum Kotzen, und von dem Augenblick an, als sie hereingekommen ist, haben sie so getan, als ob ich nicht existierte. Ich habe so getan, als ob nichts sei, ich habe nur zugehört, wie sie über die Macker herzogen. Und dann auf einmal haben sie angefangen, über Geld zu reden, und meine Mutter hat zu ihrer Freundin gesagt: »Weißt du, alles, was ihr Vater besitzt, ist für Annie. Die *andere* bekommt nichts!« Sie ist in ihr Zimmer gegangen, sie ist mit einem Holzkasten zurückgekommen, sie hat Papiere herausgeholt. Ich habe in der Küche

Kaffee gekocht, aber sie hat weiterhin so getan, als ob ich nicht da sei. Sie hat ihr erklärt, daß Papa, als sie »ihn hinausgeworfen hat«, die Möbel mitgenommen habe, die er von seinen Eltern geerbt hatte, es waren sehr schöne darunter, und ihr habe das Herz geblutet, wo sie ihm doch alles gegeben hatte, die schönsten Jahre ihres Lebens, sie hatte sie wirklich verdient! Eines Tages, als sie in ihrem Schrank aufräumte, hat sie ein Papier wiedergefunden, das er geschrieben hatte und worin er im wesentlichen sagte, daß alle Möbel, Bilder, Teppiche, die er jetzt mitgenommen hatte, ihr gehörten. Sie hatte ihm eines Tages vorgeworfen, sie nicht wirklich zu lieben. Darauf hat ihr Papa, um ihr zu beweisen, daß das nicht stimmte (wahrscheinlich glaubte er damals noch, daß er sie liebte), dieses Papier ausgestellt. »Dieser hundsgemeine Mensch, er ist weggegangen und hat alles mitgenommen, aber an dem Tag, an dem Annie einen eigenen Hausstand gründet, wird sie zurückholen, was uns gehört.« Als ich sie das sagen hörte, hätte ich sie am liebsten erwürgt.

Ihre Freundin hatte eine Flasche Champagner mitgebracht, und die beiden haben alles gezischt, es war das erste Mal, daß ich meine Mutter trinken sah. Sie ist noch häßlicher und noch dümmer, wenn sie getrunken hat, ein Glück, daß das nicht oft passiert.

Ich bin schlafen gegangen, aber ich mußte unentwegt an dieses Papier denken. Ich konnte einfach nicht glauben, daß Papa deswegen nicht das Sorgerecht für mich beantragen konnte. Die Möbel sind ihm egal, und Rachel sind sie es auch. Aber ich wollte selber nachsehen. Ich bin aufgestanden, ohne Lärm zu machen, sie lagen beide im selben Bett, schnarchten im Chor wie zwei zehnjährige Kusinen. Sie hatte den Kasten offen auf dem Tisch stehenlassen, mit dem Papier drin. Darunter waren zwei Bündel Briefe, ich habe Papas Schrift erkannt. Um das eine war ein rosa Band, ich habe mir gesagt, das sind bestimmt die Briefe, die er ihr geschrieben hat, bevor sie geheiratet haben, und so war es. Und dann gab es noch ein anderes Bündel. Noch dicker, mit zwei Gummibändern drum, in einer Plastiktasche. Diese waren älter, es war nicht Mamas Schrift, das fing an mit Papas Vornamen und »Mon amour«, und dem Datum nach waren sie aus einer Zeit, als sie sich noch nicht kannten. Ich habe mir gesagt, daß es wirklich gemein war von meiner Mutter, diese Briefe zu behalten. Und dann, noch weiter unten, eine mit zwei Gummigurten verschlossene Mappe, auf der Papas Name stand und die einen Haufen übereinandergestapelter Zeichnungen enthielt. Ich hätte gern hineingesehen, aber ich habe alles an seinen Platz zurückgelegt und bin schlafen gegangen.

Das hat sich vor vierzehn Tagen zugetragen.

Gestern abend ist Papa gekommen, um mich abzuholen. Meine Mutter hatte eine Sitzung, und ich hatte am Nachmittag keinen Unterricht mehr, die Ferien haben heute angefangen. Da ich zu Anfang der Ferien bei meinem Vater bin, dachte sie, ich wolle von der Schule aus zu ihm, aber ich habe gesagt, nein, ich muß noch meine Sachen packen, ich fahre mit dem Zug nach Hause, und er holt mich dann ab. Drei Sekunden lang sah sie erstaunt aus, aber dann hat sie gesagt: »Gut, wie du willst, mein Liebling«, sie hat mich besabbert, und das war's.

Ich habe Papa angerufen, er solle mich in Langes abholen. In Wirklichkeit waren meine Sachen schon längst gepackt. Ich hatte fast alles zu ihm gebracht. Mit dem, was dort bleibt, habe ich nichts zu tun, alles, was ich mag, habe ich mitgenommen.

Als wir ankamen, habe ich Rachel und Theo fest gedrückt, ich war so glücklich! Ich habe aus meinem Koffer die beiden Bündel Briefe genommen. Papa konnte es nicht fassen. Er weinte. Ich habe begriffen, daß das, was Mama über ihn wußte, in den Briefen stand, die er ihr geschickt hatte. Aber er weinte nicht deswegen, er weinte wegen der anderen Briefe, er glaubte, sie habe sie vernichtet, er dachte nicht, daß er sie eines Tages wiederfinden würde. Er hat die Briefe, die er meiner Mutter geschrieben hat, genommen und im Kamin verbrannt. Er konnte nicht reden. Rachel hat gesagt: »Weißt du, du hast etwas sehr Wichtiges getan, wichtig für ihn, aber auch für mich und Theo.« Sie hatte Tränen in den Augen, und sie hat mich so umarmt, wie sie es noch nie getan hat, und wir haben alle angefangen zu weinen. Ich weiß nicht, warum, aber einen Augenblick lang hatte ich den Eindruck, Ketten fallen zu hören, aber es war Papa, der mit dem Schürhaken in der Asche herumstocherte, und ich hörte ihn laut atmen, wie wenn man aus dem Wasser kommt.

Und dann habe ich die Mappe aus meinem Koffer geholt und

ihm gegeben. Er hat sie aufgemacht, es waren Zeichnungen drin, Aquarelle, Skizzen, aber ganz unten war ein zugeklebter Umschlag, umhüllt von mehreren Schichten kastanienbrauner Klebebänder. Er hat gesagt: »Das darf doch nicht wahr sein!«, und er hat angefangen zu lachen und konnte nicht mehr aufhören.

Ich habe ihn gefragt, was das sei.

»Das ist ein Geschenk deines Großvaters. Das Schlimmste, wovor sich deine Mutter fürchten konnte. Und sie wußte nicht einmal, daß es vor ihrer Nase lag!«

Er hat den ganzen Abend über gelacht, er lachte, wenn er den Umschlag anschaute, und dann weinte er, wenn er die Briefe anschaute, und schließlich ist er ernst geworden und hat zu mir gesagt:

»Ich werde das Sorgerecht für dich beantragen. Jetzt wird sie nicht mehr viel machen können.«

Als ich zur Antwort gab, daß ich nicht wolle, war er natürlich überrascht. Rachel nicht, weil ich mit ihr darüber gesprochen hatte und sie wußte, daß ich mir einen Termin hatte geben lassen. Das ist alles, es tut mir leid, daß ich so viel Zeit gebraucht habe, um Ihnen das alles zu erklären, aber ich wollte, daß Sie es genau verstehen. Ich habe Papa erklärt, daß ich nicht wolle, daß er sich einmischt, bisher war er es immer, der die Schläge eingesteckt hat, aber das kommt nicht mehr in Frage, ich bin in vierzehn Tagen fünfzehn Jahre alt, und ich, ich allein habe beschlossen, herzukommen, ich will nicht mehr zu meiner Mutter zurück, ich habe getan, was Doktor Sachs zu mir gesagt hatte: »Wenn der Augenblick gekommen ist, gehen Sie zu Monsieur Perrec'h, er wird Ihnen helfen.«

Und hier bin ich nun.

Behandlung
(Freitag, 4. April)

Der Hauptmann musterte mich, legte die Hand auf den Kolben seiner Waffe und stieß hochmütig hervor:

»Doktor, ich töte einen Mann aus fünfzig Schritt Entfernung.«

Die Zähne zeigend, antwortete ich:

»Herr Hauptmann, aus allernächster Nähe verpasse ich niemanden!«

Abraham Crocus, *Verlorene Worte*

95
Das Geheimnis, ursprüngliche Fassung

Es war einmal ein Medizinstudent, nennen wir ihn K. Er war in jeder Hinsicht ein überaus brillanter junger Mann, jedoch sehr gequält, sehr aufsässig gegen die Institutionen und gegen das Leben. Im Grunde sehr zerbrechlich. Wir wohnten im selben Studentenwohnheim, unsere Türen lagen einander gegenüber. Er war etwas jünger als ich, aber es kam vor, daß wir gemeinsam unseren Lehrstoff wiederholten, denn wir hatten mehrmals zur gleichen Zeit die gleichen Bücher oder die gleichen Artikel in der Bibliothek ausgeliehen, und das war ungewöhnlich genug, um näher Bekanntschaft zu schließen: Die meisten Studenten gingen nie in die Bibliothek. Er war so brillant, daß er mir fast immer, wenn wir unseren Lehrstoff wiederholten, irgend etwas beibrachte. Er zeichnete freihändig ganz bemerkenswerte dreidimensionale Skizzen von Gewebsschnitten oder anatomische Bildtafeln. Manchmal klopfte er an meine Tür, er hatte gerade ein Buch ausgeliehen, um mir eine Zeichnung zu zeigen, mir eine Frage zu unterbreiten, auf die er einfach keine Antwort fand, und das endete dann spät in der Nacht. Es waren nur Vorwände, er kam, weil wir Freude daran hatten, miteinander zu reden.

Eines Tages, wir waren in der Zeit der Lehrstoffwiederholung, es war sehr heiß, ich arbeitete bei geschlossenen Läden, höre ich jemanden auf der Straße laufen, in langen Sprüngen die Treppe hinaufeilen und auf dem Treppenabsatz hinstürzen, ein Geräusch von Schlüsseln, Flüche, jemand, der an meine Tür hämmert.
   Ich mache auf, und ich sehe K., zusammengebrochen, auf den Knien, unfähig, ein einziges Wort zu sagen. Ich ziehe ihn in mein Zimmer, heiße ihn sich hinsetzen, doch bevor ich ihn auch nur das mindeste habe fragen können, höre ich eine Polizeisirene. Durch einen Spalt des Fensterladens sehe ich, wie ein Polizeiauto vor dem Haus bremst und drei Bullen herausspringen.

K. wirft mir einen müden Blick zu und schüttelt den Kopf. Ohne nachzudenken, drücke ich ihm ein Badetuch und ein Fläschchen Shampoo in die Hand, schleppe ihn ans andere Ende des Flurs, stecke ihn in eine Kabine, mache mir in der Kabine nebenan den Kopf naß und trete wieder auf den Flur. Vor seiner Tür warten die drei Bullen mit der Waffe in der Hand darauf, daß der Hausmeister, ein Bulle im Ruhestand, ihnen mit seinem Dietrich aufschließt.

»Herr Doktor (er nannte mich immer Herr Doktor, obwohl ich erst Assistenzarzt war), man sucht Monsieur K. Er ist da in eine sehr merkwürdige Geschichte verwickelt.«

»Ach was?« sage ich mit einem breiten Lächeln. »Hat er die Prüfungsthemen gestohlen? Er steht dort hinten unter der Dusche.«

Die Bullen sehen mich mißtrauisch an. Der Hausmeister hingegen glaubt mir: Ich hatte ihm eines Tages den Rat gegeben, wegen seiner Mutter oder seiner Tante, ich weiß es nicht mehr, Lance zu konsultieren, und Lance hatte sie wieder auf die Beine gebracht. Er dreht sich nach seinen Kollegen um, wundert sich, daß sie sich für K. interessieren, der ein ruhiger, stiller Junge ist. Er sagt: »Wenn Doktor Sachs sagt, daß Monsieur K. sich seit drei Tagen nicht vom Fleck gerührt hat, dann ist das die Wahrheit.« In diesem Augenblick kommt K. mit nassem Haar aus der Dusche. Ich drehe mich um, ich sage: »Das tut gut, wie?« und mache ihm ein Zeichen, das Maul zu halten. Und der Hausmeister: »Sehen Sie, er war da. Wenn er heute aus dem Haus gegangen wäre, hätte ich ihn vorbeikommen sehen!«

Die Bullen knurren etwas, verlangen, das Zimmer zu durchsuchen, finden nichts, stellen uns einige Fragen – wo waren Sie heute morgen, wo waren Sie gestern? –, schließlich nimmt sie der Hausmeister beiseite, sie diskutieren miteinander, und am Ende gehen sie weg und entschuldigen sich noch bei uns.

K. besuchte regelmäßig eine Pseudo-Splittergruppe, kleine Arschlöcher, die sich als die Roten Brigaden der Gegend ausgaben, deren Ziele aber in keiner Weise politisch waren. Alles Söhne und Töchter steinreicher Eltern, spezialisiert auf Einbrüche in die medizinischen Fakultäten, in denen sie eingeschrieben waren, um sich ihre Drogen und ihre Wochenendtrips finanzieren zu können. Als ich K. von ihnen reden hörte, habe ich gleich begriffen, daß sie ihn manipulierten, daß er ihnen als ideologisches Alibi diente. Er war der einzige Arbeitersohn in der Gruppe. Und der einzige, der die geistigen Vorbilder gelesen hatte, an denen sie sich berauschten.

Einige Monate zuvor war an der medizinischen Fakultät in die biochemische Abteilung eingebrochen worden. Die Diebe hatten Geräte gestohlen, die ein Heidengeld wert waren. Da das Laboratorium keine entsprechenden Schlösser und kein Alarmsystem hatte, wollte die Versicherungsgesellschaft den Schaden nicht ersetzen. Die Diebe nahmen mit dem Dekan Kontakt auf und schlugen ihm vor, sämtliche Apparate gegen ein Lösegeld zurückzugeben, und die Fakultät hatte ausgerechnet, daß das billiger käme, als alles neu zu kaufen. Ich bin sicher, daß K. seine Kumpels auf dieses Tauschgeschäft hingewiesen hatte. Ich wußte zwar, daß er mit ihnen auf dem Holzweg war, ich hatte es ihm gesagt, aber er hatte mich abblitzen lassen.

Als die Bullen wieder weg waren, wollte er mir erklären, was vorgefallen war, aber ich weigerte mich, ihm zuzuhören. Ich mußte meinen Prüfungsstoff wiederholen, was er getan hatte, interessierte mich nicht. Als ich am nächsten Tag die Zeitung las, habe ich alles begriffen.

Drei Kerle in weißen Kitteln und mit Mickymaus-Masken hatten am Stadtrand von Tourmens eine kleine Bankfiliale überfallen. Bedauerlicherweise für sie waren die Bullen vorgewarnt, sie hatten ihnen eine Falle gestellt, und wie so oft in jener Zeit, hatten sie Vergnügen daran gefunden, in die Menge zu ballern. Die drei Kerle wurden auf der Stelle getötet, ebenso eine junge Frau, die in der Filiale arbeitete.

K. hatte ihnen wahrscheinlich als Chauffeur gedient, denn er fuhr sehr schnell und sehr gut. Im Augenblick des Gemetzels war ihm, ich weiß nicht, wie, die Flucht gelungen. Doch die Bullen wußten offenbar, daß er beteiligt war. Da sie ihn in der Bank nicht fanden, kamen sie ins Studentenwohnheim, um ihn abzuholen.

Er ist in den folgenden drei Wochen in völliger Zurückgezogenheit in seinem Zimmer geblieben und hat das Haus nur verlassen, um zu seinen Prüfungen zu gehen. Ich bin an einem der Vorlesungssäle vorbeigegangen, in denen er seine Examensarbeit schrieb. Er saß mit leerem Blick vor seinem weißen Blatt

Papier. Als die Ergebnisse bekanntgemacht wurden, hatte er in allen Arbeiten mangelhaft. Dann ist er eines Tages verschwunden. Als der Hausmeister ihm die Post bringen wollte, fand er die Tür offen, das Zimmer leer.

Einige Wochen später sehe ich im Kino Le Royal in einer der letzten Reihen ein Pärchen sitzen. Das Mädchen sagt mir nichts; der Kerl, ja. Er hat sich den Bart abgenommen, die Haare sind geschnitten, er trägt eine Hornbrille und einen Samtanzug, aber ich erkenne K. Ich gehe auf ihn zu, er sieht mich, er starrt mich an, er schüttelt den Kopf, darauf bleibe ich stehen und tue so, als betrachtete ich die Fotos des Films. Das Mädchen, das ihn begleitete, war bis zu den Zähnen schwanger.

* * *

Als ich mich in Play niedergelassen habe, erbot sich Madame Borges, die schon für die vorigen Mieter putzte, das auch für mich zu tun. Wir unterhielten uns, wir sprachen über medizinische Sendungen, über die Krankheiten ihrer kleinen Neffen oder ihrer Großeltern, aber ich habe sie nie behandelt. Trotzdem ruft sie mich eines Morgens an und bittet mich, vorbeizukommen und nach jemandem zu sehen, bei dem sie in Langes arbeitet. »Dieser Herr lebt allein, es geht ihm sehr schlecht, sein Arzt ist unterwegs, da habe ich an Sie gedacht, Herr Doktor.«

Ich komme vor einer Art feudalem Landhaus an, das mitten im Wald steht. Madame Borges steht in der Tür, sehr beunruhigt, und wartet ungeduldig auf meine Ankunft. »Es geht ihm sehr, sehr schlecht, aber er will nicht ins Krankenhaus, dabei hat sein Arzt oft darauf bestanden . . .«

Gleich als ich ihn gesehen habe, ist mir klargeworden, daß dieser Mann eine ungeheure Schuld in sich trug. Er hatte Brustkrebs, bei einem Mann sehr selten. Sein Tumor, der ständig entzündet war, übersäte die Haut mit nässenden Pickeln, und ein riesiger Verband auf der Brust sollte ihn verbergen. Das Haus war großartig und sehr gepflegt, er selbst war – wie mir Madame Borges erzählt hatte – immer tadellos angezogen, wie aus dem Ei gepellt. Doch er hatte den Krebs nie behandeln lassen wollen. Er

466

verband die Wunde jeden Morgen und jeden Abend selbst. Sie war das erste und das letzte, was er sah, was er berührte, deren Geruch er täglich einatmete, und die Schmerzen, die der Tumor verursachte, ließen ihm keine Ruhe.

An diesem Tag war er zum ersten Mal nicht aufgestanden. Er war leichenblaß. Seine Wunde hatte in der Nacht stark geblutet, aber er weigerte sich strikt, ins Krankenhaus zu gehen. Er hatte Madame Borges erlaubt, mich anzurufen, nachdem sie ihm geschworen hatte, daß ich ihn nicht ins Krankenhaus schicken würde. Das einzige, was er wollte, war (ich erinnere mich noch an seine Worte): »Etwas ... um nicht mehr ganz so große Schmerzen zu haben. Wirklich, ich kann einfach nicht mehr ...«

Ich habe ihm Morphium injiziert, worauf er natürlich schnell eingeschlafen ist.

Während er schlief, habe ich seinen Verband erneuert, seine Wunde war wirklich grauenerregend, ich habe sie mit örtlich wirkenden Antibiotika eingerieben – was absolut nicht hilft. Der Tumor war inoperabel, seine Leber war mit Metastasen durchsetzt, und an mehreren Stellen hatte er auch welche auf der Haut. Er wog achtunddreißig Kilo. Er ließ sich sterben.

Am selben Abend klingelte das Telefon in dem Augenblick, als ich die Praxis verlassen wollte, ich hatte gerade den Anrufbeantworter eingeschaltet.

Er bat mich, wieder bei ihm vorbeizukommen, er hatte den Besuch vom Morgen noch nicht bezahlt und bestand darauf, seine Schulden zu begleichen. Ich sagte ihm, daß das warten könne, aber er insistierte, und ich verstand, daß etwas anderes dahintersteckte.

Er erwartete mich im Wohnzimmer, er hatte sich rasiert und angezogen.

Er dankte mir, die Schmerzen waren nicht mehr so stark, er wollte wissen, ob ich ihm Morphium verschreiben könne, er wußte, wie man sich eine subkutane Spritze setzt. Sein Arzt hatte sich geweigert, ihm welches zu geben, außerdem hatte er auch keins in seiner Medikamententasche. »Ist das normal, Herr Doktor, daß ein Arzt kein Morphium bei sich hat?« Ich habe gelächelt und den Kopf geschüttelt.

»Wenn Sie sich weigerten, das könnte ich verstehen, ich gehöre nicht zu Ihren Kunden ...«

»Ich habe keine Kunden.«

Ich habe ihm neun von den zehn Ampullen gegeben, die ich in meiner Umhängetasche hatte, und ihm gesagt, daß es nicht notwendig sei, sie sich zu injizieren, er könne den Inhalt mit Wasser oder Obstsaft hinunterschlucken. Ich weiß nicht, warum ich ihm so viel gegeben habe, ich hätte ihm drei dalassen und den Rest verschreiben können.

Als ich gehen wollte, bot er mir an, ein Gläschen mit ihm zu trinken. »Vorausgesetzt, Sie werden nicht erwartet?«

Er ließ mich vor dem Kamin Platz nehmen und schenkte mir einen alten Branntwein ein. Dann fing er an zu reden.

Als ich ihn verlassen habe, war es fünf Uhr morgens. Ich bin mehrmals fast eingeschlafen, und manchmal verstand ich nicht mehr, was er sagte, darauf unterbrach er sich, die Stille weckte mich, und er fuhr fort. Damals glaubte ich, daß die Leute, wenn man ihnen lange genug zuhört, ihre geheimsten Gedanken preisgeben würden.

Natürlich stimmt das nicht. Bei ihm allerdings doch. Und seltsamerweise, gegen halb vier Uhr morgens, fing seine Geschichte an, mir etwas zu sagen.

* * *

Es war einmal ein Mann, nennen wir ihn Monsieur de B. Seine Familie hatte viel Geld. Gleich nach dem Krieg hatte er Raymonde geheiratet, die von bescheidener Herkunft war. Monsieur de B. war nie wirklich in seine Frau verliebt gewesen, aber sie hatte ein entsetzliches Drama erlebt: Ihr erster Bräutigam, Abel, war Jude. Im Februar 1944 war er vor den Augen der französischen Polizei verhaftet und deportiert worden.

Abel und Monsieur de B. waren Freunde. Sie hatten Raymonde gemeinsam in einem Kino kennengelernt, in dem sie Platzanweiserin war. Abel hatte sich sofort von der jungen Frau angezogen gefühlt, und sein Freund, als Mann von Welt, hatte sich sehr diskret verhalten. Als Abel verhaftet wurde, hatte sich Raymonde in ihrer Verzweiflung an ihn geklammert. Monsieur de B. tat alles, vergeblich, um ihn freizubekommen. Nach dem Krieg, als klar war, daß Abel nicht zurückkommen würde, fühlte er sich moralisch verpflichtet, die junge Frau in Erinnerung an seinen Freund zu heiraten. Sie hatten mehrere Töchter. Die jüngste – nennen wir sie Blanche – war ein Nachkömmling. Mit siebzehn Jahren verliebte sie sich in einen Medizinstudenten. Monsieur de B. mochte den jungen Mann sehr, doch Raymonde wollte ihn nicht im Haus haben: Er war wie sie von bescheidener Herkunft, und das ertrug sie nicht. Übrigens hatte sie ihre Herkunft vor ihren Töchtern immer verheimlicht. Außerdem war Blanches junger Freund ein Rebell, er sprach davon, eine »andere« Medizin zu praktizieren, er war gern provokativ, aggressiv. Monsieur de B., der keinen Sohn hatte, mochte es, daß der junge Mann ihm die Stirn bot, er mochte die Diskussionen, die sie miteinander führten. »In bestimmten Augenblicken«, sagte er zu mir, »hatte ich das egoistische Gefühl, daß er zum Abendessen kam, um mit mir zu reden, und nicht, um meine Tochter zu sehen ...«

Als er das gesagt hat, spürte ich, wie sich mir die Kehle zuschnürte. Je länger er sprach, um so überzeugter war ich, daß es sich um K. handelte. Als er schließlich seinen Namen aussprach, hatte ich große Mühe, meine Tränen zurückzuhalten.

Eines Tages sah Monsieur de B. seine Frau ins Zimmer treten, aschfahl im Gesicht.

»Blanche ist schwanger! Schwanger von diesem Hungerleider! Was sollen wir tun?«

Monsieur de B. war ein aufrechter Mann. Er hörte auf seine Tochter, die K. heiraten wollte. Er empfing K., der bereit war, Blanche zu heiraten. Also gab Monsieur de B. seiner Frau zu verstehen, daß es so geschehen würde und daß dem nichts hinzuzufügen sei.

Sie heirateten zu Anfang des Sommers, gleich nach den Prüfungen von K. Am nächsten Tag, als die jungen Leute auf Hochzeitsreise gingen, begann Raymonde vor Wut loszubrüllen und beschuldigte Monsieur de B. aufs heftigste. Und sie spuckte alles aus, was sie über K. wußte. Er hatte mit Straffälligen Umgang gehabt, er hatte kürzlich an einem blutigen Überfall teilgenommen,

es war ihm nur mit Mühe und Not gelungen, der Polizei zu entkommen.

»Woher weißt du das?«

»Blanche hat mir von seinen ›Freunden‹ erzählt. Vor drei Monaten hat sie gehört, daß sie einen Überfall vorbereiteten. Ich
wollte nicht, daß sie da mit hineingezogen wird, also habe ich
die Polizei verständigt.«

»*Du hast die Polizei benachrichtigt?*«

»Ja! Früher oder später wären diese Halunken über Blanche
hergefallen. Oder über uns! Aber mach dir keine Sorgen, ich
habe mich nicht vorgestellt!«

Natürlich hatte sie am nächsten Tag den Mund nicht mehr aufgetan, als Blanche ihr mitteilte, daß sie schwanger sei, und als sie
begriff, daß K. der Polizei entkommen war. Weil sie Monsieur
de B. natürlich nichts sagen konnte und weil sie K., dem Blanche
auf Schritt und Tritt folgte, auch nicht mehr anzeigen konnte,
hatte sie bis zur Hochzeit geschwiegen. Bis zu dem Augenblick,
als sie ihr geliebtes Töchterchen mit diesem, wie sie sagte, kleinen *Scheißjuden* abreisen sah.

Bei diesen Worten ohrfeigte Monsieur de B. sie zum ersten
und letzten Mal. Ebenso entsetzt über diese Reaktion wie über
das, was sie ausgelöst hatte, packte er seine Frau bei den Schultern.

»Wie kannst du so etwas sagen? Wie hast du ihn verpfeifen
können?«

»Armer Dummkopf!« spuckte Raymonde aus. »Was glaubst
du, was ich getan habe, um dich heiraten zu können?«

* * *

Abel war nicht zufällig verhaftet worden oder weil er Pech hatte,
sondern auf Grund einer Denunziation. In Raymondes Augen war
Monsieur de B. interessanter als ein mittelloser jüdischer Student.
Sie wußte, daß ein Bruch mit Abel sie dem jungen Aristokraten
nicht nähergebracht hätte. Er würde nie um ihre Hand anhalten,
denn er liebte sie nicht. Sie gehörte nicht derselben Welt an wie
er. Doch wenn ihr Freund unter dramatischen Umständen um-
käme, würde er ihr beistehen, denn er war ein loyaler junger Mann.

470

»Als Abel verhaftet worden ist«, sagte mir Monsieur de B. in einem Atemzug, »war Raymonde schwanger. Als das Kind geboren wurde, war es nicht mehr möglich, ihm den Namen seines Vaters zu geben. Darauf habe ich es anerkannt, habe die Mutter geheiratet und habe das Kind großgezogen, als ob es meine eigene Tochter wäre. Aus Treue, verstehen Sie? Er war mein Freund. Mein liebster Freund. Mein Bruder.«

* * *

An dem Abend, als er die zweifache Schandtat Raymondes erfuhr, verließ Monsieur de B. die gemeinsame Wohnung in Tourmens, um von da an in seinem Haus in Langes zu leben, und er bedeutete seiner Frau, daß er sie nie wieder sehen oder von ihr hören wolle.

Später stattete K., wahrscheinlich auf Drängen von Blanche und Raymonde, seinem Schwiegervater einen Besuch ab. Monsieur de B. empfing ihn sehr herzlich, doch er weigerte sich, ihm zu erklären, was vorgefallen war. Er war ein Ehrenmann, er lehnte es ab aufzudecken, was er erfahren hatte, und nun seinerseits ein Denunziant zu werden.

Mehrere Monate lang sah er K. nicht. Er dachte voller Scham, daß sich seine Tochter vielleicht bewußt hatte schwängern lassen, wie ihre Mutter, und ertrug es nicht, dem Blick des jungen Mannes zu begegnen.

Auch K. war von moralischen Skrupeln durchdrungen. Das gleiche moralische Empfinden, das ihn mit dem Geist der Auflehnung erfüllt hatte, richtete sich jetzt gegen sich selbst. Er war nicht an der Seite seiner Gefährten, als die Bullen sie niederstreckten, und er hatte deswegen ein tiefes Schuldgefühl. Gewiß, er war dem Gefängnis entgangen, doch mit Blanche verheiratet, verbüßte er eine in gewisser Weise härtere Gefängnisstrafe. Raymonde und Blanche spürten wohl, daß er ihnen ewig auf Gnade und Barmherzigkeit ausgeliefert wäre. Er würde die Nachholprüfungen ablegen, er würde Assistenzarzt, dann Klinikchef werden, er würde Karriere machen, er würde viel Geld verdienen. Sie würden davon profitieren.

Doch das Leben ist voller Unwägbarkeiten. Zwei Wochen vor Blanches Entbindung wurde K., als er die Straße überquerte, von einem Lieferwagen überfahren. Gehirnerschütterung, Koma, Intensivstation. Monsieur de B. besuchte ihn täglich. Raymonde und ihre Töchter dachten nur an Blanche und das kommende Kind. Wenn K. sterben sollte, würde man für die junge Witwe bestimmt einen neuen Mann finden. Ein Gynäkologe wäre genau der Richtige.

* * *

Das Kind kam zur Welt. Es war ein kleines Mädchen. Man nannte es Annie.

* * *

Monsieur de B. sprach ganz leise in der Dunkelheit. Er litt, aber nicht an seinem Krebs oder seiner Wunde. Er litt, weil sein Leben, das er sich einfach, würdevoll, unauffällig gewünscht hätte, ein einziges Gewebe von Lügen und Schändlichkeiten war.

Nach zwölf Tagen erwachte K. aus dem Koma, mit Gedächtnisstörungen als Folgeerscheinung. Für ihn war die Medizin gelaufen. Blanche und Raymonde waren nun an einen Unfähigen gebunden, einen Parasiten, dem niemand etwas vorwerfen konnte, weil sein Zustand die Folge eines Unfalls war.

K. konnte seine Tochter mehrere Wochen lang nicht sehen. Er war in der Rehabilitation, und Raymonde nahm Mutter und Kind unter ihre Fittiche und ließ sie nicht aus den Augen. Als Monsieur de B. das erfuhr, machte er sich eines Tages auf nach Tourmens, verlangte von seiner Tochter, daß sie ihm Annie anvertraute, und brachte sie zu seinem Schwiegersohn.

Die Zeit verging. Annie wuchs heran. K. kümmerte sich viel um sie, denn Blanche zog die Gesellschaft ihrer Mutter und ihrer Schwestern vor. Sechs oder sieben Jahre lang brachte er Annie regelmäßig nach Langes, wo sie Monsieur de B. besuchten. An ihrem siebten Geburtstag fragte Annie Raymonde, warum ihr Großvater nicht komme, um mit der übrigen Familie zu feiern.

Von diesem Tag an ließen Blanche und Raymonde nicht mehr zu, daß sie ihn besuchte.

Blanche hatte sich dazu entschließen müssen zu arbeiten. Sie wurde Volksschullehrerin. Ihre Mutter nahm den Lehrstoff für alle ihre Prüfungen mit ihr durch. K. begann wieder zu zeichnen und zu malen. Er war sich zwar seines Talents bewußt, hatte aber nie daran gedacht, einen Beruf daraus zu machen. Er war es leid, zu Hause herumzusitzen, und fand schließlich eine Arbeit als Zeichner in einer Keksfabrik.

Als Monsieur de B. krank wurde, verkaufte er fast alle seine Güter, machte bedeutende Schenkungen an Vereinigungen ehemaliger Deportierter und an Waisenhäuser. Eines Tages verabredete er sich mit K., Blanche und ihrer Tochter in einer Bank. Er hatte ein gutgefülltes Konto für seine Enkeltochter eröffnet und einen dicken Packen Moos (ich zuckte zusammen, als er diesen Ausdruck gebrauchte) darauf eingezahlt, das sie bei ihrer Großjährigkeit bekommen sollte. Es war das letzte Mal, daß er Annie sah. Sie war zehn Jahre alt. Sechs Monate später rief mich Madame Borges an sein Krankenlager.

* * *

Er spürte, daß es das Ende war. Er hatte das Bedürfnis, dies alles jemandem zu erzählen, den er mit einer Mission beauftragen könnte.

»Früher hätte ich mich wahrscheinlich an einen Pfarrer gewandt. Aber ich glaube schon lange nicht mehr an Gott. Madame Borges hat mir viel von Ihnen erzählt. Sie hat Vertrauen zu Ihnen, und ich habe Vertrauen zu ihr.«

Er hat mir ein Päckchen übergeben, das ich an dem Tag, an dem er sterben würde, in Tourmens aufgeben sollte. Es trug den Namen und die Arbeitsadresse von K. Er sagte nur: »Wenn ich einmal tot bin, will ich nicht, daß der junge Mann und seine Tochter in den Klauen dieser Frauen bleiben. An dem Tag, an dem er genug von ihnen hat und weggehen möchte, kann er es damit tun.«

Er stand unter Schwierigkeiten auf, dankte mir, begleitete mich bis zur Tür und sah mir nach, wie ich wegging. Es war fünf Uhr.

Gegen halb zehn rief mich Madame Borges unter Tränen an. Sie hatte ihn tot in seinem Sessel gefunden. Bei meiner Ankunft war der Notar schon da, Madame Borges hatte ihn benachrichtigt. Gemäß den Anweisungen von Monsieur de B. machte er eine Bestandsaufnahme des Hauses. Nach der Beisetzung benachrichtigte er die Familie und las ihr den Inhalt des Testaments vor.

Monsieur de B. besaß nur noch die beiden Häuser, das in Langes und das, in dem Raymonde in Tourmens wohnte, ein sehr großes Bürgerhaus.

Seine Töchter erbten das Haus in Tourmens und verschiedene Möbel. Annie hinterließ er das Haus in Langes, dessen Verkehrswert zwar weitaus geringer war, an dem ihm aber sehr viel lag, sowie alle Erinnerungsstücke seitens seiner Familie, wovon er in seinem Testament vor zwei Zeugen eine Liste aufgestellt hatte. Blanche durfte mit ihrer Tochter im Haus wohnen, unter der ausdrücklichen Bedingung allerdings, daß Raymonde nie einen Fuß hineinsetzen würde.

Er vermachte auch Madame Borges eine hübsche Summe, die es ihr erlauben würde, nicht mehr arbeiten zu müssen.

Doch als ich sie gefragt habe, ob sie jemanden für mich finden könne, der sie ersetzt, hat sie mich schief angesehen: »Wollen Sie mich nicht mehr, Monsieur?« Ich habe nicht weitergefragt.

Am Tag der Beerdigung bin ich nach Tourmens gefahren und habe das Päckchen zur Post gebracht.

96
Madame Destouches

»Auf Wiedersehen, Madame Destouches.«
»Auf Wiedersehen, Herr Doktor.«
Ich stehe auf, du siehst überrascht aus. Du kannst noch so oft sagen: »Bleiben Sie sitzen, bleiben Sie sitzen«, ich stehe trotzdem auf, ich stütze mich auf den Tischrand, ich drücke dir die Hand.
Du verbeugst dich, als würde der Händedruck nicht genügen, dann ziehst du die Tür hinter dir zu und gehst hinaus.

Ich lasse mich in meinen Sessel zurückfallen.
Ich sehe dir durchs Fenster nach. Du öffnest die Autotür, du wirfst deine Instrumententasche über den Sitz nach hinten, du steigst ein, du drehst die Scheibe herunter. Du hast in der Sonne geparkt, es muß heiß sein im Wagen. Ein Bein noch draußen, schaltest du das Radio ein, du suchst einen Sender. Schließlich machst du die Autotür zu, du startest, du fährst weg.

*

Ich blicke mich im Raum um.
Der Aschenbecher auf dem Wachstuch, das Madame Barbey heute morgen abgewaschen hat, ist leer. Er ist jetzt immer leer. Ich frage mich, warum ich ihn behalte. In der Küche hat sie mir mein Mittagessen zubereitet. Geriebene Karotten, Sahnegurken. Ich muß nur noch das Kalbsfrikassee aufwärmen.
Ich habe nicht viel Hunger.
Ich sehe mein Spiegelbild im Fernseher. Meine Tochter hat darauf bestanden, mir ihr altes Fernsehgerät zu geben, ich habe mir das vierzehn Tage lang angeschaut, danach ist es mir auf die Nerven gegangen. Es macht mich verrückt, wenn die Leute reden, um nichts zu sagen. Sie wissen wohl wirklich nichts mit ihrem Leben anzufangen, wenn sie ihre Zeit damit verbringen, Banalitäten auszutauschen oder sich dumme Fragen anzuhören, um sich mit

einem albernen Lächeln Beifall zu klatschen, wenn sie die falsche Antwort gegeben haben.

Heute ist Freitag. Meine Enkeltochter wird gegen zwei Uhr kommen, sie hat nachmittags keine Schule. Sie wird ein Schwätzchen mit mir halten, sie ist süß, aber nach kurzer Zeit werde ich zu ihr sagen, daß ich mich hinlegen will, daß ich müde bin, daß ich meinen Mittagsschlaf halten werde.

Ich halte nie Mittagsschlaf, aber ich weiß, daß ihre Mutter zu ihr gesagt hat, sie soll mich besuchen, und ich will nicht, daß meine Enkeltochter ihren freien Nachmittag mit einem alten Wrack vergeudet. Na ja, heute wird es mir Freude machen, sie zu umarmen ...

Sie ist lieb, meine kleine Lucie. Georges mochte sie sehr. Sie hatte nie Angst vor ihm, und er war immer sanft zu ihr, er, der immer so tolpatschig und manchmal so grob war.

Ich denke wieder an das, was der Doktor vorhin gefragt hat, ob ich mich nicht allzusehr langweile, ob ich mich nicht allzu alleine fühle.

Ich habe nein gesagt, daß ich fast jeden Tag Gesellschaft habe, daß nur selten zwei Stunden vergehen, in denen ich nicht irgend jemanden sehe.

Zunächst ist da Madame Barbey, die dreimal wöchentlich ihre zwei Stunden hier arbeitet und die oft mehr macht, als sie muß, weil sie nämlich auch am Sonntagmorgen, bevor sie in die Messe geht, bei mir vorbeischaut, angeblich, um mir kurz guten Tag zu sagen, aber sie nutzt die Gelegenheit immer, um hier oder dort aufzuräumen oder um mir zum Mittagessen etwas aus der Tiefkühltruhe zu holen.

Und dann ist da noch Madame Queneau, die Krankenschwester, die jeden Morgen kommt, um meinen Verband zu erneuern, oder es ist Madame Matiouze, ihre Kollegin, die sie vertritt, wenn sie Urlaub hat oder wenn sie, wie letzten Monat, ein Kind bekommt.

Im Augenblick sehe ich oft den Briefträger, er hat immer einen Einschreibebrief, für den ich unterschreiben muß, oder einen Steuerbescheid oder auch nur die Zeitung, und er lädt sich gern zu einer Tasse Kaffee ein, wenn Madame Barbey da ist. Es sieht so aus, als würden sie gern miteinander plaudern.

Und dann ist da noch der Notar. Er weiß genau, daß ich nicht aus dem Haus gehen kann, deshalb kommt er zu mir, oder er schickt seine Gehilfin, eine sehr ordentliche, sehr nette junge Frau, die mir alles genau erklärt hat, es ist ja so kompliziert. Sie erinnert mich an den Doktor, sie vergewissert sich ständig, ob ich auch richtig verstanden habe ...

Und dann ist da noch meine Tochter. Sie kommt jeden Abend, kurz vor dem Abendessen. Sie kommt mit ihrem Mann, aber der bleibt im Auto sitzen. Er hat keine allzu große Lust hereinzukommen, und offen gestanden habe ich auch keine allzu große Lust, ihn zu sehen.

Meine Tochter zu sehen, dazu habe ich auch keine große Lust. Aber ich sage nichts, sonst regt sie sich wieder furchtbar auf, weint, jammert, ich habe einen Horror davor, ich frage mich manchmal, von wem sie das hat.

Wenn sie kommt, schalte ich aufs Geratewohl den Fernseher ein, und wenn sie das Zimmer betritt und mich umarmt, tue ich so, als interessiere ich mich für die Sendung. Wir reden nicht viel miteinander. Sie hat mir nicht viel zu sagen. Und ich will nicht mehr mit ihr reden. Sie ist zwar meine Tochter, aber sie war es auch, die mir Georges weggenommen hat. Und er hätte nie getan, was er getan hat, wenn sie ihn nicht hätte einsperren lassen. Sie redet nie darüber, weil sie zu große Angst hat, ich würde es ihr vorwerfen. Aber ich werde nie etwas zu ihr sagen. Sie würde es sowieso nicht verstehen. Sie ist ... sie ist nicht wie ich. Dabei gleicht sie mir, sie ist meine Tochter, wenn ich sie auf Fotos sehe, erkenne ich mich in jünger wieder, mit siebenundvierzig Jahren gleicht sie dem Foto von mir auf der Hochzeit eines Vetters ihres Vaters, und dabei war ich damals erst zweiunddreißig Jahre alt. Zu meiner Zeit wurde man schneller alt.

Ich will nicht mehr mit ihr reden. Ich werde nicht mehr mit ihr reden. Es tut mir zu weh, sie jeden Abend kommen zu sehen, als wünschte sie, daß man ihr verzeiht, obwohl sie genau weiß, daß das Georges nicht zurückbringt.

Ich habe ihr gesagt, daß er es nicht ertragen würde. Ich habe gesagt:

»Georges ist, wie er ist, aber er wird es nicht ertragen, eingesperrt zu sein. Wenn man ihn einsperrt, wird er sich sterben lassen.« Ich wußte es, er war mein Sohn. Aber sie konnte das nicht verstehen, sie lebte nicht mit ihm zusammen, und er ist auch nicht wie ein richtiger Bruder. Seine Schwestern haben sich nie mit ihm verstanden. Die haben immer alles gemeinsam gemacht, alle drei. Und manchmal zählen die Gefühle nicht mehr.

Höchstens, wenn man ein wenig einfältig ist, wie Georges.

Georges hat nie jemand anderen im Leben gehabt als mich. Es gelang ihm nicht, eine Frau für sich zu finden, deshalb war ich auch die einzige, die ihn verstanden hat.

Und ich glaube, daß er der einzige war, der mich verstanden hat, auf seine Weise.

Aber er hat bestimmt nicht verstanden, daß ich ihn habe einsperren lassen, ohne etwas zu sagen.

Und ich, ich verstehe nicht, warum er das getan hat. Ich verstehe nicht, wie er es angestellt hat, mit einem einzigen Arm, er ist so schwer, und er konnte sich nicht einmal allein die Schuhe zubinden.

Ich weiß, daß ich es nicht könnte, ich hätte nicht den Mut dazu, der Gedanke, zu ersticken, macht mir angst. Es ist besser einzuschlafen und nichts mehr zu sehen.

Als mein Mann seine Leberzirrhose hatte, schlief er nicht mehr, es war die Hölle, damals hatte mir der Arzt Tabletten gegeben, davon döste er gerade so vor sich hin, aber er hat wenigstens nichts mehr kaputtgeschlagen. Diese Tabletten waren stark. Der Arzt hatte gesagt, er dürfe nicht allzu viele davon nehmen, also schlief er nachts nicht ganz richtig, und am Tag döste er vor sich hin.

Eines Abends ist er dann schließlich doch vollständig eingeschlafen, und er ist nicht mehr wach geworden.

Ich habe die Tabletten aufgehoben. Nur für den Fall.

Gut, inzwischen ist das Haltbarkeitsdatum wohl überschritten, aber für das, was ich damit machen will, ist es vielleicht auch nicht schlechter.

97

Monsieur Renard

Die Mutter geht ständig hin und her, steckt den Kopf durch die Tür, wartet gespannt auf ihren kleinen Doktor. Sie geht mir auf die Nerven. Es ist immer so. Man könnte meinen, sie wartet auf den lieben Gott. Ich weiß, daß sie mich nicht reden lassen wird, sie ist viel zu beschäftigt mit ihren Angelegenheiten: Olalameingott, mir tut's da weh, Olalameingott, ich hab da Schmerzen, so geht das in einem fort. Und ihre Herzschmerzen, und die Beine, die anschwellen, und der Schlaf, der nicht kommt: Selbst wenn ich zwei Gelatinekapseln einnehme, das wirkt nicht mehr bei mir, überlegen Sie doch, ich nehm die schon so lange.

Damals gab es noch keinen Arzt in Play, als wir hier den Hof übernommen haben, da gab es nur den aus Lavallée, aber das war im Krieg, er machte seine Runde mit dem Rad, der hätte sich nicht wie heute alle naslang herbemüht, und den hätte sie auch nie wegen nichts und wieder nichts gerufen, einerseits, weil es Pinkepinke kostete, außerdem war sie hart im Nehmen, oder sie rechnete, heute hingegen.

Heute bekommt man das Geld von der Krankenkasse zurück, da zögert sie nicht mehr.

Ich weiß nicht, seit wann das schon so geht. Manchmal versuche ich mich zu erinnern, ich erinnere mich, als wir jung waren, dachten wir an nichts, wir arbeiteten hart, da waren die Kinder, wir hatten immerhin fünf, die mußten erst mal groß werden. Ich hörte nicht, daß sie sich beklagte. Danach ... Danach, ich weiß nicht, wann das angefangen hat, daß sie sich nicht mehr gut fühlte, die Wechseljahre hier, das Rheuma da, das ist so, seit der Älteste den Hof übernommen hat und wir ins Dorf gezogen sind. Ich half ihm natürlich weiterhin mit den Kühen, ich war ständig dort, und die Mutter hätte gern ständig ihre Nase in die Angelegenheiten der Schwiegertochter gesteckt, bis zu dem Tag, an dem die zu ihr gesagt hat, daß sie jetzt hier zu Hause ist und daß sie nicht will, daß sie ihr ständig zwischen den Füßen herumläuft.

Das hat ihr natürlich nicht behagt, und ich habe einiges zu hören bekommen, daß ich mit dem Sohn über dies reden müsse, daß ich sie nicht jenes machen lassen dürfe … Danach habe ich dem Sohn gesagt, daß es besser sei, er nimmt sich jemanden, mit ihr würde es nicht mehr gehen.

Sie war nicht so anstrengend, als wir jung waren.

*

Als wir jung waren, haben wir viel gearbeitet.

Damals hatte sie noch Angst vor mir. Sie war zwar auch damals nicht einfach, aber es gab immerhin Mittel und Wege, sie zurückzupfeifen, wenn sie zu weit ging.

Außerdem, ich glaube, daß es von dem Augenblick an nicht mehr klappen wollte, als der Sohn und die Schwiegertochter uns gesagt haben, daß sie aufgeben würden. Gut, ich hatte es ja irgendwie geahnt, ich sagte mir, daß es wohl besser so ist. Außerdem, ein Bauernhof, das ist für die Jungen von heute doch viel zu harte Knochenarbeit. Und ich hatte gehört, wie seine Frau sagte: »Wir werden vielleicht nicht unser ganzes Leben lang hierbleiben.«

Jetzt sehen wir sie natürlich viel seltener. Gut, seine Arbeit, das ist nicht mehr dasselbe, in Tourmens sind es die Bürostunden. Weil er aufsteigen wollte, hat er Abendkurse belegt, und er hat unentwegt gearbeitet, er hatte nicht allzuviel Freizeit.

Als wir vor drei oder vier Jahren in das Haus gekommen sind, das sie sich gekauft haben, da ist mir klargeworden, daß er es geschafft hat, das zu tun, was er wollte. Aber dafür ist er jetzt ständig in Anspruch genommen …

Außerdem glaube ich, daß die Schwiegertochter uns nicht allzugern zum Abendessen da hat, also …

Es ist ein wenig traurig, daß unsere Töchter ebenfalls weggegangen sind. Auch die sehen wir nicht oft. Hinzu kommt, daß ich am Telefon nicht reden kann.

Ich weiß nicht einmal, wie viele Enkelkinder ich habe, ich kann nicht mehr zählen.

Ich bin noch lange Zeit in den Wald gegangen, um auszuputzen oder Kastanien zu sammeln oder mit dem Hund zu jagen, da hatte er freien Auslauf, konnte die Beine bewegen, auch wenn er alt war … Es hat mir Kummer gemacht, als er eingegangen ist. Dem Sohn ebenfalls, schließlich hatte ich ihn auch ein wenig seinetwegen gekauft. Er war immerhin schon dreizehn Jahre alt.

Die Mutter steht ständig auf und setzt sich wieder, sie geht mir auf die Nerven, und ich kann nichts sagen. Auf jeden Fall ist es unmöglich, das letzte Wort zu haben, nicht einmal das erste, weil sie nämlich immer recht hat. Und wenn ich darauf bestehe, fängt sie an zu jammern: »Wie böse du bist, Marcel«, und zu flennen, das geht mir noch stärker auf die Nerven, vor allem, wenn sie das vor allen Leuten tut. Es ist genau das, was ich bei ihr nicht leiden kann. Was ich noch nie leiden konnte. Immer ist sie es, die krank ist und der alles weh tut. Die andern sind nie krank, ihnen tut nie etwas weh. Und wenn sie mal nicht krank ist, hat auch sonst niemand das Recht, krank zu sein. Und wenn Leute da sind, ist sie immer zu beklagen, sie ist krank, sie ist unglücklich, und natürlich verstehe ich sie nicht, die andern schauen mich schief an. Oder aber sie schimpfen mich ganz offen aus, und wenn uns je eine der Töchter sonntags mal besuchen kommt, dann weiß ich schon im voraus, worauf ich mich gefaßt machen kann: Marcel hat mir dies getan, Marcel hat mir das getan, ach, ich bin so unglücklich, olalameingottdasgibtsnicht, daß man so viel durchzumachen hat …

Ich erinnere mich, daß sie das auch dem Arzt mal vorgespielt hat, ganz zu Anfang, als er da war, ich wollte nicht, daß sie ihn alle naslang anruft, es war wieder wegen einer Lappalie, wegen nichts, sie hat die Kleine, die zum Putzen herkommt, gebeten, bei ihm vorbeizugehen und ihm zu sagen, er solle kommen, und kaum war er da, hat sie zu ihm gesagt, daß ich böse bin, daß ich nicht will, daß sie ihn anruft, daß es mir egal ist, ob es ihr schlechtgeht und ihr alles weh tut, olalameingottdasgibtsnicht, und das ganze Geseire. Sie hat ihm erzählt, daß sie mindestens 40 Fieber hat, daß sie steif vor Kälte ist, daß ihr gleichzeitig aber auch heiß ist, und was weiß ich noch.

Er hat nichts gesagt, er ist mit ihr ins Schlafzimmer gegangen, sie mußte sich ausziehen, sich splitternackt hinlegen und ein wenig warten, damit er ihre Temperatur messen konnte, und dann ist er wieder herausgekommen und hat sich an den Tisch gesetzt, und dann hat er mich angeschaut:

»Nicht einfach, wie?«

Und da habe ich begriffen, daß sie bei ihm nicht angekommen war mit ihren Ammenmärchen.

Er hat zu mir gesagt: »Wenn Sie wegen einer Untersuchung zu mir wollen, fragen Sie Madame Leblanc, sie wird Ihnen sagen, um wieviel Uhr Sie kommen können, damit wir unsere Ruhe haben.«

Er wußte, daß die Mutter ein- oder zweimal die Woche mit einer kleinen Nichte nach Tourmens geht, ich mag sie zwar nicht sonderlich, aber sie versteht sich sehr gut mit ihr, sie geht gegen zwei Uhr, Viertel nach zwei weg, und bis fünf, halb sechs habe ich meine Ruhe. Vor meiner Geschichte bin ich um diese Zeit in den Wald gegangen.

Als ich das bekommen habe, bin ich zu ihm gegangen, und ich habe ihm erzählt, was alles nicht in Ordnung ist, daß ich keine Verdauung mehr habe, daß es manchmal brennt, wenn ich Kaffee trinke, daß ich sofort ein Völlegefühl habe, sobald ich das geringste gegessen habe, während ich früher verdammt gut reinhauen konnte.

Und darauf hat er mich untersucht, und darauf hat er mich operieren lassen, und als ich den Chirurgen gefragt habe, was es sei, hat der mir zur Antwort gegeben: »Eine Art Geschwür«, und ich habe sofort verstanden, ich bin nicht ganz blöde.

Als die Mutter zu ihm gegangen ist, um ihn zu fragen, hat er ihr dasselbe gesagt, und in gewisser Hinsicht war es auch besser so, denn wenn sie Bescheid gewußt hätte, hätte sie mir das Leben zur Hölle gemacht, sie hätte das ganze Viertel verrückt gemacht, und den Sohn und vor allem die Töchter, und von früh bis spät hätte man sich die Klinke in die Hand gegeben, ich konnte es schon förmlich hören: Kommt den Vater besuchen, bevor er das Zeitliche segnet, olalameingott, wie bin ich unglücklich! Ich fühlte mich aber nicht sterbenskrank, hinterher hat mir der Doktor gesagt, daß man es mir früh genug rausgenommen hat und daß ich in meinem Alter alle Chancen hätte, wieder gesund zu werden, und der gehört nicht zu denen, die Geschichten erzählen. Außerdem hatte er recht, denn es ist jetzt schon sechs oder sieben Jahre her, und ich habe seitdem nichts mehr gehabt. Vor zwei Jahren, als ich zu Kontrolluntersuchungen ins Krankenhaus ging, hat der Chirurg zu mir gesagt, daß ich nicht mehr alle sechs Monate zu kommen brauche, daß einmal alle zwei, drei Jahre genügen würde.

Ich bin übrigens immer noch da, zwar nicht in bestem Zustand, aber immerhin; während der Chirurg tot ist. Das Herz, wie mir gesagt wurde. Als die Mutter das erfahren hat, es ist einfach unglaublich, hat sie nicht mehr aufgehört, an meiner Stelle zu jammern: daß er mich gut geheilt hat, daß es ein sehr anständiger Herr war, daß es wirklich ein Unglück ist, ein so junger Doktor – na ja, man darf auch nicht übertreiben, er war fünfundfünfzig Jahre alt, und er rauchte viel, wenn ich zur Untersuchung zu ihm ging, waren die Augen gleich gereizt, so zugeraucht war der Raum, und bevor er seine Zigarette ausdrückte, steckte er sich eine andere daran an. Wenn er operierte, rauchte er offenbar nicht, aber hinterher hat er natürlich alles nachgeholt.

In einer Hinsicht war ich froh, daß er der Mutter nicht gesagt hat, was mir fehlte, aber in anderer Hinsicht war das wiederum nicht wirklich toll, weil er ihr gesagt hat, ich hätte ein Geschwür, und sie hat das ausgenutzt, um mich daran zu hindern, zu essen, was ich wollte. Der Doktor konnte ihr noch so oft sagen, daß nichts für mich verboten sei, sie hat sich nicht darum gekümmert. Kein Fett, kein Kuchen, kein rotes Fleisch, kein Wein ohne Wasser, kein Schnaps im Kaffee. Ich konnte noch so sehr protestieren, es war nichts zu machen. Und eines Tages hat sie die ganze Nummer auch noch vor dem Doktor abgezogen, um sich damit dickzutun: »Sagen Sie ihm, Herr Doktor, daß er dies nicht essen darf, daß er jenes nicht essen darf.« Ihr Pech war, daß sie an den Falschen geraten ist. Ich erinnere mich, daß er sie angesehen hat, ohne etwas zu sagen, dann hat er mich angesehen, und schließlich hat er sie gefragt, was sie mir nicht zu essen geben will, und als sie ihm alles gesagt hat, fing er fast an zu schreien: »Was fällt Ihnen denn ein? Wollen Sie ihn umbringen?« Und da, so hatte ich die Mutter noch nie gesehen, hat sie nichts mehr gesagt, sie stand da, ohne sich zu rühren, man hätte sie für eine Salzsäule halten können, klar, ihr kleiner Doktor, der sie laut ausschimpfte, das hat ihr überhaupt nicht gefallen, und ich habe sie gut zwei Tage lang nicht quasseln hören, und wenn Besuch kam und man sie fragte, warum sie nichts sagt, dann antwortete ich, sie sei vollkommen heiser.

Das habe ich bitter büßen müssen.

Damals legte ich noch die Hand auf. Wenn jemand vom Fahrrad gefallen ist und es ihm dabei auf dem Schotter zu heiß wurde, wenn ein Balg sich verbrannt hatte, als es die Hand auf den Holzherd legte, schickte man es zu mir, und ich brachte das Feuer zum Stillstand. Danach heilte es, so gut es ging, die Natur mußte sich drum kümmern, aber es brannte wenigstens nicht mehr. Natürlich war die Mutter ganz stolz, denn damals gab es keinen Arzt gleich an der Haustür, und außerdem kostete es etwas. Die Leute kamen aus dem ganzen Ort, manchmal sogar aus den Ortschaften um Play herum, und ich ließ mich nicht bezahlen, denn mein Großvater hatte zu mir gesagt, daß ich eine Gabe besitze, daß ich sie aber, wenn ich sie verkaufe, und sei es auch nur ein einziges Mal, verlieren würde. Aber die Leute waren froh, klar, und sie wollten es mir vergelten, darauf sagte ich, sie sollten mir geben, was sie wollten, aber nicht sofort, später, wenn ich vergessen hätte, daß sie bei mir gewesen waren. Es gab welche, die kamen sechs Monate später wieder, in der schönen Jahreszeit, mit Körben voller Kirschen oder mit einem Fasan, und das gaben sie alles der Mutter, wenn ich nicht da war. Und sie machte natürlich eine Riesenaffäre daraus: »Habt ihr gesehn, was sie mir gegeben haben, um meinen Marcel zu belohnen? Er hat ihnen gute Dienste geleistet, ich bin ganz stolz auf meinen Marcel, ach! wenn er nur nicht manchmal so böse zu mir wäre.«

Jetzt bin ich nicht nur »manchmal« böse zu ihr, sondern immer, wie sie erzählt. Sie redet unentwegt. Hört nicht auf, irgendwas zu sagen. Sie quasselt in einem fort. Im Sommer läßt sie die Tür aufstehen, sie setzt sich drinnen im Schatten auf ihren Stuhl, und sobald jemand vorbeigeht, spricht sie ihn an, und wehe, er bleibt stehen, dann geht der ganze Nachmittag drauf.

Sie hat genau gesehen, daß ich allmählich Mühe hatte zu gehen und die Dinge zu behalten, sie hat genau gesehen, daß ich zitterte und nicht mehr essen konnte. Und je größer meine Schmerzen sind, um so lauter sagt sie, daß ich böse bin, und das regt mich natürlich auf, wenn sie das jedem x-beliebigen erzählt, und da rege ich mich eben auf, und ich sage ihr, sie soll den Rand halten, und darauf sie: »Sehen Sie! Olalameingott, wie bin ich unglücklich!«, oder aber ich tue so, als hätte ich nichts gehört, und sie dreht sich nach mir um: »Du solltest dich schämen, Marcel, daß du so böse zu mir bist, ich bin übrigens sicher, daß du dich schämst, weil du nichts sagst«, und der oder die andere sieht mich mit einem seltsamen Ausdruck im Gesicht an, so, als wolle er oder sie sagen: Das ist aber nicht nett.

Sie weiß genau, daß ich zu nichts mehr tauge, daß ich nicht einmal mehr spazierengehen kann, ich muß einen Stock nehmen, und das macht mir Sorgen. Ich komme fast schon nicht mehr bis zur Praxis vom Doktor, und sie läßt mich nicht mehr allein hingehen. Sie will nicht, daß ich allein mit ihm rede, und ich kann schließlich nicht zu ihr sagen, sie soll hinausgehen, denn, danach, wenn wir heimgehen, schimpft sie hinter mir her und sagt zu mir: »Wenn das so ist, werde ich dir nichts mehr zu essen machen.«

Sie tötet mir den letzten Nerv. Das setzt mir unheimlich zu.

Ich weiß nicht, wie lange das alles noch dauern wird. Bald werde ich überhaupt nicht mehr gehen können. Man wird mich zum Sterben ins Krankenhaus schicken, oder sie stecken mich in ein Altersheim, denn die Mutter kann mir beim Aufstehen oder bei sonst was nicht mehr helfen. Schon jetzt muß ich sie rufen, wenn ich auf der Toilette bin, manchmal komme ich allein nicht wieder hoch.

Dabei habe ich hart gearbeitet, ich habe schon ganz andere Sachen gesehen, aber das, wirklich, das ist kein Leben.

Manchmal fange ich an, ganz allein vor mich hin zu weinen, einfach so, ohne es zu wollen, ohne eigentlich trauriger zu sein als gewöhnlich, es überkommt mich plötzlich, und dann fließt es, und es hört nicht mehr auf. Und wenn ich mir Mühe gebe, wird es noch schlimmer. Sie streitet noch mehr mit mir, ich bin ein weicher Lappen, ich bin zu nichts mehr zu gebrauchen, was soll aus ihr werden mit einem solchen Mann?

*

Und schon kreuzt sie wieder auf.

»Er hat Verspätung ...«

»Aber setz dich doch«, sag ich zu ihr. »Er mußte Kranke besuchen. Richtige Kranke.«

»Oh, wie böse du bist, Marcel. Du weißt, daß ich krank bin.

Du weißt genau, daß ich nicht so tue als ob, das dauert jetzt schon so lange! Und überhaupt, du solltest es doch wissen! Schließlich warst du es, der mir die Hand auflegte, bevor wir unseren kleinen Doktor hatten ...«

Jaaa.

Das ist wirklich das einzige, was mich tröstet. Wenn die Mutter Schmerzen hatte, habe ich das Feuer zum Stillstand gebracht, das tat ihr zwar nicht sehr lange gut, aber es dauerte so lange, wie es dauerte. Und dann, nach einer gewissen Zeit, wirkte es nicht mehr sonderlich, und zum Glück ist ihr kleiner Doktor aufgekreuzt. Darauf hat sie ihm von ihren Herzschmerzen erzählt, und er, er hat ihr fünfzigmal erklärt, daß es nicht das Herz ist, sondern daß es vom Rücken kommt, ein Nerv, der hinten eingeklemmt ist und vorne weh tut. Aber sie will das einfach nicht begreifen, dabei habe ich ihr erklärt, daß es wie mit dem Ischiasnerv ist: der ist zwar im Rücken eingeklemmt, aber er kann an der Fußspitze weh tun, aber von wegen, denkste. Manchmal sehe ich genau, daß ihn das ebenfalls aufregt. Wenn sie ihn anruft, sagt er, daß er um zehn Uhr vorbeikommt, mal angenommen, und dann kommt er um Mittag. Sie ist schon um Viertel vor zehn aufgelöst, aber weil hier im Haus ständig Durchzug ist, zittert sie vor Kälte, trotz ihrer Speckschwarte. Und dann, wenn er schließlich kommt und sie abhorcht, klagt sie über ihre achmeinGott Herzschmerzen, und er stellt sich hinter sie, und ich höre, wie er sagt: »Und da, tut das weh?« Und die Mutter schreit: Auuuua! Und er fragt immer weiter: »Und da?« Und sie: Auuuujajaja! Und ich, ich denke ganz laut: »Nur zu, mein Junge, damit sie es so richtig spürt«, und ich habe den Eindruck, daß er es dauern läßt, daß er so fest drückt, wie er nur kann, allerdings muß man sagen, daß er Kraft in den Fäusten hat, neulich nachts hat er mich auf die Arme genommen und hochgehoben, als ich aus dem Bett gefallen bin und er gekommen ist, um mich aufzuheben ... Und wenn ich die Mutter Aua! Aua! schreien höre, muß ich lachen, denn wenn ich das wäre, würde sie mich beschimpfen, aber zu ihrem kleinen Doktor, da traut sie sich natürlich nicht, allzuviel zu sagen.

Das ist dann ein bißchen meine Rache, wenn ich sie ganz rot herauskommen sehe, lachwimmernd vor Schmerzen. Wo es einmal wenigstens echt ist.

98
Madame Leblanc

Das Telefon klingelt. Ich hebe ab.

»Arztpraxis in P . . .«

Ich höre: »Hallo, Edmond? Bist du es, Edmond?«, und dann wird plötzlich aufgelegt, ohne daß ich ein einziges Wort habe sagen können. Sie hatte schon lange nicht mehr angerufen.

Ich bleibe einen Augenblick neben dem Telefon stehen, aber sie ruft nie zweimal hintereinander an. Ich schaue zur Telleruhr hinauf. Es ist elf Uhr, sie ruft immer um diese Zeit an.

Sie hat etwas Seltsames, ihre Stimme. Zugleich müde und hartnäckig. Als hätte sie ihrem Edmond etwas Wichtiges zu sagen. Als gelinge es ihr nie, ihn zu erreichen, und sie versucht es schon so lange.

Ich hebe von neuem ab, ich wähle die Nummer von Doktor Boulle in Deuxmonts.

Es klingelt. Einmal, zweimal.

»Hallo?«

Es ist eine Stimme, die ich nicht kenne.

»Hallo, guten Tag, Madame, ist das die Nummer von Doktor Boulle?«

»Ja, aber der Doktor macht einen Krankenbesuch, was kann ich für Sie tun?«

»Hier ist Madame Leblanc, die Sprechstundenhilfe von Doktor Sachs. Doktor Boulle hat uns Untersuchungsergebnisse geschickt, die ihm irrtümlich zugesandt worden sind, uns passiert das ebenfalls oft, weil sich die Sekretärin des Laboratoriums in der Adresse irrt, wir bekommen seine Untersuchungsergebnisse und er die unseren. Aber in diesem Fall hat er, als er sie in den Umschlag schob, ein Papier mit hineingetan, das ihm gehört, einen Versicherungsschein, und Doktor Sachs wollte ihm sagen, daß er es nicht zu suchen braucht, daß er es ihm morgen in den Briefkasten wirft. Es ist ein Papier der Tourmentaiser Versicherungsgesellschaft.«

»Sehr gut, danke, ich werde ihm Bescheid sagen … Auf Wiedersehen.«

»Auf Wiedersehen, Madame.«

Ich lege auf. Ich stecke das Papier in einen Umschlag, ich schreibe »Doktor Boulle« darauf, und ich lege den Umschlag in den Terminkalender. Vorhin, als ich die Post bekommen und den Briefkopf von Doktor Boulle gesehen habe, war ich überrascht, das Papier zwischen zwei Untersuchungsergebnissen zu sehen. Es wundert mich eigentlich, daß er es mit dazugetan hat, ohne es zu merken, aber wenn man es eilig hat, gibt man nicht so genau acht.

Ich wollte es gerade in einen Umschlag stecken, um ihn nachher dem Briefträger mitzugeben, wenn er zurückkommt, um die freigemachte Post abzuholen, aber da bist du gekommen. Du hast dir das Papier angeschaut, du hast es gelesen, du hast die Stirn gerunzelt und gesagt, daß du es ihm selbst bringen würdest.

Ich wechsle den Bezug der Liege. Ich lege die kleine Schlummerrolle und das große Kopfkissen mit dem grüngestreiften Bezug wieder an ihren Platz zurück.

Die Praxis ist ganz verändert, sie ist heller, sauberer, seit du sie zusammen mit Madame Kasser und euren Freunden weiß gestrichen hast. Madame Kasser hat doppelte Vorhänge und Kissenbezüge genäht und einen dazu passenden Stoff über die Rückseite der großen Regale gespannt, damit sie einen Paravent bilden. Das überrascht mich immer noch, denn es ist ganz neu: Ich habe es entdeckt, als ich am Dienstagmorgen gekommen bin, ihr habt euch das Osterwochenende zunutze gemacht, und es stimmt schon, ihr habt in diesen drei Tagen gut gearbeitet.

Ich gehe ins Wartezimmer zurück und schaue in den Terminkalender. Du hast für heute abend schon viele Termine, und das macht mir Sorge, weil ich noch nicht weiß, was für ein Gesicht du machen wirst, wenn du das nach deinen Krankenbesuchen siehst. Heute morgen warst du wirklich sehr schlecht gelaunt. Außerdem haben viele Leute angerufen, um zu fragen, ob du heute nachmittag Sprechstunde hast, und ich habe ja gesagt, du wirst also mit Sicherheit Hochbetrieb haben, und ich habe Angst, daß dir das wieder einmal gegen den Strich geht.

Ich verstehe nicht so recht, warum du so bist. Du bist so launisch. An manchen Tagen machst du einen sehr lustigen, sehr glücklichen Eindruck, und an andern könnte man meinen, daß du krank bist, so düster bist du. Vor einigen Monaten habe ich gedacht, es sei wegen des Ablebens deiner Mama, aber das glaube ich nicht mehr. An dem Abend, an dem sie gestorben ist, hast du mir Bescheid gesagt, daß du am nächsten Morgen nicht kommen würdest, du hattest die Einzelheiten des Begräbnisses zu regeln, aber am Nachmittag warst du doch da, um deine Sprechstunden zu halten. Und an den folgenden Tagen hast du natürlich ein trauriges Gesicht gemacht, aber manchmal hast du laute Seufzer ausgestoßen und dann ganz plötzlich angefangen zu lachen. Ihr Tod hat mir leid getan. Sie war immer freundlich zu mir, sie fragte, wie es meinem Mann gehe und den Kindern, sie hat uns sogar zum Tee zu sich eingeladen, nach Tourmens, an einem Sonntag, als du bei ihr warst, ohne es dir zu sagen, um dich zu überraschen ...

Es ist furchtbar, wie einen das packen kann. Ein böser Schnupfen, der ihr auf die Bronchien geschlagen ist, und obwohl du sie sofort ins Krankenhaus überwiesen hast, hat es nichts geholfen, innerhalb weniger Tage war es vorbei.

Sie hat Madame Kasser nicht mehr kennengelernt. Das ist traurig. Sie hätten sich bestimmt gut verstanden. Ich weiß, wie deine Mama darüber dachte. Sie sagte zwar nicht viel, aber ich verstand. Sie wollte, daß du eine Frau findest, die sich wirklich um dich kümmert, denn sie sagte, daß du nicht sonderlich auf dein Äußeres achtest. Wenn sie noch gelebt hätte, könnte sie sehen, wie sehr du dich verändert hast. Du bist viel besser angezogen, du wechselst jeden Tag deine Wäsche, deine Haar sind nie mehr so lang, wie sie waren. Du hattest nie Zeit, zum Friseur zu gehen, weil dir jetzt aber Madame Kasser die Haare schneidet, hat das keine Bedeutung mehr.

Außerdem hast du etwas zugenommen, glaube ich. Deine Kittel sind dir nicht mehr zu weit, wie noch vor einigen Monaten.

Sogar die Leute sagen, daß du anders bist. Sie finden, daß du geduldiger geworden bist, nicht mehr so nervös, nicht mehr so spöttisch wie früher. Aufmerksamer. Auch schneller. Du verbringst nicht mehr ganze Stunden mit den Leuten, die Probleme haben. Du bist nicht mehr so gesprächig.

Aber ich weiß nicht, gleichzeitig machst du den Eindruck … ich weiß nicht so recht, wie ich es erklären soll … als seist du besorgter.

Du verbringst viel weniger Zeit am Telefon, aber du arbeitest sehr viel mehr an deinem kleinen Computer.

Und dazu gibt es immer mehr Patienten.

Du merkst das durchaus. Seit einigen Wochen sprichst du davon, die Praxis auch am Donnerstag zu öffnen und regelmäßig eine Vertretung zu nehmen. Du sprichst davon, und ich fände das gut, aber ich habe das Gefühl, daß du es nicht sehr eilig damit hast. Als ob es dich belasten würde.

Dabei verlangen die Leute das. Und auch für mich ist es nicht leicht, ihnen an diesem Tag zu sagen, sie sollten jemand anderen anrufen.

Ich habe heute morgen wieder mit dir darüber gesprochen, und du hast zu mir gesagt, daß du darüber nachdenkst, daß es aber schwer sei, jemanden zu finden, der eine Vertretung übernimmt. Und dann hast du das Thema gewechselt, ich habe deutlich gemerkt, daß es dir gegen den Strich ging.

Sicher, ich weiß auch nicht, wie das ablaufen würde, mit einer Vertretung. Die Leute sind an dich gewöhnt, und ich bin es auch. Ein Vertreter müßte sich mit den Gewohnheiten vertraut machen, und die Leute müßten sich mit ihm vertraut machen. Neulich hast du mich gefragt, ob ich etwas dagegen hätte, wenn es eine Frau ist. Nein, wenn sie nett ist.

99
Das Elektrokardiogramm

Du nimmst die Manschette ab und legst sie auf das kleine Möbelstück. Du hältst den Schalltrichter des Stethoskops auf meine
Brust und nimmst mein Handgelenk zwischen Daumen und Mit-
telfinger.
Du lauschst.
»Atmen Sie tief ein.«
Du verschiebst das Stethoskop um einige Zentimeter nach
links, dann nach rechts, um den zuckenden Bereich herum, der
über meiner Brust vibriert. Manchmal läßt du den Trichter auf
der Haut liegen und ziehst deine Hand zurück. Der Trichter
springt im Rhythmus meines Herzschlags auf und ab.
»Spüren Sie etwas?«
»Ja, ich spüre Rückschläge ...«
»Ihr Herz schlägt ... sehr unregelmäßig ... Rauchen Sie?«
»Ein wenig ...«
»Das heißt?«
»Ein Päckchen ...«
»Mmmhh. Und wie lange hat dieser Schmerz gedauert?«
»Bestimmt zwei Stunden. Es ist mitten in der Nacht gekommen. Ich schlief, ich träumte, aber ich kann mich einfach nicht
mehr erinnern, wovon. Und dann bin ich wach geworden, weil
ich Schmerzen hatte ... Ich habe meiner Frau nichts gesagt, ich
bin aufgestanden, ich habe ein Aspirin genommen, Tabletten gegen den Schmerz, alles, was ich greifen konnte, aber es ist nicht
besser geworden. Ich hatte hier (ich lege meine geballte Faust auf
die Brust) sehr große Schmerzen, als ob ich in einem Schraubstock
stecken würde ... Es war beängstigend ... Aber trotzdem nicht
so, daß man nachts einen Arzt rufen würde. Und dann ist es weggegangen ... Aber weil ich den ganzen Tag über kurzatmig war,
hat meine Frau unbedingt darauf bestanden, daß ich Sie aufsuche.
Ich habe schließlich nachgegeben, denn es dauert jetzt schon sechsunddreißig Stunden, und ich habe Mühe, mich aufzuraffen ...«

»Mmmhh … Ich werde ein Elektrokardiogramm machen. Bleiben Sie so liegen.«

Du stehst auf, gehst zu dem Möbelstück an der anderen Wand, auf dem eine Baby-Waage steht, in der Mitte des Raums. Vom unteren Regal nimmst du ein kleines graues Köfferchen, das du hierherbringst. Du machst es auf. Du nimmst einen länglichen Apparat heraus, der aussieht wie ein Toastbrot, und ein Knäuel bunter elektrischer Drähte. Du reibst die flachen Elektroden mit einem durchsichtigen Gel ein und bringst sie mit Hilfe von langen, schmalen Lederriemen an meinen Handgelenken und meinen Knöcheln an.

»Drückt es nicht allzusehr?«

Dann klebst du mehrere Gummibällchen auf meine Brust. Das heißt, du versuchst, sie festzukleben. Du kannst noch so sehr die Luft entweichen lassen, die sie enthalten, sie mit aller Kraft auf die Haut drücken, ich höre ein leises Pfeifen, sie blasen sich wieder auf und gleiten an meiner Hüfte entlang auf das Laken.

»Bei den vielen Haaren hält das nicht richtig …«

»Mmmhh …«

Endlich schließt du jede der Elektroden tastend an einen bunten Draht an, vertauschst sie dann im letzten Augenblick, wenn du dich geirrt hast. Nachdem du das Gerät über die Steckdose der Elektroheizung an das Stromnetz angeschlossen hast, setzt du es in Gang.

Das Gerät erzeugt eine gleichmäßige Vibration, die Papierrolle spult sich nun ab, wird mit einer mir unverständlichen Zeichnung bedeckt. Du drückst auf den oberen Teil des Geräts, du schaust auf das Papier, das vorbeituckert, du wartest, du drückst noch einmal, du schaust auf das Papier, du wartest, du drückst, du schaust. Ab und zu machst du mit der Spitze deines Schreibers ein Zeichen auf dem abrollenden Streifen. Das dauert kaum ein paar Minuten, aber es kommt mir sehr lange vor. Du sagst nichts. Schließlich schaltest du das Gerät ab, befreist mich von den Elektroden. Du wischst die schleimige Paste mit einer Papierserviette von meinen Handgelenken, meinen Knöcheln, meinem Brustkorb.

Du rollst den langen Papierstreifen auf und legst ihn auf deinen Schreibtisch. Du räumst die Drähte und das Gerät lose in das Köfferchen, du legst die Elektroden in den Spülstein.

»Was meinen Sie?«

Du antwortest nicht, du schaust mich nicht an. Du machst ein unbestimmtes Zeichen, um mir zu bedeuten, daß ich mich wieder anziehen kann.

Du breitest den langen Papierstreifen auf der weißgestrichenen Holzplatte aus, die dir als Schreibtisch dient. Du seufzt. Ich setze mich neben dich. Du zerschneidest den Streifen in annähernd gleich große Stücke. Du stapelst sie aufeinander, du klammerst sie an einem Stück Karton fest, das du zusammenfaltest und vor dir aufstellst.

Du stehst auf, du gehst zu den Regalen, die mitten im Raum stehen. Du suchst etwas. Schließlich nimmst du ein großes, broschiertes Buch mit gelbem Einband. Du kommst zurück und setzt dich wieder. Du schlägst das Buch auf und nimmst ein Lesezeichen heraus, das du auf die weiße Holzplatte zwischen uns legst. Auf dem Lesezeichen lese ich »Doktor Abraham Sachs«.

Du blätterst in dem Buch, du nimmst aus dem Bleistifttopf ein ganz kleines Lineal, das auf beiden Seiten eine Zentimetereinteilung hat. Du mißt die auf dem Papierstreifen verzeichneten Wellen, du hältst den Atem an, ich sehe Schweißtropfen von deinen Schläfen perlen.

Du schluckst und sagst:

»Ich glaube, daß ich Sie ins Krankenhaus einweisen muß ...«

Ich stoße einen tiefen Seufzer aus. Du siehst auf, du schaust mich an, und in deinen Augen steht Angst, Entsetzen. Ich lächle dir zu, und deine Angst verwandelt sich in Ratlosigkeit.

»Ich wußte es. Es mußte eines Tages so kommen.«

Du nimmst die Brille ab, du holst ein Papiertaschentuch aus der Tasche, du trocknest dir die Stirn. Du bist leicht ergraut, was mir bis dahin nie aufgefallen ist, wahrscheinlich, weil deine Haare oft lang, glänzend, ein wenig ungepflegt waren, in all den Jahren, doch seit einiger Zeit sind sie kurz, immer sauber.

»Was ... meinen Sie damit?«

»Ich wußte es, das ist alles. In meinem Alter ist das etwas, was passieren kann, oder nicht?«

»Äh ... Ja. Aber ...«

»Aber es ist ernst.«

Du nickst und schlägst die Augen nieder. Ich habe dich noch nie so gesehen.

»Ich möchte, daß Sie sofort ins Krankenhaus gehen. Ich werde einen Krankenwagen rufen, und ich werde dem kardiologischen Notdienst Bescheid sagen.«

»Tun Sie nichts dergleichen, Herr Doktor. Ich gehe doch nicht.«

Ich sehe, wie du zusammenzuckst.

»Wieso nicht? Selbstverständlich gehen Sie! Man wird Ihnen ...«

»Man wird mich nicht retten können. Ich habe einen schweren Herzinfarkt gehabt, richtig?«

Verblüfft nickst du. Du sagst:

»Sie haben das gehabt, was man einen ... ausgedehnten Infarkt nennt. Das ganze Herz ist im Begriff zu ersticken. Wenn man Ihnen nicht ...«

»Ja, ich habe ein wenig darüber gelesen. Um die Herzarterien wieder freizubekommen, muß man einige Stunden nach der Bildung des Blutgerinnsels Medikamente verabreichen. Meine Schmerzen haben vorgestern in der Nacht begonnen. Es ist zu spät. Und es ist gut so.«

Du machst den Mund auf, doch ich lege dir die Hand auf den Arm.

»Ich werde nach Hause gehen.«

»Was?«

»Ich werde nach Hause gehen, und Sie werden nichts sagen und nichts tun. Ich will nach Hause gehen und ruhig sterben. Ich will nicht im Krankenhaus sterben.«

»Aber Ihre Frau ...«

»Ich werde ihr sagen, wie es aussieht. Ich habe sie schon vor langer Zeit in Kenntnis gesetzt. Sie ist gläubig, sie wird beten können. Es wäre viel schlimmer gewesen, wenn sie als erste gegangen wäre.«

»Ich verstehe nicht.«

»Ich weiß, Herr Doktor, und das tut mir leid. Wieviel schulde ich Ihnen?«

*

Du wolltest nicht, daß ich dir die Untersuchung bezahle. Ich habe gesagt, daß ich keine Ruhe fände, wenn ich gehen müßte, ohne meine Schulden beglichen zu haben. Du bist eine ganze Weile stumm geblieben, dann sind deine Schultern eingesunken, du hast genickt, und du hast einen Krankenzettel auf meinen Namen ausgefüllt. Ich habe dich um die Aufzeichnung des Elektrokardiogramms gebeten, ich habe dich gebeten, draufzuschreiben, was mir fehlt, und mir ein Papier auszustellen, in dem es heißt, daß du mir geraten hast, ins Krankenhaus zu gehen. Ich will nicht, daß man dich der Nachlässigkeit beschuldigen kann. Aber ich werde nicht mit Thérèse darüber reden. Ich will nicht, daß sie in Angst lebt, bis ich sterbe. Ich fühle mich erleichtert. Fast glücklich. Auf jeden Fall nicht mehr so unglücklich.

Für dich, stelle ich mir vor, war es ein Schock. Seit sieben Jahren komme ich dreimal jährlich, Auskultation, Blutdruckmessen, Wiegen, ein paar Worte über den Regen und das schöne Wetter, und am Ende dann das Rezept für das einzige Medikament, das ich nehme ... Ein Patient ohne Geschichte. Ein Ende ohne Geschichte.

*

Als ich im Begriff war, dein Sprechzimmer zu verlassen, du hattest schon die Hand auf der Klinke, habe ich dir fest in die Augen gesehen und gesagt:

»Meine Frau und ich, wir hatten einen Sohn ...«

»Das wußte ich nicht.«

»Natürlich nicht, wir reden nie darüber.«

»Was ... Was ist ihm zugestoßen?«

»Er war ein ... sehr sensibler Junge. Wenn ich auf die Jagd ging, wollte er mich nie begleiten, es tat ihm zu weh, wenn er sah, wie ich einen Hasen oder ein Feldhuhn tötete. Ich sagte mir, mit der Zeit würde er abgehärtet sein ... Er war in der Abiturklasse, Leistungsfach Mathematik und Physik ... Er kam sehr gut mit, aber seine Lehrer sagten, daß er eher für Sprachen begabt sei. Er hatte ausgezeichnete Noten in Philosophie ... Eines Tages ist er aus der Schule heimgekommen, und ausnahmsweise waren wir nicht da, seine Mutter und ich, um ihn zu begrüßen ... Wir haben nie begriffen, was vorgefallen ist … Er hat seine Schultasche auf den Tisch gestellt, er hat mein Gewehr genommen, das an der Wand hing, er hat es geladen, er ist hinaufgegangen in sein Zimmer und …«

Deine Hand hat sich auf meine Schulter gelegt. Ich habe dich angesehen, ich habe dir zugelächelt.

»Ich bin froh … daß ich Sie heute gesehen habe, Herr Doktor.«

Und dann bin ich weggegangen, ohne mich umzudrehen. Ohne zu sagen, was ich dir sagen wollte. Ich hätte gern gehabt, daß du es weißt, aber ich konnte nicht. Aber es hat keine Bedeutung mehr. Wenn ich tot bin, wirst du schließlich von irgend jemandem erfahren, daß unser Sohn Bruno hieß.

100
Der verhinderte Arztbesuch
Sechste Episode

Der Herr, der herauskommt, sieht müde aus. Ich schnappe meine Einkaufstasche, ich stehe auf, ich gehe hinein. Du folgst mir, du zeigst auf die beiden Sessel vor dem Schreibtisch.

»Setzen Sie sich ...«

Ich stelle meine Einkaufstasche auf den Boden. Ich bleibe neben einem der beiden Sessel stehen. Hinter mir läßt du Wasser laufen, du seifst dir die Hände ein.

»Setzen Sie sich bitte.«

Ich lege meinen Schal ab, ich setze mich auf den Rand des Sessels. Du trocknest dir die Hände ab, du kommst wieder zu mir, du ziehst deinen Sessel auf Rollen heran, du setzt dich, du schaust mich traurig an, du sagst:

»Was kann ich für Sie tun, Madame ...?«

»Äh ... Ich weiß nicht so recht.«

»Ich glaube, wir haben uns noch nie gesehen?«

»Nein, ich komme zum ersten Mal zu Ihnen, meine Kusine, Madame Boulanger, hat Sie mir empfohlen, Sie haben ihren Sohn behandelt ...«

»Das ist nett von ihr ...«

»Darauf habe ich mich entschlossen, Sie aufzusuchen, wohlgemerkt, es ist mir schwergefallen, ich wußte nicht so recht, wie ich es Ihnen erklären soll, wissen Sie, ich gehe nicht gern zum Arzt, ich habe nie einen gebraucht, nicht einmal bei meinen Schwangerschaften, na ja, bei den Kindern habe ich natürlich nie gezögert, weil wir zu Hause – ich meine, meine Geschwister –, da wir zu acht waren, riefen Papa und Mama nicht oft den Arzt, und ich hatte eine kleine Schwester, die ist an akutem Gelenkrheumatismus gestorben, als sie sechs Jahre alt war, weil es damals noch keine Sozialversicherung gab und man den Doktor nicht für nichts und wieder nichts störte, das war kurz vor dem Krieg, damals war es Doktor Molina, er war allein im ganzen Kanton, und er machte seine Hausbesuche mit dem Fahrrad.

Sie verstehen also, daß ich den Arzt nicht so gern für nichts und wieder nichts kommen lasse, aber jetzt ...«

»Ja? ...«

»Das dauert schon viel zu lange, mein Mann meckert, darauf habe ich beschlossen, Sie aufzusuchen, wohlgemerkt, es ist mir schwergefallen, zu Ihnen zu kommen, zum einen, weil ich nicht wußte, wann Sie Sprechstunden haben, und so kam ich mal zu früh, mal zu spät, oder es waren zu viele Leute vor mir, das letzte Mal war es am Samstag vor drei Wochen, vor mir war ein Herr, dem es nicht gutzugehen schien und den Sie lange dabehalten haben, und weil noch ein anderer vor mir an der Reihe war, habe ich gesehen, daß die Zeit für einen Arztbesuch nicht mehr ausreichte, weil ich noch die Kinder von der Schule abholen mußte.«

Ich halte inne. Du hast die Hände gefaltet, du hast dich mit den Ellbogen auf deinen Schreibtisch gestützt, du hörst mir zu.

»Also bin ich jetzt gekommen, weil ich mich eines Tages doch entschließen muß, verstehen Sie, das kann nicht mehr so weitergehen ...«

»Ja?«

»Also, seit jetzt sechs Monaten ...«

Das Telefon klingelt.

»Entschuldigen Sie bitte.«

Du hebst seufzend ab. Ein Geheul bewirkt, daß du den Hörer vom Ohr weghältst.

»Hallo? Hallo? Wer sind Sie, Madame?«

Am andern Ende der Leitung wird weitergeheult, und völlig verdutzt schüttelst du den Kopf. Dann holst du tief Luft und sagst mit einer tiefen Stimme:

»Hallo, hier ist die Bank Crédit Provincial, mit wem möchten Sie sprechen?«

Auf einen Schlag hört das Gebrüll auf. Du sprichst weiter.

»Hier Doktor Sachs, Madame, was ist passiert? Beruhigen Sie sich bitte, sonst kann ich Ihnen nicht helfen ... Ja ... In diesem Augenblick? ... Wo ist er? Liegt er auf dem Bett oder auf dem Boden? ... Ja? Auf der Seite? ... Ja, das war richtig, er läuft keine Gefahr mehr ... Gut, wo wohnen Sie? ... Nein, er läuft keine Gefahr mehr, es wird vorbei sein, bevor ich komme … Ja, sofort, aber sagen Sie mir, wo!«

Ich sehe, wie du schnell eine Zahl und drei Worte auf ein Stück Papier kritzelst.

»Gut. Ich komme.«

Du legst auf.

»Es tut mir leid … Ein Notfall … Können Sie warten, bis ich zurück bin?«

Ich stehe schon auf.

»Nein, nein, ich muß nach Hause, aber machen Sie sich keine Sorgen, ich werde Madame Leblanc anrufen, sie wird mir einen Termin geben. Ich weiß, was das heißt, ein Notfall, der kann nicht warten. Ich, ich soll schon seit sechs Monaten kommen, da kann ich gut auch noch drei Tage warten.«

Ich stehe auf, nehme meinen Schal und meine Einkaufstasche und gehe zur Tür. Du machst mir auf, läßt mich vor dir hinaus, du grüßt mich, während du deinen Kittel aufknöpfst, und kehrst ins Büro zurück. Ich binde meinen Schal wieder über den Kopf, gehe hinaus in den Hof, nehme mein Fahrrad und mache mich auf den Heimweg. In dem Augenblick, in dem ich um die Ecke fahre, überholst du mich mit dem Auto, und ich sehe, wie du in eine der Siedlungen einbiegst. Es ist nicht lustig, wenn man so in Windeseile los muß. Das schien ernst zu sein, es gibt Leute, die haben kein Glück. Und ich sage mir, selbst wenn ich mir einen Termin hätte geben lassen, hätte das nichts geändert, Notfälle können nicht warten, wenn man hin muß, muß man hin, aber wo es mir jetzt einmal wenigstens gelungen ist, den Doktor zu sehen, ich habe eben kein Glück gehabt!

101
Im Wartezimmer

Ich höre zuerst, wie die Tür zur Arztpraxis, dann die Verbindungstür etwas plötzlich aufgeht. Eine Dame kommt heraus, »Auf Wiedersehen, Herr Doktor«, wobei sie in aller Eile ihren Regenmantel zuknöpft und das Wartezimmer verläßt. Der alte Herr nimmt seine Mütze und sein kleines Notizbuch von dem niedrigen Tisch und steht auf, weil er an der Reihe ist.

Du erscheinst auf der Türschwelle, du bist in deine Lederjacke geschlüpft, ohne deinen Pullover vorher anzuziehen, der alte Herr tritt vor, aber du machst ihm mit der Hand ein Zeichen.

»Entschuldigen Sie bitte, ich bin gerade wegen eines Notfalls angerufen worden, ich muß sofort hin. Wenn Sie sich noch etwas gedulden wollen, ich werde in ... in einer halben Stunde zurück sein. Oder kann ich Ihnen einen Termin für heute abend geben?«

Der alte Herr dreht sich zu mir um, wir schütteln verneinend den Kopf, wir werden warten, er setzt sich wieder, ich stelle die Beine nebeneinander und schlage sie dann wieder übereinander.

Du machst die Tür zu, du schließt ab und gehst eilig zum Ausgang. Dein Auto macht einen rasanten Blitzstart.

Ich sehe auf die Uhr. Ich merke, daß der Herr mich anschaut.

»Es kommt einem nicht so lange vor, wenn man liest«, sagt er.

»Ja ...«

»Lesen ermüdet mich schnell.«

»Ah ...«

»Aber es stört mich überhaupt nicht zu warten, weil der Doktor sich immer Zeit nimmt, um mich zu untersuchen und abzuhorchen, wie es sich gehört.«

Er schweigt, dann, als er sieht, daß ich ihn anschaue, fährt er fort:

»Kommen Sie zum ersten Mal?«

»Ja.«

»Er ist ein guter Doktor, Doktor Sachs. Er ist sehr sanft zu den Kindern ... Zu allen übrigens. Jetzt hat er viel zu tun, aber er ist

immer noch ein guter Doktor, geduldig, und gar nicht stolz ...
Mich behandelt er schon lange, und ich bin sehr zufrieden mit
ihm ... Gut, er gefällt nicht allen, aber das ist immer so. Es gibt
sogar Leute, die sagen, daß er weggehen wird, aber da ich das
schon höre, seit ich das erste Mal gekommen bin, glaube ich nicht
allzusehr daran. Alles nur Geschwätz ... Ich kenne nicht viele,
die sich entschuldigen würden, wenn sie wegen eines Notfalls
wegmüssen. Ich kenne viele, die sagen würden, man solle ins
Krankenhaus gehen, und damit hat sich's. Ich finde das nicht normal, nachdem wir jahrelang unsere Beiträge bezahlt haben, verdienen die Ärzte doch nicht schlecht, da könnten sie sich wenigstens bei Notfällen persönlich bemühen ... Übrigens ist er auf
diese Weise mein Doktor geworden. Wenn er sich an jenem Tag
nicht persönlich bemüht hätte, wäre ich jetzt nicht mehr da, um
mit Ihnen ein Schwätzchen zu halten ...«

Er schweigt, er steht auf. »Entschuldigen Sie, würden Sie auf
meine Sachen aufpassen?«, ich nicke, es ist schon das zweite Mal,
daß er mich darum bittet, seit er gekommen ist. Er steht auf und
verläßt das Wartezimmer.

Ich nehme meine Lektüre wieder auf, aber bald höre ich durch
die Wand hindurch lange das Telefon in deinem Büro klingeln.
Du hast bestimmt vergessen, den Anrufbeantworter einzuschalten.

102
Auf dem Papier

In einem Heft von vor fünfzehn Jahren habe ich dieses Flugblatt wiedergefunden:

WIR SIND ALLE NAZIÄRZTE!

Es gibt die Wahnvorstellung:
»Arzt sein heisst, die Physiologie, die Pathologie, die Semiologie, die Therapie kennen.

Arzt sein heisst, dank modernster Untersuchungsmethoden die Diagnose der Krankheiten zu stellen.

Arzt sein heisst, den Kranken die neuesten, die wirksamsten, die höchstentwickelten Bchandlungsmethoden anzubieten.

Arzt sein heisst, jedem Kranken zu ermöglichen, freien Zugang zu der seinem Zustand angemessensten Behandlung zu haben, und das unter Wahrung seiner Persönlichkeit, seiner Überzeugungen, seiner Ansprüche, seiner Lebenswelt.

Der Arzt gibt dem Menschen alles, was er braucht, um dem Leiden, dem Verfall, dem Tod zu entgehen.«

Außerdem gibt es die Realität:

Arzt sein heisst, zuerst einmal den Körper des andern berühren, um den Finger auf das zu legen, was weh tut.

Arzt sein heisst, zwischen zahllosen Schultheorien, persönlichen Meinungen, verknöcherten Vorurteilen, irrationalen Glaubensansichten zu wählen.

Arzt sein heisst, durchzusetzen, dass ein »Freund«, der drei Wochen hätte warten können, schon am nächsten Tag an die Reihe kommt, vor fünfzehn anderen Personen, die bereits seit drei Monaten auf ihre Behandlung warten.

Arzt sein heisst, sich zu der Zahl der Patienten zu beglückwünschen, die man taglich in seiner Praxis sieht.

Arzt sein heisst, aller Welt zu verheimlichen – und sich selber zuerst –, daß man nichts von dem versteht, was neun Zehntel der Leute erzählen, und daß man sich bei dem irrt, was die andern erzählen.

Die Ärzte schmeicheln sich, Vertrauenspersonen geworden zu sein. Sie behaupten, die Seele genauso, wenn nicht sogar besser, zu behandeln wie den Körper, und sie sind stolz darauf, diese Halunken.

Arzt sein heisst, die Lüge predigen.

Die Worte der Ärzte sind Todesworte, Leidensverheissungen, Formeln schwarzer Magie, Türen zur Folter. Die Ärzte sind der Klerus der einzigen Universalreligion geworden: die Kirche der Glücklichen und Verdienten Gesundheit. Sie legen ihre Dogmen, ihre Verpflichtungen, ihren unumgänglichen Anteil fest. Sie erlegen die Gebete auf, die barbarischen Rituale, sie schaffen innerhalb der Gläubigen sehr verschiedene Kategorien, je nach den Vergünstigungen, die ihnen gewährt werden. Es gibt Grosspriester unter ihnen, Inquisitoren, Mönchlein und ein ganzes Rudel von Handlangern, von denen die Schäfchen unter Berücksichtigung ihrer intimsten und geheimnisvollsten Charakteristiken registriert, examiniert, gemessen, gewogen, fotografiert und karteimässig erfasst werden. Nichts wird ihnen entgehen, angefangen beim Gen mit dem Code der Haarfarbe bis zur Analyse der kleinsten Hautschuppe auf der Fusssohle. Die Katalogisierung der Menschheit ist im Gange, und die Ärzte stehen in der vordersten Reihe. Sie stellen keine Diagnosen mehr, sie verurteilen. Sie lindern nicht mehr, sie testen. Sie behandeln nicht mehr, sie zählen.

Alle beweinen die Toten, die Ärzte hingegen zerlegen sie.

Die Ärzte sind Huren und Zuhälter, Dealer und Bullen in einem. Dieselben Ärzte, die Gegner der Abtreibung sind, haben stets der Abtreibung bei ihren Frauen oder ihren Töchtern zugestimmt, wenn sie es für »notwendig« hielten. Die Ärzte sind Henker, die in Lagern ausgebildet wurden, die man Krankenhäuser nennt.

Die Krankenhäuser sind dazu da, jene Unnormalen, von der Norm abweichenden, die man Kranke nennt, wieder auf den rechten Weg, das heisst zur Arbeit zu bringen. Wen interessiert, dass sie weinen oder brüllen, dass sie nicht schlafen oder ihre Tage mit Kotzen zubringen. Was zählt, ist nicht das, was die Leute mit ihrer Krankheit zum Ausdruck bringen wollen; was zählt, ist das, was die Ärzte von dem Zustand halten, in dem sie sich nach der Behandlung befinden sollen. Die Ärzte lassen zur Ader, sie verdrehen, zerschneiden, vergewaltigen, fahren in die Ärsche, sie reissen aus, sie renken aus, sie beherrschen, sie normalisieren.

UND IHR UND ICH, WIR WERDEN EINMAL ZU DIESEN LEUTEN GEHÖREN!

Sich dafür entscheiden, Arzt zu werden, bedeutet nicht, zwischen zwei Spezialitäten oder zwei Arten der Ausübung, sondern in erster Linie zwischen zwei Haltungen, zwischen zwei Positionen zu wählen. Der des »Doktors«, der des Helfenden. Die Ärzte sind viel öfter Doktoren als Helfende. Das ist bequemer, das ist befriedigender, das macht sich besser bei Abendgesellschaften und bei Diners, das fügt sich besser ins Bild.

Der Doktor »weiss«, und sein Wissen obsiegt über alles andere. Der Helfende sucht vor allem die Leiden zu lindern. Der Doktor erwartet von Patienten und Symptomen, dass sie sich nach den Analysetabellen richten, die die medizinische Fakultät ihm eingetrichtert hat: der Helfende tut sein Bestes (indem er seine kümmerlichen Gewissheiten befragt), um ein wenig zu begreifen, was mit den Leuten geschieht. Der Doktor verschreibt. Der Helfende versorgt. Der Doktor kultiviert das Wort und die Macht. Der Helfende lindert.

Was den Kranken angeht, so wird er, ob er es mit dem
einen oder dem andern zu tun hat, in jedem Fall krepieren. Aber auf welche Art und Weise?

B.S., 8. Februar 1977

Fünfzehn Jahre danach habe ich meine Meinung nicht geändert.

Die Ärzte sind Schurken:
  Ein junger Student hört, wie sein Vater und sein Onkel, beide
Ärzte, miteinander diskutieren. Der Onkel ist ein Spezialist im Ru-
hestand, berühmt, geschätzt, ausgezeichnet ... und ehemaliger
Präsident der regionalen Ärztekammer. Der Student stellt sich
Fragen über diesen seltsamen, unter dem Vichy-Regime ent-
standenen Organismus. Ist er wirklich ein Garant für die Inte-
grität des Berufsstandes? Selbstverständlich, beteuert der Ältere
lauthals. Und er vermeidet auch Katastrophen! Nimm folgende
Geschichte: Ein Ehepaar konsultiert einen äußerst angesehenen
Gynäkologen. Wir sind in den fünfziger Jahren, also bleibt der
Ehemann im Wartezimmer. Die Frau ist bezaubernd, aber ... wie
soll ich sagen? Ein wenig schlicht. Der Arzt findet sie nach seinem
Geschmack. Er bittet sie, sich auf den Untersuchungsstuhl zu
legen, breitet schamhaft ein Tuch über ihr Gesicht, während er
»eine ganz kleine Operation« vornimmt. Die Frau ist schlicht,
aber sie ist nicht blöd. Sie weiß zwischen einem Spekulum und
einem Männerschwanz zu unterscheiden. Und außerdem ist das,
was ihr hinterher über die Schenkel läuft, keine antiseptische
Flüssigkeit. Im Moment sagt sie kein Wort, aber sie erzählt es
ihrem Mann. Der Mann (können Sie sich das vorstellen?) glaubt
seiner Frau, so schlicht sie auch ist. Er erstattet im Namen seiner
Frau Anzeige beim Rat der Ärztekammer.
  »Und dann? Und dann?« fragt der Student.
  »Und dann? Man hat sich gütlich geeinigt.«
  »Wie das, ›gütlich‹?!!«
  »Nun ja. Wäre man gerichtlich gegen ihn vorgegangen, wäre
seine Karriere im Eimer gewesen! Stell dir das mal vor.«
  Und der Alte versteht nicht, warum sein Neffe, der Student,
ausruft:
  »Aber er hat es doch nicht anders verdient!«

Die Ärzte sind aufgeblasen von Selbstgefälligkeit und Inkompetenz:

Eine Frau geht zum Arzt und sagt, daß sie Schmerzen hat. Wo? An einer peinlichen Stelle. Wo genau? Da. Wo genau, da? Da, am Anus. Nicht genau am Anus, aber etwas weiter oben. Im Innern. Ihr Allgemeinarzt untersucht sie, versteht aber nicht. Ihr Arsch ist vollkommen, nichts dagegen zu sagen, er dürfte ihr nicht weh tun, was soll diese Geschichte? Er schickt die Patientin zu einem Spezialisten. Der besagte Spezialist empfängt sie zu einer öffentlichen Untersuchung, dort, wo die Mandarine ihren Studenten zeigen, wie man ein Arschloch auf höchst demütigende Weise untersucht. Zunächst lassen Sie die Leute sich wie am Fließband ausziehen, drei Personen in drei Kabinen. Dann lassen Sie sie eine nach der andern herauskommen, auf den Tisch steigen, sich mit dem Hintern in der Luft vor den sechs Assistenzärzten und zwei Krankenschwestern hinknien. Dann führen Sie ihnen zuerst das metallene Ding ein, schnell und kräftig, um zu sehen, ob es das ist, was weh tut, dann stecken Sie den Finger rein, nicht ohne zuvor einen Fingerling aus Gummi übergestreift zu haben, um ihn sich nicht zu beschmutzen, und Sie gehen bis zum Anschlag. Natürlich ist es besser, lange Finger zu haben. »Und da, Madame, tut es Ihnen da weh? Und da? Und da? Sagen Sie schon.« Tatsächlich tut es ihr weh. Und doch gibt es, objektiv und vom medizinischen Standpunkt aus, überhaupt keinen Grund, daß es ihr weh tut, dieser Dame, ihr Arsch ist vollkommen, nichts dagegen zu sagen, was also soll diese Geschichte? Ziehen Sie sich wieder an, macht fünfhundert Francs. Wegen der Behandlung gehen Sie zu Ihrem Allgemeinarzt. »Aber unter uns, meine Herren, das findet mit Sicherheit im Kopf statt.«

Wieder zu Hause, frißt die Patientin alles mögliche, um keine Schmerzen zu haben. Das dauert ein Jahr oder zwei. Schließlich verschwinden die Schmerzen. Oder sie haben sich aneinander gewöhnt. Eines Tages stellt sie fest, daß sie blutet. Sie geht wieder zu ihrem Allgemeinarzt. Wo bluten Sie? An einer peinlichen Stelle. Welcher? Der hier. Schon wieder der Anus? Aber das ist ja geradezu krankhaft! Der Allgemeinarzt versteht das nicht. Er schickt sie zu einem anderen Spezialisten. Der empfängt sie ganz allein, er sieht, daß sie Angst hat, sie erklärt ihm, daß es das letzte Mal nicht allzugut abgelaufen ist, also schiebt er ihr das Ding nicht bis tief hinten in den Arsch, um ihr nicht weh zu tun. Und weil er nichts sieht, sagt er, daß es Hämorrhoiden sein müssen. Kommen Sie, ein kleines Gummiband hier, ein kleines venöses Tonikum da, der Fall ist geritzt, Sie werden hier nicht mehr erscheinen. Sie hat Pech, es blutet weiter. Die Frau sagt sich, daß sich das in ihrem Kopf abspielt, wie auch schon zuvor. Eines Tages findet sie aber doch, daß es langsam zuviel wird. Sie sucht wieder ihren Spezialisten auf, der das ebenfalls nicht normal findet und mit ihr schimpft: »Ja, Sie hätten schon früher wieder zu mir kommen sollen«, ohne zu bedenken, daß er ihr das vielleicht auch damals hätte vorschlagen können . . . Diesmal geht er mit dem längsten Ding zu Werk, und flutsch, hinein damit! Kaum weiter gekommen als das letzte Mal, direkt hinter einer Krümmung, stößt er auf einen Blumenkohl, dick wie ein Kinderkopf, ein Tumor. In Anbetracht der Fresse, die er schneidet, ist es sicherlich Krebs. Und genau von da an ist es überhaupt nicht mehr lustig. Weil nämlich die Patientin jetzt aus dem ruhigen Kreislauf der Boulevardspezialisten herausfällt, um sich in den Kreislauf der Krankenhausabteilungen einzuklinken. Ein Chirurg sagt zu ihr: »Ich werde Ihnen das herausnehmen, kein Problem, machen Sie sich keine Sorgen, Sie werden hinterher wie neu sein.« Sie hat Pech, als er sie aufmacht, sieht es bei weitem nicht so gut aus, wie er dachte. Nicht nur, daß der Blumenkohl aus den Rabatten herausgewachsen ist, er frißt darüber hinaus auch noch ihre Leber auf. Drei, vier, fünf Metastasen. Heda! Schlecht. »Das überschreitet meine Kompetenzen als Provinzchirurg, ich schicke Sie zu einem Spezialisten in die Hauptstadt, Sie werden sehen, er ist phantastisch.«

Der phantastische Spezialist ist höflich, rücksichtsvoll, väterlich, beruhigend. »Ja, es ist ernst, aber nicht hoffnungslos. Man kann immer etwas machen. Zuerst werden wir Sie einer geeigneten Chemotherapie unterziehen, um diese bösen Metastasen ›schrumpfen‹ zu lassen. Bloß, nicht alle Medikamente sind gleichwertig (sagt der gute, wohlgenährte Professor), um die besten Erfolgschancen zu erzielen. In Wahrheit, um es Ihnen gleich zu sagen, sind die meisten Medikamente wirkungslos, aber sehr,

sehr aggressiv. Wir empfehlen sie Ihnen nicht. Nun trifft es sich gut, daß ich persönlich ein revolutionäres Produkt benutze, das sicher die Prognosen für diese Art Krankheit verändern wird. Natürlich ist es beim Menschen noch im Stadium des Experiments, doch beim Tier hat es sich als sehr, sehr, sehr vielversprechend erwiesen. Wenn Sie einverstanden wären, daß man es bei Ihnen zur Anwendung bringt, wären Sie natürlich eine der ersten, die Nutzen daraus zögen … Anschließend, sollten die Metastasen und Sie ganz brav den Anweisungen der medizinischen Fakultät gehorchen, wird man Sie operieren können, und dann wird man Ihnen eine ganz neue Leber einpflanzen. Die Bedingungen? Sie sind nicht besonders drakonisch, Sie bekommen lediglich eine kleine Pumpe unter die Haut implantiert, und dann wird Ihnen das Produkt regelmäßig injiziert, um Sie nicht weiter zu belästigen …«

Die Patientin ist einverstanden. Was soll sie sonst auch tun? Man verspricht ihr, daß sie davonkommen wird. »Sie haben eine Kämpfernatur, und wir auch! Wir werden gemeinsam kämpfen, und Sie werden sehen, mit Hilfe unseres Medikaments, der letzte Schrei, werden wir die bösen Metastasen besiegen. Denken Sie an Ihre Leberverpflanzung!« Einige Monate später stirbt die Patientin, abgemagert, fleischlos, spindeldürr, nach langer, schmerzhafter Krankheit. Dennoch halten es die Ärzte in den letzten Tagen für nützlich, ihr ein wenig von ihrem berühmten »lytischen Cocktail« in die Infusion zu pressen, um die Leiden der Umgebung abzukürzen. Schließlich pennt sie so ausgiebig, daß sie gar nicht merkt, daß sie stirbt.

Eine erbauliche Geschichte, werden Sie sagen. Aber wo ist der Gag? Er liegt in diesem kleinen Abschnitt, der in allen guten Medizinabhandlungen steht. Ich zitiere:

»In Anbetracht des hohen Rückfallrisikos und der Unmöglichkeit, das Vorhandensein anderer Sekundärlokalisierungen der ursprünglichen Krebsgeschwulst auszuschließen, und in Anbetracht der wenigen verfügbaren Transplantate ist die Lebertransplantation zur Behandlung von Lebermetastasen nie angezeigt.«

*

508

Die Ärzte lügen, nicht, weil sie Angst davor haben, die Wahrheit zu sagen, sondern weil-die-Patienten-es-vorziehen-sie-nicht-zu-erfahren. Man wird sie schließlich nicht dazu zwingen!

Die Ärzte quälen, nicht um Leid zuzufügen, sondern weil-sie-alles-versuchen-wollen-ihre-Patienten-zu-retten. Das wird man ihnen schließlich nicht zum Vorwurf machen!

Die Ärzte experimentieren, nicht, weil sie Sadisten sind, sondern weil-die-Wissenschaft-Fortschritte-machen-muß. Man wird sie schließlich nicht daran hindern!

*

Als ein Dummkopf eines Tages, einfach so, als handle es sich um irgend jemanden, eine Erhebung über die Ärzte anstellte, ist er einer nicht sehr rühmlichen Wirklichkeit auf die Spur gekommen. Er hat nachgewiesen, daß die Ärzte trinken, Drogen nehmen, Depressionen haben, rauchen, schlecht ficken, bei Pferderennen oder im Kasino mit hohem Einsatz spielen, ihre Angehörigen schlagen, ihre Kinder im Stich lassen, und wenn sie dann mit ihrem Leben eines Armleuchters, der besser als alle andern weiß, welche Scheußlichkeiten das Leben bereithält, nicht mehr zurechtkommen, bringen sie sich um. Und das alles statistisch häufiger als der Durchschnittszivilist der »Gesamtbevölkerung«.

Wie kann man besser verdeutlichen, daß die Ärzte arme Teufel sind, denen es nicht einmal vergönnt ist, einen persönlichen Vorteil, eine individuelle Selbstverwirklichung aus ihrer verfluchten Arbeit zu ziehen? Wie kann man besser verdeutlichen, daß die Ärzte trotz all ihres Wissens krepieren?

*

Doch bevor sie mit sich selber Schluß machen, sind alle Ärzte Henker. Und wenn die Allgemeinärzte häufig nur kleine Kapos sind, so sind die Krankenhausärzte, bis auf wenige Ausnahmen, richtige große Mengeles.

Ich war Assistenzarzt auf der Kinderstation. Eines Abends hat man mich dazu verdonnert, bei einer Frühgeburt zu wachen. Ich hatte keine Wahl. Es war obligatorisch. Es fehlte an Personal, und jeder Assistenzarzt mußte eine gewisse Anzahl seiner Nächte der Intensivstation der Neugeborenen »widmen«. Ich habe eine ganze Nacht in einem Zimmer bleiben müssen, in dem, mehr recht als schlecht, eine Siebeneinhalbmonats-Frühgeburt überlebte, eine kleine, menschliche Krabbe, brandig geworden, weil zu früh aus den mütterlichen Eingeweiden herausgerissen war. Man hatte ihn in eine Plastikkiste auf den Rücken gelegt. Mit einem Schlauch, den man in eines der Nasenlöcher gesteckt hatte, wurde die Lungensekretion abgesaugt, während ein anderer Schlauch, durch die Bauchdecke gestoßen, eine Nährlösung direkt in den Magen beförderte. Ein Infusionstropf war an einem Fuß befestigt, der zweite auf dem kahlen Köpfchen. Der Winzling dürfte eineinhalb, vielleicht zwei Kilo gewogen haben. Und beim Lärm der Maschinen und dem Weinen der Säuglinge aus dem Saal nebenan war sein Keuchen kaum zu hören.

Der Kleine hieß Sylvain. Ich habe gedacht: »Es ist nicht einmal ein schöner Vorname.«

Es tat mir weh, dieses kleine Menschenwesen. Seine Glieder waren mit Bändern an den vier Ecken der Schachtel festgebunden. Von Zeit zu Zeit brachte er seine winzige Faust an den Mund, neigte den Kopf zu ihr her, seine Zunge lutschte den Raum, der Faust und Mund voneinander trennte, dann gelang es ihm, in einer unglaublichen Kraftanstrengung, für einige Sekunden an seinen Fingerknöcheln zu saugen. Seine Augen waren weit geöffnet. Das Licht im Saal war gedämpft und die Wände (wenn ich mich recht erinnere) dunkelrot gestrichen. Ein Spotlight beleuchtete die Wand über seinem Kopf.

Ich habe seine Hand losgebunden. Man hatte es mir verboten, angeblich, weil die Gefahr bestand, daß er die Infusionen abriß, aber er hat sie nie auch nur berührt. Er wollte nur an seiner Faust saugen. Ich sah zu, wie er weinte, lutschte, atmete, lutschte, saugte, seufzte, schlief, lutschte.

Er war am 9. September geboren, und wir hatten den 13. Oktober. Ich saß auf einem unbequemen Plastikstuhl in diesem Raum, der eher einer Besenkammer ähnelte als einem Behandlungsraum. Ich nickte ein, aber zeitweise begann er im Schlaf zu weinen, ich schreckte hoch und fragte mich, ob er Schmerzen hatte oder ob er träumte, oder ob er nur weinte, weil die Babys

»ohne anderen Grund als ihre neurologische Unreife weinen«,
wie die Doktoren sagen. Regelmäßig mußte ich eine mit Zucker-
wasser gefüllte Spritze auf eine elektrische Pumpe legen und sie
an die Nahrungssonde anschließen. Jede Stunde mußte ich in
der Leistenbeuge seinen Puls messen und die Atembewegun-
gen zählen.

Alle vier Stunden mußte ich seinen Blutdruck messen und
seine Temperatur. Man hatte mich gebeten, diese Frühgeburt,
dieses Kind, dieses Menschenwesen so wenig wie möglich zu
berühren, höchstens, um verordnete Gebärden zu machen, aber
ich zog Handschuhe an, ich fuhr mit den Händen durch die Öff-
nungen seiner Schachtel, ich streichelte ihn mit meinen gummi-
geschützten Fingerspitzen. Ich drückte meinen Mund an das
Plexiglas, und ich sprach mit ihm, ich erzählte ihm Geschichten,
ich summte ihm Lieder vor.

Alle halbe Stunde mußte ich die Sekretion aus seiner Lunge
absaugen. Ich mußte die Absaugmaschine in Gang setzen, einen
sauberen Katheter anschließen, ihn in seine Nasenlöcher stecken
und absaugen.

Er wurde blau und drohte zu ersticken, wenn ich es tat, aber
man hatte mir gesagt, daß unerbittlich abgesaugt werden
müsse, bis »nichts mehr in die Flasche kommt«.

Alle vier Stunden mußte ich ihm intramuskulär eine Antibio-
tikaspritze in die Hinterbacke geben. Als ich es das erste Mal getan habe, fing er an zu brüllen, dann hat er aufgehört zu atmen,
er hat sich minutenlang vor Schmerz gewunden, und ich habe
geglaubt, ich hätte ihn umgebracht. Wie gelähmt habe ich ihn
angesehen, ohne etwas tun zu können, ohne daß ich es wagte,
um Hilfe zu bitten, voller Schuldbewußtsein, daß ich mich wie ein
Tolpatsch verhalten und seinen Untergang verursacht hatte.

Gewiß, man hatte mir gesagt, wo und wie ich meine Nadel
einstechen soll, und ich hatte es getan wie vorgeschrieben. *Aber
man hatte mir nicht gesagt, daß es ihm so weh tun würde.*

Ich habe ihm keine weiteren Spritzen mehr gegeben, ich habe
die Ampullen in den Spülstein geleert. Ich habe ihn auch nicht
mehr alle halbe Stunde abgesaugt. Ich schaute ihn an, ich legte
mein Ohr an den Brutkasten, und ich saugte ihn erst ab, wenn

sein Atem zu gluckern anfing, und auch nur so viel, daß er von dem befreit war, was ihn störte.

Am frühen Morgen habe ich meine Gummihandschuhe abgestreift, ich habe meine Hände zehn Minuten lang eingeseift, und dann habe ich sie, ohne Gummihandschuhe, über ihn geschoben, um ihn zu streicheln. Seine Finger haben sich über meinem kleinen Finger geschlossen, seine Faust hat ihn zu seinem Mund gezogen, und er hat daran gesaugt. Ich bin an der Kiste stehengeblieben, ich habe ihn angeschaut, und ich habe geweint, ohne aufhören zu können. Als ich am Morgen weggegangen bin, habe ich alle gehaßt, die uns beide hier hingesteckt hatten, ohne auch nur darüber nachzudenken, was das bedeutete.

Ich habe die Krankenschwestern gehaßt, die nie auf den Gedanken gekommen sind, den Kopf – und sei es auch nur für eine Sekunde – durch den Türrahmen zu stecken. Ich habe die Ärzte gehaßt, die ihre Rolle als Henker delegieren und weggehen, um in der Ruhe ihres bürgerlichen Zuhauses zu Abend zu essen und eine Zigarre zu rauchen.

Ich habe den Assistenzarzt gehaßt, der mir beim Frühstück zynisch erklärte, daß es sich nur um eine Frühgeburt handle, die zudem noch an einer angeborenen Mißbildung leide, wie so viele andere. Daß man da kein Gefühl investieren dürfe. Daß man ihn aus Prinzip in den Brutapparat gesteckt habe, daß es jedoch keineswegs sicher sei, daß er das notwendige Gewicht erreiche, um wegen seiner Mißbildung operiert zu werden, daß man es sich aber, sollte der Fall eintreten, zweimal überlegen würde, denn sein Gehirn sei wohl ebenfalls erledigt, schloß er und biß in sein Toastbrot. Vor allem aber habe ich die Eltern des kleinen Männleins gehaßt, denn hätte es sich um mein Kind gehandelt, hätte ich meine Tage und Nächte damit zugebracht, in seiner Nähe zu sein.

Ich weiß nicht, was aus ihm geworden ist. Ich weiß nicht, ob er gestorben ist, weil er nicht so behandelt wurde, wie man es mir befohlen hatte. Ich weiß nicht, ob er operiert worden ist. Als ich die Abteilung verließ, hatte ich mir geschworen, jeden Tag wiederzukommen, um nach ihm zu sehen, aber ich hatte nicht die Kraft dazu. Als ich endlich den Mut hatte, wiederzukommen, war das Zimmer leer, und ich habe nicht nach ihm zu fragen gewagt.

Während der zehnjährigen Studienzeit habe ich gelernt abzutasten, Geräte zu bedienen, einen Schnitt zu machen, zu nähen,
zu verbinden, zu vergipsen, mit einer Pinzette Fremdkörper
zu entfernen, den Finger oder Schläuche in alle möglichen Kör-
peröffnungen zu stecken, zu stechen, Infusionen zu geben, ab-
zuklopfen, zu schütteln, eine »gute Diagnose« zu stellen, den
Krankenschwestern Anweisungen zu geben, eine Beobachtung
nach den Regeln der Kunst zu formulieren und Rezepte zu verschreiben, doch in all diesen Jahren hat man mich nicht gelehrt,
Schmerzen zu lindern oder dafür zu sorgen, daß sie erst gar nicht
entstehen. Man hat mir nicht gesagt, daß ich mich ans Krankenbett eines Sterbenden setzen und ihm die Hand halten, mit ihm
reden könnte.

Morphium gibt es seit 1805, aber hier, in diesem tausendjähri-
gen Land, diesem Land der Aufklärung, diesem Land der Kultur
hat man bis zum Ende des zwanzigsten Jahrhunderts warten
müssen, damit die Ärzte, diese Muster an Tugend und Menschlichkeit, um die der gesamte Planet uns beneidet, endlich begreifen, daß beim Kind das Schweigen ein Zeichen schlimmster
Leiden ist, und sich dazu aufraffen, den Kranken Morphium zu
geben, um ihnen Erleichterung zu verschaffen.
    Ich kann hundertmal nur ein kleiner Kapo sein, ich bin nichts-
destoweniger einer von diesen Henkern. Ich bin von Henkern
ausgebildet worden, und ich übe den gleichen Beruf aus wie sie.
Ich werde keine Kinder haben, ich will sie nicht sterben sehen, ich
will sie nicht leiden sehen, ich will sie nicht leiden lassen.
    Ich liebe Sie, Pauline, aber ich werde nicht der Henker Ihrer
Kinder sein. Unserer Kinder.

103
Pauline Kasser

Zitternd habe ich die Blätter wieder hingelegt. Sie saßen zusammengekrümmt in dem großen, durchgedrückten Sessel. Wortlos habe ich Sie bei der Hand genommen, habe Sie mit ins Schlafzimmer gezogen, ich habe mich neben Sie gelegt, ich habe einen Finger auf Ihren Mund gelegt und habe gesagt:

Es ist noch nicht so lange her, da riefen die Frauen: »Ein Kind, wenn ich will, wann ich will.« Nun, die Freiheit läßt sich nicht teilen. Wenn ein Mann kein Kind will, hat niemand das Recht, ihn dazu zu zwingen. Nicht einmal »seine« Frau. Und vor allem nicht »im Namen ihrer Liebe«. Die Liebe ist keine Machtbeziehung. Ich weiß, viele Frauen denken das Gegenteil. Sie wollen um jeden Preis Mutter werden, weil ihnen das eine furchtbare Macht verleiht. Und sie verachten die Männer, weil es ihnen sehr leicht fällt, Kinder zu machen und sie dabei ins Abseits zu stellen, während das Umgekehrte nie wahr sein wird. Aber diese Frauen können weder lieben noch geliebt werden, weil für sie die Mutterschaft wichtiger ist als ihr Gefährte. Wenn man Kinder großzieht, soll man ihnen ein positives Bild des andern Geschlechts vermitteln. Und dazu werde ich immer mehr einem Mann vertrauen, der die Frauen respektiert, als irgendeiner Frau, die die Männer haßt.

… Sie leiden darunter zu leben, mon amour, aber Sie leben. Wenn Sie hätten sterben wollen, wären Sie schon längst gegen den Pfeiler gefahren, an der Brücke dort … Und Sie verbringen Ihre Zeit nicht damit, zu leiden. Ich kenne Ihren Körper, ich weiß, was ihm Lust verschafft, ich weiß, was ihn zum Vibrieren bringt. Sie vergehen vor Lust, Kinder zu haben, Sie vergehen vor Lust, Vater zu werden. Es gibt zu viele Kinder in dem, was Sie schreiben, und in dem, was Sie sagen, als daß es anders sein könnte. Aber Sie haben so viel gegen alle wirklichen oder phantasierten »schlechten Eltern«, daß Sie fürchten, nur ein weiteres schlechtes Elternteil zu sein …

... Ja, ich habe Lust, voll von Ihnen zu sein, zu sehen, wie Sie ein kleines Büblein oder ein kleines Mädchen in den Armen halten. Wie Sie habe ich Angst davor, sie leiden zu sehen, und ich habe Angst zu sterben, bevor sie selbständig sind, weil ich weiß, daß das Leben ein Risiko ist. Doch seit ich Ihnen begegnet bin, weiß ich, wo mein Platz ist, wo meine Sehnsucht ist. Ich will von keinem anderen Kinder als von Ihnen, aber ich werde auch keine Kinder gegen Sie haben.

... Nach meiner Abtreibung, als Sie ins Zimmer gekommen sind, haben Sie von Empfängnisverhütung gesprochen ... die Frau, die im Bett nebenan lag, hat Sie gefragt, ob eine Spirale hundertprozentig sicher sei ... Sie haben ihr mit verschmitztem Ausdruck geantwortet, daß die einzige völlig wirksame Methode die Enthaltsamkeit sei. Da Sie so wenig wie ich – unterbrechen Sie mich, wenn ich mich irre – die Absicht haben, diese Methode zu praktizieren, werden wir gemeinsam die Risiken auf uns nehmen. Wenn meine Spirale versagt, werde ich abtreiben. Es handelt sich nicht um ein Opfer, es handelt sich um eine Wahl.

Sie haben ausgerufen:
»Das ganz bestimmt nicht! Ich will nicht, daß Sie abtreiben lassen!«
»Warum nicht?«
»Ich liebe Sie, ich werde nicht zulassen, daß Sie ein Kind abtreiben, das wir gemeinsam haben werden! Das wäre abscheulich!«
»Also ... wenn die Spirale versagt, behalten wir es?«
»Äh ... ja!«
»Aber jetzt verstehe ich überhaupt nichts mehr! Dieses Kind, diese ›zufälligen‹ Kinder – es können ja durchaus mehrere sein! –, die akzeptieren Sie und lassen sie das Risiko des Lebens eingehen, aber Sie verbieten sich, *Wunschkinder* zu haben?«

104
Der Feuerwehrhauptmann

Das Telefon hat einmal geklingelt, zweimal, und eine schlaftrunkene Stimme hat mir geantwortet.

»Ja? Was ist ...«

Ich höre Lärm, einen Fluch, Lachen und von neuem deine Stimme ...

»Ja ... Verzeihung, ich habe das Telefon fallen lassen.«

»Ja, guten Abend, Doktor, hier ist Feuerwehrhauptmann Gentile. Entschuldigen Sie bitte, daß ich Sie um diese Zeit zu Hause störe, ich weiß, daß Sie keinen Bereitschaftsdienst haben, aber ... Es hat einen Unfall gegeben ... Wieder bei der Brücke ... Ein Auto ist gegen den Pfeiler gefahren ...«

»Scheiße! ... Wieder junge Leute?«

»Nein ... Es gibt nur ein Opfer ... Ein Mann ... Es ist ... Ich weiß nicht, wie ich es Ihnen sagen soll ... Er ist ganz, ganz übel dran ... Die Leute vom SAMU haben sich herbemüht, es ist ihnen gelungen, ihn einigermaßen zu stabilisieren, aber bevor sie ihn ins Krankenhaus bringen, hätten wir gern gehabt, daß Sie herkommen, wenn es Ihnen nicht lästig ist ... Es ist jemand, den Sie kennen ...«

»Wer?«

Als ich es dir gesagt habe, entstand eine große Stille, und schließlich hast du gesagt:

»Ich komme.«

Ich habe das tragbare Telefon wieder hingestellt und meinem Kollegen ein Zeichen gemacht. Der hat einen Seufzer ausgestoßen und den Kopf geschüttelt. Ich bin zur Unfallstelle zurückgegangen. Das Auto hatte sich völlig um den Pfeiler herumgewickelt, und der Pfeiler war abgeknickt. Ich habe mich zum dreißigsten Mal gefragt, mit was für einer Geschwindigkeit er gefahren ist, mindestens mit hundertzwanzig, anders war es gar nicht möglich. Offenbar war er auf dem Heimweg. Wie hat er es angestellt, diese Kurve zu verpassen? Er hat sie bestimmt schon zehntausendmal genommen, er kannte diese Straße wie seine Westentasche, ist er eingeschlafen? Um diese Zeit ist das zwar möglich, aber es ist derart blöd!

Ich habe gespürt, wie mir kalter Schweiß den Rücken hinunterlief. Die Kerle vom SAMU sahen blasiert aus, das erschütterte sie weiter nicht, aber alle meine Kollegen waren im gleichen Zustand wie ich, und deshalb habe ich dich angerufen. Wir waren alle seine Patienten. Keiner von uns hatte den Mut, um drei Uhr morgens der Familie mitzuteilen, daß Doktor Boulle gerade einen Autounfall hatte.

Eigenartige Colloquien, 6

Die Korrekturfahnen

Auf der ersten Seite steht ein Titel:

PRAXIS-PORTRÄT
von X X X X X,

dazu bibliographische Hinweise: »X X X X X ist 1954 geboren. Er lebt und arbeitet in der Provinz. *Praxis-Porträt* ist der erste literarische Text, den er veröffentlicht«, und eine handschriftliche Anmerkung:

»Lieber Bruno,
 hier sind endlich die Fahnen Ihrer Erzählung. Dank für das Gegenlesen und die genauen Angaben, unter welchem Namen Sie sie zu veröffentlichen wünschen. Claude und ich sind sehr glücklich, diesen Text in unsere Zeitschrift aufzunehmen. In der Hoffnung, noch andere Texte von Ihnen zu lesen!
 Mit freundlichen Grüßen
                                                Danièle.«

Der Text beginnt mit der folgenden Seite.

Dort, wo es nach Scheiße riecht,
riecht es nach Mensch.

Antonin Artaud

... Es ist schwierig, darüber zu reden.

Es gehört nicht zu den Dingen, über die man unter Freunden, im Café oder zu Hause spricht, verstehen Sie. Es gehört nicht einmal zu den Dingen, über die man mit seiner Frau sprechen kann. Obwohl, gut, ich bin nicht verheiratet, ich kann also nicht wirklich etwas darüber sagen ... Aber ich kann mir nicht vorstellen, daß ich mit meiner Frau darüber sprechen würde. Oder meine Frau mit mir ... Was meinen Sie?

... Und doch ist es wirklich etwas ganz Alltägliches, sehen Sie, es ist nicht so, als ob man das nur ein- oder zweimal im Jahr tun würde, nein, es ist wirklich immer. Das heißt, ich weiß, daß es Leute gibt, die machen das nur einmal in der Woche, manchmal noch weniger, und die sehr unglücklich darüber sind, vor allem die Frauen, denn offenbar sind es vor allem sie, die auf diesem Gebiet Probleme haben, kurzum! Es gehört zum Leben. Und das gilt für alle. Wie essen, trinken oder schlafen. Oder sterben. Es ist eines der ganz wenigen Dinge, die alle wirklich gemein haben, man kommt eben nicht drum herum, früher oder später muß man hin. Alles übrige hingegen ... die Frau und die Kinder, das Haus und das Auto ... Man kann auch ohne leben, aber ohne *das*, auch wenn man nie darüber spricht, das kann man nicht. Ich glaube, das härteste für mich ist im Grunde, daß ich mit niemandem darüber reden kann ...

... Offen gestanden, ich weiß es selber nicht, sehen Sie, es ist eher so, daß ich mich frage ... Ich frage mich, ob alles ganz normal ist. Ich leide zwar an nichts, aber das beschäftigt mich, verstehen Sie? Ich frage mich, ob ...

... Wissen Sie, ich habe viel über dieses Thema gelesen ... wie sich die Krankheiten verbreiteten, als man das noch machte, wo man gerade ging und stand, und ich weiß, daß es in gewissen Teilen der Welt zu den allerersten gesundheitspolitischen Maßnahmen gehört, die vor allen andern getroffen werden, daß man den Leuten klarmacht, es nur an ganz bestimmten, abgelegenen Orten zu tun, fern von Wasserstellen, um Ansteckungen zu vermeiden ... Ich erinnere mich, daß ich mir, als ich das las, gesagt habe: Das ist doch seltsam, denn schließlich ist es eine nützliche Funktion, sie ist unerläßlich für das Individuum, aber gleichzeitig gefährlich für die Gruppe, ich habe das als einen Widerspruch empfunden, die Vorstellung, daß die fraglichen Mikroben uns einerseits dazu dienen, Ihnen und mir, das geschmorte Rindfleisch oder den Beaujolais in ... in Brennstoff zu verwandeln, so wie sie dreihundert Kilometer unter der Erde das Farn in Erdöl verwandeln ... und daß es zugleich tödlich ist, wenn man es tut, wo man gerade geht und steht ... Lustig, oder? Und trotz allem hat man doch eine intelligente Verwendung dafür gefunden, denn der Impfstoff gegen die Kinderlähmung, der, den man auf einem Stück Zucker einnahm, wissen Sie, ich habe gelesen – unterbrechen Sie mich, wenn ich mich irre –, daß man ihn nicht deshalb durch den Mund zu sich nahm, um die Spritzen zu vermeiden, sondern weil es nicht der gleiche Impfstoff ist wie der, den man injiziert, ja? Der injizierbare Impfstoff ist ein abgetöteter Virus, der trinkbare Impfstoff ist ein lebendiger, aber abgeschwächter Virus, von dem man keine Kinderlähmung bekommt, der nur dagegen immunisiert, und wenn man ihn einem Kind gibt, kolonisiert er die Eingeweide, und zwangsläufig gibt das Kind ihn seinem Nachbarn weiter, weil Kinder, selbst wenn sie sauber sind, na ja, ich meine, selbst wenn ein Kind das ganz allein macht, ist es eben doch nicht ganz sauber, man spielt, man läuft, man schlägt nach dem Ball, man denkt nicht daran, man geht nur schnell hin, wenn man spürt, daß man hin muß, man putzt sich mit Papier ab, man glaubt, daß die Hände sauber bleiben, aber Sie wissen ja, ich habe gelesen – es ist schon lange her –, daß das völlig illusorisch ist: In Wirklichkeit ist das Papier durchlässig, das geht durch, selbst wenn man es gar nicht merkt, selbst wenn man Butterbrote darin einwickelt, ich habe das gemacht, als ich zehn, zwölf Jahre alt war, ich muß das damals schon irgendwo gelesen haben, und das ging mir derart nach, daß ich immer zwölf Lagen nahm, ich verbrauchte ein Paket in zwei Tagen, meine Mutter schimpfte mich aus, weil sie ständig nachfüllen mußte, und sie fragte sich, warum, und mein Vater schimpfte mich regelmäßig aus, weil die Installation im Haus schon alt und deshalb im Nu verstopft war. Meine Mutter nahm immer gewöhnliches Papier, wissen Sie, das, das man in den Zügen findet, in zweimal gefalteten Quadraten, irgendwie steif, irgendwie geölt, ich habe lange Zeit geglaubt, es sei von schlechter Qualität, verglichen mit dem gefütterten Papier, während es in Wirklichkeit das undurchlässigste Papier ist, jedenfalls eins ist sicher, daß ich acht oder zehn Blätter übereinanderstapelte, und sobald ich damit einmal daran vorbeigefahren war, warf ich sie weg und nahm wieder zehn andere und so fort, und am Ende war es ein ganzes Paket, vor allem, wenn es nicht schon beim ersten Wisch sauber war. Ach ja, das ist übrigens ein Problem, das ich nie gelöst habe: Wie soll man wissen, ob es beim ersten Wisch sauber ist? Es ist selten, daß man beim ersten Durchgang nichts mit zurückbringt. Wenn nicht, ist es eher eine freudige Überraschung, aber das ist selten, in der Regel bringt man immer etwas mit zurück, also muß man von vorn anfangen, um wegzumachen, was geblieben ist, und wenn auch nur ein wenig davon geblieben ist, ich meine, wenn man auf dem Papier sieht, daß noch was dran ist, eine Spur, ist man versucht, wieder von vorn anzufangen, bis es *völlig* sauber ist . . .

Das kann also eine gewisse Zeit dauern, und daß da die Rohre schnell verstopft sind, kann man verstehen . . . Einmal habe ich einen Alptraum gehabt . . . Alles ist übergelaufen, ich mußte mit den Händen hineingreifen, um alles wieder herauszuholen und in Eimer zu füllen, und als die Eimer voll waren, wußte ich natürlich nicht, was ich damit machen sollte, und ich hatte das Gefühl, daß ich aus der Kloschüssel alles das herausholte, was ich jahrelang hineingemacht hatte, seit wir dort wohnten, das war natürlich lächerlich, denn da waren ja schließlich auch noch mein Vater und meine Mutter, aber wenn ich's recht überlege, ich habe mir immer vorgestellt, daß mein Vater und meine Mutter nie draufgingen, oder wenn sie draufgingen, dann war es höchstens, bei meinem Vater, um zu pinkeln, übrigens hörte man ihn dabei, die Wände waren aus Pappmaché, was meine Mutter angeht, so ist es ganz einfach, ich glaube, daß ich sie nie dort hineingehen sah, außer um auf die Brille zu steigen und die Papierpakete, die sie vom Supermarkt mitbrachte, auf den Regalen zu stapeln . . .

Jetzt, wenn ich mir's recht überlege, sage ich mir, daß das lächerlich ist, sie muß zwangsläufig hingegangen sein, aber es muß früh am Morgen gewesen sein, wenn ich noch schlief, oder im Laufe des Tages, wenn ich in der Schule war ... Sehen Sie, wenn man klein ist, kann man sich nicht vorstellen, daß die Eltern ficken, ich aber habe es immer gewußt, das machte einen solchen Krach, die Sprungfedermatratze und das Grunzen meines Vaters – gut, davon ist mir eher die Lust vergangen, es genauso zu machen wie er, aber das ist eine andere Geschichte ... Hingegen habe ich nie in Erwägung gezogen, meine Mutter könne da hineingehen, die Tür abschließen und ... Noch heute habe ich Mühe, es auszusprechen, weil ich sie mir einfach nicht vorstellen kann, wie sie ihren Rock hebt, während ich meinen Vater genau vor mir sehe, wie er seinen Hosenlatz aufknöpft und pinkelt, er machte das überall, wenn wir mit dem Auto in die Ferien fuhren, legten wir lange Strecken zurück, und manchmal hielt er am Straßenrand, stieg aus, stellte sich an die Böschung, und ich habe erst begriffen, was er tat, als ich groß genug war und er mich aufforderte, mit ihm auszusteigen. Ich wollte natürlich nicht ... ich sagte mir, daß es mir nie gelingen würde, so weit zu pinkeln wie er, also habe ich es immer so eingerichtet, daß ich vor der Abfahrt ging oder gleich bei der Ankunft, aber nie während der Fahrt, und außerdem, draußen muß man sich beeilen, ich ließ mir schon mit zehn, zwölf Jahren Zeit, ich verbrachte Stunden dort ...

... Als ich Kind war, ist es der einzige Ort gewesen, an dem ich in Ruhe lesen konnte ... Ich las viel, alles mögliche, vor allem Romane, ich habe schnell begriffen, daß es wirklich ein geschlossener, besonders günstiger Ort ist, wie ein Haus, in das man eintritt und in dem man, von einem Zimmer zum andern, in verschiedene Atmosphären eintaucht, man trifft verschiedene Leute, Totschläger und Schlampen, hübsche, unschuldige Mädchen und geplagte Ärzte – ja, ich weiß, das ist lächerlich! –, verrückte Gelehrte und Opfer ... Man sprach darin über alles, vom Sex bis zur Folter, selbstverständlich in verschleierter Form, jedenfalls in den Büchern, zu denen ich Zugang hatte, doch nie von diesem Ort, diesem Örtchen, obgleich es doch eines der seltenen Dinge ist, die jeder machen *muß*, und jeder weiß das, es ist wie in den

Filmen: Man wirft einen Kerl ins Gefängnis, oder er fällt in eine Raubtierfalle, und er bleibt tagelang da drin; wenn er wieder herauskommt, ist er ausgehungert, bärtig, behaart, abgemagert, doch nie wird auch nur angedeutet, daß er sich erleichtern mußte, zumindest in den ersten Tagen, selbst wenn er anschließend nichts mehr zu essen oder zu trinken hatte … Wenn ich das in einem Film sah, dachte ich sofort an den Geruch, ich roch den Gestank des Lochs, aus dem man ihn hervorholte, ich erriet, was unter dem Haufen Stroh ganz hinten in der Zelle war, unter den Zweigen und den Blättern in der Tiefe des bodenlosen Brunnens … Wissen Sie … ich dachte sofort daran. Und in den Romanen versuchte ich mir immer den Augenblick vorzustellen, in dem die einen oder die andern sich verdrückten, um auf die Toilette zu gehen.

… Sehr früh schon hatte ich begriffen, wie ich es anstellen muß, damit mich meine Mutter um nichts bittet, und nach einer Weile tat ich es, ohne es zu merken, wie wenn ich mit der einen Hand meine Schallplatten auf den alten Plattenspieler legte, ohne von der Buchseite aufzusehen – nehmen wir an, daß ich dabei war, einen Tarzan oder einen Harry Dickson zu lesen, und ich hörte, so beiläufig, aus der Ferne, wie meine Mutter Selbstgespräche zu führen anfing, harmloses Zeug von der Art: »Ah, Schit! Es ist kein Brot mehr da!« oder: »Sie sind beschissen, diese Tomaten«, und da wußte ich sofort, daß sie mich holen würde, um mich nach unten zu schicken. Sie nutzte die Gelegenheit, um ihre Einkaufsliste aufzustellen, alles zu notieren, was ihr fehlte, und genau das ging mir auf den Geist: Hätte ich nur eine Baguette oder ein Kilo Tomaten zu holen gehabt, hätte mich das fünf Minuten gekostet, doch sie kam in mein Zimmer gerannt und schrie: »Geh mir eine halbe Baguette holen«, und, meinetwegen »einen Becher Sahne und zwei Paprikaschoten und drei Zitronen und vier kleine Doppelrahmfrischkäse und fünf Eier und sechs Bananen«. Weil sie das sehr schnell sagte, fünfaierunsexbanan'n, und weil ich natürlich nicht aufhörte zu lesen, hörte ich nur so etwas wie einen undeutlichen Refrain, und es gelang mir nicht immer, mich genau an alles zu erinnern. Ich traute mich nie, sie zu bitten, es noch einmal zu sagen, weil sie mir sonst eine geschmiert hätte: »Ich bin es leid, du hörst mir doch nie zu!«, und sie schlug so kräftig zu, daß ich den Abdruck ihrer Hand den ganzen Tag auf der Wange hatte, und wenn mein Vater das abends beim Heimkommen sah, begann er zu schimpfen und sie zu weinen, noch bevor er die Hand gegen sie gehoben hatte, und natürlich wollte ich das nicht hören. Also ging ich todunglücklich nach unten, und statt den Aufzug zu nehmen, stürzte ich die Treppe hinunter – wir wohnten im achten Stock – und versuchte mich an das zu erinnern, was sie mir gesagt hatte, und manchmal gelang es mir und manchmal nicht, und ich kam mit meiner halben Baguette, sechs Paprikaschoten, fünf Zitronen, vier Becher Sahne, drei Bananen und zwei Eiern zurück, und ich hatte bei der Lebensmittelhändlerin angefangen zu weinen, damit sie mir nur einen kleinen Doppelrahmfrischkäse gibt, doch, doch, genau das hat meine Mutter zu mir gesagt, ich war mir dessen sicher, ich konnte mich gar nicht irren, und ich stieg die Treppe wieder hinauf und sagte mir, daß ich mich bestimmt geirrt hatte, und zitternd kam ich herein und legte alles auf den Tisch, und ich ging wieder aus der Küche, und ich hörte meine Mutter brüllen: »Was hast du mir angetan? Was hast du mir angetan?«, und da fing ich mir nicht nur eine Tracht Prügel ein, gut, daran war ich gewöhnt, sondern, und das war am schlimmsten, sie stürzte in mein Zimmer und nahm mir mein Buch weg, zerriß es in tausend Stücke, wenn ich es auf dem Markt gekauft hatte, konfiszierte es, wenn es aus der Bibliothek kam, und sie gab es am darauffolgenden Samstag zurück und beschimpfte die Bibliothekarinnen: »Ich bin eure verdammten Schmöker leid, wenn er liest, ist er nicht mehr da, Sie dürfen ihm keine Bücher mehr ausleihen, wenn ich zu Hause wieder welche sehe, fliegen sie ins Feuer!« Ich wußte zwar, daß sie das nicht täte, sie hatte zu große Angst, mein Vater würde sie gehörig verdreschen, wenn er sie ersetzen müßte … Deshalb, sobald ich hörte, daß sie den Kühlschrank aufmachte: »Ach, was für ein Scheißhaus, in dieser verdammten Bude ist doch nie etwas!«, stand ich automatisch auf, ohne nachzudenken, ohne das Buch loszulassen, ging hinaus in den Flur und genau in dem Augenblick aufs Klo, in dem sie aus der Küche kam, und es war unmöglich, mich dort herauszuholen, wenn ich nicht wollte.

Ich blieb manchmal drei Viertelstunden, eine ganze Stunde

drin, das machte sie verrückt, aber wenn sie an die Tür klopfte, sagte ich: »Ich glaube, ich bin krank«, und da fuhr ihr der Schreck in die Glieder. Dazu muß ich sagen, daß ich, als ich noch ganz klein war – ich kann mich natürlich nicht daran erinnern, aber ich habe es hundertmal erzählt bekommen –, etwas Ernstes hatte, eine akute Darmeinstülpung. Ja, ich stelle mir vor, daß Sie wissen, was das ist, aber ich mußte eines Tages erst in einem Arztbuch nachsehen. Was mich am meisten beeindruckt hat, ist die Tatsache, daß es sich um etwas ganz Dummes handelt: der Darm zieht sich wie eine Socke in sich selbst hinein, verklemmt sich, beginnt aufzuquellen, das tut sauweh, und wenn man nichts tut, kann das Kind einen Darmverschluß bekommen und krepieren. Und die Untersuchung, die man dann vornimmt, die Bariumspülung, heißt es so?, erlaubt es auch, das Kind zu behandeln: Man spritzt ihm ein Produkt in den Anus, der Radiologe sieht zu, wie die undurchsichtige Flüssigkeit den Darm füllt, der sockenartige Teil geht unter dem Druck der Flüssigkeit auseinander, und das Kind hat keine Schmerzen mehr. Das kommt nur bei Kindern unter vier, fünf Jahren vor, liege ich richtig?, und meistens kommt es nicht wieder. Aber gut, das wußte meine Mutter nicht. Ich nehme an, daß der Arzt es ihr damals gesagt hat, aber sie hat nie richtig zugehört, was die Ärzte ihr sagten, meine Gesundheit war ihr ein wenig Wurscht, ich war immer zu spät dran mit meinen Impfungen, aber dieses Dingsda, von dem hat sie jahrelang geglaubt, es könne wieder anfangen. Das erste Mal war ich natürlich zwei oder drei Jahre alt, und ich habe geweint und mich auf dem Boden gewälzt, ich war eine Viertelstunde lang ganz weiß geworden, das hat ihr eine Heidenangst gemacht, und dann ist es wieder vorbeigegangen, und eine halbe Stunde später ist es wiedergekommen, und dann ist es wieder vorbeigegangen, und zwanzig Minuten später hat es wieder angefangen, und nach dem vierten oder fünften Mal hat sie mir schließlich eine geschmiert, weil sie meinte, ich spiele nur Theater, aber als ich mich dann erbrach und unten blutete, ist sie schnell ins Krankenhaus gelaufen, und der Arzt hat sofort die Diagnose gestellt und hinzugefügt, ein Glück, daß sie gekommen ist, weil ich andernfalls draufgegangen wäre, und sie: »Ich habe geglaubt, er spielt nur Theater! Er hat sich fünf Minuten lang gewunden, und dann spielte er weiter«, und er: »Genau das war das Typische ...« Darauf hatte sie eine solche Angst bei dem Gedanken, ich hätte durch ihre Schuld sterben können, daß sie, als sie das erste Mal an die Tür geklopft hat, um mich herauszuholen, und ich darauf antwortete, daß es mir nicht gutginge, daß ich Schmerzen habe, ihre Einkäufe ganz allein machte, vielleicht erschreckt von dem Gedanken, ich würde mich im Lebensmittelladen vor allen Leuten vor Schmerz am Boden wälzen ... Auf diese Weise habe ich schließlich meinen Frieden gehabt.

... Das Merkwürdigste ist, wenn ich es recht bedenke, daß ich, abgesehen davon, nie irgendein Problem hatte, ich muß zwar von Zeit zu Zeit eine Darmgrippe gehabt haben, aber das dürfte bestenfalls dreimal vorgekommen sein, was Verstopfung angeht, so weiß ich nicht, was das ist, und wahrscheinlich habe ich deshalb angefangen, mir Fragen zu stellen, mich für diese Sache auf einer, sagen wir, Sie werden lachen, intellektuelleren Ebene zu interessieren, aber warum eigentlich nicht? Ich hätte kein Arzt sein wollen, es gibt Dinge, die mir Übelkeit verursachen, aber das, nein. Als ich angefangen habe zu arbeiten, war das, was meine Kolleginnen, die Krankenpflegehelferinnen, am meisten anekelte, ich sah es genau, morgens, wenn sie kamen, die Bettlägerigen, die in ihre Betten gemacht hatten, und als sie mich sagen hörten: »Soll ich Ihnen helfen?«, haben sie mich die Arbeit tun lassen, für sie war das ein Glücksfall, ein Kollege, der stark genug war, um Lahme von achtzig oder hundert Kilo zu bewegen, und der auch keine Angst hat, mit der Hand in ihre Scheiße zu greifen ... Und dann, nach und nach, habe ich angefangen, alles allein zu machen, den Kranken mit einer Hand festzuhalten, ihn mit der andern sauberzumachen, ihn abzuspülen, ihn trockenzureiben, sein Laken zu wechseln, das Ganze im Handumdrehen ... Wenn ich Kinder hätte, ich bin sicher, daß ... ich bin sicher, daß ihre Mutter froh wäre, daß ich mich um sie kümmere ...

... Ich habe nie wirklich eine Freundin gehabt, ich meine, eine Frau als Freundin ... Übrigens, Freunde ganz allgemein habe ich auch nie wirklich gehabt ... Ich weiß nicht, mit wem ich über ... über mein ... über meine Nöte hätte reden können ... Außerdem weiß ich auch nicht, wie man mit einem Kerl leben könnte, der sich immer nur zurückzieht . . .

. . . Das dauert schon lange . . . Als ich angefangen habe, darüber nachzudenken, muß ich sechzehn, siebzehn Jahre alt gewesen sein. Es war schon eine ganze Weile her, daß ich meine Zeit auf den Klos verbrachte. Ich ging morgens gleich nach dem Aufstehen hin, ich nahm ein Buch mit, ein Lehrbuch, manchmal sogar Hausarbeiten, die ich zu machen hatte. Zu jener Zeit war mein Vater an seiner Leberzirrhose gestorben, meine Mutter ging nie hin, ich hatte also meine Ruhe. Ich hatte ein verstellbares Regal angebracht, mit einem Anschlag auf der gegenüberliegenden Wand. Sobald ich dann saß, klappte ich es vor mir herunter, ich konnte jetzt lesen und schreiben. Meine Mutter sagte nichts mehr zu mir, sie hätte es nicht mehr gewagt: Als mein Vater krank geworden ist, war ich fünfzehn Jahre alt, ich war schon zwei Kopf größer als sie . . . Im letzten Jahr habe ich meinen Vater vom Bett in den Sessel getragen und vom Sessel ins Bett, und das praktisch jeden Tag; er wog noch fünfunddreißig Kilo, als er gestorben ist. Der Arzt hatte mich gebeten, Aussehen und Beschaffenheit seines Stuhlgangs zu notieren, seinen Urin aufzufangen, denn er hatte Wasser im Bauch, und er gab ihm Medikamente zum Pinkeln, von denen er aber auch Durchfall bekam . . . Er hatte eine Bettflasche und eine Schüssel neben dem Bett stehen, und ich kümmerte mich um das andere. Meine Mutter wollte ihm nicht zu nahe kommen. Mich störte das nicht, aber ihm war es peinlich. Ich habe ihm klargemacht, daß es besser und gesünder sei, weil sie das Essen machte, daß ich mich um ihn kümmere.

. . . Gut, als meine Mutter an ihrem Gebärmutterkrebs gestorben ist, habe ich die Wohnung behalten, seit ich arbeitete, bezahlte ich sowieso die Miete, folglich sind alle meine kleinen Einbauten geblieben, zwischen der Toilette und der Küche war eine Abstellkammer, ich habe zur Vergrößerung die Zwischenwand rausgerissen und dort alle meine Bücher und alle Artikel, die ich ausschneide, untergebracht, damit ich alles in Reichweite habe, und wenn ich nicht an meiner Arbeitsstelle bin, verbringe ich dort den größten Teil meiner freien Zeit. Seit langem schon habe ich ein Rundfunkgerät, ich habe mir auch einen kleinen Fernseher zugelegt, aber ich konnte ihn nie einschalten, ich fühlte mich beobachtet ... Ich habe alles da drin gemacht, sogar meine Steuererklärung ... Es kommt oft vor, daß ich beim Lesen einschlafe ... und daß ich wach werde, wenn ich das Geräusch des Wassers in der Leitung der Leute von oben drüber höre, sie sind wie alle Welt, sie haben ihre Manien, ich weiß immer so ungefähr, wie spät es ist, wenn ich das alles hinter mir abfließen höre, auf der andern Seite der Wand ...

... Wenn man es recht bedenkt, sind die Gedärme nicht nur eine passive Rohrleitung, sie sind nicht einfach die Entsprechung der Rohre, die in den Abwasserkanälen verschwinden ... Es ist viel komplizierter, sehr viel spitzfindiger, das zersetzt die Nahrungsmittel in Nährelemente, das läßt ausreichend Wasser zulaufen, damit der Stuhlgang über zwei Drittel der Strecke hinweg flüssig ist, und gewinnt am Ende Wasser zurück, um es im allgemeinen Kreislauf wiederzuverwerten ... Und das Rektum, wenn Sie es recht bedenken, was für ein Wunder an Sensibilität! Wissen Sie – es ist das erste Mal, daß ich mit jemandem darüber sprechen kann, also nutze ich die Gelegenheit –, wenn Sie die Leute bei Tisch ganz aufmerksam beobachten, dann sehen Sie ab und zu im Verlauf der Mahlzeit, oder kurz danach, beim Kaffee, wie sie sich von links nach rechts neigen oder von rechts nach links, eine Hinterbacke heben, um einen Wind zu lassen, und dabei so tun, als redeten sie mit ihrem Nachbarn, und gleich darauf entspannt sich ihr verkrampftes Gesicht ... Nun, haben Sie nie daran gedacht, daß das Rektum furchtbar sensibel sein muß, damit man ohne den Schatten eines Zweifels weiß, daß man einen Furz lassen wird und nichts anderes? Darauf, sehen Sie, habe ich angefangen zu lesen, nachzudenken, das Thema zu ergründen, und Gott weiß, daß es viel darüber zu lesen gibt, und ich habe mir allmählich immer komplexere Fragen darüber gestellt ... Wieviel scheidet man in einem Leben an Äquivalenzen zum eigenen Körpergewicht oder an Rauminhalt aus, verstehen Sie, und wenn man nun bedenkt, daß wir gegenwärtig fünf Milliarden sind und daß jedes Individuum zwischen fünfhundert Milliliter und zwei Liter Urin pro Tag und zwischen drei und fünfundzwanzig Stuhlgängen pro Woche produziert – das hängt natürlich vom Alter ab, aber auch vom Gesundheitszustand und den Nahrungsgewohnheiten der Bevölkerung –, habe ich mich gefragt, ob die Anzahl der Liter an Urin und der Kilos an Scheiße, die in jedem Land produziert werden, nicht ein Indikator für den Lebensstandard wären und daß, wenn man das berechnen könnte . . .

. . . Aber ich ereifere mich, ich rede und rede . . . Sie, und das ist gut, Sie hören mir zu, Sie verstehen, das ist nicht die Art von Dingen, über die man bei der Arbeit spricht, und doch ist man bei der Arbeit ständig drin . . . Und, sehen Sie, ich kann mich mit niemandem anfreunden, ich wäre gezwungen, die Freunde hin und wieder zu mir einzuladen, und sei es auch nur zu einem Umtrunk. Aber stellen Sie sich vor, sie müßten auf die Toilette, ich könnte ihnen das nicht abschlagen, könnte nicht nein sagen. Das würde natürlich für allgemeine Heiterkeit sorgen, ein Kerl, der seine ganze Zeit dort verbringt, mit seinen Büchern, seinen Heften, seinem Rundfunkgerät . . . Ich höre schon die faulen Witze von der Art: »Na ja, das sieht zwar beschissen aus, aber bescheißen läßt du dich so leicht nicht!«, und das, sehen Sie, das würde ich nicht ertragen.

Prognose
(Donnerstag, 26. Juni)

Und wenn alles vorbei ist, werde ich leben

Raphael Marcœur

105
Madame Leblanc

Ich gehe ins Wartezimmer. Es ist leer, doch die Verbindungstür ist geschlossen, und ich höre durch die Wand ein Murmeln. Er hat offenbar einen Patienten bei sich.

Ich ziehe meinen Regenmantel aus. Ich hänge ihn in den Metallschrank und schlüpfe in meinen Kittel. Die Telleruhr zeigt zehn Uhr fünfundvierzig, ich ordne die Zeitungen auf dem niedrigen Tisch.

Es waren viele Leute da, ich glaube, daß ich im Kanton noch nie eine Beerdigung wie diese gesehen habe. So ein Unglück, wirklich, in diesem Alter und unter solchen Schmerzen zu sterben, fast drei Monate im Koma. Es tut mir aufrichtig leid. Ich kannte Doktor Boulle zwar nicht, ich bin nie seine Patientin gewesen, aber manche unserer Freunde und mehrere Kollegen meines Mannes, die in Deuxmonts oder in Marquay wohnen, waren seine Patienten; das hat sie wirklich erschüttert ... Ich kann mich an ihre Stelle versetzen, wenn du so plötzlich sterben würdest ... Für mich wäre es sogar noch schlimmer ... Nun ja, es könnte nicht schlimmer sein als für Madame Kasser, wenn ich bedenke, daß sie Zwillinge erwartet! Letzten Monat, als du mir gesagt hast, daß du im siebten Himmel bist, da gingst du einen Meter über dem Boden. Ich hingegen war beunruhigt. Ich habe Sendungen über Mehrlingsschwangerschaften gesehen. Alle Eltern erzählen, daß es hart ist, und die Ärzte sagen, daß die Schwangerschaft oft kompliziert verläuft. Darauf habe ich dich gefragt, ob du dich nicht doch ein wenig sorgst. Du hast nachgedacht und hast gesagt: »Doch, aber das Leben ist eben riskant ...«

In der Kinderecke räume ich die Spielsachen wieder an ihren Platz.
Heute seid ihr beide zum Begräbnis gekommen, ihr habt sehr traurig ausgesehen. Was mir aber das Herz gebrochen hat, war

der Anblick von Doktor Boulles Tochter. Auf diese Weise seinen Papa zu verlieren, mit siebzehn Jahren, das muß schrecklich sein … Es waren so viele Leute da … Man hatte das Gefühl, der ganze Kanton sei gekommen. Natürlich waren alle eure Kollegen da und der gesamte Gemeinderat von Deuxmonts, aber auch die Bürgermeister aus den Nachbargemeinden ringsum, Monsieur Burgelin, auch Monsieur Host und Monsieur Noguez, die Bürgermeister von Marquay und Lavallée … Weil die Kirche in Deuxmonts nicht sehr groß ist, mußten viele Leute draußen bleiben … Es wundert mich ein wenig, daß er in Deuxmonts beigesetzt werden wollte. Er stammte aus dem Südwesten, wie es hieß. Ich dachte, er würde dort auch begraben werden. Aber es sieht so aus, als ob er hier bleiben wollte … Klar, die Leute sind ganz gerührt, daß er seine letzte Ruhe in der Gemeinde gefunden hat … Er war immerhin fast fünfzehn Jahre hier … Um seine Tochter herum war eine Gruppe junger Leute, Schulkameraden, nehme ich an, aber auch junge Leute aus dem Ort. Und viele Familien mit ihren Kindern … Seine Patienten haben ihn sogar im Krankenhaus besucht, als er auf der Intensivstation lag: Da er nicht aus dem Koma erwachte, hast du bei den Krankenhausärzten durchgesetzt, daß man ihn in ein Zimmer mit einer Glasscheibe verlegt, auf der Seite der Rotunde. Ich bin nicht hingegangen, ich kannte ihn nicht gut genug, aber letzten Monat habe ich meine Schwester zweimal zur Station der Frühgeburten begleitet: Ihr Enkel ist mit acht Monaten zur Welt gekommen, und er mußte vierzehn Tage im Brutkasten bleiben. Die beiden Abteilungen liegen nebeneinander, sie haben einen gemeinsamen Flur, und das Zimmer von Doktor Boulle lag in der Mitte.

Als wir das letzte Mal gekommen sind, war eine Dame mit einem kleinen Jungen von acht oder neun Jahren da, und sie betrachteten ihn durch die Scheibe. Als ich nach einer halben Stunde gegangen bin, waren sie immer noch da. Ich sprach mit meiner Nichte, ich sah Madame Boulle und ihre Tochter am andern Ende des Flurs hereinkommen und auf das Zimmer zugehen. Als die Dame sie bemerkte, hat sie ihren kleinen Jungen bei der Hand genommen, sie ist beim Hinausgehen an uns vorbeigekommen. Sie weinte sehr …

Ich sammle alle herumliegenden kleinen Bücher ein und stelle sie auf die Regale.

Ich habe sie heute wiedergesehen, sie und ihren kleinen Jungen, sie warteten auf dem Friedhof. Als der Sarg hereingetragen wurde, sind sie etwas abseits stehengeblieben ... Doktor Boulle war sehr beliebt, er hatte viele Patienten. Aber in letzter Zeit sagten mehrere Leute, daß er kurz vor dem Unfall sehr nervös und reizbar war, er machte einen müden Eindruck, wahrscheinlich ist er deshalb am Steuer eingeschlafen ... Wenn er sich wenigstens angeschnallt hätte ... Für die Einwohner von Deuxmonts ist es eine Katastrophe, denn seine Vertretung mögen sie überhaupt nicht. Es hat den Anschein, daß sie alle Leute von oben herab behandelt und daß sie nicht sehr verständnisvoll ist. Vorhin, auf dem Friedhof, hat mir Christiane – die Frau eines Kollegen meines Mannes – erzählt, daß sie wieder die Pille verschreiben haben wollte und daß die Frau Doktor ... ich vergesse immer ihren Namen ... ihr zur Antwort gegeben habe, die Pille verursache Krebs, und außerdem seien zwei Kinder nicht genug, sie könne ruhig noch welche bekommen. Natürlich hat Christiane das überhaupt nicht geschätzt, und ich glaube, daß sie in Zukunft zu dir kommen wird. Übrigens erhalte ich seit dem Unfall von den Einwohnern aus Deuxmonts sehr viel mehr Anfragen wegen Krankenbesuchen oder Terminen ... Sie wissen, daß man dich in der Nacht, in der es passiert ist, gerufen hat ... Darauf kamen, solange Doktor Boulle im Koma lag, Patienten von ihm vorbei, nur um sich nach ihm zu erkundigen ... Manche wollten es einfach nicht akzeptieren ... Sie glaubten wirklich, er käme noch einmal davon, wegen all der Fortschritte, die man in der Medizin gemacht hat ... Letzte Woche habe ich dich gefragt, ob man aus einem so langen Koma erwachen könne, ohne daß es Spuren hinterlasse. Du hast nachgedacht, du hast geseufzt, und du hast gesagt: »Manchmal ... Manchmal ist der Wunsch zu leben so stark, daß einige davonkommen.«

Ich fahre mit dem Staublappen über die Möbel.

Jetzt, wo er tot ist, redet man davon, daß seine Vertretung seine Nachfolge antritt ... Ich würde da zweimal hinschauen. Doktor Boulle hätte seine Patienten bestimmt nicht einem Arzt überlassen wollen, der ihnen nicht gefällt. Sie hatte schon seit einigen Monaten die Vertretung bei ihm übernommen. Solange es nur mal einen Tag hier, eine Woche da gewesen ist, ging es ja noch, aber jetzt … Manchmal weiß man nicht, wie die Leute sind, solange man nicht jeden Tag mit ihnen zu tun hatte. Deshalb, als du mir gesagt hast, daß du donnerstags die Praxis offenhalten, aber eine Vertretung nehmen willst, und eventuell eine Frau, habe ich schon Angst gehabt, es handle sich um sie, aber du hast zu mir gesagt *Ganz bestimmt nicht*, und weil ich weiß, daß sie an einem Tag, an dem du abwesend warst, bei Monsieur Guilloux war, habe ich begriffen, daß sie wohl nicht das getan hatte, was sie hätte tun sollen … Das ist ganz ähnlich, das bricht mir ebenfalls das Herz. Es sind jetzt schon mehrere Monate vergangen, seit Monsieur Guilloux operiert worden ist, seit es ihm nicht gutgeht und er nicht mehr aufstehen kann, aber er ist immer noch am Leben … Was für ein Martyrium für ihn und seine Frau …

Ich fege den Boden im Wartezimmer. Durch die Wand hindurch höre ich das Telefon läuten, dann Doktor Bouadjios Stimme. Es sind jetzt fast drei Monate her, daß er dich jeden Donnerstag und während deiner Ferien vertritt. Als er das erste Mal gekommen ist, um sich die Praxis anzusehen, war ich überrascht, er ist größer als du. Aber er ist sehr, sehr nett. Er hatte seine kleine Tochter mitgebracht, ein Persönchen von drei Jahren, sie lief überall herum, sie lachte immer, er übrigens auch. Er spricht und lacht manchmal so laut, daß man ihn auf der Straße hört. Natürlich fragten mich die Leute zu Anfang, wer das ist. Ein schwarzer Doktor in Play, das kam ihnen komisch vor. Aber ich habe ihnen erklärt, daß er kein Anfänger ist, daß er fast dein Alter hat, daß er seit langem im Krankenhaus praktiziert, in der Kinderabteilung, doch eines Tages hatte er genug davon, zwischen vier Wänden eingeschlossen zu sein, und er hat auf dem Land arbeiten wollen. Also macht er Vertretungen, bis er sich einen Patientenstamm aufgebaut hat. Als es sich herumgesprochen hat, daß er Kinderarzt ist, haben ihm viele Patienten ihre Kinder gebracht, und am Donnerstagabend sind alle Termine vergeben, manchmal schon vierzehn Tage im voraus. Abgesehen davon arbeitet er auch viel am Tag. Man muß sagen, daß er sehr angenehm, sehr lustig ist und daß er den älteren Leuten viel Vertrauen einflößt … Außerdem spüren alle, daß ihr euch gut versteht, du und er, daß ihr über die Patienten sprecht, daß ihr gewissermaßen eine Mannschaft bildet. Gut, er gefällt nicht allen, aber das ist immer so. Madame Renard hat ein wenig Angst vor ihm, wie es scheint; aber Monsieur Renard mag ihn sehr, und wenn er ihn bittet, vorbeizukommen, findet sie immer eine Ausrede, um aus dem Hause zu gehen und ihre Einkäufe zu machen, also können sie in aller Ruhe miteinander reden … Doktor Bouadjio hat mir erzählt, daß sie eines Morgens eine ganze Stunde lang über die Zeit gesprochen haben, als Monsieur Renard noch Handaufleger war, das hat ihn sehr interessiert, denn in seiner Heimat gab es ebenfalls Alte, die diese Gabe besaßen … Ich bin sicher, wenn er sich einmal niedergelassen hat, wird er sehr schnell einen Patientenstamm haben. Aber ich hoffe, daß wir ihn noch einige Zeit bei uns behalten. Wir hätten es nicht besser treffen können.

Ich staubsauge. Die Tür zum Wartezimmer geht auf, der Briefträger erscheint, erblickt mich, hält mir die Post hin, geht wieder hinaus. Ich lege das Paket auf meinen Schreibtisch und staubsauge zu Ende. Ich stelle den Staubsauger in den Wandschrank zurück, ich nehme die Post, ich löse das Gummiband, ich nehme die Zeitschriften heraus, die Werbung, ich lege einen persönlichen Brief für dich beiseite, einen anderen für Doktor Bouadjio, und die aus dem Labor gekommenen Umschläge … Das erinnert mich an das Papier von der Versicherung, das du Doktor Boulle am Tag vor seinem Unfall zurückgeben solltest und das wir seitdem immer noch hier haben. Ich habe dich mehrmals daran erinnert, daß du den Umschlag noch nicht abgegeben hast, und ich habe dir sogar vorgeschlagen, es für dich zu tun, ich hatte ein wenig Angst, daß es vergessen wird oder daß der Umschlag verlegt wird – das passiert bisweilen mit den Briefen der Spezialisten, du legst sie irrtümlich im falschen Ordner ab, und drei Wochen danach, wenn du nicht mehr weißt, wo du sie noch suchen sollst, bin ich gezwungen, in allen Schachteln herumzuwühlen, bis ich sie gefunden habe –, aber du hast mir immer wieder gesagt, daß du den Umschlag selbst hinbringen würdest, schließlich habe ich ihn in den Terminkalender geschoben, dort kann er wenigstens nicht verlorengehen, und man denkt daran, wenn man ihn sieht. Natürlich habe ich in den letzten Tagen, seit wir vom Ableben von Doktor Boulle erfahren haben, nicht allzusehr darauf geachtet, aber jetzt wird man doch daran denken müssen, ihn seiner ...

Die Tür geht auf, Doktor Bouadjio kommt heraus, vor sich eine strohgeflochtene Tragetasche, in der ein Baby brabbelt, hinter ihm eine junge Dame, die ich noch nie gesehen habe.

»Guten Tag, Madame Leblanc«, sagt er, als er mich sieht.

»Guten Tag, Herr Doktor. Guten Tag, Madame.«

Sie öffnet ihm die Tür zum Wartezimmer, er geht hinaus, sie folgt ihm, durchs Fenster sehe ich, wie sie die Autotür aufmacht, er stellt die Tragetasche auf den Rücksitz.

Unterdessen gehe ich mechanisch ins Büro, ich suche mit den Augen den Terminkalender, er liegt neben dem Telefon. Ich schlage ihn auf, der Umschlag ist nicht mehr da. In diesem Augenblick kommt Doktor Bouadjio zurück und fragt mich, wie er es immer tut, mit seinem breiten Lächeln und seiner tiefen Stimme: »Wie geht es Ihnen heute?« Er nimmt meine Hand, drückt sie herzlich, wobei er seine andere Hand darauf legt, und plötzlich sehe ich dich wieder vor mir, vorhin, auf dem Friedhof, etwas abseits, während alle am Grab vorbeiziehen und eine Handvoll Erde auf den Sarg von Doktor Boulle werfen, ich sehe dich neben der Dame stehen, an die sich ein kleiner Junge von etwa acht Jahren preßt, für einen langen Augenblick nimmst du ihre Hand auf die gleiche Weise, ohne etwas zu sagen, dann ziehst du den Umschlag aus der Tasche, du gibst ihn ihr, sie liest das Papier, sie schüttelt den Kopf, sie schaut dich an, und schließlich entfernt sie sich, verstört, wobei sie ihren kleinen Jungen an sich drückt, das zerknitterte Papier in der Hand, wie jene Frau in ich weiß nicht mehr welchem Film, am Ende einer Liebesgeschichte.

106
Edmond Bouadjio

»Guten Tag, Madame Leblanc, wie geht es Ihnen heute?«
»Sehr gut, Herr Doktor«, antwortet sie mit leerem Blick.
»Sie stehen immer noch ein wenig unter Schock ...«
Ihre Augen werden tränenfeucht. Ich halte ihr den Termin-
kalender hin.
»Ich habe bereits eine Konsultation gehabt und zwei Haus-
besuche gemacht, und ich muß noch einen dritten machen. Dazu
mehrere Termine für heute abend.«
»Es ist viel zu tun diese Woche ...«

*

Sie verläßt das Sprechzimmer. Ich mag sie sehr, sie ist eine bezau-
bernde und intelligente Frau. Sehr sensibel.
Ich lege die Kinderklapper auf die Baby-Waage, ich werfe die
Schachtel und den Beipackzettel des Impfstoffs in den Papierkorb
und setze mich.
Brunos kleines schwarzes Notizbuch liegt auf der Holzplatte,
neben dem kartonierten Aktenordner, den er mir anvertraut hat,
als er wegging.
Auf die Seite mit dem Datum von heute trage ich die Kranken-
protokolle von heute morgen ein. Monsieur Guilloux, Hausbesuch. Madame Radiguet, Hausbesuch. Die kleine Aube Laurens,
Konsultation.
Ich blättere zurück, bis zu meinem ersten Tag hier.

Monsieur Guilloux, schon damals ...
Monsieur V... Ein kleiner, nicht alter, aber ungepflegter
Mann. Den Mund voller Zahnstummel. Fliegender Händler,
wenn ich mich recht erinnere. Er hat ein komisches Gesicht gemacht, als er mich sah; er hatte Mühe, mir zu erklären, was er
wollte. Er kam, um sein Geschlecht untersuchen zu lassen. Er

hatte Angst, daß es zu kurz ist. »Was … meinen Sie dazu?« Ich habe gezögert, dann habe ich, ohne zu lachen, geantwortet: »Mein Vater pflegte zu sagen: ›Der Assagai taugt immer weniger als der Krieger.‹«

Robert G… Schmerz im linken Ellbogen.

Albertine E… *(Sie trinkt, aber sie hat es immer geleugnet.)* Sie rief mich zu ihrer Mutter, aber sie hatte »eine Kleinigkeit, die sie störte«. Sie suchte Ausflüchte, um ihr Hemd nicht auszuziehen, aber offenbar tat es ihr zu weh, um noch länger zu warten. Eine überentzündete monströse Gürtelrose bedeckte die linke Brust.

Denise R… Sie kam, um mir das Ergebnis einer bei ihrem Mann vorgenommenen Untersuchung zu zeigen. *(Und sie hat eine Stunde damit zugebracht, dir von ihrem Bürochef zu erzählen? Ja, das tut sie bei mir auch, von Zeit zu Zeit …)*

Mahmoud, Mardouk, Yasmina und Tassadit B… mit ihren Eltern. Der Vater hat mich beiseite genommen: »Gut, daß der Doktor nicht mehr allein ist. In letzter Zeit sah er müde aus.«

Savina de T… Ein bezauberndes junges Mädchen. Rassig. Groß und schlank, Taille eines Mannequins. Nichtansteckungsbescheinigung. Sie sollte Kinder in einem Landschulheim betreuen.

Jean-Paul M… Er brachte seinen Onkel zu mir, den Bruder seines Vaters, ein mongoloider Herr, der eine Bronchitis hatte. *(Sie bewohnen alle drei dasselbe große Haus. In Wirklichkeit ist der »Vater« steril, und Jean-Paul ist der Sohn seines mongoloiden Onkels. Die Mutter ist gestorben, als er zehn oder zwölf Jahre alt war. Eines Tages brauchte er nach einem Unfall eine Bluttransfusion, und sein Onkel hat ihm Blut gespendet. Sie haben beide eine sehr seltene Blutgruppe. An diesem Tag hat er begriffen … Er studiert Genetik an der medizinischen Fakultät von Tourmens. Er ist es, der sich immer um seinen Onkel kümmert. Um seinen Vater.)*

Monsieur R… »Nennen Sie mich doch Marcel!«

Madame Elisabeth N… Kontrolluntersuchung ihrer Aortenklappenprothese. *(Als sie operiert worden ist, hat ihr Mann drei Monate lang nicht schlafen können: die ganz Nacht über hörte er die Herzklappe klicken …)*

Monsieur Michel L… Fortsetzung seiner Behandlung mit Neuroleptika. *(Er hatte vor einigen Wochen eine halluzinatorische Wahnvorstellung: Er sah in seinem Wohnzimmer das Loch in der Ozonschicht und hat in seiner Angst seine Frau geboxt ...)*

Madame D... Selbstmord mit Schlaftabletten.

Madame Marie-Thérèse F... *(Ihr Mann ist gerade gestorben, sie haßten sich zwar, aber sie ist völlig verloren.)*

Monsieur Jacques S... Zugführer. Nächtlicher Epilepsieanfall. *(Wenn der Fall eintritt, schaffen Sie ihn um Gottes willen nicht ins Krankenhaus: Er hat seine Anfälle ausschließlich im Schlaf. Wenn die Eisenbahngesellschaft das erfährt, verliert er seine Stelle ...)*

Monsieur Jules H... Hundertjähriger. Rekonvaleszent einer Appendektomie! *(Die Chirurgen hatten Angst, ihn umzubringen. Er war allerdings noch nicht bereit zu sterben und sagte zu ihnen: »Machen Sie schon, operieren Sie mich! Es ist bestimmt nicht mit hundert, daß ich mich zur Strecke bringen lasse!«)* Er hat mich an den alten Toumani erinnert, die gleichen langen Arme, die gleichen Augen ...

Madame Germaine L... Sie war überrascht, mich hier anstelle Brunos zu sehen. Sie hat mich sehr unfreundlich gefragt, wo sie sich ihre Geschlechtskrankheit geholt haben kann. »Ich setze mich nie auf eine Klobrille, ohne sie vorher abgewischt zu haben, und ich habe nie mit einer anderen Person als meinem Mann Verkehr gehabt, es ist mir also unerklärlich, wie ...« Plötzlich ist sie leichenblaß geworden, sie ist aufgestanden und hinausgegangen.

*

Das Telefon klingelt einmal, und Madame Leblanc hebt ab.

Ich höre sie antworten: »Arztprax ... Ah, guten Tag, Herr Doktor. Ja, er ist da, ich stelle durch«, dann sagt sie:

»Herr Doktor! Es ist Doktor Sachs.«

Ich hebe ab.

»Grüß dich, Bruno.«

»Grüß dich, Edmond. Wie läuft es?«

»Nicht schlecht, überhaupt nicht schlecht ... Fehlt dir die Arbeit?«

»Nein, nicht wirklich, aber ... ich wollte mich vergewissern, ob alles in Ordnung ist ...«

»Mit einer Perle wie Madame Leblanc kann es gar nicht schlecht laufen«, sage ich und hebe die Stimme.

»Ich glaube, sie schätzt dich ebenfalls ... Du ... denkst du an das, was ich dir neulich vorgeschlagen habe?«

»Ich denke daran. Und ich habe angefangen zu lesen, was du mir gegeben hast. Wir reden am Sonntag wieder darüber, wenn ich dir die Krankendaten durchgebe.«

Ich höre ihn lachen.

»Okay ... Äh ... ist niemand gestorben?«

»Warum fragst du mich das?«

»Weil ... Es ist ein wenig dumm ... Ich weiß nicht, ob es an meiner Einbildung liegt, aber ich habe das Gefühl, daß meine Patienten immer in meiner Abwesenheit sterben, vor allem donnerstags ... Na ja, mir ist, als hätte ich das festgestellt ... Wenn ich einen Todesfall beurkunden muß, ist es immer der Patient eines anderen. Aber das ist natürlich dumm. Die Leute suchen sich nicht ihren Tag aus, um zu sterben ...«

»Nun, Monsieur Guilloux ist heute morgen gestorben ... Ganz ruhig, mit all dem Morphium, das er brauchte ...«

»Ach. Letzte Woche hat er noch gebastelt, er hat ein Schiff in eine Flasche eingesetzt ...«

»Seit Montag ist er nicht mehr aufgestanden. Er blieb zusammengekrümmt im Bett liegen, das Ohr ans Radio gepreßt. Seine Frau gab ihm in kleinen Schlucken sein Morphium zu trinken ... Sie war erstaunt, daß er nicht litt. Sie war überzeugt, daß ein Krebskranker leiden müsse ... daß nichts ihnen Linderung verschaffen könne.«

»Ach. Sogar sie ...«

*

Ich gehe aus dem Büro. Ich teile Madame Leblanc mit, daß Monsieur Guilloux heute morgen gegen sechs Uhr verstorben ist. Sie schüttelt mit traurigem Gesicht den Kopf. Ich schaue in den Terminkalender. Um mir zu erklären, wie ich zu Monsieur Lejeune im »Calicot« komme, zeigt mir Madame Leblanc die Strecke auf

der großen Generalstabskarte, die hinter ihrem Schreibtisch festgesteckt ist.

Ich schaue auf die Telleruhr, die an der Wand hängt. Elf
Uhr fünfzehn. Ich habe Zeit, hinzufahren und wieder zurückzu-
kommen, um ein wenig zu lesen.

107
Der verhinderte Arztbesuch
Siebte und letzte Episode

Als ich mit dem Fahrrad an der Arztpraxis vorbeikomme, schaue ich auf die Uhr, zehn nach zwölf, im Hof steht ein Auto, aber es ist nicht seins. Er ist nicht da. Durch das Fenster des Wartezimmers sehe ich Madame Leblanc aus dem Büro kommen, sie hat ihren Regenmantel angezogen und will aus dem Haus gehen. Ich setze meinen Weg fort, doch dann sage ich mir, zu dumm, es sind schon wieder Wochen her, daß ich hätte zu ihm gehen sollen, dabei muß ich ihm unbedingt sagen, das Mal davor ist es ja ausgegangen wie das Hornberger Schießen, wenn ich daran denke, daß ich nicht einmal Zeit hatte ... Und plötzlich entschließe ich mich, ich steige ab, um das Auto vorbeizulassen, das von vorn kommt, ich überquere die Landstraße vor der Siedlung, ich laufe zurück in die Praxis, wobei ich mein Rad schiebe, nein, ich muß hin, das letzte Mal, das hat mich überrascht, daß wir so unterbrochen wurden, seitdem ist die Zeit vergangen, und ich hatte andere Dinge im Kopf, aber nach einer Weile habe ich mich doch geschämt, wenn man etwas anfängt, soll man es zu Ende bringen, ich weiß nicht, was er von mir gedacht haben mag, aber jetzt ist es mir ein wenig peinlich, und gleichzeitig habe ich mich nicht getraut, wieder hinzugehen, aber jetzt kann ich deswegen nicht mehr schlafen. Ich muß wieder hin, zumal Madame Leblanc noch da ist. Dann habe ich es hinter mir.

Ich komme in den Hof, ich stelle mein Rad an die Wand, ich nehme meinen Geldbeutel aus dem Korb auf dem Gepäckträger und gehe hinein.

Ich stoße die Tür zum Wartezimmer auf. Madame Leblanc ist nicht da. Beide Verbindungstüren stehen offen. Ich höre Papiere rascheln. Ich mache drei Schritte und bleibe mitten im Raum stehen. Aus dem Sprechzimmer kommt ein großer schwarzer Herr und lächelt mich mit seinen weißen Zähnen an.

»Madame?«

»Äh ... Ist Doktor Sachs nicht da?«

»Nein, er ist die ganze Woche über weg, ich vertrete ihn. Kann ich etwas für Sie tun?«

»Äh ... Das heißt, ich hätte ihm gern gesagt ... Sind Sie auch Doktor?«

Ich ärgere mich über mich selbst, daß ich das gefragt habe, ich komme mir dumm vor. Natürlich ist er Doktor, wenn er ihn vertritt. Er lächelt mich an.

»Ja, selbstverständlich. Kann ich Ihnen helfen?«

Er fordert mich auf, hereinzukommen, aber kaum bin ich über die Schwelle getreten, drehe ich mich um und sage:

»Also, weil, neulich, als ich zu Doktor Sachs gekommen bin, ist es mir schwergefalllen, wissen Sie, ich konnte mich einfach nicht entschließen, weil, das ging schon seit sechs Monaten so, und jedesmal, wenn ich kommen wollte, habe ich entweder die Sprechstunden verpaßt, ich kam zu früh oder zu spät, oder es waren zu viele Leute vor mir dran – wie am Samstag, wo ein Herr da war, dem es nicht gutzugehen schien und den der Herr Doktor lange dabehielt –, kurzum, mit einem Wort, als es mir schließlich gelungen war, ihn zu sehen, ist es etwas plötzlich zu Ende gegangen, weil es einen Notfall gegeben hat, ein Jugendlicher, der Krämpfe bekommen hat – es war nicht der Doktor, der mir das gesagt hat, sondern jemand aus der Siedlung, an der Landstraße nach Lavinié, und Sie wissen ja, wie das ist, in den kleinen Gemeinden wird natürlich geredet, und selbst wenn man an Krämpfen nicht stirbt – ich weiß es, weil mein Bruder welche bekommen hat, als er klein war, und sie sind seither nie wieder aufgetreten –, muß man trotzdem hin, also haben wir uns ein wenig überstürzt getrennt ... Aber schließlich bin ich sehr froh, daß ich an Sie gerate, ich glaubte, Madame Leblanc sei noch da, aber ich hätte nicht so richtig gewußt, was ich ihr sagen soll, es ist etwas zu persönlich, während es bei Ihnen nicht dasselbe ist, Sie sind Doktor, Ihnen kann ich es also sagen, und Sie können es ihm dann erklären, wenn es Ihnen nichts ausmacht? Können Sie ihm sagen, daß Madame Guérin vorbeigekommen ist und daß es sehr viel besser geht, seit ich bei ihm war, das hat mir sehr gutgetan, und als ich ging, ist mir gar nicht bewußt geworden – und der Doktor hatte es so eilig, daß ich nicht daran gedacht habe ... Und dann, neulich, habe ich mir plötzlich gesagt: Das gibt's doch nicht! Es wäre mir unangenehm, das Madame Leblanc zu erzählen, während bei Ihnen, da weiß ich, daß es unter uns bleibt, Sie werden es ihm erklären, wenn er wiederkommt, ja? Vor allem, sagen Sie ihm, daß es sehr viel besser geht, seit ich bei ihm war, ich habe damals wirklich gut daran getan, daß ich zu ihm gekommen bin, aber nun schäme ich mich, wenn ich bedenke, wie gut mir das getan hat, und in der Aufregung kam mir das ganz aus dem Sinn, wo ich schon einmal zum Arzt gehe, ich habe eben kein Glück, ich habe vollkommen vergessen, meine Konsultation zu bezahlen.«

108
Kaddisch

Jitgadal, wejitkadasch, scheme raba. *Leichenleben, Leichen überleben, schämen und Rabatz (nie Nachschlag)* ... (So, Ray, ich schreib es jetzt, dein lachhaftes Gebet) Bealma di wera *Sterben wirst du sehen wirst du* chiruthe *angeekelt* wejamlich malchuteh *mittellos abgewiesen* bejasmah purchaneh *deine Jahre auskotzend*, wikarew meschiheh *Herz das zerrissen krepiert* (ich schreibe es, ich werde es sprechen, weil du mich darum gebeten hast, ich schreie es, ich speie es) Behajechon uwjomechon (für mich und für alle andern) uwahaje dechol (die an das Leben geglaubt haben) baagala *diesen Witz* uwizman (Armleuchter genau wie ich) kariw wejimru *die das Leben verriegelt* Amen.

Jehe chemeh, *Ich weiß, du hast die Nase voll* mewarach *von dem Geschwätz*, lealam ulalme *verwelkte Seele*, almaja, *dezimiert*, jitbarach, *erschöpft*, wejschtabach, *zerquetscht*, wejitpaar, *verachtet*, wejitromam, *gestrandet*, wejitnasse, *kaputt*, wejithaddar, *zerschmettert*, wejtalle (hörst du mich, Ray, hörst du mich?) wejithallal, *dieses Miststück* scheme *wird nie* dekudscha *deine Eier ergattern*, berichu.

Leela *Er ist da, er umgibt uns, er erreicht uns, er nagt an uns, er saugt uns auf, er zerbricht uns, er läßt uns erstarren, er höhlt uns aus* kol birchata *wird uns nicht verfehlen, wird uns nicht vergessen, wird uns nicht loslassen*, wenehamata, daamiran, bealma, *schön oder nicht, errät alles, spult alles ab, kommt herbei.*

Ich weiß, Jehe schemaja, *ich habe die Visage eines Rabbiners, wenn ich mich nicht rasiere, aber* wejitpaar, *ich will nicht, ich will nicht, daß du stirbst, daß du gehst, daß du fällst, daß du versinkst, daß er dich einrammt, wenn er zu deinem Schatten sagt* wenehama, *komm zu mir, gib mir alles* Amen.

Osse schalom bimromaw, *wagt es euch aufzulehnen, ihr armen Knirpse*, hu berahamaw, *zu toben, Schluß damit kniend zu weinen, darauf zu warten, daß er uns holt* wejimru Amen.

Verflucht seist du, Herr und Verbieter, König dieser Hölle.

Und Buddy seist du, Ray, »Sechs-Monats-Prognose, vorübergehendes Nachlassen dauert nie«, *das macht es neu, und du täuschst ihn, und du legst ihn aufs Kreuz, und er kann dich am Arsch lecken, und du machst dich lustig über ihn, und es ist dir Wurscht, du wirst unsere Kleinen sehen, sie werden springen, sie werden leben, und auch sie werden schreien: leck mich am Arsch, Tod, leck mich am Arsch, und ich lebe, heute und morgen und immer,* wejimru Amen.

109
Immer noch Monsieur Guenot

Das Telefon klingelt. Ich hebe ab.
»Hallo, Edmond? Bist du es, Edmond?«
Überrascht antworte ich automatisch.
»Ja, ich bin's! Wer ...?«
»Edmond! Ich muß mit dir reden. Ich fühle mich schon seit einigen Tagen nicht wohl. Die Nachbarin hat zu mir gesagt: ›Madame Serling, Sie sollten den Arzt in Nilliers anrufen‹, aber ich will nicht, es ist mir egal, ob ich sterbe, nur kann ich nicht mehr so leben, ohne mit dir zu reden, ich habe dir so vieles zu sagen, deshalb möchte ich, daß du mich besuchst, kommst du? Sag, Edmond, kommst du?«
»Madame, ich ... Hallo? Hallo?«
Sie hat aufgelegt.
Ich lege ebenfalls auf und gehe hinaus. Im sonnenüberfluteten Wartezimmer zeigt die Telleruhr fünfzehn Uhr an. Niemand hat bei einem solchen Wetter Lust, einen Arzt aufzusuchen.
Ich pflanze mich vor der Generalstabskarte auf, die an der Wand hinter dem Schreibtisch von Madame Leblanc festgesteckt ist. Nilliers. Der Name sagt mir nichts. Das ist nicht im Kanton, und ich zweifle sogar, ob es überhaupt im Departement ist.
Ich gehe ins Büro zurück und wähle die Nummer von Madame Leblanc. Sie ist ebenso ratlos wie ich.
»Nilliers? Nein, das sagt mir nichts. Das ist nicht hier in der Gegend. Und was für einen Namen haben Sie gesagt?«
»Serling.«
»Nein, ich weiß wirklich nicht ... Und Sie glauben, es war dringend?«
»Ich weiß nicht ... So, wie es sich anhörte, ja ... Gut, ich will Sie nicht länger belästigen, es ist gerade jemand gekommen.«

*

Er steht im Wartezimmer, die Mütze in der Hand. Er sammelt seine Brieftasche, den Ausweis für den Quickwert, den Krankenschein und das Rezept ein, die er gerade auf den niedrigen Tisch gelegt hat. Ich strecke ihm die Hand hin.

»Guten Tag, Monsieur...?«

»Guenot, René. Guten Tag ... Herr Doktor.«

Ich bitte ihn herein. Während die Verbindungstür durch den Druck des automatischen Türschnappers zuschlägt, schließe ich die Tür des Sprechzimmers, indem ich fest drücke.

»Was kann ich für Sie tun?«

»Na ja, es ist wegen meiner Prothrombine, wie jeden Monat ... Doktor Sachs ist nicht da, wie man mir gesagt hat?«

»Nein, ich vertrete ihn die ganze Woche.«

»Seiner Frau geht's gut?«

»Äh ... Ich glaube.«

»Sie erwarten nämlich Zwillinge, stimmt's? In den kleinen Kaffs erfährt man eben alles ... Aber Zwillinge, das ist kein Zuckerschlecken ...«

»Nicht wahr?«

Ich zeige auf einen Stuhl, ich setze mich in den Sessel auf Rollen, und ich hole seine Krankenakte heraus.

Er nimmt das Ergebnis der letzten Blutprobe aus dem Umschlag, er legt es auf den Tisch und seine Mütze auf den Sessel.

»Es ist heruntergegangen, seit dem letzten Mal ...«

»Ach ja? Mal sehen ... Dreiunddreißig Prozent ... Das letzte Mal hatten Sie siebenunddreißig Prozent, ja, das ist etwas heruntergegangen.«

Aus dem Augenwinkel sehe ich, wie er seine Jacke auszieht, seine Weste, wie er den Gürtel lockert.

»Gut, na, Sie werden mich vielleicht untersuchen müssen. Soll ich mich ausziehen?«

»Bitte.«

Er zieht seine Hose aus, er legt sie auf den Stuhl, und er zieht sein Unterhemd aus.

»Soll ich auch die Socken ausziehen?«

»Ja bitte.«

»Soll ich mich hinlegen?«

»Tun Sie das.«

Er legt sich hin. Ich ziehe einen Stuhl an die Liege heran.

Ich untersuche ihn von Kopf bis Fuß, messe als erstes seinen Blutdruck und messe ihn zum Abschluß noch einmal.

»Sie haben ihn schon gemessen.«

»Ich weiß ... Aber es kommt vor, daß er am Ende der Untersuchung niedriger ist ... Vor allem, wenn man nicht an den Arzt gewöhnt ist ...«

»Äh ... Das stimmt, solche wie Sie ... Na ja, ich meine damit ...«

Ich lächle.

»Ich verstehe sehr gut ...«

»Aber wenn Doktor Sachs Sie uns anvertraut, dann müssen Sie ebenfalls ein guter Doktor sein ...«

»Ich versuche es ... Mmmhh. Hundertdreißig zu achtzig.«

»Ah, wie das letzte Mal. Das ist gut!«

Ich schiebe den Stuhl zum Fenster zurück; ich reiche ihm die Hand, um ihm beim Aufstehen zu helfen.

»Sie können sich wieder anziehen.«

Ich kehre zum Schreibtisch zurück, aber ich spüre, daß er hinter mir stehenbleibt.

»Müßte ich mich nicht wiegen?«

»Äh ... Ja, wenn Sie wollen ...«

Er steigt auf die Waage.

»Habe ich an Gewicht verloren?«

»Nein, es hat sich seit dem letzten Mal nicht verändert ...«

»Kann ich mich wieder anziehen?«

»Ich bitte Sie ...«

Während ich die Karteikarte ausfülle, zieht er sein Hemd wieder an, seine Socken, seine Hose, seine Schuhe, dann nimmt er seine Mütze und setzt sich.

Ich schreibe ein Rezept.

»Wegen der Blutprobe, vergessen Sie nicht ›zu Hause‹ zu schreiben, sonst wird es von der Kasse nicht bezahlt ...«

»Hier ...«

Er holt einen viermal gefalteten Geldschein aus der Brieftasche und stopft das Kleingeld in die Jackentasche.

In dem Augenblick, in dem ich die Hand auf die Türklinke lege, schaut er mir direkt in die Augen.

»Er ist ein guter Doktor, Doktor Sachs ... Werden Sie seine Stelle übernehmen?«

Ich fange an zu lachen.

»Nein. Ganz bestimmt nicht! Ich vertrete ihn nur donnerstags und wenn er Ferien hat. Und ... ich werde in Zukunft vielleicht veranlaßt sein, etwas enger mit ihm zusammenzuarbeiten ...«

»Ah! Das ist gut. Es stimmt, daß er jetzt viel zu tun hat. Als meine Frau ihn gerufen hat, an dem Tag, an dem ich krank geworden bin, hatte er weniger zu tun, aber noch heute nimmt er sich weiterhin die Zeit, einen abzuhorchen, wie Sie ... Es ist mir ein wenig unangenehm, wenn ich hier rausgehe, während hinter mir so viele Leute warten ... Wenn Sie also mit ihm zusammenarbeiten werden ... das ist es doch, ja? Ich sage mir, das wird gut für ihn sein, und auch für die Patienten. Ich bin sicher, daß Sie sich gut eingewöhnen werden ... Der alte Renard hat mir gesagt, daß Sie einen Onkel hatten, der Heilkundiger war, das ist es doch, ja?«

Ich lache wieder, verdammter Monsieur Marcel!

»Gewissermaßen ...«

»Dann liegt's in der Familie! Es ist wie bei Doktor Sachs, sein Vater war Geburtshelfer, glaube ich ... Na ja, das beruhigt mich, daß Sie nicht seine Stelle eingenommen haben, weil, ich habe nichts gegen Sie, im Gegenteil, aber Doktor Sachs, verstehen Sie, ein Glück, daß meine Frau ihn angerufen hat, als es mir nicht gutging, denn sie haben es mir im Krankenhaus gesagt, wenn er mich nicht hingeschickt hätte, hätte ich dran glauben müssen, so hingegen habe ich mich gut aus der Affäre gezogen, und klar doch!, wenn er weitermacht, wenn Sie mich weiterhin behandeln, Sie beide, dann kann ich's noch 'ne gute Weile aushalten. Es erleichtert mich, zu wissen, daß Doktor Sachs nicht mehr ganz allein sein wird, weil, die Leute reden viel, zu Anfang sagten sie: ›Er hat bestimmt nicht viele Patienten, man braucht nie lange bei ihm zu warten, wenn man ihn ruft, kommt er stets noch am selben Tag, er weist nie jemanden ab, es wäre also nicht verwunderlich, wenn er eines Tages fortgehen würde‹, und selbst jetzt noch höre ich immer das gleiche, vor allem, seit er eine Frau hat, aber das ist natürlich alles nur Geschwätz, wie? Hätte er sich sonst die Mühe gemacht, sich hier niederzulassen, wenn er von einem Tag auf den andern hätte weggehen wollen?«

110
Der Bericht

Doktor Bruno Sachs
LEIDEN, BEHANDELN, SCHREIBEN
Literatur- und Medizin-Colloquium, Tourmens

»Für meinen Vater«

Als Kind oder später als Halbwüchsiger schlief ich abends nie
ein, ohne zu denken: *Eines Tages werde ich sterben müssen.*

Fest in meine Laken gehüllt, betete ich. Damals hatte ich nur
das, um das Entsetzen zu bekämpfen. Später habe ich viele Papiertaschentücher verbraucht.

Noch viel später habe ich fünfunddreißigjährige Männer gesehen, ans Bett gefesselt durch einen Gehirntumor – oder durch die
Chirurgie, die ihn herausoperiert hatte –, alte Frauen mit aufge-
schnittenen Bäuchen, kleine Mädchen, den Unterleib von einem
Lymphosarkom aufgebläht, den die Mutter nicht einmal mit zwei
Nummern zu großen Kleidern verbergen konnte, Männer und
Frauen, die nicht mehr schliefen und die jammerten: »Meine Leber ist im Eimer«, verfluchte Leber, dieser Jude des Organismus,
er ist immer im Unrecht, selbst wenn er nichts dafür kann, aber
wenn die Leber dick und hart ist und vergrößert und schmerzhaft, wenn die Finger die Metastasen unter der Haut ertasten,
dann spürt man, wie die eigenen Augen zu den Augen des anderen fliehen, man hört, wie die eigene Stimme näselnd wird, man
kommt sich zugleich sehr blöd und sehr klein vor, zum Heulen
klein.

Wie alle Welt, stelle ich mir vor, habe ich mich lange Zeit gefragt,
auf welche Weise ich sterben würde.

Ich begann damit, daß ich, das war leichter, zunächst einmal eine Liste aller Krankheiten aufstellte, die ich nicht bekommen würde. Natürlich, in dem Alter, in dem ich in der Lage war, mir die Frage zu stellen, konnte ich nicht mehr einem Geburtsschaden oder einem plötzlichen Kindstod erliegen. Uterus- oder Eierstockkrebs würden mir erspart bleiben. Und ganz schnell kam es dann ins Rutschen. Brustkrebs kommt auch beim Mann vor. Verkehrsunfälle, das kann jedem passieren. Es gibt auch die Ruptur der Aneurysmen, diese kleinen Mißbildungen der Arterien, die sich mit der Zeit dehnen und eines Tages schließlich unvermutet platzen, wenn man ein Möbelstück verrückt oder ein Sofa anhebt. Wie Sie sich vorstellen können, habe ich schnell mit meiner Aufzählung aufgehört. Es gab – immerhin – noch etwas anderes zu erleben.

Und dann, eines Tages, habe ich Tote gesehen. Und sie haben mich begreifen lassen, daß der Tod unserer Phantasie trotzt.

Tote, wie Sie und ich, habe ich in allen Farben gesehen.
    Blau angelaufene Herzkranke, die erstickt waren.
    Männer, die an einem Magendurchbruch verblutet sind.
    Frauen, gelb wie eine Quitte, die von einem von der medizinischen Fakultät diplomierten Schurken einen Abort hatten vornehmen lassen.
    Aufs Bett geworfene Sechzigjährige, das Gesicht rot von einem Hirnschlag. Zum Skelett abgemagerte Krebskranke, überall zerschlagene Kinder, zusammengekrümmte Behinderte, für alle Ewigkeit erstarrte Verrenkungen.
    Ich habe Ertrunkene gesehen, die sich mit verschränkten Armen in einen Bach gelegt haben; Erhängte, die in einer verlassenen kleinen Hütte ihrem Hundeleben in aller Ruhe die Zunge herausstrecken oder friedlich an einem Baum im Garten baumeln. Ich habe Witwer gesehen, die sich, nachdem sie ihre Papiere geordnet, das Geschirr gespült und ihren Haushalt aufgeräumt, ihrer Katze zu fressen gegeben und alle Lichter gelöscht hatten, in der Dunkelheit des Kellers, um nicht alles mit Blut zu bespritzen, auf alte Kartoffelsäcke gelegt und sich eine Kugel in den Kopf geschossen haben.

All diese Toten haben mich etwas Paradoxes, etwas Unerträg-
liches und doch Unlösbares gelehrt: Es ist weniger schmerzlich,
an seinen Tod zu denken, als zu lieben. Denn wenn unsere Körper
leben, so geschieht es durch den Körper des andern, des geliebten
Wesens.

Lieben heißt ohnmächtig sein gegenüber der Zeit und sich dessen
bewußt zu sein.

Lieben heißt wissen, daß die Liebe nur eine Zeit hat, vielleicht
die gesamte Zeit des Lebens, aber eben nur diese Zeit.

Lieben heißt wissen, daß man, wenn man nicht als erster stirbt,
den andern wird sterben sehen.

Daß man beim andern das Leben und die Liebe wird sterben
sehen, noch bevor der andere stirbt. Und daß man, wenn man den
andern sterben sieht, ganz lebendig sterben wird.

Was wird aus meinem Körper werden, wenn der andere nicht
mehr sein wird? Was wird aus meinem Leben werden? Was wird
aus deinem Körper werden, wenn ich nicht mehr sein werde?

Ich weiß es nicht, das haben mich meine Patienten nicht gelehrt.

Sie haben mir nur gezeigt, daß es alle Gründe gibt, Angst vor
dem Leben zu haben, keinen, Angst vor dem Tod zu haben.

Die Toten sind nicht erschreckt. Sie bewegen sich nicht, sie
sagen nichts. Ihr Mund steht häufig offen, weil sie es leid sind,
daß sie ihn so lange geschlossen hatten. Ihre Augenlider sind
weich, ihre Haut ist gelb, ihre Hände reden nicht mehr. Ein Toter
ist kalt. Kalt und schlaff. Nicht kalt wie der Tod, aber kalt.
Außer, wenn er in seinem Bett liegt, unter der Decke, und eben
erst gestorben ist.

Dich, den Arzt, ruft man, und man sagt zu dir, untröstlich:

Ich habe ihn heute morgen gefunden, als ich ihn zum Frühstück holen wollte, das er gewöhnlich nie so spät zu sich nimmt,
nicht einmal sonntags, er ist jemand, der nicht im Bett bleiben
kann, aber jetzt …

Oder aber es sind Kopflosigkeit Schreie Geheul Weinen Haare,
die man sich ausrauft, Asche auf dem Haupt, Flehen auf Knien,

Warum warum warum Es ist nicht wahr es ist nicht wahr es ist nicht wahr, Er nicht er nicht er nicht, Tun Sie etwas, Herr Doktor, das ist nicht möglich, das kann er mir nicht angetan haben.

Also fangen Sie ganz ganz einfach an, einen glucksenden Unterleib abzuhorchen, einen Brustkorb abzutasten, den kein Atem mehr hebt, Augen eingehend zu prüfen, die so trüb sind wie die einer Meerbarbe in einer Bratpfanne. Um so zu tun als ob. Um sagen zu können, daß nichts zu machen war, daß man nichts hat machen können. Damit nicht gesagt werden kann, man habe nichts getan.

Oder es ist ein Alter oder eine Alte, die ganz plötzlich auf einen Schlag im Hof, auf dem Teppichboden, am Fuß der Treppe umgefallen sind, und man muß sie bis zum Bett schaffen, umdrehen – omeingott wie mager er ist das ist mir gar nicht aufgefallen, omeingott, wie schwer sie ist, man möchte es gar nicht meinen – und Sie lassen die Jacke fallen, Sie krempeln die Ärmel hoch, *Ich werde Ihnen helfen* – Danke, Herr Doktor, es stimmt, man muß ihn, sie zurechtmachen.

Sie ausziehen, um ihnen (ganz sauber, ganz schön) das Kleid oder den Anzug anzuziehen, den oder das er, sie bei der Rückkehr vom Friedhof, wo man das gemeinsame Familiengrab gekauft hat, für diese Gelegenheit ausgesucht hatten, auf der Grabplatte stehen unsere Namen, aber natürlich nicht das Datum, das macht der Steinmetz, der regelt das für uns, so brauchen wir uns nicht darum zu kümmern, Sie wissen ja, bei diesen Schicksalsschlägen, und außerdem, heute bin ich zwar noch da, aber wenn ich mal nicht mehr da bin, die Kinder sind zu weit weg, sie werden auch nicht dasselbe machen wie wir, deshalb haben wir uns gesagt, auf diese Weise brauchen wir uns keine Gedanken mehr zu machen, Hier, wenn Sie mir helfen wollen, ihm das Nachthemd auszuziehen (beschmutzt, oder das karierte Hemd, das zu zwei Dritteln geknöpft wird und das man ihm über den Kopf ziehen muß – selbst wenn sie noch nicht steif sind, ist es schwierig, die Arme sind leichenblaß und kalt und schwer wie Marmor, aber auch ausweichend, an den Gelenken gebrochen), Wenn ich bedenke, daß er die ganze Zeit über Schmerzen in der Schulter hatte, hätte ich nie gedacht, daß man sie einfach so hochheben könnte, um ihn auszuziehen, und außerdem das Damart-Unterhemd, das sie immer trug (und das Kollier, die Kette, das Kreuz, der ganze Krempel), Wir werden es ihr lassen, warten Sie, ich werde ihn etwas mit Kölnisch Wasser besprühen, das wird ihn erfrischen (und jetztwirstduabgerieben und jetztwirstdugeklopft, bevor er das frischgebügelte weiße Hemd, sie die rosa Hemdbluse angezogen bekommt, die sie bei der Hochzeit der Enkeltochter trug), sie hatte sogar zu ihr gesagt, daß sie sie so schön wiedersehen wolle, die Ärmste, sie ahnte nicht, daß es das letzte Mal war (faß mal an den Kragen, auch er flach, geklopft, außerdem muß man sich um den unteren Teil kümmern, die bis dahin noch auf dem Unterleib liegenden Laken hochziehen, um diesen Bereich nicht zu sehen, nicht noch einen Blick darauf werfen, auf die schütteren, dünn gesäten grauen Haare um ein blasses, zerknautschtes, zusammengeschrumpeltes, nicht mehr vorhandenes, seit langem schon zu nichts mehr taugendes Geschlecht herum – es sei denn, er oder sie hätten bereits angefangen, sich zu entleeren, kullernde Geräusche, die während der Toilette aus der oberen Etage gehört werden und bis dahin nicht beachtete vage Gerüche, die sich beim Hochheben der Laken in mefitische Dünste verwandeln, Hintern Geschlecht sind in Scheiße getaucht), Das ist nicht so schlimm, das wird gekocht und außerdem gibt's Eau de Javel, aber wir können ihn nicht so liegen lassen, er, der so sauber war, sie, die so gepflegt war da (und jetztwirstduabgerieben und jetztwirstduabgetrocknet und sobald der Schaden behoben ist, das Laken zu einer Kugel zusammengerollt in der Badewanne liegt, kommt er zurück, sie bringt alte Lappen Wischtücher und zwei oder drei Garnituren aus der Zeit der) Großtante, die vor sieben Jahren mit im Haus gelebt hat, sie verlor den Verstand und ließ sich gehen, deshalb war man gezwungen, ihr welche anzuziehen, und als sie ins Krankenhaus gekommen ist, hat sie sie ich weiß nicht warum für den Fall eines Falles behalten, aber sie ahnte nicht, daß es zum (Ausfüttern wäre, um sie ihm ihr in die mit großer Mühe, denn die Beine sind noch schwerer, noch schlaffer geworden, als ob der ganze Körper sich noch einmal daran festklammern wolle, übergestreifte Hose oder den Slip zu schieben, und der Rock, das geht noch, aber) Die Hose, ist das mühsam! Wo er nicht einmal wollte, daß ich ihm dabei helfe, die Socken anzuziehen (während

Sie ihm die Hemdzipfel reinschieben), man muß seinen Gürtel um drei Löcher enger schnallen, damit das hält. (Und ein Paar Schuhe, schön gewichst schön glänzend.) Und seine Krawatte am Hals, es war seine Lieblingskrawatte, (oder aber) Die Kamee, die ihre Nichte ihr zu unserer Dingshochzeit geschenkt hat – Olala, und die Uhr! Die hätte ich beinahe vergessen (und wenn es getan ist, schieben wir ein sauberes Laken unter den wieder vorzeigbaren Leichnam, denn das ist nicht kompliziert, es genügt, das Laken zusammenzurollen, es der ganzen Länge nach anzulegen, den Toten zu sich her zu drehen, er macht keine Schwierigkeiten, er läßt alles mit sich geschehen, man zieht von der anderen Seite am Laken, das ist alles), Jetzt muß man ihn nur noch kämmen und alles ist perfekt (nur daß der Mund und ein Auge noch offenstehen, aber das richten Sie mit einem feuchten Wattebausch auf dem Augenlid, einem Schal, um die Kinnlade zusammenzuhalten, den Knoten oben auf dem Kopf wie ein Osterei, für einige Stunden), bis die Kinder kommen, das wird sich nicht mehr verändern, sie werden ihn in aller Schönheit sehen (jetzt wischt sie sich die Tränen mit einem Zipfel des Taschentuchs weg, reibt die Nase mit dem Rand seines Ärmels), schön wie am Tag der ersten Kommunion des Kleinen, Ach, unser Kleiner, wie haben wir ihn geliebt! Sie hat sich nie damit abfinden können, daß er einfach so fortgehen mußte, überlegen Sie nur, Herr Doktor: eine Leukämie ... Aber entschuldigen Sie bitte, ich bin unhöflich, wenn Sie herkommen wollen, um sich die Hände zu waschen (und es wird gerieben mit dem abgenutzten Stück Seife in einem abgeblätterten Waschbecken und es wird getrocknet mit einem Stück Frotteehandtuch, ohne daß man deshalb sicher sein kann, daß der Geruch verschwindet), und Sie knöpfen die Ärmel des Hemdes wieder zu, Sie kehren ins Schlafzimmer zurück, Sie raffen Ihre Sachen zusammen, Stethoskop, das zu nichts taugt Marionettenblutdruckgerät, Sie könnten ihm hundert Jahre lang den Arm aufpumpen, sein Blutdruck würde niemals niedriger sein als heute ...

Lange bevor ich Arzt wurde, schrieb ich. Doch wenn man Arzt ist, was nützt es da zu schreiben?

Ich hätte gern, vielleicht habe ich schon die Idee dazu gehabt –

auf jeden Fall habe ich sie heute –, die Namen aller Patienten zu Papier gebracht, die ich habe sterben sehen. Aller Babys, die ich habe zur Welt kommen sehen.

Und wenn ich schon dabei bin, die Namen aller Leute, die mich aufgesucht haben, die mich eines Tages haben kommen lassen. Aber welche? Jene, die ich wirklich behandelt habe? Jene, die mich für einen anderen gerufen haben (denn *man behandelt immer den, der um etwas bittet*, selbst wenn er sagt, es sei nicht für ihn)? Jene, die mich nur mit einer harmlosen Frage auf der Straße angesprochen haben? Jene, die im Wartezimmer stehengeblieben und dann weggegangen sind, als sie mich sahen? Jene, die mich nur um eine Bescheinigung baten? Jene, die sich einen Termin geben lassen und dann vergessen zu kommen? Jene, von denen man nie versteht, warum sie kommen?

Ich hätte es vielleicht tun können oder sollen, aber ich habe es nicht getan. Man denkt nicht daran, etwas in dieser Art zu tun, wenn man anfängt zu behandeln. Heute hält man die Ärzte dazu an, alles in einen Computer einzugeben, zu epidemiologischen, statistischen, buchhalterischen Zwecken. Aber niemand scheint sich Name und Gesicht der Leute merken, ins Gedächtnis eingraben zu wollen, sich an die erste Begegnung, die ersten Gefühle, die Verwunderung, die komischen Einzelheiten, die tragischen Geschichten, die Verständnislosigkeit, das Schweigen erinnern zu wollen. Ich habe Tausende von Personen kommen und gehen sehen, aber jetzt, genau in diesem Augenblick, könnte ich mir spontan nur ein Dutzend, wenn ich mich entspanne zwanzig, fünfzig vielleicht, wenn ich mich ein wenig zwinge, aber kaum mehr, von ihnen in Erinnerung rufen …

Deshalb glaube ich, Schreiben heißt für einen Arzt, wie für jeden anderen auch, das Maß dessen zu nehmen, woran man sich nicht erinnert, dessen, was man nicht behält. Schreiben heißt, den Versuch zu unternehmen, die Löcher der schwindenden Wirklichkeit mit Bindfäden zu stopfen, heißt Knoten zu machen in durchsichtige Schleier, zu wissen, daß sie anderswo zerreißen werden. Schreiben geschieht gegen das Gedächtnis und nicht mit ihm.

Schreiben heißt den Verlust ermessen.

111
Madame Serling

Durch das elektronische Telefonbuch erfahre ich, daß Monsieur Serling, Edmond, am anderen Ende des Departements wohnt. Seine Telefonnummer ist fast identisch mit der der Arztpraxis, bis auf die beiden letzten Zahlen, die umgedreht sind: 43 statt 34.

Es klingelt. Einmal, zweimal. Man hebt ab.

»Hallo?«

Es ist die Stimme eines älteren Mannes.

»Hallo, Monsieur Edmond Serling?«

»Selbst am Apparat.«

»Entschuldigen Sie bitte, daß ich störe ... Doktor Bouadjio, ich bin Arzt in Play, auf der anderen Seite von Tourmens. Ich habe den Anruf einer Dame erhalten, die sich in der Nummer irrte ...«

*

Nachdem ich mit ihm gesprochen habe, bewahrt er eine ganze Weile Stillschweigen.

»Ich verstehe nicht ... Ich denke, daß es sich um einen schlechten Scherz handelt ... Meine Mutter wohnte in der Nähe von Nilliers, dreihundert Kilometer von hier entfernt. Aber sie hat Sie nicht anrufen können. Sie ist vor zwanzig Jahren gestorben.«

»Tut mir leid, ich weiß wirklich nicht, wer ...«

»Können Sie mir noch einmal sagen, was ... diese Dame zu Ihnen gesagt hat?«

Ich wiederhole es, ich erinnere mich ganz genau, denn die Stimme der alten Dame, ihre Niedergeschlagenheit und ihre Unruhe sind noch lebendig in meinem Gedächtnis.

*

Von neuem schweigt er, dann:

»Das ist seltsam, sehen Sie ... Ich will Sie nicht mit diesen alten Geschichten belästigen, aber ... Meine Mutter ist plötzlich und unerwartet gestorben ... Ein Herzanfall. Sie fühlte sich nicht wohl, und ihre Nachbarin hatte mehrmals zu ihr gesagt, sie solle den Arzt anrufen, da sie ein Telefon hatte ... Damals hatten viele ältere Leute das nicht ... Ich hatte es ihr legen lassen, aber sie benutzte es nie ... Wir waren zerstritten ... Eine dumme Ge-schichte ...«

Seine Kehle ist wie zugeschnürt.

»Als man sie dann gefunden hat, saß sie in ihrem Sessel, das Telefon in der Hand ... Ich habe immer geglaubt, daß sie in dem Augenblick, als sie starb, versucht hat, den Arzt anzurufen.«

112
Das endet so

Vom Arzt auszufüllen

GEMEINDE:
Der unterzeichnende Doktor med. bescheinigt hiermit, daß der Tod der nebenstehend aufgeführten Person, eingetreten am ... in ... wirklich und konstant ist.

NAME (Gerichtsmedizinisches Hindernis zur Bestattung JA/NEIN), VORNAME (Organspende JA/NEIN), ALTER (Verpflichtung zur sofortigen hermetischen Einsargung JA/NEIN), GESCHLECHT (Verpflichtung zur sofortigen einfachen Einsargung JA/NEIN), WOHNSITZ.

Einverständnis des Arztes zur eventuellen Vornahme folgender Verrichtungen:
Verbrennung JA/NEIN, Behandlung zur Konservierung des Leichnams JA/NEIN, Transport des Leichnams vor der Aufbahrung JA/NEIN.

Vom Arzt auszufüllen und zu verschließen

GEMEINDE, STERBEDATUM
Vertrauliche und anonyme Auskünfte über die Todesursache
I – Todesursache:
a) Unmittelbare Todesursache (Art der Endphase, der eventuellen Komplikation der Krankheit oder Art der tödlichen Verletzung im Falle eines Unfalls oder eines sonstigen gewaltsamen Todes) (Hier gegebenenfalls den postoperativen Tod vermerken), als Folge von:
b) Ausgangsursache (Art der ursächlichen Krankheit oder des Unfalls, des Selbstmords oder der Tötung)

II – Zusätzliche Auskunft:
Krankhafter (oder physiologischer, Schwangerschaft zum Beispiel) Zustand, der zum tödlichen Verlauf beigetragen hat (aber nicht unter I als eigentliche Todesursache einzuordnen ist) (Hier gegebenenfalls den geistig-pathologischen Zustand vermerken, der möglicherweise die Ursache des Selbstmords gewesen ist)

Ist eine Autopsie vorgenommen worden? JA / NEIN

Unterschrift und Stempel des Arztes

Beispiele
Tod durch Krankheit: I. a) Bronchopneumonie, b) Masern, II. Rachitis.
Tod durch Unfall: I. a) Schädelbruch, b) Sturz auf der Treppe, II. Chronische Alkoholvergiftung.
Tod durch Selbstmord: I. a) Wunde im Herzen durch Kugel, b) Selbstmord durch Feuerwaffe, II. Melancholischer Zustand.
Tod durch Fremdeinwirkung: I. a) Durchtrennung der Oberschenkelschlagader, b) Tötung durch Messerstich, II. Familienkonflikt.

113
Im Wartezimmer

Ich klappe die kartonierte Mappe wieder zu, ich strecke mich, ich stehe auf, ich sage mir, daß die Klingel der Eingangstür schon sehr lange nicht mehr geläutet hat.

Ich gehe ins Wartezimmer, und ich lasse die Verbindungstür hinter mir zuschnappen. Das Fenster steht offen, die Sonne spielt im Kirschbaum.

Ich setze mich unter die Telleruhr. Ich verschränke die Arme, ich lege die Beine hoch, ich schließe die Augen.

Durch die Wand glaube ich das Lachen eines Kindes zu hören. Das kleine Mädchen wahrscheinlich. Der kleine Junge war sehr schweigsam, bevor er hereinkam, er hat sich an seine Mutter geklammert. Aber schließlich fängt auch er an zu lachen, und ich glaube dich nun ebenfalls lachen zu hören.

Ich denke wieder an deinen Vorschlag. Ich sehe mich, wie ich mein Namensschild neben dem deinen anschraube, und ich rufe mir einen der Texte ins Gedächtnis zurück, die ich gerade gelesen habe und in dem du ungefähr folgendes schreibst:

»Die Medizin ist eine Krankheit, die alle Ärzte auf ungleiche Weise trifft. Manche ziehen dauerhaften Gewinn daraus. Andere beschließen eines Tages, ihren weißen Kittel an den Nagel zu hängen, denn es ist die einzige Möglichkeit, gesund zu werden – um den Preis einiger Narben.

Ob man will oder nicht, man ist immer Arzt. Aber man ist nicht gehalten, die andern dafür bezahlen zu lassen, und man ist auch nicht verpflichtet, daran zu krepieren.«

Epilog

Ich höre, wie sich der Türgriff dreht. Die Tür geht auf, du kommst heraus. Du läßt die schwangere Frau und ihre beiden Kinder an dir vorbeigehen. In dem Augenblick, in dem ich aufstehe, unterbrichst du mich mit einer Gebärde.

»Ich möchte Sie um eine kleine Sekunde Geduld bitten, ich muß noch jemanden anrufen.«

Ich komme nicht umhin zu lächeln. Ich setze mich wieder. Die Telleruhr zeigt zwölf Uhr fünf. Ich warte. Ich höre das Geräusch von Stimmen auf der anderen Seite der Wand, doch sie ertrinken in der süßlichen Musik, die ein unter der Decke hängender Lautsprecher ausspuckt.

Einige Minuten später geht die Tür von neuem auf.

Du wirfst einen direkten Blick auf die Uhr, dann einen Blick in die Runde, als wolltest du dich vergewissern, daß ich noch da bin. Schließlich schaust du mich an, begrüßt mich.

»Treten Sie bitte ein.«

Du drückst dich an die Wand, um mich vorbeizulassen. Du weist mit der Hand auf die beiden kleinen Sessel, die vor dem Schreibtisch stehen.

Ich trete ein und drücke das Buch fest an mich.

»Setzen Sie sich.«

Du schließt wieder die Tür, indem du fest dagegen drückst.

Du läßt dich in deinem Drehsessel nieder. Du siehst zu mir auf. Du stellst fest, daß ich immer noch stehe.

»Setzen Sie sich bitte.«

Während ich der Aufforderung nachkomme, fragst du in gleichgültigem Ton:

»Was kann ich für Sie tun?«

Ich suche nach Worten. Ich sehe dich lächelnd an.

Die Wände sind weiß, die Decke ist vollkommen glatt, ohne die geringste Spur von Schimmel. Zu meiner Linken steht die Liege. Du sitzt mir gegenüber, hinter einem kleinen Schreibtisch mit Schubladen, auf dem das einzige Telefon steht. Du trägst einen weißen Kittel mit kurzen Ärmeln.

Du bist älter, als ich mir vorgestellt habe, mindestens vierzig Jahre alt. Dein Gesicht ist von kleinen Narben gezeichnet. Deine Haare werden grau. Du bist ein wenig kahl, aber deine Haare sind sauber und kurz. Du hast dich heute morgen beim Rasieren offenbar geschnitten, denn an deinem Hals sind noch einige Spuren von Blut. Du hast eine Adlernase, einen gekrümmten Rücken, ein Bäuchlein.

Du lächelst nun ebenfalls. Einer deiner oberen Schneidezähne ist abgebrochen.

»Was kann ich für Sie tun?«

Du schaust mich an, sichtlich neugierig geworden. Du wartest auf meine Antwort, aber ich sage nichts. Ich habe das Buch auf meine Knie gelegt.

Du verschränkst die Hände, du beugst dich zu mir vor.

»Ich höre Ihnen zu ...«

»Ich habe Sie gestern abend angerufen, damit Sie mir einen Termin geben ... Aber ich komme nicht zu Ihnen, weil ich krank bin.«

Du runzelst die Stirn, du lächelst unwillkürlich.

»Ich verstehe nicht ...«

»Ich weiß zwar, daß ein anderer Name auf dem Schild steht, aber Sie sind Martin Winckler, nicht wahr? Und Sie haben auch *Doktor Bruno Sachs* geschrieben, oder?«

Ich lege das Buch auf den Schreibtisch.

»Ich habe es gerade ausgelesen, im Wartezimmer.«

Postskriptum

Manche Passagen dieses Romans sind im Verlaufe der Colloquien »Literatur und Medizin« (Cerisy-la-Salle, Sommer 1994) und »Zeugnis und Fiktion« (Lyon, Villa Gillet, Frühjahr 1995) öffentlich gelesen worden. Das aufmerksame Zuhören und die Reaktionen der anwesenden Personen sind sehr wichtig gewesen.

*

Ich lege Wert darauf, den Einwohnern von »Play« und des »Kantons Lavallée« meine Dankbarkeit zu bezeugen. Sie haben dieses Buch gemeinsam mit mir geschrieben.

Schließlich möchte ich all denen meine ganze Zuneigung zum Ausdruck bringen, die mich im Verlaufe der verflossenen fünf Jahre von ganz nah oder ganz fern begleitet und unterstützt haben:

Alain A.; Alain C.; André G.; Anne und Jean-Louis S.; Anneke und Bernard T.; Ariane K.; Armande N.; Aube, Laurence, Philippe und Yves M.; Betty und Dick H.; Bill E.; Brent S.; Bud P.; Burt L.; Carine T.; Cary G.; Chris N.; Christiane O.; Christophe P.; Chuck S.; Claire L.; Claude P.-R. und Daniel Z.; Danièle, Juliette und Eric P.; David K.; David M.; »Data« C.; Dean S.; Debbie W.; Denise C.; Dennis F.; Dick W.; Dominique und Alain F.; Dominique N.; Donald B.; Ella F.; Eugen H.; Franz K.; Fred A.; Gary C.; Gates MacF.; Gene K.; Gene T.; Nathalie und Gérard D.; »Gertrude« T.; Harry M.; Hélène und Pierre-Jean O.; Jacky C.; Jacques C.; Janet und Isaac A.; Jean-Claude B.; Jean-Paul H.; Jerry L.; Jerry O.; Jill H.; Jim L.; Jimmy S.; Joëlle und Lélia M.; Judith und Martin T., John S.; Jonathan B.; Jonathan F.; Ken W.; Kitt M.; Kyle MacL.; Lance G.; Léo F.; LeVar B.; Loïs und Clark K.; Louis A.; Luc J.-D.; Mady und Raoul M.; Marie-Laure C.; Marike G.; Marina S.; Mark F.; Martin L.; Michael D.; Michael M.; Michel H.; Michel M. & Joël D.; Michèle und Alain G.;

Michèle und Jean-Pierre D.; Neal Y.; Noah W.; »Noisette« H.;
Olivier S. & Pascal G.; Patrick S.; Paul O.-L.; Philippe L; Philippe
M.; Richard B.; Richard P.; Rod S.; Sam W.; Scott B.; Sean C.;
Sharon L.; Sherilyn F.; Sophie und Félix B.; Steven B.; Steven H.;
Sylvie und Pierre A.; Thierry F.; Valéry-Angélique und Christophe
D.; Victor B.; Vincent D.; Whoopi G.; Wil W.; Wolfram B.;
Yves L.;

meiner Schwester Anne R., Schriftstellerin und Lehrerin in
Aix-en-Provence;

meinem Bruder John C., Arzt in Chicago;

Pierre, Mélanie, Jean-Baptiste, Thomas, Paul, Olivier, Léo und
Martin, und MPJ, der zu Recht so Genannten, meiner Innig-
geliebten.

Inhaltsverzeichnis